世界名著名译文库 柳鸣九 主编

陈恕林 编选

斯居戴里小姐

霍夫曼中短篇小说选

〔德国〕E.T.A.霍夫曼 著 陈恕林 宁瑛等 译

江西教育出版社
JIANGXI EDUCATION PUBLISHING HOUSE

目　录

骑士格鲁克[①]
——1809 年的一次回忆

宁瑛 译

柏林的晚秋通常还有几天好天气。太阳友善地从云层中露出，很快把从街道中吹过的温和的微风中的潮湿蒸发干了。然后，人们就看见一长列队伍，五花八门各色各样人等——衣着入时的男子、带着身着星期日漂亮服装的夫人和孩子的市民、神职人员、犹太女人、候补官员、妓女、教授、清洁女工、舞蹈者、军官等等，他们穿过一排排菩提树，向着动物园行进。不久，在"克劳斯和韦伯"饮食店的所有座位都坐满了，黑咖啡冒着热气，衣着入时的先生们点燃他们手中的香烟，人们在交谈着，争论关于战争与和平的问题，争论贝特曼夫人[②]的鞋子最近是灰色的还是绿色的，谈到关于费希特的著作《被封闭的贸易国》以及可恶的货币等等诸如此类的问题，一直到所有谈话都消融在歌剧《芳松》的一首咏叹调中。这支咏叹调由一架走调的竖琴，几把音调不齐的小提琴，一支仿佛患了肺病、需要大口喘气的长笛和像抽筋似的木管痛苦地费力演奏，折磨听众的耳朵。紧挨着把饮食店和军用公路隔开的栅栏摆放着许多张小圆桌和花园椅；人们在这里可以呼吸自由的空气，观看来来往往的人，远离那支该死的乐队奏出的嘈杂难听的声音；我在这里找了个位子坐下来，沉浸在轻松愉快的幻想中。我的头脑中浮现出许多亲切友好的人物，我和他们谈论科学、艺术，谈论人类最珍爱的一切。散步的人流熙熙攘攘不

---

① 克里斯托夫·维利巴尔德·里特·冯·格鲁克（1714—1787），18 世纪德国主要歌剧作曲家，创作和演出了大量的歌剧和乐曲。

② 贝特曼夫人（1766—1787），柏林当时最红的女演员。

断从我身旁走过，但是对我没有丝毫干扰，什么也不能使在我的幻觉中盘旋的人物消失。只有一曲极为拙劣的华尔兹倒霉的三重奏把我从梦境中拉了出来。我只听见小提琴吱吱嘎嘎刺耳的高音，长笛的尖叫和木管嘎嘎作响的基础低音；声音时高时低，忽隐忽现，始终紧紧地固着在八度音程中，仿佛撕裂了我的耳膜。我就像一个被炙人的疼痛攫住的人，不由自主地喊了出来：

"什么疯狂的音乐啊！这个八度音程叫人太难受了！"在我身旁一个声音在嘟囔着：

"太倒霉啦，又是一个迷恋高八度音程的人！"

我抬起头来朝上看，这才发觉，我竟然没有察觉，在我面前有一个人和我坐在同一张桌子旁，他的目光呆呆地盯着我看，从这时候起我的眼睛被他吸引，再也无法离开。

迄今为止，我还从来没有看到过这样一颗头脑，这样一个人，他这么快就给我留下如此深刻的印象。微微有些向里钩的鼻梁，根部连接着宽阔的额头，前额明显凸出，下面是两排蓬松的灰白色睫毛，睫毛下面的眼睛闪烁着近乎野性的青春火焰的光彩（此人大约五十岁左右）。线条柔和的下巴和紧闭的嘴唇形成奇特的对比，通过凹陷的面颊上特殊的肌肉活动显现出的一丝古怪微笑似乎是在抵御停留在额头上那深深的、伤感的忧郁。在那一对招风耳后边只有几缕灰白色的卷发垂下来。一件宽大的时髦大衣裹在那个高高瘦瘦的身体上。当我的目光接触到那个人的时候，他都是在那里垂下眼睛，继续忙活似乎是被我的喊声打断了的事儿。就是说，他带着显而易见的好心情，把烟草从几个不同的小口袋里倒出来，装进放在他面前的一个大罐子里，然后从一只四分之一升的瓶子里喝几口红葡萄酒润润嗓子。音乐停止了；我感觉有必要和他再说上几句。

"太好了，音乐终于终止了，"我说，"那简直让人受不了。"

老人向我匆匆瞥了一眼，把最后一只口袋倒空。

"要是根本不演奏，那就更好了！"我又拾起这个话题，"您的看法不和我一样吗？"

"我根本没有看法，"他说，"您是职业音乐人和鉴赏家？"

"您说错了，两样我都不是。我当年学习弹钢琴和通奏低音，是把它们当作显示有良好教养的一种事情。此外，那时人们对我说过，没有什么比低声部和八度音程中的高声部一道演唱效果更糟糕的了。我认为这种说法当时很有权威性，后来也一再得到认证。"

"这是真的吗？"他插话说，同时站起身来，从容不迫地缓缓朝乐队走过去;同时他经常抬眼朝高处望，还用手掌拍自己的额头，就仿佛想唤起什么回忆似的。我看见他和乐师们谈话，他以一种下命令的威严对待他们。他走回来，几乎还没等他坐下来，乐队就开始演奏《奥里斯的伊菲革尼娅》的序曲了。

他半闭着眼睛，手臂交叉，撑在桌子上，认真倾听着乐曲的这段行板;乐曲一开始，他的左脚就轻轻地合着拍子抖动;现在他抬起头，飞快地向四周环视，左手的五指张开，支在桌面上，仿佛他想要在钢琴上弹出一个和弦似的，右手则举到空中:这是一个乐队指挥示意乐队进入另一种速度的姿势——右手放下来，快板开始了! 一抹灼热的红晕浮现在他那苍白的面颊上，又一闪即退;刻着皱纹的额头上眉毛聚在一起，内心的郁闷不平点燃了他愤怒的目光，使他半张着的嘴唇边流露出的微笑渐渐消失。现在，他身子向后靠，紧锁的眉头松开了，面颊上的肌肉又恢复了活动，他退回到座位上，眼睛放射光彩，内心深切的痛楚消融在一阵狂喜中，以致全身的肌肉都发出痉挛的震颤——他从胸中深深吐出一口气，汗珠挂在额头上;他示意乐队开始合奏及演奏其他的几个主要段落;他的右手没有停止打拍子，左手拿出一方手帕来擦脸。他就是这样，以血肉和情感使那几把小提琴演奏的序曲的骨架结构有了鲜活的色彩和生命。当小提琴和低音笛的风暴平息下去，震耳欲聋的鼓点沉寂下来，我听到长笛吹奏出的柔和、痛苦的悲叹之音;我听见大提琴和巴松管奏出低低的声音，心中充满说不出的忧伤;又重新开始齐奏，整齐的声音令人肃然起敬，就像一个巨人迈着威严的步伐继续前进，低沉的声音被他那笨重的步伐踩在脚下，渐渐沉寂。

序曲结束了，那个人把两条胳膊放下来，闭着眼睛坐在那里，就像一个人过度劳累后疲惫不堪地松弛下来一样。他的酒瓶已经空了；我给他斟了一杯布尔巩特酒，这酒是我刚才叫人拿来的。他深深叹了口气，仿佛从睡梦中醒来似的。我劝他喝点酒，他二话没说就端起酒杯，满满的一杯酒他一口就喝干了。他喊道："我对演出太满意了！乐队演奏得太棒啦！"

"是啊，"我接下去说，"但是演奏的只是一部有鲜活生命和色彩的优秀作品的大致轮廓。"

"我判断得对吗？您不是柏林人！"

"完全正确，我只是偶尔在柏林逗留。"

"布尔巩特酒很好，但是天要冷了。"

"那么让我们进屋去吧，在那里把酒喝光。"

"好主意。我不认识您，因此您也不认识我。我们不必询问对方的姓名了吧——名字有时候是个累赘。我喝布尔巩特酒，不用花一分钱，我们俩在一起很投缘，这就够了！"

他说这些话的时候，脸上流露出善意和热情。我们走进房间，当他坐下来时，大衣的下摆向两边敞开了。我惊奇地发现，他在大衣里边穿了一件长下摆的刺绣背心、一条黑丝绒长裤，并且佩戴着一柄很小、很精巧的银剑。他又小心地把大衣扣子扣上。

"为什么您问我是不是柏林人？"我开始说话。

"因为如果是这种情况的话，我就不得不离开您。"

"这话听起来还是让人一头雾水。"

"一点也不，至少等我告诉您，我——那么，就对您说了，我是一个作曲家。"

"我还是猜不着您的意思。"

"那么，请您原谅我刚才的喊声；因为我看到，您完全不熟悉柏林和柏林人。"

4

他站起身来，激动地走来走去；然后走到窗户旁边，唱起《奥里斯的伊菲革尼娅》中的修女合唱段落，但是他的声音很低，几乎让人听不到，与此同时在进入齐唱段落时，他还不时用手指敲着窗子上的玻璃。我惊讶地发觉，他唱的曲调有某种另外的变化，清新，有力。我没有打搅他，让他唱下去。他唱完了，又回到他的座位上。我完全被这个奇特的音乐天才怪异的举止和富于幻想的表达方式所感动，说不出话来。过了一会儿，他开始说话：

"您从来没有谱过曲吗？"

"没有。我是在艺术方面做过一些尝试，只是我发现，我想到的，我在兴奋激动的瞬间所写的一切，后来就觉得苍白、无聊了；于是我就把它搁在那里，没写下去。"

"您做得不对。因为您摒弃您自己的习作就已经说明您的才能很不错。人们还是孩子时就学习音乐，是因为他们的爸爸妈妈想要这么做；于就开始在钢琴上叮叮咚咚乱弹，在提琴上吱吱呀呀乱拉；可是不知不觉地对于旋律的感官就变得敏感起来。也许现在人们已经不怎么唱了，差不多快忘记了的一首小歌的主旋律就是自己最初的构想，这个胚胎在陌生外力艰难的滋养哺育下成长，成了巨人，它吞噬周围的一切，变成自己的血肉！哈，怎么可能把如何成为作曲家的千条道路都列出来呢，哪怕只是点出来！这是一条宽广的阅兵大道，所有人都在那里嬉戏喧闹，欢呼雀跃，高声呼喊：'我们献身于艺术，我们达到了目的！'人们穿过象牙门向梦幻王国走去；少数人看见大门一次，更少的人能通过这道门！这看起来荒诞离奇。疯狂的人影拥来挤去，但是他们都有性格，一个比一个更甚。他们不让人看见自己在阅兵大道上，而是在象牙门的后面才能发现他们。从这个王国中出来很困难；如同在阿尔金斯堡前一样，怪物把路阻断了——这里在转动——飞旋——许多人都在梦幻王国中做着美梦——他们在梦中流散——没有再投射下影子，而是将在阴影旁觉察到透射这个王国的光辉；但是只有少数人从梦中被唤醒，向上攀升，穿过梦的国度——他们走向真理——最崇高的时刻就在那里：与永恒，与不可言说的事物接触！请你们看看太阳吧，它就是三和弦，和声从那里像星光一样倾泻下来，用火焰的丝把你们网住，裹起来。你们在火焰中变成蛹，留在那里，直到灵魂向着太阳飞升。"

他说最后一句话时跳了起来，眼睛朝上望，手也伸向高空。然后他又坐下来，很快把给他斟的那杯酒喝光。出现了一段寂静，我没有说话，不想为了把这个奇怪的人从他习惯的状态中拉出来而打破这种寂静。终于他又平静下来，继续说下去：

"当我在梦的王国中时，成千种痛楚和恐惧在拷打我！那是黑沉沉的夜，向我迎面扑来的怪物狰狞的面孔吓得我心惊胆战，我一会儿被投入海底，一会儿又被抛到高空。这时一束光线穿透黑夜射进来，这光线就是声音，它以明媚的清澈明净包围着我。我从疼痛中醒来，看见一只明亮的大眼睛。这只大眼睛望着一架管风琴。当它向管风琴望去时，音乐响起，声音在颤动，奏出美妙的和弦。旋律涌出，升腾又下沉，我漂浮在音流中不知所措，想沉没在其中；这时眼睛望着我，把我从咆哮的波浪中托举起来。又回到黑夜里，这时身披闪闪发亮的铠甲的两个庞然大物向我走来：主音和五度音！他们把我拉起来，但是眼睛微笑着说："我知道，你的胸膛中充满什么样的渴望；温和、柔弱的年轻人，三度音将出现在巨人中间；他会听见他那甜美的声音，再看见我，我的旋律将成为你的。""

他的话中断了。

"那您又看见那只眼睛了吗？"

"是的，我又看见了！好多年来我都在梦中叹息——在那里——是的，就在那里！我坐在一个美丽的山谷中，倾听花儿在如何相互对唱。只有一朵向日葵沉默着，悲伤地把头垂到地上，喉咙紧闭。一条看不见的纽带把我引向它——它抬起头——放开喉咙，眼睛从它那里向我放射出光芒。这时候，声音像光束一样从我的头脑中迸发出来，朝着花朵放射，花朵贪婪地把它们吸吮

6

进去。向日葵的花瓣变得越来越大——从花中喷出熊熊火焰——火焰包围了我——眼睛消失了，我陷入花萼之中。"

他说最后一句话时跳了起来，迈着年轻人迅速的步伐连忙走出了房间。我等待他回来，等了好久也不见人影；因此我决定进城去。

当我在昏暗中看见一个瘦长的人影朝那儿走时，我已经来到勃兰登堡门附近了，我立刻认出来我的那个怪人。我对他说：

"为什么你这么快就离我而去？"

"天太热了，而且美妙悦耳的声音开始奏响了。"

"我不明白您的意思！"

"那更好了。"

"更坏，因为我很愿意完全理解您。"

"难道您什么都没听见吗？"

"没有。"

"过去了！让我们走吧。此外我也不喜欢人多的场合；但是——您不作曲——您不是柏林人。"

"我真弄不明白，您为什么对柏林人这么反感。在这儿，艺术受到如此的尊重，成为被人们从事的重要行业，我不能不认为，一个像您这样有艺术家精神的人，必定感到很舒服的！"

"您弄错了！我在这儿十分倒霉，最为痛苦的是像一个被遗弃的幽灵在荒野中迷路，四处乱找。"

"在荒野中，在这儿，在柏林？"

"是的，我周围都如同荒野，因为没有熟悉的精神进入我心中。我孤零零一个人站在这里。"

"但是，艺术家呢！作曲家！"

"算了吧！他们吹毛求疵，十分挑剔——以鸡蛋里头挑骨头的精细程度把一切都翻箱倒柜地乱翻一气，弄得乱七八糟，只为了找到一个可怜的想法；他们只会就艺术、艺术鉴赏能力以及天晓得还有什么——胡说八道，不可能做成什么事情，而且如果说要求他们一定把他们那点想法暴露出来，那么可怕的冷漠展示出来的也是与太阳相距遥远的距离——微不足道的成就。"

"我觉得您的判断太过于严酷了。至少您得对剧院里精彩的演出表示满意。"

"我曾经有一次说服自己，再到剧院去一次，听我年轻的朋友的歌剧——是叫什么名字来着？哈，整个世界都在这个歌剧中！奥尔库斯①的鬼魂穿行在涂脂抹粉，打扮得五颜六色，熙熙攘攘的人流中间——这里一切都有声音，发出巨大的声响——见鬼，我指的是歌剧《唐·璜》！但是这种不加考虑，冒冒失失，以最急板的速度飞快弹奏出的序曲我简直无法忍受；为此我已经通过斋戒和祈祷做好准备，因为我知道，这些东西的和声太响了，而且发出的声音也不纯，会跑调！"

"如果我必须承认，莫扎特的优秀作品在这儿以一种几乎无法解释的方式受到冷遇的话，那么格鲁克的作品倒是肯定很高兴得到重视，被隆重推出。"

"您这样认为吗？我有一次想听歌剧《奥里斯的伊菲革尼娅》。当走进歌剧院时，我听到乐队正在演奏《奥里斯的伊菲革尼娅》的序曲。哼——我想，一个错误；他们演出了这样的《伊菲革尼娅》！当行板进入，《奥里斯的伊菲革尼娅》开始，紧接着风暴骤起时，我惊呆了。这期间整整二十年过去了呀！悲剧的全部效果，安排得当的展示部分消失不见了。一片平静的大海——一场风暴——希腊人将要被抛到岸边，歌剧的精髓就在这里！怎么？难道作曲家把序曲随随便便写下来，让人们可以把它当作小号吹奏者的小曲吹掉吗？人们想怎么处理？在哪里处理？"

"我承认这是一个失策。但是人们为了提高格鲁克的作品，还是尽了最大的努力。"

"啊哈！"他简短地说出这两个字，随后露出了微笑，微笑越

---

① 古罗马宗教中的下界和冥王。

来越变成苦涩的笑。突然他站起来，转身离去，什么也拦不住他。在那一刻他消失得无影无踪，后来我在动物园一连找了他好几天，但是一无所获。

几个月过去了，在一个天空下着冰冷的雨的夜晚，我在距离城市很远的地方耽搁了，现在正急着往弗里德里希大街赶，我就住在那条街上。我必须从剧院旁边经过，喧嚣的音乐，小号声和鼓点声使我想起，这里正在上演格鲁克的《阿尔米达》，我打算走进去看看。这时，在紧挨着窗户的地方，一阵奇怪的自言自语声吸引了我的注意，在那里乐队的每一点声响都可以听得到。

"现在国王出场了——他们奏起了进行曲——哦，鼓声敲响了，对，一直敲下去！真提精神！对，对，今天他们非得敲上十一回不可，否则队列就不够像样儿。哈，哈——庄严的乐曲——迈开步子前进，孩子们。看，一个跑龙套的配角被鞋带钩住了。好，敲第十二次！一直到五音程结束。啊，你们这些永恒的力量，永远不会完结！现在他鞠躬致意——阿尔米达在表示最诚挚的感谢。还有一次吗？哦，对了，还缺少两个士兵呢！现在转入了宣叙调。什么样可恶的魔鬼在这儿把我捆住了？"

"魔力已经解除了，"我喊道，"您过来吧！"

我迅速抓住在动物园里认识的那个怪人的手臂——因为这个自言自语的人除了他没有别人——拉着他和我一块离开。我们已经走到弗里德里希大街上了，这时他突然站住，停了下来。

"我认识您，"他说，"您曾经在动物园来着，我们谈过许多话——我喝了酒——很激动——后来震耳欲聋的和声一直响了两天——我一直忍受着——一切都过去了！"

"我很高兴，偶然的相遇又让我们碰到一起了。让我们进一步相互认识一下吧。我住得离这儿不远；是否可以请您……"

"我不能，也不可以到任何人家中去。"

"不，您跑不掉的；我和您一块走。"

9

"那么您得在我后边跑上几百步的路。可是您不是想去剧院吗？"

"我是想听《阿尔米达》，但是现在——"

"您应该现在就听《阿尔米达》！来吧！"

我们沉默无语地沿着弗里德里希大街向上走；他迅速拐进一条横街，我差点都跟不上他，他快步沿着街道向下走，直到他终于在一栋不起眼的房子前面停下脚步。他敲了好长时间的门，才终于有人出来把门打开。在黑暗中我们摸索着走上楼梯，走进二楼的一个房间里，我的向导小心地把门锁上。我听见又有一扇门打开了；不一会儿他端着一盏点燃的灯走进来，房间布置得很奇特，让我着实大吃一惊。式样相当古朴的椅子，一个有金色外壳的壁钟和一个宽大、笨重的镜子使整个房间显得年代久远，阴沉沉的，但是富丽堂皇。房间的中央立着一架小钢琴，上面摆着一个陶瓷墨水瓶，旁边还有几张上面画着五线谱的乐谱纸。然而我敏锐的眼光朝这些谱曲的设备瞥了一眼，马上就确信，想必是好长时间以来什么也没写出来了；因为纸张都发黄了，墨水瓶上面都结了蜘蛛网。那人走到房间角落里，在我还没有发现的一个柜子前面，当他把帘子拉开时，我发觉那里有一排装订得很漂亮的书，书脊上有烫金的字《奥尔菲斯》《阿尔米达》《阿尔切斯特》《伊菲革尼娅》，等等，一句话，我看见格鲁克的优秀作品都放在一起。

"您竟然有格鲁克的全部作品？"我惊讶地喊道。

他没有回答，然而嘴角抽搐着露出微笑，凹陷的面颊上的肌肉活动在这一刻使他的脸扭曲，像是戴了一张可怕的面具。他那阴郁的目光直愣愣地盯着我看，他抓起那些书中的一本——是《阿尔米达》——郑重其事地向钢琴走去。我立刻把琴盖打开，把叠在一起的曲谱架拉开，安放好；他看到这一切似乎很高兴。他打开乐谱，而且——谁能够描述出我的无限惊讶！我看着画着五线谱的乐谱纸，可是上面根本没写着音符。

他开始了："现在我将要演奏序曲！请您翻页，而且要及时！"

我答应了。现在，他以圆润、流畅的和弦优美、精彩地弹奏起序曲的开头部分，庄严雄伟的进行曲，几乎完全忠实于原作；但是快板只是贯穿着格鲁克的主要思想。他加进去那么多新的，具有独创性的转调，使得我越来越感到惊讶。首先是他的变奏弹奏得使人惊异，声音却没有变得尖利刺耳，他善于给简明的主题串联上那么多优美、悦耳的花腔，使得那些主题似乎以新的、年轻的形象一再重复出现。他的脸发烧；一会儿眉头紧锁，仿佛在心中蓄积已久的怒火就要迸发出来，一会儿眼睛里满含泪水，表现出深深的哀痛。有时候，当他双手弹奏富于艺术性的装饰性旋律时，他唱出声来，以悦耳的男高音唱着乐曲的主题；然后他会以一种特别的方式，用声音模仿鼓点浑厚低沉的声音。我认真地翻动乐谱，一直追踪他的目光。序曲结束了，他闭上眼睛，筋疲力尽地向后靠在椅背上。一会儿他又直起身子，一面匆忙地翻阅空白乐谱，一面以低沉地声音说：

"所有这一切，我的先生，当我从梦的王国中走出来时，都写下来了。但是我向世俗泄露了神圣的秘密，一只冰冷的手抓住了我火热的心！没有办法，我在那里被诅咒，像一个被摒弃的幽灵在世俗的人中间游荡——没有形体，因此没有人认识我，直至向日葵花再把我托举起来，送上永恒的天国。——啊——现在让我们来唱《阿尔米达》吧！"

现在他唱起《阿尔米达》的最后一场，他的声音一直深入到我的心房。在这里，他也明显离开最原始的曲调，但是，他改动了的音乐也仿佛是格鲁克歌剧场景的升华。所有的一切：仇恨、爱情、绝望和暴怒，所有能够以最强烈的情感表达的一切，他都强有力地把握在歌声中了。他的声音仿佛出自年轻人的歌喉，因为这低沉厚重的声音从胸腔深处发出，变成了极有穿透力的强音。我全身的肌肉和神经都受到深深的震撼——我完全陶醉了。当他唱完时，我扑到他怀中，压抑着声音喊道："这是怎么回事？您到底是谁？"

11

他站起来，用严肃的、能看穿一切的目光打量我，然而，当我想接着问下去的时候，他端起灯，穿过屋门不见了，把我一个人留在黑暗中。整个过程延续了大约一刻钟。我对再看见他不抱希望，就想自己去寻找，于是，我沿着摆放钢琴的方向走过去，打开门。这时，他突然身穿上面有刺绣的盛装礼服，华贵的马甲，身边佩戴着宝剑，手上举着灯，走了进来。

　　我惊呆了，他庄重地向我走来，温柔地握住我的手，脸上露出奇怪的微笑说："我是骑士格鲁克！"

除夕之夜的离奇经历[①]

宁瑛　译

编者前言

　　从一个旅行的狂热爱好者的日记中我们又一次读到一则仿卡洛[②]风格的幻想故事。这位旅游爱好者的内心世界的生活显然与外在的生活很难区分，以致人们无法区分二者的界限。但是正因为你，幸运的读者，不能清楚地感受到这个界限，能看见鬼神的人也许能把你诱骗过来，使你不知不觉地处在陌生的魔幻世界中。那些奇怪的形象想大大方方地进入你的外部世界生活中，和你打交道，亲切地称兄道弟，像老熟人一样。你接受像他们这样的人，是的，你完全热衷于他们怪异的、热热闹闹的活动。这样可能在你心中引起一种感觉，使你打小小的一阵寒战，把你紧紧抓住，

---

　　① E.T.A.霍夫曼的中篇小说《除夕之夜的离奇经历》的核心是《丢失镜子中的影像的故事》，它可能于1814年就写了，该故事的产生应该归功于同样刚刚出版的沙米索（1781—1838）的《彼得·施莱米尔奇遇记》一书。霍夫曼从他的浪漫派朋友那里接受过来扣押镜中影像的题材，但是走自己的路，另辟蹊径。他在《金宝瓶》一书中也用了这个童话故事为基础，塑造了市侩的日常生活与幻想的理想世界的对立，把他的失踪的镜中影像的故事嵌入了一个广阔的框架中。

　　《除夕之夜的离奇经历》写于柏林，在1815年1月1日到6日之间。1月10日霍夫曼完成誊清稿，1月13日，他的朋友沙米索、希齐希和康泰萨到他家里做客，他在他们面前，先朗读了一篇日记，然后朗读这部作品。一天之后他把小说寄给昆茨，于是就开始了1815年春天出版的《仿卡洛风格的幻想故事》的第四卷。在1819年的《幻想故事》中《除夕之夜的离奇经历》和第一版有些不一致的地方，本文是依据1819年的《幻想故事》的文本。卡尔·格奥尔格·马森在他经常提到的霍夫曼删节本的第一卷中记录下来了不一致的470—472页。

　　② 卡洛（1592/93—1635），法国油画家、铜版画家。其风格和技巧一直影响着整个欧洲。

13

也许你自愿忍受这种寒热颤抖，因此我向你发出衷心的邀请，幸运的读者。我能够为那个旅行的狂热爱好者做什么更多的事情呢？如今，不管是什么地方，即便是在柏林的除夕之夜，他也碰上了如此多离奇和古怪的事情。

一　情人

我心中感受到了死亡，心中有一种彻骨冰冷的死亡的感觉，就像一根尖利的冰柱从内心深处刺进炙热的神经。我发疯似的跑出来，甚至忘记了大衣和帽子，一直跑到漆黑的暴风雨夜中！塔楼上的旗帜在风中猎猎作响，仿佛时间在拨动它那永恒的可怕车轮，旧的一年犹如一个沉甸甸的重物，闷声闷气地向下滚进昏暗的深渊中！你是知道的，这些时光、圣诞节、新年，对于你们大家来说，是这样一个欢乐、明媚的开始，而这些时光却总是把我从平静的小屋里抛出，扔到波浪起伏咆哮的大海上。圣诞节啊，这是用和善的微光久久照耀着我的节日。我不能够忍耐了——我变得更好了，变得比过去一整年中更单纯，向着真正的、天堂的幸福敞开的心胸中没有滋生出阴暗的、怀有恶意的念头；我又是一个快活得欢呼雀跃的小伙子了。在明亮的圣诞小木屋里，从涂着金粉的五彩雕刻作品上，可爱的天使向我亲切微笑，圣洁的管风琴乐声穿过街道上熙熙攘攘的人群，仿佛从远方传来那神圣的声音："那是我们的一个孩子降生了！"但是节日庆典后，一切又归于沉寂，闪烁着的微光也在昏暗中熄灭。每年都有越来越多的花枯萎落下，它们的嫩芽永远绝种，在那些枯死的树枝上没有春天的阳光去点燃新的生命！对这些我知道得很清楚，但是当一年将要结束的时候，一种敌对的力量阴险地、幸灾乐祸地把这个终结不停地向我移近。"看，"在我的耳边有一个声音在低声说道，"看，在你的这一年中有多少快乐出现在你面前，它们永远不能再来，但是为此你变得聪明了，而且不再更多地注重可鄙的欢

14

乐，而是将永远是一个严肃的人——完全没有欢乐。"为了除夕的夜晚，魔鬼每次总是为我节省掉一次完全独特的节日快乐。它善于在最适当的瞬间，带着十分可怕的讥诮表情，用尖利的爪子刺进我的胸膛，以让血流从我的心脏里涌出为乐。它到处都找得到助手，就像昨天司法顾问曾经勇敢地给它以援手。在他（我指的是司法顾问）那里总是有一个大的社交圈子，然后他就想在可爱的新年到来之际为每个人都准备一份特殊的快乐，而这时他的动作竟然如此笨拙、迟钝，使得他如此费力想出来的所有快乐都淹没在令人发笑的悲叹中。当我走进前厅时，司法顾问快步朝我走来，挡住我从人们的热闹聚会和香气缭绕的烟雾中脱离出来进入圣地的途径。他看起来十分惬意和狡猾，奇怪地冲我微笑着说道："小朋友，小朋友，有某种十分宝贵的东西在你的房间里等着你呢——一个惊喜，在这个无与伦比的、可爱的除夕之夜——你只要别吓坏了！"我感到心情沉重，一股阴郁的预感油然而生，我觉得非常压抑，而且有点害怕。那些门都打开了，我向前走，进到房间里，从坐在沙发上的女士中间，她的形象向我放射出光芒。那是她——就是她本人，我好多年来没看见过她了，生活中神圣的时刻以一束猛烈燃烧的光芒穿过我的内心——再没有毁灭性的失落——绝别的念头彻底根除了！她出于一个什么样的偶然原因来到这里，是什么样不寻常的事件把她带进司法顾问的社交场合，我根本不知道，他早就认识她，这一切我都没有想到——我又拥有她了！我仿佛突然被一根魔杖击中，一动不动地站着。司法顾问轻轻地碰了我一下，说："怎么啦，小朋友，小朋友？"我机械地接着向前走，但是我的眼中只看见她，从我压抑的胸中费力地吐出几个字："我的天哪——我的上帝，是朱丽叶在这儿吗？"我紧挨着茶几站着，因为只有在这儿我才觉得朱丽叶是真实存在的。她站起来，用一种几乎陌生的语气说："我真的很高兴在这儿见到您——您看起来气色很不错！"说着她又坐下来，问坐在她旁边的一位夫人："我们下周能不能看到有意思的戏？"你靠近美丽的花朵，花儿散发着甜蜜的、熟悉的芳香，对着你放射光彩，但是你刚一弯腰，俯下身去，靠近观看她那可爱的面容，从那闪着微光的花叶中就蹿出来一个光滑、冰冷的蛇怪，而且想用充满敌意的目光杀死你！这就是现在我的处境！我笨拙地对着那些女人弯腰鞠躬，为了让恶意的目光再添加些嬉笑胡闹的意味，我飞快地向后退，把手中冒着热气的满满一杯茶水抛出，泼到紧挨着我站着的司法顾问衬衫胸部精巧的襞饰上。大家笑话司法顾问的厄运，也许更嘲笑我的笨手笨脚。这样一切都为彻底的疯狂做了准备，但是我在无奈的绝望中鼓励自己，打起精神来。朱丽叶没有笑我，我迷惘的目光和她相遇，仿佛一道光亮从美好的过去，从充满爱和诗意的生活中向我射来。这时一个人在隔壁房间里开始在钢琴上弹奏起幻想曲来，把整个人群都带动得活跃起来。据说，那个人是一个陌生的大音乐名家，名叫贝格尔①，他弹得十分精彩，像有神性一样，以至人们不得不注意倾听。"别让茶匙相互碰撞，叮叮咚咚响得那么难听，敏欣。"司法顾问喊道，他做了一个轻柔的手势指向门口，邀请女士们走到名家身边，同时用甜丝丝的声音说了一声："现在，好了！"朱丽叶也站起身来，慢慢地朝隔壁房间走去。她整个样子看起来有点陌生，我觉得她似乎变高了一点，身材似乎比原来更加漂亮。她那打着许多褶的白色衣裙的独特剪裁，把胸口、肩部、脖颈只裹住了一半，宽大的蓬蓬袖一直到肘部，散开的头发从头顶向两边分开，在脑后编成许多条发辫，使她的样子有点老派，古色古香的。她看起来几乎像米里斯②的油画中的少女——而且我又一次感觉到，仿佛我曾经在什么地方以明亮的眼睛看到过朱丽叶这样的形象。为了通过服饰的完全一致唤起那阴郁的回忆，使之越来越生动，色彩鲜亮，她脱下手套，手腕上甚至还缠绕着不少垂下来的仿造饰物。朱丽叶走进隔壁房间

---

① 路德维希·贝格尔（1777—1839），钢琴家和作曲家，克雷门斯的学生，门德尔松的老师。

② 弗兰茨·冯·米里斯（1635—1681），荷兰画家。

之前，转了个圈子朝向我，我觉得她那天使般美丽、年轻、幽雅的脸仿佛变了样子，露出讥讽的冷笑；我心中感到一阵恐惧，仿佛所有的神经都痉挛地抽搐起来。"哦，他弹得太好了，简直像天籁之音！"一位被甜茶刺激得精神振奋的小姐小声说道，我自己也不知道这是怎么回事，她的胳膊搭到我的胳膊上，我把她，或者更确切地说，是她把我引到隔壁的房间里。正在弹奏钢琴的贝格尔让最猛烈的暴风雨般的声音发出咆哮；强大的和弦如同大海的波浪起伏，发出隆隆的响声，这真让我感到舒服！这时朱丽叶站在我身旁，用比以前任何时候都更甜蜜、可爱的声音对我说："我想，要是你坐在钢琴旁，温柔地歌唱逝去的欢乐和希望，那该多好啊！"敌人在我面前退却了，在"朱丽叶"这唯一的名字里，我要表达出我所感到的上天赐予我的全部幸福、极乐。但是在此期间进来的其他人把她从我身边分开了。现在她有意避开我，可是我还是成功地一会儿摸摸她的衣裙，一会儿靠近她身旁，嗅嗅她的气息，在我心中浮现出过去的春天时光的情景，呈现出千百种炫目的色彩。贝格尔让那如波涛汹涌的琴声渐渐平息，天空变得明朗，极轻的弹奏奏出亲切可爱的旋律如同清晨金色的小云朵掠过，飘浮在空中。钢琴名家得到了应得的热烈掌声，人们乱七八糟地拥来挤去，于是出现了这样的情形，我不知不觉地又站到了朱丽叶的身旁。我心里的念头增强了，我想抓住她，带着疯狂的爱的痛苦将她紧紧拥抱，但是一个忙碌着的仆人该死的脸挤到我们之间，他手中端着一个大托盘，令人讨厌地嚷着："您有什么吩咐吗？"在装满冒着热气的葡萄酒、果汁和茶水的热饮料杯子中央立着一只精制打磨的高脚杯，看样子也盛着同样的饮料。它怎么来到普通的杯子中间，我逐渐认识的那个人知道得最清楚；他像《奥克塔维安》中的克雷门斯①那样庄重而缓慢地走过来，一只脚画出一个可爱的涡卷形曲线，而且还非同寻常地喜爱红色的小外衣和

①见路德维希·蒂克的喜剧《奥克塔维努斯皇帝》（1804）第二部，第四幕。

17

红色的羽毛。朱丽叶拿起那只精制打磨、闪闪发光的高脚杯，把它递给我，说："你还像往日一样，那么愿意从我的手中接过杯子吗？""朱丽叶——朱丽叶。"我长叹了一口气。我去抓杯子，触到了她那柔软的手指，这时，仿佛一股电流贯穿了我的全身，热血涌到所有的血脉中。我喝啊，喝啊——我觉得小蓝火苗在舔着杯子和嘴唇，发出毕毕剥剥的声响。高脚杯空了，我自己也不知道怎么回事，我坐在一间只有雪花石膏灯光照亮的小屋子里的无靠背沙发上——朱丽叶——朱丽叶坐在我身旁，像往常一样，天真、虔诚地望着我。贝格尔又重新坐到钢琴旁，他演奏莫扎特的降E大调交响曲的行板，在琴声的天鹅羽翼上浮现出我最幸福生活中所有的欢乐和爱情。是的，这是朱丽叶——朱丽叶本人，天使般美丽和温柔——我们的谈话，充满渴望的爱的声音，目光多于话语，她的手放在我的手掌中。"现在，我永远也不离开你，你的爱是在我心中燃烧的火焰，点燃艺术和诗歌中更高雅的生活之火。没有你——没有你的爱，一切都将僵化，死亡——难道你不是为了永远和我在一起也来到这里吗？"在这一刻，一个长着一对向外突起的青蛙眼和罗圈腿的人，笨拙地摇摇晃晃地走了过来，一边发出痴呆的、令人讨厌的嘎嘎笑声，一边喊道："见鬼啦，我妻子究竟躲到哪儿去了？"朱丽叶站起身来，用异样的声音说道："我们要不要到人群中去？我丈夫在找我。您又相当开心，我亲爱的，总是兴高采烈的，像从前一样，只是您要少喝点酒，有点节制。"那个长着罗圈腿的小个子抓住她的手；她笑着，跟随他走进大厅。"永远没有希望！"我喊了出来。"是的，肯定，克迪勒，我亲爱的！"一个正在玩西班牙纸牌的家伙咯咯笑着说。出去——我跑出大厅，冲进暴风雨的夜晚。

二 地窖里的聚会

在林荫大道上走来走去散步，在平时可能是一件很惬意的事，只是不要在除夕之夜，在极度严寒和暴风雪中。而且我还没戴帽子，光着头，没穿大衣，感觉就像一阵冰雹穿过酷暑一样。这种感觉伴随着我穿过剧院桥，从宫殿旁经过．我拐了个弯，从造币厂旁的水闸桥上跑过去。我来到猎人大街，紧挨着蒂尔曼商店①的地方。这时房间里点亮了柔和的灯光。我已经想进去了，因为我冻得要命，很想喝一大口烈性饮料。正在这时候一群欢乐的人从里边走出来。他们谈论着烹调得出色的牡蛎和 1811 年的醇酒②。"那个人的确是对的，"其中的一个人嚷道，正如我在灯光中发现的，那是一个身材魁梧的重骑兵军官，"那个人确实有道理，他去年在美因兹确实责骂过那些该死的家伙，他们在 1794 年无论如何也不愿意说出 1811 年的美酒的藏匿处。"③大家都哈哈大笑。我不知不觉往前走了几步，在一个地窖前面停下脚步，地窖里透出一束孤寂的光线。莎士比亚的亨利是不是也曾经感到如此疲劳、虚弱，以致他脑子里想到淡而无味的贱物，低度啤酒④？事实上，在我身上也有同样的感觉，似乎我的舌头在舔一瓶上等的英国啤酒。我很快走进地窖里。"您需要什么？"店主友好地把帽子往后推了推，问了我一句。我要了一瓶上好的英国啤酒，以及满满一烟斗上好烟草，我很快就显现出一种高雅的市侩作风，甚至魔鬼也不得不在我面前肃然起敬，不再纠缠我了。哦，司法顾问！你可能看见了，我是怎么样从明亮的茶屋里下来，到了昏暗的啤酒窖里，你可能脸上带着高傲的、蔑视的表情，在我面前把头转过去，嘴里嘟囔着："难道这不是一个奇迹，这样的一个人竟然弄脏了男衬衫上优美精致的胸饰？"

我没戴帽子、没穿大衣出现在人们面前，可能使他们有些吃惊。一个人嘴里正好要说出一个问题，这会儿有人在敲窗户，一

---

① A. 蒂尔曼开的葡萄酒和意大利百货商店，在柏林，猎人大街 56 号。
② 指著名的，经常被称赞的 1811 年的葡萄酒。
③ 这则笑话涉及 1794 年发生的法国人对美因兹城徒劳的占领。
④ 参见莎士比亚《亨利四世》，第二部，第二幕"海因兹王子"，第二场。

个声音从上面朝下喊道:"打开,打开,我来了!"店主向外跑出去,一会儿又进来,手里拿着两支点燃的蜡烛,在他身后跟着一个很瘦很高的男子。在低矮的门口,他忘记弯下腰①,脑袋结结实实地撞了一下;他头戴一顶黑色的芭蕾帽,这顶帽子保护了他,没使他撞得太厉害。他完全按照自己的方式缩着身子,贴着墙边走,在我的对面坐下来,与此同时蜡烛被放到了桌子上。关于他,人们也许可以说,他看来狂妄,情绪恶劣。他闷闷不乐地要了啤酒和烟草,吸了几口之后,屋子里就升起这么大的烟雾,以至于不一会儿,我们就飘浮在烟雾中了。此外,他的脸有某种特点和引人注意之处,所以虽然他的脸色阴沉,我还是立刻就喜欢上他了。他那浓密的黑发从中间分开,打成很多小卷向两边垂下来,以致他看起来很像鲁本斯的画像。当他把大衣的领子翻下来时,我看见,他穿了件有许多带子的库尔塔②,但是有一点十分引起我注意,他在靴子外边套上了精美纤巧的套鞋。在他五分钟内抽完一斗烟,把烟斗磕打干净时,我发觉了这一点。我们的谈话不想再进行下去了,那个陌生人好像在摆弄他从一个匣子里拿出来,并且惬意地观赏着的各种奇花异草③。在他面前我表现出对这些美丽的植物感到万分吃惊,因为好像是刚刚才采摘下来的,于是我便问道,他是不是可能刚才在植物园里或者布赫尔那里来着④。他笑了,模样有点怪异,并且回答道:"植物学看来不像是您的专业,不然的话您不会这样——"他顿住了,我小声说道:"幼稚可笑地——""提出问题,"他坦率地补充说,"您将会,"他接着说,"第一眼就认出来阿尔卑斯山上的植物,而且知道它们是如何在钦博拉索山⑤生长的。"陌生人的最后一句话是暗自小声

---

① 这个形象的描述根据德国作家沙米索的小说《彼得·施莱米尔奇遇记》第一版卷首画的细节。

② 1800 年左右俄国和波兰军人穿的短下摆的黑色战袍。

③ 彼得·施莱米尔如他的作者沙米索一样专心致志于植物学。

④ 位于柏林花街 11 号的布赫尔兄弟的花店和温室。

⑤ 南美洲厄瓜多尔境内海拔 6310 米的高峰。

说的，你可以想见，我那时候感到真奇怪。每一个问题还没说出来，就在嘴边咽下去了；但是我内心越来越有一种预感，仿佛那个陌生人我不但常常看见，而且还经常想到他。这时又有人敲窗户，店主人打开门，一个声音喊道："做做好事，把你们的镜子罩上吧。""噢！"店主人说，"苏沃洛夫将军①来得还真够晚的。"店主人把镜子罩上，现在，一个瘦小的矮个男子以一种缓慢的速度，我可以说，慢腾腾，却灵活地跳了进来。他身穿一件很少有的棕色的大衣，在他蹦蹦跳跳进了屋子时，打着许多皱褶的衣裾，围着身体四周飘荡，以至在烛光的照映下看起来像是有许多个人影相互交叉在一起——如同在恩斯勒②的魔幻影像中一样。此刻他摩擦掩在宽大的袖筒里的手掌，同时喊道："冷！——冷——噢，太冷了！在意大利完全不是这样！"他终于在我和大个子之间坐了下来，说："这烟雾简直太厉害了，烟囱对着烟囱——要是我也来一小撮就好了！"我口袋里装着那个你曾经送给我的，打磨得光华如镜的金属盒。我立刻把它掏出来，想向那个小个子敬上烟草。他张开双手扑了过来，可是几乎还没等他往烟盒看上一眼，就把烟盒推开，同时嚷着："拿开，把这个令人厌恶的镜子拿开！"他的声音听起来有点恐怖，而当我惊讶地朝他看的时候，他又变成另一个样子了。小个子带着年轻而无拘无束的面容跳了进来，可是如今却是一个面色惨白、干枯，脸上满是皱纹的老人，用深陷进去的眼睛在望着我。我满怀惊异朝那个大个子那边挪动。"天哪，您倒是看看哪。"我想喊叫，但是大个子无动于衷，完全沉浸在他对他的钦博拉索植物的研究中，在这一刻，小个子正如他矫揉造作地自我表现的一样，高声叫喊，要人们拿过来"北方的酒"。

①苏沃洛夫（1729—1800），俄军统帅。此处可能指进来的人像苏沃洛夫一样个子矮小。

②恩斯勒（约1782—1866），柏林艺术科学院教授，在动物园他的"视觉—机构"利用灯光魔幻式地显示所谓的朦胧鬼怪影像，在法兰西街展示了24件机械的艺术品。

谈话渐渐活跃起来。我虽然觉得小个子叫人很害怕，但是关于那些看似无足轻重的事物大个子能够说出很多深刻的、令人感到轻松愉快的话语来，他好像不在乎词汇的表达方式，有时候也掺杂一个不那么得体的词，然而正是这个词能够表达事物一种滑稽诙谐的本意，这样一来他就把小个子可笑的印象减弱了，我内心也越来越感到他的友善。小个子就像坐在弹簧上，在椅子上挪来挪去，双手拼命打着手势，当我清楚地发觉，他好像用两副决然不同的面孔往外看时，仿佛一股冰水从我的头顶流过，一直流到背部。首先他常常用老面孔看大个子，虽然他朝大个子看的时候不像刚才看我时样子那么可怕，大个子的安详平静和小个子的机敏灵活奇怪地形成鲜明对照。——在世俗社会的面具游戏中，内在的心灵常常用闪闪发光的眼睛从面具里向外看，识别出同根同源的人。于是可能发生这样的情形，我们在地窖里的三个奇特古怪的人就是这样相互对望，相互识别出来。我们的谈话陷入一种幽默情境中，这种幽默只来自受到深刻伤害，直到致命伤害的情绪。"这事也有它的麻烦。"大个子说。"啊，天哪，"我插话道，"魔鬼为我们到处钉入了多少钩子，房间的墙壁上，凉亭里，蔷薇花丛中，我们从旁走过，让我们某些宝贵的自我挂在了那里。尊敬的先生，我们大家仿佛已经以这种方式丢失了什么，尽管在这一夜我主要是少了帽子和大衣。两样东西都挂在司法顾问房间里的一个钩子上，正如您知道的那样！"小个子和大个子突然明显地跳了起来，就好像是什么东西不小心一下子击中了他们俩似的。小个子用他那张很丑陋的老面孔望着我，但是立刻又跳到一张椅子上，把一块布紧紧地蒙在镜子上，这时候大个子在小心地擦着灯。谈话又费力地重新活跃起来，人们提到一个名叫菲利浦的年轻能干的画家和一幅公主的画像①，那幅画像是他带着爱的情感和对上帝虔诚的渴望完成的，仿佛女主人深刻、神圣的思想点燃了他的

---

① 菲利浦·法伊特（1793—1877），德国画家。"一个公主的画像"是他1814年画的玛丽亚·安娜·冯·黑森·胡姆堡，普鲁士的公主（1785—1846）的油画。

心灵。"说起来画得很像，但是不是肖像，而是一幅画。"大个子这样认为。"它是那样真实，"我说，"简直可以说是从镜子里偷来的。"这时小个子猛地跳了起来，用老面孔和冒火的眼睛盯着我看，他喊道："这是愚蠢，是发疯了，谁能够从镜子里偷画呢？谁能？你怎么想，也许是魔鬼吧？哎呀，兄弟，他用笨拙的爪子打破玻璃，女人白皙、纤细的手也将受伤，流血。这是胡闹。哈！嗨！噢！把镜像给我看看，偷来的镜像，我给你做一次精彩的从高处向下一跃，你，这忧郁的年轻人！"大个子站起身来，朝小个子走过去，并且说："您别做那么没用的事，我的朋友！否则的话您会顺着楼梯被扔下去，带着您自己的镜像，那看起来可能就糟透了。""哈，哈，哈，哈！"小个子用尖利刺耳的声音放纵地嘲讽道，"你这样认为吗？你这么想？可是我有我最漂亮的人物投影，噢，你这可怜家伙，我确实有我自己的影子！"说着他继续跳着跑了出去，我们还听到他在外面恶毒地咯咯笑着说："我就是有我自己的影子！"大个子像是被打垮了似的，面色苍白地向后倒在椅子上，他用两只手撑着头，从胸腔深处发出一声长长的叹息。"您怎么啦？"我关切地问。"噢，我的天哪，"大个子回答，"那个恶毒的人，他似乎对我们那么怀有敌意，他跟踪我到这儿，一直到我平时常去的酒馆，平时我都是一个人寂寞地在那儿待着，那儿至多有某个地上的精灵躲在桌子底下，偷吃掉在地上的面包屑——那个恶毒的人把我带回到深重的痛苦之中。啊——失去了，我不可挽回地失去了我的影子——请您多保重！"他站起来，穿过房间中央，走到门外。他周围的一切仍旧明亮——他没有影子。我惊讶地跑过去追赶他。"彼得·施莱米尔——彼得·施莱米尔！"我欣喜地喊道，但是他把套鞋踢掉了。我看到，他怎么样跑出去，穿越岗楼，消失在夜幕中。

当我想回到地窖时，店主人在我的面前把门砰的一声关上，并且说道："亲爱的上帝保护我不受这样的客人的干扰！"

23

三　现象

　　马蒂约先生是我的好朋友，他的守门人是一个很机警的人。当我在"金鹰"旅馆①刚刚拉动门铃的时候，他立刻就给我把门打开了。我向他解释说，我是如何从聚会上溜走的，我没有戴帽子，也没穿大衣，可是我的住房钥匙在大衣口袋里，而现在把耳聋的女用人叫起来，是不可能的。于是那个友善的人（我指的是守门人）给我打开了一间屋子，举着灯给我照亮，并且祝我睡个好觉。漂亮的大镜子被罩上了，我自己也不知道怎么搞的，就把镜子上面蒙着的布拉了下来，把两盏灯放到镜台上。当我看自己在镜子里的样子时，发觉我的脸色是那么苍白，模样都变得几乎认不出是我自己了。我觉得好像从镜子里边深处现出一个模糊的人影；当我把越来越专注的目光和思想都集中在镜子上面时，在那奇异的、好像有魔法的微光中显现出来一个越来越清晰、可爱的女子肖像的特征——我认出来了，是朱丽叶。我围于热烈的爱情和渴念，长出了一口气，高声喊道："朱丽叶！朱丽叶！"这时，在房间里最边上的角落里，一张床的床帏后面有呻吟、叹息的声音。我仔细倾听，呻吟声似乎变得越来越胆怯。朱丽叶的肖像消失了，我果断地抓起一盏灯，飞快拉开床帏，朝里面张望。我怎么能够向你描述我当时的感觉啊！当我看到那个小个子带着一张年轻的，虽然是痛苦得变了形的脸躺在床上，在沉睡中还从胸膛深处长出一口气，叹息着叫着"朱丽塔！朱丽塔！"的名字时，我浑身发抖。我觉得这个名字把我的内心点燃了，恐惧从我面前退却，我抓住小个子，使劲摇晃他，并且喊道："嘿，好朋友，你怎么躺在我的房间里，醒醒，滚你的蛋，到魔鬼那儿去吧！"小个子张开眼睛，用阴郁的目光望着我："这是一个可恶的梦，"他说，"谢谢

---

　　① 1814 年 9 月 26 日霍夫曼在登霍夫广场附近的"金鹰"旅馆租了一间房。

您，把我唤醒了。"他的话听起来只像一声轻轻的叹息。我不知道怎么搞的，现在在我看来，小个子完全变成了另一个样子，攫住他的那种痛苦也挤进了我的内心，我所有的愤怒都消逝在深切的悲哀中。不需要多说就能得知，守门人由于疏忽给我打开了小个子已经占了的一个房间，于是我就成了失礼的闯入者，惊扰了小个子的睡梦。

"我的先生，"小个子说，"您可能觉得，我在地窖里太疯狂，太放纵了，您把我的举止行为归之于我有时被一个该死的幽灵控制住了，我不能否认，那个幽灵把我从所有的礼仪和应有的分寸的圈子里赶了出来。难道在您身上没有偶尔也发生过类似的情形吗？""天哪！是啊，"我沮丧地回答，"只是今天晚上就有这样的情形，那是当我再看到朱丽叶的时候。""朱丽叶？"他用讨厌的沙哑声音说，而且他的脸又抽动了一下，突然变成了老面孔。"噢，请您让我安静一下吧——发发善心，把镜子蒙起来吧，大好人！"他十分衰弱地把脑袋枕在枕头上，向后看着说。"我的先生，"他说，"我那永远失去的爱人的名字似乎在您心中唤起了奇特的回忆，您平静的面容也明显起了变化。但是，我希望和您一道平静地度过这一夜，因此我想立刻把镜子罩上，上床睡觉。"小个子直起身子，用他那小伙子样的脸上非常温和、善意的目光望着我，同时抓住我的手，并且轻轻地握了一下说："请您安心地睡觉吧，我的先生，我发现，我们是同病相怜的患难之交。您也应该是这样的吗？朱丽叶——朱丽塔——不管事情怎么样，您对我行使着一种不可抗拒的力量——我不能有别的选择，我必须向您披露我最深的秘密——然后，您会憎恨我，蔑视我。"随着这些话，小个子慢慢地站起来，身上裹着宽大的白色睡衣，蹑手蹑脚，简直像个幽灵似的向镜子那儿走过去，站到镜子跟前。哎呀！镜子清楚地照出了房间里的物体，两盏灯和我自己，而小个子的形象在镜子里看不见，没有光线反射出他那向前探出来、紧贴着镜子的脸。他向我转过身来，脸上露出绝望的神情，他握着我的手。

25

"如今您了解了我无边的苦难，"他说，"施莱米尔，纯洁、善良的灵魂，和我这个被遗弃的人相比还是值得羡慕的。他轻率地出卖了他的影子，可是我！我把我镜子里的影像给了她——她！哦——哦——哦！"小个子是那么悲伤地长叹，双手捂着眼睛，摇摇晃晃地朝床铺走去，立刻倒在床上。我呆呆地站在那儿，恼怒、蔑视、恐惧、同情、怜悯，我自己也不知道在我心中对小个子产生的是什么感情，是支持还是反对。在此期间小个子很快就打起了呼噜，姿态那么优雅，声音那么和谐，以致我无法抗拒这种声音令人陶醉的力量。我很快把镜子罩上，把灯熄灭，像小个子一样倒在床上，不久进入了梦乡。当一缕刺目的微光把我唤醒时，大概已经是清晨了。我张开眼睛，看见小个子，他这时穿着白色的睡袍，头戴睡帽，背对着我，坐在桌边，辛劳地写着什么。他看起来像个幽灵，我突然觉得一阵恐惧；梦境突然抓住了我，把我又带到司法顾问那里，在那儿我和朱丽叶并排坐在无靠背沙发上。但是不久我就觉得，仿佛整个聚会的人群都是福克斯、韦德、肖赫，或者什么人的甜食店里一个开玩笑的圣诞节展览①，司法顾问是德拉甘特的一个纤巧的、带有纸制胸部装饰的人物形象。树木和蔷薇花丛变得越来越高。朱丽叶站起来，递给我一只水晶高脚杯，蓝色的火苗从杯中向外冒。这时有人拽了我胳膊一下，小个子站在我身后，带着那副老面孔，小声说："别喝，别喝——你倒是好好看看她啊！你难道在布罗伊格尔、卡洛或者伦勃朗②的警告牌上没有看见过她吗？"在朱丽叶面前我感到一阵恐惧，因为显然她穿着她那件带蓬蓬袖、打着许多褶的袍子，头上戴着头饰，看起来完全像那些大师的画上被地狱里的怪物包围着的引诱人的少女。"你究竟为什么害怕，"朱丽叶说，"我完全拥有你和你的镜中影像。"我抓起高脚杯，但是小个子像一只小松鼠

---

① 在1814年12月，柏林福克斯、韦德和肖赫的糕点甜食店展出了糕点甜食仿制的军事场面。

② 伦勃朗（1606—1669），荷兰伟大画家。

蹿到我的肩膀上，用尾巴扫着火苗，讨厌地吱吱尖叫："别喝——别喝。"但是这时所有陈列的小糖人都活了，小手和小脚都十分滑稽地动弹着，司法顾问朝我小步跑过来，细声细气地说："这整个的喧闹是为了什么，我的好心人，为什么这么乱？您实实在在只用您那可爱的脚立足地上吧，因为您早就发觉，您正缓缓迈步从桌子和椅子上空的空隙里离去。"小个子消失了，朱丽叶手中不再举着高脚杯。"究竟为什么你不愿意喝呢？"她问，"难道从杯子里向你冒出来的纯净、明亮的火焰不是你曾经从我这儿接受的亲吻吗？"我想把她搂在怀中，可是施莱米尔插到中间，说："这是米娜，是嫁给拉斯克尔①的米娜。"他朝一些糖人踢了几脚，那些糖人大声呻吟起来。但是不一会儿他们成百上千地聚集起来，围着我小步跑动，来到我身边，五颜六色，乱七八糟挤成一团，像一群蜜蜂在我耳边嗡嗡叫。德拉甘特的司法顾问一跃而起，一直跳到我的领带上，他把领带越抽越紧。"该死的德拉甘特的司法顾问！"我大声喊着，从睡梦中醒来。已经是阳光明媚的大白天，大概是中午十一点。那个端着早餐进来的仆人对我说，那位和我睡在同一间房间里的陌生人一大清早就动身了，并且代他向我致意。这时，我正在暗想："和小个子有关的整个事件可能只是一个有趣的梦。"然而在那个小精灵夜里坐过的桌子上，我发现刚刚写过字的一张纸，上面的内容我已经向你通报过了，那无疑就是小精灵的奇怪故事。

四　丢失镜子中的影像的故事

　　终于到了这一步，埃拉斯穆斯·施皮克尔一生中在心中酝酿的愿望得以实现了。他带着快活的心情和装满的背囊，坐上了车离开北方的故乡，向美丽、温暖的意大利法语地区驶去。可爱、虔

---

　　① 拉斯克尔，在《彼得·施莱米尔奇遇记》中是施莱米尔以前的管家，他骗走了原先的主人的未婚妻米娜。

诚的女主人撒下了千滴眼泪，她把小拉斯穆斯的眼睛和嘴巴都小心地擦干净以后，把孩子举到车里，好让父亲在告别时能够亲吻他。"再会，我亲爱的埃拉斯穆斯·施皮克尔，"女人抽泣着说，"房子我会给你好好保管着，请你经常想着我，对我保持忠诚，当你爬到车上像习惯的那样，打盹睡着了的时候，别丢失了漂亮的旅行帽。"施皮克尔答应了。

在美丽的佛罗伦萨，埃拉斯穆斯找到了几个老乡，他们满怀生活乐趣和年轻人的勇气沉迷于这个美妙的土地提供给他们的尽情享乐中。他在他们面前证明自己是一个能干的同伴，在这里举行的各种各样轻松愉快的狂欢宴中，施皮克尔特别活跃的性格和给疯狂的放纵附加上深刻思想的才能给了这些欢宴活动一个独特的促进和推动。于是就出现了这样的情况，有一个夜晚，在一个美丽的、散发着芳香的花园里，在灯光摇曳的灌木丛中，那些年轻人（埃拉斯穆斯，才刚刚二十七岁，大概也包括在内）举行非常快乐的庆祝活动。每一个人，只有埃拉斯穆斯除外，都带来一个可爱的女伴。男子身着古德意志服装，女士们身穿五颜六色、闪闪发亮的衣裙，每个人的样子都不一样，完全是离奇古怪的打扮，以致她们出现时就像妩媚地缓步行进的花朵。每当这个姑娘或者那个姑娘弹着曼陀林，唱起一首意大利情歌时，男人们就敲着装满了西西里酒的玻璃杯，在快活的叮当声的伴奏下开始唱起强有力的德意志轮唱曲。意大利的确是一个爱情的国度。晚风仿佛在充满着渴望的呻吟声中轻轻吹拂，橙树和茉莉的香气仿佛爱情的音响从灌木丛中飘过，混杂在所有不受约束的、放纵的、逗乐取笑的表演中，这种表演是可爱的女性形象开始演唱的温柔的滑稽小歌曲，就像只有意大利女子特有的一种展示。欢乐的气氛越来越浓，歌唱的声音也越来越响亮。弗里德里希，这些人中最热情的一个，用一只胳膊搂住他的女友，另一只手举着盛着珍珠般的西西里酒的玻璃杯，高高挥舞着喊道："不是在你们，可爱的、美丽的意大利女子这里，哪儿还能找到天堂的快乐和幸福，你们就是爱情本身。但是，你，埃拉斯穆斯，"他向施皮克尔转过身来接着说，"好像没有特别感到这一点，因为，不仅仅是你违背所有的约定、规定和风俗，没有邀请小姐到我们的庆典上，而且你今天也这么忧郁，沉默不语，难道你不能至少勇敢地痛饮，大胆歌唱吗，那么我会以为，你一下子变成了无聊的感伤主义者了。""我不得不对你承认，弗里德里希，"埃拉斯穆斯回答，"我现在用这种方式一点也不能快乐。你是知道的，我有一个可爱的、虔诚的妻子留在家中，我从心里深爱着她，假如我在这种放纵的游戏里给自己挑选一位小姐，哪怕只有一个晚上，那显然也是对她的一种背叛。对你们这些没有结婚的小伙子来说，那当然是另一回事，可我是一个家庭中的父亲。"年轻人哈哈大笑，在埃拉斯穆斯说"家庭中的父亲"时，青春、随和的脸上皱起眉头，努力做出一副严肃的样子，然而这种表情正好显得十分滑稽逗人。弗里德里希的女伴让人把埃拉斯穆斯说的德语翻译成意大利语，然后她严肃的目光转向埃拉斯穆斯，并且抬起手指指着他，小声威胁地说道："你，这个冷漠的，冷漠的德国人！好好地看好你自己吧，你还没看见过朱丽塔呢！"

　　这时，在灌木花丛的入口处有什么声音窸窣作响，一个美丽异常的女子身影从昏暗的黑夜来到明亮的蜡烛微光中。她那雪白的衣裙只把乳胸、香肩和脖颈遮住了一半，蓬起的衣袖挽到肘部，下摆宽大，打着许多皱褶，头发在前额那里向两边分开，在脑后结成许多发辫，向下散开。金项链围在脖子上，手腕上戴着好几只手镯，这一切构成了少女的华丽古典服饰，她看起来仿佛是鲁本斯或者笔法细腻的米里斯画的一个女性肖像，现在她正移动莲步款款走来。"朱丽塔！"姑娘们惊讶地高声叫起来。朱丽塔，她那天使般的美丽放射出的光芒盖过了所有的人，她用甜美可爱的声音说："让我参加你们美好的庆典吧，你们这些能干的德意志小伙子。我想到那个人那儿去，他在你们中间，没有快乐，没有爱情。"说着，她以优雅、高贵的姿态转向埃拉斯穆斯，坐在他身旁

29

空着的椅子上，那儿是人们预先留出来的，为他也带一个女伴来准备好的。姑娘们相互耳语道："看哪，看哪，今天朱丽塔又是这么漂亮！"小伙子们则说："埃拉斯穆斯交了什么桃花运，难道他赢得了最漂亮的美人的芳心，而且也许还在讥笑我们吗？"

当埃拉斯穆斯第一眼看到朱丽塔时，就有一种特殊的感觉，他自己也不知道怎么回事，在他内心引起了那么强烈的冲动。当她接近他时，有一种陌生的力量抓住了他，把他的胸紧紧压住，以致他都不能呼吸了。当其他小伙子大声赞扬朱丽塔的优雅和美丽时，他坐在那儿，眼睛紧盯着朱丽塔，嘴唇僵硬，一个字也说不出来。朱丽塔拿起一只盛满酒的高脚杯，站起身来，把酒杯亲切地递给埃拉斯穆斯；他伸手接酒杯，碰到朱丽塔柔软的手指。他喝下酒，一股热流流过他的血管。这时，朱丽塔开玩笑地问："难道我应该当你的女伴吗？"埃拉斯穆斯像疯了似的跪倒在朱丽塔面前，把她两只手紧紧贴在自己的胸脯上，并且喊道："是的，你是，我爱你，永远，你这天使般的美女！我在我的梦中就看见过你，你是我的运气，我的幸福，我更美好的生活！"大家都相信，埃拉斯穆斯喝的酒上头了，因为他们从来没看见过他这个样子，他简直像是变成另一个人。"是的，你就是我的生命，你让我的心中忍受爱情之火的煎熬。让我死去吧——消亡，只在你的心中，我只愿意和你成为一体。"埃拉斯穆斯这么喊着，但是朱丽塔温柔地抓住他的手臂；他变得安静一点了，在她的身边坐下来，一会儿，被朱丽塔和埃拉斯穆斯打断的欢快的爱情游戏又重新开始了，大家又诙谐地开着玩笑，唱起快乐的歌曲。当朱丽塔开口唱的时候，仿佛从她的胸腔里发出了美妙的天籁之音，这声音在大家心中点燃了他们从不了解的，不能说清道明，只能预感到的快乐。她那完美、奇妙、水晶般清澈透明的声音中带有一种充满神秘感的炙热感情，把每一个人的情绪都完全控制住了。每个小伙子都把他们的女伴搂得更紧，四目相对，眼中放射出爱的光芒。一缕红色的微光已经宣告朝霞的降临，这时，朱丽塔建议结束庆典。于是欢乐的聚会结束了。埃拉斯穆斯正打算陪伴朱丽塔回家，可是她拒绝了，但是向他描述了一番自己的住处，这样他以后也许可以找得到。在德意志小伙子聚会结束时又唱了一遍轮唱歌曲的过程中，朱丽塔从灌木丛中消失了；人们看见她跟在举着火把走在前面的两个仆人后面步行穿过远处的一条林荫小道。埃拉斯穆斯不敢跟着她。小伙子们于是搂着他们的女伴，高高兴兴地大步从那里离开。走在最后的是埃拉斯穆斯，内心像被渴望和爱情的痛苦撕裂了，完全是惘然若失的样子。他的小仆人举着火把在前边给他照亮。因为朋友们把他抛下了，他就这样走着，穿过一条狭窄的街道，那条街通往他的住所。朝霞已经升得很高了，仆人将火把在石子路上磕灭，但是在喷出的火星中，一个奇怪的人物突然出现在埃拉斯穆斯的面前。那是一个瘦高个儿的男子，长着鹰钩鼻，冒火的眼睛，阴险地撇着嘴，身上穿着一件火红的长袍，上面的金属纽扣闪闪发光。这个人笑着，用刺耳难听的声音喊道："噢，噢！您可能是从一本旧连环画书中爬出来的，穿着您的大衣，您那开衩的紧身上衣和您那带羽毛的四角帽。您看起来真滑稽，埃拉斯穆斯先生，但是，难道您想要在街上被人们嘲笑吗？快回到您的羊皮纸书卷中去吧。""我的服装关您什么事？"埃拉斯穆斯不高兴地说，并且想把穿红袍的汉子推到一边，从他身旁走过去，而这个人在他身后追着喊道："喂，喂——别这么急嘛，您现在可能不能马上到朱丽塔那儿去。"埃拉斯穆斯迅速转了一个身。"您说朱丽塔什么？"他用粗暴的语气喊着，一把抓住红衣汉子的胸脯。那人却像射出的箭一样，嗖的一下飞速转身，还没等埃拉斯穆斯准备好，就消失得无影无踪了。埃拉斯穆斯手中抓着从红衣汉子袍子上揪下来的金属纽扣，惊愕地站在那里愣住不动。"这是神奇博士，他到处出现；只是他想要您干什么呢？"仆人说，但是埃拉斯穆斯感到一阵恐惧突然袭来，他急忙往家里赶。

朱丽塔用她具有的全部奇妙的妖媚和亲切态度接待埃拉斯穆斯。对于埃拉斯穆斯心中爆发出来的疯狂热情，她则抱以温和宽厚、无所谓的态度作为回应。只是她偶尔抬起眼睛，眼中闪烁出光芒，而当她偶尔用十分奇特的目光看埃拉斯穆斯一眼时，他的心中就感到一阵轻微的悸动。她从没对他说过，她爱他，但是她在和他交往的整个过程中，全部的举止、行为方式都让他清楚地预感到这一点，于是越来越紧的绳索把他捆住了。对他来说，一种真正的，充满幸福感的阳光生活油然而生。朋友们很难得再看见他，因为朱丽塔把他引到另外的、陌生的社交场合中去了。

有一次弗里德里希碰到了埃拉斯穆斯，他不放埃拉斯穆斯离开。和朋友的相遇使埃拉斯穆斯回忆起故乡和自己的家园。当他通过这些回忆变得温顺和柔弱时，弗里德里希对他说："你知道吗？施皮克尔，你已经陷到相当危险的交友圈子里了。你想必已经发觉，美丽的朱丽塔是世上自古以来最狡猾的女子中的一个。此刻人们打算营造各种各样神秘、奇异的，让她在特别耀眼的光线中显现的故事。人们说，她如果愿意的话，就可以具有一种左右他们，让人无法抗拒的力量，把他们捆在不能解脱的带子里，这一点我在你的身上看到了，你完完全全变了，你完全投入了诱惑人的朱丽塔的怀抱，你不再想念你可爱、忠实的妻子。"这时埃拉斯穆斯抬起两手捂在脸上，大声抽泣，他喊着他妻子的名字。弗里德里希大概发觉，一场怎样艰苦的斗争正在他心中展开。"施皮克尔，"他接着说，"我们赶快动身启程吧。""好，弗里德里希，"埃拉斯穆斯激动地喊着，"你说得对。我不知道，为什么我突然产生了一种阴郁的，令人毛骨悚然的预感——我必须走，今天就走。"两个朋友快步横穿过街道，达佩尔图托先生从旁经过，这人冲着埃拉斯穆斯的脸笑着喊道："哎呀，倒是快点呀，赶快，朱丽塔已经在那儿等着呢，心中充满期待，眼中满含泪水。——唉，你倒是赶快，赶快呀！"埃拉斯穆斯像被闪电击中了一样。"这个家伙，"弗里德里希说，"这个吉阿拉塔诺，我从心里就讨厌，这家伙在朱丽塔那里出出进进，而且把他奇异的本性出卖给了她。""什么！"埃拉斯穆斯喊道，"这个可鄙的人在朱丽塔那里——在朱丽塔身边？""您在哪儿耽搁了那么久，一切都准备好了，大家都在等着您呢，难道您根本就没想到我吗？"一个温柔的声音从阳台上面传了下来。这是朱丽塔，朋友们竟然没有发觉已经站在她家的门前了。埃拉斯穆斯猛地一跳，一下子进到房子里。"现在他这一进去，就再没有救了。"弗里德里希小声说，并且穿过街道继续悄悄向前走去。

朱丽塔显出从未有过的比过去更亲切、更和蔼的姿态，她穿的是当时在花园里穿的同一件衣服，她全身放射出美艳、青春、妩媚的光芒。埃拉斯穆斯把他和弗里德里希说的一切都忘到了九霄云外了。现在，最大的幸福、最大的狂喜比任何时候都使他不可抗拒地着迷，但是朱丽塔也前所未有地、毫无保留地让他感觉到她最真挚的爱。似乎只有他是她最关心的，她似乎只为他存在。据说在朱丽塔为夏天租的一个别墅里将要举行一次庆典。人们纷纷前往。在人群中有一个年轻的意大利人，长得非常难看，举止行为更是不端，这个人竭力向朱丽塔献殷勤，引起了埃拉斯穆斯的妒火，于是埃拉斯穆斯满怀愤怒地离开了其他人，寂寞地在花园边上的一条林荫道上悄悄地走来走去。朱丽塔四处找他。"你怎么啦？难道你不完全是我的吗？"她说着用温柔的臂膀搂住他，把嘴紧贴在埃拉斯穆斯的嘴唇上，给了他一个热吻。一股热流穿过他的全身，在疯狂的爱情之火猛烈燃烧中，他把爱人紧紧拥抱在怀中，并且喊着："不，我不离开你，让我在丢脸的堕落中消亡吧！"听到这些话，朱丽塔脸上露出怪异的微笑，同时用那种奇怪的目光看着他，这种目光每一次都在他心里激起恐惧的感觉。他们又走回到人群中。那个讨厌的意大利年轻人现在顶替了埃拉斯穆斯的角色，满怀嫉妒地被赶开了，他嘴里说出了各种各样针对德国人，特别是针对施皮克尔的，尖刻的、带侮辱性的话。埃拉斯穆斯终于不能再长时间忍受了，他迅速朝那个意大利人走过去。"住口，"他说，"停止您对德国人和对我一钱不值的挖苦讽刺，不然的话我把您扔到池塘里，您尝尝游泳的滋味吧。"这时一把匕首在意大利人的手中闪了一下，埃拉斯穆斯愤怒地抓住他的喉咙，把他扔到地上，又朝他脖颈上使劲踢了一脚，意大利人的喉咙里发出濒死的呼噜声，接着就没了气息。大家都向埃拉斯穆斯冲过来，在这一瞬间，他失去了知觉——他感到自己被抓住了，被带走，离开这里。当他仿佛从深度的昏迷中醒过来时，发觉自己躺在一间小屋里，在朱丽塔脚边，朱丽塔的头低垂着，在他的上方弯下身来，两只胳膊抱着他，支撑着他的身体。"你，这个可恶的，可恶的德国人，"她说，声音无比温柔，亲切，"你让我多么害怕呀！我把你从面临的危险中救出来，但是你再在佛罗伦萨，在意大利待下去，是不安全的。你必须走，你必须离开我，尽管我是那么爱你。"一想到离别，一种莫名的疼痛和悲哀让埃拉斯穆斯感到撕心裂肺。"让我留下吧，"他嚷着，"我愿意忍受死亡的痛苦，难道说死比没有你的生更痛苦吗？"就在这时，他觉得，好像远处有一个很轻的声音在痛苦地呼唤着他的名字。啊！这是忠实的德国妻子的声音。埃拉斯穆斯哑口无言，朱丽塔用一种非常奇怪的方式问："你是在想你的老婆了吧？唉，埃拉斯穆斯，你很快就将会把我忘掉的。""但愿我能够永远，永远只属于你。"埃拉斯穆斯说。他们正站在挂在小屋子的墙上的一面大镜子前。镜子两旁点着明亮的蜡烛。朱丽塔把埃拉斯穆斯亲热地紧紧搂在胸前，同时小声耳语道："把你的镜中影像留给我吧，你，最亲的爱人，它应该是我的，永远留在我这里。""朱丽塔，"埃拉斯穆斯非常惊讶地喊起来，"你到底是什么意思？我的镜中影像？"这时他往镜子看，镜子反照出了他和朱丽塔亲密拥抱的样子。"那你怎么能保留我的镜中影像呢？"他接着说，"它会随着我到处走，从每一处清澈的水中，从每一个磨得光亮的平面上对着我反照出来。""难道你不让我圆一次这个梦吗，看到你的形象怎么从镜子里闪着微光显现出来。你平时愿意全身心都属于我的。你那不定的影像不应该留在我这儿，和我一道度过这可怜的一生吗？如今，因为你飞走了，这生活可能将永远没有欢乐和爱情。"热泪从朱丽塔美丽的深颜色大眼睛里流淌下来。埃拉斯穆斯喊起来，他由于致命的爱情的痛苦丧失了理智："难道我必须离开你吗？假如必须离开你，那么我的镜中影像永远为你所有，永久保留在你这里。没有任何力量——哪怕魔鬼也不能把它从你那儿夺走，只有你自己占有我，连同我的灵魂和身体。"当他说这话时，朱丽塔的亲吻犹如火焰在他的唇上燃烧，然后她把他放开，满怀渴望地把手臂向镜子伸过去。埃拉斯穆斯看见，他的影像怎么样脱离了他的动作，独自显现出来，怎么样滑到朱丽塔的手臂中，然后怎么样和她一道在温馨的芳香中渐渐隐没。各种各样可怕的声音在窃笑，在魔鬼的嘲讽中大笑；深深的惊恐致使他做出濒死挣扎，他失去知觉，倒在地上，但是极大的恐惧——一阵战栗又把他从昏迷状态中拉出来，在越来越浓重的黑暗中他跌跌撞撞地走到门外，下了楼梯。在大门口有人一把抓住他，把他弄到一辆车上，车子很快向前走掉了。"看来他们有点激动，兴奋，"这人在他身旁坐下来，用德语说，"他们有点激动，兴奋，在此期间，您只要愿意完全听我的，那现在一切都将完全顺利进行。朱丽塔已经把她的工作做完了，把您推荐给我。您是一个很可爱的年轻人，令人惊讶地偏爱惬意的玩笑，这一点让我们，朱丽塔和我非常满意。我觉得您在脖颈上踢的结结实实的德意志一脚真够劲，踢得那个可爱的意大利小伙子脸色发青，头一歪，舌头耷拉出来——看起来真是滑稽可笑，不管他怎样拼命咳嗽，呻吟，也不能够立刻跑开——哈——哈——哈。"那人带着讽刺讥笑意味的声音是那么令人厌恶，他的胡扯听起来是那么令人毛骨悚然，以致那些话听起来如同一把匕首刺进埃拉斯穆斯的胸膛。"不管您是谁，"埃拉斯穆斯说，"别说，别说出我后悔的可怕行为！""后悔，后悔！"那人回答，"难道说，你大概后悔认识了朱丽塔，赢得了她甜蜜的爱情吗？""噢，朱丽塔，朱丽塔！"埃拉斯穆斯叹息着呼唤她的名字。"那好，"那人接着说，"尽管您现在那么幼稚，您希望，而且也想要，但是一切都应该保留在同样平坦、顺利的路途上。虽然这是令人痛苦的，您不得不离开朱丽塔，可是我也许能够办到，让您留在这儿，让您躲过所有的匕首，逃脱您的追踪者，也逃脱可爱的司法机构。"能够留在朱丽塔身边的念头完全抓住了埃拉斯穆斯。"那怎么才能够办到呢？"他问。"我知道，"这人接着说，"一种感应性的药剂，它可以使您的追踪者失去判断能力，简单说，它的效果是您在他们面前总是以另一副面孔出现，让他们再也认不出您。到了这一天，您就可以放心地长时间并仔细地往任何一面镜子里看，而我用您的镜中影像实施一个小小的手术，一点也不会使它受到伤害，然后，您就安全了，您可以和朱丽塔幸福、快乐地生活在一起，没有任何危险。""可怕，太可怕了！"埃拉斯穆斯喊起来。"有什么可怕的，我最尊敬的先生？"那人嘲讽地问。"唉，我——把，我——把，"埃拉斯穆斯刚一开口——"您把您的镜中影像丢弃了，"那人连忙插嘴道，"丢弃在朱丽塔那儿了？——哈，哈，哈！太妙了，我的好先生！现在您可以跑过田野和森林，城市和村庄，直到找到您的老婆和孩子，小拉斯穆斯，重新又成为一个家庭的父亲，虽然没有镜中影像，对这一点大概您的妻子也不在乎，因为她在身体上拥有您，而朱丽塔永远只拥有您闪烁着微光的梦中幻象。""住口，你，可怕的人。"埃拉斯穆斯嚷着。在这一刻，一支快活的、唱着歌的队伍高举着火把走近了，火把的光把车子照亮。埃拉斯穆斯看着他的同伴的脸，认出了这个丑陋的达佩尔图托博士。他一下子从车里跳出来，向队伍跑去，因为他从远处已经听出了弗里德里希优美的男低音。朋友们从一个乡村宴会上回来。埃拉斯穆斯立刻把发生的一切都向弗里德里希通报，只是隐瞒了他的镜中影像丢失了的事实。弗里德里希和他一起前行，往城里赶，一切必要的事情都很快办好了，到朝霞升起时，埃拉斯穆斯已经骑在一匹快马上，远离了佛罗伦萨。施皮克尔把他在旅途中遇见的冒险经历都记录下来。最值得注意的是这个意外事件，这件事让他开始对于镜中影像的丢失有一种很奇特的感觉。因为他那匹马已经疲惫不堪，需要休息，他又正好来到一个大城市，于是就停留下来，毫不在意，随便在一张坐了很多人的酒店桌子旁边坐了下来，并没有注意到对面挂着一个明亮、美丽的大镜子。站在他身后的一个招待员，服务员中的恶棍，发觉反射出对面情景的镜子里的椅子是空的，上面没坐着人。他把这个发现告诉了埃拉斯穆斯的邻座，坐在埃拉斯穆斯旁边的那个人，于是围在整个桌边的一圈人都在嘀嘀咕咕，窃窃私语，人们看着埃拉斯穆斯，然后再往镜子里看。埃拉斯穆斯却还一点也没有察觉这一切都和自己有关。这时，一个严肃的人从桌边站起来，把他领到镜子跟前，往里边看，然后向人群转过身来，高声喊："真的，他没有镜中影像！""他没有镜中影像——他没有镜中影像！"大家乱喊起来，"一个没用的家伙①，一个亵渎神明的人②，把他扔到门外边去！"埃拉斯穆斯又愤怒，又羞愧地往他的房间里逃去；但是几乎还没等他到那儿，警察就来通知他，他必须在一个小时之内带着他完整的，和自己完全一样的镜中影像出现在当局面前，或者必须离开城市。他被那些游手好闲的乌合之众和街上的小青年追赶着迅速从那里离开，那些人还在他身后喊着："瞧，他骑马跑了，那个把影子出卖给魔鬼的人，瞧，他骑马跑了！"终于，他摆脱了那些人的追踪。如今他只要到一处，就总是借口天生羞怯，拒绝任何映照，让人把所有的镜子都赶快蒙上，自此之后人们嘲笑地喊他"苏沃洛夫将军"，那人的做法和他一样。

当他到达他的故乡城市和他的家时，他亲爱的妻子带着小拉斯穆斯热情地欢迎他，他在平静安宁的家庭氛围里，好像很快完全忘却了镜中影像丢失的事。一天，把美丽的朱丽塔从脑子里完全忘却了的施皮克尔正带着小拉斯穆斯玩耍；小家伙两手沾满煤烟，并且把煤烟子往爸爸脸上抹。"哎，爸爸，爸爸，看我怎么把你变黑了，你往这儿看一下啊！"小孩子这么喊着，还没等埃拉斯穆斯能够拦住，就拿过来一面镜子，举到父亲面前，他自己也同时往镜子里张望。但是他立刻哭着松开手，让镜子掉在地上，

---

① 原文为法文。
② 原文为拉丁文。

自己飞快地向房间跑去，接着妻子走了进来，脸上露出惊愕和害怕的表情。"你知道，小拉斯穆斯跟我说你什么吗？"她说。"说我没有镜中影像，是不是，我亲爱的？"施皮克尔脸上硬挤出微笑说，同时尽力证明，虽然相信这件事很荒唐，可是一般来说，人们也可能丢失他的镜中影像，但是总的说来在这上边不会失去太多，因为每一个镜中影像都只是一个幻象，观察自我会导致虚荣，再加上这样的一个镜像会分裂现实的和梦中的自我形象。在他这么说的时候，妻子把蒙着卧室墙上镜子的布迅速拽了下来。她往镜子里边望去，仿佛被闪电击了一下似的，瘫倒在地上。施皮克尔把她扶了起来，但是她刚一恢复意识，就十分害怕地把丈夫从自己身边推开。"放开我，"她喊，"放开我，可怕的人，你不是我的丈夫，不是——你是一个地狱里的魔鬼，你要让我失去永恒的幸福，让我毁灭。走开，放开我，你没有控制我的权利，你这该死的！"她的声音尖利刺耳，在房间里回响，穿过大厅，家里的人都害怕地跑了过来，埃拉斯穆斯非常生气，又十分绝望地冲出家门。仿佛被狂怒驱使，他骑马奔驰，穿过位于城市公园里的狭窄的通道。朱丽塔的形象浮现在他面前，天使般的美丽，这时他高声喊道："你是这么报复我吗，朱丽塔，因为我离开了你，只给你留下我的镜中影像，而不是留下我自己？哈，朱丽塔，我愿意是你的，带着我的身体和灵魂，她，我的妻子把我轰出来了，她，我为你牺牲了她。朱丽塔，朱丽塔，我愿意成为你的，包括我的身体、生命和灵魂。""您完全可以做到，我最尊敬的人，"达佩尔图托先生说，他突然站在他身旁，身穿有闪闪发光的金属纽扣的绯红色长袍。对于不幸的埃拉斯穆斯来说，这是安慰的话，因此他没有注意达佩尔图托奸诈、可憎的脸，他停住脚步，用很可怜的语调说："我怎么才能重新找到她，朱丽塔，对于我来说可能永远失踪了！""绝非如此，"达佩尔图托回答，"她根本离这儿不远，她正惊人地渴望得到您宝贵的自身，最尊敬的人，那儿，正如您看到的，一个镜中影像只是一个可怜的幻象。再说只要她确有把握，了解了您宝贵的自身，即连带身体、生命和灵魂，她就还给您可爱的镜中影像，完整无损地还给您，而且会对您心存感激。"带我去她那儿——到她那儿去！"埃拉斯穆斯喊道，"她在哪儿？""还有一点，"达佩尔图托道，"在您可以见到朱丽塔，在将要归还镜中影像，完全献身于她之前，还有一个小问题需要解决。那些人还不能够那么完全支配您宝贵的形象，因为您还被某种枷锁束缚着，这个桎梏必须打破。就是您可爱的妻子连同前途无量的小儿子。""怎么啦？"埃拉斯穆斯突然暴怒。"与这个无足轻重的纽带的分离，"达佩尔图托接着说，"也许可以很容易以人性的方式实现。您从佛罗伦萨就得知，我懂得巧妙地准备有神奇妙用的药剂，瞧，在这儿我手中就有一种家庭备用药。只需要用上几滴，挡了您和朱丽塔的路的人只需要享用几滴，就会毫无痛苦、毫无声息地倒下。虽然人们管这叫死亡，而且死亡应该痛苦；但是苦杏仁的味道不是芳香的吗，而且这个小瓶子里锁住的死亡只有这种苦味。在愉快的倒下之后，可贵的家庭将散发出一种苦杏仁惬意的气味。请您拿着，最最尊敬的先生。"他递给埃拉斯穆斯一小瓶氢氰酸。①"可怕的人，"埃拉斯穆斯喊叫起来，"难道我得毒死我的妻子和孩子吗？""难道谁说这是毒药啦，"穿红袍的人说，"在氢氰酸里只含有一种味道很好吃的家庭备用药。我当然也有其他方法提供给您，让您得到自由，但是我希望通过您自己，完全自然地，非常人性地起到作用，这正是我的一个业余爱好。请您放心大胆地拿去吧，我的好先生！"埃拉斯穆斯自己也不知道，怎么就把小瓶拿到了手上。他脑子里一片空白，飞快跑回家，来到他的房间里。妻子整夜无眠，担惊受怕，非常痛苦，她一直坚持认为，回家的人不是她丈夫，而是具有她丈夫形象的地狱幽灵。只要施皮克尔一进家，所有人就都害怕地后退，只有

---

① 达佩尔图托的氢氰酸肯定含有某种精馏的桂樱水，所谓的蓝酸。饮用很少量的这种水（少于一盎司）就出现描述的效果。霍恩的"医学经验文献"1813 年，5 月至 12 月，510 页。

小拉斯穆斯敢接近他，而且幼稚地问他，究竟为什么他没把他的镜中影像带回来，母亲为此伤心得要死。埃拉斯穆斯狂怒地盯着小儿子，他手中还拿着达佩尔图托的氢氰酸瓶。小孩的胳膊上落着他最喜爱的鸽子，于是发生了这样的事，鸽子的嘴靠近小瓶，并且去啄瓶塞；结果它的脑袋立刻耷拉下去，鸽子死了。埃拉斯穆斯大吃一惊，跳了起来。"叛徒，"他喊道，"你不应该引诱我做这种魔鬼行径！"他把小瓶从敞开的窗户扔了出去，小瓶掉在院子里石子路上摔碎，成了千百块碎片。一股好闻的杏仁味冒了出来，弥漫开来，一直传到房间里。小拉斯穆斯吓得从这儿跑开了。施皮克尔整个白天被深深的痛苦折磨，直到午夜降临。这时他内心中朱丽塔的形象越来越活跃，变得生机勃勃。曾经有一次当着他的面，她脖子上的一串女人经常像珍珠一样佩戴着，实际上是由那些小红浆果穿成的项链突然断开了。在把红浆果捡拾起来的过程中他迅速藏起来一颗，并且把浆果珍贵地保存起来，因为那是佩戴在朱丽塔的脖子上的。现在他把它取出来，呆呆地看着它，他的情感和思绪都集中到失去的爱人身上。这时仿佛这颗珍珠似的浆果散发出一种神奇的香气，就是往日他在朱丽塔身边时环绕着他的那种气息。"啊，朱丽塔，只要再看见你一次，我就心满意足了，然后在堕落和耻辱中走向毁灭也在所不惜。"他几乎还没把这话说出来，走廊里的门前就开始发出很轻的窸窣声响。他觉察到有脚步声，有人敲房间的门。埃拉斯穆斯由于预感到发生的事情觉得害怕，但却又怀着希望屏住呼吸。他把门打开。朱丽塔迈着十分优雅、妩媚的步子走了进来。他感到极度的欣喜和强烈的爱情，发狂似的把她搂在怀里。"瞧，我来了，我亲爱的，"她温柔地轻声说，"但是，看，我多么珍贵地保存着你的镜中影像！"她把蒙着的布从镜子上拉下来，埃拉斯穆斯吃惊地看到他的影像，镜中的他和朱丽塔紧紧依偎着，却脱离开他本人，独立存在，没有映照出他的任何动作。埃拉斯穆斯打了一个寒战。"朱丽塔，"他喊道，"难道要让我在对你的爱中发狂吗？给我镜中影像，把我连同我的身体、生命和灵魂拿去吧。""在我们中间还有点问题，亲爱的埃拉斯穆斯，"朱丽塔说，"你知道的——达佩尔图托没有告诉你吗？""上帝啊，朱丽塔，"埃拉斯穆斯说，"假如我只能用这个方法成为你的，那么我宁愿去死。""达佩尔图托也绝不应该，"朱丽塔接着说，"唆使你做这样的事。这自然不好，一个誓言，一次神父的祝愿曾经能够有那么大的力量，但是你必须解脱把你束缚住的这个纽带，因为不然的话，你将永远不能整个是我的，为此我有一个不同于达佩尔图托建议的，另外更好的方法。""在哪儿？"埃拉斯穆斯着急地问。朱丽塔用手臂围住埃拉斯穆斯的脖颈，头贴着他的胸脯，轻声耳语道："你在一张小纸上，在你的名字，埃拉斯穆斯·施皮克尔下面写上几句话：'我赋予我的朋友达佩尔图托对我的妻子和我的孩子有如下权利，他可以随意处置他们，解开束缚我的纽带，因为我愿意今后连同我的身体、我不死的灵魂都属于朱丽塔，我选出的做我妻子的人，我将通过一个特殊的誓言和她连接在一起的人。'"埃拉斯穆斯听了毛骨悚然，全身颤抖。朱丽塔火热的吻在他唇上燃烧，他手中拿着朱丽塔给他的纸。突然巨人般的达佩尔图托立在他的身后，递给他一支金属笔。在这一瞬间埃拉斯穆斯左手的一根血管跳了一下，鲜血迸出。"蘸一下，蘸一下——写呀，写呀。"穿红袍的达佩尔图托声音嘶哑地催促道。"写吧，写吧，我永远的、唯一的爱人。"朱丽塔轻声耳语。他已经用血去沾鹅毛笔了，并且开始写——这时门突然开了，一个白色的人形进来了，似幽灵般的眼睛直愣愣地望着埃拉斯穆斯，她用低沉的声音十分痛苦地喊："埃拉斯穆斯，埃拉斯穆斯，你在干什么哪，你——看在救世主的面上，把笔放下吧，别做这可怕的行径！"埃拉斯穆斯认出了那个发出警告的人是他的妻子，于是把纸和笔远远丢开。从朱丽塔的眼中放射出火花，她的脸变了样子，很可怕，愤怒的火焰使她的躯体也变了样子。"别再纠缠我，地狱里的恶棍，你不应该占有我灵魂的一部分。以耶稣基督的名义，离开我，美女蛇——从你那儿升起地狱之火，烧得通红。"埃拉斯穆斯这么喊着，用拳头使劲把还一直缠着他的朱丽塔打回去。这时响起了刺耳的哀号，发出像刀割似的不和谐音，仿佛乌鸦扇动黑色的翅膀在房间里到处乱飞似的。朱丽塔·达佩尔图托在发出臭味的浓浓烟雾中消失了，那股恶臭的浓烟好像从墙里冒出来的，把灯光弄灭了。朝霞的晨光终于透过窗户照了进来。埃拉斯穆斯立刻动身到他妻子那里去。他发现她完全是一副和善、温顺的样子。小拉斯穆斯已经很活泼地坐在床上。她把手递给精疲力竭的丈夫，说："如今我已经知道了你在意大利碰到的倒霉的一切，对你表示深切的同情。敌人的力量太大了，就像敌人如今沉湎于所有可能的恶习那样，他们也这样拼命去偷盗，不能抗拒用阴险的方法，盗窃你完美无瑕的、一模一样的镜中影像的欲望。但是，往那儿的那面镜子里看一下吧，亲爱的，好人！"施皮克尔全身颤抖着，带着可怜的表情往镜子里看。镜子仍旧清澈明亮，里边没有映照出埃拉斯穆斯·施皮克尔往外眺望的形象。"这一次，"妻子接着说，"相当不错，镜子没有把你的形象反射出来，因为你看起来是那么愚蠢，亲爱的埃拉斯穆斯。但是再说你自己大概也明白，没有镜中影像，你就是人们的笑柄，不可能是正式的、完整、没有缺陷的，得到妻子和孩子尊敬的家庭的父亲。小拉斯穆斯也已经笑话你了，首先想用煤给你画一个大髭须，因为你可能发觉不了。好吧，你再在世界上到处游荡一会儿吧，找机会从魔鬼那里夺回你的镜中影像。如果你又重新拥有它，那么你在我这里将受到热情欢迎。吻我，（施皮克尔亲吻了妻子）现在——一路顺风！有空的话给小拉斯穆斯捎几条小裤子来，因为他总滑倒，摔破膝盖，这一类东西需要许多。如果还去一次纽伦堡的话，作为爱孩子的父亲，就再加上一个五彩轻骑兵玩具和一块椒盐点心。好好保重，再会，亲爱的埃拉斯穆斯！"女人转身，面朝另一个方向，睡着了。施皮克尔把小拉斯穆斯高高举起来，紧紧地贴在胸口上；但是孩子拼命喊起来，施皮克尔只好又把他放到地上，自己走到遥远的世界中。有一次他碰到某一个彼得·施莱米尔，那人把自己的影子卖出去了；两个人想结伴走，这样的话埃拉斯穆斯·施皮克尔本该投下必要的投影，彼得·施莱米尔相反应该反射属于他的镜中影像；但是什么也没有反射出来。

失去的镜中影像的故事结束。

旅行狂热爱好者的附言

究竟从那面镜子里看到什么？我真的也是这样吗？哦，朱丽叶——朱丽塔——天使的形象——地狱的幽灵——狂喜和痛苦——渴念和绝望。你看，我亲爱的特奥多尔·阿丢乌斯·霍夫曼，在我的生活中我只看见有一种陌生的、阴暗的力量常常闯入，而且骗我睡着了，做着好梦，在这过程中，甚至把奇异的人物塞到我的梦境中。脑子里满是除夕之夜的情景，我几乎相信，那个司法顾问真的是来自德拉甘特，他的茶会是一次圣诞节之夜展览会或者新年展览会，可爱的朱丽叶是伦勃朗或者卡洛绘制的那幅诱惑的妇女肖像，不幸的埃拉斯穆斯·施皮克尔被骗走了他俊美的、一模一样的镜中影像。请原谅我这样想吧！

赌　运

　　18××年的夏天，来到皮尔蒙特温泉浴场①的游客特别多。从以往的历史来看，还从来没有过这么多的游客来光顾这个地方。世界各地有头有脸的有钱人都向这里涌来，结果这里的游客自然是一天比一天地增多。各式各样的投机家们个个精神抖擞，他们都准备在这里大赌一场。法娄牌②赌场的局主们都是一些训练有素的老猎手。不用说，他们当然也都想利用这个机会大捞一把。为了达到这个目的，这些局主们便把自己台面上熠熠发光的金币叠放得比平时高得多，以便让这些诱饵能够成功地把他们想诱捕的珍禽异兽都吸引过来。

　　每个人都知道，赌博这种事儿对人们有一种难以抗拒的吸引力。对于那些在洗温水浴的季节里来到温泉疗养地的人们来说，这种诱惑力就更大，因为他们已经摆脱了日常事务的重负，心中所想的就是要到这里来好好地清闲清闲，好好地消遣消遣。人们看到，一些平时根本就不赌牌的人这时候却变成了最热心的赌徒。为了表现出良好的赌风——至少在上流社会是这样的——他们甚至每天晚上都要到赌场，并且大大方方地输掉一些钱。

　　只有一个年轻的德国男爵——我们就把他叫作西格弗里德吧——却好像对赌博那种难以抗拒的诱惑力以及良好赌风的规则视而不见，毫不理睬。即使所有的人都跑到赌场那里去了，即使他失去了各种方法和希望，根本不可能按照他自己所喜欢的方式

———————————

　　① 德国著名的温泉浴场，在汉诺威附近。

　　② 一种在庄家和押家之间赌输赢的扑克牌游戏，和我国新中国成立前牌九相类似。

44

进行高尚的、有意义的娱乐活动，他也不去赌博，而是宁愿到一条清静的小路上去散散步，并让自己的幻想展翅高飞，要么就干脆待在房间里，拿起这本书或者那本书来读一读，甚至还尝试着赋诗撰文，以便将来能够成为一名写作大家。

西格弗里德很年轻，又非常有钱。他无牵无挂，仪表堂堂，风度高雅。因此，他理所当然地受到了人们的敬重和爱慕。在和女士们的交往中，他也总是稳操胜券。在这方面，他显然是个幸运儿。这里还要提到一点：不管他想干什么，也不管他着手干什么，他的头上总是好像有一颗幸运之星。人们谈论着他那一次次惊险离奇的，使他深受缠磨的艳遇。说其他任何人若是碰上了这种事情准保得倒大霉，准保得身败名裂。可是他却不然，他对这种事情总是能够以难以置信的方法，易如反掌地、逢凶化吉地加以解决。当熟悉男爵的老人们谈论起他的时候，尤其是谈论起他的好运气的时候，都喜欢津津乐道地提到他的一个关于怀表的故事。这个故事发生在他还未成年的时候，那个时候他还处于长辈的监护之下。他有一次外出旅行，可是，在途中却发生了一件意外的事情：他突然碰到了极大的经济困难。仅仅为了能够继续前进，他就不得不卖掉自己那块镶嵌了许多宝石的金表。他本来已经做好了打算，准备以低廉的价格把这块珍贵的怀表抛出去。可是——真是无巧不成书——谁知就在他下榻的那家旅馆里却住着一位年轻的侯爵。这位侯爵正在寻找一件这样的宝物，因此，男爵反倒得到了比金表本身的价值还要多的钱。一年的时间过去了，这时候的西格弗里德已经是成年人了。他来到了另外一个地方，并在那里公开发行的报纸上看到了一条消息，那条消息说，当地正在发行一种彩票，而中奖者可以得到的奖品则是一只金表。于是，他便买了一张不知几文钱的彩票，结果他就真的中了奖，并且赢回来了被他卖出去的那只镶嵌着许多宝石的金表。没有过多久，他又用这只金表换了一只贵重的戒指。后来，他在冯·G.侯爵的手下当了一段差。时间虽然不长，可是当他离职时，侯爵为了表示对他的好感，还是赠给了他一件礼品。出人意料的是，这件礼品正是他那只镶嵌了许多宝石的金表，而且还配了一条很值钱的表链！

人们从这只金表的故事讲起，然后便自然而然地讲到了西格弗里德的固执性格：他绝对不想去赌牌。他是一个十分走运的人，按理说他应该更愿意赌博才对。不过没有过多长时间，大家对于他那执拗的怪脾气就有了完全一致的看法，认为男爵虽然在其他方面具有极其优秀的品质，但是，在金钱方面却是一个吝啬鬼。大家都认为，他的胆子太小，心胸又很狭窄，因此，就连遭受一点点损失的风险都不敢去冒。实际上，男爵的举止行为早就完全彻底地推翻了人们的怀疑，早就完全彻底地推翻了人们认为他是一个吝啬鬼的种种说法。可是，人们对这个事实却视而不见，根本不予理会。就像世间常有的情形那样，大多数人往往对一位品格高尚的人产生怀疑，并渴望能对他的名誉提出怀疑。而这样的人也确实精于此道，总是能够在什么地方找到这种怀疑。即使这种怀疑仅仅存在于他们的想象之中，他们也把它看成事实。这样一来，人们便对西格弗里德对赌博的反感做出了上述的解释，而且，他们对自己的解释还极为满意。

没有过多久，西格弗里德就听到了人们对于他的错误看法。因为他是一个慷慨大度、宽宏豁达的人，他最痛恨、最反感的事情就是吝啬，所以，当他听到人们对他的诽谤以后便决定前往赌场，尽管他极其讨厌赌博。他决心去输掉几百个金路易①，甚至更多的钱。他打算用这种做法来洗刷所蒙受的怀疑，赎回自己的名誉，并狠狠地打击一下那些诽谤他的人。男爵上了牌桌，并且已经下定了决心：无论如何也要把装在口袋里的那笔数目可观的钱输掉。前面已经说过，不管他做什么事情，幸运总是站在他的身旁。可是，使他万万没有想到的是，就是在赌场里幸运对他也没有表

---

① 1641 年法国路易十三发行的金币名。

现出一点儿不忠诚。不管他选了怎样的一张牌，他总是赢。那些精于此道的赌棍们虽然个个老谋深算，但是，他们却毫不例外地败在了男爵的手下。不管他改选其他的牌，还是一成不变地老赌同一张牌，其结果都是一样的，反正赢家总是他。男爵一赢再赢，运气总是站在他的一边，这反倒使他感到十分生气，他几乎要发起火来，并由此而在赌场里上演了一出少见的闹剧。虽然对于他这个人来说，他的这种表现倒是近乎情理的，但是，人们还是面面相觑，忧心忡忡，脸上的表情准确无误地表现出了他们的担忧，生怕男爵这个本来就习气古怪的人最后会发疯，因为一个赌客必定是神经错乱了，否则，他是绝对不会因为自己的运气好而感到惊恐，更不会感到生气的。

男爵赢了一大笔钱，可是，正是这个情况却迫使他还得继续赌下去，因为他一定要实现他定下的计划。根据一般的规律来判断，一个人在大赢一番之后必然会大输一番，而且会输得更惨。可是，男爵却没有大输，他的情况完全出乎人们的预料，他后来的赌运也和开始时一样的好。

不知不觉地，男爵的心中对法娄牌也产生了兴趣，而且这种兴趣还越来越浓。说起法娄牌来，它的玩法虽然很简单，但是，它却能给赌徒们带来最大的灾难。

现在，男爵不再讨厌自己的好运气了，赌博已经迷住了他的心，并使他通宵达旦地泡在赌场里。这时候，吸引着他的已经不再是赢钱了，而更是赌博本身。因此，他最终不得不相信赌博的特殊魔力了。从前，他的朋友曾经向他讲起了赌博的特殊魔力，那个时候，他是绝对不相信这种魔力的。而现在，他终于不得不承认，赌博这东西的确具有一种特殊的魔力。

一天夜里，庄家刚刚摊开了牌，男爵一抬头便看见自己的对面站着一个年纪稍大的人。这个人用忧郁而严肃的目光死死地盯着他。自那以后，每当男爵在玩牌的过程中抬起头来时，他的目光总是和这个陌生人那阴郁的目光相遇，随之心里也就不由自主地产生出一种压抑和不祥的感觉。一直到牌局结束了，这个陌生人才离开赌场。第二天夜里，他又站在男爵的对面，又用他那幽灵似的眼睛，闷闷不乐地、目不转睛地注视着男爵。男爵虽然心里感到不高兴，但是，还是忍耐着性子。可是到了第三天夜里，陌生人又来了，又目光灼灼地盯着他。这时候，男爵便发起火来并责问道：

"我说先生，我不得不向您提出一个请求，您还是另外找一个位置为好。您站在这里使我感到不愉快，影响我玩牌。"

陌生人痛心地笑了笑，接着又向他鞠了一个躬，一句话也没有说便离开了牌桌，并走出了赌场的大厅。

没想到在接下来的那天夜里，那个陌生人却仍然出现在男爵的对面。他的两只眼睛射出了阴郁而炽热的光，就好像想把男爵的身体看穿似的。

这时候，男爵便用比昨天夜里更加愤怒的声音问道：

"我说先生，如果您这么目不转睛地瞅着我心里感到高兴的话，那么，我请您另外选个地点和时间，眼下您可给我——"

男爵用手指了指门，代替了几乎脱口而出的粗话。

和前一天的夜里一样，陌生人又痛心地笑了一笑，轻轻地鞠了一个躬，然后就离开了赌场的大厅。

西格弗里德怎么也睡不着觉，其原因不仅仅是赌博和酗酒，而且还有那个陌生人在他的心中所引起的气恼和激动。曙光已经升起来了，可是，那个陌生人的影子却仍然在他的眼前晃动。这时候，男爵又看见他那张给人留下深刻印象，皱纹很深，饱经风霜的脸，又看见他那对死死地盯着自己，阴郁深陷的眼睛。男爵发现，尽管他衣着寒碜，举止却还文雅，说明他是一个很有教养的人。引起男爵注意的还有陌生人受到申斥时忍辱退让的态度，以及他强压着巨大的悲痛而离开赌场的神情！

"不应该！"西格弗里德大声地自言自语道，"我不应该这样对待他！真是太不应该了！难道我的身份允许我像个鲁莽的小伙子似的，一身粗野习气，无缘无故地就对人家发火，侮辱人家吗？"

后来，男爵甚至确信，陌生人之所以死死地盯着自己，是因为他痛感到他们两个人之间的巨大差异：就在同一时刻，陌生人穷困潦倒，苦苦挣扎，而男爵却挥金如土，豪赌不已。男爵决定，第二天早上就去找那个陌生人，以补救他昨天所造成的损失。

说来也真巧，男爵在林荫大道上散步时所碰见的第一个人，正好就是那个陌生人。

男爵主动地跟他打了个招呼，并诚心诚意地就自己昨天晚上的行为向他道歉。说话结束时，他再一次地请求那个陌生人，一定要原谅自己的粗鲁行为。陌生人说，男爵根本就用不着来请求他的原谅，他也根本没有任何理由来责怪男爵，因为一个赌客赌到了兴头上时，就什么也顾不得了，所以，别人必须包涵他，更何况他挨骂还有另外一个原因，那就是他总是固执地站在同一个位置上，而这种做法却妨碍了男爵玩牌。

男爵继续着他的谈话。这时候他谈到，他在生活中常常陷入一些令他感到尴尬的局面。虽然这种局面只是短时间的，但是，它们也会使一个有教养的人感到痛苦和颓丧。接着，他又相当明显地表示，他准备把自己赢来的钱或者更多一些的钱送给陌生人，假如这样做能够对这位陌生人有所帮助的话。

"我说先生，"陌生人回答说，"您以为我手头十分拮据吗？其实，我的情况完全不是您所想象的那个样子。就我目前所过的简单生活来讲，与其说我穷，还不如说我富。另外，您自己也会同意我的下述看法：您以为您侮辱了我，便想花一笔钱来了结这件事；我作为一个体面的人是绝对不会接受这笔钱的，更何况我还是一个骑士。"

"我相信，"男爵尴尬地回答说，"我相信，我明白了您的意思，因此，我准备奉陪，满足您的要求，如果您有这个要求的话。"

"啊，天啊！"陌生人接下去说道，"啊，天啊！我们两个人之间要是决斗情况可就太不相同了！我确信，您和我一样，也不会把决斗当成儿童式的泄愤；而且您也决不至于认为，几滴鲜血——也许是从划破的手指头上流出来的——就能洗刷干净一个人遭到玷污的荣誉。在这个世界上，的确也有两个人不能并存的情况，即使一个人住在中亚的高加索，而另一个人则住在意大利的台伯河。只要他们一想到，自己的仇人还活在这个世界上，他们便不愿意分栖两地，互不侵扰。这时候，他们就必须用决斗来回答一个问题：究竟谁应该向谁腾出地球上的这个地方。至于我们之间，我刚才已经说过了，要是决斗双方的情况可就太不相同了，因为我的生命远不如您的高贵。要是我戳倒了您，那我可就杀死了一个前途远大的人；要是我被您戳倒了，那么，您结束的仅仅是一个饱经忧患、一生痛苦的可怜人的生命！但是，更为重要的理由仍然是，我根本不认为我受到了侮辱。您叫我走，那我就走呗！"

陌生人在说最后一句话时所用的声调，流露出了他的内心世界，说明他的内心还是感到受到了伤害。这就使男爵有足够的理由，再一次诚心诚意地向他表示道歉，说自己也不知道为什么，总感到陌生人的目光就像钻透了他的心似的，最终竟使他感到实在受不了。

"这是可能的，"陌生人说，"我的目光可能真的钻进了您的内心深处，并使您意识到自己正处在危险之中。您年轻豪爽，无拘无束，站在悬崖边上还是高高兴兴的。您可知道，只要有人再轻轻推您一把，您就会不可避免地跌到无底的深渊去啊。一句话，您正要变成一个狂热的赌徒，正要自己毁掉自己。"

男爵打着包票说，陌生人肯定是大错而特错了。他详细地讲述了一番，自己是怎样走进赌场的。他还声称，他根本就没有赌瘾。他唯一的希望就是能输掉几百个金路易，一旦达到了这个目的，他就立刻停止赌博。不过事与愿违，直到今天他的赌运却一直是绝对的好。

"哎呀，"陌生人喊道，"哎呀，这样的赌运才是最险恶的敌人和最可怕的诱惑哩！男爵！正是您玩牌时遇到的好运气，正是您走上赌场的全部过程，正是您在牌桌上的整个神态——这种神态清清楚楚地表明了，您对赌博的兴趣越来越浓了——使我有所感触。这一切的一切，都让我清晰地回忆起一个不幸者的可怕遭遇。这个人在许多地方和您都很相似，而且他开始玩起赌牌的过程，跟您也极为相似。因此，我就忍不住要目不转睛地瞧着您，就忍不住想用语言告诉您我原本要用目光让您猜出的意思！哎呀，你快看，魔鬼正伸着魔爪来拖你下地狱啦！我真想对您这么喊。我渴望与您结识，现在，我至少成功地做到了这一点。刚才我提到了一个不幸的人，现在，我就来讲一讲他的故事吧。请您好好听一听，听完以后您也许会相信，我认为您处境极其危险，又对您发出了警告，并不是我自己凭空臆造，无中生有。"

两个人——陌生人和男爵——在一个僻静的地方找了一条长凳坐了下来。接着，陌生人便开始讲起了下面的这个故事：

梅内尔骑士具有和您——男爵阁下——一样出类拔萃的品格，因此，他便博得了男人们的敬仰和钦佩，也变成了女士们所喜爱的人。只是在财富方面，他的运气可没有您那么好。他差不多可以说是个穷人，因此，他必须过着节俭的生活。只有这样，他才能勉强维持住一位世家子弟的门面，不至于丢脸。即使是输掉很少一点钱吧，也会使他感到十分心痛，并破坏他的整个生活，因此，他从来也不敢走进赌场。另外，他对赌博也毫无兴趣，所以，要他做到不赌博倒也十分容易。除此之外，他干任何事情都特别顺利，都能获得成功，以至于大家竟把"梅内尔骑士的好运气"变成了一句口头语。

一天夜里，他打破了自己的习惯，在朋友们的劝说下走进了一家赌场。陪他一道去的朋友们都玩起牌来，并很快就都入了迷，全身心地陷进了赌博之中。

骑士却没有参加赌博，他心里正想着别的事情。他一会儿在大厅里踱过来走过去，一会儿又盯着牌桌，并看见金币正从四面八方成堆成堆地流到了庄家的面前。就在这个时候，一位老上校却突然发现了梅内尔骑士，于是便大声喊道：

"我的天哪！梅内尔骑士和他的好运气不是来到咱们的中间了吗？咱们之所以还没有赢到一文钱，就是因为他既没有站到庄家的一边，也没有站到咱们的一边。再这样下去可不行，我得马上请他过来为我们下赌注！"

不论骑士怎么道歉，表示自己实在不敢从命，因为自己的牌艺低劣，又没有一点儿实战经验，上校还是不答应，还是硬把他拉上了牌桌。

他的手气正好和您——男爵阁下——一样的好。他的牌张张得胜，不一会儿就为上校赢了一大堆钱。上校的好主意——借用梅内尔骑士那久经考验的好运气来赢钱——获得了成功。这个绝妙主意使上校高兴得不得了。

骑士的赌运尽管使所有的人都感到惊异，可是对他自己却没有产生丝毫的影响。的确，他的赌运反而使他更加讨厌赌博了，就连他本人也不知道这到底是怎么回事儿。他硬撑着熬过了那一夜，第二天清晨感到精疲力竭。于是，他便下了最大的决心，以后无论如何也不再跨进赌场的门槛了。

那个老上校的行为更加增强了骑士不再进赌场的决心。这位上校只要一摸牌就肯定惨遭不幸，因此，他就着了迷，莫名其妙地想让骑士为他摆脱输牌的厄运，死皮赖脸地要骑士去代替他押牌，要不至少也得在他赌钱的时候站在他的身旁，以便用骑士的福体去祛除那个妖魔，因为这个妖魔总是把必定输的牌推到他的手中。大家都知道，在赌徒中间比在哪儿都有更多的无聊而愚蠢的迷信。骑士只是在态度十分严厉的情况下，甚至声明宁可和他进行决斗，也不再为他打牌以后，才摆脱了上校的纠缠，因为上校本来也不是一个爱好决斗的人。事情过去以后骑士还一直骂自己，认为他当初就不该对这个老傻瓜让步。

顺便说一下，世界上总是不会缺少好事者的。由于有这样人的存在，骑士赌运亨通的故事便被弄得不胫而走了。人们甚至还牵强附会地加上了种种离奇神秘的色彩，把骑士描绘成了一个能够与鬼神打交道的人。骑士尽管赌运非常好，但是却不摸牌，这件事情再清楚不过地表明了他的性格坚毅，于是人们对他便更加敬重了。

　　时间大概又过了一年，这时候却发生了一件事情：骑士的一小笔用于维持生活的款子意外地没有及时拿到手。这件事情已经使骑士陷进了极其狼狈困窘的境地，因此，他不得不向自己的最忠诚的朋友透露自己的处境。朋友毫不迟疑地帮助了他，借给了他所急需的款子，同时又骂他是古往今来第一个大怪人。

　　"命运在向我们招手，向我们做出了暗示，"那位朋友说，"它告诉了我们，应该走什么路子去寻找我们的幸福，并最终找到我们的幸福。只是由于我们对它麻木不仁，抱着冷淡的态度，我们才注意不到它的暗示，更没能够理解它的暗示。我们头上的神灵已经凑近了你的耳朵，明明白白地告诉你：'喂，你要发财吗？你要拥有财产吗？那你就玩牌去吧！否则，你就会终生穷困潦倒，永远无法自立。'难道你没有听到它的这番好话吗？"

　　直到这个时候，他的心里才活生生地出现了自己在牌桌上大走红运的情景。他不仅看见了一张张的赌牌，而且还听见了庄家那一声声单调的呼喊声："赢——输""赢——输"。与此同时，金币叮叮当当的响声也不断地传进了他的耳朵。他觉得，这一切并不是仅仅出现在他的梦幻里，而是触手可及地发生在他的眼前。

　　"朋友的话说得并不错，"他自言自语地对自己说，"若像那天的情况那样，我一夜之间就可以摆脱穷困潦倒的处境，摆脱尴尬不堪的沉重心情，不再成为朋友们的累赘。是的，听从命运的暗示是我应该履行的义务。"

　　就是那位劝他去玩牌的朋友陪着他走进了赌场。为了能够使他放心大胆地去下赌注，朋友又特地给了他二十个金路易。

如果说骑士上次为老上校已经赌得非常好的话，那么可以说，他现在赌得比上一次还要好，而且要好上一倍。他只管闭着眼睛不加选择地下赌注好了，反正他总是赢。仿佛不是他自己，而是一只看不见的神灵之手，一个把运气操在手中的神灵或者干脆就是运气本身，在斟酌，在安排他赌博。当赌局散场时，骑士已经赢了上千的金路易。

第二天早上，他虽然已经醒来了，但是，他的脑子却仍然处在陶醉之中。他赢来的金币堆放在旁边的一张桌子上。有好一会儿他还以为自己是在做梦，于是便揉了揉眼睛，抓住了桌子，并把它拖到自己的面前。他回忆着昨天晚上所发生的事情，手在钱堆里掏来掏去，惬意地把它们数了一遍又一遍。这个时候，那种对罪恶的金钱的迷恋，便如同烈性的毒气一样第一次渗透到了他的全身，并使他失去了长期保持住的纯洁心灵！

他急不可耐地盼着天黑，以便天黑以后好去赌牌。自从第一次赌博以来，他几乎每个夜晚都去赌场，而且运气又一直都很好，因此，不出几个星期他就赢了很大一笔财产。

我们可以把好赌的人分成两类。其中的一类人并不在乎输赢，他们只想从赌博本身获得一种无以名状的、神秘的乐趣。在玩牌的过程中，种种的偶然性奇妙地互相联结在一起，那种在冥冥中起着支配作用的力量也再清楚不过地显现了出来。正是这些东西在激励着我们的精神，使它鼓起双翼，力图飞进那个朦胧的国度里去，以窥探神灵那个制造人类厄运的工厂的秘密。我认识一个人，他总是独自一个人待在房子里，不分白天和黑夜地进行赌博，他自己又当庄家又当押家。依我看，这个人才算得上一个真正的赌徒。另一类人则一心想着赢钱，把赌博当作一种迅速发财的手段，我们的骑士则属于这一类。他的行为也证明了下面的说法是正确的：真正的，更高一级的赌兴都是与生俱来的，都是存在于一个人的天性之中的。

正因为如此，他不久便觉得，仅仅当个押家不行，这个天地实在是太狭小了，施展不开自己的才能。于是，他便用自己赢来的、为数可观的一笔钱开起一个赌局来。结果运气仍然是十分之好，没过多长时间，他的那个赌局就变成了整个巴黎最富有的赌局了。作为最富有、最走运的局主，拥到他身边的赌客也最多，这也是十分自然的事情。

一个迷恋赌博的人所过的那种放荡粗鄙的生活，使骑士很快就失去了一切曾经博得人们尊敬及爱戴的优点和品德。他不再是一个忠实的朋友，不再是一个无拘无束的、开朗快活的伙伴，更不再是一个具有骑士风度，备受妇女崇拜的人。他已无心于科学和文艺，也放弃了扩大自己眼界的一切努力。他那苍白得如同死人一般的脸上，他那阴沉沉地射着寒光的眼中，都充分地流露出一种最可怕的狂热，他已经被这种狂热紧紧地包裹住了。这种狂热并不是对赌博的酷好，绝对不是，而是魔鬼亲自在他的心中所点燃的欲火——贪婪地追求罪恶的金钱的欲火！一句话，他已经变成了世界上能够找到的庄家里最不折不扣的了！

一天夜里，骑士的手气不如平时那么好，可是，他也并没有怎么输。这个时候，一个干瘦的小老头儿出现在他的局上。这个老头衣着寒碜，模样猥琐。他用手哆哆嗦嗦地抽了一张牌，并押上了一个金币。大多数赌客见到他这副模样都吃了一惊，都对他显示出了鄙夷的神气。但是，那个老头儿却一点儿也不在乎，更没有说出半句不高兴的话。

老头儿输了，一盘接着一盘地输，而且他输得越多，其他的赌客便越高兴。可不是嘛，老头儿把赌注一倍一倍地往上加，最后在一张牌上竟押上了五百个金路易。在他翻牌的那一刹那，旁边有一个人大笑着喊道：

"时来运转喽，韦尔杜阿先生时来运转喽！唉，您不要丧失勇气，只管继续押下去吧！我瞧您这模样，最后准能够大赢一把，把他这个局给炸垮！"

老头儿恶狠狠地瞪了一眼那个说风凉话的人，然后就急急忙忙地冲出了赌场。但是，半个小时以后他又跑了回来，口袋里鼓鼓地装满了钱。又玩了一阵子，老头儿便押了最后的一把，然后就只好歇手了，因为他把取来的钱又都输光了。

骑士尽管已经滥赌成癖，对自己的邪恶行径毫不在意，但是，他却注意在自己的赌局上保持良好的赌风。他对那几个人讥讽和鄙视老头儿的做法极为不满。等到赌局散了，老人已经离去以后，他便叫住了那位说风凉话的老兄以及另外几个对老头儿作践得最厉害的赌友，并对他们提出了极其严肃的责问。

"哎，"其中的一个赌友回答说，"骑士，您并不了解弗朗西斯科．韦尔杜阿这个老家伙。若是您了解他的话，那么，您就一点儿也不会怪我们以及我们对他的态度啦。恰恰相反，您还会大大地赞赏我们一番呢！我来告诉您，这个韦尔杜阿出生在那不勒斯，十五年前就在巴黎定居下来了。眼下，他是整个巴黎最卑鄙无耻、最凶狠毒辣的吝啬鬼和放高利贷的家伙。这个家伙连一点人味儿都没有，即使是他的亲兄弟痛苦得死去活来，在他的面前打着滚求救于他，他也绝对不会拿出一个金路易来挽救自己兄弟的生命的。他干的那种恶魔般的投机勾当竟使许多人，不，许多家庭都坠入了痛苦的深渊。这些人都在咒骂他，并且诅咒他不得好死。凡是认识他的人，没有一个不痛恨他的，没有一个不希望他遭到恶报，尽快结束他那罪恶累累的一生的。他从来也不赌钱，至少在巴黎这十五年里他没有赌过钱。知道这些情况后，您就不会感到十分惊讶，为什么当这个老吝啬鬼出现在赌局上时，我们大家都感到非常诧异。出于同样的道理，我们对他输了很多钱不能不感到高兴。试想，要是这个恶棍反倒运气亨通，那可就糟糕了，实在太糟糕了！我可以十分有把握地说，这个老傻瓜肯定是让您局上的财富给迷住了心窍，骑士。他原本想来拔您身上的羽毛，结果反倒是自食恶果，失掉了自己身上的羽毛。使我百思而不得其解的是，韦尔杜阿这个悭吝成性的老家伙，怎么能够下决心下那么大的赌注呢。哼！他多半不会再来了，咱们总算甩掉了这个老浑蛋！"

哪知道事情完全出乎大家的预料，韦尔杜阿第二天夜里又来到了骑士开的赌场里，而且押的和输的都比前一天多得多。但是，他却仍然不动声色，有时候甚至还自我解嘲地苦笑一下，好像他已经预先知道，风向很快就会完全转过来似的。可是，在接下来的几个夜里，老头儿输钱的趋势就跟雪崩似的，简直无法阻挡。结果他输得越来越快，越来越多。有人最后替他总计了一下，他已经在骑士的赌局上送掉了三万金路易。后来，一天夜里牌局已经开始了很久，他才面无人色、目光迷惘地走了进来。而且，进来以后他只站在离牌桌老远的地方，眼睛凝视着骑士正在抽的牌。过了一会儿，骑士终于重新洗完了牌，并让人切了牌，正准备开第二盘。这时候，老头儿却突然用尖锐刺耳的声音喊道："等一下！"他的这一声呼喊几乎把所有的赌客都吓了一大跳，并不约而同地回过头来看着他。只见他拼命地挤过人丛，来到骑士的身边，然后便凑近他的耳朵，用低沉的声音说道：

"骑士！我在圣沃诺内大街的住宅连同家具、陈设以及我的金银、珠宝等财产，统统加在一起估计总共能值八万法郎，您敢跟我来赌这个赌注吗？"

"我当然敢。"骑士冷冷地回答说。他对老头儿连看都没有看一眼，便准备开始翻牌了。

"皇后！"老头儿喊道。

翻牌结果，皇后输了！老头儿一个踉跄，往后一仰，身子猛地一下撞击到了墙壁上，再也动弹不得了，就像变成了一根立像柱子似的。大家只管继续赌博，谁也没有再去理睬他。

赌博结束了，赌客们也都纷纷离去了，骑士和他的助手们忙着把钱装进了钱箱。这个时候，韦尔杜阿老头儿才像个幽灵似的从角落里走了出来。他径直地走到骑士跟前，用有气无力的、低沉的嗓音说："还有一句话，骑士，就一句话！"

"嗯，还有一句什么话？"骑士一边回问，一边从钱箱子上拔下了钥匙。他还从头到脚地打量老头儿一番,脸上露出了鄙夷的神气。

"我的全部家产,"老头儿接下去说,"都输在您的局上了,骑士,连一点儿都没有剩给我,丝毫也没有剩给我。我已经不知道,我明天应该到哪里去安身,用什么来填饱自己的肚子。没有别的办法,我只好到您这里来寻求慰藉和帮助,骑士。求您从赢我的钱中,借给我十分之一吧,好让我拿去重开旧业,以挣脱眼下我这可怕的困境。"

"瞧您想到哪儿去了,"骑士回答说,"瞧您想到哪儿去了,韦尔杜阿先生!您难道不晓得吗,庄家是从来不能把他赢来的钱借出去的?这是前辈们立下的老规矩,我若是把钱借给了您,那我可就违背了这个老规矩,我可不能干出违背这个老规矩的事情来呀!"

"您的话说得有道理,"韦尔杜阿继续说,"您的话说得有道理,骑士。我的要求是不像话,是太过分了,竟要借十分之一!不,不,就借给我二十分之一吧!"

"我可老老实实地告诉您,"骑士不耐烦地回答说,"从我自己赢来的钱里,我是连一个子儿也不会向外借的!"

"您的确是这样的。"韦尔杜阿的脸色变得更加苍白了,目光也变得更加呆滞了。不过他又接着说:"您的确是这样的,您的确是不能把您赢来的钱借给别人一点儿的——我过去也是这样的!不过,您就算打发一个叫花子吧,您就从您今天的飞来之财中施舍给我一百个金路易吧!"

"哼,大家的话可真是没有说错,"骑士怒气冲冲地吼道,"您老兄可真会折磨人,韦尔杜阿先生!我实话对您说吧,您从我这儿别说一百个金路易,五十个金路易,就连二十个金路易,甚至一个金路易也得不到。除非我发疯了,否则我就决不会把钱借给您——哪怕是一点点的钱——以使得您能够重新去做您那可耻的买卖。命运已经把您像一条毒蛇似的踩到了泥土里,如果我再扶您站起来那就是罪过。您滚吧,像您这样的人就应该倒霉,就应该走向毁灭!"

韦尔杜阿双手捂着脸,沉闷地长叹了一声,垂头丧气地蹲到了地上。骑士吩咐助手把装着金币的箱子搬到马车上,然后提高嗓门喊道:

"喂,您什么时候向我移交您的住宅,您的财产,韦尔杜阿先生?"

韦尔杜阿从地上站了起来,口气坚决地回答说:

"我现在马上就移交,就在现在。请您跟我走吧,骑士!"

"好啊,"骑士说,"您可以搭乘我的车,回您那个明天一大清早您就要永远离开的家去。"

一路上,骑士也好,韦尔杜阿也好,谁也没有说一句话。到了老头儿在圣沃诺内大街的住宅前,韦尔杜阿拉了拉门铃。一个老婆婆出来开了门,她一见韦尔杜阿就唠唠叨叨地喊道:

"啊,上帝呀,您终于回来啦,韦尔杜阿先生!昂热拉为了您的缘故已经急得半死啦!"

"别嚷嚷,"韦尔杜阿回答说,"上帝保佑,但愿昂热拉并没有听见这倒霉的门铃声!千万不能让她知道我回来了。"

说完这话,他便从惊呆了的老婆婆手中接过了点着好几支蜡烛的烛台。他走在前面为骑士照路,引他走进房间。

"我对一切都心中有数,"韦尔杜阿说,"您恨我,您瞧不起我,骑士!您使我遭到了毁灭,您自己以及其他人都因此而感到高兴。可是,您并不了解我。现在,我就来告诉您,我也曾经是一个跟您一样的大赌家,我的运气也是非常的好,可以说和您今天不相上下。我到过大半个欧洲,在多多赢钱的欲望的引诱下,哪儿能够大赌便到哪儿去。我局上的金元连续不断地增高,这跟您眼下的情形也是一样的。我有一个既美丽又忠实的妻子,但是,我却把她置之不顾,让她在数不清的财富中过着痛苦不堪的日子。

"有一次,我在热那亚设局。这时候发生了一件事情:一个年轻的罗马人把一大宗遗产全部输在我的局上。就像我今天求您一样，他也求我借给他一点儿钱，以便至少使他能够回到罗马去。我哈哈大笑，对他进行了一番讥讽，然后就断然地拒绝了他的请求。他气得简直要发疯了，绝望之中他从身上拔出了一把三刃匕首，并把它深深地刺进了我的胸膛。医生们好不容易才救了我的一条命。可是，我不得不长期卧床静养，痛苦不堪。这个时候，我的妻子照护着我，并安慰我，使我在痛不欲生的情况下又鼓起了活下去的勇气。随着伤势的慢慢好转，我的心中朦朦胧胧地产生了一种感觉，这是一种我从来还没有体验过的感觉。这种感觉越来越明显，越来越强烈。作为一个赌徒，我丧失了人的一切情感，完全不了解爱情是个什么东西，更不了解一个妻子的忠诚眷顾有什么意义。这个时候，我的内心里感到了一种强烈的内疚：觉得自己对于妻子来说是一个以怨报德的人；觉得我为了进行那种罪恶的勾当而牺牲了自己的妻子，是非常对不起她的。我用我的罪恶勾当曾经冷酷无情地葬送了许多人的幸福，甚至于夺走了他们的宝贵生命。这个时候，那些人的影子就像复仇的幽灵似的不断地出现在我的面前，使我感到万分的痛苦。我听见他们从坟墓里发出了嘶哑而低沉地喊叫声，听见了他们对我所进行的控诉。他们都说，是我对各种罪孽播下了种子！只有我的妻子，能够驱走我感到的不可名状的痛苦，能够驱走不断向我袭来的恐怖！当时我立下了誓言，决心从此以后永远也不再摸牌。我深居简出，躲在家中，断绝了一切联系，挣脱了我那些伙计们的控制，也抵住了他们对我的诱惑。这些人离不开我，也离不开我的好运气。我在罗马的郊外买了一幢小别墅，等到我的健康完全恢复后，我便带着妻子逃遁到了那里。唉！可惜好景不长，我只过了一年的安生日子。在这一年中，我获得了意想不到的安宁、幸福和满足！我的妻子为我生下了一个女儿，可是，她在生下孩子几个礼拜后便离开了人世。我绝望了，我怨天怨地，也诅咒我自己，诅咒我从前所过的罪恶生活，因为正是由于我过了这样的生活，天神今天才来报应我，才夺走了我的妻子，才夺走了使我免于毁灭，唯一给予我安慰与希望的人！我感到自己就像是一个害怕孤独的罪人，这种感情迫使我离开了罗马乡下的别墅，并逃到了巴黎。昂热拉鲜花怒放似的长大起来了，她既温柔又可爱，跟她母亲一模一样。她是我的心肝，为了她我才整日操劳。我不但想搞到一大笔财产，而且还要使这笔财产不断地增加。不错，我是放过高利贷。但是，要指责我欺骗过借债人，那可就是无耻的诽谤了。那些中伤我的人都是些什么人呢？他们只不过是一帮轻浮之辈罢了！他们不断地来折磨我，要我借钱给他们。可是等钱一到手，他们便随意挥霍，好像扔破烂似的。但是，这些钱并不属于我，绝对不属于我，而是属于我的女儿，我只不过把自己看成她的管家而已。因此，我就要无情地去追讨债款，这样一来，那帮人可就受不了了，个个暴跳如雷，失去了自制。前不久，我借给了一个青年人一大笔，以使他得以免遭屈辱和毁灭。当时我知道，他一贫如洗，所以，我根本就没有想到要他还钱。后来他继承了一大笔遗产，这时我才想到，他应该向我归还借款，于是便去找他讨债。您猜怎么着，骑士，这个轻狂之徒竟然忘记了我对他的救命之恩，还公然耍赖，根本不承认向我借过钱。我不得已只好把他告上法庭。当法庭强迫他向我还钱时，他便骂我是一个卑鄙的吝啬鬼。我还可以给您讲述很多这类的事件，这些事件使我在碰上轻狂卑劣的人时，变得冷酷无情起来。

"我还有好多的话要对您说呢！我可以告诉您，我已经多次因悔恨而痛哭流涕，并为我和我的昂热拉向上天祈祷。不过，您也许会认为，我是在自吹自擂，是在编造谎话来哄骗您。因此，您是根本不会把我所讲的事情当成一回事儿的，因为您也是一位赌客呀！我原以为，上帝已经宽恕了我，谁知这只是我的痴心妄想！实际上，他反倒把魔鬼打发出来，让它来迷惑我，引诱我，而且还让它施展出比以往任何时候都更加可怕的手段来。骑士，他让我听说了您的赌运！每天都有人来对我讲，张三，还有李四又在您的赌局上输了，而且都已经变成了乞丐。于是，我便心血来潮，以为我肯定能够以自己始终保持不变的好赌运来对抗您的好赌运，以为上帝是要借用我的手，来结束您的罪恶行径。这纯粹是一个既离奇而又狂妄的念头，可是这个念头却搞得我食不甘味，寝不安枕。就这样，我便陷进了您的赌局。就这样，我便入了迷，拼命地狂赌下去，一直到我的财产——不，昂热拉的财产——完全变成了您的财产！现在，我已经是一无所有啦！您总会允许我女儿把她的衣服带走吧？"

"您女儿的穿戴与我毫无关系，"骑士回答说，"您还可以把床铺和必需的用具也搬出去。我要这些破烂又有什么用呢！不过您可要当心，别偷偷地弄走任何一件归我所有的，还有一些价值的东西。"

韦尔杜阿老头儿一声不吭地对骑士凝视了几秒钟，然后泪如泉涌，完全失去了自制，痛苦而绝望地跪在骑士的脚下，举起了双手喊道：

"骑士啊，要是您的心中还有一点点人的感情的话，那您就可怜可怜我吧！可怜可怜我吧！将被您推下深渊，遭到毁灭的不是我，而是昂热拉，而是我那像天使一样纯洁的昂热拉！啊，可怜可怜她吧！借给她，借给她，借给我的昂热拉她那被您抢去的财产的二十分之一吧！啊，我知道，您是能够接受我这个请求的。啊，昂热拉！啊，我的女儿！"

老人不断地哭泣，哀号，呻吟，还以撕心裂肺的声音呼唤着自己孩子的名字。

"瞧，您又演起戏来了，真没有意思，我真感到无聊。"骑士无动于衷地、深表厌恶地说。然而就在这一时刻，房门被一下子打开了，一个穿着白色睡衣的女孩子冲了进来。她头发散乱，面色苍白，跑上前去扶起韦尔杜阿老头儿，一边双手把他抱起，一边喊道：

"啊，我的父亲，我的父亲！我都听见了，我什么都知道了。

你说你已经失掉了一切，难道你真认为你已经失掉了一切吗？难道你不是还有你的昂热拉吗？你一定要钱和财产干什么呢？难道昂热拉不能供养你，不能照料你吗？啊，父亲，别再对这个卑鄙下流、没有心肝的家伙低声下气啦。又穷又可怜的不是我们，而是他，而是他这个拥有大量肮脏财富的人，因为他遭到众人的唾弃，处于可怕而绝望的孤独之中。在这个广大的世界上，没有一个人能够真心实意地爱他。在他对人生感到绝望，对自己也感到绝望的时候，没有一个人会对他敞开心扉，与他开诚相见！走吧，父亲，跟我一起离开这所房子吧！我们赶快离开这里吧，别让这个可怕的家伙老拿你的痛苦来取乐！"

韦尔杜阿老头儿神志恍惚地跌坐在一把沙发椅里。昂热拉跪在他的脚边，她一边拉着他的手又是吻，又是抚摸，一边还小孩子似的，逐项地述说着自己所掌握的种种知识和技能。她表示要用它们去挣钱来好好地供养自己的父亲，并且还眼泪汪汪地求他老人家一定不要再难过了。她还信誓旦旦地说，她要是能为了赡养父亲，而不是为了好玩而去刺绣、缝纫、唱歌和弹琴的话，那么，她的生活就会具有真正的意义。

昂热拉用亲切而甜蜜的语调安慰着自己的老父亲，从内心的深处流露出了对他的挚爱和孝敬，使这位少女的身上仿佛蒙上了一层圣洁而美丽的光辉。见到此情此景，又有谁，又有哪一个执迷不悟的罪人还能够无动于衷呢？

骑士的感受更有所不同。他良知复萌，心里跟下地狱似的充满着痛苦和恐怖。昂热拉恰似上帝派来惩罚他的天使。在她的光辉面前，掩护他为非作歹的雾障都已经完全散去。他那十恶不赦的自我已经赤裸裸地暴露了出来，使他一见便觉得十分厌恶，同时又感到异常惊恐。

地狱之火在骑士的胸中熊熊燃烧。但是，在这地狱之中也闪过了一道神圣而纯洁的光芒。这道光芒给他的心里带来了天国的欢乐和幸福。然而也正因为如此，他那不可名状的痛苦就更加难以忍受了!

有生以来,骑士还从来也没有爱过哪一个女人。但是,在他看见昂热拉的那一刹那,他的心中却产生了极为热烈的爱情,同时也产生了毁灭性的、绝望的痛苦。因为在天使一般纯洁而温柔的昂热拉面前,像骑士这样的一个男人对爱情是绝对不敢奢望的。

骑士想说话,可是又说不出来,他的舌头好像已经处于痉挛状态,好像已经瘫痪了似的。后来,他终于鼓足了勇气,声音颤抖地、结结巴巴地说:

"韦尔杜阿先——先生,听——听我说!我没——没有——赢——赢您的钱,一点儿也——也没有!那是我的银——银箱,归——归您啦。——不!——我还要给您更——更多的钱!我欠——欠了您的债。收——收下吧!收下吧!"

"啊,我的女儿!"韦尔杜阿惊呼道。这个时候,昂热拉站了起来。可是,她却走到了骑士的面前,一边用骄傲的眼神望着他,一边用庄重而平静的语气说:

"骑士,您听着,世界上还有比金钱和财产更为可贵的东西,这就是高尚的思想,而您对这种思想是十分陌生的。这种思想却使我们的心中充满了天国的安慰,指示我们以藐视的态度拒绝您的施舍和恩惠!收起您的臭钱吧,它们将给您这个没有心肝的下贱赌徒带来永远也逃不掉的诅咒!"

"是啊!"骑士大声地吼道。他已经失去了自制,他的眼睛射出了疯狂的目光,声音也十分可怕。他又接着喊道:"我是应该受到诅咒!我愿意受到诅咒,我愿意被打进十八层地狱,如果什么时候我的这只手再摸牌的话!在这种情况下,您要是还是执意要把我从您的身边赶走的话,那么,我便会不可挽救地走向毁灭,而给我带来这种毁灭的人并不是别人,恰恰是您,昂热拉!啊,您不知道,您不理解我——您也许会把我叫作一个疯子——可是,在我有朝一日脑浆迸流地倒在您的面前的时候,您将会感觉到一切的,将会知道一切。昂热拉!我这里所说的'一切'关系到我的生和死！请您多多保重！"

　　说完这些话之后，骑士便绝望地冲出了门去。韦尔杜阿清清楚楚地看透了他的心思，知道他心里是怎么回事儿。于是，老人家便极力试图打通仁慈的昂热拉的思想，使她明白可能会出现某些情况，而这些情况则迫使他们有必要接受骑士的礼物。昂热拉终于听懂了父亲的话，但是，她还是感到十分惊讶，因为她看不出来，将来有一天她能够改变对骑士的那种蔑视的态度。

　　然而，一个人的命运往往在他自己还不知不觉的时候，便已经在他心灵最深邃的地方逐渐形成了，最后，竟然使他根本没有想过的事情，根本料想不到的事情成为事实。

　　骑士好像突然从一场噩梦中惊醒过来了。他发现，自己现在已经站到了地狱深渊的旁边，同时他还看见自己的面前有一个光辉灿烂的人。他伸出双手去抓这个人，可是却又抓不着。这个人出现在他的面前并不是为了来救助他——绝对不是！——只是为了来提醒他：他就要掉进地狱去了。

　　使整个巴黎都感到奇怪的是，梅内尔骑士的牌局突然从赌场中消失了，他本人也不知去向。于是，各种离奇古怪的谣言便不胫而走，而且一个比一个更令人难以置信。骑士避免与任何人接触，独自一个人饱尝着相思的煎熬和忧伤。有一天，他一个人行走在马门松公园的幽径上。没想到这时候他却与韦尔杜阿老头儿以及他的女儿不期而遇了。

　　原以为只能以厌恶与蔑视的眼光来看骑士的昂热拉，这时候心里却感到异常的激动，因为她发现骑士脸色苍白，心慌意乱，诚惶诚恐地站在她的面前，甚至都不敢抬起头来看她一眼。她知道得很清楚，自从那个可怕的夜晚以后，骑士便彻底地戒掉了赌博，整个的生活方式也来了一个根本的改变。而这一切又都是她促成的，而且还是她一个人促成的。是她把骑士从罪恶的深渊里挽救了出来！试问，还有什么会比这更能满足一个女子的虚荣心呢？

所以，在韦尔杜阿和骑士一般地寒暄了几句以后，昂热拉就用充满温柔和同情的语气问道：

"梅内尔骑士，您怎么啦？看样子您是生病了或者是不高兴吧？说真的，您应该去看看医生才好。"

人们对昂热拉这几句话的作用是可以想象出来的。它们照亮了骑士的心，给他带来了希望和安慰。他立刻就改变了刚才的形象，而变成了另外一个人。他抬起头来，说出了从心灵深处涌到嘴边的话。用这样的话，他本可以打动所有人的心。韦尔杜阿老头儿提醒他，希望他别忘了去接受他所赢得的住宅。

"好啊，"骑士兴高采烈地回答说，"好的，韦尔杜阿先生，我是要去的！我明天就到您的府上去。不过，您得答应我一件事儿，那就是咱们得仔细地谈一谈条件，即使得谈上几个月也不要紧。"

"行啊行啊，骑士，"韦尔杜阿微笑着回答说，"我想，只要慢慢来，一切都是可以商谈的，包括目前咱们还不肯去想的事情。"

从这以后，骑士由于心中得到了安慰，便又恢复了他在染上赌瘾之前所具有的种种优点，恢复了他往日和蔼可亲的举止。他拜访韦尔杜阿老先生的次数越来越多了。他的守护神昂热拉对他也越来越倾心，后来她终于相信，自己确实是整个身心地爱上了他，于是便答应了他的求婚。韦尔杜阿老头儿高兴得不得了，因为他觉得，这样一来，他总算圆满地解决了应该如何处理把家产输给了骑士这个问题。

有一天，骑士幸福的未婚妻坐在窗前，脑子里全神贯注地想着一般做未婚妻的女子总有的甜蜜而快乐的念头。这时候，窗外却响起了一阵欢快的军乐声，原来是一个狙击手骑兵团从这里经过，他们是受命开赴西班牙前线的。昂热拉同情地注视着那些注定要在可怕的战争中丧命的人们。这时候，队伍中一个非常年轻的小伙子却突然转过马头，仰起脸来望着昂热拉。昂热拉看到这个场面时便手脚一软，一头栽倒在沙发椅里。

哎呀，这个正要在战场上流血牺牲的狙击手不是别人，而是风华正茂的迪韦内特——昂热拉一位邻居的儿子。迪韦内特从小和她一起长大，长大后也几乎天天都到她的家里来，直到梅内尔骑士出现以后，他才主动回避，不再来了。

直到现在，昂热拉才从小伙子满含责备的目光中——这目光也表示出了他对死亡所感到的痛苦——清楚地看出来了，小伙子是多么爱她，不仅如此，她还清楚地看出来了，她自己对他也是一往情深的。不过，她过去并没有意识到这一切，只一味地让骑士身上越来越明亮的光辉迷惑了自己，蒙蔽了自己。现在她懂得了，那个小伙子为什么忧心忡忡地唉声叹气，也看懂了他对自己那种默默无言的、朴实平淡的追求。现在她才懂得了，自己的心里为什么总是感到羞怯。她也懂得了，为什么每当迪韦内特来到时，每当她听到他的声音时，自己的心中会那么激动。

"晚了，太晚了，我已经永远地失去了他！"昂热拉在内心里对自己说。紧接着，她便鼓足了勇气，决心克制住她那种简直要撕碎自己心肝的绝望情绪。由于她有勇气这么做，她也就确实做到了这一点。

可是尽管如此，骑士那锐利的目光还是注意到了昂热拉情绪上的短暂变化。他断定，肯定是发生了什么使她心烦意乱的事情。不过，他考虑问题很细致，决定不去揭开这个秘密，因为他觉得，这是昂热拉无论如何也不能够向他公开的秘密。不过他也感到很满足，因为他已经和昂热拉商定：提前举行婚礼。这样一来，他就可以彻底挫败任何一个可能存在的情敌。他把婚礼安排得极有分寸，很好地照顾到了可爱的新婚之妻目前的境况和情绪，使她又一次有理由赞叹自己丈夫那异常和蔼可亲的为人。

骑士对妻子体贴入微，百依百顺，真诚敬重，无比钟爱。这一切反过来又都加深了昂热拉对自己丈夫的爱，没过多久，她心中对迪韦内特的思念也就完全彻底地消失了。向他们明媚的生活投下第一片阴云的是，韦尔杜阿老头儿的病倒和病逝。

韦尔杜阿老头儿自从那天夜里把家产全部输给了骑士以后，

他就再也没有摸过赌牌。谁知到了弥留之际，他的心灵却似乎全让赌博给占据了。神父来给他送终，对他讲人死了以后的升天之道。他却闭着双眼躺在床上，不住地从牙齿缝里不清不楚地念叨着"输——赢""输——赢"。一双垂死时不停颤抖的手还不住地比画着，就好像是在摊牌和抽牌似的。昂热拉和骑士向他俯下身去，用最亲切的爱称来呼唤他。可是，他似乎已经不认识他们了，甚至根本就看不见他们了。最后，他发自肺腑地叹了一口气，说出了一个"赢"字，接着便与世长辞了。

昂热拉沉浸在万分的痛苦之中。每当她想起老人临死时的情景心里就感到异常的害怕。她第一次看见骑士那个可怕夜晚的情景——当时他还是一个不可救药的、没有心肝的赌棍——又历历在目地出现在她的眼前。她心里感到害怕，担心骑士有朝一日会撕下天使的假面具，显露出他那魔鬼的真面目，对她的轻信进行一番嘲笑后，便重新开始过起旧日的生活。

不幸的是，昂热拉这个可怕的预感没过多久就变成了现实。

弗朗西斯科·韦尔杜阿老头儿临终时仍然念念不忘过去的罪恶生活，竟然不把教会的安慰放在眼里，这种情形让梅内尔骑士也感到不寒而栗。他自己也不知道是怎么回事儿，从此以后就老是想到赌钱的事儿，夜夜做梦都梦到自己坐在赌局上，重新赢来一堆又一堆的金币。

现在再说一说昂热拉。她不时地回忆起骑士原先的面目。每当这种回忆向她袭来时，她便感到闷闷不乐，对骑士也就不可能像以往那样温柔，那样亲切了。同样，骑士的心里也对昂热拉产生了怀疑，以为昂热拉的郁郁寡欢与曾经扰乱过她的心境，至今仍然对他秘而不宣的那桩隐情有关。接着，这种怀疑便使他产生了烦闷与气恼。为了发泄这种情绪，他动不动就发脾气，并由此而伤害了昂热拉的心。由于人们在心理上存在着奇妙的相互作用，所以，昂热拉的内心里便又重新想起了不幸的迪韦内特。与此同时，她又想到了她和骑士的爱情。这爱情原本是从她那年轻的心房中萌生出来的，恰是一朵最美丽的花朵。可是现在，它却遭到了不可挽救的摧残，因此，她便产生了绝望的情绪。夫妻俩的感情越来越坏，这使骑士感到生活在家里单调寂寞，枯燥无味。于是，他便想尽一切办法，竭尽全力去寻找理由，无论如何也要到外面去活动活动。

骑士的厄运又重新降临了。他内心的烦闷和气恼促使他开始重新走进赌场，但是，他的这个演变过程则是由一个坏家伙帮助他最后完成的。这个人曾经是骑士过去赌局上的一名助手。他使用各种奸诈狡猾的语言硬把骑士劝进了赌场。他的那个劲头就连骑士见了也感到可笑。他说，他简直不能够理解：骑士怎么能为一个女人就抛弃那种唯一使他值得在世上活一场的事情呢？

没有过多久，梅内尔骑士那富有的赌局便又金光灿烂，比以往任何时候都更加兴旺了。他的赌运仍然非常好，对手一个接一个地倒了下去，他的财富也越聚越多。然而，昂热拉的幸福却如同一场短暂的美梦。这场梦从此就破灭了，可怕的破灭了。骑士对她漠不关心，甚至对她表示轻蔑！她常常好几个星期，甚至好几个月都见不到他一面。他把家里的事情完全丢给一个老管家去处理，而且对用人想换就换，调换的原因仅仅是他自己的心境不好。骑士的这种做法弄得昂热拉在自己的家里也变成了陌生人，无论从哪一个仆人那里也得不到一点儿安慰。她经常在失眠的夜里听见骑士的马车在大门口停下，沉重的钱箱子被拖上楼来。骑士粗声大气地、毫不客气地吩咐这个两句，吩咐那个两句，然后便砰的一声关上了他那间离她很远的卧室的门。每当这个时候，昂热拉的眼睛里便情不自禁地涌出了痛苦的眼泪，她的内心如同被刀绞碎了一样。在深深的哀痛中，她千百遍地呼唤着迪韦内特的名字，并恳求万能的上帝快快结束她这悲惨的、充满忧伤的残生！

后来发生了一件事情：一个良家子弟在骑士的赌局上输光了全部家产。于是，他便在赌场中，也就是在骑士开设赌局的那个房间里，朝自己的头上开了一枪。他的鲜血和脑浆立刻喷射出来，并且溅到了赌客们的身上，这些人被吓得面如土色，急忙四处逃奔。当时只有一个人不动声色，这个人就是骑士。他甚至还质问那些打算回家的赌友，他们的做法——为了一个没有良好赌风的傻瓜便提前离开赌局——是否符合赌场的老规矩？

这件事情引起了极大的轰动。就连那些最阴险、最狠毒的烂赌棍们，也都对骑士这种不见先例的行径表示出了极大的愤慨。于是，所有的人都起来反对他，警方也取缔了他的赌局。此外，还有人控告他弄虚作假，而作为指控证据的便是他那闻所未闻的好赌运。他怎么也洗刷不了自己的恶名声，结果被处以罚金，这种惩罚夺去了他财产的很大一部分。他看到，他已经遭到了人们的唾骂，受到了人们的歧视，在这种情况下，他便又回到了他那备受虐待的妻子的怀抱之中。昂热拉知道，浪子回头金不换，因此，也就高高兴兴地欢迎他的归来。她想到，自己的父亲也曾经在狂赌之后便收了场，于是心中便又产生了一线希望：如今骑士已经是上了岁数的人了，这样看来，他也应该真正改邪归正了。

梅内尔骑士带着妻子离开了巴黎，迁居到了昂热拉出生的城市热那亚。

在热那亚，骑士起初还是老老实实地待在家里。可是，他与昂热拉之间那种恬静的夫妻生活已经遭到了魔鬼的破坏。他虽然也极想恢复那种生活，但是却怎么也做不到。不久，他的心里又产生出了烦躁的情绪，这种情绪逼着他一天到晚在外面乱跑，一刻也不得安宁。他的坏名声也跟着他从巴黎来到了热那亚，使他不敢去开设赌局，尽管他心痒难熬，急于一试。

当时，在热那亚有一个最有钱的局主，他是一个因为受了重伤而不能再服役的法国上校。骑士的心里对他充满了嫉妒和仇恨。他就是怀着这样的心态来到了上校的局上。他认为自己仍然能够鸿运如初，能够马上就除掉这个竞争对手。上校本来是一个不苟言笑的人，可是，现在他却一反常态，忽然变得快活而幽默起来了。他高声地对骑士说道：有赌运亨通的梅内尔骑士到他的局上来，玩牌才真正有了一点儿意义。他觉得，现在可以进行那场唯一使他对赌博产生兴趣的战斗啦！

事实上，在头几盘里骑士的手气仍然和过去一样的好。这样一来他便相信了，自己的赌运是不可战胜的，于是便叫了一声"Va banque"①，结果一下子就输掉了很大的一笔钱。

在这之前，上校有时输有时赢，可是现在他却大赢了一把。只见他满脸喜悦，洋洋得意地把赢来的钱搂到了自己的身边。从这一时刻起，骑士以往的好运气便完完全全地离他而去了。

他每夜都进赌场，可是每夜都输。他的财产逐渐减少，逐渐萎缩，最后他的手中就只有几张价值仅为几千个杜卡特②的票证了。

为了能把这些票证兑换成现金，他整天在外面奔跑，晚上很晚才回到家中。可是等到夜幕一降临，他便又往外走，口袋里揣着最后一点儿金币。昂热拉猜准他要到哪里去，便出来拦住他。她跪在骑士的脚下，泪如泉涌，恳求他看在圣母和全体圣者的分儿上，别再去干那可怕的勾当了，千万别把她推到痛苦、穷困的深渊里。

骑士把她扶了起来，又怀着痛苦而炽热的爱把她搂在怀里，声音低沉地说：

"昂热拉，我亲爱的昂热拉，我可爱的昂热拉！这是没有办法的事情啊，我必须去，我不能不去。可是到了明天，到了明天你的一切忧愁都会云消雾散了。我对着支配我们的永恒厄运起誓，我今天再赌最后一次！放心吧，我的好乖乖！去睡觉吧——去做一个好梦，梦见你所面临的幸福时光，梦见你那会好起来的生活。这个好梦也会在今天晚上给我带来好运的！"

他一边说这些话，一边吻了吻妻子，然后就匆匆忙忙地、不可阻挡地跑出了家门。

赌了两盘以后，骑士把所有的——所有的赌本都输掉了！

①法语，意思是下一个与庄家台面上全部赌金相等的大注，旨在一举打垮庄家。
②14世纪到19世纪在欧洲通用的金币名称。

他站在上校的身边，呆若木鸡，眼睛茫然地看着台面。

"您不押了吗，骑士？"上校一边洗牌，准备下一轮的赌博，一边问。

"我已经输光了呀。"他强作镇静地回答说。

"什么也没有了吗？"上校一边翻着下一盘的牌一边问道。

"我已经变成乞丐了！"骑士又气恼，又心痛，说话的声音都哆嗦起来了。他仍然目不转睛地注视着赌桌，但是，他对当时赌场上的情况却没有怎么注意。实际上，这时候其他赌客正从上校的手里赢得了越来越多的钱。

上校心平气和地继续玩着。

"您可还有一位漂亮的妻子哩。"他一边压低嗓子说，一边洗着下一盘的牌，对骑士连望都没有望一眼。

"您这话是什么意思？"骑士怒气冲冲地问道。上校只顾抽牌，根本不搭理他的问话。

又过了一会儿。

"一万杜卡特——赌昂热拉。"上校一边让人签牌，一边转过半个脸来说道。

"您这是疯了吧！"骑士大声地吼道。可是与此同时，他也渐渐地恢复了冷静。他开始注意到，上校正一个劲儿地输。

"那我就拿两万杜卡特来赌昂热拉好了。"上校手中洗牌的动作暂时停了一会儿，并放低了声音说。

骑士没有回答，一直沉默着。上校继续赌着，牌差不多张张都对押家有利。

"行啊。"在开新的一盘时，骑士凑近上校的耳朵说，同时把皇后推到台面上。

抽牌结果，皇后输了！

骑士咬牙切齿地退到一边，绝望而面无人色地靠在窗台上。

赌局散了，上校走到骑士跟前，刻薄地问了一句：

"您说说，接下来我们应该做什么事情了？"

“嘿，”骑士气急败坏地吼道，“您是把我变成了一个乞丐。可是，要是您想赢走我的妻子，那就说明您的神经已经不正常了。难道我们是生活在一群荒岛上吗？难道我的妻子是个女奴，可以让无耻的男人们任意地买进卖出，赢来输去吗？不错，要是皇后赢了，您就得付给我两万杜卡特。反过来说，要是我的妻子肯抛弃我而愿意跟您去的话，那就算我输掉了一切反对她这样做的权利。跟着我来吧，您会大失所望的。我的妻子决不会像个下贱的妓女似的，决不会跟着别人走的。恰恰相反，她会充满着厌恶的感情把那个企图带走她的恶棍赶走的！”

　　“大失所望的将是您自己，”上校用讥笑的口气对骑士说，“骑士，当昂热拉怀着厌恶的心情赶走您这个使她不幸的可耻罪人，并满怀欣喜地投进我的怀抱中时，您自己才会感到大失所望哩！当您得知教会的祝福将我与她结合在一起，而我们的婚姻又是无比美满、无上幸福时，您自己才会大失所望哩！您说我的神经不正常了——哈哈，我要赢得的正是您对您妻子的权利。至于她这个人吗，那肯定是我的！哈哈，我告诉您，骑士，您的妻子可真是十分爱我啊，这一点我是知道的——我告诉您吧，我并不是别人，而是迪韦内特，也就是昂热拉邻家的那个少年。我和昂热拉一起长大，我们相亲相爱，可以说是青梅竹马。可是，后来您却用您的鬼蜮伎俩赢得了她的芳心，而把我给赶走了！唉，直到我不得不去上战场时，昂热拉才明白过来，明白了她是怎样地爱我——这一切我都知道——可是已经太晚了！但是，魔鬼却点醒了我，使我想到了一个好主意：我可以利用赌博来把您毁掉。所以，我便拼命地玩起牌来，并跟踪您来到了热那亚。如今我已经大功告成了！走吧，去见您的妻子吧！”

　　骑士失魂落魄地站在那里，就好像被一千个响雷击中了似的。那神秘而可怕的命运明明白白地摆在他的面前。这时候他才完全看清楚了，自己给可怜的昂热拉造成了多么巨大的不幸。

　　“让昂热拉，我的妻子，决定一切吧。”骑士沮丧地说，同时跟上急急忙忙冲出去了的上校。

到了家中,上校一把抓住了昂热拉卧室的门把手。骑士却推开了他,并说道:

"我的妻子睡着了,您想把她从香甜的睡梦中搅醒吗?"

"哼,"上校回答说,"在您使她遭受到了不可名状的痛苦之后,她什么时候还能够睡得香甜呢?!"

上校坚持要进房间去,骑士便猛地扑倒在他的脚下,绝望地喊道:

"您就发发慈悲吧!把我的妻子留给我吧!您已经把我变成一个乞丐了呀!"

"想当初,韦尔杜阿老头儿也是这么跪在您这个没有人性的恶棍跟前的。但是,他却没有能够使您那石头一样坚硬的心肠变软一点儿。眼下就是老天爷对您的报应!"

说完这些话,上校便又朝着昂热拉的卧室走去!

骑士抢先冲到门边,一把推开房门,奔向躺着他妻子的床前,用手分开幔帐,呼唤道:

"昂热拉,昂热拉!"然后便俯下身去抓住她的手……他一下子变得面如死灰,浑身哆嗦,并用令人感到害怕的声音叫喊起来:

"您看吧!您赢得了——我妻子的尸体!"

上校惊慌失色,冲到床边。昂热拉已经没有一丝生气了,她死了——她确实死了!

上校冲着上苍攥起了拳头。他随即狂叫一声,奔出门去,从此销声匿迹,杳无音信!

就这样,陌生人结束了自己所讲的故事。他从长凳上站了起来,迅速地走开了。大为震惊的男爵连一句话也没能来得及对他说。

几天以后,有人发现陌生人在自己的房间里得了脑溢血。他从得病到离开人世还不到几个小时,临终前他什么话也没有说。虽然他声称,他的名字是鲍达松,但是,他的证件却表明,他并不叫鲍达松。他也不是别人，原来他就是那个不幸的梅内尔骑士。

男爵意识到了上苍对他的警告。正当他一步步地走近无底深渊的时候，上苍及时地把梅内尔骑士派到了他的面前。骑士挡住了他的去路，要他悬崖勒马，从而挽救他的人生。于是，男爵便立下了誓言，无论如何也不再受骗人的赌运的种种诱惑了。

直到今天，他仍然远离赌场，一直严格地遵守着自己的誓言。

斯居戴里小姐

陈恕林译

　　玛德莱娜·冯·斯居戴里①住在圣·奥诺雷街②上的一幢小房子里。她善于写华丽的诗词，又为路易十四和曼特侬③所宠爱，因而出名。

　　大概是 1680 年的秋天吧，有人深更半夜猛烈地敲这一家的大门，声音震动了整个走廊。在操持小姐的少量家务同时兼任厨师、用人和门房的巴蒂斯特，经女主人点头同意，已到乡下参加妹妹的婚礼去了。这样，只有小姐的侍女马蒂尼埃尔一人看家。她听到一阵阵的敲门声，想起巴蒂斯特已经离开，家里只有她与小姐，别无他人保护；她想到巴黎曾经发生的撬锁、盗窃和谋杀等种种案件，就确信是一帮暴徒来探悉这幢孤僻住宅，在屋外捣乱。一放他们进来，便想要对主人施行恶举，所以她胆战心惊地待在自己的房间里，把巴蒂斯特连同他妹妹的婚礼也都咒骂一通。这当儿，震耳欲聋的叩门声不停地响着，叩门声中，她仿佛听到有人在呼喊："千万开开门吧，劳驾开开门吧！"马蒂尼埃尔愈来愈焦虑不安，终于迅速端起已点着蜡烛的烛台赶到走廊去。这时她清清楚楚地听见叩门者在说："千万开开门吧！"马蒂尼埃尔心想，事实

---

　　① 玛德莱娜·冯·斯居戴里，即玛德莱娜·德·斯居戴里（1607—1701），法国女作家，巴黎一文学沙龙的中心人物。

　　② 圣·奥诺雷街，位于塞纳河右岸，卢浮宫附近。

　　③ 曼特侬，原先是作家保罗·斯卡隆（1610—1660）的妻子，后来成了路易十四的情妇和夫人。

上强盗决不会这样说话的，我的主人乐善好施，天晓得是不是一个被追捕的人到她这里来避难的呢。还是小心些好！她打开一扇窗对下面呼喊道："到底是谁呢，深更半夜还在人家门旁胡闹，把我们全家人都吵醒啦！"她在呼喊的时候竭力使自己低沉的嗓子尽可能装成男性的声调。她在刚刚透过乌云照射下来的月光中看到一个身材高大、披着一件淡灰色外套的人，宽阔的帽子深深地遮到眼睛。她高声喊叫，好让下面这个人能听见她在说："巴蒂斯特、克洛德、皮埃尔，你们都起来，看看哪个废物想要闯到我们家里来！"可是下面那个人却用温和的、几乎是悲叹的声调向上面说道："哦！拉马蒂尼埃尔①，亲爱的大妈，无论您怎样伪装您的声调，我也知道是您，我还知道，巴蒂斯特已经下乡去了，家里只有您和您的主人。给我开开门吧，放心好了，一点儿都不要害怕。无论如何，我要会见您的小姐，马上要会见。"

"您胡思乱想些什么，"马蒂尼埃尔答道，"半夜三更，您居然要见我的小姐？难道您不晓得吗，她早已上床睡觉。无论如何，我不会把她从最甜蜜的微睡中叫醒。她这么年轻，很需要这样的睡眠。"

"我知道，"下边站着的人说道，"我知道，您的小姐不知疲倦地在写作一部名叫《克莱利亚》②的长篇小说，此刻她刚刚把手稿放到一边，正在抄录几首诗，预备明天读给曼特侬侯爵夫人听。马蒂尼埃尔大妈，我求您发发善心，给我开门。您知道，这是关系到拯救一个不幸者免于毁灭的大事；您也知道，一个人的荣誉、自由乃至生命，都取决于我非得会见您的小姐不可这样一个时刻。您想一想，要是您的主人事后知道这个不幸者曾来恳求她帮助，而您却铁石心肠，拒之门外，她会恨您一辈子呢。"

"可是您到底为什么偏偏在这个不寻常的时刻求助于我的小姐

---

① 法国人名有的加个"拉"，此处即马蒂尼埃尔。本文中还有几个人名，有时也加有"拉"。

②《克莱利亚》系一部十卷本的写罗马人故事的历史小说。

的同情心呢？明天方便的时候再来吧！"马蒂尼埃尔这样对下面说道。

下面那人答道："如果雷电完全出其不意地、毁灭性地打击过来，命运难道还能顾得上时间钟点吗？如果只有片刻时间还容挽救，难道能允许推迟救助吗？给我开开门吧，丝毫不必害怕一个不幸的人：他无人保护，为世人遗弃，被人追捕，为一种可怕的命运驱使，因而想要央求您的小姐把他从临头的大难中解救出来！"

马蒂尼埃尔听到下面那人说这番话时因为深切的悲痛在叹息和鸣咽；那人的声调是个青年的声调，温存地深深地沁入了她的肺腑。她内心深受感动，于是不假思索，便去把钥匙拿来。

她刚一开门，披着外套的人就迅猛地闯了进来，从马蒂尼埃尔身边大步走进走廊，用粗野的嗓门嚷道："领我到你的小姐那里去！"马蒂尼埃尔胆怯地举起烛台，烛光射到一张死人般苍白、憔悴得可怕的青年脸庞上。当此人撩开外套，背心中露出一把亮堂堂的短剑剑柄时，马蒂尼埃尔吓得几乎跌倒在地板上。这个汉子以炯炯的目光注视着她，比刚才更加粗暴地叫嚷道："我叫你领我到你的小姐那里去！"现在，马蒂尼埃尔眼看她的小姐大难临头，对高贵的主人——她把她的主人敬为正直的忠实的母亲——的全部热情更加强烈地在胸中燃烧，从而产生了一股恐怕连她自己也不敢相信的勇气。她迅速把自己刚才打开的房门砰的一声关上，站到门前斩钉截铁地说："你在屋内的疯狂行径同你在外边的哀叹言词实在很不协调，我现在还记得，你的那些话曾经不适时地引起了我的同情。现在我的小姐不该而且也不会会见你。假如你不是居心叵测，那就不要害怕阳光，明天再来说明你的来意吧！——现在你出去！"汉子发出一声低沉的叹息，一边用可怕的目光凝视着马蒂尼埃尔，一边伸手去抓短剑。马蒂尼埃尔暗自听天由命，却仍保持坚毅沉着，壮大胆子盯着汉子，与此同时她更紧紧地把守着这道汉子去小姐那里必须经过的房门。"我跟你说，让我到你的小姐那里去！"那汉子叫喊道。"你想要怎么办，随你

78

便。"马蒂尼埃尔答道,"我决不离开此地一步,完全你已着手的罪恶行径吧,你终将会像你凶恶的同伙们一样,在刑场上得到可耻的下场。""哎,"汉子嚷起来,"你说对啦,拉马蒂尼埃尔,我佩带了凶器,煞像个凶恶的强盗和凶手,不过我的同伙们却没有被处死,并没有被处决呢!"他一边说着,一边拔出短剑,恶狠狠的目光注视着这个被吓得要死的妇女。"耶稣呀!"她呼叫道,等待着对她致命的刺杀,而就在这一瞬间,可以听到街上响起了武器的银铛声和马蹄声。"宪兵——宪兵,救命呀!救命呀!"马蒂尼埃尔喊道。"恶妇,你要毁灭我吗?现在一切都完了,一切都完了!拿去,拿去吧!今天就把它交给小姐——你要明天交也行。"此人一边低声嘟哝,一边夺去马蒂尼埃尔手中的烛台,熄灭蜡烛,把一个小盒塞到她手里。"为了你的幸福起见,把小盒子交给小姐。"那人说完即逃出屋外。马蒂尼埃尔跌倒在地板上,好容易才爬了起来,在黑暗中摸索着回到她的房间,这时她已浑身没劲,一句话也说不出来,倒在椅子上了。现在她听到她插在大门锁孔里的钥匙发出当啷的响声。大门关上了,轻盈、不大稳健的脚步声渐渐移近她的房间。她似乎牢牢地被捆绑着,周身动弹不得,等待着可怕的事情发生。可是当房门打开,她在灯光中一眼认出那个诚实的巴蒂斯特的时候,她的心情多么激动呀。此刻,巴蒂斯特脸色苍白,惊慌失措。"马蒂尼埃尔大娘,"他开口说道,"你务必告诉我,到底出了什么事?哎呀,真可怕啊!真可怕啊!我不晓得是怎么一回事,昨晚有人强行把我从婚礼中赶了出来!刚才我来到大街上。我心想,马蒂尼埃尔大娘睡得很警醒,要是我轻轻叩门,她大概会听得见,会让我进来的。这时有一队武装到牙齿的巡逻队、骑兵、步兵迎面向我走来,拦住我不让我走。幸亏宪兵少尉德格雷也在场,他同我很熟;当他们把灯笼提到我的鼻子下面时,他开口说道:'喂,巴蒂斯特,今夜你从哪里来呀?你得规规矩矩地守在家里啊。这儿不安全,就在今夜里,我们想得到意外的收获呢。'马蒂尼埃尔大娘,你根本不会相信,这番话使我多么感动啊。我刚刚踏上门槛时，一个蒙着脸的人从屋里蹿出来，手中握着明晃晃的短剑，把我撞倒了——门敞开着，钥匙插在锁孔里。你说，这究竟是怎么一回事？"马蒂尼埃尔克服了恐惧后，叙述了事情的全部经过。她和巴蒂斯特来到走廊里，看到陌生人逃窜时扔在地板上的烛台。"毫无疑问，"巴蒂斯特说道，"那家伙想要抢劫，也许甚至想要谋杀我们的小姐。你说那个汉子知道你同小姐单独在家，而且甚至知道她在伏案写作，仍未睡觉；他肯定是那帮万恶的骗子和盗贼中的一个，这帮人削尖脑袋，钻进各家的内部事务里，狡猾地刺探对他们作奸犯科有用的一切情报。至于这个小盒子，马蒂尼埃尔大娘，我想我们将它扔到塞纳河最深的地方为好。谁能保证不会有某个卑劣的恶棍企图谋害我们善良小姐的性命呢，谁又能保证她打开盒子时不会倒下死去，就像那个曾拆开一封陌生人来信的图尔内老侯爵那样呢。"经过长久商议后，两个忠仆终于决定第二天早上把事情的经过一一告诉小姐，同时把这个神秘莫测的小盒子也交给她，当然打开盒盖时要颇为小心谨慎。他俩仔细地分析了这个可疑的陌生人出现的种种情况，认为恐怕有特殊的秘密在作祟，他们不能擅自处理，而必须由他们的主人来揭露。

巴蒂斯特的忧虑有充分的理由。正是那个时候，巴黎是发生最凶恶的恐怖暴行的地方；正是那个时候，最卑鄙的发明为下地狱提供了最便当的方法。

德国药剂师格拉泽尔①，当时最优秀的化学家，像他的同行惯常做的那样，正从事炼金术的研究。他企图找到哲人之石②。一个名为埃克斯利的意大利人同他做伴。埃克斯利学炼金术是个幌子。他想要学会的只是毒素的调配、煎煮和升华——格拉泽尔希望从

---

① 克里斯托夫·格拉泽尔出生于德国巴塞尔，在巴黎充当宫廷制药师，与定居巴黎的意大利炼金术士埃克斯利一起被卷进了因毒杀罪而对布兰维利埃一家提起的诉讼事件里。在伏尔泰和皮塔瓦尔的作品里，俩人多次被提及。

② 按照古代炼金术士的信念，它是一种神奇的石块，能使非贵重金属化为金子。

中找到他的福祉——他终于学会配制那种上等毒药。这种药，既无色又无味，或者叫人当即丧生，或者慢慢亡命，绝不在人体里留下任何痕迹，医生们的一切技能和学术都无济于事，他们不会怀疑是毒药谋杀的，只好把死亡归咎于自然。埃克斯利虽然行事谨慎，但还是成了贩毒嫌疑犯，被投入了巴士底狱里。随后不久，戈丹·德·圣克鲁瓦①大尉也被关进同一牢房里。此人同德布兰维利埃侯爵夫人②长期有不正当的关系，招致全家蒙受耻辱，由于侯爵对其夫人的犯罪行为无动于衷，她的父亲，巴黎的文官少将德勒·多布雷终于不得不通过一道逮捕大尉的命令，把这对罪人分开。大尉这个人，感情容易冲动，意志薄弱，伪装诚实，从青年起就嗜好干形形色色罪恶勾当，好忌妒人，又是个报复狂，再没有什么比埃克斯利的罪恶秘密更受大尉的欢迎了，他能够借此秘密消灭他所有的敌人。他成了埃克斯利勤奋的门徒，不久即能与师傅相匹敌，从巴士底狱获释后，即能独立行事了。

布兰维利埃夫人是个堕落的女人，由于圣克鲁瓦的缘故，她变成了残暴可怕的女人。克鲁瓦渐渐地唆使她首先毒死她自己的父亲——她待在他身边，虚情假意地照料老人——继而毒杀她的两个兄弟，最后是她的姐妹们。毒死父亲是为了报仇，毒死其他人是为了继承巨额遗产。许多下毒谋杀者的历史都提示了这样可怕的例证，就是这一类的罪行将发展为无法克制的嗜好。下毒谋杀者杀人常常没有别的目的，纯粹出于娱乐，就像化学家为了娱乐而做试验一样，对于被害者的死活完全无动于衷。市中心医院③里许多穷人突然死亡，后来引起了人们这样的猜疑，就是布兰

---

① 戈丹·德·圣克鲁瓦，即让-巴蒂斯特·德·戈丹，被称为圣克鲁瓦大人，当时法国一骑兵团的大尉。他在巴士底狱的囚禁和他死亡的情况在皮塔瓦尔的记述中得到证实。

② 德布兰维利埃侯爵夫人，即玛丽·玛德琳娜·布兰维利埃侯爵夫人，生于1630年。她为了继承家里的遗产，曾毒死她的父亲和两个兄弟，于1676年被处决。法国贵族姓名前常加"德"。

③ 指巴黎穷人和无家可归者救济院。

维利埃夫人为了获得虔诚和行善模范的美名而惯于每周去那里施舍给穷人的面包，恐怕是放了毒的。不过，她以放了毒药的鸽肉馅饼招待她请来的客人，那是千真万确的。骑士迪盖和其他许多人，都成了这种可怕宴会的牺牲品。长期以来，圣克鲁瓦，他的助手拉肖塞①和布兰维利埃夫人都善于以巧妙的办法来掩盖他们的可怕罪行，但是上天永恒的神明已决定在这大地上处决罪犯们，无论这些无耻之徒施展什么卑劣的奸计，都不能够滑过去！圣克鲁瓦配制的毒药如此巧妙，以至于药粉（巴黎人称之为 poudre de succession）配制时一旦透风，你只要吸一口气，转眼之间就要去见上帝。因此，圣克鲁瓦在配制时带上了优质玻璃做的面具。一天，他正要把制成的药粉倒进长颈玻璃瓶里，面具脱落了，他吸了一口细毒粉后瞬即倒下丧命。因为他死后没有继承人，法院当局迅速赶来封存遗产。查封时，在一个锁闭的木箱里发现了供这卑鄙的圣克鲁瓦使用的整个可怕的毒杀武库，同时还发现了布兰维利埃夫人的书信，根据这些书信，她的罪行毋庸置疑。她逃到吕蒂希一修道院里。宪兵队的官员德格雷去追捕她。他扮成神父出现在她隐藏的那个修道院里。他成功地以恋爱为幌子，同这个可怕的女人建立一种关系，引诱她到城郊一个偏僻的公园去幽会。刚到那里，她就被德格雷的密探们所包围，扮成神父的情人霎时间变成了宪兵队的官员，强迫她坐上停放在公园门前的马车，由密探们护送着一直开往巴黎。拉肖塞最先被斩首，布兰维利埃夫人也遭到同样的惩处，她的尸体被火化，骨灰撒到野外。

当这个以秘密的杀人武器来对付敌人和朋友而未曾受到惩罚的妖孽离开了人世，巴黎人都松了一口气。可是不久，事态又表明，有人继承了这个万恶的圣克鲁瓦的可怕法术。谋杀像一个看不见的阴险狡猾的魔鬼一样，潜入到仅仅可以由亲戚、爱情、友谊结成的最亲密的圈子里，并且准确而迅速地从中抓住了不幸的

———————
① 拉肖塞系下毒谋杀的罪犯圣克鲁瓦的狗腿子，1673 年 3 月 4 日被判处死刑。

牺牲品。今天身强力壮、精力旺盛的人，明天就会病魔缠身、步履维艰，无论什么医术也挽救不了他。财富有利可图的职务，一个漂亮的，或许是年纪轻轻的女郎——这就足以驱使人们赴汤蹈火。最残忍的猜疑，拆散了最神圣的关系。丈夫在妻子面前发抖，父亲在儿子面前战栗，姐妹在兄弟面前哆嗦。宴请朋友，菜肴美酒，无人敢品尝。昔日谈笑风生的地方，现时凶恶的目光在窥探着伪装起来的凶手。家长们提心吊胆地到远处去采购食品，又亲自到这家或那家肮脏的小饭馆去烹饪，因为他们生怕自己家里隐藏着可耻的内奸。然而，即使极为谨慎小心地戒备，有时也是徒劳的。.

　　国王想要制止日益猖獗的暴行，下令建立一个自己的法庭，责令它专门调查并惩罚这类秘密的犯罪行为。这就是所谓火焰法庭①，设在离巴士底狱不远的地方，拉雷尼任庭长。时光流逝，拉雷尼虽然热心工作，却还是一无所获。发现极秘密的罪愆潜伏处的第一个人是狡猾的德格雷。在市郊圣热尔曼区住着一个老妪，名叫拉瓦赞②，干的是占卜和招魂一套，在其同伙勒萨热和勒维古鲁协助下施法，就连那些并非懦弱和轻信的人也会胆战心惊。她的能耐犹不止此。像克鲁瓦一样，她也是埃克斯利的门徒，她也能像他一样地配制精巧、无法识别的毒药，用这种方法帮助卑鄙无耻的儿子们早日继承遗产，帮助堕落的女人们另找更年轻的丈夫。德格雷探索到她的秘密，她对一切都供认不讳。火焰法庭宣判将她在刑场上烧死。人们在她家里搜出一本名册，所有曾经得到她帮助的人都上了名册。结果，不仅处决的事接踵发生，而且就连享有崇高威望的人物也都遭受嫌疑。人们真以为红衣主教邦齐从拉瓦赞那里得到药物，要让所有他作为纳博纳大主教必须发

---

　　① 火焰法庭（Chambre ardente）系 1680 年专门为审理该处死刑的罪犯而设立的特别法庭。

　　② 拉瓦赞，即加特琳－瓦赞，根据皮塔瓦尔的报道，她受人收买和指使去谋害别人，曾毒死许多人。1680 年与其同伙勒萨热和勒维古鲁一起在刑场上被烧死。

给养老金的人去见上帝。人们控告布伊荣公爵夫人和索瓦松伯爵夫人——她俩的名字都上了拉瓦赞的名册——同那个可怕的老妪有勾结，甚至卢森堡公爵、法国贵族院议员和元帅弗朗索瓦·亨利·德·蒙诺朗西·布德贝尔，也不能幸免，也要受到令人畏惧的火焰法庭的追捕。他主动到巴士底狱投案自首，卢伏瓦[①]和拉雷尼都对他恨之入骨，把他囚禁在六尺长的牢穴里。过了好几个月，事情才完全水落石出，原来公爵不应受到谴责，他的罪行无非是让勒萨热算过一次命。

的确，盲目的干劲使得庭长暴虐残酷。法庭完全具有宗教裁判所的性质，丝毫的怀疑就足以使人受到严酷的监禁，要想证明被判死刑的被告是无辜的，常常只好靠偶然的机缘。加之，拉雷尼外貌丑恶，生性阴险，因此不久就招致人们的怨恨，因为他本来是奉命保护他们，或为之报仇雪恨的。他讯问布伊荣公爵夫人是否见过恶魔，她答道："我仿佛此刻正看见他！"

正当罪犯和嫌疑犯的鲜血流遍刑场，神秘的毒杀案件逐渐稀少的时候，另一种引起恐惧的灾难又发生了。有一帮恶棍似乎要把一切宝石据为己有。刚刚买来的贵重首饰，无论保管得多好，也会莫名其妙地不翼而飞。但是更为令人懊丧的是，谁敢晚上随身带着珠宝，那么他就会在闹市区或者在阴暗的小巷里被人抢劫，甚至连性命都保不住。幸存者们说，霹雳般的拳头落在他们的头上，把他们打翻在地，待从昏迷中醒来，财物已被劫走，身置别处，而非原来被殴打的地方。大街上或房屋里，几乎天天早上都躺着被谋害者的尸体，他们的致命伤都是在同一个部位，一刺即刺入心窝里。据医生们判断，案犯的动作既敏捷又准确，以致谋害者一声不吭便倒在地上。大凡在路易十四豪华宫廷里同秘密的桃色事件有瓜葛的人，谁不夜晚潜入情人住处，有时还随身带着

---

① 卢伏瓦，即弗朗索瓦-米歇尔·勒·泰利埃，卢伏瓦侯爵（1641—1691），自1668年起担任路易十四的国防大臣。作为法国首相（自1677年起），他以旨在加强中央集权的内外政策（包括军队改革）赢得对国王的巨大影响，并受到后者的重用。

厚礼去呢？恶棍们似乎附着幽魂，诸如带有厚礼会情人这类事情，他们知道得一清二楚。一些不幸的人想要去享受爱情的幸福，但往往到达不了情人家里，便倒在情人家的门槛上，甚至倒在情人卧室的门前。情人看见血淋淋的尸体，吓得魂不附体。

凡是巴黎市民觉得稍有可疑的人，警察局局长阿尔让松①一概抓起来，但仍无济于事。拉雷尼暴跳如雷，试图搞逼供信，还是徒劳无益。加强岗哨和巡逻，也是枉费心机，案犯的踪迹依然无法找到。全副武装，叫仆人提灯前行，只有这样小心谨慎，才能确保几分安全。可是用掷石头来吓唬仆人，而在同一瞬间把主人杀死，抢走财物，这也并非是罕见的事例。

奇怪的是，虽然在所有可能做珠宝交易的场所都做了仔细的侦查，但被劫珠宝的一点影子都看不见，所以说，就连这些场所也不存在任何搜索的线索。

由于恶棍们居然能识破自己的诡计，德格雷怒不可遏。正好他所在的市区安然无恙，而在谁也料想不到竟会有恶事发生的其他市区，谋财害命者正在窥探着他们的富有的牺牲品。

德格雷想出这样巧妙的主意，就是让好几个人同时装扮成德格雷，使他们在步态、姿势、言谈、体形、容貌诸方面都极为相似，就连密探也难以得悉，究竟真的德格雷躲在哪里。在此期间，他冒着生命的危险，独自隐身在最秘密的隐蔽处，从远处跟踪这个或那个按照他的旨意随身带着贵重首饰的人。但是结果被跟踪者安然无事。这样说来，德格雷的这一着，恶棍们也识破了。德格雷陷入了绝望的境地。

一天，德格雷带着苍白憔悴的脸色和张皇失措的神情去见拉雷尼庭长。"有事报告吗？有什么消息？您找到线索了吗？"庭长向他喊道。"唉……仁慈的庭长，"德格雷愤怒得结结巴巴地开口说，"唉……仁慈的庭长……昨天夜里……离卢浮宫不远的地方，

---

① 阿尔让松，即马克-勒内·德·波尔米，阿尔让松侯爵（1652—1721），自1697年起任巴黎警察局局长。他创立了一支组织严密、领导权集中的警察部队。

德·拉法尔①侯爵当着我的面被人袭击。""谢天谢地,"拉雷尼高兴得欢呼起来,"我们终于抓到他们啦!""哦,听我讲,"德格雷苦笑着插嘴说,"哦,听我讲讲事情的经过吧。我埋伏在卢浮宫附近,满腔悲愤地等候着嘲笑我的恶魔。这时来了一个人,拖着不大稳健的脚步,不时回头张望,从我身边走过却没有看我一眼。在月光中我认出是德·拉法尔侯爵。我料到是他,也知道他悄悄地到哪儿去。他刚从我身边走过十来步,一个人影像从地下蹦出来一样,残暴地把他打翻在地,狠狠地揍他。这一瞬间凶手可能落到我的手里,这使我惊喜交集,轻率地大声喊叫起来,想要猛然跳出潜伏处,威逼他就范。这时我被自己的大衣绊住,跌了一跤。我看见那人像插上翅膀飞也似的逃窜,我马上挣扎起来追赶他。我一边跑一边吹号角,密探们的哨子从远处呼应,闹哄哄的,四面八方响起了武器的锒铛声和马蹄声。'这里来!这里来!德格雷!德格雷!'我喊声震天地叫道。在明亮的月光下,我老是看见那人在我前头跑,时而在这里,时而在那里拐弯,企图迷惑我。我们来到尼凯斯街,这时他似乎已筋疲力尽,我劲头倍增——他离我最多不过十五步远——""您赶上他——抓住他,密探们来了。"拉雷尼的眼睛闪闪发亮,一边呼喊,一边抓住德格雷的手臂,好像他就是逃跑着的凶手似的。"十五步,"德格雷用低沉的声调上气不接下气地说道,"在我面前十五步远的地方,那人蹿到街道阴暗的一边,穿过墙壁后就无影无踪了。""无影无踪了?——穿过墙壁之后!——您神经错乱了吧?"拉雷尼一边号叫,一边后退两步,拍起手来。"仁慈的先生,"德格雷擦擦额头,好像受委屈似的继续说道,"您不妨把我叫作疯子,愚蠢的梦幻者,但情况无非是我跟您讲的那样。当许多密探气喘吁吁地赶来时,我站在墙壁跟前,呆若木鸡。德·拉法尔侯爵挣扎着爬起来,手握出鞘之剑,与他们一起赶来。我们点燃火炬沿着墙壁搜查,没有发现任何门、

---

① 德·拉法尔系霍夫曼随意选择的名字。

窗、洞的痕迹。那是一道坚实的砖墙，背靠一幢房子，我们对里边的住户丝毫都不怀疑。今天我还仔细地着实地考察了一遍。——愚弄我们的正是魔鬼啊！"在巴黎，德格雷的故事家喻户晓，尽人皆知。人们的脑袋里充塞着瓦赞、勒维古鲁和臭名昭著的神父勒萨热的妖术、巫术及同魔鬼结盟一类的传闻。对超自然的事情，对神奇的事情的嗜好胜过一切理智，这本是人类永恒的天性。所以人们连德格雷在愤懑时说的这句话也很快信以为真：事实上，魔鬼亲自保护那些已将灵魂出卖给他的恶棍们。可以设想，德格雷的故事在辗转传述中又添枝加叶，加油添醋。他的故事后来付印出版，各处销售，书上附有一张木刻画，画了一个形象丑陋的恶魔在胆战心惊的德格雷面前钻入地下。这就足以把人民吓坏，甚至使密探们也闻风丧胆，现在他们夜间在街上漫无目的地徘徊，虽已身披护身符，洗过圣水浴，却还是战战兢兢的。

阿尔让松看到火焰法庭的努力无济于事，便请求国王派人筹建一个权力更大的法庭来侦察并惩罚罪犯，来对付新的犯罪行为。国王本来就以为火焰法庭权力太大，对嗜血成性的拉雷尼所招致的无数斩首的恐怖心有余悸，于是断然拒绝了阿尔让松的建议。

人们选择别的办法来激发国王对治安的兴趣。

国王惯常下午在曼特侬的房间里逗留，同他的大臣们一起也许工作到夜里。这里他接到以受害的情人们的名义献上的一首诗，他们在诗里抱怨说，要是他们带着厚礼去向爱人儿献殷勤，总得以生命孤注一掷。说在公平合理的比武会上为情人流血无疑是光荣和快乐的事情，但是这同被凶手的阴险袭击是风马牛不相及的，人们对这种袭击防不胜防。路易啊，北斗星，一切恋爱与殷勤的象征，愿他光芒四射，驱散黑夜，从而暴露隐藏在黑夜里的罪恶的秘密。神勇无敌的英雄啊，过去他曾击溃了他的敌人，愿他现在拔出他的闪闪发光的胜利宝剑，像海格立斯大战勒耳拉沼泽里的九头水蛇①，或者像提修斯歼除米诺陶洛斯②那样，同这些败坏爱情的一切乐趣，把一切欢乐化为深切悲痛、化为绝望悲伤的恶人做斗争。

事情虽然是严肃的，可是这首诗在描写情人在去与爱人幽会的秘密路途中如何恐惧，而在这种恐惧又如何扼杀恋爱的一切乐趣和每个美好的风流逸事于萌芽状态方面，写得优雅出色，不乏才华横溢、妙趣横生的佳句。加之诗末全是对路易十四的吹捧和赞颂，因此国王自然怀着明显喜悦的心情把诗从头至尾读完。之后，他迅速转身向着曼特侬，目光却不离开稿纸，又高声把诗朗读一遍，莞尔一笑，接着问她对遭受危害的情人们的恳求有什么意见。忠于其严肃的思想观念，常常保持某种虔诚态度的曼特侬回答道："秘密地禁止通行的道路本来就不值得特别加以保护，但是对于可怕的罪犯，也许值得采取特殊措施予以消灭。"国王不满意这种模棱两可的回答，把稿纸折叠起来，正想到在另一房间工作的国务秘书那里去，这时他向侧面投了一瞥，看见斯居戴里也在场，坐在离曼特侬不远的一把小靠背椅子上。他向斯居戴里走去，刚才浮现在他嘴唇和脸颊上，后来却又消失了的微笑，此时又浮现出来。他紧靠这位小姐站着，又把诗稿展开，温柔地说道："侯爵夫人就是不愿理会热恋中的情人的殷勤，因而就拿什么禁止通行的道路一类言词来支吾搪塞。而您呢，我的小姐，您对这首诗中提出的恳求如何看呢？"斯居戴里毕恭毕敬地从椅子上站起来，一阵红晕像晚霞似的掠过这位年迈、有身份的女士苍白的脸上，她微微弯一弯身体，垂下目光说道：

---

① 根据希腊的英雄传说，海格立斯（一译赫拉克勒斯）系一力大无比的英雄，以非凡的气力和英勇的功绩著称。他要为迈锡尼国王欧律斯透斯完成十件苦差事，其中的一件是杀死勒耳拉沼泽里危害人畜的九头水蛇。

② 提修斯为希腊神话中的英雄。他获悉克里特国王米诺斯养着一个牛头人身的怪物米诺陶洛斯，雅典人每年得以少年男女各七人送给这怪物，即奋勇前去杀死怪物。

害怕盗贼的情人，

不配恋爱。

三言两语，即已驳倒了这首词句冗长的诗，国王为其豪爽精神惊叹不已，眼睛闪闪发亮地说道："您说得对，小姐！任何为无辜者与罪人而采取的盲目措施，都不保护胆小鬼，愿阿尔让松与拉雷尼尽其应尽的义务吧！"

翌晨，马蒂尼埃尔把昨夜发生的事件讲给她的小姐听的时候，绘声绘色地描述了当时的种种恐怖情景，胆战心惊地把那个神秘莫测的盒子递给她。她和巴蒂斯特——他脸色苍白，站立在墙角里，由于害怕和疲困的缘故，手里捏着睡帽，话也几乎说不出来——怀着极其忧郁的心情请求小姐开盒时千万要小心谨慎。斯居戴里一边摇晃和检查手中密封的秘密，一边微笑着说道："你们两个都看见鬼了吧！我并不富裕，没有值得谋财害命的宝贝。这一点，外边可恶的刺客们——你们不是说吗，他们探听家家户户的内情——同我与你们一样清楚。难道他们想要我这条老命？一个七十三岁的人，一生中除了密切关注自己所著的小说里的歹徒和捣乱者外，从未迫害过他人，所作的拙诗平淡无奇，不可能惹人嫉妒，她将要遗传下来的，不外是这个有时出入宫廷的老姑娘的华丽的服饰和百十本装订得很好、切边镀金的图书。这样一个人的死，同谁相干呢！马蒂尼埃尔，你想要把这陌生人的形象描绘得如何可怕，随你便吧，但是我不认为他是居心叵测的人。就这样吧！"

当小姐按动突出的钢制按钮，盒盖砰的一声开启时，马蒂尼埃尔吓得倒退三步，巴蒂斯特发出一声低沉的"哦！"的惊叫，跪了下来。

一对镶满宝石的金手镯和一条同样镶满宝石的金项链从小盒里向着小姐闪闪发光。她是多么惊讶啊！她取出金项链，当她称赞这件首饰工艺精巧的时候，马蒂尼埃尔睨视着那副贵重的手镯，一再赞赏说，就连好打扮的蒙特斯庞①也没有这样的装饰品。"可是送来这些东西是什么意思呢？"斯居戴里说道。在这一瞬间她发现盒底有一张叠好的小纸条。理所当然，她希望小纸条能解开谜底。刚刚读完，纸条即从她颤抖着的手里掉了下来。她向上天投了富于表情的一瞥，然后像半昏迷似的倒在靠背椅上。马蒂尼埃尔和巴蒂斯特都慌手慌脚地赶忙去扶持她。"唉，"她噙着泪水，用半哽塞的嗓子喊道，"唉，何等耻辱！唉，何等羞耻！这样大的年纪，我还要遇到这种事情吗！难道我像年轻的轻浮女子一样因愚蠢的轻浮而犯了罪吗？唉，上帝呀，这些半开玩笑的言语能够做出这种可怕的解释吗？能够把同魔鬼勾结的罪名扣到我这样一个忠于道德、德行，自幼无可非议的人的头上来吗？"

小姐拿手帕蒙着眼睛，放声大哭和呜咽起来，弄得马蒂尼埃尔和巴蒂斯特心乱如麻和忧心忡忡，在他们善良的女主人深切悲痛的时候，他们不知如何帮助是好。

马蒂尼埃尔把这张不祥的纸条从地上拾起来。纸条上写着：

> 害怕盗贼的情人，
> 不配恋爱。
>
> 尊敬的女士！您明达的思想，把我们这帮恃强凌弱、将那些以不光彩的方式来浪费的财宝据为己有的人，从大追捕中救了出来。请您惠然收下我们这点聊表谢意的首饰。尊敬的女士呀！这是我们长久以来所能搞到的财宝中最珍贵的东西，虽然您应当佩戴比这精美得多的首饰。请您不要收回您对我们的友谊和仁慈的怀念。
>
> **看不见的人们**

---

① 好打扮的蒙特斯庞，即弗朗索瓦丝－阿苕奈，蒙特斯庞侯爵夫人（1614—1707），在丰塔热和曼特侬之前的路易十四的情妇。根据尚丽丝夫人的描写，她爱虚荣，好打扮，讲排场，傲慢自大。

90

"怎么能够，"斯居戴里神志稍稍复原后说道，"怎么能够干出这种厚颜无耻和卑劣的嘲弄的勾当来呢？"阳光穿过深红色的丝绸窗帘，照得室内亮堂堂，桌上放在开盖的小盒旁边的钻石，闪烁着微红的光辉。斯居戴里举目看看钻石，惊愕地蒙住自己的脸，吩咐马蒂尼埃尔把这些可怕的、沾染着被谋杀者们鲜血的首饰立刻拿走。马蒂尼埃尔把项链和手镯马上锁进小盒里，随后说道："把宝石交给警察局局长，并把那个年轻人的可怕形象和递交小盒子等全部情况也告诉他，这恐怕是最明智的。"

斯居戴里站起来，默默地在室内踱来踱去，仿佛她此刻才开始考虑现在该怎么办。接着她吩咐巴蒂斯特叫人抬一乘轿子来，又吩咐马蒂尼埃尔替她换衣服，因为她想要马上到曼特侬侯爵夫人那里去。

她恰好是在侯爵夫人独自在自己房里的时刻——这点斯居戴里是清楚的——让人抬到她这里来的。装着钻石的小盒子她也带去了。

小姐平日举止庄重，年岁虽大却和蔼可亲，风度优雅，此刻却脸色苍白，面容憔悴，步履蹒跚地走了进来，侯爵夫人见她这个样子，感到万分惊讶。"究竟是怎么一回事呀？"她向这位完全失去常态，几乎不能站立，只想赶快坐到侯爵夫人推过来的靠背椅子上的令人担心害怕的可怜女士问道。小姐终于能够开口说话了，她讲，她用来答复蒙受危害的情人们的恳求的那句欠考虑的笑话，招惹了多么深重的、难以忍受的侮辱。侯爵夫人获悉了事情的来龙去脉后判断说，斯居戴里把这桩奇怪的事情看得太重了，道德败坏的流氓的嘲弄，从来无损于一位虔诚、高尚的人士的一根毫毛。最后她要看看首饰。

斯居戴里把已打开盖子的小盒递给她。侯爵夫人看到贵重的首饰，情不自禁地发出惊奇的叫声。她把项链和手镯取出来，拿着首饰走到窗口，时而让阳光照射钻石，时而又把小巧玲珑的金首饰拿近眼边察看，为的是看清联结着链条的每个小小的挂钩的

91

手艺是何等精巧。

　　侯爵夫人忽然急速转身向着小姐说道："小姐，您知道吧，这副手镯，这条项链，除了勒内·卡迪亚克①外，谁都做不出来呢！"当时，勒内·卡迪亚克是巴黎最熟练的金首饰匠，一个技艺最精湛，同时也最古怪的人。身材虽矮小，肩膀却宽阔，躯体强健，肌肉发达，虽然年逾五十，却仍具有青春的活力。浓密、淡红的鬓发和宽阔而容光焕发的脸庞，也都证实这种可以称为非凡的活力。假如卡迪亚克在全巴黎不是以没有私心和险恶用心、光明磊落、始终助人为乐这样一个最正直的正派人物著称，那么从他那双凹进去的闪烁绿光的小眼睛里射出来的异乎寻常的目光，就难免使人疑心他阴险狡诈和居心叵测了。如上所述，卡迪亚克在手艺方面不仅在巴黎，而且也许总的说来，在他那个时代也是最熟练的人。他深切了解宝石的特性，善于加工处理和镶嵌它们，所以原先不显眼的首饰，从卡迪亚克工场出来后，就变得光彩夺目、华美非凡。每一桩委托，他都怀着热切的欲望接受下来，所索取的工钱非常微薄，同他付出的劳动似乎远不相称。委托接受后，随即废寝忘食地制作，不论白天或黑夜都可以听到他在工场里锤打，往往几乎大功告成，他忽然感到样子不称心如意，对宝石或者某个小小的挂钩的某种嵌法的美观发生了怀疑——这就足以使他把整个制品又投入坩埚里，重起炉灶。所以，他的每个作品，完全是无与伦比的杰作，都会使委托者感到惊异。但是要从他那里取走已成作品，那几乎是不可能的。他一周又一周、一月又一月地用种种借口搪塞委托者。出双倍的工钱也是徒劳，除了议定的工钱他不想多拿一个子儿。倘若他面对委托者的催逼，最后不得不做出让步，把首饰交出来，那时他会情不自禁地流露出极大的厌烦，甚至流露出心中燃烧着的怒火。如果他非得交付一件较有价值，尤其是贵重的艺术品（由于钻石的珍贵，也由于非常精

_____

　　① 勒内·卡迪亚克系霍夫曼从伏尔泰的历史著作《路易十四的时代》里选择的名字。

巧的手艺，也许值成千上万个路易），那时他会百无聊赖地四处奔跑，诅咒他自己，他的作品，他周围的一切事物。但是一有人追着他高喊"勒内·卡迪亚克，您不肯替我的未婚妻做一条漂亮的项链，替我的姑娘做一对手镯吗"诸如此类的话，那么他就会突然默默地站着，用他那双小眼睛怒视对方，擦擦手问道："你有什么东西呢？"对方拿出一个小盒子来，说道："这里是些宝石，并非很稀奇的，只是普普通通的东西，然而一经您的手——"卡迪亚克不让他把话讲完，立即从他手里把小盒子夺过来，取出这些事实上没有多大价值的钻石，对着光线照看，极其高兴地说："嘿嘿——普普通通的东西？绝对不是！漂亮的钻石——美丽的钻石，尽管由我来做好了！倘若您不在乎几个钱，我愿意替您嵌进几颗像太阳般耀眼的小宝石——"对方说道："勒内师傅，一切都拜托您了，您要多少工钱，我如数支付，分文不少！"不管对方是个富有的市民还是一位温文尔雅的宫廷绅士，卡迪亚克都使劲地搂着人家的脖子亲吻，还说，他卡迪亚克现在又非常幸福了，作品将在八天之内竣工。他匆匆赶回家，走进工场，叮叮当当地锤打起来，八天之内一件杰作果然完成了。但是一旦委托者高高兴兴地前来想要支付所商定的微薄工钱，取走已完成的首饰，卡迪亚克就会变得态度厌烦、粗野、固执。"可是卡迪亚克师傅，您想想看，我的婚礼明天就要举行了。""您的婚礼干我什么事呢，两星期后再来看看吧。""首饰做好了，我得拿走，这里是工钱。""我告诉您，我还得对首饰做某些修改，今天交不出来。""我也要告诉您，必要时我愿付两倍的工钱，如果您仍不肯爽爽快快地把首饰交给我，那么我立刻就带阿尔让松部下的卫兵前来。""好吧，愿恶魔用一百把烧得通红的铁钳来折磨您，愿恶魔在项链上挂上三百斤重的东西，好把您的新娘活活勒死！"说完后，卡迪亚克将首饰塞进新郎胸衣口袋里，抓住他的手臂，猛然把他推出门外，致使被推者沿着楼梯轰隆隆地滚了下来。当他看见这个可怜的青年拿手帕捂住血淋淋的鼻子，一瘸一拐地走出屋外的时候，就像魔鬼似的向窗外狞笑。令人百思不解的还有这样的事情：卡迪亚克在热心接受一项工作的时候，却往往突然以内心激动的各种表情，以最感人肺腑的誓言，甚至还呜咽流泪，恳求委托人免去他已着手的工作。某些为国王和人民极其敬仰的人士愿出巨额金钱，来换取卡迪亚克的一件小小的艺术品，结果也是枉费心机。卡迪亚克向国王下跪，恳求他开恩，不要给他这位金首饰匠以任何委托。他也同样谢绝了曼特侬的任何委托，他甚至露出厌恶与惊愕的表情，拒绝她做一枚以艺术标志装饰的小戒指的要求，这枚戒指她是预备送给拉辛①的。

"我敢打赌，"曼特侬因此说道，"我敢打赌，即使我派人去请卡迪亚克来，了解一下他为谁做这样的首饰，他也不肯来。因为他也许担心受到某种委托，诚然他决不肯为我做什么事。虽然他近来似乎不顽固了（因为我听说他从未像现在这样努力，并且立刻交付作品），可是交付时仍然非常不高兴，把脸转过去。"斯居戴里——对她来说，要紧的是让首饰（如果还可能的话）尽快回到合法物主的手里——认为，可以马上派人向这个古怪的师傅说说，我们并不要求他代做艺术品，仅仅要求他鉴定一下宝石；侯爵夫人同意了。于是派人到卡迪亚克那里去，他似乎已在途中，过了一会儿便走进室内。

他见到斯居戴里，好像很难为情似的，像一个人突然碰到意外的事情，忘记此时此刻应有的礼节一样，先是向这位可敬的女士深深地、毕恭毕敬地鞠躬致意，然后才转向侯爵夫人。侯爵夫人指着铺着深绿色台布的桌子上闪闪发光的首饰，匆匆地问他是不是他制作的艺术品。卡迪亚克刚看了一眼，一面凝视着侯爵夫人，一面迅速把手镯和项链装进放在旁边的小盒里，接着又用力把盒子推开。当他赤红的脸上浮现出令人厌恶的微笑时，他便开口说道："侯爵夫人，事实上只有不熟识勒内·卡迪亚克艺术品的

---

① 曼特侬是法国古典主义戏剧家让·拉辛（1639—1699）的恩人，拉辛写了悲剧《阿达莉》（1691），以表示对她的敬意。

人，才会以为世上还有别的金首饰匠能够做出这样的装饰品来。当然啦，这是我的艺术品。""您说说，"侯爵夫人继续说道，"您是为谁做的呢？""完全是为自己做的。"卡迪亚克回答说。曼特侬和斯居戴里万分惊讶地注视他，前者满腹疑团，后者惊恐万状地期待着事态如何发展变化。这时候，他继续说道："的确，您可能觉得事情奇怪吧，侯爵夫人，但事实却如此。纯粹为了制作优美的艺术品的缘故，我才搜集最佳的宝石，为了寻求乐趣，我比以往任何时候都更加勤奋更加精心地工作。不久前，首饰从我的工场里不翼而飞了。""谢天谢地。"斯居戴里一面呼喊，一面像一个年轻的姑娘一样迅速敏捷地从她的靠背椅子上一跃而起，向卡迪亚克快步走去，双手放在他的肩膀上，同时她的眼睛由于快乐而闪闪发光。"拿回去吧，"她接着说道，"勒内师傅，把卑劣的盗贼从您那里抢走的财物拿回去吧。"于是她一五一十地讲述她收到首饰的经过。卡迪亚克垂下目光，默默地倾听着。但有时他会发出听不清的"嗯！——嗨！——啊！——哎！"声，或者时而反剪双手，时而又轻轻地摸摸下巴和脸颊。斯居戴里讲完的时候，卡迪亚克似乎力图克服在这当儿冒出来的非常特殊的思想，似乎某个决定不恰当，不能执行。他擦擦额头，又唉声叹气，用手揉揉眼睛，以抑制正涌流出来的眼泪。最后他拿起斯居戴里递给他的小盒子，慢慢地跪下一条腿，说道："高贵、可敬的小姐，命运为您给这件首饰做了安排。的确，我刚刚才知道，我在工作的时候心里想念着您，真的，我是为您制作的。这是我长期以来所制作的一件最精巧的装饰品，您收下吧，把它戴在身上，不要拒绝。""哟哟，"斯居戴里妩媚、诙谐地答道，"勒内师傅，您想到哪里去了，难道我这样的年纪还适合佩戴亮闪闪的宝石吗？您怎么想到赠送给我如此贵重的东西呢？回去吧，回去吧，勒内师傅，我如果像丰塔热侯爵夫人①那样美丽、富有，我确实不会放弃这件首饰，可是我这双枯萎的手如何配得上这浮华、艳丽的首饰呢，我这已蒙住的脖子又怎能配得上金光闪闪的装饰品呢？"卡迪亚克在斯居戴里说话时站立起来，装出愤怒的样子，一面持续地把小盒子递给斯居戴里，一面带着粗野的目光说道："小姐，请发发善心，收下这件首饰吧。您不相信，我对您的德行，对您的巨大功绩怀有多么崇高的敬意啊！请收下我这点儿微薄的礼物，它仅仅是用来向您恰当地表露我最真挚的思想的。"斯居戴里总是犹豫不决，这时曼特侬把小盒子从卡迪亚克手里接过来说道："怎么，小姐，您老是说您年岁大，我们，您和我，与岁数和岁数带来的麻烦有什么相干呢！您的举动难道不很像一个年轻、腼腆，很想得到别人奉送的甜蜜水果，却又不愿伸手去接的少女吗？您不要拒绝接受勒内师傅这件当然是作为礼物赠送的首饰，成百成千的人不管是倾家荡产，也不管如何恳求，都是拿不到它的。"

曼特侬一边说，一边强迫斯居戴里收下小盒子。这时卡迪亚克跪了下来，他吻斯居戴里的裙子，接着又吻她的手，唉声叹气，哭，啜泣，跳起来，发疯似的把沙发椅、桌子推翻，弄得瓷器、玻璃器互相碰击，发出叮叮当当的声音，接着匆匆地跑出去了。

斯居戴里大吃一惊，喊道："这个人究竟是怎么一回事呢！"可是侯爵夫人却心情特别愉快，举止一反常态，变得放肆起来，发出爽朗的笑声，说道："事情已到了这个地步啦，小姐，勒内师傅已神魂颠倒地爱上您了，他正开始按照传统的风俗和被证实为真正献殷勤的好习惯，以优厚的礼物来攻您的心。"曼特侬继续开她的玩笑，劝斯居戴里对待悲观绝望的情人不要太残忍了。斯居戴里对自己天赋的情绪，听其自然，种种有趣的想法涌上心头。她认为，如果事情果然如此，她终于被征服了，就不得不为世人

---

① 丰塔热侯爵夫人，即玛丽－安瑞利克·德·斯科拉伊·德·鲁西叶，丰塔热侯爵夫人（1661—1681），继蒙特斯庞之后的路易十四的情人，伏尔泰等作家都把她描绘为引人注目的美女。

开创这样一个闻所未闻的先例：就是一个七十三岁高龄、出身名门贵族的人，当了一名金首饰工匠的新娘。曼特侬自愿为编织新娘的花冠效劳，并自愿向新娘讲授做个好主妇的义务，当然，一个初出茅庐、涉世不深的小姑娘对此是不可能太了解的。

当斯居戴里最后站起身来要同侯爵夫人辞别，手里拿起首饰盒的时候，不管刚才开过什么逗人发笑的玩笑，态度重又十分严肃起来。她说道："侯爵夫人，反正我不戴这副首饰。不管事情是怎样发生的，它确定一度落到万恶的歹徒们手里，这帮家伙极其卑鄙无耻，他们甚至同恶魔卑鄙地勾结起来进行抢劫和谋杀。在亮堂堂的首饰上似乎仍然沾着血迹，这令我心惊胆战。我得承认，甚至卡迪亚克的举动，我都觉得有点古怪得令人恐惧不安。我不能摆脱这样一种模糊的猜测，就是这一切的背后隐藏着某种令人胆战心惊的秘密，可是我如果把整个事情的每个细节好好地回想一下，我却又完全不能猜到秘密到底在哪里，这位诚实、正直的勒内师傅，善良、正直公民的表率，到底怎么会同邪恶的、该死的东西有牵连呢。但是可以肯定，我永远不会戴这副首饰。"

侯爵夫人认为，斯居戴里顾虑得太多了。斯居戴里要她凭自己的良心说说，她若是处在她斯居戴里的地位该如何办。侯爵夫人严肃地斩钉截铁地回答说："宁可把首饰扔到塞纳河也不要戴它。"

斯居戴里把勒内师傅的举止写成很优美的诗，第二天晚上她在曼特侬的房间里朗读给国王听。事情大概是这样，她以牺牲勒内师傅为代价，克服令人害怕的猜疑所造成的一切恐惧，绘声绘色地描绘出她这个出身老贵族的七十三岁的金首饰匠新娘的那副滑稽相。听了她的描写，国王捧腹大笑，坚信布瓦洛－戴卜洛①得拜她为老师，所以斯居戴里这首诗被看作她以往所写的诗中最幽默的一首。

---

① 布瓦洛－戴卜洛，即尼古拉·布瓦洛－戴卜洛（1636—1711），法国古典主义理论家。他和拉辛都曾任路易十四的宫廷史官。

过了几个月，斯居戴里偶然地坐了蒙唐西埃公爵夫人①的带玻璃窗的马车经过新桥②。发明这种秀丽的带玻璃窗的马车乃是新近的事情，所以这种车辆在街道上出现的时候，好奇的民众就蜂拥而来。因此也发生了这样的事情，就是目瞪口呆的贱民在新桥上围住了蒙唐西埃夫人的马车，几乎阻碍了马的前行。这时斯居戴里忽然听到持续不断的咒骂声，又看见一个人挥动拳头或者以肘轻碰他人肋部，借以从水泄不通的人群中闯出一条通路。待他走近，她看见此人是个脸色苍白、心神不宁的青年，用探察的目光注视她。这个青年人一边目不转睛地看着她，一边用双肘和拳头猛力开路，待他来到车门，匆忙地用力把门打开，把一张纸条扔到斯居戴里的怀里，便瞬即离开。离开时他还是推推撞撞，挥舞拳头，同时又受到他人手肘、拳头的碰击，就像他挤进来的时候一样。那人一到马车门旁，马蒂尼埃尔一声惊叫，当即晕倒在马车的坐垫上。斯居戴里拉绳呼唤车夫，结果徒劳，车夫宛如受恶魔驱使，挥鞭赶马，马匹嘴吐泡沫，四蹄乱跳，忽然用后腿直立起来，最后一边吼叫着，一边飞也似的跑过桥去了。斯居戴里给这个失去知觉的妇女浇灌香水，此人终于睁开了眼睛，浑身哆嗦，抽搐似的死死抱住女主人，苍白的脸上露出惴惴不安的神色，艰难地叹息道："天呀，那个可怕的人要干什么？啊，确实是他，那个令人不寒而栗的夜晚给您送来那小盒子的正是他！"斯居戴里安慰这个可怜的女人说，的确没有坏事发生，要紧的只是纸条上写的什么。她展开纸条，看到纸条上写着下面的话：

　　　　一种您可以防止的厄运，把我推进了深渊！我怀着孩子对父母的炽热感情，像儿子恳求他不能离开的母亲一样，恳求您以某种借口，如要求对首饰的某个地方稍加修改，把您从

---

① 蒙唐西埃公爵夫人（1607—1671），自1661年起任王室的王子和公主们的女教师。

② 新桥系塞纳河上的桥梁，坐落在卢浮宫的东南。

我手里得到的项链和手镯送到勒内·卡迪亚克师傅那里。这是攸关您的幸福和生命的事情。如果您后天仍不送去，那我就要闯进您的住宅在您眼前自杀！

"肯定无疑，"斯居戴里读完后说道，"这个神秘莫测的人即使真的加入了盗贼凶手集团，但对我，他却是胸无城府的。倘若那天夜里他能会见我，说不定我会弄清那种稀奇古怪的事情，弄清事情的那种神秘情况。这些情况，我现在胸中全然无数。无论如何，我将按照纸条的要求行事，但愿我能甩掉这不吉祥的首饰，我觉得它是恶魔的一种装饰品。按照他的老习惯，卡迪亚克决不会轻易让它再脱手的。"

第二天，斯居戴里就想带首饰到金首饰匠那里去。可是全巴黎的文人学士仿佛约定偏偏那天早上以诗歌、戏剧、奇闻轶事来缠扰小姐。拉夏佩尔①刚刚朗读完一出悲剧的一场并机灵地保证说，他想要胜过拉辛，这时拉辛就来了。拉辛借用国王某次慷慨激昂的演说战胜了拉夏佩尔。后来建筑博士佩洛②为图迫使布瓦洛倾听关于卢浮宫柱廊的闲扯，布瓦洛却巧妙地把话题岔开，免得听人家喋喋不休地闲扯下去。

已经正午了，斯居戴里要到蒙唐西埃公爵夫人那里去，因此出访勒内·卡迪亚克师傅的事推迟到次日上午。

斯居戴里心里非常不安。那个青年老是浮现在她的眼前，她的心坎里产生一种模模糊糊的记忆，仿佛她曾经见过这副面孔。令人惶恐不安的噩梦扰乱了她微微的瞌睡，她觉得似乎那个正沉没于深渊之中的不幸者向她伸手求救，她却轻率地，甚至犯罪似的拒绝拉他一把，而制止任何一桩有害的事件和卑劣的罪行，仿佛她是责无旁贷的。一到正午，她就叫人帮她更换衣服，然后带

---

① 拉夏佩尔，即让·德·拉夏佩尔（1613—1688），法国剧作家，试图模仿拉辛。
② 佩洛，即克洛德·佩洛（1613—1688），法国建筑师，卢浮宫的设计者之一，他因这一设计的成功而成了法国古典建筑艺术的奠基人。他与布瓦洛不和。

着首饰盒坐车到金首饰匠家里去。

　　人群拥向尼凯斯街，拥向卡迪亚克居住的地方，汇集在他家的门前，人们在呼叫、吵闹、狂叫怒骂，想要冲进去，把屋子包围起来的宪兵好不容易才制止住。在一片粗野的杂乱的喧闹声中，可以听到这样的怒骂声："撕碎这该死的杀人犯！碾碎他！"最后，德格雷和他的一队人马出来从极其密集的人群中开辟一条小小的通道。屋门猛然打开了，一个戴上镣铐的汉子被架出来，在愤怒的贱民的可怕的诅咒声中被带走了。斯居戴里由于恐惧和可怕的预感而陷入了半昏迷的状态，当她看见这种情景的片刻间，她的耳边传来了刺耳的惨叫声。"向前！继续向前！"她激动地向车夫呼喊道，车夫随即熟练地迅速地让车子转弯，从而驱散了密集的人群，让马车紧靠卡迪亚克家门前面停下。这里，她看见德格雷和一个跪在他面前的年轻姑娘，她如出水芙蓉，非常漂亮，披头散发，衣服脱了一半，脸上露出惊恐不安和绝望的神色，她抱住他的膝盖，用极其可怕、刺耳、悲痛的声调喊道："他的确是无罪的！他是无罪的！"德格雷和他的人马竭力摆脱她，拉她站起来，结果徒劳。最后，一个强壮、高大粗笨的家伙，用粗大的双手一把抓住这个可怜的姑娘，强行把她从德格雷身边拉开，因为动作笨拙而绊了跤，这样姑娘便沿着石阶滚了下来，无声无息地、死也似的躺在街道上。斯居戴里无法再克制自己了。"天呀！这里到底发生了什么事？"她叫喊道，迅速把车门打开，走了出来。群众毕恭毕敬地给这位可敬的女士让路，斯居戴里看到几个富有同情心的女人把姑娘抬到石阶上，然后用强心药水擦擦姑娘的额头，就走近德格雷，用激烈的语言重复她的问题。"事情真可怕，"德格雷说道，"今天早上发现，勒内·卡迪亚克被人用匕首刺杀了。凶手就是他的徒弟奥利维埃·布律松①。他刚刚被送往监狱去了。""这个姑娘是谁？"斯居戴里问道。"她是，"德格雷忽然

---

　　① 霍夫曼赋予他这个虚构的人物以伏尔泰《路易十四的时代》中一个人的姓。

想起来了，"是马德隆，卡迪亚克的女儿。那个缺德的家伙是她的情人。因此，她又是哭，又是闹，再三说奥利维埃是无辜的，完全无辜的。毕竟她了解实情，我得叫人把她也送到看守所去。"德格雷一边说，一边向这个使斯居戴里怕得发抖的姑娘投去阴险狡猾的、幸灾乐祸的一瞥。恰好这时姑娘开始轻轻地呼吸，但还不能开口说话，也动弹不得，闭着眼睛躺着，人们手足无措，不知送她回家好呢，还是继续陪着她，等她醒来。斯居戴里深受感动，眼眶里含着泪水，她看看这个无辜的天使，对德格雷及其一伙骤然感到不寒而栗。这时石阶上传下一种低沉的嘈杂音，人们把卡迪亚克的尸体抬出来。斯居戴里当即果断地高声喊道："我把姑娘带走，您关照其他事情吧，德格雷！"群众中发出了低沉的喃喃称赞声。妇女们把姑娘高举起来，人人都挤进抬举的行列里来，许许多多的人都伸出自己的手来，力图助她们一臂之力，姑娘像浮在空中似的被抬进马车里，与此同时所有的人都在为这位可敬的女士祝福，是她使这个无辜的姑娘得以摆脱法庭的残酷迫害。

由于巴黎最著名的医生塞隆的努力，好几个小时处于昏迷状态的马德隆终于苏醒过来。斯居戴里努力使姑娘的心里唤起希望，直到她倾吐衷曲。热泪从她眼里簌簌流下，这样，斯居戴里也就完成了这位医生已开始的事情。姑娘能够讲述事情发生的全部情况，只是间或最深切的悲痛使得讲话为呜咽所中断。

深更半夜，她被敲她房门的轻轻叩门声唤醒，听到奥利维埃央求她即刻起床，因为父亲已奄奄一息。她吃了一惊，猛然从床上起来开门。奥利维埃脸色苍白，面容憔悴，流着汗，手里拿着蜡烛，踉踉跄跄地向工场走去，她跟在他后面。父亲躺在那里做垂死挣扎，双目发呆，喉咙里有呼噜噜的喘息。她痛哭着伏在父亲身上，这时才发现父亲的衬衣血迹斑斑。奥利维埃温存地把她拉开，然后用香膏擦洗和包扎父亲左胸上的一个伤口。在这当儿，父亲苏醒了，停止了呼噜噜的喘息，用富有感情的眼光先看看她，再看看奥利维埃，抓住她的手，把它放在奥利维埃的手上，用力地握握他俩的手。奥利维埃和她跪在父亲的床边，父亲尖叫一声，竖起身来，但立刻又倒了下去，深深地叹一口气后死了。他们俩大声痛哭。奥利维埃讲，他遵照师傅的吩咐陪同师傅夜晚外出，途中亲眼见到师傅被人谋害，他没有想到师傅会流血致死的，因而使尽了吃奶的力气，把这个身体笨重的人背回家里。邻居夜里听到嘈杂声和大声地痛哭感到奇怪，天一亮便来到卡迪亚克家里，看见他们俩仍然绝望地跪在父亲尸体旁边。这时又出现了嘈杂声，宪兵闯进屋来，把奥利维埃作为杀他师傅的凶手带往监狱。关于她的情人奥利维埃的德行、善良、忠实，马德隆做了极为感人肺腑的补充叙述。说他非常尊敬师傅，把他看作自己的父亲，而师傅也竭力报答他的爱戴，虽然奥利维埃贫穷，却仍选他为女婿，因为他的技艺可以同徒弟的忠诚和高贵情感媲美。马德隆讲述的这一切都是她心里的话，最后她说，假如奥利维埃当她的面向父亲的胸脯捅了一刀，那她宁可认为是恶魔制造的错觉，而不相信奥利维埃能犯下如此可怕的、令人胆战心惊的罪行。

斯居戴里深为马德隆的无可名状的痛苦所感动，完全倾向于认为这个可怜的奥利维埃是无辜的。她做了调查，发觉马德隆所讲述的关于这位师傅同他的徒弟的家庭关系的一切情况，业已证实。邻居们异口同声地称赞奥利维埃是礼貌、德行、忠实、勤奋诸方面的模范，谁都不知道他干坏事，倘若要谈论恶举，人人都会耸耸肩膀，认为事情有点不好理解。

正如斯居戴里所听到的那样，奥利维埃被送交火焰法庭审讯，他极其坚决、坦率地矢口否认对他行为的指控，并且声称，他的师傅当着他的面在街上被人袭击刺倒，他背他回家时仍未断气，但到家后不久即一命呜呼了。他所讲的同马德隆讲的也是一致的。

斯居戴里反复思量这个可怕事件的各个细节。她细细地探究，师徒之间是否发生过争吵，奥利维埃是否多少还有暴躁的脾气，这种脾气往往像盲目的疯癫举动一样袭击最善良的人们，并使人干出那些似乎与为所欲为不相干的勾当。可是马德隆愈是兴致勃勃地谈论他们三人彼此心心相印地生活在一起的那种宁静的家庭幸福，对被控告犯了谋杀罪的奥利维埃愈是无法消除任何一丁点儿的嫌疑。周密仔细地检查全部情况，从这一假设出发，即：不管有种种情况都表明奥利维埃是无辜的，但他仍然是杀卡迪亚克的凶手——斯居戴里找不出这一势必破坏奥利维埃幸福的可怕行为可能有什么动机。他虽然穷，却很能干。他能够赢得这位最负盛名的师傅的好感，他爱师傅的女儿，师傅赞助他的爱情，终生幸福美满的生活展现在他的眼前！但是即使奥利维埃怒不可遏（天晓得是如何激怒的），凶狠残暴地袭击了他的恩人，她的父亲，而作案后却又那样表现，似乎事情真的是那样，这需要多么阴险狡诈的伪善啊！斯居戴里坚信奥利维埃是无辜的，因而决定无论代价如何，也要拯救这个无辜的青年。

她觉得在她恳求国王本人施恩之前，最好是向拉雷尼庭长求援，提请他注意所有必定证明奥利维埃是无辜的情况，这样也许会在庭长的思想里产生一种对被告有利的信念。这种信念将会对法官们产生有益的影响。

拉雷尼恭敬地迎接斯居戴里，这位受到国王崇敬的高贵女士也理应得到这样的礼遇。他冷静地倾听她讲述关于恐怖暴行，关于奥利维埃，关于他的人格的一切情况。在倾听时，他仅仅露出几乎不怀好意的微笑，想要以此表明：她说的诸如每个法官不必是被告的敌人，而且也要注意到一切有利于被告的实况，这类表示和常常由眼泪伴随的劝告他并没有完全当成耳边风。当小姐终于筋疲力尽，擦干眼泪，默默无言的时候，拉雷尼开口说道："您的芳心是十分可尊敬的，小姐，您为一个年轻的正在谈情说爱的姑娘的眼泪所打动，听信她讲的一切，您甚至无法理解一桩恐怖暴行。但是，惯于揭开无耻的虚伪面纱的法官，情形就截然不同了。向每个询问我的人阐明刑事诉讼的经过，这恐怕不是我的职责。小姐，我履行我的义务，世人的判断我不大过问。火焰法庭只知道斩首和火刑，不晓得其他刑罚，恶棍们在它面前本该发抖。我尊贵的小姐，可是在您的面前我不愿意别人根据严酷和残忍而把我看作一个残暴的人，因此请允许我用简短的话来说明这个沉迷于复仇的年轻歹徒的杀人罪行吧！听了我的说明，您机智的思想将会鄙弃和善可亲的态度，这种态度给您带来荣誉，我却根本不宜采取。那么请听我说说吧！早晨发现勒内·卡迪亚克被人用匕首谋杀了。他的身边除了他的徒弟奥利维埃·布律松和女儿外，别无他人。在奥利维埃房间找到一把沾染鲜血的匕首，它同伤口大小深度完全吻合。'我亲眼看到，'奥利维埃说，'卡迪亚克夜里被人刺倒。''有人要抢他吗？''这我不知道！''你同他一起走，你不能反抗凶手吗？不能抓住他吗？不能呼救吗？''师傅在我前面十五步，或许二十步，我跟在他后面。''究竟为什么离得那么老远呢？''师傅要离得那么远。''那么晚了，卡迪亚克师傅到底要在街上干什么？''这我不能说。''平常他不是晚上九点钟以后从不离家外出吗？'这里奥利维埃无言以对了，他目瞪口呆，唉声叹气，眼泪簌簌流下，一本正经地发誓说卡迪亚克确实那天夜里外出遇难身死的。可是我的小姐，您好好想想，卡迪亚克那夜没有外出，这是完完全全证实了的，所以，奥利维埃说他同卡迪亚克的确外出了，那是无耻的谎言。大门配有一把沉重的锁，锁在开关时发出一种刺耳的响声，接着门扇绕门轴转动，也嘎吱嘎吱响起来，声震楼房的顶层，这也为已做的试验所证实。其时底层紧靠大门住有年老的克洛德·帕德鲁师傅及其女仆，他是个近八十岁的老人，却还精神饱满，勤勤恳恳。这两个人听到卡迪亚克那晚像平常一样整九点下楼，砰的一声把门关上再闩上，然后上楼，高声朗读晚祷。之后，从关门声可以听出来，他走进他的卧室。像老人常有的情况一样，克洛德师傅也患有失眠症。那天夜晚他也不能合上眼睛。所以女仆经过走廊到厨房去——那时大概九点半钟了——点灯，在克洛德师傅身边的桌旁坐下，读一部陈旧的编年史。这时老头子在沉思冥想，时而坐到靠背椅上，时而又站起来，在房内轻轻地踱来踱去，以促进疲倦，增强睡意。直到午夜过后，万籁俱寂。这时女仆听到楼上有清晰可闻的脚步声，又听到一阵强烈的倾跌声，好像一件重物坠落在地板上，紧接着就是一声低沉的呻吟。俩人心里都产生了一种奇特的恐惧与不安，刚刚犯下的恐怖暴行所引起的战栗，已在他们心里消失。随着明亮的早晨的来临，黑夜里发生的事情已为人所共知。""可是，"斯居戴里插嘴道，"可是我方才已向您一五一十地讲述了事情的始末，难道您还能认为这种恐怖行为是出于某种动机吗？""嗯！"拉雷尼回答说，"卡迪亚克并不穷，他占有若干珍贵的宝石。""难道不是，"斯居戴里继续说，"统统归女儿所有？您忘记了奥利维埃将来是卡迪亚克的女婿呢。""他也许得同别人瓜分财物，或者完完全全为他人作恶行凶。"拉雷尼说道。"瓜分？为他人作恶行凶？"斯居戴里十分惊讶地问道。"我的小姐！"庭长继续说，"要是奥利维埃的行动同迄今如此威胁整个巴黎的那个深深隐藏起来的秘密集团没有瓜葛，他早已在刑场上被斩首啦。显然，奥利维埃参加了那个万恶的集团，这个集团嘲弄各法院的一切注意，一切努力，一切侦察，善于稳妥地胡作非为而不致受到惩处。通过奥利维埃，一切都必将水落石出。卡迪亚克的伤口，同所有在街上、在屋里被杀害和被抢劫者的伤口很相似。此外，最说明问题的是，自从奥利维埃·布律松被捕以来，一切杀人抢劫行为销声匿迹。街道上，黑夜像白天一样安全。这足以证明，奥利维埃也许就是那个谋杀集团的首领。现在他还不愿坦白交代，但是我们有办法使他违背自己的意愿，开口说话。""可是马德隆，"斯居戴里叫喊道，"这只忠诚无辜的鸽子①呢？""哎，"拉雷尼不怀好意地微笑着说，"哎，谁能担保她不是同谋呢。她的父亲于她有何相干呢，她的眼泪只是为那个杀人的小伙子而流的。""这是什么话，"斯居戴里叫喊道，"不可能的；这样对待父亲！这个姑娘！""哦！"拉雷尼继续说道，"您好好想想布兰维利埃夫人吧！请原谅我，我也许很快

---

　　① 鸽子系西方国家对女子的一种温柔多情的称呼。

就会认为有必要夺走您所保护的人，把她投入拘留所。"听到这一可怕的嫌疑，斯居戴里吓得全身战栗。她觉得，仿佛这个可怕的汉子没有什么忠诚、德行可言，仿佛他从深深地埋藏着的思想里探知到谋杀和谋杀罪。她站立起来。"不要太残忍！"这就是她在惊恐不安、上气不接下气时所能说出来的一切。庭长以拘谨的礼貌陪送她到楼梯，她准备下楼，这时她的脑子里产生了一个连她本人也莫名其妙的奇特想法。"能允许我探望一下那个不幸的奥利维埃·布律松吗？"她迅速转过身来询问庭长。庭长先是露出为难的样子看着她，继而他的脸上又浮现出他那种固有的可憎的微笑。"我可敬的小姐，"他说道，"的确，您用您的感情，您的自信凌驾着我们眼前所发生的事情，现在您想要亲自检查一下奥利维埃是有罪还是无罪。要是您不怕牢狱黑暗，要是您不厌恶各种类型的道德败坏者，那么两个小时内拘留所的大门将为您敞开。有人会把这个奥利维埃介绍给您，他的命运引起了您的同情。"

事实上，斯居戴里不相信这个年轻人是有罪的。一切情况都对他不利，面对如此有决定性作用的事实，世上的法官无不像拉雷尼那样行事。但是马德隆在斯居戴里面前活灵活现地描绘的家庭幸福的情景，使任何恶意的嫌疑黯然失色。因此，她宁愿认为那是一个无法说明的秘密，而不相信她内心感到愤慨的事情。

她想让奥利维埃把那个灾难性的夜晚所发生的事情详详细细地再说一遍，竭力探索那种也许在法官们看来没有深究的价值，因而尚未探明的秘密。

到了看守所，有人把斯居戴里领到一间明亮的大房间里。不一会儿，她听到镣铐锒铛锒铛的响声。奥利维埃·布律松被带来了。可是等他一走进房门，斯居戴里却昏倒了。待她苏醒过来，奥利维埃已不见了。她强烈要求把她送上马车，离开，她要马上离开这些罪恶的囚牢。啊！她一眼就认出奥利维埃·布律松就是曾在新桥上把那纸条给她扔到车内，并把一小盒钻石带给她的那个青年。现在的确一切疑团都已消除，拉雷尼的可怕推测完全得到证实。奥利维埃·布律松参加了恐怖的谋杀集团，他无疑也杀了他的师傅！可是马德隆呢？她还从未如此痛苦地被内心的情感所迷惑，被大地上的恶魔势力——她一贯不相信这种势力的存在——死命抓住，斯居戴里对什么真理都丧失了信心。她也非常怀疑马德隆有可能参与密谋，参与恐怖的凶杀行为。人的思想常常是这样的：要是她虚构了一幅图画，就会设法寻找并发现各种色彩，使画绘得鲜艳夺目。斯居戴里仔细地分析了案情，考虑了马德隆的行为，同样也发现了许多增加那种嫌疑的情况。这样，某些事情，以往她认为是无辜与纯洁的证明，现在却变成了居心叵测和矫揉造作的伪善的确实特征。那样凄惨的号啕大哭，那样深切的悲痛，是由于非常害怕，不愿见到情人流血，不，是由于生怕自己葬送在刽子手的手里。犹如从脖子上甩掉她养在怀里的毒蛇，斯居戴里怀着这样的决心从马车里走出来。待她进了房间，马德隆即跪在她跟前。一双美丽的眼睛（天使的眼睛也不会比它更为天真无邪）仰视着斯居戴里，双手合叠在起伏不停地胸前，大声痛哭并哀求救助与安慰。斯居戴里艰难地使自己镇静下来，一边力图使自己的声调尽可能严肃和冷静，一边说道："去吧，去吧，去为凶手而自我安慰吧，他的卑劣行径将受到应有的惩罚。愿圣母防止行凶罪也连累了你。""唉，现在一切都完了！"马德隆随着这一声刺耳的呼叫而昏倒在地上。斯居戴里让马蒂尼埃尔照顾这个姑娘，自己到别的房间去了。

斯居戴里愁肠寸断，对尘世的一切都心怀不满，不愿在一个尔虞我诈的世界里生活下去。她诅咒起她的命运来，它对她做了辛辣的嘲讽，使她在如此漫长的岁月里增强了对道德和忠诚的信赖，如今，在她年迈的时候，却毁灭了这种曾照亮了她的生活道路的美好幻想。

她听见马蒂尼埃尔把马德隆带走，马德隆低声悲叹道："唉！连她——连她也受残忍者的愚弄了。我这个不幸的人呀！可怜的不幸的奥利维埃呀！"这些话语渗入了斯居戴里的心坎里，她的内心又重新激起一种秘密的预感和奥利维埃是无辜的信念。斯居戴里由于心情十分矛盾而感到压抑，非常激动地叫喊起来："什么幽灵鬼怪使我卷入了这桩恐怖事件里呢，它将断送我的生命啊！"这时，巴蒂斯特走了进来，脸色苍白，神情慌张，他报告说，德格雷在外面。自从办理了拉瓦赞这一令人反感的案件以来，德格雷在某家露面，乃是某一件刑事诉讼的某种先兆，所以巴蒂斯特吃了一惊，为此小姐带着温和的微笑问道："巴蒂斯特，你怎么啦？难道斯居戴里的名字会写在拉瓦赞的名册上吗？不可能的！""唉，"巴蒂斯特浑身颤抖着回答道，"您怎能这样说呢，德格雷——这个可怕的德格雷，样子十分神秘，十分着急，仿佛急不可待地要会见您！""好吧，"斯居戴里说道，"好吧，巴蒂斯特，那么你马上把他领进来，这个人，你很害怕他，可是起码不能引起我的忧虑。""我的小姐，"德格雷走进房间后说道，"我的小姐，庭长拉雷尼派我来向您提出一个请求，要是他不熟知您的德行、您的胆量，要是破获一起罪恶的凶杀案的最后手段不是掌握在您的手里，要不是您本人也参与了这桩罪恶的案件（它使火焰法庭，使我们大家气都喘不过气来），那么他对您答允他的请求一事根本就不抱希望。奥利维埃·布律松自从见到您以后，成了半疯半癫的人了。尽管他似乎已倾向于招供，但是现在又向上天发誓说，他虽然乐意忍受他罪有应得的死亡的痛苦，但对于卡迪亚克的被害他却是完全无辜的。我的小姐，请您注意，他说的虽然乐意什么什么这句附加语，显然是指他犯的其他罪行。尽管使尽了吃奶的力气，只要求他再说一句话，结果白费力气，就是以酷刑来威胁，也根本无济于事。他恳求我们安排他与您晤谈一次，只有向您，唯独向您他愿意交代一切。请您纡尊降贵，我的小姐，听听布律松的坦白交代吧。""怎么！"斯居戴里怒气冲冲地喊道，"要我充当暴虐法庭的工具吗？要我滥用这个不幸者的信任，把他送上断头台吗？不，德格雷，纵使布律松是个卑鄙无耻的杀人犯，我也决不能那样狡猾地欺骗他。我不想探听他的任何秘密，他的秘密就像神圣的忏悔那样密藏在我胸中。"我的小姐,"德格雷带着微笑说道,"倘若您听了布律松的话,也许您会改变您的想法。您自己不是要求庭长要富有人性吗?他是这样做了,因为他答应布律松愚蠢的要求,在执行酷刑——布律松早应受到这样的待遇——之前,试一试这最后的一着。"斯居戴里本能地畏惧起来。"可敬的女士,"德格雷继续说道,"您会看出,我们决不指望您再次进入那些黑暗的牢房,它们使您感到恐惧和厌恶。在夜深人静、无人注意的时候,我们把布律松像个自由人一样带到贵府来。我们决不窃听谈话,可是要好好地警卫,让他无拘无束地向您坦白一切。我拿我的生命来担保,您不必害怕这个不幸的人。他说起您来,总是怀有深切的敬意。他发誓说,阻止他早些会见您,这样一种凄惨的厄运只会把他置于死地。情况既然如此,布律松向您坦白,您爱听多少,随您的便吧。难道谁能强迫您多听吗?"

斯居戴里低头沉思。她觉得,似乎有一种较大的势力要求她揭露某种恐怖的秘密,她得服从这种势力,似乎她不由自主地陷入了不可思议的圈套,她难以再从中摆脱出来。她蓦地下了决心,庄重地说道:"上帝会使我镇静和坚定。把布律松带来吧,我愿意会见他。"

同当时布律松送小盒子来的时候一样,有人半夜三更里敲斯居戴里府上的大门。巴蒂斯特已被告知夜里有客来访,就去开门。斯居戴里从轻轻的脚步声,从低沉的喃喃私语中听出,带布律松来的卫兵们已分散在走廊里,这时她打了个冷战。

房门终于轻轻地开启了。德格雷走了进来,奥利维埃·布律松跟在他后面,解除了镣铐,穿上了文雅大方的服装。"我尊贵的小姐,"德格雷一面毕恭毕敬地鞠躬,一面说道,"布律松来了!"说完旋即离开房间。

布律松屈膝跪在斯居戴里面前,举起合掌的双手恳求,泪珠簌簌地夺眶而出。

斯居戴里俯视着他,此刻她面色苍白,一句话也说不出来。

即使面容憔悴，甚至可以说，由于忧伤，也由于剧痛而使面貌畸变，但是这青年的面孔还是清清楚楚地露出他最诚实的情感。斯居戴里的目光在布律松的脸上停留的时间愈长，她对某个自己曾经喜爱过，现在无论如何不能清楚地回忆起来的人的回忆就愈加清晰。她的任何恐惧都已烟消云散，她忘记了杀卡迪亚克的凶手跪在自己面前，她用她固有的安详、友好、可爱的声调说道："怎么，布律松，你有什么话要对我说呢？"布律松还老是跪着，由于内心深切的忧伤而悲叹，接着说道："哦，我高贵的十分敬佩的小姐，难道您一点儿都想不起我吗？"斯居戴里一面更加留神地看着他，一面回答说，她的确从他的面容发现他同一个她曾喜爱过的人相似，正因为如此，她才克服了对凶手的深切厌恶，心平气和地倾听他说话。这些话深深地刺伤了布律松的心，他骤然站立起来，后退一步，阴郁的目光落在地板上，随后用低沉的声音说道："那么您把安娜·吉奥忘得一干二净了吧？她的儿子奥利维埃，也就是您常常放在膝上摇晃的那个小孩子，现在正站在您的面前。""啊，我的天呀！"斯居戴里惊叫一声，倒在坐垫上，双手捂住脸。小姐如此惊恐不安，实是大有原因。安娜·吉奥原来是个贫苦市民的女儿，从小就在斯居戴里家里，斯居戴里犹如母亲对待爱子一样真心实意地、精心地养育她。当她成年的时候，有个名叫克洛德·布律松的漂亮的品行端正的小伙子追求她。因为他是个非常熟练的钟表匠，他在巴黎势必挣钱多，生活丰裕，而且安娜也真诚地爱他，所以斯居戴里就爽爽快快地同意了养女的婚事。这对年轻人勤俭持家，过着宁静幸福的家庭生活，而使他们的爱情纽带连接得更加牢固的，就是他们生了一个非常漂亮的小男孩，这个孩子同其可爱的母亲长得一模一样。

斯居戴里把小奥利维埃当作一个偶像，她经常把他从母亲那里抱走几个小时，甚至几天，为的是抚爱他，宠爱他。因此，这小孩子完全习惯于她了，他像喜欢母亲一样喜欢她。过了三年，布律松的手工艺同行嫉妒他的地位和收入，使得他的工作逐日减少，以致到头来几乎难以维持生计。加之他思念他美好的家乡日内瓦，因而这个小小的家庭不顾斯居戴里——她答应尽一切可能给予援助——的劝阻，终于迁到日内瓦去了。安娜给养母仅写了几封信，以后杳无音信，斯居戴里以为他们在布律松家乡过着幸福的生活，因而不会怀念以往的日子了。

布律松携同老婆孩子离开巴黎到日内瓦去，迄今恰好二十三个春秋。

"啊，可怕，"斯居戴里从惊吓中多少镇静一点儿后叫喊道，"啊，可怕！奥利维埃是你？我的安娜的儿子！可是现在怎样呢！""我高贵的小姐，"奥利维埃冷静沉着地答道，"恐怕您万万不会料到吧，您像最温情的母亲一样抚爱过他，把他放在怀里摇晃，又连连往他嘴里塞甜食，为他取了最佳的名字的那个小男孩，成长为青年，以后会站在您的面前，被人控告犯了可怕的行凶杀人罪！我并非无懈可击，火焰法庭有理由指控我犯了某个罪行，但是，虽然我真的希望幸福地死去，哪怕是死于刽子手的手里，我却是没有犯下任何行凶杀人的罪行，不幸的卡迪亚克并非是我谋杀的，他的死也并非是我的过失酿成的！"奥利维埃在说这番话时身体有点颤抖和摇晃。斯居戴里默默地指指奥利维埃身边的一把矮椅。他慢慢地坐了下来。

"我有充分的时间，"他打开了话匣，"来准备同您晤谈——我把这次晤谈看作是同我和解了的天公赏赐给我的最后一次恩惠——来使自己必要地冷静沉着起来，以便向您讲述我的可怕的闻所未闻的厄运。请您怜悯我，尽管某个您未曾料到的秘密的揭露会使您惊讶，甚至使您心惊胆战，那也要镇静地听我讲下去。要是我可怜的父亲从不离开巴黎，那多好呢！仅就我对日内瓦往事的记忆所及，我想起自己被绝望的双亲的泪水沾湿，为他们的哀叹而落泪，我当时不明白他们为什么哀叹。后来我才清楚地感觉到，完全意识到我的父母亲一贫如洗，非常不幸。我的父亲发现他的一切希望都已落空。深深的忧伤给他沉重的打击，终于在他能够安置我在一个金首饰匠那里当学徒的时候离开了人世。我的母亲常常谈起您，她想向您诉说一切，但后来由于贫苦的关系而丧失了勇气。丧失勇气和那也许不应有的羞耻感——它常常折磨着受了致命伤的情感——制止她下决心向您倾诉苦衷。我父亲死后几个月，我的母亲随后去世。"可怜的安娜啊！可怜的安娜啊！"斯居戴里不胜悲痛地喊道。"她已在黄泉之下，不致眼看自己的爱子玷了污名，死于刽子手的手里，这要感谢并赞美上天永恒的神明啊！"奥利维埃一面向上空投了凶狠可怕的一瞥，一面高声叫道。房间外面人来人往，很不平静。"哟哟，"奥利维埃苦笑着说，"德格雷在提醒他的帮凶们，好像我能从这里逃跑似的。——但还是说下去吧！虽然我不久即能非常出色地工作，甚至终于远远地超过师傅，可是师傅对我冷酷无情。有一天，一个陌生人到我们工场来买几件首饰。当他看到我正制作的一件美丽的项链时，一面带着友好的表情拍拍我的肩膀，一面睨视着首饰说道：'哎！我的青年朋友，这艺术品真是好极了。勒内·卡迪亚克当然是世界上首屈一指的金首饰匠，我真不知道除他之外，还有谁能超过您。您应到他那里去，他会高兴地欢迎您到他的工场来的，因为只有您能够协助他进行富有艺术性的工作，反之，您也只能向他一人学习。'陌生人的这番话，句句说到了我的心坎里。在日内瓦，我的心无法再平静下来，它猛力把我拉走。我终于离开了我的师傅。我来到巴黎。勒内·卡迪亚克冷淡地不友好地接待我。我并不松懈，他不得不给我工作做，即使所给的工作是无足轻重的。他吩咐我做一枚小戒指。我把作品拿给他，他用他那双闪闪发光的眼睛凝视着我，仿佛他要透视我的内心似的。随后他说道：'你是个干练勇敢的伙计，你可以搬到我家来住，在工场里协助我工作。我付给你优厚的工钱，你会心满意足的。'卡迪亚克信守诺言。我在他家里待了好几个星期，都没有见到马德隆，如果我没有弄错的话，她当时是在乡下卡迪亚克某个姑妈家里。后来她回来了。啊，上天永恒的神明呀，一见到这位天仙般的姑娘，我顿时神魂颠倒，忘乎所以了！有人像我这样爱慕他人的吗？可是现在又怎样呢？！啊，马德隆呀！"

奥利维埃悲痛得说不下去了。他一边用双手捂住脸，一边啜泣。最后他努力抑制住剧烈的痛苦继续说道："马德隆用友好的眼光看我。她到工场日益频繁。我觉察她在爱我，不胜欣喜。虽然她父亲严密监视我们，我们好几次偷偷地握手，这可看作不可分离的联盟的象征。卡迪亚克似乎毫无觉察，我想，我得首先得到他的宠爱，才能把技能学到手，向马德隆提出求婚。一天早上，我正要开始工作的时候，卡迪亚克迎面向我走来，阴郁的目光中露出愤怒与蔑视的神情。'我不需要你工作了，'他开始说道，'立刻离开我这里，永远不要让我再看见你。为什么我不能再容忍你待在这里，我不必对你说。你这只癞蛤蟆想食天鹅肉——没门！'我想要说话，但他用有力的手抓住我，猛力把我推出门外，弄得我重重地跌了一跤，头部和臂部都受了伤。我怒火中烧，剧烈的痛苦使得我的心都快碎了，我离开他的家，最后在巴黎郊区的圣·马丹市的郊外找到一个心地善良的熟人，他让我住进他的阁楼。我心烦意乱，坐卧不安。夜晚，我蹑手蹑脚地绕着卡迪亚克的家走来走去，以为马隆德会听见我的悲叹，也许她能从窗口向下悄悄地同我说话。种种冒险的计划在我脑海里浮现，我希望能劝说她来加以实施。同尼凯斯街卡迪亚克的房子相连接的是一堵高墙，墙上有壁龛和陈旧的一半已损毁的石像。一天夜里，我紧紧地站在一墩石像旁边，仰望着卡迪亚克家对着院子的窗户，墙壁把院子围住。这时我突然发现卡迪亚克工场里有灯光。那是半夜，平常这个时候他从来不醒的，他惯于九点整就寝。惊恐不安的预感使得我的心怦怦地跳动，我想到某件事情或许能为我开路。但是灯光马上熄灭了。我躲到石像旁边，蜷缩进壁龛里，可是我感到石像有一种抵抗力量，似乎石像已变为有生机的了，这时我吓得猛然后退。在夜间朦胧的微光中我发觉石像慢慢转动，它后面出现一个黑影，轻步地沿街道走下来。我赶忙走近石像，它像从前一样靠近围墙。犹如被一种内在力量所驱使，我不知不觉地悄悄跟在黑影的后面走去。恰好到了圣母石像旁边，黑影环视四周，石像前点燃的明灯的强光照在此人的脸上。原来这是卡迪亚克！我突然感到一种无可名状的恐惧和不安，好像被魔术迷住一样，我不得不向前走，跟在这幽灵似的梦游者后面。虽然当时并非幽灵诱惑熟睡者们的月圆时分，我还是认为我的师傅是梦游者。最后卡迪亚克在旁边黑乎乎的阴影中消失。在这当儿，我听到一下轻轻地，但却是熟悉的咳嗽声，从而知道他躲进了一所房子的大门口。'这是什么意思呢？他要干什么呢？'我非常惊讶地问我自己，把身体贴近房子。一会儿，一个头戴闪光的羽毛帽，脚上发出马刺叮当响声的男人，唱着歌，用颤声唱着歌走过来。卡迪亚克像猛虎扑向捕获物一样，从他的隐蔽处向他扑了过去，此人瞬即气喘吁吁地倒在地上。我惊叫一声，冲了过去。卡迪亚克扑在这个倒在地上的男子身上。'卡迪亚克师傅，您干什么？'我大声喊道。'该死的东西！'卡迪亚克咆哮一声，飞也似的从我身边跑掉，消失了。我惊慌失措，好不容易举步前行，走近这个被打翻在地上的人。我在他身旁跪下，心想，也许还能把他救活，可是他的身上没有表明他仍活着的任何迹象。我在极度的恐惧中几乎没有察觉自己被宪兵包围了。'魔鬼又干掉了一个——喂，喂——小伙子，你在这里干什么？你入伙了吧？滚开！'他们就这样乱叫一通，把我抓住了。我勉勉强强能够结结巴巴地说，我决不会干这类可怕的坏事，请他们别打扰我。这时有一个人拿灯来照照我的脸，笑呵呵地说道：'他是奥利维埃·布律松，做金首饰的伙计，他在我们老实正直的勒内·卡迪亚克师傅身边工作！——对啦，此人会在大街上行凶杀人的！我看他的模样完全像——完全像这类刺客：他们常常在尸体旁边哭天抹泪，让人家来抓他们。到底是怎么一回事呢，小伙子？大胆地说说吧。''我前面不远的地方，'我说道，'有个人向那个人猛扑过去，把他刺倒，当我大声呼喊的时候，此人就闪电般地快快逃跑了。我想看看被刺倒的人还能不能抢救。'不能抢救了，我的孩子，'几个把尸体抬起来的人中的一个叫道，像通常一样，'匕首刺入心窝，他已见上帝去了。''他妈的，'另一个说道，'同前天一样，今天我们又来晚了。'说完他们把死尸抬走了。

"我当时的心情如何呢，我无法形容；我觉得似乎噩梦嘲弄我，我马上惊醒，对这荒诞的幻觉惊异不已。卡迪亚克，我的马德隆的父亲，竟然是个可憎的杀人犯！我有气无力地倒在一所房子的石阶上。天色渐渐变亮，我看见我前面的石块路上有一顶用鸟毛装饰的军官帽。卡迪亚克在我坐过的地方所干的暴行，我看清楚了。我胆战心惊地从那里跑开。

"我坐在我的阁楼里，心乱如麻，几乎神志不清，这时房门打开了，勒内·卡迪亚克走了进来。'啊，您要干什么？'我向他喊道。我的话，他毫不介意，他向我走来，心平气和地、友好地对我微笑，这更增加我的反感。他将一把破旧的矮凳移过来，在我身边坐下，我已躺下，没从铺草褥的床上坐起来。'怎么，奥利维埃，'他开始说道，'可怜的青年人，你好吗？我太性急，把你撵了出去，实在可恶，我处处都需要你。恰好现在我打算制作一件艺术品，没有你的帮助，我决不能完成。你回到我的工场来工作好吗？你不说话？我知道，我的确得罪了你。我不想瞒你，我对你很恼火，就是你同我的马德隆眉来眼去，相互调情。可是后来我好好想了一想，觉得你技术熟练，既勤快又忠实，哪能找到比你更好的女婿呢。那么，跟我来吧，你看，你能够娶马德隆做妻子的。'

"卡迪亚克的这番话刺伤了我的心，他的狠毒使我不寒而栗，我一句话也说不出来。他一面用闪闪发光的眼睛盯着我，一面用尖锐的声调继续说道：'你犹豫不决？今天你也许还不能同我一起去，你有别的事吧！你也许想去访问德格雷，或者你竟想把你介绍给阿尔让松或拉雷尼吧。你想借刀杀人，小伙子，当心你自己的脑袋！'这时我心里那股非常愤慨的情绪突然发泄出来。'愿那些,'我说道,'意识到自己的可怕罪行的人去同您刚刚列举的人接触好了,我却不会这样干的——我同他们毫无瓜葛。''假如,'卡迪亚克继续说道,'假如你在我这个当代最负盛名的大师这里工作,奥利维埃,实际上这会给你带来荣誉,我因为忠实和正直而处处受人尊敬,所以任何恶毒的诽谤只会反过来给诽谤者以狠狠的打击,让他自食其果,自作自受。关于马德隆的事,我只得承认,我做出让步,只是为了她的缘故。她狂热地爱着你,我真不敢相信这个柔弱的孩子会有这样强烈的感情。你一走开,她就在我面前跪下,抱住我的膝盖,泪汪汪地倾诉衷情,说她没有你不能生活。我想,这只是她的想象而已,正如热恋着的少女们常有的这种情况一样:如果她们初次结交的还未长胡须的少年亲切地看了一看她们,她们会心甘情愿马上死去。可是马德隆实际上是个体弱多病的人,当我想要劝她放弃这件异想天开的事的时候,她就连续不断地呼喊你的名字。要想使她不绝望,我到底能做什么呢?昨晚我对她说,我一切都答允,今天我就来接你。听我这么一说,一夜之间她变得容光焕发,宛如一朵玫瑰花,现在她在期待着你,对爱情的渴望使得她忘乎所以了。'但愿上天永恒的神明原谅我,连我自己也不明白这是怎么一回事,我突然到了卡迪亚克的家,马德隆一边大声欢呼:'奥利维埃——我的奥利维埃——我的爱人儿——我的丈夫!'一边向我扑来,用她的双手拥抱我,把我紧紧地压住她的胸脯。我在这极其兴奋的时刻向圣母和所有的圣者宣誓:永远永远不抛弃她!"

奥利维埃为怀念这一决定性时刻所激动,说话不得不突然中断一会儿。听了一个她一向认为是德行、正直化身的人的暴行后,心里充满恐惧不安情绪的斯居戴里喊了起来:"可怕啊!勒内·卡迪亚克参加了那个这么长久把我们好端端的都市变成了匪穴的谋杀集团吗?""我的小姐,"奥利维埃说道,"你说什么参加谋杀集团?从来没有这样一个集团。以卑劣的行径在全市里寻找并发现其牺牲品的,唯独是卡迪亚克一个人。他单独行动,就能保障他平安无事地胡作非为，并给跟踪凶手制造了无可克服的困难。还是让我继续讲下去吧，这将会给您揭开世间最卑鄙无耻，同时也是最不幸的人的秘密。我在这个师傅那里的处境，谁都不难想象得到。一不做，二不休，步子已迈出，我不能后退。有时我觉得，好像我自己已成了卡迪亚克的帮凶，我唯有在马德隆的爱情中才忘却了折磨着我的内心痛苦，唯独在她的身边我才能克制自己，丝毫不流露出无可名状的忧伤烦恼。这个老家伙表面上具有做一个忠实温存的父亲和做一个善良的公民的一切美德，然而在黑夜里竟作恶多端。在这样一个可怕的人身边，我害怕得浑身颤抖。当我同他一起在工场的时候，我害怕得不敢看他的面孔，几乎一句话也说不出来。马德隆，这个善良的天使般纯洁的孩子，狂热地爱他。我曾想，有朝一日这个恶棍的西洋镜被戳穿，受到应得的惩罚，到那时候，曾被恶魔用种种阴谋诡计所蒙骗的马德隆，势必陷入可怕的绝望境地，我一想到这种情景，就心如刀绞，非常痛苦。这就足以使我守口如瓶，纵然我因此得作为一名罪犯被送上断头台。虽然我从宪兵的讲话里可以获知足够的情况，可是卡迪亚克的罪行，干罪恶勾当的动机，从事罪恶活动的方式，这些对我来说还是个猜不透的谜。这个谜不久就解开了。卡迪亚克平日工作时总是乐呵呵地讲笑话，说说笑笑，很使我反感。一天，他一反常态，变得非常严肃，陷入沉思之中。忽然他把正在制作的首饰摔到一边，弄得宝石和珍珠朝四面八方滚开，接着蓦地站起来说道：'奥利维埃啊！我们两个之间的关系不能这样下去了，这种状况使我感到难受。非常狡猾、诡计多端的德格雷及其同伙尚且未能发现的事，却被你偶然发现了。你看见了我夜里干的事情，那是我的煞星指引我去干的，无法反抗。就连你的煞星也是这样的：它让你跟我来，给你蒙上看不透的面纱，使你脚步轻盈，以至于你像最细小的动物一样走起路来别人听不见，就连我这样一个人，在伸手不见五指的黑夜里能像老虎一样明察秋毫，听得见数里以外最微弱的噪音和蚊子的嗡嗡声，却没有觉察到你。

你的煞星把你，我的伙伴，指引到我这里来。想要背叛，按照你现在的处境，万万不能。所以，你可以什么都知道。'‘我永远不再是你的伙伴，伪善的恶棍。'我想这样叫喊出来，可是在听卡迪亚克说话时产生的内心恐惧使我说不出话来。我只能吐出没头没脑的一声。卡迪亚克又坐到他的工作椅上。他擦了擦额上的汗珠。他似乎为追忆往事所感动，艰难地使自己镇静下来。他终于开始追述说：‘明智的男人们常常谈论孕妇们所能接受的稀奇古怪的印象，谈论如此清新的无意志的印象对胎儿产生的奇妙影响。有人给我讲了我母亲的一个奇特的故事。她在怀我的第一个月里，同其他妇女们一起去观看在特里亚农宫①举行的辉煌的宫廷节。联欢时她的目光落在一个身穿西班牙服，颈戴一条耀眼的钻石项链的花花公子身上，她目不转睛地盯着这条项链。她的本性是追求闪闪发光的宝石，她觉得这样的宝石是地上的一笔财富。多年前，我的母亲还未结婚的时候，这个花花公子死皮赖脸地追求她，欲行非礼，使她失节，但被断然拒绝。我的母亲又认出他来了，但此时她觉得仿佛他戴上了闪闪发光的钻石就是高人一等，就是一切美的化身。花花公子察觉出我母亲渴念、热情的眼色。他相信现在比从前更加幸福。他知道如何接近她，而且还懂得如何把她从其熟人那里引诱到一个偏僻的地方去。在那里他狂热地搂抱住她，我母亲则伸手去抓那美丽的项链，但就在这一瞬间他倒了下来，也把我母亲一起拽倒在地上。不论他是突然中风，还是出于别的原因，总之他是死了。我的母亲竭力从垂死挣扎中僵硬了的尸体的手臂中挣脱出来，结果徒劳。死者已失去视力的凹进去的一双眼睛盯着她，同她一起在地上翻滚。她的刺耳的呼救声终于传到远处路人的耳里，他们赶忙跑来把她从这个令人心惊肉跳的情人手臂里救了出来。我的母亲受了惊吓，卧床不起。人们认为她和我都没有希望了。可是她恢复了健康，分娩比人们希望的还

---

① 特里亚农宫系路易十四于 1686 至 1687 年间为曼特侬在凡尔赛公园里建造的别墅。

118

要顺利。然而我却受到那可怕的一瞬间的恐惧的打击。我的煞星升了起来，它播下的火花在我的心中燃起了一种极其稀奇古怪的、令人堕落的强烈欲望。早在刚刚进入童年的时候，我就把光彩夺目的钻石、金首饰看得高于一切。有人认为这是普通的幼稚可笑的爱好。但实际情况并非如此，因为我在幼年的时候，在我能顺手牵羊的地方，曾偷过金子和宝石。出于本能，我能像最老练的行家一样识别真假首饰。只有真品吸引着我，赝品和金币我都不屑一顾。父亲受到的最残酷的惩罚，必然克制了我天生的欲望。只是为了能操作金子和宝石，所以我从事金首饰这行职业。我热情工作，不久即成为这个行业首屈一指的大师。现在开始了这样一个时期，就是我的克制了好久的天生欲望，经过养精蓄锐，迅猛抬头、滋长起来了。一旦我做好并交付了一件首饰，我的心就烦躁不安，感到绝望，致使我夜不能寐，健康损坏了，连生存的勇气也失去了。身上戴着我为之制作的首饰的人，像一个魔鬼一样不分白天黑夜地出现在我的眼前，有声音悄悄地对我说："这是你的——这的确是你的呀——把它拿过来吧——宝石对死人有何用处呢！"于是我致力于盗窃术。我一进入名流府邸，马上利用一切机会，什么锁都对付不了我的技能，所以，我所制作的首饰，很快就回到了我的手里。但是就是这样也解除不了我的烦恼。那个令人恐惧不安的声音还是清晰可闻，它在嘲笑我："哎，哎，你的首饰吗，死人戴着呢！"我为什么对那些我为之制作首饰的人们报以一种无可言状的仇恨呢，连我自己也不明白。的确，对于这些人，我的心里产生了一种屠杀瘾，为此我自己也发抖了。这个时期我买了这座房子。我同卖主拍板成交，我们为做成这笔买卖而高兴，坐在这间房里一起喝酒助乐。天已黑了，我要动身走了，这时卖主说道："您听我讲，勒内师傅，您走之前我得告诉您这座房子的一个秘密。"于是他把那扇壁橱的门打开，又推开后头的板壁，走进一间小小的房间，弯下腰来揭开一个地窖门。我们沿着一座陡峭而又狭窄的阶梯走下去，来到一扇小门处，他开了门，我们出了门即进入一个空落落的院子里。这位老先生——卖主——走近墙边，推推一根稍稍突出来的铁条，一堵墙壁随即转开，一个人可不费力气地通过这个洞溜到大街上去。奥利维埃，以后你可以去看看这巧妙的玩意儿，这大概是从前坐落在这儿的寺院的狡猾的和尚们让人制作的，为的是他们可以偷偷地溜进溜出。它是一块木板，只不过外表涂了灰浆，经过粉刷；有一个也完全是木制的，但完全像石制的柱形雕像嵌入木板里，木板连同柱形雕像随着隐藏着的门轴转动。我看了这样的设置，脑子里产生了模模糊糊的想法，我觉得它似乎是为那些对我来说还是个秘密的行为而准备的。我刚刚把一件贵重的首饰交付给了一位内廷绅士，我知道，他是打算把它送给一个演歌剧的舞女的。备受折磨是免不了的——魔鬼紧随着我——低声耳语的撒旦在悄悄地对我说话！我搬进这座房子。我非常恐惧，出了一身冷汗，躺在床上辗转反侧，毫无睡意！我在脑海里看见那个人带着我的首饰悄悄地到舞女那里去。我怒气冲冲地跳起来，匆匆地披上大衣，从秘密的阶梯走下来，穿过墙壁来到尼凯斯街。他来了，我向他扑去，他呼叫了起来，可是我从背后紧紧地搂住他，向着他的心脏捅了一刀——首饰到手了！这样一来，我的心感到一种从未有过的宁静、满足。魔鬼消失了，撒旦的声音沉默了。现在我知道了我的煞星所希望的是什么，我得要么向它让步，要么毁灭！奥利维埃，现在你了解了我的全部行为了吧！不要因为我必须做我所不能不做的事情，就以为我把人的本性所应具备的同情心、怜悯抛弃得一干二净了。你知道，把一件首饰交付出去，我的心多么难受啊！你也知道，我根本不肯替某些人工作，不愿意他们去见上帝；今天我甚至满足于狠狠地挥舞一下拳头（我知道，明天血浆会把我的魔鬼赶跑的），把我的珍宝的占有者打翻在地，把首饰夺到我的手里。'卡迪亚克说完这番话后，便领我到那秘密的地窖去，让我看看他的珠宝库。国王占有的不会比这更多。每件首饰都挂着一张小卡片，确切注明为谁制作，何时通过盗窃、抢劫或是谋杀弄到手的。'奥利维埃，'卡迪亚克抑郁而严肃地说道，'到你结婚那一天，你要向被钉在十字架上的耶稣像庄严宣誓：一旦我死了，保证把所有这些财富统统销毁。如何销毁呢，以后我会告诉你。我不愿意任何人，何况马德隆和你，占有这些用鲜血换来的财宝。'我坠入了这罪恶的迷宫。因为爱与恶、欢乐与恐惧交织在一起，我感到心烦意乱，好比一个被打入地狱的罪人，一个可爱的天使温和地微笑着向他示意要他上去，可是撒旦却用炽热的利爪将他牢牢地抓住，善意的天使的友好微笑——它反映了天堂的幸福——成了他最痛苦的笑。我想逃走，甚至想自杀，可是一想到马德隆啊！我的高贵的小姐，您责备我吧，您责备我吧，我太软弱了，未能迅猛地抑制一种使我同罪行发生瓜葛的情欲。可是我不是以可耻的一死来补偿我的过错吗？有一天，卡迪亚克回到家里，非常高兴。他爱抚马德隆，向我投来极为友好的目光，吃饭时喝了一瓶名酒（惯常只有在盛大节日的时候他才喝这样的美酒），并且又是唱歌，又是欢呼。马德隆走后我想到工场去。

"'小伙子，坐着，'卡迪亚克说道，'今天不要再工作啦，让我们为巴黎最高贵、最卓越的女士的健康和幸福而再干一杯吧。'

"我同他碰了杯，他干了满满一杯后说道：'奥利维埃，你说说看，这诗句你认为怎样：

　　　害怕盗贼的情人，
　　　不配恋爱！

"随后他讲了您与国王在曼特侬房间遇到的情形，又补充说，没有任何人像他那样对您一贯怀有敬意，您具有崇高的品德，在您的美德前面，煞星也会黯然失色，无所作为，您即便戴上他制作的最美的首饰，那您也不会因此而招来一个恶魔，激起他人的一种谋财害命的念头。'奥利维埃，'他说道，'你听听我的决定吧。很久以前我就要替英国的亨丽埃特^①做项链和手镯，并且还要提供所需要的钻石。其他的工作都不如这次得心应手，但我一想到已成了我的心肝宝贝的首饰得要同我分开，我的心都碎了。你知道，这位公主不幸被人暗害了。我把首饰一直保存着，现在我想以被通缉追捕的一帮人的名义将它送给斯居戴里小姐，以表示我的崇敬，我的谢意。——因此斯居戴里的胜利有了明显的标志，此外我也想以此来嘲笑德格雷及其一伙，他们理应受到我这样的待遇。——你把首饰送去给她。'小姐，卡迪亚克一说出您的芳名，就好像黑面纱被撩起来了，我幸福的童年时代留下的美好印象又鲜明地浮现在我的脑海里。我的心里得到莫大的安慰，产生了一线希望之光，把见不得光的魔鬼赶跑了。卡迪亚克可能觉察到他的话对我所产生的影响，于是按照他一贯的方式做出解释。'你觉得，'他说道，'我的计划称心如意。我可以承认，有一个内心的呼声——它很不同于那个像一只饕餮的猛兽一样渴望得到牺牲品的声音——命令我这样做。有时我的脾气古怪。一种内心的害怕，对某些可怕的事物——它所引起的战栗从遥远的天国吹进我们的时代——的恐惧狠狠地攫住了我的心。在这种情况下，我甚至觉得，似乎煞星指使我干的事可能会归咎于我的不朽的灵魂，它事实上并没有参与其事。在这样的心情下，我决定替圣厄斯塔什教堂^②里的圣母制作一顶漂亮的钻石帽。但是我一旦想要着手工作，那种莫名其妙的恐惧就更使劲地抓住我，既然如此，我只好洗手不干了。现在我觉得，我给斯居戴里送去我制作的最美的一件首饰，就好像我恭顺地给美德和慈善本身送去一个献祭品，祈求它们有效地代为说情。'我的小姐，您的整个生活方式，卡迪亚克了如指掌，他为我确定了行动的方式、方法以及时间，告诉我如何

---

① 亨丽埃特，即亨丽埃特·安娜，奥尔良公爵夫人（1644—1670），英国国王卡尔一世最小的女儿，据说她的丈夫奥尔良公爵（路易十四的兄弟）托人毒死她，其时她年仅二十六岁。
② 圣厄斯塔什教堂系巴黎最有名的教堂之一。

和什么时候把他已装进一个干净的小盒里的首饰送去。我的心里充满了欢乐，因为上天通过作恶多端的卡迪亚克为我指出了摆脱地狱的道路，在地狱里我这个被人遗弃的罪人备受苦难。我就是这么想的。同卡迪亚克的意愿完全相反，我想一直钻到您身边。身为安娜·布律松的儿子，身为您的养子，我打算跪在您的面前，向您揭发一切情况。要是事情被揭露出来了，可怜的无辜的马德隆就要忍受无可名状的痛苦，您会为此受到触动，因而会保守秘密。您有明达、机智的思想，能够想出稳妥的办法来对付卡迪亚克卑劣的罪行而又不把那秘密泄露出去。现在您不要问我什么是这稳妥的办法，这我也不知道。犹如相信圣母会给予令人深感欣慰的帮助一样，我坚定不移地相信您会拯救您的马德隆和我。小姐，您知道，那天晚上我的意图落空了。我并不灰心丧气，我希望下一回能够成功。这时，卡迪亚克突然严肃起来。他忧郁地踱来踱去，眼睛直直地瞪着，嘴里喃喃自语着一些令人不解的词句，又挥动双手，以击退他敌视的事物，他的精神似乎受恶毒的思想折磨。整个早晨他就是这个样子。他终于坐在工作台旁边，又怒气冲冲地猛然站起来，向窗外望去，严肃地、闷闷不乐地说道：'我毕竟希望英国的亨丽埃特戴上我的首饰！'听了这句话，我感到心惊肉跳。现在我知道了，他疑惑的心窍又被可恶的嗜杀成性的恶魔迷住了，撒旦的声音又在他耳边高声地叫起来了。我看到您的生命受到万恶的杀人魔王的威胁。如果卡迪亚克把他的首饰又弄回了手里，那您就得救了。危险，每分每秒都在增大。在这样的情况下，我在新桥上碰到了您，我挤到您的马车旁边，给您掷去那张纸条，恳求您即刻把所保存的首饰送到卡迪亚克手里。可是您没有来。第二天，卡迪亚克除了谈一件夜里浮现在他眼前的珍贵首饰外，别的什么都不说。听了他的话，我的心情由焦虑不安而变为绝望。我知道，这只能是指您的首饰而言，我确信他在策划一起暗杀，无疑他打算就在当天晚上把它付诸实施。我必须援救您，即使为此得要卡迪亚克送命。卡迪亚克像平常一样在晚祷后即把自己关在房里，我立刻就越窗进到院子里，接着从墙洞溜出去，躲到近处的黑糊糊的阴影里。不一会儿，卡迪亚克走出来了，之后便偷偷地沿着大街走去。我跟在他后面。他向圣奥诺雷街走去，我的心怦怦地跳着。卡迪亚克突然无影无踪了。我决定站到贵府大门旁边。这时，就像当时我偶然地做了卡迪亚克行凶杀人的目击者的情形一样，一个军官唱着歌或者用颤音唱着歌从我身边经过，却没看见我。在这一瞬间，有个黑乎乎的人影跳了出来，向他猛扑过去。原来是卡迪亚克。我想要制止这次暗杀，于是大喊一声，两步三步即跃到现场。不是军官，而是卡迪亚克受了致命的打击，气喘吁吁地倒了下来。军官放下匕首，拔剑出鞘，看他的样子，似乎以为我是凶手的帮凶，准备同我搏斗。但当他觉察到我不理睬他，只管检查尸体的时候，便匆匆地跑掉了。卡迪亚克还未死。我把军官丢下的匕首插进我的衣袋后，辛辛苦苦地背他回家，经由秘密的通道上去进入工场。其他情况您都知道了。尊敬的小姐，您知道了，我唯一的罪行，就是我没有向法院检举马德隆的父亲，以终止他的罪恶行径。我是清白的，没有参与任何行凶杀人的行动。任何酷刑都不能逼我供出卡迪亚克罪行的秘密。永恒的神明为品德良好的女儿蒙蔽着父亲的可怕的暴行，我不愿违抗神明，看到过去的，她整个生存的不幸现在还致命地降到她的头上。我也不愿意世人进行报复，现在还把尸体从埋葬着它的土里掘出来。我还不愿意刽子手今天还玷辱业已腐烂的躯体。不，那样做不能同意！我灵魂的爱人将会为我的无辜的牺牲而恸哭，随着时间的消逝，她的痛苦将逐渐减轻，但是她心爱的父亲的恐怖罪行引起的悲痛，却是难以克服的！"

奥利维埃沉默了，忽然眼泪从眼眶里滚滚涌出，他向斯居戴里下跪哀求说："您相信我是无辜的吧，您的确相信吧！请您怜悯我，对我说一说，马德隆现在怎么样？"斯居戴里呼唤马蒂尼埃尔，不一会儿，马德隆即跑来拥抱奥利维埃。"你在这里，太好啦，我知道最高尚的女士会拯救你的！"马德隆三番两次地这样说，而奥利维埃则忘却了自己的遭遇，忘却了威胁他的一切事情，他沉浸在自由与幸福的海洋里。他们用极为感人的话语相互倾诉各自为对方忍受的痛苦，接着又再次拥抱，为他们的重逢而高兴得流泪。

假如斯居戴里还未确信奥利维埃是无辜的，此时此刻她也必然会相信的，因为她目睹他们沐浴在最甜蜜的幸福的爱情的海洋里，忘却了世界，忘却了他们的不幸和他们的无可言状的痛苦。"显然，"她说道，"只有一颗纯洁的心，才会这样忘其所以。"

早上的明亮光线从窗户射进来了。德格雷轻轻地敲敲房门，提醒说：现在得把奥利维埃·布律松带走了，为的是要避免引起轰动，不宜太晚。这对情侣只好言别分手。

斯居戴里从布律松最初进她的屋里心里就产生的那种模模糊糊的预感，现在又可怕的抬起头了。她看到她心爱的安娜的儿子无辜地深深地被卷入一起案件中，以致要免他可耻的一死几乎是不可设想的。这个年轻人宁可含冤死去，而不愿泄露必然会置他的马德隆于死地的秘密，她钦佩他的这种英雄气概。她搜索枯肠，仍不知道如何把这个最可怜的人从残忍的裁判所里拯救出来。她决心不惜任何牺牲，来避免将要发生的这桩天大的冤案。她绞尽脑汁，苦思苦想各种各样的方案和计划，这些方案和计划已接近冒险的地步，她一做出，立刻又放弃了。希望越来越成为泡影，以至于她陷入了绝望的境地。但是马德隆对他绝对的天真无邪的信任，她在谈起他——说他很快将要被开释，把她作为夫人来拥抱——时那副眉飞色舞的神情，使斯居戴里又精神振作起来，振作的程度相当于她为此深受感动的程度。

斯居戴里毕竟想要有所作为，她给拉雷尼写了一封长信，信里她对他说，奥利维埃·布律松极其令人信服地向她说明了他对卡迪亚克的死是完全无辜的，只有准备带着秘密——它的揭露就要毁掉清白和美德本身——去见上帝的那种英勇刚毅的决心，才使得他没有向法庭提供供词，而这势必使他无法摆脱如此可怕的嫌疑，即他不仅暗杀了卡迪亚克，而且还参加了万恶的凶杀集团。为了软化拉雷尼的铁石心肠，凡是炽热的热情，凡是富有才智的雄辩所能做到的一切，斯居戴里都做了。过了不多几个小时，拉雷尼回答说，如果奥利维埃·布律松已在他的高贵的可敬的保护人面前把问题全部申辩清楚，那他感到由衷的高兴。至于奥利维埃想要把涉及行动的秘密带去见上帝的那种英勇刚毅的决心，他很遗憾，火焰法庭不可能对这样的英雄气概表示敬意，相反，它一定要用最强硬的手段加以粉碎。他希望三天之内能获悉那个稀奇的秘密，这一秘密也许将使已发生的怪事真相大白。

　　这个令人畏惧的拉雷尼说的用来粉碎布律松的英雄气概的那些手段指的是什么，斯居戴里是最清楚不过的。对这个不幸的人施以酷刑，那是肯定无疑的。在万分焦虑不安的时候，斯居戴里终于闪过这样的念头：就算仅仅达到推迟施行刑罚这一目的，听听一个法律行家的忠告也可能是有益的。皮埃尔·阿尔诺·当迪利①是当时巴黎最负盛名的律师。他的正直、他的品德，堪与他的高深的造诣、他的广博的知识媲美。斯居戴里到他那里去，只要不泄露布律松的秘密，尽可能把一切都告诉他。她满以为当迪利会热心关怀那个无辜的人，但是非常遗憾，她的希望却成了泡影。当迪利冷静地倾听了她的辩护后，微笑着用布瓦洛的话回答说："真实有时不像真的。"他向斯居戴里表示：对布律松嫌疑的最明显的根据表明，拉雷尼的处理决不能说是残酷无情的，过于轻率的；相反，那样做完全是合法的，甚至可以说，他要尽到法官的义务，也只能这样做。他当迪利本人不敢通过最巧妙的辩护来使布律松免受拷打。要使他免受酷刑，只有布律松本人或者老老实实坦白交代，或者至少详详细细地讲述卡迪亚克被害时的情况，这些情况以后也许会引起新的侦查活动的开展。"既然这样，我只好去恳求国王开恩宽宥了。"斯居戴里十分激动，用被眼泪半窒息的声调

---

　　① 当迪利系霍夫曼选自伏尔泰的《路易十四的时代》的另一个人名。在伏尔泰的作品里谈的是作家罗贝尔·阿尔诺·当迪利（1588—1674）。

说道。"我的小姐,"当迪利喊道,"您千万别这样做!把您这最后的一着收起来吧,它一旦破产了,对您来说永远没有希望了。国王决不会宽恕这样一个罪犯,否则他会遭到蒙受威胁的人民最激烈的谴责。布律松揭露自己的秘密或者采取其他办法以消除对他的嫌疑,也并非不可能。他要是那样做了,去央求国王开恩宽宥才是时机。国王不过问在法庭上已证实或未证实的事,而是让他的内心信念来出主意。"斯居戴里无可奈何,只好同意老于世故的当迪利的意见。夜已深了,她仍坐在她的房间里,陷入深深的忧虑之中,左思右想,要拯救不幸的布律松到底该如何入手呢。这时马蒂尼埃尔进来报告说,国王卫队上校米奥桑①伯爵急欲会见小姐。

"我的小姐,"米奥桑一面按照军人的礼节鞠躬,一面说道,"我这么晚,在这么不方便的时候来打扰您,请原谅。我们军人不得不这样做,再说,我用两句话就可求得您谅解。我是为奥利维埃·布律松的事到您这里来的。"斯居戴里急于知道她现在又将打听到什么消息,大声叫了起来:"奥利维埃·布律松?这个世上最不幸的人?您同他有什么关系?""我曾这么想过,"米奥桑微笑着继续说道,"只要我一说出您所保护的人的名字,您就会洗耳恭听我的话。人人都确信布律松是有罪的。我知道,您有不同的意见,据说您的意见当然只是根据被告的申辩和保证。这件事同我的关系就不同了。谁都不能比我更加确信布律松对于卡迪亚克之死是无罪的。""请说吧,哦,请说吧。"斯居戴里喊道,这时她高兴得眼睛闪闪发亮。"我,"米奥桑强调地说道,"我就是那个在离贵府不远的圣奥诺雷街刺倒那个老金首饰匠的人。""我的天呀,原来是您啊!"斯居戴里喊道。"而且,"米奥桑继续说道,"而且我向您保证,我的小姐,我为自己的行动而感到骄傲。您知道,卡迪亚克乃是最卑鄙无耻的最伪善的恶棍,夜晚他阴险地杀人和

---

① 米奥桑也是选自伏尔泰著作里的一个人名。

抢劫，长久逃脱了一切法网。连我自己也不明白，为什么我内心在发生下述情况时对他产生了怀疑：他把我定做的首饰送来时心神显然不安；他详细打听我准备把首饰送给谁；而且他非常狡猾地向我的随从盘问我惯常在什么时候去访问某女士。我老早就注意到：最令人厌恶的贪得无厌的强盗的不幸的牺牲品们都在同一部位受到致命伤。我断定凶手已熟练地掌握了必须在一瞬间把人杀死的刺杀本领，并且也指望做到这样。如果第一刀刺不成功，那么谁胜谁负、谁死谁活就难以预卜。于是我准备采取一个预防措施（非常之简单，我不理解为什么别人长久以来没有加以采用），以避开危险的凶手的暗杀。我在背心里面穿上一件轻便的胸铠。卡迪亚克从后面向我袭击。他使劲抱住我，但是他那运用得准确的匕首却从铠甲上滑开。在同一瞬间我挣脱了他，把握在手中的匕首向他胸膛刺去。”“既然如此，您却默不作声，”斯居戴里质问道，“不向法庭告发这件事？”“我的小姐，”米奥桑继续说道，“请允许我说明一下。这样的告密，即使不会把我完全毁灭，也会把我卷进令人极其嫌恶的诉讼里来。如果我控告正直的卡迪亚克，这个一切虔诚和德行的楷模犯了矫饰的谋杀罪，四处侦察犯罪行为的拉雷尼难道会轻易相信我的话吗？倘若正义之宝剑的尖端对准了我，那又怎么办呢？”“这是不可能的，”斯居戴里叫喊道，“您的门第——您的地位——”“啊，”米奥桑继续说道，“您还记得卢森堡元帅的事吧，他心血来潮，忽然想起让勒萨热用占星术为他算命，结果成了下毒谋杀的嫌疑犯，被送进巴士底狱。疯狂的拉雷尼喜欢把刀架在我们每人的脖子上，即使一个小时的自由，即使我的一根毫毛，我也不为他牺牲。”“那么您不是把无辜的布律松送上绞刑架吗？”斯居戴里打断他的话说道。“我的小姐，”米奥桑答道，“无辜的吗？您说万恶的卡迪亚克的同伙是无辜的吗？这个帮卡迪亚克干坏事，罪该万死的人难道是无辜的吗？不，实际上他是罪有应得，死有余辜。而我向您，我崇敬的小姐，揭露事情的来龙去脉是附有这样的前提的，就是您会设法利用我的秘密来救助您所保护的人，而不把我出卖给火焰法庭。"

斯居戴里看到自己对布律松无辜的信念如此有力地获得证实，内心非常欣喜。她毫不迟疑地向这位已经了解卡迪亚克罪行的伯爵揭示一切情况，并要求他同她一道到当迪利那里去。想要在绝对守口如瓶的情况下向当迪利揭露一切情况，然后听听他的主意，眼前应着手做些什么事情。

当迪利在斯居戴里极其详尽地向他讲述一切情况后，又探询了种种细微的情况。他特别询问了米奥桑伯爵，是否他坚信自己受到卡迪亚克袭击，是否他还能认出奥利维埃·布律松就是那个把死尸背走的人。"我不仅，"米奥桑答道，"在那月光皎洁的夜里清清楚楚地认出了金首饰匠，而且还在拉雷尼那里见到那把曾刺倒了卡迪亚克的匕首。这是我的匕首，它的标记是剑柄上的精巧的雕刻。我站在离这个小伙子仅一步远的地方，帽子已从他的头上掉了下来，他的整个面容我都看见了，当然还能认出他来。"

当迪利低头默默地沉思片刻，然后说道："一般地说，决不能把布律松从司法部门救出来。为了马德隆起见，他不愿意说卡迪亚克是凶恶的强盗。他不肯说是可能的，因为即使他由于揭露了秘密的出口和盗窃来的全部财宝而能够证实卡迪亚克为凶恶的强盗，但他身为同伙，也免不了一死。如果米奥桑伯爵把金首饰匠的事件如实地向法官们告发，结果也是一样的。推迟告发日期，乃是现在唯一要做的事。米奥桑伯爵到看守所去，让人叫奥利维埃·布律松出来，指出他就是那个把卡迪亚克尸体背走的人。他还要赶去对拉雷尼说：'在圣奥诺雷街，我看见一个人被刺倒了，当我站在尸体近旁的时候，有一个人跑了过来，俯伏在死尸上面，因为他感觉到还未死去，便把他扛在肩上背走了。我认得此人就是奥利维埃·布律松。'这样的供述会促使布律松再度受审，并同米奥桑伯爵进行对质。这就足以使酷刑中断，继续调查。那时，才是向国王求助的时机。我的小姐，如何机灵地行事，那要看你的聪明才智了。依我看，还是把全部秘密通通告诉国王为好。米奥桑伯爵的供述，使布律松的供词得到证实。秘密地调查卡迪亚克的房子，也许还能得到证据。这一切，都不能为任何宣判申述理由，却能为国王凭内心感觉做的裁决提出根据，这样的事情就会发生：法官主张要惩罚，而国王却要宣布赦免。"米奥桑伯爵百分之百地听从了当迪利的劝告。事情果然不出当迪利所料。

现在问题的症结在于请求国王帮助，而这件事却是极其棘手的，因为他认为布律松是可怕的谋财害命的凶手，长期以来使整个巴黎惶恐不安，忧心忡忡，因而对他如此深恶痛绝，以至于一想起臭名昭著的诉讼事件，他就怒火中烧。曼特侬忠于她那决不向国王谈论不愉快事情的原则，任何调解一类事情，一概拒绝，因此布律松的命运完全掌握在斯居戴里手里。经过长久的考虑，斯居戴里迅速做出了一个决定，并又迅速付诸实施。她穿上一套丝绸做的沉甸甸的黑礼服，戴上卡迪亚克的珍贵首饰，披上一块长长的黑面纱，正好国王在场的时候来到了曼特侬的房间里。可敬的小姐穿上这身严肃服装时的高贵姿态颇具威严，连那群惯常在前室轻浮地无所顾忌地嬉戏的自由散漫的人，也不得不对她肃然起敬。大家敬畏地站到一边，当她走进来的时候，连国王也非常惊讶地站起来向她迎去。这时，项链和手镯上的珍贵的金刚石闪烁的光芒，映入他的眼帘，他随即呼喊道："啊，这是卡迪亚克的首饰！"说完他转向曼特侬，带着和蔼的微笑补充说："侯爵夫人，您看，我们美丽的未婚妻如何哀悼她的未婚夫啊！""唉，仁慈的国王陛下，"斯居戴里像继续开玩笑地开始说道，"一个满怀悲痛的未婚妻适合于如此华丽的打扮吗？不，我已宣布同这个金首饰匠断绝一切关系，不再怀念他，他被谋杀后被人从我身边抬走时的那副可憎的情景，已不再在我的脑海里浮现。""什么，"国王问道，"什么，您见过他，见过这个可怜的家伙？"于是斯居戴里简略地叙述道，刚刚发现卡迪亚克被谋杀的时候，她偶然地来到他的房前（还未提及布律松的介入）。她讲述了马德隆忍受的剧烈悲痛，这个天使般的女孩子给她留下的深刻印象，以及她如何在民众的欢呼声中把这个可怜的姑娘从德格雷手中救了出来。接着便越来越引人入胜地叙述了有关拉雷尼、德格雷和奥利维埃·布律松的事情。国王为斯居戴里话中充满的栩栩如生的生动性所迷住，没有注意到所谈的正是他所嫌恶的布律松的令人憎恨的诉讼事件，一句话都说不出来，只能有时发出一声感叹，以抒发他内心感动之情。当国王为他所获悉的闻所未闻的事情而万分激动，尚未能消化所听到的一切情况，脑子里还未转过弯来的时候，斯居戴里就已跪在他跟前恳求赦免奥利维埃·布律松了。"我的小姐，"国王一边抓住她的双手，强使她坐到安乐椅上，一边突然张嘴说道，"您干什么！您讲的事，稀奇古怪，叫我大吃一惊！这确实是个可怕的故事！有谁担保布律松的海外奇谈是真实的呢？"斯居戴里答道："有米奥桑的供述，有卡迪亚克房子的搜查情况，有内心的信念，噢，还有马德隆有道德的心呢！她这颗心认出不幸的布律松也同样是有道德的。这些都可以担保！"国王正想答话，掉过头来看看产生喧闹声的门旁。正在别的房间工作的卢伏瓦带着关切的神情向喧闹的地方看去。国王站起来，走出房间，卢伏瓦随后跟着。斯居戴里和曼特侬，她俩都认为谈话就此中断是严重的事情，因为国王受了一次惊吓，就可能提防自己下一次再上当，进入事先设置的圈套。但是过了几分钟，国王又走了进来，在房内快步来回走了几趟，接着反剪双手，站到斯居戴里身边而不看她，非常小声地说道："我很想见见您的马德隆！"斯居戴里答道："哦，我仁慈的陛下，您给这个可怜的不幸的孩子恩赐了多大的幸福啊！哎，只要您暗示一下，这个小女孩便会跪在您的面前听候吩咐的。"说完，她拖着这身沉甸甸的服装，尽可能快地向门口快步跑去，向门外喊道，国王要赐见马德隆·卡迪亚克，喊毕便回来了，这时她高兴和感动得哭泣起来。斯居戴里料到会受到这样的恩惠，因而把马德隆也带来了，马德隆在侯爵夫人的侍女那里等候着，手里拿着当迪利为她草拟的一份简短的请命书。不一会儿，她便默默无言地跪到国王面前。

忧虑，惊愕，腼腆的敬畏，爱与悲痛，使这个可怜的女孩沸腾着的热血在血管里越来越快地循环着。她的双颊烧得通红，眼眶里清澈的泪珠闪烁着光辉，并经由丝线般的睫毛落到美丽的百合花般纯洁的胸脯上。国王似乎为这个天仙般的女孩的惊人美貌感到惊讶。他温存地把姑娘扶起来，然后做了一个动作，仿佛想要吻吻他正握着的姑娘的手。他放开她的手，以被泪水润湿的、证明内心深受感动的目光看看这个妩媚的姑娘。曼特侬向斯居戴里低声耳语："这个小家伙不是很像拉瓦利埃尔①吗？国王耽于最甜蜜的回忆之中了。这场赌赛，您赢了。"尽管曼特侬的声音非常低微，但国王好像还是听见了。他的脸上泛起一阵红晕，向曼特侬扫了一眼，阅读了马德隆呈献给他的请命书，然后温和地、亲切地说道："我的可爱的孩子，你相信你的情人是无辜的，这点我很相信，不过我们得听听火焰法庭就此事要说些什么！"国王缓缓地挥手打发了这个为泪水模糊了目光的小女孩。斯居戴里惊恐地察觉到，国王对拉瓦利埃尔的回忆，开头像是对事情十分有利，但曼特侬一说出她的名字，马上就改变了国王的心神。事情可能是这样，国王觉得自己被人不够温柔体贴地提醒回忆她的名字，他正准备为美女而牺牲严酷无情的法律，或者国王也许像这样一个梦想者：他准备沉迷于美好甜蜜的回忆中，经他人无情地呼叫一声，这些回忆马上无影无踪地消失了。也许现在他眼前不再浮现他的拉瓦利埃尔，而是只想仁慈的修女路易丝（即拉瓦利埃尔在卡美尔教派修道院里的法名），她的善行和忏悔使他感到苦恼。现在，除了耐心地静候国王的裁决外，一筹莫展。

在这期间，米奥桑伯爵在火焰法庭上的供述已为人所共知了。民众往往容易从一个极端走到另一个极端。同一个人，原先人们诅咒他为十恶不赦的杀人犯，并威胁着要把他剁成肉泥，在他尚

---

① 拉瓦利埃尔，即路易丝－弗朗索瓦·德·拉博姆·勒勃朗，拉瓦利埃尔公爵夫人（1644—1710），路易十四的情人（在蒙特斯庞侯爵夫人之前）。她在其后继者的策动下，于1675年退入巴黎卡美尔教派修道院。

未走上断头台之前，人们却因为他成了野蛮的司法的无辜牺牲品而深感惋惜。现在邻居们才思念起他品德高尚的行为，他对马德隆的伟大爱情，他对老首饰匠一心一意的忠诚。一排排的民众队伍，常常威胁地来到拉雷尼官府前面呼喊道："奥利维埃·布律松是无辜的，你把他交给我们吧！"群众甚至向窗户掷石头，弄得拉雷尼不得不要求宪兵来防范这些被激怒了的暴民。

好多天过去了，斯居戴里对奥利维埃·布律松的诉讼情况一无所知。她绝望地到曼特侬那里去，但是曼特侬却断言说，国王没有谈论过这件事，而且要对他提起此事，似乎是不明智的。要是现在她仍然带着奇特的微笑询问小拉瓦利埃尔到底怎样呢，斯居戴里确信，这样询问会使这位高傲的夫人内心里对这桩事情产生反感：它能引诱易怒的国王到某个地方去，而夫人却不懂得那地方的魔力。因此，她对曼特侬不能寄予任何希望。

由于当迪利的帮忙，斯居戴里终于探悉到了国王同米奥桑伯爵有过一次长时间的密谈。此外还获知，国王最信任的侍从和代理人邦唐到看守所同布律松谈过话，后来一天夜里，邦唐带着一帮人马到卡迪亚克家里，在那里待了很久。住在楼下的克洛德·帕德鲁明确表示，他听到楼上通宵都有咚隆咚隆的响声，奥利维埃确实在场，因为帕德鲁清清楚楚地听出他的声音。国王派人调查事件的真相，这是千真万确的，但是令人费解的是迟迟没有做出裁决。拉雷尼大概会竭尽全力，死死抓住这将要从他手中被抢走的牺牲品。这就使得任何一线希望一开始就破灭了。

差不多一个月过去后，曼特侬差人对斯居戴里说，国王想要在今天晚上在曼特侬的房间接见她。

斯居戴里的心里直扑腾，她知道布律松的事即将决定下来了。她向可怜的马德隆说了此事，马德隆热心地向圣母和所有圣者祈祷，但愿他们唤起国王对布律松无辜的信念。

可是看来似乎国王把此事忘得一干二净，因为他像往常一样同曼特侬和斯居戴里进行轻松愉快的谈话，只字未提及可怜的布律松。邦唐终于来了，走近国王，如此低声地嘀咕几句，以至于两位女士都听不出讲了些什么。斯居戴里心里颤抖起来。这时国王站起来，向斯居戴里阔步走去，带着闪闪发光的目光说道："我的小姐，我向您道喜！受您保护的奥利维埃·布律松释放了！"斯居戴里热泪盈眶，一句话也说不出来，想要向国王下跪。国王一边加以阻止，一边说道："去吧，去吧！小姐，您原应当国会律师，为我办妥诉讼事宜，因为，我敢断言，世上无人能够胜过您的雄辩。不过，"他更加严肃认真地补充说，"不过，受德行本身庇护的人，在每个恶毒的控告面前，在火焰法庭和世上一切法庭面前，恐怕不会是安全的！"此刻斯居戴里终于找到了表示最热切谢意的言语。国王打断她的话，向她预先告知说，她在她家里即将得到的谢忱，比他能从她那里得到的谢忱远为亲热得多，因为幸福的奥利维埃此时此刻可能正拥抱着他的马德隆。"邦唐，"国王末尾说道，"邦唐付给您一千路易，您以我的名义交给小姑娘作为嫁妆。她可以同她的布律松结婚——他根本就不配享受这一福分——但婚后他们俩要离开巴黎。这是我的意愿。"

马蒂尼埃尔快步向斯居戴里迎来，巴蒂斯特尾随着她，两人都高兴得容光焕发，两人又是欢呼，又是呼喊："他在这里——他释放了！哦，可爱的青年人呀！"这对幸福的情人屈膝跪在斯居戴里面前。"啊，我已知道了，您，您单枪匹马救了我的丈夫。"马德隆喊道。"啊，我的心灵里已牢固确立了对您——我的母亲的信赖。"奥利维埃叫喊道。俩人都吻了高贵女士的手，热泪如注，滚滚流下。接着他们俩又互相拥抱，断言他们此时此刻在世间享受的幸福与欢乐，足以补偿往日备受的种种无可言状的痛苦，他们又立下山盟海誓。

不几天，经神父的祝福，他们俩缔结了终身。纵使不是国王的意愿，布律松也不可能留在巴黎。这里，一切都会使他想起卡迪亚克为非作歹的可怕岁月；这里，那可恶的秘密可能由于某种偶然性被人——现在它已为许多人所共知——不怀好意地揭露出来，从而他的和平生活会永远被扰乱。结婚之后，他带上他年轻的妻子，带着斯居戴里的祝福，马上迁往日内瓦。有了马德隆的丰富的嫁妆，手艺上又具有罕见的技巧，还具备市民应有的品德，他在那里过着幸福的无忧无虑的生活。他实现了父亲至死未能实现的愿望。

布律松走后一年，一份由巴黎大主教阿尔洛瓦·德·索瓦隆和国会律师皮埃尔·阿尔诺·当迪利签署的告示张贴出来了，内容是这样的：兹有一悔悟的罪人，在严格不泄露忏悔的条件下，已将钻石和首饰等大量赃物交付教堂。无论何人，凡是大约在 1680 年年底以前，主要是在城市街道上因受残暴的袭击而被抢走首饰者，均可向当迪利报告，如果关于他的被夺走的首饰的叙述，同某一件已找回的宝物完全相符，此外对于要求领回的合法性又不存在疑义，就可把首饰领回。——在卡迪亚克名单上列举的许多并未被杀害，而只是被一拳打昏迷了的人，陆续来到国会律师那里领回了他们被抢走的首饰，对此都感到惊讶。没有领走的，都归入圣厄斯塔什教堂的财富。

德·拉皮瓦迪埃尔侯爵夫人①

（取自里歇尔的②《名案搜奇》）

宁瑛 译

　　一个名叫巴尔的下等人在一个月黑风高之夜把他的未婚妻诱骗到布洛涅树林中，而且因为他已经厌倦了她，又正在向另外一个女子求爱，于是就在那里把未婚妻谋杀了，在她身上刺了好多刀。

　　这个待嫁闺中的姑娘，因为她分外的美丽，她正派端庄的作风，远近闻名，大家都叫她美丽的安托奈特。于是整个巴黎都知道了巴尔的恶行，以致经常聚集在德·埃吉庸公爵夫人的社交晚会上的人们谈论的没有其他话题，只有对可怜的安托奈特令人发指的这一谋杀。

　　公爵夫人很喜欢沉醉在道德观察当中，于是，现在她也以雄辩的口才提出，只有对教育和宗教不可救药的忽略才在下等民众中导致犯罪，高等的、在思想上和气质上有教养的阶层，肯定远离犯罪。

---

　　① 在 1820 年下半年产生的历史短篇小说《德·拉皮瓦迪埃尔侯爵夫人》是以一则侦探故事为基础的，这个事件是霍夫曼在《名案搜奇》，一个法国奇特的司法事件和诉讼报告选集中发现的。和霍夫曼同样利用法兰西的资料来源创作的中篇小说《斯居戴里小姐》一样，在这篇小说中，他也把故事引到了古老体制的贵族圈子里。尽管故事的来由和其他一些部分是作者的自由构想，而在复述这个奇特的司法事件时紧紧追随它的来源，部分是逐字逐句复述的。

　　《德·拉皮瓦迪埃尔侯爵夫人》第一次出现在《1812 年愉快的消遣的袖珍本小书》中，莱比锡和维也纳出版，377—431 页。

　　② 弗朗索瓦·里歇尔（约 1718—1790），法兰西议会律师，他于 1768 至 1770 年在阿姆斯特丹出版的 20 卷本《名案搜奇》是同名作品的重新修订改编本，该作品是在弗朗索瓦·嘎佑·德·皮塔瓦尔（1673—1743）在巴黎和巴塞尔发表的总共 24 卷本中；在 18 世纪就已经有无数选本进行了德文翻译。

圣埃尔米纳伯爵平日总是社交活动的活跃分子，在这个晚上却陷入沉思默想，他脸色的苍白暴露出来，肯定有一件什么对他不利的事件使他心烦意乱。到现在为止他还没有说一句话；而这时，当公爵夫人结束她的道德文章时，他开口说话了："请原谅，最仁慈的夫人！巴尔书读得很好，写得一手好文章，甚至会算算数，此外，小提琴也还拉得不错；至于说到他的宗教，他一生中星期五从来也没有吃过一盘司肉，定期听弥撒，就在他晚上实施谋杀后，第二天清晨还做祷告来着。您能对他的教育和宗教虔诚提出什么反对意见呢？"

公爵夫人认为，伯爵想通过他尖锐的评语让她和参加社交活动的人们为不堪忍受的烦闷付出代价，这烦闷的心情使他今天失去了往日所有的亲切和可爱的态度。人们继续刚才的谈话，一个年轻人正要站起来，再一次详细描述巴尔做的事情的全部细节，这时，圣埃尔米纳伯爵不耐烦地从座位上起身，情绪激烈地声明，如果大家结束不了这场谈话的话，那么也许会把他立即驱赶出去，这场谈话像是用尖锐的爪子抓挠他的胸口，撕裂一个伤口，他希望至少在聚会上能够暂时熬得住伤口的疼痛。

大家在催促他，让他说出恼怒的原因。这时，他说："今天看来似乎使我觉得无聊、不可忍受的事情，人们将不能再把它称作烦闷；如果我公开揭示在我内心深处受到过多么大的震动的话，大家会觉得，我的痛苦是有道理的，会对我因为再不能忍受关于巴尔恶行的谈话而情绪恼怒表示谅解。因为有一个人，我高度评价的人，在我的军团里曾经证明自己一直是忠实、勇敢的，和我关系非常亲密的人，德·拉·皮瓦迪埃尔侯爵在三天前的夜里，在他的床上被人用最残酷的方式谋杀了。"

"天哪，"公爵夫人惊呼，"什么样新的可怕罪行啊！怎么会发生的呢！可怜的、不幸的侯爵夫人！"

听了公爵夫人的话，大家忘记了被谋杀的侯爵，只顾着为侯爵夫人感到惋惜，只是不停地说些对这个妩媚、幽雅、思想睿智的女人的赞美之辞，称赞她严格的操守、高尚的品格堪称典范，当她还是德·硕瓦兰小姐时就已经是巴黎第一社交团体的荣耀了。

"然而，"伯爵用发自内心深处的，带着最深刻怨恨的语气说，"这个很有才智、很有道德的女子，巴黎第一社交团体的光彩，这个人在她的忏悔神父，邪恶的沙洛斯特的帮助下，把她的丈夫杀死了！"

大家都被吓呆了，默默地盯着伯爵看，而公爵夫人则几乎昏了过去，伯爵向她深深地鞠了一躬，然后离开了大厅。

弗兰齐斯卡·玛格丽特·硕瓦兰在很小的时候就失去了母亲，于是她的教育就一直是她父亲的全部工作。她的父亲是一个很有才智，但是十分严厉的人。骑士硕瓦兰自信能够认识女性气质自身的弱点，而这一点只有通过他的这种教育方式才有可能被清除。他僵化的思想对女人那种极度亲切和蔼的态度非常鄙视，但是从生命的主观看法看来，这种气质正是她们的天性使然；一种内在情绪的所有外在表露的缘由正在于此，这种内在的情绪在我们看来似乎显得性情乖张，目光短浅，狭隘，但在这同一时刻却又不可抗拒地使我们着迷。此外，骑士还认为，为了达到他的那个目标，首先必须阻止对于这个年轻人有任何女性的影响；为此他小心地让女儿远离一切只要可能叫作家庭女教师的人，也知道怎么样巧妙地开始不让弗兰齐斯卡把那些和她穿一样颜色的衣裳，并且出于信任，把通宵达旦的舞会上的小秘密告诉她的游伴带到家里来。除此以外，他还特意安排，让弗兰齐斯卡最必要的女仆都由愚蠢、爱虚荣的小姑娘组成，然后他把她们当作反面的女性气质的胆怯形象展示出来。当弗兰齐斯卡进入可以谈论感情问题的年龄时，他充满愤怒的讽刺矛头首先也是针对着甜蜜爱情幻想，这种爱情幻想更是按照其心灵深处的意义塑造女性的气质性格，而且这种爱情幻想到了一个小伙子面前经常可能蜕变到滑稽可笑的丑态。

对于弗兰齐斯卡来说，幸好骑士的信条是一个可恶的错误。在骑士硕瓦兰看来，一种男性精神蔑视生活中做作的表演，因为他们自以为理解生活，看透了它，可是不管他如何努力把弗兰齐斯卡根深蒂固的女性气质培养成这种男性精神，他也并没有能够成功地摧毁女儿身上优雅、妩媚、和蔼、亲切等这些母亲遗传的性格，这些性格一再从弗兰齐斯卡的内心放射出更夺目的光芒，他却在古怪的自我欺骗中把这些当成他明智的教育的成果，丝毫没有想到他正是用他最有杀伤力的武器在反对它们。

弗兰齐斯卡称不上漂亮，她的面貌特征也不够匀称；然而聪明美丽的眼睛炯炯有神，妩媚的微笑流露在嘴角和双颊上。非常匀称的四肢显示出高贵的气质，每个动作都是那样优雅，所有这一切都使弗兰齐斯卡的外表有一种说不出来的诱惑力。现在还再加上，她父亲给她的过多深奥的学问，这本来很容易只是破坏女人内心深处真实的本性，而不可能是一种有助于她正确理解的代用品，但是却也不应该否认，也许正是那从父亲的思想里得来的嘲讽，在她自己的精神和本质中被改造成善意的、富有生活情趣的玩笑：于是可以肯定，当父亲顺从生活的要求，把她领入所谓的大世界中时，她不久就变成了所有的社交团体的宠儿。

人们可以想象，小伙子和成年男子们怀着何等的热情追求这位可爱、聪明的弗兰齐斯卡。然而这种努力如今与骑士德·硕瓦兰灌输给女儿的基本原则相违背。即便有一个男人，大自然赋予他一切取悦女人的魅力，逐渐接近弗兰齐斯卡，想使她倾心于自己，然后她的眼前就会突然出现一个热恋中女子的丑陋的妖怪形象，这是她父亲施魔法召唤来的，对这个丑陋形象的恐惧和害怕把每一次爱的感情都扼杀在萌芽中。因为不能说弗兰齐斯卡高傲、矜持、冷漠，于是人们就想到存在一种隐秘的对爱情的理解，人们怀着好奇期待着这种思想的发展变化，但是显然是白费劲了。弗兰齐斯卡仍旧没有结婚，一直到二十五岁。这时骑士死了，而弗兰齐斯卡，他唯一的继承人，得到了奈尔波纳骑士封地的财产。

德·埃吉庸公爵夫人（我们在故事的开头已经认识她了）认为，现在有必要关注弗兰齐斯卡的幸福和痛苦，关心她的情况，因为她觉得，一个姑娘，尽管她已经二十五岁了，也还是不能够自己给自己的事做主。她习惯于以某种庄重的方式处理一切事务，于是就集合了一些妇女，给弗兰齐斯卡的所作所为提出建议，终于在这一点上达成一致，即姑娘目前的状况迫切要求她出嫁。

公爵夫人自己承担了这个困难的任务，去说动这个惧怕婚姻的姑娘听从这个出嫁的决定，而且她事先就为自己说服艺术的胜利感到高兴。她动身去找硕瓦兰小姐，用绞尽脑汁想出来的、非常得当的言语向她证明，她最终必须屈从生活的制约，放弃她固执、矜持、冷漠的态度，毫无顾忌地让爱的感情有一个发展的空间，和一个对她来说是宝贵的人携手走入幸福的婚姻殿堂。

弗兰齐斯卡面带平静的微笑倾听公爵夫人的话，中间一次也没有打断她的话。但是现在，当弗兰齐斯卡说自己完全同意公爵夫人的意见时，公爵夫人可大吃了一惊。她也看出，自己目前的情况，即占有辽阔封地的财产，需要对这份财富进行管理，这就要求她通过和一位与她地位相当的男士结婚来得到支持，在生活中站稳脚跟。然后她说起这个婚姻，就像谈论一件由于她的状况带来的、必须做成的生意一样，而且认为，也许不久她就会在求婚者中间挑选一个表现得头脑最冷静、最稳重的人。

"小姐，"公爵夫人喊道，"小姐，难道你那丰富的情感，你那容易受感染的性格对于最美好的感情完全关闭吗，那种美好情感是会使尘世的人得到幸福的呀？你难道就真的从来没有爱过吗？"

弗兰齐斯卡保证说，她从来没有过这种情况，然后阐述了她父亲关于感情的理论。感情以卑劣的讽刺把自然界中的一个恶的原则放入人的胸中，因为它压碎人类精神的原始自然力，除了带来一种被屈辱，被各种各样可笑的愚蠢行为弄得惊慌失措的生活外，不会带来任何东西。

公爵夫人被这种可恶的准则气得不得了，完全失去了控制，开始使劲责骂弗兰齐斯卡，说姑娘遵循的是她正好叫作罪恶的、卑劣的准则，因为这种准则违背女性最内在的本性，必然导致认为最美好的情感是一种错误，即导致一种贫乏可怜的、茫然若失的生活。最后她抓起弗兰齐斯卡的手，眼含泪水说："不，我宝贝的好孩子，不，这不可能；你在欺骗自己，你在我们面前装得这样，实际上你没有这么坏；远离严格的，僵化的，那些与生活为敌的男性准则吧！你是爱过的，只是在做作、不自然的固执中抗拒你内心的悸动！说真话吧，思考和衡量一下你生活中的每一时刻！不可能就没有一个时刻，爱的感情突然闯入你被冰封闭的心房吧！"

弗兰齐斯卡正要起身回答公爵夫人，这时，突然一个念头如同闪电般在脑子里一闪而过。她的脸越来越红，然后又变得惨白，简直像死人一样，眼神呆滞地朝地上凝视着；一声深深的叹息从胸中发出，然后她开始说："是的，我愿意说实话——是的，在我的生活中有一个时刻，有一种情感以摧毁的力量使我震惊，我学会了憎恶它，而且现在还憎恶！"

"你太可怜了！"公爵夫人喊道，"你真不幸，但是，说下去！"

"我，"弗兰齐斯卡讲道，"当我父亲把我带到您，仁慈的夫人的社交圈子中时，我刚满十六岁。您懂得如何克服我的拘谨，把我带到完全听任心绪所至，随心所欲的境地。人们发现，现在我当作放纵、玩闹而加以拒绝的表现，当时却是非常可爱的，我本来可能足以认为自己是被大家赞美的女王而感到骄傲。"

"你当时是的，你当时是的！"公爵夫人打断姑娘的话。

"除了我刚才说的，"弗兰齐斯卡接着说，"我不知道更多的了，但是我刚才所说的激起了整个社交圈子的极大关注，以致在深深的静默中，所有人的目光都直愣愣地盯着我看，而我则害羞地垂下眼睛。

"我觉得，仿佛在我的近旁听到有人在说弗兰齐斯卡的名字！仿佛一声轻轻的叹息。我不自觉地抬起头来向上仰望——我的目光落到一个年轻人身上，在那么长时间里我竟然没有发觉那个人；但是从他那深色的眼睛里放射出一道我从未见过的光芒，它像一把烧红的匕首刺穿了我的心脏——我立刻感到一种无名的疼痛，

141

我仿佛不得不倒在地上，痛苦地死去，但是死亡是天堂中最高的、极度幸福的陶醉。任何语言都是没有力量的，我只能忍受甜蜜的痛苦的折磨，深深地长叹了一口气，泪水从眼中涌出。人们以为我突然发病，把我抬到旁边的房间里，人们解开我的衣扣，使用手边一切可以使用的手段，把我从可怕的状态中解救出来。在死亡的恐惧中，是的，在绝望中，最后我终于保证说，一切都过去了，我觉得又好了。我要求回到社交圈子中。我的眼睛在寻找，发现了他——除了他之外，我什么都看不见——只有他！我一想到他可能会接近我，就浑身颤抖，但是正是这个念头带着甜蜜的，我从来没有感受到过的，没有预感到的极度喜悦贯穿我的全身！我的父亲肯定发觉了我受到过度刺激的状态，也许他不能够深究原因；他马上带我离开了社交圈子。

"当时我还如此年轻，但是也许我却不得不认识到，可恶的、令人茫然若失的原则已经灌注到我的心灵中，我父亲曾经告诫我对此警惕，而且正是这个几乎使我屈服的力量让我彻底觉悟到父亲就此说过的全部真理。我进行了一次艰苦的斗争，但是我胜利了；那个年轻人的形象消失了，我感觉很高兴，而且轻松自由了，我又敢于参加您的社交圈子，仁慈的夫人；但是我不再感到害怕了。可是我的胜利不足以应对命运或者更多是说生活的那个恶的原则；一场更艰苦的斗争摆在我的面前。几个星期过去了，当黄昏开始降临时，我躺在窗户旁边，向窗外的街道上张望。这时我看见了那个青年，他正向我这边张望，向我致意，然后径直朝房子的大门走来。啊，我太不幸了！那种可怕的力量用双倍的力气抓住了我！他走过来了，他在寻找你！这个念头——惊喜——绝望，我失去了知觉！当我从这种深度丧失意识的状态中醒过来时，我脱掉衣服，躺在沙发上；我父亲站在我身旁，手中拿着一个小石脑油瓶。他问我，是不是遇到了什么特别的事。他说听见我房间的门打开，又关上，然后听到楼梯上有下楼的脚步声，他觉得那是男子的脚步声，但是却发现我失去知觉，躺在地上，这把他着实吓了一大跳。我什么都不能够，什么也都不允许对他说；然而他似乎预感到这个秘密，因为他并没有理会把我带到坟墓边缘的斑疹伤寒，而是劈头盖脸把我大大嘲讽一番，他那尖刻的讽刺针对着我由于伤脑筋的狂热爱情引起的丧失意识的尴尬状态。我为此感谢他，因为他帮助我赢得了第二次胜利，这次胜利比第一次更加辉煌。"

公爵夫人满怀喜悦地搂住弗兰齐斯卡小姐，亲切拥抱，并亲吻她。公爵夫人保证，现在一切都将安排得十分妥当，甚至极为巧妙；她根本顾不上为赢得的胜利感到欢欣鼓舞；她将要做得更多，这时她拿出来一个日记本，里面详细地记录着参加她的晚会的每一个人和在晚会上突然发生的事件的资料，只要经过长时间寻找，很容易找出那个赢得弗兰齐斯卡的爱的年轻人，这样一来，一对被顽固不化的父亲的可恶准则分离的恋人就能结为一体了。

相反，弗兰齐斯卡却保证说，如果那个小伙子——如今几乎过了十年可能成长为一个男人了——真的没有结婚，想来向她求婚的话，她也决不嫁给他，因为对那个倒霉的时刻的回忆肯定会使她在生活中惊慌失措，六神无主。

公爵夫人责骂她死脑筋，太顽固了，甚至认为，也许认识到这一点已经太迟了，因为不可挽回的毁灭可能已经降临到弗兰齐斯卡的头上。

姑娘认为，因为她已经这样坚持了十年，思想的变化多半不可能了。再说她不再着急选择她本人想象中如此必要的一个配偶，因为差不多已经过去三年了，她仍旧还没有结婚。

"像她这样的人真太少有了，她将做出出乎意料的奇特事情。"埃吉庸公爵夫人说，她说得对；因为谁也没有预料到，弗兰齐斯卡将会嫁给德·拉·皮瓦迪埃尔侯爵，可是这事就真的发生了。

在弗兰齐斯卡的众多求婚者当中，德·拉·皮瓦迪埃尔是那样一种人，求婚的要求显得最不强烈。中等身材，枯燥乏味的性格，有些不愿助人的心理，使他在聚会的人群之中表现得没有光彩，毫不引人注目。他对生活抱着无所谓的态度，因为他早年曾经挥霍浪费，而这种冷淡、漠不关心的态度有时发展为对生活的轻蔑，往往通过辛辣的讽刺表现出来。在这个过程中，他属于那种没有决断的性格的人，他们没有紧迫的动机，从来不会做坏事，也不会做好事。而如果正好碰上，他们也不会特别往这上面想。

像侯爵表现出来的那样，弗兰齐斯卡相信，在他的见解和基本准则中发现有许多和父亲的准则类似的地方，正是这些一致促使她越来越和侯爵接近。侯爵非常狡猾，完全能够看出，为了把她追到手，最重要的关键在哪里。他最热心做的无非是把全部情况细致仔细地研究一番，记住弗兰齐斯卡内心深处关于婚姻首先是怎么想的，说过什么话，然后把这些看法当成自己的信念陈述出来。

这种虚假的、表面上的思想一致导致她认为，在所有的求婚者中侯爵是唯一一个从正确的立场观察生活的人，而且这人从来不提出她不可能完成的要求，甚至于是这样的，即他从来没有像一个热情的倾慕者那样拼命追求她，相反一直是冷漠的、干巴巴的。这个看法决定了弗兰齐斯卡的抉择，使原来负债、被债权人追债的侯爵变成了奈尔波纳骑士封地的主人。

尽管人们有理由充分相信，这样一个邪恶的误会将立即在婚姻中暴露出来，可他们同样不得不相信事情的另一面。

侯爵在他妻子亲切和蔼的耀眼光芒的包围照耀下似乎完全变成了另外一个人。他内心僵硬的冰好像开始融化，尽管人们还有很多抗拒心理，可是最后不得不承认，德·拉·皮瓦迪埃尔侯爵是一个很可爱的人，和他在一起，侯爵夫人仍旧忠实于自己的基本准则，也许能够生活得幸福。

侯爵在巴黎住了几个月以后，就和他的妻子一道动身前往骑士封地奈尔波纳，两个人事实上过着一种平静、幸福的生活，相互之间愿意接受完全的漠不关心，不提出任何要求。这种气氛一直没有丝毫改变，一直到侯爵夫人生下一个女儿。

好多年过去了，直到1688年战争爆发，上面发出所谓的招募令的传唤。侯爵应征入伍，在这支招募军队服役的过程中他不得不渐渐远离奈尔波纳城堡。

情况可能是这样的，这次服役对他来说太累，也许是他渴望摆脱单调乏味的生活，甚至和侯爵夫人的关系也变得让他觉得无聊，讨厌，够了，他寻找在军队中的职位，他成功了，得到圣埃尔米纳伯爵的龙骑兵中的一个骑兵连，于是他就这样彻底地永远从家中离开了。

米泽雷修道院位于距离城堡一刻钟路程的地方，修道院是奥古斯丁教团的产业。这些神职人员中的一个同时管理奈尔波纳城堡中的小教堂，负责每个星期六在教堂里做弥撒。然后按照习俗，这个神职人员同时也担任城堡主人的告解神父。于是就出现了这样的情形，侯爵夫人不去本来是奈尔波纳教区的汝勒布瓦村的教堂，而是习惯于到修道院的小教堂听弥撒，做祷告。

因为修道院距离城堡只有一刻钟的路程，所以侯爵夫人通常都是步行到那儿。

在一个圣日的清晨，当侯爵夫人正在城堡的花园里时，从那边传来修道院沉重、庄严的钟声。这时侯爵夫人感到全身充满一种哀伤的情绪，她好久都没有过这样的感受了。仿佛过去又浮现在她的眼前，像一个梦境一样，一些可爱的形象，某些瞬息即逝的时刻提醒她，当生活还是像盛开的鲜花和绿叶环绕在她周围时，她没有能够抓住它。一阵她自己也弄不明白的、奇怪的疼痛使她胸口发紧，眼泪不由自主地往下淌。她凝神思考，相信找到了减轻那撕心裂肺的痛苦的方法。她向修道院走去，在刚刚开始的大弥撒的过程中，她被一股陌生的、不可抗拒的力量驱使，接近了奈尔波纳城堡习惯于由告解神父占据的忏悔室。

但是现在，当神父宣布赦罪时，她被他的声音吓得哆嗦了一下，她几乎失去知觉，摇摇晃晃地继续向前走，当她穿过栅栏朝神父那死样惨白的面孔望去时，从他那昏暗的眼睛里射出的一道闪亮的光穿透了她的心。

"不，这不是人，这是从恐怖的深渊中被驱除的鬼神，是来摧毁我，摧毁我的生活的！"当侯爵夫人筋疲力尽地朝她的城堡往回走时，她这样说。但是她清楚地回忆起，刚才她向那个魔鬼一样的神父忏悔，说自己在年轻时曾经有一次虽然是无心的，却把一个小伙子谋害了，然后又对她的丈夫不忠；一想到这些，深深的恐惧就攫住了她。罪恶，从来没有过的罪恶的预感在心灵中浮现。她同样清楚地回忆起，当她忏悔自己的谋害时，神父发出奇怪的、令人心碎的悲叹声音，但是在他宣布赦罪时说，上天早就已经原谅了她的谋害，至于对丈夫的不忠、诚心的悔过和严肃的赎罪虽然也许能抵偿她的行为，但是她将为此受到世俗世界法律的报复。发生的这整个秘密对她来说仿佛一个疯子的可怕的梦；她赶快派人前往修道院，她想知道，在那个清晨是谁代替告解神父听取忏悔。

回来的人向她报告，忏悔神父生病卧床两天后似乎刚好换人了；但是清晨听取忏悔的那位神父下星期六将做弥撒，在此期间负责奈尔波纳城堡中小教堂的工作。"这可能吗？"侯爵夫人自言自语道，"一种激动不安的情绪，我想说，一阵震撼心灵的抽搐的突然爆发能够导致这样的愚蠢行为吗？我的魔鬼附在我身上了；我将会看到它，而且——为我自己的愚蠢而感到羞愧。"星期六早晨，应该负责小教堂值勤的神父来到侯爵夫人的房间，当他温和地说了一句"赞美耶稣基督"，同时弯腰鞠躬问候时，侯爵夫人呆呆地望着他，然后匍匐在他脚下，完全失去控制地喊道："天哪！是的，你就是，你是我年轻时谋杀的那个年轻人。"

"冷静一点，侯爵夫人，"神父平静地说，他把侯爵夫人扶了起来，领到有靠背的椅子旁，"我请求您克服痛苦，它——唉，也许撕裂了您的胸膛，因为懊悔代替不了无可挽回失去的东西！"

"别以为，"侯爵夫人用颤抖的声音开始说，"您别以为我发疯了，尊敬的先生！您苍白的面庞，您变得灰白的头发——确实，您的确就是我有一次在德·埃吉庸公爵夫人那里看见的那个年轻人，他在我的胸中引起令人欲死欲仙的迷醉，一种情感上的强烈痛苦，那是我本来应该一直远离的情感啊！我太不幸了！这是一种什么样的情感啊，当我重又见到您时，现在疼痛还在撕裂我的心——但是，不！一切都是想象——愚蠢——您不可能是那个年轻人——这不可能！"

"也许，"神父打断了侯爵夫人的话，"可能我就是那个年轻人，那个不幸的沙洛斯特，您把他推到绝望中的那个人！当您向忏悔室走来时，我认出了您；我明白，为什么您在异常的惊慌失措中坦白自己的行为，从我的胸中不由自主地发出的叹息，从我的眼睛中涌出的热泪，是我必须对世俗痛苦的怀念交付的最后贡物。到现在为止我一直保存着您写给我的信，那封信刺穿了我的心脏，把我推入无法安慰的痛苦之中；当我又重新看见您时，当我坚信，现在最后的考验已经过去了时，我把那封信毁掉了。"

"怎么，"侯爵夫人开始说，"怎么？您说到您接到的一封信？我从来没有给您写过信啊。我在埃吉庸公爵夫人那里见到过您，而自那以后任何进一步的接近都被中止了——什么样的秘密啊！"

"也许，"神父平静地微笑着回答，"也许二十多年的时间使我对把我推入绝望境地的深深伤害的怀念渐渐磨灭，也使我对我遭到的那种伤害的回忆逐渐忘却。当时我还没有恋爱过；当我看见硕瓦兰小姐时，这种能够使一个容易受到刺激的青年心灵震撼的强烈感情将我控制住。由于极度快乐我全身颤抖，我察觉到硕瓦兰小姐的不安，看到她的目光怎么样带着羞怯的爱意在寻找我，然后又避开。是的！毫无疑问，我能够相信我生命中最高的幸福！我的父亲，沙洛斯特会长启程前往他在安得尔河畔的夏蒂庸的住所，这次启程使我离开了巴黎。但是我怎么能够远离我的爱情呢？我费了好大力气才得到父亲的许可，回到首都。我仔细考察了小姐的住宅；我刚一到达，第一步就是到那儿去，我希望，至少通过窗户眺望我的爱人。当我发现她时，当她仿佛受到突然的惊吓朝后一退时，我感到何等的喜悦，至高无上的幸福啊。走上前去，走上前去，到她那儿去，匍匐在她的脚下，在最炙热的爱情中献出我全部的自我！这个念头使我没有任何顾忌。走廊里没有人，我找到了途径，走进小姐的房间。这时，我相信自己爱着的那个人却用一种仿佛穿透我的心脏，将我刺死的声音喊道："走开——走开——你这个不吉利的人！"同时害怕似的用两手把我拼命往外推，表现出极度的憎恶！我听到有脚步声接近，但是一直到我机械地回到我自己的寓所，我才回过神来。当时我不知道，自己是怎么从德·硕瓦兰骑士的家回来的，是不是在路上碰到过什么人，是不是和谁说过话，或者碰到了别的什么事情。等到我平静一些以后，我只能相信，关于我这个人肯定存在某种不幸的误会。我给弗兰齐斯卡写信，向她描述我激情燃烧的爱，我得不到安慰的状态，用最动人的词语恳请她告诉我，究竟是什么可恶的厄运引起了仇恨，造成她对我这么深的憎恶。第二天我接到一封信，一封剥夺我生活中所有希望的信。弗兰齐斯卡用尖刻的嘲讽斥责了我。她向我保证，她心中根本不是怀有什么对我的仇恨，或者憎恶，认识我几乎不能让她感到任何乐趣；但是她在疯子面前非常害怕，因此她请求我，不要再让她看见我的样子。这就是说，我多半患了少见的疯病，她那种恐惧的爆发可能被我认为是仇恨或者憎恶。这封不吉利的信中的每一个字都撕碎了我的心。我离开了巴黎，到处游荡，再没有回到夏蒂庸。我在何处寻找和发现了平静，我身上穿的衣服就告诉了你答案！"

侯爵夫人向上天所有的神明保证，她从来没有收到过一封沙洛斯特的信，也就是说她也不可能回信。只有一点是肯定的，那就是这封信落到骑士的手中，他代替女儿写了回信。

侯爵夫人突然产生了一个念头，她平时在心中从来没有预想到这一点。她明白过来，父亲的存在和活动一直以来在她心中灌输了深深的敬畏之心，父亲的生活智慧给了她思想、行动的唯一准则，可正是这个父亲代表了恶的原则，欺骗了她最美好的幸福。她整个被误解了的生活像一个阴暗的、没有快乐的墓穴，她被无可挽救地埋葬在里面；一阵钻心的致命疼痛穿过她的胸膛。

沙洛斯特完全理解了侯爵夫人，并且努力通过教堂的安慰使她振作起来，他说出的话语好像涂满了圣油，起到了慰藉作用。他保证，直到现在他才认识到上天的永恒旨意，赞颂道，在他尘世的幸福被毁灭之后，他的灵魂完全得到了净化，变得圣洁，使自己容易接受一种在尘世间已经展示天堂的幸福的情形。永恒的力量挑选了他，把她，他曾经怀着热烈的感情爱过的人，带领走上真正的、唯一的天堂之路。

　　"怎么，"侯爵夫人打断他的话，"怎么，您愿意——"

　　"做您的，"沙洛斯特安详、庄重地说，"您的告解神父，而且我相信，侯爵夫人——或者让我称呼您弗兰齐斯卡——我能够成功地战胜在这个尘世间干扰您的生活的，世俗的痛苦，您的丈夫将愿意把管理你们城堡小教堂祈祷室的职位委托给我；他大概将回忆起西尔万·弗朗索瓦·沙洛斯特，他年轻时的朋友。"

　　沙洛斯特说得对；他很有安慰作用的许诺使侯爵夫人的心情轻松了不少，而且不久之后，她的生活中就出现了她以前从来不曾感受到的快乐。每当祈祷室的工作恰好有需要时，沙洛斯特就经常到奈尔波纳城堡来，因为他活跃的性格喜欢留下一种不越过威严的底线的快乐，这时他就成为通常在城堡聚会的小团体中的灵魂人物。这个小团体主要由骑士普莱维勒和他的夫人，德·康热先生，迪默厄夫人和她的儿子以及迪潘先生组成，大家都是侯爵夫人的邻居。

　　侯爵夫人没有忽略给她的丈夫写信，告诉他，城堡的祈祷神父死了，在此期间奥古斯丁教团的沙洛斯特神父负责管理，如今他可以确定，沙洛斯特究竟是不是如该人自己宣称的那样，是他年轻时的朋友，是否应该给该人保留这个职位。

　　在这段时间里，对于侯爵夫人来说，这封信的命运就像她平时写给侯爵的所有的信一样。即她定期从侯爵那里接到信，信是从他的驻扎地，德·圣埃尔米纳伯爵的军团所在的地方写来的；但是信中从来没有对她写给他的内容做任何回答，于是她不得不相信，侯爵根本不想管故乡的家事，因为他从来没有抱怨过她的缄默。现在关于沙洛斯特和祈祷室的职位之事，侯爵也没有写一个字。

当侯爵夫人相信情况就是这样的，哪怕只是预感到是如此的时候，事情却应该做出另外的解释。维尼南，议院执政官来到巴黎，写信给她说，奥克斯勒的一个警察少尉在找她，是为了得到德·拉·皮瓦迪埃尔侯爵现在在什么地方的消息，侯爵曾经长期在那里驻防，他和那里的一个姑娘搞出点什么事情来了，现在和他有某种关系的姑娘向他提出了要求。

到现在为止侯爵夫人对侯爵在奥克斯勒驻扎的事毫不知情；没有一封他的来信的地址写明是那个地方。这种情形，以及他在那里和一个姑娘可能形成的某种关系使侯爵夫人非常不安。她继续调查，不久就得知，侯爵早就已经离开了军中，不再服役，而且在奥克斯勒停留下来。在那里他和一个旅店老板的女儿，名叫皮亚尔的姑娘搞在一起，姑娘那么讨他喜欢，以致他决定扮演双重角色，德·拉·皮瓦迪埃尔侯爵的角色和接待员布歇的角色。这个名字和工作岗位他事实上都接受了。他在他爱上的那个姑娘父亲的旅店里留了下来，他向姑娘许诺和她结婚，然后就引诱她，和她发生了关系。直到后来皮亚尔才打听出来那个引诱她的人真正的名字。

当那个曾经被拒绝的沙洛斯特来到侯爵夫人的面前时，她正被深深的悲哀和屈辱愤懑的情感控制着，这种情感起初是控诉她父亲，后来则越来越针对侯爵了。她把他看成这样的人，一定是要完成他父亲开始的“事业”，即摧毁她一生的幸福。她忘记了，只是她自己弄混乱了的思想使她投入侯爵的怀抱。

然而，当侯爵夫人坚信，她把自己一生的幸福牺牲在一个卑鄙的人身上时，那种痛苦变成了最坚决的仇恨。假如沙洛斯特不从隐蔽的状态冒出来的话，也许侯爵夫人感觉到在自己身上遭到的不公平、不合理还不那么强烈。——一个女人能够把她第一次，唯一的一次爱情从心里驱除出去吗？——当时的那个爱人可能是另外的样子，而不是正好就是这个人吗？——那么事情也就很可能是这样，通过和沙洛斯特的关系，他公认的虔诚，使人们不会想到逾越最严格的规矩，更不会想到罪行，至少在侯爵夫人心中就会唤起另外一种完全不同的要求，不是平时心中所想的，希望和一个自己爱的男子一起生活。但是在认识到这一点的瞬间她也看到，这些对一种没有预想到的幸福生活的希望是破灭了，而由于这种无可挽回的损失而感到的绝望必然增强，最后变成对侯爵的仇恨。于是，她在各种机会喋喋不休地说出她的仇恨；她保证说，她还远没有对那个堕落的丈夫以某种方式提出要求，主张自己的权利，对她来说，没有比出现那种情形更大的祸害了，即如果侯爵突然想到回家，那她就将采取一切措施，把他从奈尔波纳城堡赶出去。沙洛斯特竭力想平息侯爵夫人被爱和恨激起的情绪，或者至少做到这一点，使愤怒的激情爆发时尽量和缓一些，但是他的努力是徒劳的。

德·拉·皮瓦迪埃尔侯爵悄悄地离开了奥克斯勒，部分是因为他对自己和皮亚尔的关系感到厌烦了，部分是因为在那里他缺少继续过像他过去一样生活的金钱。他看到债权人追逼，所以他认为，必须回家，返回奈尔波纳城堡，去搞钱。

在骑马返回的路上，他先去往布尔迪厄，一个距离奈尔波纳城堡七个小时路程的村庄。在那儿，当他在客栈吃早餐时，遇见汝勒布瓦村一个名叫马绍的人。这人认识侯爵，在这儿发现侯爵，他觉得很惊奇，因为这里距离家乡已经很近了。侯爵说，他想在黄昏时分给他的妻子一个惊喜。听到侯爵这样的表白，马绍奇怪地扭歪着脸，做出一副怪相，引起了侯爵的注意，他预感到没什么好事。然后马绍，一个阴险、不怀好意的人，就对他下边提出的问题毫无保留地说开了，现在一个新的告解神父，奥古斯丁教团的弗兰齐斯库斯·沙洛斯特来到了奈尔波纳城堡，侯爵夫人每天、每时都向他忏悔，因此侯爵夫人真的可能正在虔诚地做礼拜时被侯爵吓着。当侯爵听到听取忏悔的神父的名字时，大吃一惊，就像被一道闪电击中一样。沙洛斯特肯定绝对没有预料到，德·拉·皮瓦迪埃尔假装和他友好，套取了他的秘密，没有想到德·拉·皮瓦迪埃尔就是那个骑士德·硕瓦兰出于信任，把秘密告诉他的人，德·硕瓦兰详细讲述了自己是如何毁掉那个想挤进他女儿的追求者行列的人；骑士没有料到，据说当时已经有心的德·拉·皮瓦迪埃尔也长期坚持争取获得姑娘的青睐来着，他使出全身解数，使可怜的、被拒绝的年轻人的绝望一直上升到极点，使他失去一切希望，逃遁到一个修道院里去。

侯爵知道当时年轻的沙洛斯特给弗兰齐斯卡留下什么深刻印象，因为他当时本来就生活在与罪恶结盟中，如今他就更容易相信侯爵夫人的罪行了。他觉得被那同一个人羞辱，那人曾经把他置于险些错过他的目标的危险中。在极度烦闷中他喊出来："哈——我将会找到这个虚伪的神父，然后用我的生命对付他的！"

事情就是那么巧，当侯爵说出这话时，奈尔波纳城堡的一个女仆正好走进饭馆。这个女仆还是孩子时就认识侯爵，经常听见侯爵夫人表示，她丈夫的回家将是她最大的祸害，女仆看见侯爵时吓了一大跳，连忙向城堡跑去，告诉侯爵夫人，她看见谁了，听见了什么。

正好是圣母玛利亚升天的日子，奈尔波纳小教堂的庆典节日；沙洛斯特清晨做了一个庄严隆重的大弥撒，下午又做晚祷，因为那个邻居组成的小团体——先前已经提到他们的名字了——聚集在侯爵夫人那里，所以她就请求告解神父晚上留了下来。

不管侯爵夫人对这个消息多么震惊，但是她还是保持了足够的控制力，不让聚会的人们，至少是不让神父察觉到什么。她相信神父的生命受到了威胁，因此让人叫来两个男人，他们的忠诚和勇敢她是可以信赖的。他们来了，一个装备着一支火枪，另一个佩戴着一把军刀，侯爵夫人把他们领到一间小屋子，那里通向餐厅。

人们快要吃完晚餐了，侯爵夫人已经相信，当侯爵突然进入餐厅的时候，他将无法实现他的威胁。

大家都站起身来，表达对侯爵出乎意料的返乡感到的快乐和热烈欢迎。首先是沙洛斯特，他一再向侯爵保证，他是怎么样颂扬命运，命运终于给他带回来他从没忘记的老朋友。只有侯爵夫人平静地坐在自己的座位上，没有向侯爵投去赞赏的目光。

"但是，"普莱维勒太太终于对她开口说，"但是，我的上帝，侯爵夫人，这是欢迎这么长时间没有看见的丈夫的样子吗？"

"我，"侯爵开口说话了，同时向神父投去一瞥咄咄逼人的目光，"我是她的丈夫，这是事实；但是据我看来，似乎不再是她的朋友了！"

接着，侯爵沉默地在长餐桌旁坐了下来。

可以想见，在这个人出场后，聚会的人们再想继续刚才快活的谈话，已经是不可能了，他们的努力算是白费力气。首先沙洛斯特似乎很激动，他的脸上升起不寻常的红晕。他用奇特的眼光打量侯爵；而侯爵似乎没有发觉，他风卷残云似的吃啊，喝啊。恶劣的情绪一分钟一分钟地变得越来越严重，刚刚到十点，人们就纷纷告辞离去。普莱维勒先生邀请侯爵三天后到他家吃饭，他答应了。

当只剩下侯爵夫人和侯爵单独相处时，她仍然保持着阴郁、带有敌意的缄默。侯爵用一种高傲、专横的语气问她，他为什么应该得到这么一种冷淡的、蔑视的对待。

"走，"侯爵夫人回答，"到奥克斯勒去，问那个小骚狐狸去，我的嗔怪是什么原因，你和她在一块儿生活了好长时间了，亵渎了所有的荣誉和忠诚！"

侯爵没有预计到，侯爵夫人已经得到了关于他隐瞒的事情的汇报，因为他想必是害怕，不能让侯爵夫人的愤怒爆发出来，导致分手，失去奈尔波纳城堡的财产——他唯一的经济来源，所以他现在感觉受到了致命打击，内心被击碎了。他拼命向侯爵夫人解释，说他从来没有在奥克斯勒待过，人们可能会给她带来的所有消息都是恶意的、阴险的诽谤；这时她从座位上站起来，用一种可怕的、刺穿他心脏的目光看着他说："可怜的骗子，不久你就会知道，一个像我这样的女人在这样的耻辱中可能开始干什么！"

说完这些威胁的话，她就转身离开，回到她九岁的女儿睡觉的那个房间里，关上了门。侯爵只得去他平时和妻子睡觉的房间，叫一个家里的用人，名叫伊佩尔的，帮助他脱衣上床睡觉。第二天清晨，他不见了，消失得无影无踪。

所有的邻居都对侯爵不可理解的突然消失感到万分惊讶。而侯爵夫人的态度表现得根本没有一点儿变化，而且保证说，她根本不关心侯爵是以什么方式离开的，她希望一生中再也不要见到他。人们听说，侯爵的马、大衣和他的马靴都留下了，没有带走；他不可能走得太远。侯爵夫人的侍女，玛格丽特·麦尔希尔关于那天夜里侯爵的失踪则有模棱两可的说法：那个在大厅的门口偷听到侯爵和他的妻子最后的谈话的伊佩尔，把侯爵夫人威胁的话又告诉了这个人、那个人，传到了那些人的耳朵里，并且补充说，很可能侯爵已经死了。他这话一说出来，发生了一件罪行的含糊其辞的谣传就越传越广了，最终竟然控告说，正是侯爵夫人谋杀了她的丈夫。

那个倒霉的晚会上在侯爵夫人那里的每一个人都只觉得侯爵夫人的态度很奇怪，人们往常认为是恶意的、阴险的诽谤的，即侯爵夫人和奥古斯丁教团的沙洛斯特生活在罪恶的关系中的说法，如今被大家相信了。人们把这种关系归咎于罪恶。

只有普莱维勒先生和他的妻子不相信侯爵夫人会干出这样可怕的事情来。九岁的小皮瓦迪埃尔经常到普莱维勒家里来，因为他们的女儿和小皮瓦迪埃尔同岁，是她的玩伴。于是他们利用小皮瓦迪埃尔来的时刻，尽可能探寻黑暗中的隐秘，那一夜里发生的事件就是笼罩在这样神秘的气氛中的。

他们把孩子带到一边，小心地问，在她父亲不见了的那个夜里有没有遇到什么特别的事情。

　　小孩毫无保留地讲述道，那天晚上，母亲把她领到一间偏僻的房间里，让她在那间屋子里睡觉，这在平时是从来没有过的，夜里她被一阵很大的吵闹声惊醒了，而且听见一个悲惨的声音叫喊："公正的上帝！请您同情我，体恤我！"她很害怕，想从房间里跑出去，可是发现门是锁着的。然后一切又都归于平静。第二天，她在父亲睡觉的房间里发觉地上有血迹，看见母亲自己洗染了血的抹布。

　　能够想象，难道一个纯洁、坦诚的孩子会不说真话，编造这样的故事吗？普莱维勒先生让孩子在许多可信的、没有嫌疑的人面前重复这些话，而他们两个人，他和他妻子，平时越是感觉到自己倾向于宣称侯爵夫人是无辜的，如今越是对这样一个人感到恼怒，他们相信自己肯定是被这个人以最令人气愤的方式欺骗了。

　　安德尔河上的夏蒂庸的皇家总执政官得知此事，就控告侯爵夫人谋杀。一个司法人员，名叫波奈，受命进行调查，为此目的他和名叫布勒彤的法院书记员一起来到汝勒布瓦村。

　　侯爵夫人不可能一直不知道，她即将面临什么危险；她和她那个名叫玛格丽特·麦尔希尔的侍女一起出逃，这证实了人们对她抱有的可怕的怀疑。侯爵夫人的另一个侍女，名叫卡特林娜·勒莫瓦纳，据说正好说出来，在她的主人谋杀时她在场。于是她被逮捕了，过了不久玛格丽特·麦尔希尔也被逮捕，人们是在前往罗莫朗坦时碰到她的，她被侯爵夫人留在了那里。

　　两个人几乎用同样的方式讲述了可怕的行为，以及所有细节情况，以至对她们的陈述的真实性不能怀疑。

　　当侯爵夫人（按照那个陈述）相信，侯爵已经睡着了的时候，她尽可能遣开所有仆役，并且把九岁的女儿领到楼上的一个房间，把女儿锁在屋子里。城堡大门的钟敲响了十二下。侯爵夫人命令麦尔希尔点上灯，打开大门。侍女这样做了，奥古斯丁教派的沙洛斯特走了进来，还有两个人陪伴，其中一个人手持一杆枪，另一个则佩带一把军刀。"现在，是时候了。"侯爵夫人对沙洛斯特喊道，大家脚步轻轻地朝侯爵的房间走去。两个男人拉开床前的幕帐。侯爵身上裹着的被子一直拉到下巴底下，他睡得很熟。但是当那人想把被子掀起来时，侯爵惊醒了，一下跳了起来；就在这同一瞬间，另一个男子向侯爵开了一枪，打中了他，但是没打死。

侯爵满身血污冲到房间中央，想逃命，但是没有能逃脱。"把事情做完。"侯爵夫人对那两个男人喊。这时侯爵完全绝望地大叫："残忍的女人，难道什么都不能打动你吗？难道什么也不能平息你的仇恨吗，除了我的血？你永远不会再看见我，我放弃一切要求，只请你放我一马！""执行！"侯爵夫人又一次喊道，同时她的眼睛里闪着地狱的怒火。于是三个人，沙洛斯特和那两个男子扑到侯爵身上，又刺了他好多下。当他们终于从他身旁离开时，他还在喘气；这时，侯爵夫人从两个杀手中的一个的手中夺过军刀，刺向侯爵的胸膛，最后结束了他的垂死挣扎。正在这一瞬间，被侯爵夫人派往偏远的牛奶场的侍女卡特林娜·勒莫瓦纳走了进来，所以她也看见了侯爵夫人的行动。她吓得要喊出来；侯爵夫人对那两个男子大喊，让他们用布把姑娘的嘴堵上；他们俩回答，根本用不着，因为在发出第一声高喊时，他们就已经把姑娘推倒在地。接着，两个男子把尸首抬走。在他们不在场的时候，侯爵夫人让人把房间仔细清扫，擦拭一番，因为她自己也带进来了灰尘，同时她还让人把被血污染了的被子和床单放到地窖里去。过了两个钟头以后，两个男人回来了。侯爵夫人招待他们，自己也和他们一起吃、喝，然后他们和沙洛斯特一起离开。

据说，正是那个放出侯爵被谋害的谣言的伊佩尔也同样闯入了房间。他承认，他是被一声枪声惊醒的，而且当时他还以为，侯爵是受到了强盗的侵袭。所以他立即朝侯爵的房间跑去。还没等他打开房门，侯爵夫人就迎着他冲了过来，而且威胁他说，假如他不马上离开的话，就叫人把他当场打死。后来他又不得不当着沙洛斯特发下重誓，对他在夜里看见的一切，或者发觉的一切保持沉默。据说，伊佩尔也被逮捕了；可是在此期间他逃跑了，再没有找着。

沙洛斯特，据此，被控告可怕的谋杀德·拉·皮瓦迪埃尔行动的参与者，在布尔日主教区的代理神父同意下，也被逮捕了。这个逮捕刚一发生，德·拉·皮瓦迪埃尔侯爵夫人就从她躲藏的角落里出现了，而且自愿被捕。

那只是瞬间的软弱，她解释说，只是害怕受到虐待，她不是想逃跑，而是到她的朋友，德·奥纳伊尔侯爵夫人那里躲藏。她相信，她根本不需要申明她的无辜，因为人们只要观察一下她的生活和她的思维方式，如果还认为她会做出这样可怕的行为，那是发疯了。因此她一点儿也不害怕最最严厉的调查，而只是希望，纯粹出于恶意精心编造的谎言，或者不可理解的误导会被粉碎，她必然获释，洗清罪责，不必接受审判。但是如今事情却是另一个样子，因为她的告解神父，奥古斯丁教团的沙洛斯特被控也同样犯有罪。现在她必须和他分担共同的命运，他的德行和虔诚是她抵御任何卑鄙的恶行的最好武器。在他的纯洁无辜的光环中，她才能感觉到再重新得到自由的幸福快乐，所以她敢于站出来，不再惧怕监狱了。

当人们向他宣布对他的控告时，沙洛斯特温和地微笑着抬起眼睛望着天空。他没有对自己的无辜做更多的申辩，只是对自己说，他把地狱里的造谣生事的魔鬼编造出来的控告看成上天给他的一次新的考验，他必须恭顺地承受。

侍女们的那些陈述证明，这些话和查明的所有次要情况很有关联，罪行似乎被证实了。然而不管侍女的陈述，这两个人，侯爵夫人和沙洛斯特仍然保证，他们是无辜的。这种坚定性，在无数次审讯中沉着冷静的态度，一般都是被控告者申明自己无罪时的表现，而现在在法官看来，只是侯爵夫人和沙洛斯特更卑鄙丑恶的欺骗。

法官的这种情绪感染了所有平日里对侯爵夫人非常尊重的人，

甚至于那些普通民众。当法院的仆役来到奈尔波纳城堡，要把那里的一切东西没收时，许多人都跑过来，拥进城堡，打碎窗户，打破门，打碎各种器皿，把整个城堡糟蹋、蹂躏得不成样子，就像一片废墟。

人们费了九牛二虎之力寻找德·拉·皮瓦迪埃尔侯爵的尸体，但是白费力气，始终没有找到。依据这种情况，被告的辩护人提出上诉，阐明尽管有证人的证词，针对侯爵夫人和沙洛斯特的行为的证据是不完备的。这份上诉给了那些以前所未有的热情追踪罪行踪迹的司法人员一个契机，于是法院叫人又一次把城堡附近一切可以想到的掩埋尸体的地方彻底挖掘一番。也就是说，法官波奈的脑子里又一次想到，谋杀者一定把侯爵的尸体埋在离城堡很近的地方了。

一则奇特的谣言流传开来。正当法官波奈为了找到尸体，准备叫人到什么地方挖掘的时候，侯爵却活生生地出现在他面前，并且用可怕的声音对他喊，他不应该大张旗鼓地在地下寻找那个上天没有好心地赐予这样的平静的人。然后（人们这么补充道）侯爵的鬼魂以可怕的言辞控告侯爵夫人和沙洛斯特的谋杀。最后法官波奈被吓得逃之夭夭。

现在，随着侯爵的出现情况可能是这样，不管怎么样，有一点是确定无疑的，波奈被吓得生了一场重病，而且没过多久就死了。

夏蒂庸的法庭认为，把侯爵夫人和沙洛斯特放到一起是必要的。侯爵夫人在法庭面前态度沉着冷静，像她往常一样，而当沙洛斯特被带进来时，她完全丧失了自控力，悲泣、绝望地跪倒在他脚下，用撕心裂肺的声音喊道："我的神父我的神父！——为什么上天如此可怕的惩罚我？那里有清除这种痛苦折磨的永恒的幸福吗？为了我的缘故控告您可怕的罪行？为了我的缘故，导致您耻辱地死亡吗？但是，不，不！会的，一定会有奇迹出现！在刑场上天堂的圣光将照耀着您——您将像神一样飞升，所有的民众将跪在地上祈祷。""安静下来，"沙洛斯特说，同时他努力把侯爵夫人扶起来，"安静下来，侯爵夫人！这是上天命中注定对我们的严重考验。不要说我是因为您而死，不是！也许只是一种共同的命运把我们两人带到死亡的境地。难道您不是和我一样无罪吗？"

"不，不，"侯爵夫人激动地喊，"不是，不是，我是负有罪责地去死。噢，我的天父！您说得对，尘世的复仇抓住了罪犯！"

法庭相信在侯爵夫人的这些话中发现了对罪行的供认，于是又一次逼问她，想从她身上得到通常不得不通过折磨拷问才弄出来的真相。

这时侯爵夫人突然又变得十分镇定和冷静，一再重复说，她在这件事中是无辜的，而且她也完全预料到，侯爵是用什么方法消失得无影无踪的。

沙洛斯特用同样最感人的词语申明，侯爵夫人和他自己一样，同样是无辜的，假如她从另外的意义上感到自己有过失的话，那么他猜想，是一种可能不会遭到世俗斥责的违法行为。

神父的这种表述法庭觉得也是模棱两可、令人生疑的。人们决定开始折磨拷问。

侯爵夫人在极度惊恐中说不出话来，像一幅没有生命的肖像；沙洛斯特声明，假如世俗的软弱性对于他可能有那么大力量，他应该承认某种罪行的话，那么痛苦的折磨从他口中硬逼出的供认，他事先申明是假的，必须撤回。

他们两个人，侯爵夫人和沙洛斯特，应该押解下去了，这时门外传来嘈杂的声响，法院大厅的门打开了，认为已经被谋杀了的德·拉·皮瓦迪埃尔侯爵竟然走了进来！

他先是朝侯爵夫人和沙洛斯特匆匆扫了一眼，然后走到法庭的围栏前，向法官们解释说，他相信，没有比这样做更能说明他没有被谋杀的了，即他亲自出庭。

同时他递交了一份罗莫朗坦的法官采纳的文件，根据此文件，有超过二百人承认他真的就是德·拉·皮瓦迪埃尔侯爵。在圣安东尼的瞻礼日上，在做晚祷的过程中，他正好走进汝勒布瓦村的教

159

堂，他的出现吓坏了整个教区的人，因为大家第一眼就认出了他们以为被谋杀了的德·拉·皮瓦迪埃尔侯爵，以为看到了鬼魂。此外米瑟拉里的奥古斯丁教团信徒们以及他女儿的保姆都坚信，他真的不是别人，就是侯爵。

应法官的要求，他详细讲述了他是如何从城堡消失的。

由于不安和惊愕，侯爵在那个倒霉的夜晚没有睡着。当钟敲了十二下时，他听见在城堡的大门那里有敲门声，一个熟悉的声音在喊："侯爵先生——侯爵先生——开门，我们来救你了，救你脱离你面临的一个危险！"他连忙起身，发现门前站着来自汝勒布瓦村的弗朗索瓦·马绍和两个男子，他们之中一个手持火枪，另一个佩戴着一把军刀。马绍对侯爵说，法庭仆役来到他这儿，带着逮捕他的命令，一个名叫皮亚尔的女子因为他曾经允诺与之结婚，可是人又不见了，因而对他提起控告，只有尽快逃跑才可能救他。

当晚，侯爵由于这个意外事件心中忐忑不安，他明白自己输了；由于重婚罪，他害怕必然受到严厉惩处；他看到自己被抛弃了，被侯爵夫人赶出门外，于是决定，立即逃亡。他的马瘸了；大衣、骑兵靴、手枪，所有这些只会妨碍他仓促的逃亡，所以也都留下了。他跟随马绍和那两个男子步行，他们两人答应保护他抵御任何攻击。他幸运地通过汝勒布瓦村，到达了安全的地方。当侯爵还在房间里的时候，两个男子中的一个的枪走火了，那会儿侯爵正忙着收拾必要的东西；侯爵听到脚步声近了，房间的门被打开了。可是侯爵又把门关上，他逃了出去。这时城堡里重新又安静下来。侯爵毫无办法地在乡间到处游荡，找不到一个他相信能够安全的落脚之处。在漫游的路上他来到弗拉维尼，在这儿他才得知，侯爵夫人和沙洛斯特被控告谋杀了他。听到这个消息他大为震惊，决定返回家乡，于是他不顾自己的危险，反驳那可怕的控告。也许他可能相信，现在他和侯爵夫人的关系，如果由于他，她能够逃脱耻辱和死亡，将会变成另一个样子。在距离奈尔波纳城堡不远的地方，他遇见了波奈，这时波奈正叫人挖掘侯爵的尸体呢。

侯爵就对他大声喊道，他不必在地下找他了，他还在地上游荡呢，而且要求他接受一份关于他的出现的文件。但是，波奈并没有这么做，而是跳上马，尽快逃跑。司法书记员步他的后尘，也溜之大吉，只有波奈从奈尔波纳带来的两个挖掘尸体的农民经受住了考验，认出了他们的主人。当侯爵万分惊讶地发觉，他看到的不是城堡，而是一片废墟时，他就又动身前往汝勒布瓦村，到罗莫朗坦去弄认证他身份的文件，然后到夏蒂庸，呈现在法庭上。

人们本来应该这样想，侯爵的回家肯定会使对侯爵夫人和沙洛斯特的全部控告有一个结束；但是情况不是这样。此外两个侍女的陈述仍然还有效，这么说，侯爵的叙述本身也包括许多不真实之处：首先是侯爵夫人的态度让人感到很奇怪，她没有表现出意外或者惊愕，而是用锐利的目光打量着所谓的侯爵，一丝略带苦涩的嘲讽微笑使人预感到，在她的心中有什么特别的东西。人们可能相信，她事先就知道，有一个人会出现，扮演德·拉·皮瓦迪埃尔的角色，她只是紧张等待着，看这个人怎么样扮演侯爵的角色，自然他的外貌、说话、走路、姿态等似乎都和侯爵完全一样。

沙洛斯特的态度则是另一个样，所谓的侯爵刚一进来，他就好像双手合十，抬起头，望着上天，在祈祷。

法庭让人把侯爵夫人和沙洛斯特带回监狱，并且决定，尽管有罗莫朗坦的那个法官那份似乎决定事情的卷宗，考虑到所谓的德·拉·皮瓦迪埃尔侯爵的出现，还是要通过最严格、缜密的调查，探询事实的真相。

有一个骗子，人们对他还记忆犹新，他利用和一个叫什么马丁·盖雷的人①长得引人注目地相似，就冒充这个人，在一个城市待了三年之久，甚至骗过了盖雷的妻子和孩子，直到有一天，本人回来了，这个骗局才被揭穿，罪犯被判处死刑。

---

① 小说《这个假马丁·盖雷》中的人物形象，在弗朗索瓦·里歇尔的《名案搜奇》第一卷中。

人们开始把所谓的侯爵带到那两个被逮捕的侍女，麦尔希尔和勒莫瓦纳的面前，两人异口同声地声称，带到她们面前的这个人绝对不是德·拉·皮瓦迪埃尔侯爵，不管他和侯爵有多少相似之处。于是又有了怀疑侯爵夫人和沙洛斯特的新的理由了！

法庭现在又采取了所有的措施，为了弄清楚那个意外出现的，自称为德·拉·皮瓦迪埃尔的人究竟在多大程度上真的是他本人，这个过程肯定是十分复杂的，使人万分劳累。只提一下关键的调查就足够了，这是在瓦朗斯发生的。在这儿的于尔叙勒的修道院里住着侯爵的两个姐妹，而且修道院的院长早在侯爵年轻时就认识他。她们和现在出现的这个人一起生活了三个星期后，三人都对侯爵没有丝毫怀疑，他自己也使她们回想起她们年轻时代许多微不足道的小事情。

所谓的侯爵的笔迹和真正的手迹完全一致，只有最熟悉的朋友才能发觉的某些特有的习惯，肯定使那些超过三百人的认证有了更重的分量。

够了！根据法律的所有规定，法庭必须采纳，关于德·拉·皮瓦迪埃尔这个人身份的证明完全有效。

但是侯爵夫人和沙洛斯特不是被控杀害随便一个人，而是被控谋杀了德·拉·皮瓦迪埃尔侯爵；现在侯爵活着被完全证实了，那么那个控告就是错误的了。鉴于这个确凿、令人信服的结论，法庭支持无罪释放被告。

但是假如那个控告是假的，涉及她们的证词的人就是做了伪证。这就给了对玛格丽特·麦尔希尔和卡特林娜·勒莫瓦纳进行司法审理的契机。

谁不会控告她们两个人的阴险、恶毒呢，然而她们两人却是无辜的！

麦尔希尔在那一夜被城堡大门的敲门声惊醒了。她起身，唤醒勒莫瓦纳，两个人透过窗户看见，有三个人正好走进城堡的大门，其中两个人带着武器，一支火枪和一把军刀。她们从打开的门外透进来的微弱灯光中清楚地认出了这些情形。不久，她们听到侯爵的房间里传来一阵声响，一个抱怨的声音，然后是一声枪响；接着就安静下来了。这会儿她们才敢出来，走到走廊里；在这里她们碰到了伊佩尔，他完全是惊慌失措的样子，像是被吓坏了，他把她们推回到她们的小屋子里，因为不然的话她们也可能被杀掉。第二天早晨，当侯爵失踪后，伊佩尔出于信任，把事情告诉了她们。他说，他听到枪声时，本想朝侯爵房间跑，冲进去的，但是却被推了出来，门也关上了。在此期间他清楚地发现，侯爵夫人和沙洛斯特在房间里，侯爵则倒在地上，躺在血泊中。肯定是侯爵被谋杀了，那两个陌生的男子把他的尸首拖走了。关于此事只要说出去一个字，她们就会把危险带到自己身上，因为她们肯定会被当作这场谋杀的同犯看的。勒莫瓦纳补充说明，侯爵夫人在那个夜晚怎么样和两个佩带武器的男子说过话，现在他们三个人都在思考侯爵夫人流露过的对侯爵的仇恨，她说过的威胁性的话，然后还有侯爵莫名其妙的失踪：这样前后联系起来，出现下面的情况就是顺理成章的了，即伊佩尔声称真的看见了什么的话就起了决定性作用，三个人就都从心里被说服了，相信侯爵夫人和沙洛斯特谋杀了侯爵，又叫人把尸体搬走了。

只有熟练的演员，在生活中登场时也许才能够成功地把某一行动可怕的印象完全隐藏在心中；而像伊佩尔、勒莫瓦纳、麦尔希尔那些人是做不到的；因此那种模棱两可、令人起疑的说法，又变成针对侯爵夫人和沙洛斯特的恶毒谣言，而且最后促成对他们的控告。

波奈（应该没有法官像他那样）是个非常感情用事的人，在各种事情上都怀有偏见，再加上对奥古斯丁教团的沙洛斯特的家庭怀有敌意。

他坚信，侯爵夫人在生活中保持着和沙洛斯特秘密的恋爱关系；侯爵意外地，而且在十分不恰当的时刻回来了，他的态度更激起了侯爵夫人仇恨的怒火，使她要采取一切手段，把他除掉：谋杀决定下来，并且得到实施。这个行动没有仆人们的知情和参与是不可能的；他们肯定被告知了详细情况。

于是波奈毫不犹豫地对麦尔希尔和勒莫瓦纳威胁说，如果她们不把全部事情都承认的话，等待她们的就是死刑，他只想从她们口中问出他想要的答案。在这种情况下，这个方法使用起来很容易奏效。

"你有没有，"比如，波奈问道，"是不是亲眼看到，沙洛斯特怎么样扑到侯爵身上？""不。没有，先生，"被问的人回答，"我没有看见。"

"承认，"波奈咆哮如雷的声音响起，"或者你马上被吊死！""是的，是的，"现在可怜的家伙非常害怕地说，"沙洛斯特是扑到侯爵身上。"等等。

更多的人听到过那两个人，勒莫瓦纳和麦尔希尔在监狱里说的话，他们作证说，姑娘们强烈控诉波奈的审讯方法，希望被另一个法官审理，这样她们也许可以说出真相，即谋杀只是一种推测。但是更起作用的是，布勒彤，法庭书记员不得不承认，波奈的审讯完全和那两个姑娘说的一样；他有一次，当麦尔希尔不承认波奈脑子里预谋策划出来的东西时，他就从口袋里抽出一把刀子，威胁说，假如她不承认，他立刻就把她的手指割下来。还不止这些呢！姑娘们被关的监狱的男女看守们，按照波奈的命令，必须整天不停地重复威胁的话，假如她们把自己说过的话哪怕收回一点，那就会被吊死。这些都促使她们开始时不敢承认返乡的就是侯爵本人。

也真够奇怪的了，立刻就认出了她父亲的小皮瓦迪埃尔保证，她不知道她怎么会对普雷维勒先生说出一切，就像他重复她说过的内容一样。但是她受到这么严厉的询问，以致陷入十分害怕的境地，而且事实上她那天夜晚也确实睡在另一个房间里。

整个巴黎曾经传遍了侯爵夫人的恶行，现在却在庆祝她的胜利，而且正是那些人，曾经最无情地诅咒她，丝毫没有想到她有可能是无辜的，现在却在声嘶力竭地对她极尽称颂之能事。圣埃尔米纳伯爵本来十分惋惜地称赞被谋杀的德·拉·皮瓦迪埃尔侯爵是一个正直、勇敢的人，现在却宣布，因为他还活着，他是一个最大的骗子，不会逃脱正义的惩罚。

一直积极活动的德·埃吉庸公爵夫人接受了这项任务，把巴黎社交界的祝福带给侯爵夫人，并且邀请她到聚会的场合去，为了使社团重新活跃起来：她平日在那里确实是光彩照人。

她发现侯爵夫人悲痛得脸都走了样，陷于一种冷漠的平静中，而这种冷漠是由完全断念产生的。当侯爵夫人保证说，她不是无罪地被处死，而本来是为了一件罪行付出死的代价的时候，公爵夫人万分惊讶地喊起来："您说什么呀！"侯爵夫人回答："我认为，"侯爵夫人说话时眼睛里燃烧着阴郁的火光，"我认为这是不可能的，您，公爵夫人会想到有一件只是违背世俗的法律的罪行吗？啊，我爱他！当他向我走来，上天的一名使者，带着永恒的力量对我说原谅我的时候，我还爱他；这种爱，只有这种爱是我的罪行！"

许多人，非常多的人都不理解侯爵夫人。公爵夫人也不理解她，而且十分尴尬。她没能给巴黎人带来关于侯爵夫人的其他消息，只是通报大家说，她不希望再回到熙熙攘攘的繁华世界中，而是愿意在一座修道院里度过余生。

这一决定侯爵夫人也真的执行了，并没有被别人说动再和侯爵见上一面。她也没再和沙洛斯特说话，沙洛斯特在他纯洁无辜和满怀虔敬的心境中退回到米泽拉伊的修道院中。

德·拉·皮瓦迪埃尔侯爵又重新去服兵役，不久在和黑市商人的一场小规模战斗中死去。

虱子海玛托哈

陈恕林译

前　言

下面这些信函，是对有关两位自然科学家不幸遭遇询问的答复。信的内容是我的朋友阿德尔贝特·沙米索①刚从一次奇特的旅游回来时告诉我的。在这次旅游中，他环球航行一圈半。这些信似乎值得公开发表。人们怀着悲伤甚至恐惧的心情看到，一桩仿佛无关痛痒的事件，却常常把最诚挚友谊的最紧密纽带强行扯断，当人们以为有理由期待达到美满，获得最丰硕成果时，它却可以酿成毁灭性的灾难。

恩·特·阿·霍夫曼

1. 致新南威尔士②总船长、总督阁下

6 月 21 日于杰克逊港③

承蒙阁下赏脸，指令我的朋友布鲁松先生作为自然科学家同

---

① 阿德尔贝特·沙米索 (1781—1838)，德国诗人、小说家兼自然科学家。1815 至 1818 年间，曾陪同俄罗斯航海家奥托·冯·柯茨布厄乘船环球航行。期间，深受一个名叫 Wormskiöld 的少尉的妒忌。沙米索航行见闻和感受的口头报道为霍夫曼这篇小说提供了必要的素材。

② 新南威尔士，澳大利亚东南部的一个州，首府悉尼。

③ 杰克逊港，新南威尔士州的主要港口，世界上最优良的天然港湾之一。

已配备了必需品的考察队同行，前往瓦胡岛①。长久以来，重访瓦胡岛乃是我的夙愿。如今，我这个愿望倍加强烈，因为我们——我与布鲁松先生——由于学术关系，由于同样的探索，过从甚密。长久以来，我们就习惯于共同考察，并通过及时通报考察情况，相互帮助。因此，我请求阁下批准我陪同我的朋友布鲁松随考察队前往瓦胡岛。

　　致以深深的敬意，等等，等等。

J. 门西斯

　　附言：与我的朋友门西斯一样，我也请求并希望阁下赏光，准许他同我一起到瓦胡岛去。只有跟他在一起，只有当他以习以为常的友爱分担我的努力，我方可完成人们期待于我的事业。

A. 布鲁松

2. 总督的答复

　　我真诚地高兴地注意到，科学使你们，我的先生们，结成如此真挚的朋友，以至于人们可以期待从这个美好的结合，从这种共同的努力中结出最丰硕、最辉煌的成果来。由于这个原因，尽管迪斯柯弗里号船已满员，船舱很少，我也乐意允许门西斯先生随同考察船赴瓦胡岛，并在此刻向布莱格船长下达必要的指令。

总督（签字）

3. J. 门西斯致伦敦爱·约翰斯顿

7月2日于迪斯柯弗里号船上

　　你说得对，我亲爱的朋友，当我最近一次给你写信时，我确实感染了一些怪病。我对杰克逊港的生活烦透了。现在我怀着深

---

　　① 瓦胡岛，美国夏威夷州的火山岛，首府火奴鲁鲁（檀香山）就在该岛上。

切渴望的心情思念着我的美好天堂——迷人的瓦胡岛。不久前我才离开了那里。我的朋友布鲁松是个博学多才，同时又和蔼可亲的人。唯独他能带给我快乐，使我爱好科学。同我一样，他也渴望离开杰克逊港，这儿只能为我们的研究要求提供很少的食粮。如果我没有记错的话，我曾经写信对你讲过，瓦胡岛国王，名叫泰莫突，曾许诺一艘漂亮的船将在杰克逊港建造并配备必需品。此事已付诸实现。布莱格船长奉命领船开赴瓦胡岛，在那儿逗留一些时候，以加强同泰莫突的友谊联系，我乐得心里怦怦直跳，因为我相信我肯定能同行。但是总督决定布鲁松乘船，他的决定犹如晴天霹雳击中了我。被指定运载考察队赴瓦胡岛的迪斯柯弗里号船，是一艘中型的船，除必要乘务员外，不宜于多接纳乘客。我的希望——实现陪同布鲁松前往的愿望，也就很渺茫了。期间，这位高贵的、最真诚地喜爱我的人，大力支持我那愿望的实现，使得总督终于同意了我的要求。你从信的标题看到了，我们——布鲁松和我——已踏上了旅途。

哦，我将迎接的是多么美好的生活啊！当我想到大自然将每天每日，甚至每时每刻向我打开它丰富的宝库，让我把这个、那个从未考察过的珍宝据为己有，将从未目睹过的奇迹称为我的，我的心里满怀希望，胸中充满渴望的要求！

我仿佛看见你在嘲弄地取笑我的痴狂，我好像听见你在说："那好吧，他将要回来，口袋里装着一个全新的斯瓦姆默丹①。可如果我要询问那些他到过的异国他乡民族的爱好、风俗习惯、生活方式；倘若我想了解事情的细枝末节——这些在游记里都没有记述，只能是口口相传，辗转复述——那他会让我看看一些外套和一些珊瑚颈饰，此外无法讲得很多。他只顾他的螨，他的甲壳虫，他的蝴蝶，而把世人置诸脑后！"

我研究的内在动力，恰好是对昆虫王国的喜爱。我知道，你

---

① 斯瓦姆默丹（1637—1680），荷兰自然科学家，在昆虫研究上成就卓著，著有《昆虫通史》。据称，这里说的"斯瓦姆默丹"，是指"昆虫与蝴蝶学纲要"。

对此觉得很奇怪。事实上，除了下述原因外，我无法对你做出别的解答：永恒的力量恰好在我的内心里唤起这种喜爱，使我的整个自我只能在这种喜爱中形成。可你别责备我只顾这种你觉得稀奇的内在动力而忽略、忘却世人甚至亲戚朋友。——我永远也不会像那个荷兰老中校那样。你得把这个老人与我加以比较。为了通过比较使你息怒，我给你详细地讲述我刚刚想起来的一个令人觉得稀奇的故事。这位中校（我在柯尼斯堡同他结识），在昆虫研究上堪称最勤奋、最不倦的博物学家，这样的学者还从未有过。对他来说，除他以外其余所有的人都是不存在的。他让世人知道的仅仅是他那令人无法容忍的、最为可笑的悭吝和顽固不化。有一次他曾因一块白面包而中了毒——如果我没有搞错的话，这白面包在德语里叫作圆面包——每天早晨，他亲自烘烤这样的面包，请他入席时，他就拿着它，可他享受不到另一块面包。下述情况是可以向你证实他那令人难以置信的悭吝了：他虽然年事已高，却是个硬朗的人。他一步一步地从大街上走来，两条胳臂远离身躯伸出去，以保护好陈旧的制度免遭磨损！还是言归正传吧！这个老人除一个生活在阿姆斯特丹的弟弟外，在整个世界上举目无亲。兄弟俩三十年没有见面了。为再次见到哥哥的渴望所驱使，这个阿姆斯特丹人便踏上了赴柯尼斯堡之路。他步入老人房间时，老人正坐在桌旁，把头弯下去，借助放大镜观察着一张白纸上的一个小小黑点。他的弟弟高声欢呼起来，想要投入老人怀抱，可老人目不转睛地盯着那个黑点，摆手示意他后退，一再命令他："安……安……安静。""哥哥，"阿姆斯特丹人喊道，"哥哥，你打算干什么！格奥尔格在这里，你的弟弟在这里。从阿姆斯特丹来的，三十年没有见面了，想在今生今世再见你一面！"但是老人仍然纹丝不动，低声说道："安……安……安静。小动物正在死去！"阿姆斯特丹人此刻才察觉到那个黑点原来是一条小蛆虫，它蜷缩成一团，做垂死挣扎。阿姆斯特丹人尊重哥哥的痴狂，安静地坐到他身旁。但是一个小时已经过去了，老人连一眼都不瞧他的弟弟。这时他才不耐烦地跳起来，说着一句粗野的荷兰语骂人话离开了房间，启程返回阿姆斯特丹。老人丝毫没有注意到旁边的一切！爱德华，你扪心自问，倘若你突然走进我的船舱，发现我聚精会神地观察着某个奇特的昆虫，我会一动不动地继续观察，还是投入你的怀抱呢？

我亲爱的朋友，你要想到，昆虫世界恰好是自然界中最奇妙、最神秘莫测的王国。如果说我的朋友布鲁松同植物世界和已完全形成的动物世界结下了不解之缘，那么我则移居于一些稀罕的、常常是玄妙莫测的生物的故乡，这些生物构成了两者之间的通道和纽带。好了，我不再谈这个话题了，免得你疲倦。为了使你安静下来，为了圆满地抚慰你那富有诗意的情感，我只补充说，一位才华横溢的德国诗人①，把以最柔美颜色来点缀的昆虫，称为自由自在的花朵②。愿你借助这个美好的比喻恢复精神吧！

我为什么说了那么多，本来就是为了替自己的癖好辩解吗？我这样做不是为了说服自己吗？仅仅是普通的研究欲望不可抗拒地驱使我去瓦胡岛，而并非更多的是某个我将迎接的闻所未闻事件的预感？是的，爱德华，恰好此时此刻这一预感气势汹汹地向我袭击，我不得不就此搁笔！你将把我看作是个怪僻的梦幻者。可事情只能这样，我心里明白：在瓦胡岛等待着我的，要么是最大的幸福，要么是不可避免的毁灭！

你最忠诚的，等等。

4．J．门西斯致爱·约翰斯顿

12 月 12 日于瓦胡岛火奴鲁鲁

不！我并非梦幻者，但有不迷惑人的预感！爱德华，我是太

---

① 指让·保尔（1763—1825）。

② 参看让·保尔的长篇小说《巨神泰坦》，内有"蝴蝶，飞翔的花朵"之说。

阳下最幸运的人，我登上了生活的最高点。可我将怎样把一切统统向你叙述，让你完全感受到我的欢乐，感受到我那无法形容的欣喜呢？我要镇静下来，想试一试能否把事情的来龙去脉，把这一切从容不迫地向你描述。

在国王泰莫突的京城火奴鲁鲁——国王在这儿友好地接待了我们——不远的地方，有一片美丽的森林。昨天开始日落时，我到那儿去。我打算尽可能捕捉到一只非常稀罕的蝴蝶（你对蝴蝶的名字不感兴趣），它在日落后开始迷乱的循环飞行。那时空气湿热，充满了杂草散发出的令人心旷神怡的芬芳。我一踏进森林，就有一种古怪的甜蜜的恐惧感，神秘莫测的害怕令我浑身颤抖。一只夜行鸟在紧靠我的前面展翅起飞，我想上前去捉它，双臂却无力地垂下，恍如患了全身僵硬症，寸步难行。它飞进森林中去了。这时，我仿佛被一双看不见的手拽进灌木丛中，丛林飒飒作响，好像在用温和的饱含柔情蜜意的话语向我倾诉。我刚刚踏进丛林，就看见——哦，我的天哪！——在闪烁发光的五光十色的鸽子翅膀的羽毛上有个极其娇小玲珑、极其俊俏秀丽、极其可爱的海岛女居民。我还未见过她！唯独其外部轮廓表明，这个妩媚可爱的生物属于这个海岛的女居民之列——颜色、举止、外表，一切都与众不同。由于充满了喜悦的恐惧，我屏住气，小心翼翼地走近小家伙。她仿佛在睡觉。我捉住她，把她带走。岛上这个最精美的珍宝就是我的了！我称她为海玛托哈，用漂亮的金箔为她裱糊了一个极小的房间，并为她用恰好是五光十色、闪闪发光的鸽毛——我就是在鸽毛上找到了她的——准备了床铺。她似乎了解我，预感到她在我心目中的位置！原谅我，爱德华，我得向你告辞了，我得去看看我那可爱的生物，我的海玛托哈在干什么。我打开她的小房间，见到她躺在她的床上在玩五彩的小羽毛。哦，海玛托哈！再会，爱德华！

你最忠诚的，等等。

5. 布鲁松致新南威尔士总督

12 月 20 日于火奴鲁鲁

我们的布莱格船长就我们这次幸运的旅行业已向阁下做了详细的报告，也肯定不会把我们的朋友泰莫突对我们的友好接待忽略的。泰莫突对阁下送的厚礼感到很高兴，再三表示，凡是瓦胡岛的产品，只要对我们有用和有价值的，我们都可以视为自己的财产。阁下赏脸让我把那件金丝刺绣的外套作为为卡呼玛努王后选定的礼物捎给她。它给她留下了如此深刻的印象，以致她不再像先前那样无拘无束地快乐，而是耽于各种各样离奇的幻想。一大早，她就走进森林中最深邃、最僻静的灌木丛中，时而这样时而那样把外套披在身上，练习戏剧表演，借以招待晚上会聚在一起的宫廷臣仆和侍从。表演时，她时常流露出古怪的、郁郁寡欢的神情，引起善良的泰莫突国王不少的忧伤！在这期间，我屡屡成功地使愁容满面的王后笑逐颜开，喜上心头。办法是为她准备她喜欢吃的熏鱼早餐，随后给她端上一大杯杜松子酒或者朗姆酒，这杯酒显然为她消了愁，解了闷，缓解了她渴望的痛苦。奇怪的是，卡呼玛努处处都尾随着我们的门西斯，自以为可以人不知、鬼不觉地拥抱他，用最亲密的名字称呼他。我几乎相信，她悄悄地爱着他了。

另外，我感到非常遗憾的是，我得向阁下报告：我对门西斯本来寄予厚望，可现在他在研究上对我的妨碍多于促进。卡呼玛努的爱，他似乎不愿做出反应，却为另一种愚蠢的，甚至是罪恶的痴狂所攫住。这种痴狂诱使他恶毒地捉弄我，他要是不摆脱他的妄想，他对我的捉弄可能使我们永远分道扬镳。我后悔自己曾请求阁下允许他随考察队赴瓦胡岛。可我怎能相信一个我多年来一直认为靠得住的人，突然变了，奇怪地丧失了理智。我不揣冒昧向阁下详细地报告了这桩深深地伤害了我的事件。如果门西斯不

172

改邪归正，不纠正他所做的事，我请求得到阁下的保护，以防范这样一个人的伤害：他在受到无成见的友好接待时，却恩将仇报，胆敢采取敌对行动。

致以深切的敬意，等等。

6．门西斯致布鲁松

我已忍无可忍！你避开我，向我投出带有愤怒与蔑视的目光。你谈及背信弃义，谈及背叛，让我得将其同自己挂起钩来！在可能性的整个王国里，我都找不到一个可以以某种方式为你对待你最忠诚的朋友的行为辩护的因由。我做了什么对不起你的事？我干了什么伤害你的事？毫无疑问，只能是个误会。它让你片刻间对我的友爱、对我的忠诚产生了怀疑。布鲁松，我请求你揭开这个不幸的秘密，你还会成为我的朋友，正如你曾经成为我的朋友那样。

7．布鲁松致门西斯

你还要探问你怎样冒犯我吗？事实上，放荡不羁这顶帽子适于戴到令人气愤地违反友谊，不，违反资产阶级宪法中规定的普遍权利的人的头上！你不理解我吗？那好吧，我对着耳朵向你呼喊，让世人都听见并为你的罪行感到惊恐不安。我把表明你的罪行的名字呼喊出来：海玛托哈！是的，你称她为海玛托哈，你把她从我这里抢走，把她藏起来。她原是我的。我曾怀着甜蜜的自豪，想在永恒不断地发展的编年史中称她为我的！可不是这样！我还不愿意怀疑你的德行，我还愿意相信，你那颗忠诚的心将战胜不幸的狂热。这种狂热拖着你在险峻的心醉神迷中走！门西斯，把海玛托哈交出来吧！我将紧紧地拥抱你，把你当作我最忠诚的朋友，当作我最亲密的兄弟！那时，你由于你那不审慎行为给我带来的创伤和一切痛苦，都会忘掉。是的，仅仅是不审慎而已。我不愿把海玛托哈的掠夺称为不忠，称为罪恶。把海玛托哈交出来吧！

8．门西斯致布鲁松

朋友！怎样的一种稀奇的疯狂攫住了你呢！我掠夺了你的海玛托哈？"海玛托哈"，如同她的整个种类一样，与你都毫不相干。是我独自一人在野外发现她躺在最美丽的羽毛上睡觉，是我头一个用亲切的眼睛观看她，是我头一个给她起名并确定身份！如果你说我不忠诚，那我得责备你疯狂：你为可耻的妒忌而失去理智，要求得到已经成为我的并永远是我的东西。海玛托哈是我的，我将在编年史中称她为我的。你妄图在这些史书中以他人的财产来炫耀自己。我永远不会放弃我所爱的海玛托哈。我的生命只能通过她来发展。我甘愿把一切乃至我的生命都献给海玛托哈！

9．布鲁松致门西斯

无耻的强盗！海玛托哈果真与我毫不相干吗？是你在野外找到她吗？说谎者！海玛托哈躺在其上面睡觉的羽毛不是我的财产吗？海玛托哈属于我一个人，这你从中还看不出来吗？把海玛托哈交出来，不然我就向世人揭露你的罪行。不是我，而是你，是你独自一个人为无耻的妒忌而丧失理智，你妄想用他人财产来炫耀自己。你注定要失败的。把海玛托哈交出来，不然我就宣布你是最无耻的恶棍！

10．门西斯致布鲁松

你自己才是货真价实的恶棍！双料的恶棍！我只有用我的生

命来保住海玛托哈！

11. 布鲁松致门西斯

你这个恶棍！只有用你的生命来保住海玛托哈吗？那好吧，明天晚上六点钟，在火奴鲁鲁前面离火山不远的荒凉场地上，让武器来决定海玛托哈的归属吧。我希望你手枪的性能良好。

12. 门西斯致布鲁松

我将按时来到约定的地点。海玛托哈是为其归属之争斗的见证者。

13. 布莱格船长致新南威尔士总督

12月26日于瓦胡岛上的火奴鲁鲁

向阁下报告这桩夺去了两位最可敬重男子生命的可怕事件，是令我伤心的义务。我早已察觉出门西斯先生和布鲁松先生彼此不和，分道扬镳，却一点儿也猜不出个中原委。他俩本来仿佛结成了最真挚的友谊，彼此心心相印，难分难解。近来，他们谨慎地避免彼此接近，并交换信件。这些信件得由我们的舵手戴维斯往返递交。戴维斯向我讲述，两人在接到对方的信件时总是情绪万分激动，尤其是布鲁松末了更是激动不已。戴维斯昨天晚上察觉到，布鲁松将子弹装入他的手枪，然后从火奴鲁鲁急忙出去。他未能马上找到我。他终于把他的怀疑告诉我，说门西斯可能打算同布鲁松决斗。于是我马上同柯尔奈特少尉和船上的外科医生威德拜先生到火奴鲁鲁前面离火山不远的荒凉场地去，因为我觉得如果真的要决斗，那儿是最合适的地方。果不出所料，我们还未到达那个场地，就听见一声枪响，紧接着又听见第二声。我们尽可能加快脚步，但还是来晚了。我们发现门西斯和布鲁松双双倒在血泊中。前者的头部、后者的胸脯遭到致命的枪击，两人都没有丝毫生还的迹象。两人相距几乎不足十步，两人中间放着那个不幸的东西——门西斯的信件将它称为激起布鲁松仇恨与妒忌的原因。在一个很小的、用漂亮的金箔裱糊的盒子里，在闪闪发光的羽毛下，我发现一只形态十分稀罕、颜色漂亮的小昆虫，精通生物学的戴维斯称之为一只小虱子。然而，尤其就颜色和腹部与小足的完全独特形状而言，它同所有迄今发现的这类小动物迥然不同。盒盖上写着名字：海玛托哈。

在一只被布鲁松射下来的漂亮鸽子的背上，门西斯发现了这只稀罕的、至今还是陌生的小动物。他想要作为它的头一个发现者，以海玛托哈这个独特的名字，把它介绍给生物学界。而布鲁松却声称，他才是头一个发现者，因为该昆虫坐在他击落的鸽子身上，因而想要把海玛托哈据为己有。由此而在这两个高贵的男子中间引发了这场灾难性的争执，争执导致他们的毁灭。

目前，我觉察到，门西斯先生把这个动物称作一种崭新的种类，把它置于下述两种昆虫中间：pediculus pubescens, thorace trapezoideo, abdomine ovali posterius emarginato ab latere undulato ete. habitanns in homine, Hottentottis, Groenlandisque escam dilectam praebens, und zwischen：nirmus crassicornis, capite ovato oblongo, scutello thorace majore, abdomine lineari lanceolato, habitans in anate, ansere et boschade. (拉丁文，大意是：毛虱，扁平的胸脯，蛋形的肚子，肥大的后部，侧面呈波浪状等，寄生在人体上，为霍屯督人和格陵兰人提供一道美味佳肴。/Nirmus 一类的寄生物，椭圆形秀丽的脑袋，盘状的大胸脯，粗壮长矛式的肚子，寄生在鸭、鹅和母鸡身上。)

阁下，从门西斯先生上述暗示中可以估量出，海玛托哈这个小动物多么独特。我虽不是真正的自然科学家，但我想补充说，只要用放大镜细心地观察，不难发现这个昆虫有些格外吸引人的地方，这首先归因于明亮的眼睛、色泽漂亮的背部和某种优美的——这样的小动物通常根本不是特有的——轻快动作。

我期待着阁下的指令，我该把这个不幸的小动物包装好寄给博物馆呢，还是作为两位杰出人物的死因将其沉入海底？

在阁下做出英明决断之前，戴维斯暂时把海玛托哈保存在他的帽子里。我要求他对它的生活、对它的健康负责。

14. 总督的批复

5月1日于杰克逊港

船长，你的关于我们两位真正自然科学家不幸死亡的报告，使我感到深切的悲痛。对科学的热情竟能使人走到这个地步，以致忘记了对友谊，甚至对资产阶级社会生活，应负的责任。这样的事也可能发生吗？我希望以最体面的方式把门西斯先生和布鲁松先生安葬。

至于海玛托哈，船长，您得遵照普通的礼节让它沉入海底，以向两位不幸的科学家谨表敬意。

您的某某谨上等。

15. 布莱格船长致新南威尔士总督

10月5日于迪斯柯弗里号船上

阁下有关海玛托哈的指令已执行。昨天晚上准六时，当着全体穿上节日盛装的船员以及泰莫突国王和卡呼玛努王后——他们率领着王国许多要员来到了船上——的面，柯尔奈特少尉把海玛托哈从戴维斯的棉帽里取出来，装进用金箔裱糊的盒子——该盒子平日是它的住宅，如今是它的棺材——里。随后盒子被系在一块大石头上，在三响礼炮声中由我亲自投入海中。接着，卡呼玛努王后放声唱起一支歌，瓦胡岛全体居民随声和唱。歌声令人十

177

分难受，这好像是崇高庄严时刻的要求。随后，又鸣礼炮三响，向全体船员分发肉和朗姆酒，并以格罗格酒和其他冷饮招待泰莫突、卡呼玛努和其他瓦胡岛人士。善良的王后根本不满足于对她亲爱的门西斯之死的悼念活动。她把一颗鲨鱼大牙钻进屁股里，从而忍受着伤口的巨大疼痛，以表示对所爱慕的男子纪念的重视。

我还得提到，戴维斯，这位海玛托哈忠诚的照料者，发表了一篇感人肺腑的演说。他在演说中简短地讲述海玛托哈的生平后，谈到了人世间一切事物生命的短暂。最冷酷无情的水手们也忍不住流下了泪。戴维斯通过不时地适当的大声号啕，使得瓦胡岛居民也号哭起来，这使典礼更加庄严和隆重。

请阁下批准等。

美丽的曼陀罗

第一章

　　伊格纳茨·黑尔姆教授的玻璃花房。年轻的大学生欧根纽
斯。格蕾琴和年事已高的教授夫人。思想斗争和最后的决定。

　　年轻的大学生欧根纽斯站在伊格纳茨·黑尔姆教授的玻璃花房
里。他欣赏着花房里那些美丽的、火红色的鲜花，也就是那些刚
刚在晨光中怒放的，具有帝王之威的朱顶兰。

　　这一天正是二月份的头一天，天气非常温和。蔚蓝色的天空
万里无云，异常纯净。它明亮地、和蔼可亲地照耀着大地，让人
们感到心情愉快。太阳的光线穿过高高的玻璃窗户，一直照射到
玻璃花房的里面。那些还在绿色的摇篮里安安静静熟睡着的花朵
好像是在充满预感的美梦中不停地活动，并且使青葱茂盛的叶子
迅速地长大起来。但是，茉莉花、木樨草、长年开放的玫瑰花、
荚迷花以及紫罗兰等花木都已经苏醒过来了。它们争相怒放，开
始了新的生活，并且使花房里充满了极其香甜、芬芳的气味儿。
有时候，人们还能够看到小鸟在空中翩翩飞舞。这些小鸟虽然还
有些胆怯，但是，它们毕竟还是敢于从温暖的巢穴里飞了出来。
它们先是向上方飞去，然后便落到了花房的房顶上，并且用它们
的尖嘴敲啄着那里的玻璃，好像它们渴望着把花房里那美丽的，
五彩缤纷的，但是却被紧紧闭锁着的春天吸引出来似的。

　　"可怜的黑尔姆，"欧根纽斯十分忧伤地、自言自语地说道，

"可怜的老教授黑尔姆，这里的一切是多么的华美，多么的壮丽啊！可是，你却再也看不到这一切了！你的双眼已经永远地闭上了。现在，你已经躺在冰冷的地下安息了！可是，话又不能这么说，确实不能这么说！我可是清清楚楚地知道，你将永远地活在你那些可爱的孩子们的心里。你对他们是那样的忠诚，那样的关爱和呵护。对于那个早逝的学生你感到十分悲痛，其实，你的这个学生也并没有死，他仍然活在我们的心中。直到现在，你对他们的生活和他们对你的爱戴才有了真正的理解，而以前你对于这些事情只能够进行猜测而已。"

就在这个时候，格蕾琴这个小家伙手里拿着一把喷壶在鲜花和其他植物之间穿过来走过去。她在忙忙碌碌地给它们浇水，弄得那把喷壶不时地发出了叮叮当当的声音。

"格蕾琴，格蕾琴！"欧根纽斯喊道，"你这是在干什么！我几乎已经认为，你又在完全不合适的时间里来浇花，并且把我刚刚保养过的花木又给毁坏掉了。"格蕾琴显得十分可怜，装满清水的喷壶差一点儿从她的两只手里滑落到地上。

"哎呀，亲爱的欧根纽斯先生，"她一边流着晶莹的眼泪一边说道，"您可千万别骂我，千万别生气。您是知道的，我是一个愚笨的人，我的头脑非常简单。我总以为，那些半灌木和灌木的花木实在是太可怜了。它们被密闭在这个花房里，根本得不到露水和雨水的滋润，因此显得没有生气，没有精神。我觉得，它们正用备受饥渴折磨的目光来看着我，因此，我就忍不住要给它们送去吃的和喝的。"

"甜食，"欧根纽斯打断了她的话，抢着说道，"甜食，格蕾琴，有害的甜食正是造成它们现在得病和死亡的原因。总起来说，你觉得你的做法对鲜花是有好处的，这一点我是知道的。可是，你没有一点儿植物学方面的知识。你根本没有把我为你精心安排的课程当成一回事儿，你根本不想花费一点儿精力来学习这门科学。其实，每一个女人都是应该学会这门科学的，也就是说，它是每一个女人都必须掌握的一门科学。否则的话，一个女孩子根本就不会知道，美丽好看，芳香四溢，她用来打扮自己的玫瑰花属于哪一个纲，哪一个目。若是这样的话，事情可就太糟糕了。格蕾琴，你说说看，对面花盆里那些含苞待放的花叫什么名字？"

"好的！"格蕾琴高兴地喊道，"它们是我非常喜欢的雪花莲！""你看，"欧根纽斯继续说道，"你看，你现在总该意识到了吧，格蕾琴，你甚至不能够用拉丁文把你最喜欢的那种花的名字准确无误地叫出来！那种花的名字应该是 Galanthus nivalis①。"

"Galanthus nivalis。"格蕾琴轻声地，羞怯地，以肃然起敬的心情学着说了一遍。"哎呀，亲爱的欧根纽斯先生！"过了一会儿她又喊道，"这个名字听起来非常动听，而且也很高雅。可是，我怎么一听就会产生一种感觉，好像这个名字所代表的花根本就不可能是我所喜欢的雪花莲似的！您可是知道的，我本来就没有多高的水平，我还是一个孩子。""你已经不是一个孩子啦，格蕾琴，不是吗？"欧根纽斯打断了她的话。"啊呀，"格蕾琴满脸通红地回答说，"要是一个人已经长到了十四岁，那么，他大概就不应该再把自己看作一个小孩子了。""那当然，"欧根纽斯微笑着说，"那当然，不过你是新近才成为一个大姑娘的，时间还不算太长——"

格蕾琴敏捷地转过身去，并跳到了花房的边上。她蹲下身子，开始修剪摆在地面上那些花盆里的花卉。

"格蕾琴，你可千万不要学坏，"欧根纽斯语气温和地接着说道，"你永远要做一个心地善良、受人喜爱的好孩子。黑尔姆老父亲把你从那个凶恶的亲戚那里抢夺出来，然后就和他那品德高尚的贤妻一起，把你当作自己的亲生女儿来抚养。——对啦，你不是要给我讲一点儿什么事儿嘛！"

"哎呀，"格蕾琴小声地回答说，"哎呀，亲爱的欧根纽斯先生，我的脑子里是想到了一点儿事情。不过，我要向您讲的这点儿事

---

① 拉丁文，雪花莲，也叫小雪钟、雪地水仙。

情可能又是一些胡说八道。但是，因为您想听一听，那么，我就把这点儿事情原原本本地讲出来。由于您用一个非常高雅的名字来称呼我喜欢的高山钟花，这就使我想起了勒施馨①小姐来。喏，欧根纽斯先生，您是知道的呀，我们两个人——我和她——一向密不可分，非常要好，好得就像一个人似的。当我们还都是孩子的时候，我们俩非常愿意在一起玩耍。可是，有一天——离现在大约已经有一年的时间了——我觉得勒施馨的整个举止言行一下子变得十分严肃，也十分奇特。她还对我说，我以后不能再管她叫勒施馨了，而应该管她叫罗莎琳达小姐。就这样，我对她改变了称呼。可是，从这一时刻起，她对我就变得越来越生疏了——我已经失去了我所喜欢的勒施馨。我想，这种情况也会在我和我所喜欢的花卉之间发生，若是我忽然用外国的、高傲的名字来称呼它们的话。"

"嗯，"欧根纽斯说道，"格蕾琴，有时候你的话里含有一种让人听起来感到不同寻常、十分奇特的东西。人们清清楚楚地知道，你想说什么，可是，人们还是怎么也搞不清楚，你到底说了些什么。好在这一点对你掌握有趣的植物学知识并没有丝毫的不良影响。虽然你的勒施馨现在已经长大了，已经变成了罗莎琳达小姐，但是，你还是可以花费一点儿精力，掌握一下你最喜爱的那些花卉那高雅的学名。——好好利用一下我给你讲授的课程！——可是现在，我可爱的好姑娘，你应该去照看一下风信子，并且把奥热·鲁瓦·德巴藏②以及格洛丽亚·索利斯推到阳光更多的地方去。佩吕克·卡雷看上去好像不会开多少花。埃米莉乌斯·格拉夫·比伦是一种在十二月份盛开的花。可是，现在它已经凋谢了，这种花开放的时间并不长。然而，帕斯托尔·菲多一开始就表现出了良好的长势，并且开出了美丽的花朵。对于雨果·格劳秀斯你可以放

---

① 意为小玫瑰。

② 花名，但不是正规的学名，而是园丁们的习惯叫法。下面提到的几种花情况与此相同，它们多半是以培育者的名字来命名的。

心大胆地去浇水，这种花还会猛长一阵子的。"

当欧根纽斯用"我可爱的好姑娘"来称呼格蕾琴时，格蕾琴又羞得满脸通红。但是，她的心中却感到十分高兴，饶有兴趣地去干欧根纽斯吩咐她去做的事情。正在这个时候，黑尔姆教授的遗孀却走进了玻璃花房。欧根纽斯向她指出，繁花似锦的春天已经来到了，并对正在盛开、具有帝王之威严的朱顶兰大大地赞赏了一番。已故的老教授黑尔姆先生对于这种花的评价几乎比原产于墨西哥的鳞茎植物雅各布百合花还要高，因此，欧根纽斯对于这种花便给予了极为特别的关爱和保护，并以此来表示，他对自己那位可敬的恩师、朋友永久怀念在心。

"您具有，"教授的夫人十分动情地说，"您具有一种非常好的、孩子般的性情，亲爱的欧根纽斯先生。我那已故的丈夫有不少学生，他们都先后来到过我的家里。可是，先夫对他们之中的哪一个也没有像对您那样赏识过，器重过，像父亲一样地爱过。反过来说，他的那些学生也没有哪一个能够像您那样理解我的黑尔姆，和他在内心的深处息息相通。更没有哪一个能够像您那样认真地钻研他的植物学，努力掌握他的植物学。'这个年轻的欧根纽斯啊，'他经常念叨着，'他是一个忠实可靠、心地善良的小伙子。因此，所有的植物、树木和花草都非常喜欢他。它们在他的精心呵护下都兴高采烈地茁壮成长，株株枝叶繁茂。当然，在我的花房里也有一个采取敌对态度，丧尽天良，而又顽固不化的大坏蛋，这就是恶魔撒旦。这个坏蛋专门播撒那些能够疯长的野草的种子，这些野草能够散发出有毒的气味儿，并能够使上帝的孩子枯萎，渐渐地死去。'他所说的上帝的孩子当然就是他的那些花卉喽。"

听了这些话，欧根纽斯感动得热泪盈眶。"是啊，我亲爱的教授夫人，我十分尊敬的教授夫人，"他说道，"我一定把恩师对我的这份真诚的爱永远地珍藏在心里。只要我还有一口气在，我就要让我的恩师、我的父亲这个美丽的园亭长满枝叶繁茂、鲜花盛开的花草树木。教授夫人，如果您允许的话，那么，我现在就打算像我的教授黑尔姆先生经常做的那样，也搬到花房旁边的那个小房间里去。这样一来，我就能够更好地看到这里的一切，以便更好地照看这里的一切。"

"我确实感到，"教授夫人回答说，"我确实感到心情很沉重，因为我觉得，由这里这些美丽的花朵所构成的壮丽景象不久也许就要不复存在了。我也相当熟悉如何来照料这里的各种植物。正像您所知道的那样，对于我丈夫所从事的这门科学我也并不是一个门外汉，也并不缺少经验。可是，我的上帝啊！像我这样的一个老太太，就算她仍然还硬朗矍铄，还能够像一个精力充沛的小伙子那样来保护、照料这里的一草一木，可是，她毕竟已经是一个老太太了，难道她还能够有这样的爱心吗？我的心里感到很沉重还有另外一个原因，那就是我们不得不分手了，亲爱的欧根纽斯先生——"

"您说什么！"欧根纽斯十分惊愕地喊道，"您说什么，教授夫人，难道您想赶我走吗？"

"去一下，"教授夫人对格蕾琴说，"去一下，亲爱的格蕾琴，你到屋里去一下，把那条大围巾给我拿来，我觉得这里还相当凉。"

当格蕾琴走了以后，教授夫人便开始十分认真地讲了起来："亲爱的欧根纽斯先生，请您仔细听我说。您是一个过于没有城府，过于没有处事经验，过于高尚的小伙子，因此，您对于我现在不得不向您讲的事情也许不能够完全听懂。我不久就要步入六十岁的高龄了，而您几乎还不到二十四岁。从年龄上讲，我完全有理由当您的祖母了，因此我认为，这种情况肯定会给我们的共同生活加上一个神圣的光环。但是，恶意中伤者的毒箭是不会饶过我这个老太婆的，虽然我是一个德高望重的女人，我的一生是白玉无瑕的。另外，肯定会有一些奸诈狡猾、居心叵测的人，他们的种种言论会让人听起来感到十分可笑。他们肯定会对您住在我的家里这件事情进行恶毒的诽谤，散布流言飞语，并且还会充满恶意地加以嘲讽。除了我本人以外，您也会遭到他们的恶毒攻击，因此，您必须离开我的家，亲爱的欧根纽斯。我还要顺便告诉您一下，在您成长的过程中，我会像对待自己的亲儿子那样来支持您。即使我的黑尔姆没有坚决而明确地把这项义务委托给我，我也会这样做的。您和格蕾琴，你们都是我的孩子，我永远都会把你们看成我自己的孩子。"

欧根纽斯站在那里，说不出一句话来，两眼发直，目光呆滞。事实上他也确实理解不了，他今后若是继续住在教授夫人的家里，为什么会被别人说成是一种有失体统、伤风败俗的事情，为什么会引起别人的恶意中伤。但是，教授夫人的意愿是明确而坚定的，看来他是非得离开这里不可了。要知道，他已经把这里看成了他一生的活动范围，看成了能够给他的工作带来乐趣的场所。一种可怕的念头以其巨大的威力一下子就占据了他的内心世界。看来，他现在得和他的那些宠物——他精心呵护的那些花草树木——分手了。

欧根纽斯属于那种生活简单的人群。对于这个群体里的人们来说，只要他们能够有一个让他们高高兴兴、自由自在活动的小天地，他们也就完完全全地感到心满意足了。这些人认为，科学或者艺术就是他们所追求的精神财富，因此，他们便在这方面进行寻找，并且真的找到了最美好的东西，真的找到了他们追求奋斗、所作所为的唯一目的。对于他们来说，被他们视为家园故土的那个小王国就好像是荒凉贫瘠、没有欢乐、广阔无垠的沙漠中的一片肥沃的绿洲。这些人把自己小天地以外的缤纷世界都看成了这片沙漠的一部分，而他们对这个缤纷世界又一直是十分生疏的，因为他们从来也不敢走出自己的小天地，觉得这样做是会遇到危险的。大家都知道，正是由于受到自己思想境界的限制，这样的人永远也长不大。他们的某些举止行为看上去总是像个小孩子似的。于是，他们做事情总是显得不够灵活，笨手笨脚，甚至表现出某些吹毛求疵的书呆子做事情时那种死板的特点。这种特点就像是一件僵硬的外衣，而他们所从事的科学或艺术就被他们紧紧地包裹在这件外衣里面。除此之外，他们还表现得心胸狭窄，谨小慎微，态度冷漠，缺乏感情。这样一来，一些愚昧无知、缺乏理解力的人们就不免敢于对他们进行嘲讽。这些人认为，他们的嘲讽肯定能够轻松而愉快地获得胜利的。可是，正是像欧根纽斯这样的人们，内心的深处才常常燃烧着神圣的、炽热的烈火，因为他们对事物具有更高的理解和认识。对外面花花世界上那些杂乱无章、喧嚣繁忙的活动他们不闻不问，一无所知。他们都会全心全意地、忠心耿耿地献身于一种事业，只有这种事业才是他们和世间万物那永恒力量之间的中间人。如果说主宰世界历史的精神有一座永存的庙宇的话，那么，他们那种静默的、与人无害的生活就是他们持续不断地在这座庙宇里所做的礼拜仪式。而欧根纽斯就正好是这样的一个人！

当欧根纽斯从惊愕中恢复过来，又能够说话时，他便十分激动地——他以往还从来也没有这么激动过——用极其明确的口气说道，如果他必须离开教授夫人的家的话，那么他便有理由认为，他在这个人世间的前程也就结束了，因为这种做法就是把他从他的小天地里，从他的家园里驱赶出去，因此，他是永远也不会得到安宁和满意的。欧根纽斯用极其感人肺腑的语言来恳求教授夫人，不要把他——一个被她看成是自己亲生儿子的青年——赶走，不要把他赶到找不到一丝安慰的荒郊野外去，因为他不管被赶到哪里，对于他来说，那里只能算是一片荒野。

教授夫人好像费了很大的努力才做出了一个决定。

"欧根纽斯，"她终于说道，"只有一个办法才能使您不离开我，不离开我的家，仍然像过去那样在这里工作——这个办法就是，您得成为我的丈夫！"

"像您这种性情的人，"当欧根纽斯用惊愕的目光看着她的时候，她又接着说道，"像您这种性情的人根本就不会误解我的本意，所以，我才愿意毫无顾忌地向您承认，我刚才向您提出来的那个建议绝对不是我一时心血来潮的产物，相反，它是我经过深思熟虑才想出来的办法。您对现实生活中人与人之间的关系可以说是一无所知，而且，对这种关系您也不可能在短时间里就学会适应，您也许永远也学不会适应。您在您那极其狭小的生活天地里甚至需要有一个人来帮助您，来替您解除您在日常生活需要方面的重担，对您进行无微不至的照料。这样一来，您就可以摆脱一切烦恼，安安心心地生活，安安心心地投身到您的科学事业中去。什么样的人才能够向您提供这样的帮助呢？这个人只能是您那体贴入微、充满爱心的母亲。现在，我就想做您的母亲，而且永远做您的母亲。虽然在公众面前我是您的妻子，但是实际上，我要像您的亲生母亲那样来对待您！当然，您还从来也没有想到过结婚，从来也没有想到过过夫妻生活，亲爱的欧根纽斯。对于这件事情您也用不着再反反复复地进行考虑了，因为上帝已经把我们结合到了一起，这是他对我们的恩赐。我们的共同生活已经成了定局，这是无论如何也不可能再改变的天意。尽管上帝在圣地向我赐恩时授予我的圣职是做您的母亲，虔诚地把您看作我的儿子，但是，我们还是得结成夫妻。鉴于上面的情况，我便更加心平气和地、明明白白地向您提出了我的建议，亲爱的欧根纽斯。在某些世人看来，这个建议似乎是闻所未闻的，是离奇古怪的。但是我确信，您要是赞同并接受了这项建议，您是不会由此而遭到一点儿损害的。为了能给一个女人带来幸福，您必须满足世上人与人之间的关系向您提出的各种要求。但是，对于如何来满足这些要求，您肯定是一窍不通的。如果您和别人结婚，那么，您就不可避免地要面临生活上的负担和压力，许多要求也要来折磨您，使您感到不愉快。这些情况不仅可以轻而易举地把您对婚后生活可能产生的美好幻想彻底毁灭，而且还会把令您讨厌的，存在于现实生活中的各种痛苦和困顿活生生地带到您的面前。综上所述，我们可以得出一个结论：我作为您的母亲是能够代替您的妻子的，也是可以代替您的妻子的。"

格蕾琴回到了花房里，并且把带来的围巾递给了教授夫人。

"我根本,"教授夫人说,"我根本不想让您匆匆忙忙地做出决定,亲爱的朋友! 等到您把一切都考虑得相当成熟了以后,您再做出决定。今天您什么话也不用说,您应该遵从老人们留下的那个好习惯:在对一件事情做出决定以前,要好好地考虑一夜。"

　　说完这些话之后,教授夫人便离开了玻璃花房,并且把格蕾琴也一起带走了。

　　教授夫人的话说得完全正确。欧根纽斯的确还从来也没有考虑过自己的婚姻大事,更没有考虑过什么时候结婚。正因为如此,教授夫人要他与她结婚的建议才使他惊愕不已,因为他觉得,他的眼前突然出现了一幅全新的生活图景。可是,当他认真地考虑这件事情时,他觉得上帝在向他赐恩,因此才让他和教授夫人结为夫妻。他也觉得,这种结合是一件无限美好、无限惬意的事情,因为它使他得到了一位非常好的母亲,并且还得到了一个儿子的各种神圣权利。

　　实际上,他非常愿意把自己的决定立刻就告诉这位老太太。但是,由于她给予他一整夜的考虑时间,在第二天早上到来之前他根本用不着表态,所以,他只好把自己的想法暂时地存放在自己的心里,尽管他的眼神,以及他那已经暗示出内心感到狂喜的举动都有可能向老太太流露出了他内心深处的想法。

　　现在,他就准备按照教授夫人的意见,把她建议的事情好好地考虑一夜。正当他蒙眬入睡,神志不十分清醒的时候,他的脑海里却闪现出了一丝亮光,一幅幻象。幻象中的几个身影好像早已从他的记忆中消失了,他已经根本不再怀念他们了。在他作为黑尔姆教授的得力助手而住在他家的那段时间里,教授弟弟的一个年轻的孙女——一个非常漂亮、非常听话的女孩子——经常到教授的家里来。但是,这个女孩子当时并没有引起他的多大注意。后来,这个女孩子好长一段时间都没有再来做客。可是,没有过多久他却听说,这个女孩子又要回来了,而且还要在这里和一位年轻的博士喜结良缘。到了这个时候,他甚至已经想不起这个女孩子的模样了。当她真的回来了，并且要在教堂里举办她和那位年轻博士的结婚典礼时，老教授黑尔姆却染病在床，不能够离开房间。在这种情况下，这位心地善良的女孩子便说道，等结婚典礼结束以后，她立刻就和新郎一起到老教授的家里来，因为他们想请求这对备受他们崇敬的老夫妻对他们进行祝福，祝福他们的结合能够给自己带来幸福和顺遂。于是就发生了下面的事情：正当这对年轻的夫妻跪在两位老人面前的时候，欧根纽斯却走进了房间。

现在，这个女孩子根本不是当年他在教授的家里经常看到的那个女孩子，那个教授弟弟的孙女了，她已经完全变了模样。欧根纽斯觉得，新娘子美丽得就像一个天使，气质也很高雅。她穿了一件洁白的、缎子做的婚纱。这件昂贵的婚纱紧紧地包裹着她那苗条的上身，然后便以宽大的皱褶款式飘洒着向下方悬垂下来。衣服那耀眼的胸部还镶有价钱不菲、闪闪发光的花边。用桃金娘花编织而成的，具有深远意义的花环装饰着她那栗棕色的，已经拆散开的头发，这就使她显得更加秀丽、妩媚和迷人。一种甜蜜的、善良的、兴高采烈的表情展现在仙女般的新娘子的脸庞上。天上所有妩媚的东西好像一下子都倾注到了她的身上。老教授黑尔姆首先拥抱了新娘子，接着，教授夫人也拥抱了她，然后便把她引到新郎的身旁。新郎对天使般的妻子爱得无比强烈、无比炽热，因此便把她紧紧地搂在怀里。

欧根纽斯虽然走进了房间，但是，却没有一个人注意到他的到来，更没有一个人去过问他。看到这里所发生的一切，小伙子可真不知道，自己的心里到底是个什么滋味儿。他的整个肢体首先感到冷若寒冰，接着又感到热如烈火，一种难以名状的疼痛穿透了他的胸膛，使他感到心似刀割。但是，同时他又觉得，他的内心还从来也没有像现在这样感到舒服。"若是现在新娘子向你走了过来，你会感到怎么样呢？若是你也把她搂在自己的怀里，你又会感到怎么样呢？"这些想法就像电流似的，一下子就击中了他。不过，他倒也觉得，萌生这种想法就是极大的犯罪。但是，他内心里感到的那种不可名状的，好像要把他压倒的恐惧同时又是一种极为热切的渴望，极为强烈的企盼。他觉得，下面的事情很快就会发生：作为整体的他将首先被分解开来，然后便被彻底毁灭。在这个过程中，他不仅感到痛苦，而且还感到喜悦。

这时候，教授已经注意到了他，并主动对他说道："您看，欧根纽斯先生，站在我们面前的是一对幸福的、年轻的新婚夫妇。您肯定也要向这位博士夫人表示祝福吧，这是非常合乎我们的礼仪的。"欧根纽斯连一句话也说不出来。倒是妩媚的新娘子落落大方地向他走过来，并风姿优美地、十分友好地向他伸出手来。欧根纽斯糊里糊涂地把她的手拉到了自己的唇边，算是对新娘子施了一个吻手礼。可是这个时候，他已经失去了知觉，费了好大的努力才勉强站稳了身子，才没有栽倒下去。至于新娘子究竟对他说了些什么，他连一句也没有听到。在这对新婚夫妇离开房间很久以后，黑尔姆教授稍微地责备了他几句，说他刚才的表现实在是太羞怯了，连一句话也说不出来，就像一个死人似的，毫无感情，更没有对新婚夫妇表示出欢乐，简直叫人无法理解。直到这个时候，欧根纽斯才苏醒过来，才重新恢复了知觉。——上面提到的这件事情使欧根纽斯一连好几天都大为震动，都像丢了魂似的走过来走过去。可是，令人感到十分奇怪的是，短短的几天以后他便把这件事情在自己内心的深处完全化解了，只当作自己糊里糊涂地做了一个纷乱无序的怪梦而已。

当年，欧根纽斯在黑尔姆教授的房间里看到了美如天使的新娘，现在，那位妩媚的新娘的身影又突然生气勃勃地、充满热情地出现在他的眼前。当年看见她时心中所感到的那些难以名状的疼痛又重新地压紧了他的胸腔，使他感到喘不过气来。可是，他又产生了一种幻觉，好像他自己就是新郎。美若天仙的新娘已经向他张开了双臂，而他则可以顺势拥抱新娘，并把她紧紧地搂在自己的怀里。当时他感到心醉神迷，欣喜若狂。正当他准备向她猛扑过去的时候，却感到自己被一条铁链牢牢地锁住了。有一个声音冲着他喊道："我说你这个大傻瓜，你想干什么！你已经不属于你自己了，你把你的青春已经卖掉了。爱情的春天和婚姻的喜悦再也不会来到你的身旁了，你将被冰冷的冬天所伸开的双臂牢牢地抓住，并将被凝固成一个白发苍苍的老头儿。"他惊愕地大叫了一声，并从噩梦中苏醒了过来。他虽然已经苏醒了过来，可是他却总觉得，那位新娘子仍然还站在他的眼前，而且还总觉得，教授的夫人就站在他的身后，并竭力用冰冷的手指头来阖上他的双眼，以使他不能够再看到那个经过精心打扮，看上去十分美丽的新娘子。"你给我滚开，"他喊道，"你给我滚开，我的青春还没有被卖掉，我还没有在冰冷的冬天的双臂里被凝固成一个白发苍苍的老头儿！"他心中那种极其强烈的渴望使他对和六十岁的教授夫人这个老太太的结合产生了极其强烈的厌恶。

第二天早上，欧根纽斯看上去显得有点儿惘然若失，心烦意乱。教授夫人立刻就来向这个小伙子询问他的健康状况。由于欧根纽斯诉说感到头疼，疲惫无力，老太太就立刻亲自为他调制了一杯能够补养身体、恢复精力的饮料，并且还对他进行精心的护理，表示抚爱，就像对待一个娇生惯养，但是却得了病的孩子似的。

"难道，"欧根纽斯对自己说，"难道我能够忘恩负义，以怨报德吗？难道我能够对她这种慈母般的关爱和忠诚不表示感谢吗？难道我能够抵不住别人的迷惑，丧失理智而挣脱她，并从而失掉自己的欢乐，甚至自己一生的前程吗？我做的那个梦只是一个梦而已。对于我来说，梦中的那些场景永远也不会变成现实，它们也许是魔鬼撒旦对我施展的诱惑。难道我能够仅仅由于一个梦的缘故就变得卑鄙无耻，就被女色所迷惑，并从而坠入罪恶的深渊吗？难道我还有什么要思索，要考虑的吗？我的决心已定，绝不可能还有什么改变！"

就在这天晚上，这个老太太——也就是差不多已经有六十岁的教授夫人——就成了年轻的欧根纽斯先生的新娘，而新郎当时却还应该算是一个大学生。

第二章

一个具有处世经验的青年人的人生观。对愚蠢可笑的人所发出的诅咒。为新娘而进行的决斗。不合适的夜间音乐和按期举办的婚礼。含羞草。

正当欧根纽斯忙于对几盆盆栽植物进行修剪时，他的朋友泽弗尔却走进了花房，来到了他的身边。泽弗尔是他唯一的朋友，两个人保持着有节制的来往。可是，当泽弗尔看见眼前的欧根纽斯正在专心致志地埋头于自己的工作时，便立刻停住了脚步，站在原地保持不动了，就好像生了根似的。可是，过了一会儿，他却以极其响亮的声音哈哈大笑起来。

任何一个不太怪僻的平常人都会这样大笑的，而泽弗尔又是一个随随便便，不拘礼节，善于享受人生乐趣的人，因此，他的放声大笑就不足为怪了。

年事已高的教授夫人怀着真诚的善意向新郎展示了一番已经作古的黑尔姆教授的全部衣服。她甚至还说，她也知道欧根纽斯是不愿意穿着老古董式的衣服行走在大街上的，但是，要是她能够看到，欧根纽斯早上起床后愿意享用老教授遗留下来的那些既好看又舒服的睡袍，她也会感到十分高兴的。

这个时候，欧根纽斯就站在那里，身上穿着老教授那件肥肥大大的睡袍。这件睡袍是用一块印度出产的衣料做成的，衣料的上面还布满了各式各样的、五颜六色的花朵。他的头上又戴着一顶高高的帽子，帽子的正面正好有一朵火红的、引人注目的红百合。他那张小伙子的脸庞戴上这顶假面具似的帽子之后，看上去就像是一个中了魔法的王子。

"真是闻所未闻的怪事儿。"泽弗尔喊道。现在，他总算抑制住了自己的大笑，恢复了常态。他又接着说："我相信，这个花房里闹鬼了，已经去世的老教授又在他的花丛中游荡起来了。他又复活了，而且已经走出了坟墓。他自己甚至已经变成了一株半灌木的植物，而且还开着极为罕见的花朵！欧根纽斯，你倒是说说，你怎么竟然化起装来，给自己戴上了一副假面具？"

欧根纽斯信誓旦旦地说，他并没有发现这件睡袍有什么奇特的地方。由于他现在已经和教授夫人结成了伉俪，所以，教授夫人就允许他穿已故老教授的睡袍。这件衣服穿起来很舒服，而且它还是用极其昂贵的布料做成的。现在，在整个世界上也几乎再也搞不到这种衣料了，因为衣料上所有的花草都是完完全全按照自然界中的植物画成的。

在老教授的遗物中还有几顶不多见的睡帽，帽子上那逼真的花卉图案，弥补了他对自然界中的植物还没有搜集全的缺憾。出于对恩师应有的崇敬，他平常是舍不得戴这几顶帽子的。只有在碰到特别隆重的节日时，他才肯把其中的一顶戴在自己的头上。

就是他现在穿在身上的这件睡袍也是非常引人注目的，非常好看的，其原因就在于，已经作古的老教授生前亲手用不可能擦掉的墨水，在每一朵花、每一株草的旁边把它们的真正名字都标记了出来。当泽弗尔靠近了欧根纽斯，并且对那件睡袍和那顶帽子进行了一番仔细地察看后，他便对欧根纽斯所说的一切确信无疑了。不用说，这样的一件睡袍肯定可以激励老教授的每一个好学的弟子孜孜不倦地进行学习的。

泽弗尔伸手接过了欧根纽斯递过来的睡帽。他在睡帽上确实看到了老教授用娟秀而整洁的蝇头小楷所写下的一些花草的名字，例如：红百合、长叶龙舌兰、倒提壶、欧亚瑞香、斑纹大岩桐等等。泽弗尔又想放声大笑，可是，他却没有这样做，反而一下子变得十分严肃起来。他死死地盯着朋友的眼睛并说道："欧根纽斯！这件事情有可能吗——这件事情是真的吗？不会吧，我认为，我所听到的消息不可能是别的，也不应该是别的，它只能是一个滑稽可笑、愚蠢无聊的谣言。这个谣言是我们的同学，品质恶劣的洛伊蒙德散布的，他的目的显然是想对你以及教授夫人进行嘲讽！欧根纽斯，你感到好笑吧，你感到十分好笑吧？人们在谣传，说你要和教授夫人这个老太婆结成夫妻，这难道是真的吗？"

欧根纽斯表现出了一点儿惊慌，接着他便垂下了眼帘。他明确无误地说道，人们所说的事情并不是谣言，反而都是客观事实。

"那么，"泽弗尔满腔热情地说，"那么，就是天命及时地把我带到了这里来，以便把你拉过来，以免你坠入道德堕落的深渊。现在，你已经站到了这个深渊的旁边啦！你说说，你到底是中了什么邪？你怎么会这么愚蠢呢？怎么会仅仅为了区区的几个可耻的小钱就想把风华正茂的自己卖掉呢？"泽弗尔平时就有一个习惯：一遇到这样的事情就激动。今天也是这样，他心里的话好像泉水似的涌了出来，而且越说越生气，最后竟高声地说出了一大堆诅咒教授夫人以及欧根纽斯的话来。他甚至还想用大学生们经常使用的、相当粗俗的骂人的话再骂上几句来解解心头之恨。欧根纽斯一直在极力地劝阻他，直到这时才终于使他平静下来，并使他冷静地倾听自己的阐述。正是泽弗尔的激动、大发雷霆才反而使欧根纽斯又完全冷静了下来。现在，欧根纽斯用心平气和的语调以及清楚明白的语言把自己和教授夫人的整个关系向泽弗尔进行了分析和解释。他毫不隐瞒地向朋友述说了整个事情形成的过程。最后他说道，正是他和教授夫人的这种结合才肯定能够给他的一生带来幸福，难道这还能有什么值得泽弗尔怀疑的地方吗？

"可怜的朋友，"这时候也重新恢复了平静的泽弗尔说道，"可怜的朋友，你已经坠入了一个由你的错误认识编织而成的大网，这个大网是多么的密实啊！但是，我还是想把网上那些打得结结实实的绳结打开，我也许能够获得成功。等我把你从锁紧你的桎梏里解救出来以后，你才会感受到自由的价值。你必须逃离这里！""我永远也不会离开这里，"欧根纽斯喊道，"我的决心是不能够改变的。教授夫人与我结合完全是出于一片好心，完全是心地善良的表现。她对我怀着一种真诚的母爱，在茫茫的女性世界里她是最值得我尊敬的一位。她将带领我这个永远也长不大的孩子去走人生之路。如果您对这一切还想怀疑的话，那么，你就是一个凡夫俗子，你只能够给我带来不幸！"

"你听我说，"泽弗尔说，"欧根纽斯，你把你自己说成是一个永远也长不大的孩子。你在某些方面倒也的确是这样的。这使我占了优势，显得我见多识广。如果仅仅从年龄上来看，我是不会得到这种评价的，因为我并没有比你大多少。我可以十分有把握地对你说，由于你是站在自己的立场上看问题，所以，你就不可能把整个事情都看得清清楚楚。因此，我就要告诉你，你不应该鲁莽地把自己看成什么都懂的智者，甚至把自己看成连皇帝的儿子都能够教的太傅。

"你千万不要以为，我对教授夫人那片好意的、心地善良的意图还有一丝一毫的怀疑。你也千万不要以为，我还没有被你说服，还不相信她是为了你的幸福着想。可是，我的好朋友欧根纽斯，我要对你说的是，教授夫人自己已经被一个特别大的错误束缚住了。老人们有一种非常中肯的说法。他们说，女人们什么都能够做到，可就是有一点却怎么也做不到：她们不能够超越自己，设身处地地为别人想一想，考虑一下别人的内心情感。她们还把自己的感知当成了普遍适用的感知标准。这就是说，凡是她们能够强烈地感受到的东西，她们就认为，别人也完全能够强烈地感受到。她们还把自己内心塑造出来的东西当成了样板，并根据这个样板来判断、校正别人内心深处的想法。就我对教授夫人这个老太太的了解，就我对她举止行为的观察，我不能够不认为，她是一个永远也不会有激情的人。我也不能够不认为，她本来就是一个冷漠迟钝、缺乏热情的人。这个特点倒也能够使姑娘们以及已婚的妇女长时间地保持着美丽的面容，因为就是在现在看起来，这位马上就六十岁的老太太也确实是相当年轻的，她的脸上并没有多少皱纹。

"老教授黑尔姆本人也是一个缺乏热情的人，这一点我们俩都是知道的。另外我还得添加一点：这两个人除了虔诚地尊重先人们的习俗，过着先人们所倡导的简朴生活以外，还相当真诚地接受了一种和气的、随和的生活方式。在这种精神的指导下，他们夫妻之间的生活肯定是相当幸福的，相当平静的。丈夫对妻子做的汤，就是再难喝也从不加以指责，当然，他也从来不允许妻子在不适当的时间里来清扫他的工作室。

"现在，教授夫人认为，她可以和你把这种用行板速度演奏的夫妻二重奏从容不迫地、悠闲安逸地继续演奏下去，因为她十分相信，你也是一个平静随和、从不激动的人。这样一来，她就不用改变生活习惯，不用一下子按快板的速度驶向外面的世界。只要穿着那件标有植物名称的睡袍的人能够好好地保持平静，那么，教授夫人并不问穿着这件衣服的人到底是谁，是老教授黑尔姆呢，还是年轻的大学生欧根纽斯，因为在这种情况下，说到底两个人对她来说都是完全一样的。

"噢，毫无疑问，这位老太太是会呵护你的，抚爱你的。我现在就预先请求你，请你能够邀请我到你们的家里来做客，并且喝上一杯老太太有生以来煮得最好喝的穆哈咖啡。她也肯定会十分高兴地看到，我和你都抽着烟斗，烟斗里装的是最高级的瓦赖纳斯烟丝①，而且是她亲手装的。我用她亲手卷成圆棍儿的引火纸来点燃烟斗。她所用的引火纸是从已故的老教授那些笔记本里裁剪下来的。黑尔姆教授在这些笔记本里记录着自己的读书心得以及对植物进行科学观察时所得到的结果。不过，现在这些笔记本却遭到了他的遗孀的咒骂，并被她判处了火刑。——这种宁静无疑是无人居住的沙漠上的一片荒凉景象，至少对我来说是这样的。你想过没有，生活中的风暴会不会突然吹到你这个宁静的世界里

---

① 一种出产于南美，以委内瑞拉的城市瓦赖纳斯而命名的烟丝。

196

来呢？"

"你的意思是，"欧根纽斯打断了朋友的话并且说道，"突然发生了不幸的意外事件——比如说我们两个谁生了病。"

"我的意思是，"泽弗尔接着说，"如果有朝一日有一双眼睛通过这里的玻璃窗户向这里面望进来，它们那烈火般的目光就会把遮盖着你内心伤痛的痂皮熔化。这时候，火山就会爆发，并喷射出有害的、败坏道德的火焰。"

"我对你的话实在听不懂！"欧根纽斯喊道。

"而你那件，"对欧根纽斯连看都没有看一眼的泽弗尔继续说道，"而你那件标有多种植物名称的睡袍是挡不住这种目光的，因此也是不能够保护你的。它将变成碎布片，并从你的身上脱落下来。就算它是用石棉做成的，它也是毫无办法的。即使——即使我们不考虑一些类似败坏道德的事情可能发生，但是，有一点我们却是不能够不考虑的，那就是由于你和这位老太太丧失理智的结合，你本来就应该遭到最恶毒的咒骂。面对着这样的咒骂，就连世间生活中最小的花朵也不能够幸免，也得生病，也得枯萎，并渐渐死去。大家咒骂你的原因归结起来就是一点，那就是你的愚蠢和可笑。"

欧根纽斯的思想单纯得几乎像一个孩子，他对世界上的事情几乎还没有什么固定的看法，因此，他确实还不能够完全弄清楚，他的朋友到底想对他说什么。他正想继续聆听朋友的指教，尽量多地去了解他尚不知晓的那个领域，可是就在这个时候，教授夫人走了进来。

泽弗尔的脸上有上千条表示着讽刺的细小皱纹在抽搐，一句尖刻挖苦的话也已经到了他的嘴边。可是，教授夫人却以极其和善的友好态度，面带着一个高贵的、德高望重的女性极其高雅的庄重向他走了过来。然后，她便用简洁的，真诚的，确实是从内心的深处涌现出来的话语把他作为欧根纽斯的朋友表示了一番欢迎。在这种情况下，泽弗尔心中所有的讽刺，所有幸灾乐祸的嘲笑都一下子变得烟消云散了。当时，他的心中反倒产生了一种感觉，好像在现实生活中确实存在着为普通的世人所不知晓、所想象不到的人和人际关系。

这里还要交代一件事情：教授夫人跟任何人第一次见面时都肯定会异常高兴地、主动地和他进行一阵交谈，使他感到满意，只要这个人对于她所表现出来的真正的虔敬和忠诚不是无动于衷的话。她所表现出来的这种虔敬和忠诚完全符合阿尔布雷希特·丢勒①笔下那些年高望重的女性们所表现出来的品格，因为教授夫人本人就完全是一个这样德高望重的女性。

教授夫人真的邀请了泽弗尔和欧根纽斯一起喝咖啡，抽烟斗，因为当时正是吃下午点心的时候。这样一来，泽弗尔就把他那一句已经到了嘴边，对教授夫人进行讽刺挖苦的话语又咽到了肚子里去。他的心里甚至再也没有产生讥讽教授夫人的念头。

泽弗尔告别了主人，又来到了花房的外面。这个时候，他真有一种谢天谢地的感觉，因为老太太十分好客，对他进行了殷勤招待。她的性格风度、举止言行与众不同，处处都散发出她那高雅的女性庄重以及这种庄重所产生的特殊魅力。所有的这一切都牢牢地抓住了他，包围了他，以至于他内心深处的信念发生了动摇。是啊，他现在不得不违背自己的意志而相信，欧根纽斯和这个老太太结成夫妇，虽然看上去似乎是荒谬的、不合乎情理的，虽然是令他感到恐怖、毛骨悚然的，但是，实际上他的确是能够获得幸福的。

果然不出泽弗尔所料！现实生活中有时也真的会发生这样的事情：一个被人说出口的不吉利的预测没过多久就成了现实。围绕着欧根纽斯所发生的事情也正是这样。泽弗尔来访的第二天这位新郎便遭到了咒骂，说他愚蠢和可笑。这和泽弗尔一天前的那种敌人似的咒骂可以说是如出一辙。

---

① 丢勒（1471—1528），德国著名画家。

欧根纽斯这个不寻常的新郎身份已经广为人知了。于是，下面的事情便不可避免地发生了：当他第二天早上去上专题研讨课——这是他唯一还没有上完的课程——的时候，同学们一看到他都大笑起来，脸上还流露出了嘲笑的表情。可是，事情还没有到此为止。下课以后，同学们自动地排成了两行，一左一右地跟在他的后面，一直跟到大街上。可怜的欧根纽斯只好在这两行人群的簇拥下往前走。大家都在狂喊乱叫，只听他们喊道："我们向新郎先生表示热烈的祝贺——请你向可爱的、漂亮而娇小的新娘子转达我们的问候——哼！他大概觉得，他的新娘子给他带来了无限的幸福和希望哩。"

　　欧根纽斯每一条血管里的血液都一个劲儿地往头上涌。他们到了大街上以后，人群中一个名叫马塞尔，十分粗野的小伙子便冲着他喊道："请你代我向你的新娘子，也就是那个老太婆问好——"这个小伙子还随即说出了一句很难听的骂人话。就在这一时刻，欧根纽斯的心中也燃起了复仇的烈火，真可谓怒从心头起，恶向胆边生。他攥紧了拳头，对准了对手的脸庞，狠狠地就是一拳。这一拳头砸下去以后，那个粗野的小伙子马塞尔立刻就踉踉跄跄向后倒去，栽了一个大跟头。这个家伙挣扎着站了起来，并且对准欧根纽斯举起了他手中那根粗大的、多节的手杖。还有好几个同学也都起而效尤，也都举起了手杖。就在这个时候，担任学生同乡会会长的那个学生——他在同学之中年龄最大，是他们的老大哥，欧根纽斯和骂他的那个小伙子马塞尔也都隶属于他所领导的同乡会——一跃而起，一个箭步跳到了他们两个人之间。他厉声喊道："都给我住手！难道你们是在大街上游荡的野孩子吗？难道你们想在这个空旷的集市广场上打架斗殴吗？你们干吗要过问欧根纽斯是不是已经结了婚，干吗要过问他的新娘子是谁。这些事儿又与你们这些野蛮的家伙有什么相干？又关你们屁事？马塞尔就在这里的大街上，在光天化日之下，当着我们大家的面，对他的新娘子进行了诬蔑。而且他的话又是那样的粗俗难听，气得欧根纽斯不得不当场回敬，对他也骂了起来。马塞尔应该知道，他现在应该怎么办。如果你们现在谁还敢动手，那么我就认为这是对着我来的。"会长老大哥说完这些话之后便挽起了欧根纽斯的胳膊，并且一直把他护送到家里。"你是，"到家以后他便对欧根纽斯说道，"你是一个勇敢的青年，你对他们也只能采取回敬的态度。可是，你总是离群索居，生活得过于隐蔽，因此，他们几乎把你看成了一个胆小怕事的人。你虽然打了马塞尔一拳，但是，这不会惹出什么事端的。你虽然不缺少勇气，但是，你却缺乏训练。而那个喜欢斗殴的马塞尔虽说是个吹牛大王，但是，他倒也确实是我们之中最优秀的、最训练有素的角斗士之一。他至多在第三个回合时就会把你打倒在地，但是，这种情况是不会发生的，因为我会站在你的一边，替你打抱不平的。我会为你的事情而奋战到底的，这一点你可以完全放心。"还没等到欧根纽斯做出回答，会长老大哥就走开了。

　　"你大概看到了吧，"泽弗尔说道，"你大概看到了吧，我的预言现在是不是已经开始得到了验证？"

　　"哎呀，你不要再说话啦，"欧根纽斯喊道，"我血管里的血液都已经沸腾了，我已经很难控制住我自己了，我的肺简直要气炸了！我的老天爷啊！泽弗尔，你可知道，在这样狂怒的情况下，我的内心燃烧起了多么凶恶的念头啊！泽弗尔，我告诉你，假如当时我手里有一件能够杀人的武器的话，那么，我一定就在他污辱我的那一刻把他捅倒，让他去倒大霉！我的心里可真是从来也没有预料到，在我的一生中我还会受到这样的侮辱！"

　　"你看，"泽弗尔说道，"现在是你应该从反面汲取教训的时候了。"

　　"你别再跟我讲，"欧根纽斯继续说道，"你别再跟我讲你那套只有你自己才倍加赞美的处世经验啦。我知道，大自然里会有飓风。它们可以突然出现，它们可以在顷刻之间就把人们花费好长的时间，付出巨大的努力，精心建造起来的东西化为乌有。噢，当时我感到，好像我那些最美丽的花朵都被这场飓风给折断了。它们只剩下了残枝败叶，凄凉地躺在我的脚前。"

这时候，一个大学生来到了欧根纽斯的家里。他代表马塞尔向欧根纽斯提出了挑战，宣称马塞尔提出要和他在第二天早上进行一场决斗。欧根纽斯接受了挑战，并许诺说，他一定准时准点到达现场。

"我说你这个人，你的手从来都没有碰过决斗用的剑，难道你想被人家白白地打死吗？"泽弗尔十分惊愕地问道。可是，欧根纽斯却态度坚决地说，没有什么力量能够阻止他进行这场决斗。他一定要按照常理，自己为自己的事业血战到底。他还要泽弗尔确信，勇气和决心可以弥补他在格斗方面不够熟练、缺乏技巧的缺陷。但是，泽弗尔却向他介绍说，在采用击剑决斗时，一般来说勇敢的一方是要败给技术熟练的一方的。然而，欧根纽斯的决心却丝毫也没有动摇，因此，他还补充说，他在击剑方面的娴熟程度也许超出了人们的想象。

这时候，泽弗尔高兴地拥抱了他，把他紧紧地搂在怀里，并且还喊道："会长老大哥的话说得对，你的的确确是一个勇敢的小伙子。你肯定不会失败，不会被刺死。我是你的决斗助手，我会尽最大的努力来保护你的。"

当欧根纽斯来到决斗现场时，他的脸上没有一丝血色，苍白得就像死人一样。但是，从他的两只眼睛里却喷射出了可怕的复仇怒火。他的整个态度都表现出了无比的勇气，也表现出了他的决心、沉着和冷静。

泽弗尔感到十分惊讶，会长老大哥也感到十分惊讶，因为他们看到，欧根纽斯刚刚一出手就让人们看出来了，他是一个异常优秀的击剑者。在第一个回合里，他的对手根本没能够动他的一根毫毛。第二个回合刚开始，欧根纽斯就灵巧地向马塞尔刺去，利剑正中他的前胸，马塞尔当场栽倒在地上。

按理说，欧根纽斯应该避开了，可是他却不想离开现场。不管对方还想怎样进行决斗，他都准备奉陪到底。大家都认为马塞尔已经被打死了，可是，就在这时候他又恢复了知觉。在场的外科医生宣布说，他还指望能够对马塞尔进行抢救，这个小伙子不能继续进行决斗了。直到这个时候，欧根纽斯才和泽弗尔一起离开了决斗的现场，回到了家里。"我对你有一个请求，"泽弗尔喊道，"我对你有一个请求，我的好朋友。求求你帮我一下，快把我从梦里弄醒，因为我刚才对你进行了观察，我确实已经相信，我是在做梦。当时站在我面前的并不是一个温文尔雅的欧根纽斯，而是一个无比强大的巨人。这个巨人在决斗时表现得十分出色，他不仅刺剑刺得就像首屈一指的会长老大哥那样准确，而且还具有和他一样的勇气、胆量以及沉着和冷静。""噢，我的泽弗尔，"欧根纽斯回答说，"但愿如此，但愿你的话说得对，但愿这一切只不过是一个噩梦。可是，这不会只是一个噩梦而已，我已经被卷进了现实生活的漩涡。谁也不知道，躲在阴暗角落里的恶势力会把我抛到哪一块暗礁上。这种势力会使我受到致命的伤害，我再也不能进行自救并逃回到我的天堂里去了。我的天堂是一块净土，我相信，这个天堂是不准许阴险的、野蛮的恶魔闯入的。"

"是这样的，"泽弗尔接下去说，"是这样的，而且我还认为，这些阴险的、野蛮的、企图把每一个天堂都破坏掉的恶魔并不是别的东西，而是那些使我们对自己面前那欢快的、纯净的生活产生了误解的欺骗行为，难道不是吗？欧根纽斯，我诚恳地向你请求，请你放弃一个将会毁掉你的决定吧！我对你说过，人们会咒骂你，说你愚蠢和可笑。你会越来越明显地觉察到这种咒骂。你很勇敢，也很坚定。但是，我还可以预言，由于你的新娘子的缘故，你也许还要进行二十次的决斗，因为你没有办法不让人们对你和那位老太太的关系表示嘲笑。但是，你的行为越是能够证明你有勇气，你忠于爱情，人们用来向你和你的行为进行泼洒的碱液也就越浓。你虽然具有大学生的英雄气概，但是，这种气概的所有光辉都将在绝对的市侩作风中黯然失色，而你那位年事已高的新娘子又必然会使你遭遇到这种市侩作风。"

欧根纽斯请求泽弗尔不要再谈论他和教授夫人的婚事了，因为这件事情已经牢牢地扎根在他的内心深处了，是绝对不能够有任何变更的。在这种情况下，泽弗尔只好转变话题，向他提出一个问题：他的击剑技术是从哪里学来的。而现在，欧根纽斯也只想回答这个问题。他用令人信服的口气说，他那高超的剑术应该完全归功于已故的黑尔姆教授。老教授可以说是过去那个时代一个真正的大学生。他对于击剑术以及被旧时大学生们称为"考门特"①的东西给予了非同一般的重视。欧根纽斯差不多每天都必须和老教授进行将近一个小时的击剑运动，起码是出于锻炼身体的目的。这样一来，这个小伙子在这方面便得到了足够的训练，虽然说他从来也没有进过正规的击剑培训馆。

欧根纽斯从格蕾琴那里得知，教授夫人已经出门了，而且中午时分还不能够回来，得到晚上才能够回到家里，因为她在城里有许多事情要去办理。这件事情倒使欧根纽斯感到有一点儿奇怪，因为教授夫人从来也没有这么长时间地离开家里，这完全不符合她的习惯，完全不符合她的生活方式。

结婚以后，黑尔姆教授的书房已经变成了欧根纽斯的书房。现在，他就坐在这个书房里，聚精会神地在做手头上一件重要的植物学方面的工作。在这一时刻，他几乎把早上所发生的那些灾难性的事情统统忘掉了。不知不觉已经到了黄昏时分。这时候，有一辆马车停在了大门口，没过多一会儿，教授夫人便来到了欧根纽斯的房间。欧根纽斯着实吃惊不小，因为他看到教授夫人全身上下都穿着极其华丽的衣服。一般来说，只有在隆重的节日里她才穿上这样漂亮的衣服。她的连衣裙是用黑色的闪闪发光的毛丝织物做成的，具有很好的悬垂性，不仅打了许多装饰褶，而且还镶嵌了许多美丽的布拉邦特花边②。她的头上戴了一顶小巧的、

---

① Komment，旧时大学生的习惯用语，是他们交往准则和形式的总称。
② 比利时布鲁塞尔花边的一种。

古色古香的女式小帽，脖子上戴着一条华丽的珍珠项链，手腕儿上当然还戴着一对豪华的手镯。这一整套服饰起到了很好的穿着效果，教授夫人那高大而丰满的身材由此而显示出了一种极其美好的、令人肃然起敬的风采。

欧根纽斯从他的座位上一跃而起。可是就在这一时刻，白天所发生的各种灾难又在他的脑海里一下子出现了。这真是一种不寻常的现象，连他自己也不知道是怎么回事儿。他不由自主地从内心的深处喊道："噢，我的上帝呀！"

"我已经知道了。"教授夫人说道。她说话的语气虽然很平静，但是，这显然是硬装出来的，根本不能够掩饰住她内心那极其激动的情绪。她又接下去说道："我已经知道了，从昨天起都发生了哪些事情。亲爱的欧根纽斯，我不能够责备你，我也不可以责备你。在我成为他的新娘子的时候，我的黑尔姆也不得不由于我的缘故而进行了一次决斗。不过，这件事情我是在我们结婚十年以后才知道的。我的黑尔姆也是一个文静的、笃信上帝的青年，他肯定不想打死任何一个人。可是，他却没有别的选择。我一直不能够理解，他为什么不能够有别的选择。不过，我们妇道人家对于一些发生在黑暗中，发生在生活阴暗面里的事情的确是不能够理解的。由于我们只想做个女人，又一心一意地想维护女人的荣誉和尊严，所以，我们对这个阴暗面就永远也不能够接近，更没有办法把它看清楚。由于我们对自己的丈夫有一种温柔的顺从精神，所以，我们总是会相信自己的丈夫是一个勇敢的舵手，相信他们所讲述的冒险故事，更相信他们在海上确实绕过了极其危险的暗礁。我们从来也不去探究这些故事的真实性！可是在这里，我还要说一说别的事情——啊，一个人由于不再追求青年时代的那种感官上的欢乐，由于自己生活中那些耀眼的图景已经失去光辉，就可能对生活本身再也看不清楚了。但是，一个完全面向太阳的英才难道能够在世间的泥潭里还没有升起乌云，还没有下起雷雨的情况下就看不见湛蓝色的天空吗？啊！当我的黑尔姆为了我的缘故而和别人进行决斗时，我正好是一个年方二九的妙龄女郎，是一朵盛开的鲜花。人人都说我有闭月羞花之貌，沉鱼落雁之容——因此，大家都嫉妒他。而您——而您决斗却是为了一个德高望重的老太太，为了一桩情况特殊的婚事，而这桩婚事又是那些放荡轻浮之徒不能够理解的。那些不信仰上帝、卑鄙无耻的家伙们也对它进行了肆无忌惮的嘲讽和诽谤。不，您是不可以遭到这种待遇的，您也是不应该遭到这种待遇的！亲爱的欧根纽斯，我现在就请您把您的话收回去！我们不得不分手了！"

"我永远也不会这样做的。"欧根纽斯喊道。与此同时，他还扑倒在教授夫人的脚边，并一边亲吻她的两只手一边说道："怎么，难道我不应该为我的母亲流尽最后一滴血吗？"现在，他以极其真诚的态度，流着热泪恳请教授夫人，一定要说话算数。这也就是说，她一定要牢记：上帝已经向他赐福，授予他一个圣职，做她的儿子！"但是，我是一个倒霉的人，"欧根纽斯突然跳了起来并说道，"我的一切不都被毁掉了吗？我的全部希望，我一生的全部幸福不都彻底地完蛋了吗？马塞尔也许已经死了——紧接着，人们就会把我拖到监狱里去。"

"请您冷静下来。"教授夫人说道。与此同时，她的脸上还流露出了一丝妩媚的微笑，并由此而显示出了一种表情，说明老天爷也为她感到幸福和喜悦。她又接着说："请您冷静下来，我亲爱的、心地善良的好儿子！马塞尔已经没有任何危险了，令大家感到万幸的是，您刺的那一剑并没有伤害到他任何一个致命的部位。我在我们那位深受大家尊敬的校长那里待了好几个钟头。他和你们同学会的会长、你们决斗的助手以及好几位亲眼目睹了这个事件全过程的同学谈过话。'这不是一场粗野的、胡闹性质的打架斗殴，'那位尊贵的、白发苍苍的老校长说，'欧根纽斯受到了极大的污辱，他没有别的办法来回敬对方，只能够对他加以责骂。而马塞尔也没有别的选择，只能够选择决斗。到目前为止，我还没有听到任何声称欧根纽斯应该受到惩处的说法，即使有这样的说法，我也是知道应该如何对它们一一妥善地加以处理的。'"

听了这些话之后，欧根纽斯感到一阵狂喜，竟高兴得高声地喊叫了起来。就在这一时刻，就连苍天也好像被这个异常兴奋的青年，被他那颗虔诚的心所感动。于是，它好像便高兴地露出了最美好的笑容，以对欧根纽斯进行一番热情的赞扬。在这种气氛的感染下，教授夫人也感到异常高兴，于是便做出了让步，答应了欧根纽斯的恳求：一定要在最短的时间里就举办他们的结婚典礼。

他们想采取低调的形式举办婚礼，尽量不去惊动别人。在他们举办婚礼的前一天晚上，到了夜深人静的时候，从教授夫人住宅前面的大街上不时地传来了压低了的耳语声和咯咯的笑声。这是一些聚集在这里的大学生。欧根纽斯的心中燃起了怒火，于是便急速地向自己那把利剑奔跑了过去。教授夫人感到十分惊恐，面如土色，连一句话也说不出来了。就在这个时候，从大街那边传来了一个嘶哑的声音："你们是不是打算向这对新婚夫妇献上一首优美的小夜曲？如果是的话，那么我会伴随着这首小夜曲为你们助兴的。但是，明天我要和你们跳一会儿舞，你们谁也不许拒绝，只要你们还能够站立起来的话！"

聚集在房前大街上的大学生们都默默地、一个接一个地离开了。欧根纽斯从窗户向外面张望了一下，在路灯微弱的灯光下他清清楚楚地看到了马塞尔的身影。他站在石子路的中间，一直等到聚集在这里的大学生们都离开了以后他才离开。

他们只邀请了已故教授黑尔姆的几个老朋友前来参加他们的婚礼。等他们走了以后教授夫人说道："我实在不知道我们的格蕾琴怎么了。她为什么哭了，她好像感到十分痛苦、十分绝望似的。这个可怜的孩子肯定会以为，我们结婚以后就不会像以前那样关心她了。其实，我们是不会那样做的！我的格蕾琴永远都是我可爱的小女儿，这是永远都不会改变的！"教授夫人一边这样说一边把刚好走进房间的格蕾琴搂到了怀里。"的确是这样的，"欧根纽斯也说道,"格蕾琴是我们可爱的好孩子。她在植物学的学习方面进展得也很顺利,她在这方面肯定也会大有前途的。"他一边说一边把格蕾琴拉到自己的面前,并且还吻她一下。若是在平常他是绝对不会做出这个动作的。可是,格蕾琴却好像死了过去,一下子就昏倒在他的怀里。

"你怎么啦?"欧根纽斯喊道,"你怎么啦,格蕾琴?难道你是一棵小小的含羞草吗?只要有人摸你一下,你就吓一跳,并且立刻就把自己的叶子蜷缩起来吗?"

"这个可怜的孩子肯定是生病了,教堂里那种污浊、潮湿、阴冷的空气对她的身体肯定没起好作用。"教授夫人一边说这些话一边用一种具有强壮作用的药水来擦抹她的前额。过了一会儿,格蕾琴终于睁开了双眼,并从内心的深处发出了一声叹息。接着她便说道,她刚才突然产生一种感觉,好像她的心脏被人深深地刺了一刀。不过,现在这种感觉已经完全过去了。

第三章

恬静的家庭生活。离开巢穴,飞到外面的世界里去。西班牙人费尔米诺·瓦利斯。一个聪慧的朋友所发出的警告。

当时钟敲响五点的时候,欧根纽斯也正好从他黎明时所做的那个美梦中醒了过来。他在梦中梦见了一种稀有植物被保养得很好的标本。醒来以后他便起了床,穿上了老教授遗留下来的那件绘有植物图案的睡袍,然后就开始了自己的研究工作,一直干到那个精巧的小铃铛被摇响为止。小铃铛被摇响的时间正好是早上七点。它的声音是一种信号,这个信号告诉欧根纽斯,教授夫人已经起床了,而且已经穿好了衣服。这个信号还告诉欧根纽斯,咖啡已经煮好了,而且就放在她的房间里。欧根纽斯走进了这个房间,他先向教授夫人请安,并且亲吻了她的手。这样的做法完全像一个孝顺的儿子向自己的母亲请安那样。请安以后，他便拿起了桌子上那个已经装好了烟丝的烟斗，接着便用格蕾琴拿在手中，并且向他递过来的那个引火纸卷把它点着。

　　大家亲亲热热地谈着话，不知不觉地已经到了八点钟。到了这个时候，欧根纽斯便走下楼去。根据季节以及天气的情况，他或者来到花园里，或者来到温室里，并在那里进行管理花草树木的工作，一直干到十一点钟。然后他就穿上正规的衣服，并于十二点钟来到餐桌前。要是欧根纽斯在进餐时说上几句赞美的话——例如他说，餐桌上的鱼煎得非常好，不仅不干硬，而且还有滋有味儿，所用的调味品也是恰如其分的——那么，教授夫人就会感到极其高兴，并会脱口喊道："你和我的黑尔姆完全一样，完全一样。他也经常夸奖我的烹饪技术。说实在的，这样的丈夫是很少见的，许多家庭里的男人都做不到这一点。这些男人有时候竟然还说，什么地方的饭菜都好吃，就是自己家里的饭菜不好吃！的确是这样的，亲爱的欧根纽斯，您的那种开朗、和善的性情和我那已经作古的丈夫简直是一模一样！"他们就这样讲述着已故老教授在他那平静而简朴的生活中所表现出来的一个又一个的优点。教授夫人对于讲述这些事情可以说是乐此不疲，她几乎有一点儿喋喋不休了。这些事情虽然也早已为欧根纽斯所熟知，但是，教授夫人每讲一次，他都重新受到一次感动。这个小家庭的每一顿饭都是简朴的，他们在快要吃完饭的时候，常常为了表示对老教授的怀念而干杯，而喝尽最后的几滴葡萄酒。

　　下午过得和上午一样，欧根纽斯在下午也是进行他的研究工作，一直工作到晚上六点钟。这时候，一家人又聚集到了一起。接下来，欧根纽斯便一连花上一两个小时给格蕾琴上课，讲解这门科学或者那门科学，教授这门语言或者那门语言，教授夫人也都在场。八点钟的时候他们便吃晚饭，十点钟的时候大家便去睡觉。

　　他们就这样毫无变化地度过每一天，只是星期天情况有所不同。星期天的上午，欧根纽斯和教授夫人以及格蕾琴一起上教堂。这时候，欧根纽斯穿着老教授的这件礼服大衣或者那件礼服大衣。这些衣服都是老教授星期天才穿的，它们之中有几件颜色很少见，还有少数的几件剪裁的式样也十分特殊。欧根纽斯穿上老教授的礼服大衣显得很魁伟。星期天的下午，如果天气允许的话他们便驱车出去兜风，目的地是离城里不太远的一个小村庄。

欧根纽斯就一直过着这种修道院式的简朴生活，他并不渴望摆脱这种生活，因为他觉得，这种生活里已经包含了他的全部事业和整个生命。可是，他有时候也会对自己的机体产生错误的认识，结果他的精神也会产生不幸的误解，并进而违抗了现存的生活条件。在这种情况下，他的内心里便会滋生出损害健康的病毒，他甚至还会因此而生病。其实，他这时所害的病就是一种自疑患病的疑心病。这种病使欧根纽斯变得安于现状，不爱交际。他的全部活动都进入了僵化状态。这种状态又反过来影响他，使他越来越多地丧失了他那无拘无束的开朗性格。这种状态还使他产生了一种错觉，好像他自己小圈子以外的一切都是冷酷无情的，粗暴生硬的，令人生畏的。只有在星期天他才和教授夫人——既是他的夫人又是他的母亲——一起走出家门，平常他总是足不出户。这样一来，他便和所有的朋友都失去了联系。他甚至还尽最大的努力来避免别人的来访。就连他忠诚的老朋友泽弗尔来访时，他也十分明显地感到不快，并且还表示出了不欢迎的态度。慢慢地，这个老朋友也远远地离开了他。

"你现在已经变成了这个样子。对于我们来说，你已经死去了，肯定已经死去了。如果你醒悟过来，从而意识到了自己现在的状况的话，你肯定会大吃一惊，甚至会被吓死的！"

当泽弗尔上一次离开他这个不可救药的朋友时，他向欧根纽斯说出了上面的这段话。可是，欧根纽斯却把这些话当成了耳旁风。他从来也没有想到，要把这些话好好地品味一下，看看泽弗尔的这些话到底是什么意思。

没有过多久，欧根纽斯精神上的疾病就把它的征候反映到了主人的脸上。他的脸上没有一丝血色，青年人那种炯炯有神的目光也从他的脸上消失了。他使用的语言也都是那些心胸狭窄的人们所使用的语言，苍白无力，毫无生气。如果人们看见他穿着已故老教授的礼服大衣，人们便会不由自主地以为，这位老先生肯定想把这个年轻人从他的礼服大衣里驱赶出去，并且把它穿在自己的身上。教授夫人为这个年轻人感到担忧，曾多次进行探询，问他是不是感到身体不舒服，要不要去看看大夫。可是，她的这些努力都是徒劳的，因为欧根纽斯态度坚决地向她保证说，他还从来没有感到自己的身体像现在这么好。

有一天，欧根纽斯坐在花园的亭子里，专心致志地在看一本书。这个时候，教授夫人却走了进来。她在他的对面坐了下来，默默地对他进行了一番观察。欧根纽斯由于正在看书，所以，对于她的到来似乎并没有察觉。

"这种情况，"教授夫人终于开始说话了，"这种情况我可不想见到，而且我从来也没有想到，从来也没有预感到！"

教授夫人说这番话的时候，语气严厉尖锐，和平常大不一样。这使欧根纽斯几乎吓了一大跳，因此便一下子从座位上站了起来。

"欧根纽斯，"教授夫人用比刚才温和了许多的语调接着说，"欧根纽斯，您完全避开了外面的世界，这就是您的生活方式。但是，这种生活方式是会把您的青春年华搞得面目全非的！您把自己关在这栋房子里，过着寂寞的、修道院式的生活。您完全是为了我以及植物学而生活，而且您还认为，我不应该因为这些事情而责备您。但是，我是不能够不责备您的。我心里的想法和您的想法并不一样，我并不主张您为了维系和我的婚姻关系而牺牲掉自己最美好的青春年华。由于您错误地理解了这种婚姻关系，所以您才做出这种牺牲。欧根纽斯，您不要这样做，您应该走出去，走到外面的生活中去。可以肯定地说，这样的做法对于您那种和善的性情是绝对不会有任何危害的。"

欧根纽斯态度坚决地说，他把自己的小圈子看成了自己唯一的故乡和乐土。他对于这个小圈子以外的一切东西，都怀着一种厌恶的感情。他又说，他之所以不愿意走到外面的世界去至少还有一个原因，那就是他和别人在一起的时候总是感到有点儿害怕，不舒服。他还说，他之所以不愿意走出家门说到底还有另外一个原因，那就是他根本就不知道，他应该怎样走出家门，怎样摆脱与世隔绝的生活方式。

这个时候，教授夫人又恢复了惯常的友好态度，并且对他说道，黑尔姆教授也和他一样，也全身心地投身到研究工作中去，而情愿过着寂寞孤独的生活。虽然如此，可是他却经常走出去。在他年纪还轻的岁月里，他几乎每天都去一家咖啡馆。光顾这家咖啡馆的人多半都是学者、作家，当然更多的还是一些外国人。这样一来，他就可以与外面的世界和生活经常不断地保持接触。他在那里经常能够听到一些消息，这就使他的科学工作获得了丰厚的收获。欧根纽斯，您也应该这样去做。

如果不是教授夫人极力坚持，欧根纽斯简直就不可能改变自己的态度，就不可能真的大胆地走出自己的隐居之处。

教授夫人所指的那家咖啡馆确实是作家们聚会的地方，它同时也是一些外国人经常光顾的场所。到了晚上，咖啡馆的几个大厅里总是聚集着来自各个方面的人们。熙熙攘攘的嘈杂声此起彼伏。

人们完全能够想象出来，一向过着隐居生活的欧根纽斯第一次走进这个熙攘杂乱的人群时会产生一种多么不同寻常的心情。过了一会儿他发现，并没有一个人注意他。直到这个时候他才感觉到，他那种惴惴不安的心情已经慢慢地消失了。他越来越摆脱了拘束和羞怯，甚至变得相当洒脱了。于是，他便向一个站在那里无事可做的招待随便点了一份冷饮。接着，他又挤进了吸烟室，在一个角落里找了一个座位坐下，并暗暗地倾听着别人那些牵涉各种内容的谈话。这个时候，他的精神已经完全放松下来了，态度也变得沉着镇静了，因此，他便按照自己的嗜好，点起烟斗抽了起来。他身边的那些人欢快地、高声地吵闹着，每个人都有自己的活动。这种气氛神不知鬼不觉地对欧根纽斯产生了影响，于是，他便采取了一个舒服的坐姿，并怀着愉快的心情，高高兴兴地抽起烟来，并从自己的嘴里吹出了蓝色的烟雾。

有一个人在紧靠着他的地方坐了下来。他是一个有教养、讲礼貌的人。从这一点可以看出来，他是一个外国人。他是一个风华正茂的男人，个头儿不算高，甚至可以说是比较矮小。他的身材特别匀称，体态特别健美。他的每一个动作都很敏捷，灵活。他的脸上也充满了特有的表情。但是，他却没有办法和被他叫过来的那个招待沟通思想。他越是因此而着急，千方百计地想说明自己的意图，越是激动和愤怒，他那结结巴巴说出来的德语就越是显得奇特和难以理解。最后，他终于用西班牙语大声喊了起来："你这个人怎么这么愚蠢，我简直要急死了。"欧根纽斯不仅能够很好地听懂西班牙语，而且还能够说一口流利的西班牙语。看到这个情景，他终于战胜了一切害羞心理，向那个外国人走过去。他毛遂自荐，自告奋勇地为他当起了翻译。那个外国人用逼视的目光看了他一番，紧接着，他的脸上一亮，并露出了优雅的、友好的表情。他以十分肯定的语气说，他感到特别幸运，因为他在异国他乡居然碰到了一个能够说他的母语的人。他知道，尽管在世界现存的语言中他的母语大概算是最美的语言，但是，能够说这种语言的人并不算多。他还对欧根纽斯的发音进行了一番赞扬。赞扬的话说到最后时他又说道，他能够认识欧根纽斯虽然是他偶然得到的恩惠，但是，他也一定要让这次结识变得更加紧密。为了达到这个目的，他觉得最好的方式莫过于邀请欧根纽斯和他一起喝上几杯非同寻常的葡萄酒。这种葡萄酒是用生长在西班牙大地上的葡萄酿造出来的，劲头相当猛烈，喝了之后能够使人从心眼里感到高兴。

那个外国人让侍者拿来了一瓶克塞莱斯葡萄酒。欧根纽斯喝了几杯以后，整张脸都变得通红，看上去就像一个感到害羞的孩子。这时候，他觉得有一股暖流流过了他的内心深处，并且感到特别舒服。这种情况使他产生了特别强烈的谈话兴致，于是，他便十分快乐地和那个外国人聊了起来。

那个外国人对欧根纽斯默默地注视了一会儿，然后终于开始说话了。他说，他并不想对欧根纽斯的装束做出任何使他感到不快的解释和评论。但是，他还是得承认，他在看到欧根纽斯的第一眼时就对他的外表感到异常诧异。他那张青年人的脸庞以及他的整体修养和他所穿的那套旧式的，甚至有些古怪的衣服形成了强烈的反差。这使他感到特别惊奇，以至于他不得不去猜测，觉得欧根纽斯之所以如此着装肯定是出于某些十分特殊的考虑。正是出于这些特殊的考虑，欧根纽斯才不得不把自己打扮得如此丑陋和难看。

欧根纽斯的脸庞又一次红了起来，因为这时候他匆匆地看了一眼他的衣袖。衣袖呈桂皮色，袖口的翻边上还镶有镀金的纽扣。这个时候，就连他自己也强烈地感觉到，和大厅里的人们相对照，他是多么的奇特，多么的显眼，又是多么的与众不同。如果跟那个坐在他对面的外国人相比较，他就更加显得扎眼了。那个外国人穿着最新款式的黑色外衣以及最高档的、白得耀眼的衬衫，胸前还佩戴着镶有钻石的胸针。他的这种打扮简直使他变成了"时髦"的代名词。

还没等欧根纽斯做出回答，那个外国人又接着说了下去。他说，按照他的性格，他是绝对不去追问别人的生活环境和境况的。然而，欧根纽斯的形象却引起了他的极大兴趣，以至于他不能不向欧根纽斯承认，他确确实实把欧根纽斯看成了一个为不幸和极大的忧虑所烦恼的年轻学者。他那苍白的、由于忧虑而变得憔悴的面容就充分地说明了这一点。他认为，欧根纽斯身上穿的那件古式衣服肯定是某一个老慈善家捐赠的。看来欧根纽斯实在是没有别的衣服可穿了，所以才被迫穿上了这样的衣服。那个外国人又说，他想帮助欧根纽斯，他也能够帮助欧根纽斯。他已经把欧根纽斯看成了自己的同胞。就是为了达到这个目的，他才请欧根纽斯把各种谨小慎微的顾忌都统统抛到一边去，对他敞开胸怀，把他当成自己亲密无间、久经考验的好朋友。

欧根纽斯的脸庞第三次红了起来。但是，他现在的感情是痛苦的，甚至是愤怒的，其原因就是老教授黑尔姆的那件倒霉的礼服大衣，因为这件衣服看来不仅仅使那个外国人一个人产生了误解，而是使大厅里所有的人都产生了误解。不过，正是这种愤怒的感情才使他向那个外国人敞开了心扉。他向那个外国人坦白地说出了自己的全部情况。他谈到了教授夫人以及她的热情，这种热情使他对年事已高的教授夫人产生了真正的、孩子般的爱。他还用极其坚决的语气说道，他是世界上最幸福的人。他还说，他希望他现在的状况能够永远地维持下去，一直维持到他离开这个世界。

那个外国人聚精会神地倾听了欧根纽斯所讲的这些话。然后他便用明显提高了的嗓门说道："我的生活有一段也很孤独，而且比您还要孤独得多。若是别人一定会把这种孤独称为'绝望'。在这样孤独的日子里我曾经认为，我的命运已经注定，我不应该再提出什么要求了。就在这时候，生活的浪涛发出了巨大的澎湃声。它的漩涡把我紧紧地抓住，并且用力地向下拖去，眼看就要把我拖进海洋那无底的深渊里去了。但是，我是一个会游泳的人，是一个勇敢的人，因此，我便很快地控制住了自己的身体，并且还使自己向水面上游去。到了这个时候，我就高高兴兴地、愉愉快快地畅游在亮如白银的波涛之上了，再也不惧怕海洋那令人感到绝望的、隐藏在汹涌的巨浪下面的无底深渊了。只有站在高处人们才能够理解，什么是生活。生活的第一个标准就是，人们能够使内心的要求得到满足，并且享受由此而得到的喜悦。现在就让我们为了欢快的、明朗的生活享受而干杯吧！"

欧根纽斯虽然和那个外国人碰了一下酒杯，但是，他对于那个外国人所说的话却没有完全听懂。那个外国人用响亮的西班牙语所说的话语他听起来就像是一种音乐。这种音乐虽然为他所不熟悉，但是，它的声音却有力地钻进了他的内心深处。他觉得，那个外国人用一种特殊的方式把他吸引过去了。但是，他自己却不知道，他为什么被那个外国人吸引了过去。

两位新结识的朋友臂挽臂地离开了咖啡馆。正当他们在大街上要分手告别的时候，碰巧泽弗尔也来到了这条大街上。当泽弗尔看见欧根纽斯时，这位老朋友感到异常惊讶，竟忘记往前走路，泥塑似的站在原地不动了。

"你告诉我，"泽弗尔说，"看在老天爷的分儿上，你一定得告诉我，你今天这是怎么回事儿？太阳怎么竟然从西边出来了？你竟然上了咖啡馆？你竟然和一个外国人打得火热，甚至变成了亲密的朋友？更有甚者，你看起来很激动，满脸通红，就好像是你不顾自己的酒量，多喝了一杯酒似的！"

欧根纽斯向泽弗尔讲述了事情的全部经过。他讲述了教授夫人是如何坚持要他去这家咖啡馆的。他也讲述了他是如何在走进咖啡馆后结识那个外国人的。

"教授夫人，"泽弗尔喊道，"教授夫人这个老太太对于生活具有多么深刻的洞察力啊！实际上，她已经看到了，她的小鸟现在羽毛已经丰满了，因此，她便让这只小鸟试着练习飞翔了！哦，这是一个多么聪明、多么有见识的女性啊！"

"我请你，"欧根纽斯回应道，"我请你不要谈论我的母亲了。她一心一意地想让我获得幸福，让我感到满意。我之所以能够结识刚刚离开我的那个好人，这正是她对我充满了善意的结果，我确实应该把这件好事归功于她。"

"那个好人？"泽弗尔打断了朋友的话并说道，"噢，我对那个家伙可是连一点儿也信不过。我顺便告诉你一下，他是一个西班牙人，是西班牙伯爵安热洛·莫拉的秘书。这位伯爵来到这里的时间并不算长，但是，他却已经搬进了城郊那栋美丽的别墅里去了。正像你所知道的那样，这栋别墅本来是属于银行家奥夫德恩的。可是，这位银行家现在已经破产了。不过，你从你那个朋友本人那里是可以了解到我说的这些情况的。"

"这些情况我连一点儿也不知道，"欧根纽斯回答说，"我根本没有想到，去问一问他的身份、地位和名字。"

"你这就是，"泽弗尔一边大笑一边继续说道，"你这就是一种地地道道的世界主义者的思想方法，诚实的欧根纽斯！那个家伙叫作费尔米诺·瓦利斯。他肯定是一个大骗子，因为我每一次看到他时，我都明显地感觉到，他这个人有点儿阴险。就这样，每当我碰到他时，我都是采取了敬而远之的做法。你可要当心啊——你可要多长个心眼啊，噢，我的心地善良的教授之子！"

"我现在有点儿看出来了，"欧根纽斯十分不高兴地说道，"你的目的就是要用你那些铁石心肠般的看法来伤害我，来惹我生气。但是，我要告诉你，你是迷惑不了我的。我能够听到，在我的内心深处有一种声音。我只相信这个声音，我只遵循它的旨意。"

"但愿你的命运，"泽弗尔回答说，"但愿你的命运能够由老天爷来安排，但愿你内心深处的那种声音不是由一个冒牌儿的神谕宣示所发出来的！"

就连欧根纽斯自己也不能够理解，为什么他在刚刚结识那个西班牙人的时候，就能够把自己内心世界的一切和盘地向他吐露出来。他当时还非常激动，他把这种不同寻常的激动归因于结识朋友最初时刻所产生的神秘力量。由于那个外国人的形象一直清晰地停留在他的脑海里，就是他想擦掉它也是擦不掉的，因此他只好向自己承认，那个外国人的整个举止行为向他表明，他的这位新朋友是深奥莫测的，甚至是神奇的，他那真正的魔力在自己的身上已经产生了作用。欧根纽斯觉得，泽弗尔之所以对这个西班牙人心存芥蒂，莫名其妙地不信任，其根源好像就是那个外国人那种与众不同的举止行为。

当欧根纽斯第二天又来到这家咖啡馆时，他看见那个外国人好像在十分焦急地等待着他的到来。那个外国人说，他昨天很不对，因为他没有对欧根纽斯对他的信任做出回应，没有把自己的生活环境和情况也向欧根纽斯作一番介绍，而现在，他就来补做这件事情。他说，他叫费尔米诺·瓦利斯，是一个土生土长的西班牙人。现在，他是西班牙伯爵安热洛·莫拉的秘书。他是在奥格斯堡遇见他的，并和他一起来到了这里。

欧根纽斯回答说，所有这些情况他昨天已经从他的一个叫作泽弗尔的朋友那里听说了。那个西班牙人的脸色一下子就变得通红，可是，他的脸色也一下子又恢复了正常。紧接着，他便发出了咄咄逼人的目光，并用近乎讽刺挖苦的语气说道："我简直不能够相信，一些我从来就没有关心过、没有过问过的人居然能够这么瞧得起我，向我表示出了这么高的敬意，竟在暗中了解我的情况。但是我很难相信，您的那位朋友能够在您的面前把我做一番全面的介绍，能够比我更了解我自己。"

现在，费尔米诺·瓦利斯已经非常相信他的新朋友了，因此，便毫不隐讳地向欧根纽斯讲述了自己的经历。在他几乎还是一个孩子的时候，他那些势力强大的亲属便使用阴险的、狡猾的手段对他进行诱骗，使他进了一所修道院。他的那些亲属还迫使他向上帝立下誓言。但是后来，他还是在内心深处背叛了这些誓言。很显然，他在修道院里已经面临着病倒不起的危险，因为在那里他在精神上持续不断地受到不可名状的折磨。实际上，他已经处于了绝望的境地。这时候，他的内心已经产生了一种不可抗拒的愿望，那就是一定要使自己重新获得自由。后来，命运向他施恩，给他提供了一个这样的机会，于是他便逃出了修道院。现在，费尔米诺用生动的语言，绘声绘色地描绘着那所修道院里的生活。这所修道院对一切都有严格的规定，而这些规定实际上却是来源于对宗教那种五体投地的、狂热而又盲目的信仰，来源于这种信仰所产生的极大的愚蠢和疯狂。当年，费尔米诺不时地对外面世界里的生活进行憧憬，他觉得那里的生活简直就是一幅五光十色的图画，和修道院里的规定形成了鲜明对比。外面世界的生活是那样的丰富多彩，一个缺乏才智、没有冒险精神的人是绝对不可能想象出来的。

欧根纽斯觉得，自己的四周都充满了魔法，他已经被这些魔法包围住了。他相信，他在这个梦幻般的魔镜中看到了一个他从来也没有看到的，并且充满了优秀人物的新世界。他的胸中不知不觉地充满了一种强烈的渴望，希望自己也能够成为这个世界的一员。他对一些事情感到惊奇，这些事情又使他不由自主地想到了这个问题或者那个问题。他注意到，他所感到的惊奇引起了那个西班牙人的微笑。朋友的微笑又使欧根纽斯感到羞怯，面颊不由自主地红了起来。从年龄上看，他已经是一个成年人了。可是，从他的实际表现上来看，他却仍然像是个小孩子。这个想法一下子涌上了他的心头，并使他感到有些沮丧！

就这样，那个西班牙人便日甚一日地赢得了对没有处世经验的欧根纽斯的控制。只要欧根纽斯惯常外出的时间一到，这个小伙子便急急忙忙地赶往咖啡馆。而且，他在咖啡馆里待的时间也越来越长了。虽然他自己并不想承认，但是客观事实却是，他已经不愿意离开咖啡馆里那个轻松愉快的世界了。他对于从那里回到自己家里那片荒僻之地而感到心惊胆战。

到目前为止，费尔米诺和他的新朋友一起活动的范围还很小。他当然知道，如何巧妙地把这个小圈子加以扩大。他和欧根纽斯一起去看戏，一起到外面去散步。一般来说，活动结束时他们总是一起走进某一家餐馆。在餐馆里，他们喝着烈性酒，这种饮料使欧根纽斯的情绪不断放松，并很快就达到了无比兴奋的境地。

深夜时分他才回到家里，接着便胡乱地躺到床上。上床以后，他并不像以前那样，安安静静地去睡觉，而是热衷于去做一些乱七八糟的梦。在这样糊里糊涂的梦境里，他经常看到一些图像。若是在过去，这些图像肯定会使他感到恐惧。第二天早上，他感到筋疲力尽，浑身酸软，根本没有能力再去进行科学研究工作。

一直要等到他惯常去见那个西班牙人的时刻，那些把他的生活搞得乱七八糟的妖魔鬼怪才又都回到了他的身上，并以不可抗拒的力量驱使他离开自己的家门。

就在欧根纽斯又想急急忙忙地离开家，赶往咖啡馆的时刻，他总还是按照平常的习惯，伸着脑袋向教授夫人的卧室里看上一眼，其目的只在于匆忙而草率地向她告个别。

"欧根纽斯，请您走进来，我有话要跟您说！"教授夫人冲着他喊道。她说这些话的时候，语气是非常严厉的，具有一种极其特殊的严肃性，以至于欧根纽斯被这突如其来的喊声惊呆了，因此，他就像是中了魔法似的站在原地不动了。

他定了定神儿，然后就走进了教授夫人的房间。可是，他却不能够忍受老太太的目光，因为在她的目光里不仅有极大的烦恼，而且还有老人家舍弃自己的尊严，俯身低就的成分。

这个时候，教授夫人以平静而又坚定的口气对这个年轻人进行了一番责备，说他抵不住别人的诱惑，已经一步一步地接受了一种不良的生活方式。她还指出，这种生活方式对于人们的声誉和品德以及良好的社会风气和秩序都抱着嘲讽的态度，总有一天会把他彻底毁掉的。

教授夫人在责备欧根纽斯时很可能发生了一种情况，那就是老人家当时想到了比较古远的、比较和美的时代，并且过分地用那个时代的道德风尚来衡量今天青年人的生活条件和方式。她那段长时间的、惩处性质的告诫有时候变得过于激烈，以至于她的告诫竟变成了训诫，超出了应有的尺度。

这样一来，教授夫人的训诫就不可避免地出现了下面的结果：欧根纽斯这个小伙子虽然已经开始感觉到了自己的过错，但是，他的这种感情很快地就转变成了强烈的不满，因为他心里越来越强烈地坚信，他永远也不会任凭别人对自己进行真正严厉的训斥，他永远也不会让老太太养成这个坏习气。就像人们在日常生活中经常看到的那样，教授夫人对欧根纽斯的这场指责也是一点儿作用也没有起到。实际上，她的责备根本就没有完全到达这个有过错的年轻人的内心深处，而是被他的胸膛给反弹了回去。

教授夫人终于结束了她那惩处性质的告诫。但是，在结束前她还是用冷冷的，几乎是蔑视的口气说道："您自己看着办吧！您走吧，您愿意干什么就干什么去吧！"这个时候，他本来就有过的那个想法——自己已经到了男子汉的年龄了，怎么仍然还像一个小孩子呢——又回到了他的脑海里，而且还变得更加强烈。"可怜的小学生啊！难道你永远也摆脱不了老师的惩戒鞭子吗？"有一个声音在他的内心里这样说道。他离开了家，向咖啡馆赶去。

第四章

安热洛·莫拉伯爵的花园。欧根纽斯的欣喜若狂和格蕾琴的痛苦不堪。危险的结识。

当一个人为深深的气恼、为强烈的反抗情绪所包围的时候，他往往更愿意把这种心情关在自己的心里，而不向别人表露。对于欧根纽斯来说，情况也是这样。当他已经来到咖啡馆的门前时，他并没有走进去，反而快步地离开了那里，并不由自主地向广阔的郊外赶去。

他来到了一个花园的门前。花园的栅栏门很宽，花园里那馥郁的香气向他迎面扑来。他向花园里张望了一番，他所看到的情景使他异常吃惊。在这种情况下，他便一动不动地站在那里了，两只脚好像是牢牢地生了根。

这里好像有一种巨大的魔力，这种魔力从最遥远的地方，从世界各个不同的地区把那里的树木和灌木移植到了这里。这些植物来到这里以后仍然生长得十分茂盛，和在原产地并没有什么两样。它们以极为罕见的颜色和形态构成了一种五彩缤纷的组合，异常显眼，引人注目。那些宽阔的过道从这片具有魔力的树林中穿过，并把那些来自外地的树木、灌木和半灌木圈围起来。欧根纽斯从来也没有看见过这些植物，他只知道它们的名称，只看见过它们的图片或在书中看见过它们的插图。就连那些他在自己的温室里精心培植过的花卉，在这里也是另一番景象。它们朵朵绽放，丰盈完美，这种情景是他从来也没有想象到的。

通过中间的那条过道他可以一直向远处望过去，过道的尽头有一个不小的圆形广场。广场的中央有一个用大理石做成的水池子，那里有一座半人半鱼的海神塑像，它正向高处喷射出水晶般的水柱。银白色的孔雀趾高气扬地朝着欧根纽斯所在的方向走来，锦鸡沐浴在被西沉的太阳照耀成火红色的水池子里。在离大门不太远的地方有一棵正在盛开的、美丽的曼陀罗。它的花朵很大，呈喇叭口形，不仅雍容华贵、十分壮观，而且还馨香无比。看到这种情形，欧根纽斯不由自主地感到羞愧，因为他想到了自己花园里的曼陀罗，想到了它们那副可怜巴巴的样子。由于曼陀罗是教授夫人最喜爱的花卉，所以，这个时候欧根纽斯竟然忘掉了一切气恼，并且在内心里想道："哎呀！若是我那心地善良的母亲能够在她自己的花园里也有这样的一株曼陀罗，那该多么好啊！"就在这一时刻，一种为欧根纽斯所不知晓的乐器发出了甜美的和弦声。这种和弦声是从远处那片充满魔力的灌木丛中飘荡而出的。好像是傍晚时分的空气把这种和弦声传送到了欧根纽斯的耳朵里。与此同时，一个女子美妙的、天仙般的歌声也欢快地向高处传去。她唱的这首歌曲所表达的内容只能是南欧人那种强烈的爱情，而这种感情显然是发自她的内心深处的。这是一首西班牙的浪漫曲，而刚才唱这首歌的人是隐居在这里的一个女人。

他内心最深切的忧伤给他带来了甜美而又不可名状的痛苦，他内心炽热的渴望使他产生了热烈感情。所有这一切都一起向这个年轻人的心头袭来，并且一下子就把他牢牢地控制住了。他的感官使他异常兴奋，使他已经进入了一种如醉如痴的状态，因为他的感官向他展示了一个遥远的魔幻之国。这是一个他根本就不知道的国家，这是一个充满了梦幻和令人心驰神往的国家。他跪倒在地上，并把自己的脑袋紧紧地贴靠在栅栏门的立杆上。

这时候，有人向栅栏门走来。那个人的脚步声惊动了欧根纽斯。他急急忙忙地走开了，因为他不愿意让陌生人看到自己那副激动不已的样子。

尽管已经到了黄昏的时分，可是欧根纽斯却看到，格蕾琴仍然在花园里侍弄着那里的植物。

格蕾琴并没有抬起头来看他，而是用轻轻的、胆怯的声音说道："晚上好，欧根纽斯先生！""你怎么啦？"欧根纽斯喊道，因为姑娘那种不寻常的忧郁表情引起了他的注意。他又继续问道："你到底怎么啦，格蕾琴？你倒是抬起头来看着我呀！"

格蕾琴抬起头来看了欧根纽斯一眼。可是与此同时，从她的眼睛里也涌出了晶莹的泪水。

"你到底怎么啦，亲爱的格蕾琴？"欧根纽斯一边重复着自己的问题，一边握住了姑娘的手。可是这时候他觉得，姑娘的内心里好像突然闪过了一阵疼痛。她的四肢在颤抖，胸脯也一起一落，原本的哭泣也一下子变成了剧烈的抽噎。

一种奇异的感情充满了欧根纽斯这个年轻人的内心世界。在这种感情中，最主要的成分也许就是对格蕾琴的同情。

"我的天老爷呀，"欧根纽斯极其痛苦地、怀着极大的同情心说道，"我的天老爷呀，你哪里不舒服？你出了什么事儿，我亲爱的格蕾琴？看来你是生病了，而且病得还不轻！你过来，快坐下，把一切都告诉我！"

欧根纽斯一边说这些话，一边把姑娘搀扶到花园里的一条长凳旁，并且让她坐了下来。然后，他自己便坐到格蕾琴的身旁。他一边轻轻地握着她的手，一边重复道："把一切都告诉我，我亲爱的格蕾琴！"

姑娘透着泪花微笑了一下，看起来就好像破晓时分东方发出了玫瑰花般的微光似的，这使她显得十分好看。她深深地叹了一口气，看起来她好像已经战胜了自己的痛苦，内心里也好像已经充满了难以描述的喜悦和使她反倒感到甜蜜的忧伤。

"我可能是，"她低垂着眼帘，用非常低的声音说道，"我可能是一个愚蠢的、头脑简单的傻丫头。只是用想象来看待周围的一切，而不是去看客观事实，甚至是完全靠想象来看待周围的一切！的确是这样的，"她紧接着又用更高的声音说道，"的确是这样的——的确是这样的！"说这些话的时候，泪水又从她的眼睛里涌了出来。

"你快镇静下来，"欧根纽斯惊慌失措地说，"你快镇静下来，亲爱的格蕾琴。你要相信我，快给我讲一讲，你遇到了什么倒霉的事情？什么事情竟使你这么震惊？"

格蕾琴终于开口讲起了事情的原委。她讲述道，在欧根纽斯不在的这段时间里，一个素不相识的人突然通过花园的大门——她自己进来以后忘记了把它的插销插上——走了进来。那个陌生人还非常热心地询问有关欧根纽斯的情况。从那个人的整个举止言行来看，他有些与众不同。他用一种非同寻常的、烈火一样的目光看了她一眼，结果竟使她的全身变得冰冷。她感到十分不安和害怕，两只胳膊和两条腿几乎都不能够动弹了。由于这个人根本就不能够正确地讲德语，所以，她也就不可能完全听懂他所说的话。但是，她还是听出了他那些话的大意。那个人用十分奇怪的话语问问这个，问问那个，最后他又问了一个问题。——讲到这里时，格蕾琴突然停住了，与此同时，她的面颊也一下子红了起来，看上去就像一朵红百合似的。但是，欧根纽斯却催促她，叫她把事情的全部经过统统地讲出来。这时候，格蕾琴才继续讲了下去。她说，那个陌生人问她，欧根纽斯先生是不是觉得她非常好，是不是非常喜欢她。她回答说，欧根纽斯的确非常喜欢她，而且是发自内心地喜欢她。确实是这样的，确实是发自内心的！这个时候，那个陌生人又走近了她的身旁，并且再一次用他那种令人感到厌恶的目光目不转睛地盯着她，以至于她不得不把自己的眼帘垂了下去。还不止这些哪！那个陌生人还十分放肆地、厚颜无耻地拍了拍她的脸蛋儿。她感到异常不安和害怕，面颊一下子就变得火红。这个时候，那个人还随即说道："你这个娇小而俊俏的小姑娘，你确实是非常讨人喜欢的，非常讨人喜欢的！"说完这些话之后，那个人还阴险地笑了一阵子，以至于她那颗深藏在体内的心脏都颤抖起来了。

就在这一时刻，教授夫人却来到了窗前。于是，那个陌生人便问道，这个女人是否就是欧根纽斯先生的夫人。当时她回答说，是的，这正是他的母亲和夫人。听了这话以后，那个陌生人便用讥讽的口气喊道："哟，多么美丽的女人啊！小姑娘，你也许会感到吃醋吧？"接着，他又阴险地、不怀好意地笑了起来。她还从来没有听见过一个人竟发出了这么可怕的笑声。那个人又死死地盯着教授夫人看了一会儿，然后便急急忙忙地离开了他们的花园。

"亲爱的格蕾琴，"欧根纽斯说道，"亲爱的格蕾琴，你虽然讲述了这么多的事情，可是，我还是没有发现一件能够使你这么痛苦、这么悲伤。"

"噢，我的天哪！"格蕾琴突然大声地说道，"噢，我的天哪！我们的母亲曾经不止一次地跟我说过，魔鬼会把自己装扮成人的模样，并且到人世间到处游荡。他们到各地的麦地里播撒野草的种子，他们还把各式各样能够使人们道德变坏的绳套套在好人的脖子上！噢，仁慈的上帝啊！你看看陌生人吧！他就是魔鬼，你看看那个那个陌生人吧——"

格蕾琴不再说话了。欧根纽斯马上就觉察到了，那个突然闯进花园，来到格蕾琴身边的陌生人不可能是别人，他就是那个西班牙人费尔米诺·瓦利斯。现在，他已经清清楚楚地知道了，格蕾琴到底想说什么。

格蕾琴的话确实使欧根纽斯感到十分尴尬，于是他便怯懦地问道，这段时间以来，他的举止行为是不是确实发生了变化。

这时候，格蕾琴闷在心里的话就变成了决堤的洪水，一下子

224

都涌了出来。她对欧根纽斯进行了责备。她说道，现在欧根纽斯在家里经常表现出一副忧郁的样子，不愿意和别人接触，沉默寡言。他有的时候是那样的严肃阴沉，板着面孔，以至于让她感到害怕，根本不敢主动跟他说话。他还认为，哪怕是拿出一个晚上来给她讲讲课也是不值得的。可是，她是多么喜欢听他讲课啊！在她看来，她在世界上拥有的东西中，最好的东西就是这门课程。他对花园里那些美丽的花草树木再也不感兴趣了，再也不为它们而感到高兴了——啊！昨天，她独自一个人精心培育的凤仙花已经开出了极其美丽的花朵。可是，欧根纽斯对这么美丽的花朵竟然连看都不看一眼。现在，他根本就不再是那个可爱的、心地善良的欧根纽斯了。

说到这里，格蕾琴的泪水已经变成断了线的珠子，她再也说不下去了。

"我的好孩子，请你安静下来。你不要自己在心里胡思乱想，竟然想象出这些傻事来！"欧根纽斯一边说这些话，一边看了格蕾琴一眼。这时候，格蕾琴已经从她坐着的长凳上站了起来。与此同时，欧根纽斯也感到，掩盖着她的那层具有魔力的薄雾一下子都散开了。他现在才发觉，站在她面前的已经不再是一个小孩子了，而是一个已经十六岁的妙龄少女了。她异常妩媚，显示出了青春的魅力。一种不同寻常的惊讶涌上了他的心头，弄得他不能够再继续说下去了。过了一会儿，他终于鼓起了勇气，于是便轻声地说道："请你安静下来，我亲爱的格蕾琴。我的一切是会得到改变的。"说完这些话之后他便离开了花园，回到楼里，走上楼去。

如果说格蕾琴内心的痛苦以及她对那个陌生人的厌恶以特殊的方式打动了欧根纽斯的心房的话，那么也可以说，正是出于这个原因他对教授夫人的怨恨才更加强烈了。由于他仍然被那个西班牙人所迷惑，所以，他便把格蕾琴的忧伤和痛苦都归罪到教授夫人一个人的头上了。

他走进了教授夫人的房间。正当教授夫人准备向他打招呼并准备主动和他说话时，他却示意她不要说话，并对她进行了最强烈的谴责。他指责教授夫人向年轻的姑娘灌输了各式各样乏味无聊、陈旧无用的思想。他还指责教授夫人，说她不应该对他的朋友，那个西班牙人费尔米诺·瓦利斯妄加评论。说她根本就不了解费尔米诺，也永远不会了解费尔米诺，因为她是一个年事已高的教授夫人，她手中的那把尺子太小了，用这样的尺子是没有办法对现实生活中真正的伟人进行测量的。

"您已经发展到这个地步了！"教授夫人用极其痛苦的语气喊道。与此同时，她还举头仰望着苍天，并把合十的双手也高高地举向天空。

"我不知道，"欧根纽斯愠怒地说道，"我不知道，您刚才说的这句话是什么意思。但是，我至少还没有发展到您所说的那个地步，我至少还没有和魔鬼发生关系，更没有和他沆瀣一气！"

"不对，"教授夫人提高了嗓门喊道，"不对！您已经钻进了魔鬼的绳套了，欧根纽斯！邪恶的魔鬼已经控制了您，它已经伸出了它的魔爪，以便把您拖进使您终生堕落的泥潭！欧根纽斯！赶快离开那个魔鬼吧，再也不要和他在一起厮混了。我是作为您的母亲来说这些话的，来请求您的，来恳求您的。"

"难道我，"欧根纽斯愤怒地打断了教授夫人的话，并且竟然说道，"难道我就应该被活活地埋葬在这几堵墙里，过着单调无聊的日子吗？难道我就应该牺牲青年人那种火热的生活，毫无欢乐地苦度春秋吗？难道世界上那些并无害处的娱乐活动都是魔鬼才干的勾当吗？"

"我并不是这个意思，"教授夫人一边疲惫地坐到一张椅子里一边喊道，"我并不是这个意思，并不是这个意思，可是——"就在这时，格蕾琴走了进来。他向教授夫人和欧根纽斯问道，他们现在是否想吃晚饭。厨娘把一切都准备好了。

他们坐下来吃晚饭。但是，气氛是非常沉闷的，谁也不说一句话。由于他们的内心都充满了敌对的想法，所以，谁也说不出一句话来。

第二天一大早，欧根纽斯就收到了费尔米诺·瓦利斯的一个便条。便条上面写道：

> 您昨天已经来到了我们花园的栅栏门前。您为什么不走进来呢？我们没有及时地发现您。当我们发现您时您已经走开了，因此，我们已经没有办法向您发出邀请了。您已经看到了一个小小的、植物学家的伊甸园，对吧？今天傍晚时分，我就在那个栅栏门前恭候您的光临。
>
> 您最真挚的朋友
>
> 费尔米诺·瓦利斯

根据厨娘的讲述，把这封短信送到这里来的那个人是一个可怕的、皮肤呈炭黑色的男人。他很可能是伯爵的一个黑人仆人。

当欧根纽斯想到，他现在就要踏进那座美妙的、充满魔力的天堂时，心里真是感到无比的愉快。他听到，从灌木丛那边传来了仙女般的歌声。他的胸中充满了炽热的渴望，心脏的跳动也不由自主地加快了。他所有的烦闷和气恼一下子都消失得无影无踪。他的心里立刻就充满了喜悦，心情也一下子好了起来。

吃午饭的时候，他在餐桌前向教授夫人和格蕾琴讲述道，他曾经到过那个花园的门前。他还讲述说，银行家奥弗德恩在城外的那个花园现在已经归安热洛·莫拉伯爵所拥有了。这个花园的面貌已经发生了彻底的改变，它现在确实是一个具有魔力的植物园了。今天晚上，他那个亲切而友好的朋友费尔米诺·瓦利斯就要带他到花园里好好转一转。这样一来，他就可以在大自然里亲眼看到他以往只能够在书本里和图册里看到的各种植物了。他还详详细细地谈论花园里那些奇异的、从遥远的地方移植到这里来的树木和灌木，并且一一地提到了它们的名字。他还毫不掩饰地说，他对这些植物感到异常惊奇，因为在园丁的培育下，它们在这里也生长得非常茂盛，虽然这里并没有它们故乡那样的气候。为了证明这一点，他还提及了花园里的某些灌木、亚灌木以及一些其他植物。他还以坚决的口气说，这个花园里所有的花草树木都非常奇特，都非常与众不同。他还举出了一个例子，说他在伯爵的花园里看到了一株正在盛开的曼陀罗，并说自己还从来也没有看到过这么美丽的曼陀罗。他又接着说，这位伯爵肯定是掌握了神秘的魔法，否则人们就实在没有办法理解，他怎么会在这么短的时间里——他来到这里的时间并不算长——就把这么难办的事情竟然变成了活生生的现实呢！然后，他又讲到了那天他还听到了一个女子天仙般的歌声，说她那美妙的声音是从灌木丛那边漂浮过来的，这声音使他感到异常快乐。当然，他还喋喋不休地、详尽地描绘了他当时所感受到的异常快乐。

欧根纽斯兴高采烈地讲述着，甚至已经进入了自我陶醉的状态。因此，他根本就没有注意到，他实际上是在唱独角戏。教授夫人和格蕾琴都是一言不发地坐在那里，她们都沉浸在沉思默想之中。

欧根纽斯吃完午饭以后，教授夫人从自己的座位上站了起来。她用十分严肃的语气，沉着而冷静地说道："我的儿子，您现在已经陷进了一种非常躁动不安、非常危险的境地！您用那么大的热情来描述那个花园，您还把那里的奇观归功于那位伯爵的邪恶魔力，虽然您还根本不认识这位伯爵。实际上，许多年以来这个花园就是这个样子。我很愿意承认，这个花园的形态的确是不同寻常的，的确是妙不可言的。但是，这一切都是一个外国园丁的杰作。那是一位艺术水平很高的园丁，他当时受雇于奥弗德恩。我和我可爱的黑尔姆去过那里几次。可是黑尔姆却说，那里的一切使他感到太假、太做作。他还说，那个花园使他的心里感到压抑，因为那里的人们把自己的意志强加给了大自然。他们把来自异国他乡，相互之间反差极大的花草树木进行着荒诞离奇的混合，强行把它们聚集到一个花园里。"

欧根纽斯一分钟一分钟地等待着时间的消逝。太阳终于西沉了，现在他总算可以动身了。

"那个花园引诱您走上毁灭的大门已经打开了。伯爵的仆人已经站到了那里，并且做好了迎接您这个牺牲品的准备！"教授夫人怀着痛苦的心情愤怒地喊道。欧根纽斯却以坚定的口气反驳说，他一定能够健康地、毫发不损地从想毁灭他的那个地方回到家里。

格蕾琴说，替那个陌生的西班牙人送来短信的人皮肤黑得就像木炭似的，他的外表令人感到异常厌恶。

"他也许，"欧根纽斯微笑着说，"他也许就是魔鬼本人吧？不然的话，他至少也应该是魔鬼的第一贴身侍从吧？格蕾琴，格蕾琴！扫烟囱的人也是非常黑的，难道你碰见了他们也感到害怕吗？"格蕾琴的面颊一下子红了起来，于是便垂下了眼帘，而欧根纽斯也急急忙忙地离开了家门。

欧根纽斯来到了安热洛·莫拉伯爵的花园里。那里的花草树木向他展现了一幅壮丽的、美妙的图景。这使这个小伙子感到无比的钦佩，他甚至已经到了如醉如痴的程度。

"难道不是吗？"费尔米诺·瓦利斯终于开口说道，"难道不是吗，欧根纽斯？世界上还有许多宝贵的东西，而你却根本不知道。这里看起来可是另一番景象，和你那位教授的花园可是有着天壤之别啊！"

值得注意的是，欧根纽斯和那个西班牙人的关系已经相当密切了，以至于两位朋友之间的称呼形式也发生了改变。他们不再用"您"来称呼对方了，而是改用了"你"。这说明，他们已经结成了兄弟般的情谊，已经到了称兄道弟的程度了。

"噢，你不要再提，"欧根纽斯回答说，"你不要再提那个荒凉的、可怜巴巴的小花园了。我在那里过着一种艰难困苦的、没有一点快乐的生活。我每天都在受苦受罪，我被折磨得就像一棵生病的、勉强挣扎着活下去的小草一样。噢，你们这里是多么的壮丽啊！你们有这样的植物，有这样的花卉，若是能够一直留在这里该多么好啊，若是能够生活在这里该多么好啊！"

费尔米诺说，如果欧根纽斯试图和安热洛·莫拉伯爵接近，并与他结识的话，那么，他是非常愿意效劳的，而且也一定能够促成这件好事。费尔米诺还说，欧根纽斯刚才所表露的那个愿望其实是很容易得到实现的。这里只有一个前提，那就是他必须能够做到一点：至少在伯爵滞留在这里的这段时间里他必须和教授夫人分开。

"可是，"费尔米诺·瓦利斯带着拿欧根纽斯开玩笑的口气接着说道，"可是，这大概是不可能的。我的朋友，像你这样一个年轻的丈夫怎么能够不沉湎于爱情之中，怎么能够不为爱情所陶醉，怎么能够允许别人剥夺——哪怕仅仅是瞬间的剥夺——他那天堂般的幸福呢？昨天，我看到了你的夫人。说实在的，虽然你的爱妻年龄已经很高了，但是，她看起来却非常年轻，而且还充满了朝气。在某些女子的心中，爱神的火炬怎么能够如此长时间地燃烧不熄呢？这一点实在使我感到惊叹。你只需告诉我一件事情：你在拥抱你的萨拉①，你的尼农②的时候，你是一种什么样的心情？正像你所知道的那样，我们西班牙人具有一种烈火般的想象力。因此，当我想到你的幸福婚姻时，我的心中便情不自禁地燃起了熊熊的烈火！听到这些话你不会对我产生嫉恨吧？"

西班牙人的这些话说得既可笑又荒谬，它们就像是一支尖锐的、用来杀人的利箭。现在，这支利箭已经射中了欧根纽斯的胸膛。在这个时候，他想到了泽弗尔对他发出的警告。他感觉到，如果他现在就谈论他和教授夫人的真正关系的话，那么，这种做法肯定会刺激西班牙人的感情，引起他对自己进行更为强烈的嘲讽。然而，他的心里又一次清清楚楚地看到，一种错误的、能够

---

①《圣经故事》中的人物，亚伯拉罕的妻子。

② 即尼农·德朗洛克（1616—1706），法国人，她不仅容貌出众，而且还机敏聪慧。

迷惑人的美梦已经骗取了他这个缺乏处世经验的年轻人的生活。他虽然没有说一句话，但是，他的面颊却早已变得一片绯红。看到这个变化，那个西班牙人肯定知道了，他对欧根纽斯所说的话已经起了作用。

"这里的花园，"费尔米诺·瓦利斯并没有等待朋友的回答，而是继续说了下去，"这里的花园很美丽，很壮观，这的确是个事实。但是，你也不要因此就说你的花园只是一块没有欢乐的荒凉之地。昨天，我正是在你的花园里发现了一样东西，这样东西的美丽程度远远超过了世界上所有的花草树木。你应该知道，我所指的不可能是别的东西，而只能是住在你那里的那个相貌非凡、美若天仙的姑娘。这个小姑娘有多大了？"

"我相信，她已经十六岁了。"欧根纽斯结结巴巴地回答道。

"已经十六岁了！"费尔米诺重复道，"已经十六岁了！在你们这里，这可是最美好的年龄！当我看见这个姑娘的时候，有一些事情就已经十分清楚地出现在我的脑子里了，我亲爱的欧根纽斯！你们的小家庭看来颇具有一种田园般的氛围，成员之间都很和睦，都很友好。如果你这个小女婿的心情能够一直保持愉快的话，那么，你那位年事已高的妻子就会感到满意——已经十六岁了？这个姑娘大概还是一个贞洁的处女吧，情况是不是这样？"

西班牙人这个厚颜无耻的问题使欧根纽斯感到十分愤怒，全身的血液都已经沸腾起来了。

"你这是在犯罪，"他异常愤怒地冲着西班牙人叱责道，"你公然提出了这样的问题，你可真是在犯罪。这个姑娘的品质异常高尚，她纯洁得就像一面犹如万里晴空的镜子，你的那些污言秽语是不可能使它沾上污点的。"

"好啦，好啦，"费尔米诺一面向欧根纽斯投去阴险的目光一面说道，"你千万不要激动，我年轻的朋友！最纯净的镜子，最明亮的镜子在映照生活的图景时，也更能够把这些图景反映得生动逼真。而这些图景——可是，我已经注意到了，你不喜欢我提到这个小姑娘，那么，我也就不再谈论她了。"

实际上，欧根纽斯的脸上已经显现出了极其不满的情绪。这种情绪又使他感到惘然若失，心烦意乱。说实在的，这个费尔米诺使他感到阴森可怕。他在内心深处不由自主地萌发了一种想法。他觉得，格蕾琴是一个具有敏锐预感的孩子。如果她感觉到，费尔米诺好像是一个魔鬼似的人物，那么她肯定是有理由的。这样看来，她的看法也许是正确的。

就在这一时刻，从灌木丛那边又传来了和弦声，声音越来越高，最后竟变得如同大海的波涛。与此同时，那个女子那美妙的歌声也响了起来。昨天，就是她的这种歌声使欧根纽斯感到心醉神迷，并且在他的内心里点燃了最甜美的忧伤。

"噢，我的上帝啊！"小伙子喊道。这个时候，他已经发呆了，泥塑似的站在原地一动不动了。

"你这是怎么啦？"费尔米诺问道。可是，欧根纽斯并没有回答他的问题，而是仔细地倾听着那个女子的歌声。现在，他已经完全沉浸在欢乐和喜悦之中了。

费尔米诺用一种非同寻常的目光注视着欧根纽斯，而欧根纽斯觉得，这种目光就好像要钻进他的内心深处似的。

过了一会儿，歌声终于停止了。这个时候，欧根纽斯才深深地叹了一口气。好像直到这一时刻，他心中那种甜美的忧伤才统统地从被压抑的胸中穿透出来了似的。与此同时，晶莹的泪珠也从他的眼睛里夺眶而出。

"你好像，"费尔米诺微笑着说，"你好像被这支歌深深地打动了！"

"是从哪里来的？"欧根纽斯十分激动地问道，"这天仙般的歌声是从哪里来的？一个尘世的凡人是不可能有这样美妙的嗓音的。"

"会有的，"费尔米诺接着说道，"会有的！唱这支歌的人是加布里埃拉伯爵夫人，她是我主人的女儿。她按照我们西班牙的习俗唱着浪漫曲，并用吉他为自己伴奏。她就这样逍遥自在地在花园的幽径之间走来走去。"

费尔米诺刚说到这里，加布里埃拉伯爵夫人却完全出人意料地从幽深的灌木丛中走了出来，怀里当然还抱着一把吉他。现在，她一下子就直接站到了欧根纽斯的面前。

应该指出的是，加布里埃拉伯爵夫人是一个怎么看都让人觉得妩媚的女人。她的身材很丰满。她那对黑色的大眼睛总是放射出炯炯有神的、足以征服别人的目光。她的举止言行都很高雅。她的嗓音低沉、洪亮、圆润、清脆，听起来就像是银铃发出来的似的。所有这一切都十分清楚地表明，她是在南欧那片明朗的蓝天下出生的。

对于没有生活经验的小伙子欧根纽斯来说，这样一个具有魅力的女人也许是危险的。可是对他来说，这个女人的身上还有更为危险的东西，那就是她的脸上乃至整个举止所表现出来的那种难以描述的表情。这种表情不仅说明，她对欧根纽斯已经产生了炽热的爱慕之心，而且还说明，这种爱慕之心已经在她的内心里变成了熊熊燃烧的烈火。和这种表情一起对欧根纽斯构成危险的还有一种东西，那就是这个伯爵夫人所掌握的那种深奥莫测的本领。有了这种本领，她就能够为坠入爱河中的女性选择恰到好处的、搭配得当的服装和服饰配件。她不仅能够保证它们构成一个和谐的整体，而且还能够保证让每一件衣服和饰物都把自己的各种魅力更加出色地、更加突出地表现出来。

如果考虑到加布里埃拉伯爵夫人上述各方面的情况而认为她就是爱神本人的话，那么可以推断，下面的事情肯定是发生了：她那美丽的形象就像一道炽热的闪电，已经击中了早已被她的歌声弄得激动不安的欧根纽斯。

费尔米诺把欧根纽斯介绍给了伯爵夫人，说这个小伙子是他新近才结识的一位朋友；说他不仅能够很好地听懂西班牙语，而且还能够说一口流利的西班牙语；说他还是一位杰出的植物学家；又说正因为如此，这里的花园才使他感到非同一般的愉快。

　　欧根纽斯结结巴巴地说了几句谁也听不懂的话。这时候，伯爵夫人和费尔米诺彼此会意地交换了一下眼色。加布里埃拉伯爵夫人目不转睛地盯着这个小伙子看个不停。这使得欧根纽斯的心里感到很不自在，他恨不得能够在地上找到一个耗子洞，以便自己能够钻进去躲藏起来。

　　就在这时候，伯爵夫人把她的吉他交给了费尔米诺。紧接着，她拉起了欧根纽斯的胳膊，并紧靠在他的身旁。与此同时，她还用极其优美的声音说道，她对植物学也略知一二。她还说，她对某些奇异的灌木并不十分了解，并且非常想得到欧根纽斯的指教。因此，她必须坚持自己的愿望，请欧根纽斯和她一起再在花园里转一转。

　　欧根纽斯的心里充满了甜美的恐惧。他战战兢兢地陪着伯爵夫人在花园里转来转去。后来，伯爵夫人向他问起了这种奇特的植物，或者那种罕见的植物，而他对这些问题也都能够纯熟地做出科学的解答。直到这个时候，他的心里才略微觉得宽松了一些。他感觉到，伯爵夫人散发出来的那种甜蜜的、淡淡的香气不断地向他的面颊飘来。一股电流般的暖流穿进了他的内心，使他的内心充满了不可名状的喜悦、激动和兴奋。这种心情一下子就完全改变了他的性情，以至于就连他自己也认不出自己来了。

　　雾霭变得越来越浓了，变得越来越黑了。时间已经到了傍晚时分，远处的树林和田野也都笼罩在雾霭之中。费尔米诺提醒说，时间已经到了，应该到伯爵的房间里去探望他老人家了。这个时候的欧根纽斯已经完全失去了控制自己的能力。他疯狂地吻了一下伯爵夫人的手，然后便一阵风似的走开了。他的心里感到无比的幸福和快乐，他还从来没有感受到这样的情感。

第五章

幻象。费尔米诺那危险的礼物。安慰和希望。

欧根纽斯的内心里异常激动,因此,他根本就不能够合眼,也毫无睡意。这一点人们是完全能够想象出来的。到了破晓时分,他终于进入了微睡状态。这也就是说,他并没有真正入睡,而只是处于一种介于清醒和熟睡之间的迷糊状态。这时候,他的眼前又出现了那位新娘子的影像,他有一次在梦中见过她。现在他看到,这位新娘子打扮得和上次一样,看起来也是异常妩媚华丽,也闪耀着十分迷人的光辉。在上一次的梦中,他的内心里曾经进行过一场激烈的斗争。现在,他又在进行着这样的斗争,不过强度却比一次增加了一倍。

"怎么,"那个影像用甜蜜的声音说道,"怎么,难道你以为,你已经远离了我吗?难道你不相信,我已经是你的人了?难道你以为,你已经失去了幸福的爱情?你抬起头来看一看吧!看看我们那间用馨香的玫瑰花和盛开的桃金娘装饰起来的洞房吧!来吧,我的心上人,我可爱的新郎官!你快过来吧,快到我的怀抱中来吧!"

就在这个时候,格蕾琴的面貌却出现了。她很快地从欧根纽斯梦中那个影像的上方飞了过来,轻快得如同一阵微风。她已经接近了欧根纽斯,来到了他的面前。可是,正当她张开双臂,准备拥抱欧根纽斯的时候,她却一下子变成了加布里埃拉伯爵夫人。

欧根纽斯的心里充满了炽热的爱情。这种感情恰如熊熊燃烧的烈火,使他变得狂暴不安。正当他想去拥抱那个美如天仙的影像时,他却好像一下子得了创伤性破伤风①,并且被它缠住了身躯。

---

① 该病有抽搐、痉挛以及僵直等临床表现。

他感到寒冷，全身变得僵硬，而且还在抽搐，因此，他只能够一动不动地停留在原地。这时候，梦中的那个影像却渐渐地远离了他，变得越来越模糊了。看到这种情景，欧根纽斯感到十分恐惧，于是便发出了一声吓人的叹息。

欧根纽斯心里感到的恐惧甚至使他喊叫了起来。不过，他是费了好大的力气才把这种恐惧从胸中喊叫出来的。

"欧根纽斯先生，欧根纽斯先生！您快醒醒，您肯定是梦到十分可怕的事情了！"

一个声音就这样大声地呼喊着他。欧根纽斯终于一下子从梦境中醒了过来。太阳把明亮的光线投射到他的脸上。刚才呼喊他的那个人是他们家的女仆。看到欧根纽斯已经醒过来了，女仆便告诉他，那个陌生的西班牙人已经来过了，而且还和教授夫人交谈了一阵子。现在，教授夫人在楼下的花园里。她看到欧根纽斯先生睡了这么长的时间，觉得不太正常，估计先生可能是生病了，因此感到十分担忧。咖啡已经煮好了，就摆放在花园里。

欧根纽斯很快地穿好了衣服，并急急忙忙地走下楼去。那个灾难性的怪梦使他的情绪变得激动不安。现在，他不得不用最大的努力来压制这种情绪。

欧根纽斯感到异常惊奇，因为当他在花园里找到教授夫人时，发现她正站在一株奇异的、极其美丽的曼陀罗的前面，并俯视着它那些大大的、喇叭口形的花朵，还惬意地抽吸着它们那甜蜜的香味儿。

"哎，"教授夫人冲着他喊道，"哎，您这个爱睡懒觉的家伙！您那个外国朋友已经来过这里了，他很想和您聊一聊。这个情况您也许已经知道了吧？说实在的，我对这位外国先生的态度也许是不公正的，甚至是冤枉了他。我从不好的方面对他进行了猜测，并对他说了过多的坏话！亲爱的欧根纽斯，您一定要时刻想到，这株极其美丽的曼陀罗是他让人从伯爵的花园里移栽到这里来的，因为他从您的嘴里知道了，我是非常喜欢这种花的。这就是说，您在伯爵那个天堂般的花园里的时候还想到了您的母亲，亲爱的欧根纽斯！我们对这株美丽的曼陀罗也一定要精心地加以呵护。"

欧根纽斯还不十分清楚，对费尔米诺的这一举动应该怎样去理解。他差不多已经认为，费尔米诺是想通过他的这一举动来引起教授夫人的注意，以便借此机会来纠正自己的错误，承认自己对她和欧根纽斯的关系是不了解的，并承认自己针对这种关系而对她进行嘲讽是毫无道理的。

这时候，教授夫人对欧根纽斯说，那个外国人又对他发出了邀请，邀请他今天晚上再一次到他们的花园里去。今天，教授夫人的整个举止言行都表现得非常好，说明她具有极大的同情心和助人为乐的高贵品质。她的这种表现对于欧根纽斯那伤痕累累、破碎不堪的心绪来说，无疑是一贴能够止痛治病的药膏。

欧根纽斯觉得，他对于伯爵夫人的感情好像具有一种高贵的性质，它和日常生活中普通的男人和女人之间的关系是不会有丝毫共同之处的。他觉得，他对于伯爵夫人的感情是不能够和某些人所说的爱情相提并论的，因为这些人所说的爱情追求的只是人世间的一种享受。他还觉得，即使他的心中稍微地萌发出追求这种享受的念头，他对于伯爵夫人的那种感情也是会受到玷污的。当然，如果他的心中真的产生了这种念头，那个灾难性的怪梦也会对他进行一番教训，让他改正这种想法的。由于他有了上面的想法，所以他就表现得十分欢快，十分高兴。实际上，他已经好长时间没有这种表情了。在这一时刻，教授夫人这个老太太又过分地放弃了以往对他的看法，过分地往好处去想，因此，她根本就没有注意到，欧根纽斯虽然表现得很欢快，但是，他的脸上还是流露出了他内心那种不同寻常的紧张心情。

格蕾琴是一个富有预感的孩子，因此只有她才认为，欧根纽斯先生已经完全变成另外一个人了。可是教授夫人却认为，他的言行举止已经恢复了正常，他已经不那么古怪了。

"咳，"小姑娘说道，"咳，他对待我们已经不像从前那么友好了。他只是装出对我们十分友好的样子，他的目的只有一个，那就是叫我们不要去打听他想向我们隐瞒不说的事情。"

欧根纽斯来到了一个高大的温室里。他在那里的一个房间里找到了自己的朋友。当时，他的朋友正在忙于过滤几种不同的液体，并准备过滤后再把它们装到相应的长颈球状玻璃瓶里。

"我在做着，"他冲着欧根纽斯喊道，"我在做着你这个植物学家所做的工作，虽然我的做法可能和你的惯常做法有所不同！"

现在，他向欧根纽斯讲解起来，说他擅长于用深奥莫测的方法来调制一些东西，这些东西能够促进花草树木的生长，更主要的是，这些东西能够使它们长得更加好看。他还向欧根纽斯讲解道，他是如何让花园里的各种植物都得到极其完美的生长，让它们枝繁叶茂、欣欣向荣的。紧接着，他又打开了一个小橱柜。欧根纽斯看到，那里面有好多长颈球状玻璃瓶，还有不少小盒子。

"你在这里面，"费尔米诺说道，"你在这里面看到了我收藏的好东西。它们都具有极不平常的秘密，它们好像都具有神话般的作用。"

在费尔米诺收藏的这些东西中，有的是一种植物汁，有的是一种粉状物。他把这种东西混合到土壤里，或者把那种东西混合到水里。他说，这样处理以后这些东西就能够使这种花，或者那种花的颜色更加美丽，气味更加芬芳；就能够使这种植物，或者那种植物更加华丽，更加美妙。

"我给你举个例子，"费尔米诺继续说道，"我给你举个例子。你把几滴这种果汁混合到水里，再把这样的水灌装到一把喷壶里，然后用这把喷壶像下细雨似的来浇灌百叶蔷薇。当这种花的蓓蕾绽放时，你会对它的华丽感到惊讶。

"我再给你介绍一下这种粉状物。这种粉状物虽然看起来像是灰尘，可是它的作用却可能会让你感到更加不可思议。当我把它撒到某一种花的花萼里时，它就会自动和花粉混合，从而使这种花变得更加芬芳，而又不改变它的本性。这种粉状物对某些花卉来说——例如，对于美丽的曼陀罗——则更为适合，只不过在使用方法上要更加注意，一定要掌握好用量，用刀尖能够挑起来的那么一小撮的二分之一也就足够了。如果把装在这个长颈球状玻璃瓶里的粉状物用到一个人的身上——哪怕只用一半——那么，这个人转瞬之间就会死亡。即使他是世界上最强壮的人，他也无法逃脱这种结果。还有一点我必须提到，那就是这个人的尸体绝对不会留下任何中毒的痕迹，反倒会显示出脑中风的种种迹象。欧根纽斯，我现在就把这种神秘的粉状物送给您，请您把它收下。如果您想用这种粉状物来做试验的话，那么，您是不会遭到失败的。不过您在做这个试验的时候，一定要小心谨慎。我刚才已经向您介绍了这种看起来并不显眼，恰似尘土，无色无味的粉状物的杀伤力，这一点您一定要牢记在心上。"

费尔米诺说完这些话之后便把一个蓝色的、密封的小型长颈球状玻璃瓶递给了欧根纽斯，而欧根纽斯则心不在焉地把这个小瓶子装到了自己的口袋里，因为这个时候他恰巧看见加布里埃拉伯爵夫人出现在花园里。

应当指出的是，伯爵夫人看上去是一个非常渴望得到爱情的女人。可是，从她最深处的内在本性可以看出来，她已经掌握了一种较高水准的卖弄风情的本领。她只是让对方对爱情进行着想象和猜测。她知道，她怎样才能够在一个男人的内心里唤醒并保持他对爱情那种最炽热的、无法遏止的渴望。她用已经计划好的举止和言行来吸引欧根纽斯，从而使他对她的爱恋变得越来越炽热，越来越强烈，并且还使他越来越渴望也能够得到伯爵夫人对他的爱恋。

欧根纽斯觉得，只有在他看到加布里埃拉的时刻，他才拥有生活。他甚至觉得，自己的家是一座阴森森的、令人感到沉闷的监狱。他认为，教授夫人就是一个恶毒的、能够诱骗幼稚的年轻人的魔鬼，他自己就是中了她的魔法而到她的家里来的。他根本看不到教授夫人内心里那种默默的、深深的悲伤，也根本看不到教授夫人因此而备受折磨，日渐消瘦。他更看不到，格蕾琴在痛哭流涕，因为在他对她的答话里连一句友好的话都没有。他差不多已经认为，这个姑娘已经不值得他理会，就连看她一眼都觉得是多余的。

日子就这样又过去了几周。一天早上，费尔米诺又来到了欧根纽斯的身边。从费尔米诺的整个举止言行来看，他的心情有些紧张。这表明，他那里好像是发生了什么不同寻常的事情。

费尔米诺先是说了几句无关紧要的话，然后便用眼睛直盯盯地看着欧根纽斯。他还用异乎寻常的、十分尖刻的语气说道："欧根纽斯，你看上去是爱上了伯爵夫人，其实，你追求的，你渴望得到的只是她的财产。"

"我是一个多么不幸的人啊！"完全失去了自制的欧根纽斯喊道，"我是一个多么不幸的人啊！你用能够杀人的手掏进了我的胸膛，并在毁坏我的天堂！我刚才是怎么说的？我刚才说得并不对！实际上我应该说，你是把一个疯狂的人从使他着迷的美梦中惊醒了！我爱加布里埃拉——我爱她。在这个世界上，可能还没有一个人像我这样强烈地爱过她——可是，我对她的爱是不会有什么好结果的，它必然会使我走向毁灭！""你真的这么爱她？我怎么一点儿也看不出来呢！"费尔米诺冷冷地说道。

"我敢奢望得到她的爱吗？"欧根纽斯继续说道，"我敢奢望得到她的爱吗！哼！一个穷叫花子难道还敢奢望得到富有的秘鲁人那颗最美丽的宝石吗！我是一个不幸的人，一个处于绝望境地的人。由于我对于生活的理解是错误的，因此，我仍然可怜巴巴地过着贫困的日子。我什么都没有，只有一个向炽热的爱情敞开的胸膛以及一颗已经陷入绝望境地的心。而她，她——加布里埃拉！"

"欧根纽斯，"费尔米诺接着说道，"欧根纽斯，我不知道你为什么这样怯懦和沮丧，其原因是不是仅仅出于你那十分糟糕的婚姻关系。一颗充满爱情的心完全可以自豪地、潇洒地向最高的目标挺进——"

"你不要,"欧根纽斯打断了朋友的话并且说道,"你不要唤起我产生种种虚假的,根本就不能够实现的希望了。这样的希望只能够使我更加痛苦和不幸。"

"嗯,"费尔米诺回答说,"可是我却不知道,如果你用对爱的炽热渴望来报答只有在一个女人的胸中才能够有的那种炽热的爱,这能不能说成是虚假的,说成是根本就不能够实现的希望呢?这能不能说成是不可挽救的痛苦和不幸呢?"

欧根纽斯正想发火,费尔米诺却喊道:"你先别发火!等我把话说完,离开这里以后你愿意怎么发火就怎么发火,愿意怎么喊叫就怎么喊叫。可是,现在你得安安静静地听我讲话。"

"我可以十分肯定地说,"费尔米诺又继续说道,"我可以十分肯定地说,加布里埃拉伯爵夫人已经爱上了你,而且爱得非常深。现在,在她这个西班牙女人的胸中正燃烧着熊熊的烈火。她的心里只有你,她的那颗心是属于你的,她整个人都是属于你的。这样看来,你并不是一个穷叫花子,并不是一个处于绝望境地的人,也并不是一个出于对于生活的错误理解而可怜巴巴地过着贫困日子的人。不,绝对不能这么认为。由于加布里埃拉伯爵夫人已经爱上了你,因此,你是一个异常富有的人。现在,一个光辉灿烂的伊甸园已经向你敞开了大门,而你就站在它那用黄金制成的大门的旁边。可是你却并不相信,你已经处在能够和加布里埃拉伯爵夫人结成伉俪的地位了。某些特殊的情况大概能够使那位高傲的西班牙伯爵安热洛·莫拉忘掉他那高贵的社会地位,并使自己的内心里产生了一种极其热切的愿望,那就是把你变成他的乘龙快婿。我亲爱的欧根纽斯,我是一个处在特殊地位上的人,因此,我必须把上面的情况告诉你。我现在之所以把某些情况告诉你,是为了避免你对我产生误解,以为我对你不够友好,不够大度,什么事情都对你保密。但是我认为,我现在最好还是保持沉默。我之所以觉得我的这种做法比较妥当,这里面当然还有另外一个原因,那就是正好在现在,你的爱情天空就要出现一片非常昏暗的乌云。你的具体情况我对伯爵夫人是隐瞒不说的，在这方面我是非常谨慎的。其实，这一点并不用我多说，你自己也是完全能够想象出来的。可是，使我实在感到无法解释的是，伯爵夫人怎么能够知道，你已经结了婚，而且是和一个六十多岁的女人结了婚。她向我倾诉了衷情，把心里要说的话都掏出来了。她已经完全陷入了痛苦和绝望之中。她一会儿咒骂她第一次见到你的那个时刻，甚至咒骂你本人，一会儿又极其温柔地说起你的名字，并谴责自己，说她爱上你是一种愚蠢的想法，是发疯的表现。她甚至还说，她再也不想见到你了。她确实是这样说了，实际上，她是打算为你殉情——"

"至高无上的上帝啊，"欧根纽斯喊道，"对于我来说，难道还有比这更加可怕的死亡吗？"

"实际上，"费尔米诺一面狡黠地微笑一边继续说道，"实际上，她在疯狂地爱上你的最初时刻就已经做出了这样的决定。但是我还是希望，你应该再去见加布里埃拉伯爵夫人一面，而且就在今天午夜时分。在这个时候，我们花房里那棵大花朵的柱形仙人掌就会开花。你当然知道，这种仙人掌的原产地是美洲。它被园丁们尊称为'子夜女王'，只要太阳一出来它的花就开始凋谢。安热洛·莫拉伯爵本人对于这种花所散发出来的那种浓厚的、刺鼻的气味实在感到难以忍受，可是，他的女儿加布里埃拉伯爵夫人却恰恰相反，她非常喜欢这种气味。我还可以把事情说得更为清楚一些：加布里埃拉伯爵夫人具有一种容易陷入狂热的性情，这种性情使她自己在这种奇妙的灌木身上看到了爱情和死亡的奥秘。在深夜里，这种花不仅能够迅速绽放开来，并达到最佳境界，而且还能够马上凋谢，这种奇妙的现象受到了伯爵夫人的赞美。因此我可以断定，尽管伯爵夫人内心非常痛苦，甚至感到绝望，但是，她还是肯定会到花房里来的，而我则事先把你在花房里好好地藏起来。你要想出一个好办法来，把你自己从捆绑你的枷锁中解放出来，逃出这个牢狱！但是，这一切是否能够成功，我想只能够依靠爱情的伟大力量和你的好运气了！和伯爵夫人比起来，你更加使我感到怜悯和同情，因此，我才竭尽全力地使你获得幸福。"

费尔米诺刚刚离开欧根纽斯，教授夫人就来到了这个小伙子的身边。

"欧根纽斯，"教授夫人以一个令人崇敬的、德高望重的妇女的身份，用低沉而严肃的语气说道，"欧根纽斯，我们之间不能够再这样下去了！"

这时候，欧根纽斯感到眼前一亮，好像有一道闪电突然照进了他的心房，因为他当时已经想到了：他和教授夫人的结合并不是不可以解除的；他和这个老太太在年龄上是极不相配的，这本身就是他和她离婚的法律依据。

"是啊，"他用充满胜利的、嘲讽的语气喊道，"是啊，教授夫人，您的话说得一点也不错，我们之间的确不能够再这样下去了！一种荒唐的，使我受到迷惑的婚姻关系是应该解除的，否则，它就会使我遭到毁灭。我们一刀两断吧，我们离婚吧——我对您的提议举双手赞成。"

教授夫人的脸一下子变得煞白，就像死人的脸一样，痛苦的泪水也夺眶而出。

"你说什么！"她用颤抖的声音说道，"当你宁愿放弃安宁的生活，宁愿放弃内心深处的平静而投身到外面世界那种混乱的生活中去时，作为你的母亲我向你提出了警告。难道你现在想对我进行一番讥讽，想让我受到魔怪般的嘲笑吗？不！欧根纽斯，你不能够这样做！我认为，你也不想这样做！魔鬼使你受到了迷惑！你赶快进行反省，赶快醒悟过来吧！现在，事情已经发展到了极其严重的地步。我作为你的母亲对你倍加关心和呵护。我现在什么东西都不追求，只追求一样东西，那就是不仅仅使你目前能够得到幸福，而且还要使你永远都能够得到幸福。可是，你现在竟然对我表示出鄙视的态度。你还要唾弃我，和我解除婚姻关系？啊，欧根纽斯，我们的离婚并不需要尘世间的任何法官来办理手续。用不了多久，上帝就会把我从这个充满悲伤和痛苦的世界召唤回去！用不了多久，我就会躺在坟墓里，而且很快就会被你这个儿子忘得一干二净。到了那个时候，你就可以充分享受你的自由了——享受存在于人世间的假象能够向你提供的一切幸福。"

说到这里，教授夫人已经是老泪纵横了。她再也说不下去了，于是便一边用手帕擦着从眼睛里流出来的泪水，一边步履蹒跚地离开了欧根纽斯。

欧根纽斯的心并不是顽固不化的，因此，教授夫人那种使人感到撕心裂肺的痛苦才深深地打动了他。他意识到，他这种步步为营、逼迫她离婚的做法必然会使她感到遭受到了不应该蒙受的羞辱，必然会把她逼上绝路。他也意识到，他用这种做法也不可能获得自由。他本来想不再提出离婚，而是忍受痛苦——并且让自己就这样慢慢地走向死亡。可是就在这个时候，他却听到自己的内心呼喊了一声"加布里埃拉"，于是，对老太太那种深深的、充满恶意的怨恨便又重新控制了他的灵魂。

最后一章

那是一个漆黑的夜晚，天气又非常闷热。幽暗的灌木丛发出了沙沙的声音，让人们听到了大自然的呼吸。与此同时，在远处的地平线那里一道道闪电划过了天空，如同火龙一般。伯爵花园的四周到处都充满了那棵鲜花绽放的柱形仙人掌所散发出来的奇妙的气味。欧根纽斯站在花园的大门外，他已经被爱情所陶醉，心里充满了再一次见到伯爵夫人的强烈愿望。后来，费尔米诺终于出现了。他打开了花园的大门，然后便把欧根纽斯带到了光线黯淡的花房，并把他隐藏在一个昏黑的角落里。

没有过多一会儿，加布里埃拉伯爵夫人便在费尔米诺和园丁的陪同下来到了花房里。他们站到了那棵鲜花盛开的柱形仙人掌的前面。那个园丁好像兴致很高，他在详细地介绍着这种奇妙的灌木，详细地介绍着他培育、呵护这种灌木的艰辛和技艺。后来，费尔米诺终于把这个园丁打发走了。

加布里埃拉呆呆地站在那里，她好像已经沉醉在甜蜜的梦幻之中。她深深地叹了一口气，然后轻声地说道，"我若是能够像这种花这样生——这样死该多么好啊！噢，我亲爱的欧根纽斯！"

就在这一时刻，欧根纽斯便从自己隐藏的地方冲了出来，并跪倒在伯爵夫人的面前。

她吓了一大跳，于是便不由自主地喊了起来，并且想立刻跑开。但是，欧根纽斯的心里充满了对爱情的狂想，他已经陷入了绝望的境地，因此便不顾一切地抱住了她，而她也用她那洁白的双臂拥抱着他。他们谁也没有说话——谁也没有发出一点儿声音——只是狂热地、长时间地吻着对方！

远处传来了脚步声。这时候，伯爵夫人便把欧根纽斯再一次地，更加有力地搂在自己的怀里。与此同时她还说道："你要获得自由——我要拥有你——我若是不能够拥有你我就宁愿选择死亡！"她悄声地说了这些话之后便温柔地把欧根纽斯推开，然后匆匆忙忙地跑进了花园里。

费尔米诺走近欧根纽斯时看到，他的朋友仍然没有恢复知觉，仍然处在心醉神迷、狂喜不已的状态之中。

"难道我对你说的话，"在欧根纽斯好像苏醒过来以后，费尔米诺终于开口说道，"难道我对你说的话有过头的地方吗？除了你，难道还会有什么人能够被伯爵夫人爱得这么强烈、这么炽热吗？我的朋友，你刚才经历了令你激动不已的时刻，你已经进入了极度兴奋的状态，并充分地表达了炽热的爱情。可是现在，我却不得不考虑你的肚子问题了。一般说来，为爱情所陶醉的人们是不大考虑肚子问题的，他们已经达到了废寝忘食的程度，似乎能够做到不食人间烟火。话虽这么说，但是，你对于我下面的安排肯定会表示满意的：我想先让你好好地吃上一顿饭，恢复一下体力，等到明天早上东方露出鱼肚白的时候你再离开这里。"

欧根纽斯仍然像是停留在睡梦里，他机械地跟在朋友的后面。朋友把他带到一个雅致的房间里，也就是欧根纽斯有一次在那里找到了费尔米诺的那个房间。当时，费尔米诺正在那里忙于做化学实验。

欧根纽斯看到，餐桌上已经摆好了香甜可口的饭菜，于是便毫不客气地享用了起来。更加使他感到满意的是费尔米诺再三请他喝的那种烈性葡萄酒，因为这种酒正好合欧根纽斯的胃口。

正像人们能够想象出来的那样，在整个吃饭的过程中，费尔米诺和欧根纽斯这两个人的谈话内容都是加布里埃拉，根本没有谈到别的问题。现在，欧根纽斯的心里对于极其甜蜜的、极其幸福的爱情充满了希望。

天已经破晓了，欧根纽斯也想回去了。费尔米诺一直陪他走到花园的栅栏门旁。在分手的时候费尔米诺说道："我的朋友，你要时刻记住加布里埃拉说过的话：'你要获得自由，我要拥有你！'你要赶快做出决定，以便既迅速而又稳妥地达到自己的目的。但是我要告诉你，你必须抓紧时间，因为后天拂晓时分我们就要起程，离开这里了。"

说完这些话之后，费尔米诺便关上了花园的栅栏门，然后就从花园侧面的一条小道上回去了。

欧根纽斯好像失去了灵魂，他看上去并不想离开花园的大门。她要离开这里了，离开这里了，他要不要跟着她一起离开这里呢？难道他的一切希望就要被这突如其来的雷击彻底毁掉吗！他终于离开了花园的大门，心里感到自己已经是死去的人了。当他回到家里时，他血管里的血液流淌得越来越快了，他也变得越来越狂热了。四周的墙壁好像都要倒塌下来似的，而且还都一起向他的脑袋压下来。他赶紧向楼下跑去，并且一直跑到花园里。他一眼便看见了那株盛开的、美丽的曼陀罗。他知道，教授夫人有一个习惯：每天早晨她都要向绽放的花朵弯下身去，并抽吸着它们散发出来的那种芳香的气味。这时候，来源于地狱的恶念在他的脑子里出现了，魔鬼控制了他的灵魂。他从衣袋里掏出了那个小小的长颈球状玻璃瓶。这个小瓶子当然就是费尔米诺·瓦利斯送给他的那个。实际上，他还一直把它带在身上。他把小瓶子打开，又把脸扭了过去，然后便把瓶子里的粉状物撒到了美丽的曼陀罗的花萼里。

现在，他产生了一种感觉，好像围绕在他四周的都是烧得通明的熊熊烈火。他把那个长颈球状玻璃瓶抛掉了，而且抛得很远。接着，他就跑开了。他越跑越远，最后竟跑到了附近的一片树林子里。当时，他已经跑得精疲力竭了，于是便一头栽倒在地上。他的思想已经陷入了一片混乱的状态之中，他好像是在糊里糊涂地做着一连串杂乱无章的噩梦。就在这个时候，他听见自己的内心里传出了魔鬼的声音。那恶魔说道："你还在等待什么呢？你为什么还停留在这里不动呢？你已经采取了行动，胜利是属于你的了！你已经自由了！赶快到她那里去吧——赶快到那个女人那里去。你已经赢得了她，从而也为你自己赢得了天堂般的幸福，赢得了无与伦比的快乐，赢得了尘世生活中无比巨大的喜悦！"

"我获得自由了！她是我的人了！"欧根纽斯一边大声地喊着这两句话一边挣扎着从地上站了起来。接着，他就以极快的速度向安热洛·莫拉伯爵的花园跑去。

他跑到那里时已是正午时分。他看到，花园的栅栏门紧闭着，而且还牢牢地上了锁。他敲了好几下，可是却没有一个人出来给他开门。

他一定要见到她，一定要伸开双臂来拥抱她。他付出了极高的代价才赢得了自由，他一定要带着这种全新的感情来充分地享受自己所获得的幸福。此刻他心里这种强烈的欲望使他的身体变得非同寻常的灵敏，因此，他竟爬上了花园那高大的围墙。整个花园都没有一点儿声音，到处都是死一般的寂静，花园里的过道也显得异常孤寂。后来，欧根纽斯走近了花园里的那座凉亭。这时候他觉得，从凉亭那边传来了一阵轻轻的耳语声。

"若是轻声耳语的人就是她那该多么好啊！"他那颗颤抖的心想道。这个时候，他的心里充满了异常强烈的渴望，可以说既感到甜蜜，又感到激动不安。他迈着轻轻地步子，一步一步地向前走去。他通过那扇玻璃门向亭子里望过去——他看到，加布里埃拉伤风败俗地、有违教规地偎依在费尔米诺的怀里！

当时，欧根纽斯恰如一只狂怒的、受到了致命打击的野兽。他突然大声地吼叫起来，并向凉亭的玻璃门冲过去。他的速度实在太快了，以至于那扇玻璃门竟然被他撞得倒塌了下去。可是就在这个时刻，他自己也好像遭到了一阵冰雹的打击，并当场昏厥过去，失去了知觉，栽倒在凉亭那个用石头做的门槛上。

"你们快把这个疯子给我抬出去！"他的耳朵听到费尔米诺这样喊叫道。他感到几只有力的大手抓起了他，并且把他拖到了花园的大门外面。他还听到，拖他的人把他身后的大门哐啷一声关上了。

他使出全身力气，紧紧地抓住花园大门的栅栏，嘴里愤怒地喊出了对费尔米诺，对加布里埃拉猛烈的叫骂声和诅咒声！就在这个时候，远方传来了一声幸灾乐祸的笑声。欧根纽斯觉得，好像有一个声音在呼喊："美丽的曼陀罗！"欧根纽斯把牙齿咬得格格作响，并重复着说道："美丽的曼陀罗！"

突然间一束具有微弱希望的光线射进了他的心里。他挣扎着站立起来，然后以最快的速度往回跑。他向城里跑去，向自己的家跑去。正在下楼的格蕾琴正好在楼梯上碰见了他。这个姑娘被他那可怕的外貌吓得不得了。原来，在他撞碎凉亭的玻璃门时，玻璃的碎片划伤了他的整个脑袋，鲜血从他的前额上流淌下来。除此之外，使格蕾琴感到异常害怕的还有他那惊慌失措的目光以及暴露出他内心极其激动不安的表情，而这种激动不安的表情又使他的整个举止与往日大不相同。当欧根纽斯抓住格蕾琴的手，并且用发了疯似的声音问话时，这个可爱的孩子已经吓得说不出话来了。欧根纽斯向她问道："我们的母亲是不是已经去过花园？

格蕾琴，"紧接着，他又用极其吓人的声音大声地问道，"格蕾琴，你可怜可怜我吧——你快说——你快告诉我——我们的母亲是不是已经去过花园？"

"啊，"格蕾琴终于开口回答说，"啊，亲爱的欧根纽斯先生，我们的母亲——她没有，她没有去过花园。当她正想下楼去花园时，心里却突然产生了一种非常害怕的感觉。她觉得自己是生病了，因此，就一直待在楼上，并躺在床上。"

"我的上帝啊！"欧根纽斯喊道。喊了这句话后，他一下子就跪到了地上，并把两只手高高地举了起来。这时候他又喊道："我的上帝啊，你竟能够同情并帮助我这个道德败坏的人！"

"哎呀，"格蕾琴问道，"哎呀，亲爱的欧根纽斯先生，到底发生了什么可怕的事情？"但是，欧根纽斯并没有回答她问的问题，而是跑下楼去，一直跑到花园里。他愤怒地把那株能够使人致死的曼陀罗从泥土里连根拔起，并且把它的花朵踩到泥土里。

他来到了楼上，看到教授夫人正躺在床上安静地微睡。"不可能得逞，"他自言自语地说道，"不可能得逞，来自地狱的魔鬼已经被制伏了，撒旦的鬼蜮伎俩是动不了这位圣洁女性一根毫毛的！"接着，他就回到了自己的房间。到了这个时候，他已经没有一点儿力气了，只好安安静静地休息一下。

可是没过多一会儿，他的脑海里就又清清楚楚地浮现出了魔鬼欺骗他的可怕图景。他知道，这种欺骗不可避免地会使他遭到毁灭。他觉得，他实在没有其他的办法来为自己赎罪，他只能够采取自杀的方式。但是，他要报复，他在自杀以前要对欺骗他的人进行可怕的报复。

他在暴怒之后虽然昏昏沉沉地休息了一会儿，但是，这却是一次孕育了灾祸的休息。和通常的情况一样，欧根纽斯在休息的过程中也慢慢地做出了一个可怕的决定。他离开了家门，买了一对上好的手枪，当然也买了火药和枪弹。他把手枪装好了枪弹，然后把它们装到了口袋里。接着，他就向城外安热洛·莫拉伯爵的花园走去。

欧根纽斯看到，花园的栅栏门是敞开着的。但是，他却没有注意到，门旁已经站着几名执勤的警察。正当他想往里面走的时候，却感到自己的后背一下子被一个人抓住了。

"你想到哪里去？你想干什么？"说这两句话的人是泽弗尔。刚才就是他从后面抓住了自己朋友的后背。

"难道，"欧根纽斯用一种阴沉的、绝望的、放弃一切的语气说道，"难道我的前额上印有该隐标记①吗？你怎么知道，我来到这里是为了杀死欺骗我的人呢？"

泽弗尔抓起了欧根纽斯的胳膊。他温和地把朋友拉到一边，对他说道："我亲爱的朋友，你不要问我，我是怎么知道你的一切情况的。但是我确实知道，有人用魔鬼的伎俩诱骗了你，使你钻进了最危险的绳套。我也知道，有人用魔鬼的骗术迷惑了你，因此，你现在想对那些卑鄙无耻的坏蛋进行报复。但是，你的报复行动来得太晚了。刚才，政府已经根据有关规定把那两个家伙——那个所谓的安热洛·莫拉伯爵以及他那个可恶的帮凶，也就是早已走上邪路的西班牙修道士费尔米诺·瓦利斯——逮捕起来了。现在，他们正行进在被押往京城的道路上。警方已经查明，那个自称是伯爵女儿的女人原来是一个意大利的舞蹈演员。去年狂欢节的时候，她在威尼斯的圣贝内代图剧院进行过演出。"

泽弗尔不再说话了，他想让他的朋友安静一会儿，并使他镇静下来。紧接着，泽弗尔就向他讲述了做人的道理，以便使他能够变得和每一个意志坚定、头脑清醒的人一样。

泽弗尔用温和的口气指责欧根纽斯说，他和尘世间的凡夫俗子完全一样，身体内部也有先人的遗传素质，因此，也就常常不能够抵制邪恶势力的诱惑。泽弗尔又对他说，是上帝不止一次地用神妙的方式把他从受蒙骗的状态中拯救出来了。泽弗尔还劝诫

---

① 据《创世纪》记载，该隐是亚当的儿子，因嫉妒而将其弟亚伯杀死，因此被上帝在前额上打上了此标记。

欧根纽斯说，他对上帝的解救不应该只是感到宽慰，更应该有一种赎罪感。当泽弗尔把话说到这个份儿上时，欧根纽斯大受感动，那颗早已变得僵硬、彻底绝望的心也开始变软了。眼泪就像断了线的珠子，泉涌似的从眼睛里流淌出来。他站着不动，默默地允许泽弗尔把手枪从他的衣袋里掏出来，并默默地允许他向空中开枪，把枪弹释放掉。

欧根纽斯自己也不知道，他和泽弗尔是怎么一下子就站到了教授夫人的房间前面。他心里想的是自己犯下的罪行，浑身上下颤抖不止。

教授夫人生了病，因此躺在床上。尽管这样，她还是冲着欧根纽斯以及他的朋友温和地微笑了一下。接着，她便对欧根纽斯说道："我对危险的预感并没有欺骗我。是上帝把您从地狱里拯救了出来。亲爱的欧根纽斯，我对您的一切过错都表示宽恕——可是，我的上帝呀！难道我有资格来说'宽恕'这句话吗？恰恰相反，实际上我反倒应该对我自己进行一番谴责，难道不是吗？啊，直到现在，直到活到了这把年纪我才认识到，世上的凡夫俗子都是被一条条的绳索紧紧地锁牢在尘世上的。他们是不可以挣脱这些绳索的，因为这些绳索是永恒的神灵——上帝自己编结而成的，是上帝意志的体现。的确是这样的，欧根纽斯。实际上是我犯下了愚蠢的罪行，因为我不想承认人们日常生活中那些来源于人类天性的正当要求。我反而傲慢地认为，人们是可以超脱这些要求的！欧根纽斯，您并没有犯下过错，犯下过错的只是我一个人。我愿意为此而受到惩罚，并愿意以宽容的态度来忍受魔鬼对我的嘲讽。您很快就会获得自由，欧根纽斯！"

听了教授夫人那深痛的懊悔后，欧根纽斯更加感到悔恨。小伙子一下子跪到了教授夫人的床前。他一边痛哭流涕地亲吻着教授夫人的手，一边信誓旦旦地说，他永远也不会离开自己的母亲。他又保证说，他今后只希望能够生活在心地善良的、圣洁而温存的母亲身边，请她宽恕自己的罪孽。

"您是我的好儿子，"教授夫人带着极其幸福的表情，温和地微笑着说，"用不了多久——我已经感觉到了——用不了多久上苍就会报答您的好意的！"

那个西班牙修道士费尔米诺不仅对心地善良的欧根纽斯设了圈套，而且对泽弗尔也同样设下了圈套。十分引人注意的是，欧根纽斯一下子就被套住了，而富有生活经验、头脑清醒的泽弗尔却能够轻而易举地逃脱掉。当然，泽弗尔之所以能够做到这一点，也另有一个原因，那就是在此期间他意外地从京城方面得到了一个对他有利的消息：那个所谓的安热洛·莫拉伯爵和他的陪同人员之间存在着一种模棱两可、模糊不清的关系。

原来，安热洛·莫拉伯爵和费尔米诺这两个人都不是什么好人，他们都是耶稣会①的密使。众所周知，这个耶稣会有一条原则，那就是到世界各地去发展自己的信徒和靠得住的间谍人员。欧根纽斯之所以引起了那个修道士的注意，一开始当然是因为他掌握了西班牙语这种语言。通过进一步的交往和熟悉，那个修道士发现，跟他打交道的这个年轻人心地善良，十分幼稚，没有一点儿生活经验。他还逐渐得知，这个年轻人是被迫和一个老太太结婚的，他的婚姻关系是和人的现实生活有矛盾的。在这种情况下，那个修道士当然便得出了自己的结论，他认为这个年轻人正好符合耶稣会的目的，是一个非常值得培养的人物。另外，大家也都知道，耶稣会还经常利用迷惑人的方法来发展信徒。费尔米诺相信，要想牢牢地控制住欧根纽斯，最好的办法莫过于掌握他的一条罪行。这个修道士当然也想更加有保证地控制住欧根纽斯，因此，他就想出了下面的坏主意。他使出全身的力气来唤醒欧根纽斯对于爱情那种潜藏的激情。他相信，这种激情一定会诱导欧根纽斯去犯下遭人诅咒的罪行。

发生在欧根纽斯身上的这件事情总算完全过去了。可是没有

----

① 天主教修会之一，反对 16 世纪在欧洲兴起的宗教改革运动，由西班牙贵族罗耀拉·伊纳爵于 1534 年所创立。

过多久，教授夫人的身体就开始衰弱起来。她经常生病，健康状况一天不如一天。后来，她终于支撑不下去了，于是便躺在格蕾琴以及欧根纽斯的怀抱里，安详地离开了人间。和已故的老教授黑尔姆一样，她也是在秋风萧索、树木和灌木落叶的时候安然与世长辞的。

可是，当人们把教授夫人的灵柩抬到坟地上时，欧根纽斯的心里却又想起了自己所干的那件可怕的、理当受到人们诅咒的坏事。虽然说他干的这件坏事并没有起到作用，但是，欧根纽斯还是对自己进行了谴责，认为自己就是杀害母亲的凶手。他感到，地狱里的复仇女神正在撕咬着他的心肝。

泽弗尔是欧根纽斯的忠实朋友，只有他才终于成功地使完全绝望的欧根纽斯又重新镇定了下来。但是，欧根纽斯还是陷入了默默的悲痛之中，他的身体健康也受到了损坏。他只待在自己的房间里，任何人也不见。他吃的东西也很少，仅仅能够维持生命而已。

他就这样又度过了好几个星期。有一天，格蕾琴穿着外出旅行的衣服来到了他的房间，并且用颤抖的声音说道："我到这里来，是为了向您告别的，亲爱的欧根纽斯先生！在离我们三里远的地方有一个小城镇，我的那个亲戚就住在这个小镇上。考虑到我现在的处境，那个亲戚想叫我到她那里去安身了。请您多保重，再——"

格蕾琴再也说不下去了，竟不能够把要说的话说完。

听了这些话，欧根纽斯的心里不由自主地产生了一种非同寻常的痛苦。突然，他的心中燃起了最纯洁的爱情。这种爱情恰如熊熊燃烧的烈火，一下子就驱走了他心中的痛苦。

"格蕾琴！"他喊道，"格蕾琴，如果你真的要离开我的话，那么，我这个有罪的人就会彻底绝望，就会极其痛苦地死去！格蕾琴——做我的妻子吧——"

实际上，格蕾琴早已爱上了欧根纽斯，只不过这个小伙子自己没有预感到这一点而已。啊，她是多么真心实意地爱着他呀！

听到了欧根纽斯的求婚后，格蕾琴的心里不仅充满了甜蜜的惊慌，而且还充满了极大的快乐。这位少女激动得差一点昏厥过去，因此便就势投进了小伙子的怀抱。

　　泽弗尔走进了房间。当他瞥见这对极其幸福的年轻人时便开口说道："欧根纽斯，你已经找到了能够给你带来光明的天使。这个天使能够使你的灵魂重新得到安宁。无论在尘世间还是在天堂里你都会感到无比幸福的——"

表兄的楼角窗口

陈恕林译

我可怜的表兄与著名的斯卡龙①有着同样的遭遇，都是由于痼疾，两脚完全不听使唤。他不得不借助坚固的拐杖和一个郁郁寡欢的伤残老兵（此人充当表兄的护士，听从他随意支使），才艰难地从床铺挪动到铺上软垫的靠背椅，再从靠背椅返回到床铺。此外，我的表兄同这位法国同行还有一个相似之处：斯卡龙虽然作品不多，却以一种独特的、不同于普通法国的诙谐幽默风格奠定了自己在法国文坛上的地位。不过，这里我想要为这位德国作家美言几句，他从来不认为有必要在他调制的那些味道浓重的菜肴上再添加上 Asa fötida②的调料，以免这种调料激起一种德国读者难以忍受的口味。他为自己下的调料感到满意，因为它是名贵调料，既能激起食欲，又能令人精神振奋。人们喜欢读他的作品，称赞他写的东西很好，有趣，令人赏心悦目。我在文学方面是个门外汉，对这一点不大熟悉。不过我倒是很喜欢同表兄聊天，我觉得听他神聊比阅读他的作品更加开心。但正是这种无法克服的写作癖，才给我可怜的表兄带来了险恶的灾难。重病阻挡不了他那耽于幻想的脑子的飞快运转，他总是浮想联翩，不断地编造出新奇的故事来。他不顾自己的种种疼痛，一有机会，就对我讲述他想

---

① 保尔·斯卡龙（1610—1660），法国作家。

② Asa fötida（土耳其/拉丁语）：在亚洲波斯地区生长的一种伞形花植物的乳液，其气臭不可闻。据称，这里影射斯卡龙作品中有时出现的模棱两可、语义双关的现象。

出的各种各样的故事。但是倒霉的是，病魔作祟，总要堵住他的
思路，每当他要记下点东西时，不仅手指不听使唤，而且所想到
的东西顿时也无影无踪了。为此我的表兄变得郁郁寡欢。"表弟
呀！"他有一天对我说，他说话的腔调把我吓坏了，"表弟呀，我
完蛋了！我觉得我像那位精神失常的老画家一样，他数日之久坐
在一幅镶嵌在框子里、已打上底色的画布前面，对所有来访者都
自夸他刚刚完成的油画如何精彩和美丽。我要放弃我那富有创造
性的生活！它来自我的内心世界，形成外在的文字形式后，就为
世人所熟悉了。如今，我的思想返回到它隐居的斗室里！"从此
以后，我的表兄就闭门谢客，既不见我，也不见其他任何人。每
当我们去找他时，那个闷闷不乐的伤残老兵就嘀嘀咕咕和骂骂咧
咧地把我们撵走，此人活像一条爱咬人的看家狗。

　　这里得要说一说，我那身材相当高大的表兄，却住在低矮的
房间里。如今，那是诗人、作家的时尚。房间天花板低矮有什么
关系呢？幻想展翅高飞，在耀眼的蓝天中建造起欢乐的空中殿堂。
诗人的斗室，宛如一座一丈见方、高墙环抱的大花园，虽然面积
狭小，却有无限的高度，直通碧空。另外，我表兄的住宅又处于
首都最繁华的地区，就是说，坐落在大集市上，集市四周都是豪
华的建筑，其中心是建筑风格独特、技艺完美的大剧院。我表兄
住的楼房是在两条大街交汇所形成的街角上，从他的一个斗室的
窗口望出去，宏大集市的一切尽收眼底。

　　那恰好是个集市日，我从熙熙攘攘的人群中挤过去，沿街走
下来，来到可以从远处瞭望我表兄楼角之窗的地方。令我着实吃
惊的是，从这扇窗子里迎着我映现出那顶我颇为熟悉、我的表兄
惯于在阳光明媚时才戴的小红帽。更令我吃惊的是，我在走近时
见到我的表兄穿着他那华丽的华沙睡衣，而且还用节假日才享用
的土耳其烟斗抽着烟。我向他招手，朝上面挥动我的手帕，成功
地引起他的注意，他友好地对我点头致意。我希望尽快见到他，
便飞快地跑上楼去。那个伤残老兵给我开门。平日，他总是愁眉

苦脸,他的脸好像是一只湿手套:皱纹密布。现在他有点儿开心,脸上的皱纹也舒展了一些。他对我说,主人坐在靠背椅上等着会客。房间收拾得干干净净,床前屏风上贴着一张纸,纸上赫然写着几个字:

"尽管现在情况糟糕,将来不会如此。"①

一切都表明,我的表兄重新唤起了希望,重新焕发出活力。"哎呀,"我一走进房间,表兄就对我说,"哎呀,表弟,你终于来了!你知道吗,我多么想念你!虽然你不过问我的不朽名作,我却还是喜欢你,因为你思想活跃,令我开心,虽然你并不是爱逗人快乐的人。"

听到表兄的恭维,我顿时觉得面红耳赤。

"你以为,"表兄继续说,没有注意到我心情激动,"你以为我的病情已大有好转,或者甚已完全康复。其实不然,绝非如此。我的两条腿是两个完全不尽忠尽职的奴仆,它们违背主人的旨意,不愿跟我死尸般躯体的其他宝贵部分有任何联系。这就是说,我寸步难行,只能坐在这把轮椅上来回转动,为此我那伤残的老兵一边为我推着轮椅,一边用口哨吹着战争年代那些旋律优美的进行曲。但这扇窗子是我的安慰,这儿重新向我展示斑驳陆离的生活,我已习惯了街面上天天可以见到的那摩肩接踵、熙熙攘攘的热闹场景。来,表弟,你往外面瞧瞧!"

我坐在表兄对面的一个小矮凳上,窗旁恰好还能放下这个凳子。窗外的景象确实奇异,令人惊讶。整个市场人群密集、拥挤,仿佛是个人海。以至于人们必定相信,一个苹果扔到人海中去,永远落不到地上。在阳光下,各种各样的颜色闪烁生辉,变为许多小斑点。我觉得这宛如一个郁金香大花坛,花儿在风中摇曳起伏。我不得不承认,眼前的景象固然很美,但看久了也会令人疲

---

① 引自古罗马杰出诗人贺拉斯《诗集》中的一句名言。

倦，而神经易受刺激的人甚至会感到有点头晕目眩，这种情况就像一场梦幻中出现那种并非叫人不悦的谵妄那样。我从这番景象中去寻找此扇窗子提供给我表兄的乐趣，并毫无保留地把我所发现的告诉他。

可是表兄听我讲完后却大吃一惊，随后在我们间展开了下面一段对话：

表兄：老弟呀，我看出来了，你连一点儿作家的才干都没有。你缺乏步你这位四肢瘫痪、却值得尊敬的表兄后尘的最起码要求，就是说，你缺少一双真实地观察现实的慧眼。下面集市在你眼前呈现的，无非是人头攒动、民众熙来攘往，令人眼花缭乱的景象。嘿，我的朋友，而我从中看到的却是形形色色的市民生活图景。我像画风泼辣的卡洛或者具有现代派风格的霍多维茨基①那样，我总是一幅接一幅地画出风格常常够潇洒的速写来。快来，表弟，我愿意看看，我能否起码教你一点艺术的基本功：如何进行观察。你不妨看看你前面底下的大街，这儿是我的望远镜，你看见了那个衣着有点奇特、胳臂上挎着一个大购物筐的女人吗？她正跟一个编造与兜售刷子的小贩聊得很带劲，此人除了购买食品外，似乎正急急忙忙去处理其他的差事。

我：我注意到她了。她头上扎着一条橙黄色耀眼的法国式围巾，她的长相以及她的整个举止都明白无误地表明，她是个法国女人。她大概是上一次战争中的一个幸存者，想要在这里挣大钱。

表兄：你猜得不错。我敢打赌，这个女人的丈夫靠法国工业的某个分公司获得可观的收入，因此他的老婆的购物筐子才能装满一大堆好东西。现在她正挤进人群里。老弟，你试试看，能不能跟踪她那曲曲弯弯、变幻不定的走向而不让她从视线中消失呢；她那块橙黄色的头巾闪闪发光。

---

① 丹尼尔·霍多维茨基（1726—1801），波兰裔的德国版画家。

我：嘿，这条头巾就像一个刺眼的黄点，在人群中晃动。现在她靠近了教堂——现在她在售货摊旁跟人讨价还价——现在她走开了——哎呀，我看不见她了——不，她又出现了，在那儿尽头处弯下腰来——是在卖家禽那儿——她抓起一只褪了毛的鹅，用行家的手指触摸着。

表兄：很好，老表，只要专心注视，就能看得一清二楚。不过，专心致志地观察这门艺术，颇为枯燥乏味，而且你一时也学不会，倒不如让我来提请你注意我们眼皮底下的种种有趣事情吧。你注意到那儿角落那个女人吗？尽管那儿根本不太拥挤，她却用两只尖尖的胳臂肘推推搡搡，要在人群中为自己开路。

我：这个人着装上多么放纵。一顶丝绸帽子不顾任何流行式样，它塌陷下来，没有形状，帽上插着数根五颜六色的羽毛，羽毛随风飞舞。一件褪了色、分辨不出原先颜色的短披风，外面披着一条颇为体面、正派的围巾。黄色印花布衣服那时髦的镶边到达踝骨。蓝灰色的长袜。系带子的长靴。她背后是个身躯魁梧的女仆，提着两个购物筐子、一个盛鱼的网兜、一个面口袋。这个穿丝绸服的女人带着愤怒的目光扫视四周，怒气冲冲地钻进密集的人群中去，蔬菜、水果、肉等等，什么都拿起来，带着好奇的目光打量一番，摸一摸，什么东西都讨价还价，结果什么也不买。

表兄：我称这个逢集市必来的人为粗暴的家庭主妇。我觉得她必定是一个富有市民，也许是一个富裕的肥皂制造商的女儿，一个小机要秘书经过一番努力把她连同陪嫁弄到了手。天公不作美，没有赋予她漂亮的容貌和窈窕的身材，而在所有邻居心目中，她只是个特别善于节俭持家的女子，事实也如此，她每天操持家务，从早忙到晚，到头来弄得那个可怜巴巴的机要秘书心烦意乱，巴不得远走高飞。在这个家里，在需要采购什么东西，预订些什么物品，需要添置哪些家庭必需品的时候，总是精打细算，想方设法节省每个铜板。由此看来，机要秘书的家务就像个壳子，里面一台上了发条的座钟，永不停息地奏出魔鬼亲自作曲的疯狂交响曲。大约每月的第四个集市日，她就要由另一个女仆陪她逛市场。

Sapienti sat！[①]你大概注意到了，噢，不，不会注意到，刚刚走到一起的这一群人，真值得贺加斯[②]一类画家用粉笔画下来，永远流传后世。老表，你不妨瞧瞧剧院的第三个门洞！

我：我看到两个老太婆坐在矮椅子上，每个人面前都摆放着自己的全部货物，装在一个不大不小的筐子里。其中一个老太婆要兜售花花绿绿的布，是一些所谓以次充好的东西，因为估计到有些顾客视力不佳，真伪难辨。另一个老太太出售蓝色、灰色的长袜子、针织品，等等。她们正交头接耳谈论什么。有个老太婆在品尝一小杯咖啡，另一个老太婆似乎只顾聊天，忘记了把原想要喝的一杯烧酒往嘴里灌。事实上，这两个老太婆的面容颇为引人注目，笑起来活像老妖婆，挥动着瘦骨嶙峋的胳膊来示意！

表兄：这两个老太婆总是坐在一起卖东西。尽管出售的东西各异，各卖各的，可谓井水不犯河水，不存在矛盾，但是从我那训练有素的观相术来看，她俩总是冤家对头似的彼此斜视对方，并且有时还相互说些讥讽的话。哦，你瞧，你瞧，老表，她们俩谈得越来越投机，感情越来越融洽了。卖布料的要同卖袜子的分享一杯咖啡呢。这意味着什么？这我知道！几分钟前，有个花容月貌的年轻姑娘，顶多十六岁，来到她们的摊位面前。从她的整个外表和举止看，她规规矩矩，为囊空如洗感到羞愧。她为那花里胡哨的东西所吸引，眼睛盯着一块镶花边的白布，也许她很需要它。她跟小贩讨价还价。老太婆施展奸商的一切伎俩，她将布料展开，让光彩夺目的颜色在阳光下闪烁生辉。最后买卖双方价格谈妥了。当这个穷愁潦倒的女孩把裹在手帕里的一点儿现钱拿出来的时候，发现钱不够，顿时羞得面红耳赤，眼泪汪汪地跑开了，尽可能快地离开了，而老太婆却一边讥讽地开怀大笑，一边把布

---

① 拉丁语，知情人一看就明白，不必解释。

② 威廉·贺加斯（1697—1764），英国油画家、版画家和艺术理论家。

料折叠好，扔回筐子里。现在这个老太婆可能会说些中听的客套话，那个恶毒的卖长袜的老婆子熟悉小姑娘的身世，她把其一贫如洗的家庭的悲惨家史，当作生活放荡不羁，也许甚至当作犯罪的丑闻编年史讲给这个因丢了一笔生意而垂头丧气的老太婆听，借以逗她开心。毫无疑问，她以粗俗、大肆渲染的诽谤换来了一杯咖啡。

我：亲爱的表哥，你联想、推测出来的一切，大概没有一个字是真实的，但当我瞧着这两个老婆娘时，觉得你讲的一切，不管我是愿意还是不愿意，我都必定以为是可信的，有说服力的。

表兄：在我们把目光从剧院大门那儿挪到别处之前，让我们来看看一个胖乎乎、平易近人的女人吧，她精力充沛、冷静沉着，双手搁于白围裙底下，坐在一把藤椅上，面前白布上摆放的商品林林总总，形形色色：擦得锃亮的勺子、刀叉，上釉的陶器、式样古老的瓷碟和大瓷碗，茶杯，咖啡壶，长袜子，还有许多东西我叫不来。她的商品，大概是从一次小型拍卖会上弄到的。她那琳琅满目的商品，看起来仿佛是 Orbis pictus①。她漫不经心地听着顾客给出价钱，好像成交与否都无所谓。一旦成交，她就从围裙底下伸出一只手去接顾客的钱，让对方把已出卖的商品拿走。看来，这个从事买卖的女人沉着冷静，深思熟虑，日后定将搞出点名堂来。四个星期前她所拥有的全部廉价商品不外是半打上等棉织长袜和同样数量的酒杯。可是她的生意却随着每个集市而日益兴隆。尽管如此，她并没有带来更好更舒适的椅子，而且仍然像往常那样把双手搁在围裙底下，这就表明，她头脑冷静沉着，并没有因为买卖兴隆而傲慢自大，盛气凌人。不知怎么搞的，我突然产生个古怪念头！此时此刻我想到有个幸灾乐祸的小妖精，爬到女摊贩的沙发椅底下。小妖精对她的发迹、生财有道红了眼，阴险毒辣地把她的椅子腿锯掉。于是扑通一声，女摊贩摔到她的玻璃制

---

① 拉丁语，一个绚丽多彩的世界。

品和瓷器上，因此整个生意也就完蛋了。这可就是"破产"一词的本意。

我：说真的，亲爱的表哥，现在你教会了我更好地观察了。当我用目光四处扫射人流涌动、光怪陆离的人群时，我有时注意到几个年轻的姑娘，她们由穿着整洁、胳臂上挎着耀眼购物筐子的女厨陪伴着逛市场，为生活必需品跟小贩讨价还价。她们穿着时髦，懂礼貌，守规矩，毫无疑问，她们起码是出身有教养的市民阶层。为什么他们要来逛市场呢？

表兄：这容易解释。近几年来，这已成为时尚：即便达官贵人也派自己的千金小姐到市场上来，从实践中体验、学习一下采购食品这项操持家务的本领。

我：事实上，这是个值得称道的时尚，它的实际好处，首先就是促使女孩子懂得勤俭持家。

表兄：老表，你是这样看吗？我的看法同你相反。亲自光顾市场，除了要实地了解商品好坏和市场实际行情外，还能有别的目的吗？其实，一种好蔬菜、一块好肉等等货色的质量、外表和特征，未来的家庭主妇利用其他途径也是很容易熟悉的，用不着亲自到市场上去。至于说去市场采购可以省下几个芬尼钱，其实得不偿失。因为陪同去采购的厨娘会毫不迟疑地跟商贩秘密勾结，坑骗顾客，所节省下来的一点儿钱抵偿不了由于逛市场而很容易招致的损失。无论如何，我决不会让我的女儿为了几个芬尼钱而冒险来到这样的场所，在比肩接踵的下等人群中磕头碰脑，挤来挤去，让粗野婆娘或者小子的下流话或者乌七八糟的言语灌进耳朵里。另外，市场上还有一些渴望勾引到女孩的青年人，他们在市场上转悠，有的身披蓝色外套，骑着骏马，有的身着黄色呢子大衣，悠然自得地漫步街头。集市就是如此。——哎，你瞧，你瞧，老表！那个刚才站在水泵旁的女孩，由一个不太年轻的厨娘陪着，正往这儿走来，你觉得她怎样？老表，快拿我的望远镜瞧瞧！

我：哈，这个女子，袅娜多姿，多么妩媚可爱啊。可是她羞羞答答地垂下眼帘，每走一步都总是惊恐不安，摇摇晃晃，胆怯地拉住她的女伴，后者推推撞撞地为她在密集的拥挤的人群中强行开路。我注视着她们俩。——现在厨娘静静地站在蔬菜摊前——她跟摊主来回讨价还价——她把小姑娘拉过来，小姑娘没有完全把脸掉开，飞快地把钱从钱包里取出来递过去，巴不得马上离开——多亏她系了一条红围巾，无法从我的视线中消失！——她们似乎在寻找什么东西，却没有找到——她们终于在一个卖蔬菜的女人身边停下来，那个女人把要出售的又鲜又嫩的细菜放在精致的菜筐里——妩媚动人的小女子的整个注意力被一筐极为好看的花椰菜吸引住了——小姑娘动手选了一棵，把它放进厨娘的筐子里——瞧，厨娘真不要脸！——她居然立即把这棵菜从筐里拿出来，放回女商贩的筐里，选了另一棵，一边使劲地摇晃头上那顶菱形的大帽子，并且还喋喋不休地数落这位头一次想要自主地选购东西的可怜小姑娘。

表兄：家里人逼着这个小姑娘学会诸如采购这类操持家务的技能，这完全违背她那温柔多情的个性，如今她受到厨娘责备，你想想，她此时此刻会有什么感受？我认识这个娇媚的女孩，她是一个高级财经枢密顾问的闺秀，她朴实无华，落落大方，同忸怩作态格格不入，具有女性的纯洁心灵，这类女性的一般特点：聪慧，善解人意，判断准确和举止得体。——哎呀，确实事有凑巧！有个少女在拐角处过来，与这个姑娘恰好是相反的人物。老表，你看这个少女怎么样？

我：哎哟，这个少女身材多苗条，相貌多俊俏啊！青春妙龄——步履轻盈——目光潇洒，看似识破红尘——对她来说，天空总是阳光明媚，空气中飘荡着欢快的音乐——她胆子很大，无忧无虑地在拥挤的人群中跳跳蹦蹦。女用人挎着购物筐尾随着她，年龄似乎不比她大，两人之间的关系仿佛有些亲热。小姐的衣服绝对漂亮，围巾也很时髦。她的晨服，款式格调雅致，同帽子很相配。着装很漂亮，很得体。啊，天哪！我看见小姐穿着一双白色丝绸鞋，一双在市场上挑选出来的舞鞋！总之，我越细看这个姑娘越觉得她有某种个性，可我又无法用言词来说明它。说真的，看样子，她孜孜不倦地、仔细地采购，挑挑拣拣，反复讨价还价，边说边打手势，干起来兴致勃勃，几乎是全神贯注。可我觉得，她除了家庭日用品外，好像还想要买点别的什么东西似的。

表兄：你说得太好啦，老表，你说得太好啦！我发觉你的目光敏锐了。你瞧，我亲爱的，这个姑娘不光是穿着最时髦——且不说她脚步轻盈、整个动作轻巧敏捷——而且还穿着白色丝绸鞋子逛市场，这些都明白无误地表明，她不是跳芭蕾的，就是演戏的。至于她此外还想要买点什么东西，也许很快就会清楚了。哎呀，猜对了！你瞧，亲爱的老表，在街道往上走稍稍右边那儿，在旅店前颇为僻静的人行道上你瞧见了谁？

我：我看见了一个身材高挑的小青年，他身穿一件黑领、钢纽扣的黄色粗呢短大衣，头戴一顶用银丝编织的小红帽，帽子下面露出几乎是茂密的黑色鬈发。上唇上蓄着一小撮修剪过的黑色胡子，增强了这张苍白、富有男子气概面孔的表情。他在胳臂下挟着一个书包，毫无疑问是个大学生，正准备去出席一个大学生社团会议，可他站在那儿像生了根似的，目不转睛地盯着市场，仿佛忘记了社团会议和自己身边的一切。

表兄：正如你说的那样，亲爱的老表。他的整个心思都在这个小女戏子身上。时间到了。大学生走近大水果摊，那儿堆满了令人馋涎欲滴的水果精品。大学生似乎在询问那些不久前刚刚脱销的水果。一顿丰盛的午餐不可能缺少一道餐后果品甜点。因此，小演员必定是为家庭用膳来水果摊办采购的。一只圆滚滚、红艳艳的苹果似爱开玩笑地从她那纤细的玉手指间滑落下来——穿黄色粗呢短大衣的小青年朝苹果弯下腰，把它捡起来——天仙般的小演员行了个优雅的屈膝礼——交谈从而开始了——在一次难以做出选择的甜橙选购时，两人互相切磋，出主意，想办法，从而

264

出色地完成了他俩早已开始的结识，与此同时，两人常有甜美的幽会，幽会形式多种多样，花样不断更新。

我：不管大学生想要谈情说爱也好，选购甜橙也罢，我都不感兴趣。真的，我对此毫无兴趣，因为我又看见了那个天仙般的少女，那个极为招人喜欢的枢密顾问的闺秀，她在剧院正面的拐角处，那儿有几个女人在卖花。

表兄：亲爱的老表，我不乐意往卖花那儿看；这有我个人的特殊情况。卖花女总是摆放着最美丽的花卉，诸如康乃馨、玫瑰花和其他珍稀的花卉精品。卖花姑娘天生丽质，妩媚可爱。她勤奋好学，不倦地追求文化修养；一有空闲，就埋头读书。她的着装表明，她是卡拉洛夫斯基①图书租借处庞大读者队伍中的一员，这支队伍把思想文化传播到京城最遥远的角落。对于一位纯文学作家来说，一个爱读书的卖花姑娘是个令人倾倒的人物。事情是这样的：很久以前的一天，我从花摊旁边经过（其他非集市日也有花出售），见到这位卖花姑娘正在读书，我感到惊讶，便站着不走了。她坐在一棵花朵盛开的天竺葵下，膝盖上打开一本书，用手支撑着头。书中的主人公此刻必定是正处境危险，或者故事情节进入了一个关键时刻；因为姑娘两颊绯红，嘴唇在颤抖，她仿佛完全摆脱了她的现实环境。表弟，我愿意毫无顾忌地向你承认一个作家的奇特弱点。当时，我像牢牢地被绑在原地似的——我来回小步奔跑，想要看看姑娘在读什么书呢？我的脑子里在思考这个问题。我那作家的虚荣心激发起来了，我有了预感：姑娘读的正是我的一个小作品，现在正把她带进我的梦幻世界里。我终于决定走近她，打听一株摆放在很远的一排的康乃馨的价格。当姑娘把康乃馨拿过来的时候，我一边伸手去拿这本已合上的书，一边说道："您读的是什么书，我漂亮的孩子？"噢，天哪，她读的

---

① 卡拉洛夫斯基，柏林某图书租借处负责人，为霍夫曼所熟悉。霍夫曼的传记作者汉斯·冯·米勒著有《E. T. A. 霍夫曼与他的图书管理员》(1904)。

果然是我的一个小作品，确切地说是×××①。姑娘把花送来，同时说出了一个恰当的价钱。其实我的心思哪在花儿上，哪在康乃馨上呢！在我的心目中，此时此刻，比起京城全部的高贵读者来，姑娘远应受到尊敬和赏识。我心潮澎湃，心中熊熊地燃烧起作家最甜美的情怀。我故意装作无所谓的样子，探问她喜不喜欢这本书。"哎呀，我亲爱的先生。"姑娘答道，"这本书非常有趣，滑稽，令人发笑。开始时我脑子里有点乱，但是读着读着我就沉迷于书中的故事了。"着实令我吃惊不小的是，姑娘对我一清二楚、头头是道地讲述了童话的故事，由此不难看出，她必定反反复复地读过多遍。她又重复说了一遍，这本书非常有趣，阅读时她时而开怀大笑，时而又想要哭。她向我建议说，要是我还未读过这本书，可以下午到克拉洛夫斯基先生那儿去取，因为她正好下午去那儿借书和还书。现在，我要给她一个惊喜。我垂下眼帘，脸上挂着内心充满喜悦的微笑，带着美滋滋的温柔声音，低声细语说道："我可爱的天使，这儿站在您面前的，就是这本令您心中充满喜悦的书之作者本人。"姑娘目瞪口呆，一时语塞，直瞪瞪地瞧着我。我以为，这乃是一位少女目睹一位感觉灵敏的天才，一位创作出如此一部作品的天才作家突然在她自己的康乃馨旁出现时的一种极其惊讶，甚至是一种惊喜的表情。而当姑娘的表情保持不变时，我又想，也许她根本就不相信，是幸运的偶然事件把闻名遐迩的×××一书作者带到她身边。我想尽一切办法，力图让她相信，我与那位作者其实是一个人。可她还是呆呆地站着，除了发出"嗯——如此——哎呀，真是——怎么——"外，她的嘴唇里什么话都没有吐出来。可我该怎样更详细地向你描述当时我蒙受的奇耻大辱呢？过后才发现，原来姑娘从来没有想过，她所读的书，必须事先写出来的。经过深入探寻，我终于弄清，原来姑娘有着一种天真无邪的单纯的信念：书籍是根据上帝意旨生

---

① 据猜测，指的是霍夫曼的童话小说《小矮人扎克斯传奇》，或者童话小说《布拉姆比拉公主》。

长出来的，正如蘑菇一样。

我再次非常小声地询问那株康乃馨的价钱。这期间卖花姑娘对书籍写作必定产生了一种极其模糊的想法，因为在我数钱时她非常天真地、无拘无束地问我，克拉洛夫斯基那儿的所有图书是否都是我的。——我拿着我的那株康乃馨快步如箭似的离开那里了。

我：老表，老表，我看这是对你的作家虚荣心的惩罚。可是在你对我讲述你的不幸故事时，我的眼睛没有离开我刚才看见的那位可爱姑娘。在花摊处，那个傲慢自大、恶魔般的厨娘才让她行动自由。这个郁郁寡欢、爱教训人的厨娘，把沉甸甸的购物筐放到一个角落里，无比高兴地跟三个同事攀谈起来。她时而把肥胖的双臂交叉在胸前，时而又——似乎是为加强说话的表现力——双手叉腰。她的话，违背了《圣经》的教诲。你瞧，那个妩媚可爱的小天使选了一束多么漂亮的花儿啊，她让一个结实的小伙子把它送回家去。怎么？她竟一边走一边偷吃小筐里的樱桃，我可不大喜欢她这样做。另外，那块精细的亚麻布，它大概放在筐里，怎能与水果混杂在一起呢？

表兄：眼下馋嘴的青年人可不管樱桃是否干净，即便不干净，可以用草酸氢钾和其他有效的家庭常备药品来清除污秽嘛。这正是这个小女孩真正天真无邪、无拘无束的表现，她现在摆脱了可恶集市拥挤不堪的折磨重新获得自由后，让自己自由自在、潇洒一回。——可是那个现在正站在远处第二个水泵旁边的一辆车旁的男子，早就引起了我的注意。对我来说，他始终是个无法解开的谜。一个农妇站在那辆车上出售一个大桶里的廉价李子酱。亲爱的老表，首先令我惊讶的是那个农妇动作的敏捷。她手持一把长木勺，先将买四分之一磅、买半磅和买一磅的大买主打发走，继而又以飞快地动作满足贪吃甜食的小买主们不同的要求，他们有的伸出一张纸，也有的伸出他们的皮帽来接受果酱。他们把果酱当作早点，马上津津有味吃起来——这是平民百姓的鱼子酱！

表面积满厚厚一层桂皮、食糖和丁香的美味可口米粥，用一根打禾棒来分发给宾客。每个贵宾只要口一张，就能得到自己应得的一份米粥，这种做法颇像懒人乐园的情景。可是，表弟，你注意到我刚才提到的那个男子没有？

我：当然看见了！这个怪模怪样、妖里妖气的家伙是怎么样一号人呢？他是个干瘦的男子，起码身高六英尺①，而且还站得笔挺，虽然有点儿驼背。一顶皱巴巴的小三角帽下面，一个发袋的标识在后面显露出来，发袋散开，轻轻地贴在后背上。身披一件按早已过时的时尚剪裁的灰色外套，大襟从上到下系着一排扣，紧贴身体，没有一条皱褶。当他向车子走去时，我才注意到他的黑色长裤、黑色长袜和鞋上的大锡扣环。此人在胳臂下小心翼翼地夹着一个方形盒子，差不多像商贩装钱物的便携式小箱子。他的盒子里装的到底是什么东西呢？

表兄：这你马上就会知道，你注意观察一下。

我：他打开箱盖——阳光照进箱子里面——出现闪烁的反光——原来箱子里镶了一层铁皮——他摘下头上的小帽子，向卖李子酱的女人毕恭毕敬地鞠了一躬——此人的脸奇特滑稽，表情丰富——闭上了微薄的嘴唇——鹰钩鼻——一双黑色的大眼睛——浓密的眉毛——高高的额头——黑色的头发——经过梳理的假发，耳上露出一个个小卷发。他给农妇把箱子递到车子上，后者马上把箱子装满果酱，然后友好地点点头，把箱子还给他。——男子再次鞠躬，然后离去——他左转右转，迂回地穿过人群，来到出售鲱鱼的鱼桶旁——他拉出箱子的一个抽屉，把已买下的咸鲱鱼放进去，把抽屉又推进去——第三个抽屉，依我看，是用来装芹菜和其他（煲汤时添加的）植物根茎。——现在他迈着架子十足的大步，在市场上东游西逛，最后一个桌上摆满已宰好家禽的摊子把他吸引住了。在这里，像在别处一样，他在讲价

---

① 旧时一英尺约合 30 厘米。

前先作几个深鞠躬。接着，他跟女摊主攀谈起来，口若悬河，滔滔不绝。女商贩耐心倾听，脸上露出极为友好的神情。他小心翼翼地把箱子放在地上，从桌上抓起两只鸭子放进阔大的外套口袋里。——哎呀，天哪，除两只鸭子外，现在还塞进去一只鹅！另外，他还带着馋眼的目光瞧着一只雄火鸡，虽不准备买，却情不自禁地用食指和中指亲热地触摸一下——他提起自己的箱子，非常友好地向农妇行了个鞠躬礼，然后克制着自己的欲望，依依不舍地离开这些令他馋涎欲滴的美味食品——此刻他径直向肉铺走去。莫非此人是个厨师，正要备办一次宴席？——他买下一条小羊腿，仍然把它塞到他的一个大口袋里。——现在他办完了采购，怪模怪样地沿着夏洛特大街走上来，他举止奇特，仿佛来自异国他乡。

　　表兄：我为这个怪人而伤透了脑筋。我提出下面这样的假设，不知你的意见如何？此人是个老图画教员，曾在一所中等规模的学校里胡作非为，也许现时仍在胡闹。他搞过各种各样工作，攒了许多钱。这个家伙是个吝啬鬼，生性多疑，好讽刺挖苦人，令人讨厌，至今仍是个老光棍。他只供奉一个上帝——他的肚子。他的全部乐趣就是吃美味佳肴，不言而喻，是独自在房间里享受。他没有雇用他人帮忙，一切事情都是自己动手，独自操办。正如你看到的那样，他在集市日总是采购够用半个星期的生活必需品，然后在他那可怜巴巴的斗室旁的小小厨房里烹饪。由于菜肴总是按照自己口味做的，所以他就贪婪地，甚至也许是狼吞虎咽地把自己做的菜吃掉。他心灵手巧，把一个旧颜料箱改造成为实用的购物筐，亲爱的老表，这你也看见了。

　　我：咱们别谈这个叫人反感的人好吗？

　　表兄：为什么叫人反感呢？一个老于世故的人说，世上总会有这类怪人的。他说得对，因为我们这个世界的多样性和丰富多彩永远是不够的。亲爱的表弟，要是你很不喜欢这个人，那么我可以就他是什么人，他的所作所为，给你提出另一种假设。从前有四个法国人，都是巴黎佬，一个是语言老师，一个是击剑高手，一个是舞蹈家，一个是烘焙馅饼的师傅。他们年轻时候同时来到柏林，当时（上世纪末年）并不难找到收入丰富的饭碗。他们萍水相逢，从驿车在旅途中使他们团聚在一起那个时刻起，就心心相印，结为亲密的朋友。工作完毕后，他们每天晚上都欢聚一堂，像地道的法国老人那样，一边吃简朴的晚餐，一边热烈地交谈。后来因为年岁关系，舞蹈家的腿迟钝了，击剑高手的胳膊麻木不灵了，语言教师对付不了那些以最时尚的巴黎方言来炫耀自己的对手，青出于蓝而胜于蓝，馅饼烘焙师的精心杰作，同巴黎烹调学家们一手培养出来的青年人之手艺相比，也相形见绌。

但是这个忠诚地抱成一团的四人帮中的每一个人，在此期间都有自己的一笔积蓄，能够确保经济生活上无后顾之忧。他们迁进一个宽敞、十分优雅舒适的住宅，但是比较偏僻。他们放弃自己的工作，遵照法国古老的习俗，高高兴兴、无忧无虑地生活在一起，因为他们懂得如何机敏地排解不幸时代中的忧虑和烦恼。每个人都有个人的一种特殊活动，一种对小团体有益，能够带给它欢乐的活动。舞蹈家和击剑高手走访他们旧日的学生，已退役的高级军官、内阁阁僚、宫廷大臣等等；因为他们曾有丰富的实践经验，现在来为其四人帮的聊天资料搜集当天的新闻，那样的资料是取之不尽、用之不竭的。语言教师在旧书店里仔细查找翻阅，以便找到更多的，其语言为科学院认可的法文作品。做馅饼的师傅关照大家的伙食问题，他不仅自己去采购，而且还亲自烹饪，有一个法国老男仆当他的助手。除了这个老男仆外，这四条老汉现时还从一家法国孤儿院雇了一个面颊丰满红润的小伙子来当用人，因为此前在这里当女用人的一个掉了牙齿的法国老太婆已经死去，她原是一位女教师，后来沦落为洗衣妇。你瞧，那个矮小的小伙子就在那儿，他身穿天蓝色的衣服，一条胳臂挎着一个装小面包的筐子，另一条胳臂挎着的筐子里堆满了生菜。此刻，我就是这样把那个令人反感、爱讽刺挖苦人的德国图画教师改变为平易近人的法国馅饼烘焙师的。我以为，他的外表，他的整个举止都非常相称。

我：亲爱的表哥，你的想象力为你的作家才华增光添彩。可我刚刚开始注意到那儿在拥挤得水泄不通的人群中凸显出来那几片白色羽毛。瞧，那个头上插着羽毛的人终于在水泵近旁出现了：原来是个身材修长的女子，面貌相当漂亮，身上披的玫瑰红色丝绸外套是崭新的，帽子也款式新颖，帽上缀着一块美丽的纱巾，手戴白色真丝手套。这个穿戴时髦的女子，大概是应邀赴早餐去的，有什么必要从熙攘杂乱、拥挤不堪的集市中挤过去呢？哦，这是怎么一回事呢，难道她也是来采购的？她静静地站着，向一个衣衫褴褛的老太婆招手——这真是灾难深重的平民百姓的一个生动的写照——老妇臂上挎着一个破烂不堪的购物筐，艰难地一瘸一拐地尾随着她。这个穿着入时的女士在剧院大楼拐角处向一个在那儿靠墙站着的双目失明的退役老兵示意，她要施舍他一点钱。她吃力地把右手的手套脱下来——哎呀，天哪，一只血红的，而且还长成男子汉般的拳头露了出来。好在没有经过长时间的选找，她就迅速把一枚钱币塞到盲人手里，随即飞快来到夏洛特大街的中心，不再继续关照陪伴她的那个衣衫褴褛的老婆子，独自仪态大方地迈着散步的步子，沿着夏洛特大街上行，朝着菩提树下大街的方向漫步。

表兄：这个女子把筐放在地上，她要歇一会儿，因此你一眼就可以看清这个时髦女士所采购的全部东西了。

我：事实上，她买的东西都是够奇怪的：一个甘蓝叶球，几个苹果，一个小面包，几条用纸包着的鲱鱼，一块丝毫引不起食欲的羊奶酪，一块羊肝，一株小玫瑰花，一双拖鞋，一个脱靴器。这到底……

表兄：别再说了，表弟，这个身着玫瑰红色衣服的女子，咱们谈得够多了。你还是留心观察一下那个瞎子吧，刚才这个轻率女孩给了他点施舍。眼前这番情景描述世人生活悲惨、万念俱灰和听天由命的处境，世间还有比这更震撼人心的情景吗？他背靠着剧院墙壁，两只骨瘦如柴的手拄着一根手杖，手杖置于身前一步远的地方，以防不明智的人碰着他，他仰起死人般苍白的脸，军帽盖着眼睛，从早上到集市闭市，纹丝不动地在原地站着。

我：他是在乞讨，可是失明的退役老兵已得到很好的关照了。

表兄：亲爱的老表，你这就大错特错了。这个穷愁潦倒、可怜巴巴的人，充当一个卖菜女人的仆人，她属于低级的女商贩之列，因为较高级的商贩总是让人开车把在筐子里包装好的蔬菜运来。确切地说，这个瞎子活像一头驮载牲口，早上把一筐筐的蔬菜背来，沉重的菜筐把他的腰背几乎压到了地面，他只得吃力地、摇摇晃晃地靠着他的手杖支撑着自己。他的女雇主，既高大又粗壮，也许只是雇用他把蔬菜运到市场上去。当他筋疲力尽时，她却不肯花点力气，拉他一把，把他搀扶到他现在站立的地方。蔬菜背到市场后，她从他背上取下菜筐，自己动手把菜搬到菜摊上去，让他站着，对他不闻不问，直到集市闭市，这时她才来叫他把菜已全部售完的空筐或者只是部分售出的筐子背回去。

我：这可真是咄咄怪事：一个盲人，即便他没有闭上眼睛，或者即便没有其他明显的毛病暴露出他脸上的缺陷，然而从他仰着头的姿势（这是瞎子特有的现象），就可以马上看出他是个瞎子。这种姿势似乎表明他孜孜不倦、永不停息的追求，即使在夜幕笼罩下，也力图有所觉察。

表兄：我仿佛看见这样一个盲人仰着头眺望远方，对我来说，没有比这更感人的情景了。对这位可怜的人来说，生命的晚霞已经沉落。可是他的心灵眼睛在追求见到永恒之光，在充满宽慰、希望和幸福的彼岸照耀着他。我的话过于严肃了。每个集市日，这个双目失明的老兵都为我提供大量事例供我评论。你看见了吧，亲爱的老表，柏林人的乐善好施精神在这个可怜人身上是如何生动地体现出来的。时常有大队人马从他身边经过，没有一个人不行善积德的。但是行善积好的方式是各不相同的。亲爱的老表，你不妨仔细地观察一下，再把你所看到的告诉我吧。

我：现在走来三四个，或者五个身材高大结实的女仆，人人挎着筐子，满满当当地装满了商品，沉重的筐子快要把她们青筋隆起的强壮胳臂勒破了。她们匆忙快跑，是为了急于摆脱重担。可是她们每个人都停留片刻，迅速地伸手进购物筐里抓出一枚钱币塞到盲人手里，连看也没有看他一眼。在集市日的开支中，这一点儿开销是必要的，必不可少的。这话说得对！现在走来一个妇女，从她的穿着和整个举止可以清楚地看出，她心情愉快，生活富有，她站在这个伤残老兵跟前，掏出一个小钱包，总也找不着一枚她准备向盲人行善的小钱币，于是她大声呼喊她的厨娘，却不料后者把小钱币也花光了。这样她得首先找女菜贩把钱破开，终于弄来了一枚准备献出的三芬尼钱币。现在她拍拍瞎子的手，让他觉察到，他就要收到一点东西——盲人张开手掌——行善积德的女士把钱币放到他的手掌上，把他的手掌合上，以免这慷慨的赠品丢失。为什么这个娇小玲珑的小妞小步跑来跑去，越来越靠近这个瞎子呢？噢，原来——我从望远镜里注意到了——她在其身旁一闪而过时迅速地把一枚钱币塞到他手里，这肯定不是一枚三芬尼的小钱币。那儿有个吃得肥肥胖胖的男子，身穿棕色的大衣，正在悠然自得地走过来，毫无疑问，他是个富豪。就连他也在瞎子面前站着，跟瞎子攀谈起来，谈了很久。这样一来，他就挡住了他人的路，妨碍他人向瞎子施舍钱物。最后，阔人终于从口袋里取出一个绿色大钱包，费劲地在钱袋里翻找，我仿佛听见了钱币丁零当啷的响声。真可谓大山分娩①！我倒是真的相信，这位大发恻隐之心的高贵人士，受眼前这派悲惨景象的驱使，竟然会掏出一枚破损的小钱币来。依我看，瞎子在集市日的收入是颇为可观的，可是令我奇怪的是，他在接受施舍时却毫无感激的表示。我觉察到他只是嘴唇稍微动了一动，可能是说声感谢吧。

---

① 大山分娩，意思近似雷声大，雨点小。这一典故出自古罗马杰出诗人贺拉斯《诗艺》中的名句："大山分娩，生出来的只是一只可笑的小耗子。"

可是我也注意到了，这种情况实属偶然。

表兄：你为这个瞎子那完全听天由命、万念俱灰的处境找到了明确的表达方式：钱，对于他有什么用呢？它只有在一个他信得过的人手里，才具有它的价值。我可能是胡说八道，但我觉得，让瞎子为其背菜筐的女人，似乎是个很糟糕的泼妇。尽管她把瞎子收到的所有钱都据为己有，可她还是虐待这个可怜巴巴的人。每当她收回菜筐的时候，她总是破口大骂瞎子，辱骂的轻重，要看蔬菜的销路好坏。从瞎子那死人般苍白的脸色、饿瘦了的体形和破破烂烂的衣服，就可以猜到瞎子处境是够糟糕的。深入调查他跟女菜贩的关系，乃是慈善家的事。

我：当我俯视整个市场的时候，我就注意到那儿几辆支撑着帐篷式布帘的面粉车，为市场增添了如画的景色，因为一眼就可以看见形形色色的人群显然围拢在车子四周。

表兄：从白色的面粉车，从浑身沾满面粉的磨坊伙计与脸蛋红彤彤的磨坊姑娘（她们个个都是漂亮的磨坊姑娘），我恰好想到有点迥然不同的情况。我痛心地惦念着一个烧炭工人家庭，以前这一家人在正对着我窗子的剧院旁边卖他们的炭，现在被撵到市场那一边去了。这个家有个汉子，身材魁梧，面容粗犷，且富于表情，动作强劲有力，显然跟小说中描写的烧炭工人一模一样。事实上我在荒僻的森林里遇见过这条汉子，其时我感到有点儿毛骨悚然，而他此刻的友好态度我觉得是世间最可喜的事。这个家庭的另一个成员，同这条大汉形成极为鲜明的对照，是个小驼背，身高不足四英尺，简直是个逗人发笑的丑角。你知道，世上确有身材畸形的人，一眼就可以看出他们是驼子，可是仔细观察时却又根本无法指出隆起处到底在身体的什么部位。

我：这里我想起一位有才智的军人的一句天真的格言。因为业务关系，他跟这样的一个身材畸形的人有过许多接触。他对身材畸形无法解释一事颇为反感。"驼背，"他说，"一个人的驼背，可他的驼背在什么部位呢，鬼晓得！"

表兄：大自然有意要把我说的那个矮小的烧炭工人造就为一个身高约七英尺的魁梧人物，一双巨手和一双巨足就表明他是个巨人，几乎是我一生中见到的最巨大的手足。而这个矮小的家伙，身披一件大衣领的小外套，头戴奇形怪状的皮帽，不停地跳跳蹦蹦，小步奔跑，时而到这里，时而到那里，总是安静不下来，叫人看了很不舒服。在市场上，他扮演一个和蔼可亲、富有魅力、向女子求爱的男子角色。任何一个地位高贵的女人，要是不尾随他小跑一会儿，同时做出简直无法模仿的姿态、表情和鬼脸，说出娇滴滴的甜言蜜语，他就不让她在他身旁经过。她们这样做，当然迎合了烧炭工人的情趣。他有时对女子非常殷勤，彬彬有礼，交谈时轻柔地搂着姑娘的细腰，手持帽子向美人表示敬意，或者向她献殷勤，表示愿为其效劳。颇为引人注目的是，姑娘们不仅容忍这样做，而且似乎还向这个小怪物友好地点点头致意，喜欢他献殷勤。毫无疑问，这个矮小的家伙天生幽默，富有滑稽才华，又善于表演。他是他所在的整个林区中的滑稽演员，能人多面手，万事通。不论是孩子的洗礼，婚宴，还是酒店里的舞会，盛大筵席，没有他在场就都冷冷清清，大为逊色。他说的笑话，令人开心，事情虽过了很久，一谈起他的笑话来，还叫人忍俊不禁，开怀大笑。这一家除了小男孩和小女孩留在家里外，还有两个身体粗壮的女人，她们面色阴沉，满脸不高兴的样子，这种情况当然跟她们脸上皱纹里积淀的煤灰很有关系。在集市期间，这一家人自己享用的任何点心美食，都同他们拳着的一条大尖嘴狗分享。主人与狗这种亲切、亲密无间的关系表明，这一家人老实规矩，严守宗法制度。再说，这个小矮人力大无比，所以家里人叫他把煤送到买主家里。我时常从远处看到，他们把一筐筐的煤摞在他的背上，他一次大概背了十大筐，而他却跳跳蹦蹦，若无其事，仿佛感觉不到什么重量似的。从后面看，他的样子荒诞离奇，叫人难以置信。当然啰，小矮人的宝贵身躯一点儿都看不到，能见到的只是一个巨大的煤袋，下面长出两只小脚。它活像神话中的一只动物，童话中的一种大袋鼠，跳跳蹦蹦地穿越市场。

我：你瞧，你瞧，表哥，那儿教堂旁边出现吵闹声。两个卖菜的女人，很可能是为麻烦的事激烈争吵起来。看样子她们双手叉腰，使用准确的惯用语指责对方。民众围拢过来，把争吵双方团团围住——嗓门越来越大，声音越来越尖锐刺耳——她们越来越激动地挥舞拳头——她们越来越靠近对方——马上就要动起拳头了——警察就地坐下——怎么一回事？在两个争吵得恼羞成怒的女人中间出现几顶闪光耀眼的帽子——数位教母一瞬间成功地使怒气平息下来——争吵结束了——没有警察的干预——两个妇女心平气和地返回各自的菜摊——围拢的民众也随之散开了，只有几回，很可能是争吵格外激烈时，他们才高声喝彩。

表兄：亲爱的老表，你注意到了，我们在这儿窗口观察的整个时间里，这是市场上发生的仅有的一次吵嘴。即使比较严重和比较危险的口角，通常也是民众自己以这样的方式化解的，即大家挤进争吵双方之间，强行把双方分开。上一个集市日还发生了这样的事：在肉铺与水果店之间站着一个个子高大、衣衫褴褛的家伙，一副狂妄粗野的样子，不知怎的突然同一个从旁边路过的肉铺伙计争吵起来，不管三七二十一，他抢起一根像一支枪那样扛在肩上的大棒，朝这个伙计劈头盖脸地打去，要不是后者动作敏捷，飞快地躲进他的店铺里，很可能被打翻在地。肉铺的伙计操起一把斧子，想要跟那个家伙拼了。情况表明，事情闹大了，闹成了一场激烈的争吵和冲突，最终要到刑事法庭去解决。就在这个时候，水果店几个身强力壮、吃得胖胖的女人觉得干预此事责无旁贷，于是就亲切地、紧紧地抱住伙计，叫他动弹不得；他站在那儿，高高地举着武器，就像粗暴的皮洛斯在那番满怀激情的话里说的那样：

　　　　他像一个描画出来的暴君，
　　　　在势力与意志间严守中立，

束手无策，毫无作为。①

这期间，别的女人，卖刷子、卖脱靴器的小贩等等，都过来把那个家伙围住，让警察有时间赶来，把他抓起来。我以为这个小子是从狱中释放出来的囚犯。

我：由此可见，民众事实上有一种维护公共秩序的意识，这种意识对我们大家都是大有裨益的。

表兄：总的来说，亲爱的老表，我对集市的观察，增强了我的这一信念：自从那个不幸的时期之后，柏林市民发生了显著的变化。当时，厚颜无耻、不可一世的敌人①在国内横行，妄图压制我们的民族精神。但是，我们的民族精神，犹如一个被强行压缩的弹簧似的，马上又精神抖擞地重新振作起来了。总而言之，我们的人民加强了美好品德的修养。如果你在某个美好夏日下午到搭起多个帐篷那儿去转悠一趟，观察一下渡河到摩亚必特社区去的社交团体，你就会发现，即便是普普通通的少女和临时工，都力图让自己有某种彬彬有礼的骑士风度。见到这种情景，叫人十分高兴。广大的民众如同见过许多新鲜事儿，经历过许多不平凡事情的个人一样，在礼节上学会了机动灵活，见机行事，叫人见了不觉得奇怪。过去柏林人可不是这样。他们粗野残暴。譬如说，要是有外地人问路，问住处，或者打听点什么事，要么得到粗鲁的或嘲弄性的回答，要么通过错误的答复而受到愚弄。柏林街头上游手好闲的二流子，往往利用微不足道的小事——诸如某人着装有点异常，或者某人发生一件可笑的事——就兴风作浪，干出令人极为厌恶的罪恶勾当。如今，这种人见不到了。那些在大门前卖"欢乐汉堡人"品牌雪茄的青年人，都是些浪荡子，他们在施

①参阅莎士比亚《哈姆雷特》第二幕第二场。皮洛斯为希腊传说中的英雄阿喀琉斯的儿子。

①指拿破仑。

潘道或者在施特劳斯贝格^①，再或者像不久前他们种族中的一员那样在断头台上，了结他们的一生。他们绝非是原先的柏林街头二流子，后者并非无家可归的流浪汉，而通常是跟师傅学艺的学徒。说来也可笑，尽管他们不信神，道德败坏，却保持着某种 Point d' Honneur^②并且不乏滑稽的天生幽默。

我：哦，亲爱的表哥，让我马上告诉你一件事吧：新近有个令人不快的民间笑话，着实令我很为难于情。我在柏林勃兰登堡门前行走，突然被几个夏洛滕堡马车夫缠住。他们中的一个，充其量十六七岁，竟无耻地用他那肮脏的手抓住我的胳臂。"别碰我！"我怒气冲冲地训斥他。小伙子瞪大眼睛呆呆地瞅着我，一边不慌不忙、若无其事地说："哎呀，先生，到底为什么我不能碰你呢？"

表兄：哈哈！你说的确实也算作笑话，不过是来自臭气四溢的臭水沟。柏林水果女商贩这号人说的笑话，向来世界闻名，有人甚至把它们誉为莎士比亚式的笑话。其实经过深入探明后发现，这些俏皮话的活力和独特性，乃是放肆，厚颜无耻。她们总是把极其卑鄙无耻的肮脏东西当成闻名遐迩的菜肴端上来款待。以前，市场就是争吵、围众斗殴、行骗和盗窃的场所。正派的妇女都不敢前来采购，以免遭冤屈。因为不光是小商小贩们相互斗殴、混战一场，而且显然还有一些人企图制造混乱，从中浑水摸鱼。譬如，来自四面八方的流氓恶棍，就是这样一些人，当年他们藏身于部队中。你瞧，亲爱的老表，今非昔比，如今的市场呈现一派非常惬意、祥和的景象。我知道，一些狂热的伦理原则严格遵守者和过分爱国的苦行主义者，怒气冲冲地竭力反对民众日益重视的这种礼节，他们认为，就连民族特性和特点也会随着风俗习惯的损坏而损坏，并走向沦没。而我个人却坚信，一个民族，不论是对待本国人、本地人，还是外国人、外地人，都不可粗野无礼，

---

① 施潘道为西柏林一社区，哈弗尔河畔。施特劳斯贝格为柏林东边的一个县城。
② 法语，荣誉感。

冷嘲热讽，持蔑视态度，而应以礼相待，这样的民族特性和特点，就不会沦丧。要是我用一个颇为引人注目的事例来说明我的观点是正确的，那我会遭到那些死守道德原则者的恶毒攻击。

拥挤的情况越来越减弱，市场越来越空了。女菜贩们把菜筐部分自己装车，部分拖走。面粉车开走了，园艺女工们把没有卖出去的鲜花装上手推车推走，维持秩序的警察显然更加忙了，他们要让一切都安排得有条不紊，尤其是让车辆有序地开走。要不是有个拥护教会分裂论①的农民青年有时心血来潮，突然想起横穿市场，从水果摊中间穿过，走他自己新发现的街巷，径直朝德意志教堂大门奔去，那么市场上有条不紊的秩序是不会受到干扰的。那个青年的行为引起车夫大声叫喊，激起他们的不安和反感。

"这个市场，"表兄说道，"现在也还是变化无常的生活的真实写照。繁忙的活动，眼下的生活需求，驱使民众走到一起；转眼间，这里又变成了人烟稀少的荒芜之地，先前叽叽喳喳、乱七八糟的嘈杂声和喧闹声寂静下来了。每一处变得荒凉清静的地方都说出叫人畏惧的意思：市场太热闹啦！"

时钟敲响一点。郁郁寡欢的伤残老兵走进小房间里来，皱着眉头说："请老爷离开窗口去吃饭吧，不然端上来的饭菜又凉了。""亲爱的表哥，看来你的胃口还可以吧？"我询问道。"哦，可不是。"表兄苦笑着答道，"这你马上就会看到了。"

伤残老兵慢慢地推着他进房间。端上来的饭菜不外是盛满一个大小适度汤盘的肉汤、一枚撒上盐、竖放着、煮得很软的鸡蛋和半个小面包。

"再多吃一口，"表哥一边握着我的手，一边低声地、忧伤地说，"哪怕是再吃一小小块易消化的肉，也会叫我痛苦不堪，万分难受，同时我会失去继续活下去的勇气，就连偶然才有的一点儿

---

① 教会分裂，尤其是指中世纪基督教世界分为天主教和东正教的大分裂。

好情绪也会给败坏了。"

　　我指一指床前屏风上贴着的那句名言，扑到表哥怀里，使劲地搂住他。

　　"是呀，老表，"他喊道，他的声音震撼了我的心灵，使我的内心满怀悲伤和忧郁，"是呀，老表：'尽管现在情况糟糕，将来不会如此！'"

　　可怜的表哥啊！

金宝瓶
（一则现代童话）

王庆余　胡君亶译

第一章

　　大学生安泽尔穆斯的不幸遭遇。副校长的无害烟丝盒和金绿色的蛇。

　　耶稣升天节①那天下午三点钟，德累斯顿②市的一位年轻人奔跑着穿过"黑大门"③，恰好不偏不倚地撞到了一个丑老太婆装满要出售的苹果和点心的篮子，将所有幸好没有被压碎的东西统统抛撒出去，在街上游荡的青少年们兴高采烈地赶过来，分享着这位匆忙赶路的先生撞飞出来的食物。这位老太婆发出了一声惨叫后，周围的女商贩们离开自己摆放着点心和烈性酒的摊子，赶来将这位年轻人团团围住，用激烈而又粗俗的语言冲他一通臭骂，弄得他哑口无言，既恼火又羞愧，只好将自己那个塞得并不特别饱满的小钱袋掏出来，钱袋被那位老太婆贪婪地一把抓过去，迅速地塞进了自己的腰包。这时，围得严严实实的人群闪开了一个口子，可是当这位年轻人向外奔跑时，老太婆又冲他背后喊道："好啊，跑吧，使劲跑吧，小恶棍——用不了多久，你就会栽进水晶瓶里，水晶瓶里！"老太婆的沙哑而又刺耳的嗓音，令人听了

────────────

　　① 耶稣升天节是复活节后的第四十天，大约在每年的五月中旬。
　　② 德累斯顿，德国东部著名经济、文化重镇，萨克森州的首府。
　　③ 黑大门，是德累斯顿新城的西北门，于 1812 年拆除。

毛骨悚然，以至于正在散步的人们都惊异地止住了脚步，刚刚要传播开来的笑声瞬间沉寂了下来。大学生安泽尔穆斯（就是那位年轻人，不可能是别人）尽管根本没有听懂老太婆的那些稀奇古怪的话语的意思，却不由自主地被一阵惊恐所笼罩，于是加快了步伐，以便避开那些充满好奇心的人们死死盯着他的目光。当他冲挤着穿过装束整洁、熙熙攘攘的人群时，听到人们到处都在喃喃自语地说："唉，年轻人真可怜！偏偏撞上那个该死的老婆子！"事情也真奇怪，老太婆讲的那些神秘莫测的话促使这桩可笑的意外事件出现了某种悲剧性的转折，现在人们对这位原本不惹人注意的年轻人都投以同情的目光。这位年轻人身材魁梧健壮，面目清秀，脸色因内心怒火中烧而涨得通红。由于有了这样一副仪容，女人们对他那种种莽撞动作和他那一身同任何时装式样都不沾边的衣着也就不再介意了。从他身上的青灰色燕尾服的式样可以看出，制作它的裁缝对流行服装的式样似乎只有一知半解的皮毛了解；而他那条精心保护的黑绸缎裤子使得他的整个外表拥有一位教师的某种风度，然而，他的举止和仪表却又与此毫不相称。这个大学生快要跑到通往林克斯浴场^①的林荫大道尽头时，累得几乎喘不过气来，只好放慢了脚步。可是他几乎不肯抬头看，因为他看到的仍然是那些苹果和点心围绕着他在晃动，就连某个姑娘投向他的友好目光，在他看来也只不过是站在黑大门旁的那些人幸灾乐祸的哄笑的反射而已。就这样，他来到林克斯浴场的入口处，只见身着节日盛装的人们一行行鱼贯而入。从里边传出吹奏乐的声音，兴高采烈的游人的喧嚣声越来越大。可怜的大学生安泽尔穆斯几乎要哭出来了，因为对他来说，耶稣升天节一直也是一个要举家欢庆的特殊节日。他来林克斯浴场原本也是要来分享一番这里的欢乐的，打算要上半份咖啡，外加朗姆酒和一瓶浓啤酒，痛痛快快享受一番，为此他还在身上多揣了些钱，其数目已超过

---

①林克斯浴场，德累斯顿的一个娱乐场所，当年在城外，黑大门之前。

282

了他手头本来许可有的限度了。可现在，那命中注定的倒霉的一脚踢翻了苹果篮子，结果使自己身上所有的钱全给弄光了。那咖啡、那浓啤酒、那音乐、那些浓妆艳抹的姑娘们投来的青睐目光，总而言之，一切梦寐以求的享乐，连想都不敢想了。他缓慢地溜着边悄悄地走去，最后踏上了易北河畔的一条此时已变得非常寂静的小路。在一棵从围墙缝隙里长出来的接骨木树下，有一小片可爱的草地；他在这里坐下来，掏出他的朋友保尔曼副校长赠送给他的、装满无害烟丝的小盒，将烟斗塞满烟丝。在他面前，美丽的易北河水潺潺地流淌着，泛起一阵阵金黄色的波涛，河的对岸便是宏伟壮丽的德累斯顿市，城内的众多明亮尖塔在薄雾弥漫的天幕下耸立着，显得十分威武壮观，天幕的下方，则是点缀着簇簇花朵的草地和郁郁葱葱的森林。在深沉暮霭的笼罩下，若隐若现的山峰向人们显示，在背后的远处已是波希米亚地区了。大学生安泽尔穆斯面色阴沉，凝视着前方，吐了一口气，吹散眼前的烟雾，他那满腹的怒气倾泻而出，接着大声地说道："我生来就注定要经受各种各样的不幸和灾难，难道真的就是这样吗！我从来没有当上过主显节的豆王[①]，在玩猜单双数游戏时总是猜错，我的涂奶油的面包掉在地上时，总是涂有奶油的一面着地，特别是刚刚发生的这桩倒霉的事，就更甭提了。我尽管幸运地成了一名大学生，可仍然只能是个本地生[②]，这岂不是倒霉透顶了吗？每当我穿上一件新外套，有哪一次不是一下子就弄上一块油污，要不就是被没有钉好的钉子给撕出一个令人诅咒的口子呢？在我向某位绅士先生或女士打招呼时，有哪一次不是把帽子甩得远远的，或

[①] 主显节是每年的 1 月 6 日，是庆贺耶稣出现的节日。相传，凡是能在这个节日吃到烤制的豆荚蛋糕中的豆的人，便会交好运，被称为豆王。

[②] 本地生，这里用的德文是 Kümmeltürke，此字由 Kümmel（葛缕子）和 Türke（土耳其人）复合而成，其意为在哈雷市读书的当地学生。该地区因种植葛缕子很多，而这类香料作物多来自东方，因而被谑称为"葛缕子土耳其"，种植葛缕子的人被称为"葛缕子土耳其人"，又转而以此称呼在本地就读的当地大学生。这类学生因父母在本地和行动受到限制而感到不够自由。

者甚至在光滑的地上失足跌倒而洋相百出呢？就是因为我好像着了魔似的，走起路来活像个旅鼠①似的直来直去，在哈雷市的时候，每个集市日我不是都要掏三四个铜板去赔偿那些被我碰坏的坛坛罐罐吗？我去上大课或者应邀赴会时，又有哪一次准时到过呢？我即便提前半小时出门，站在门前手里握着门把手等在那里，也无济于事，因为正当我听到铃声一响刚要打开门时，不是撒旦劈头盖脸地扣我一盆水，就是同从里边走出来的人撞个满怀，于是便卷入无休无止的争吵之中，结果什么事儿都给耽误了。啊，啊！那些对未来幸福充满憧憬、令人飘飘然的梦啊，你们都到哪儿去了？我还满怀信心地期望在这儿能登上机要秘书的宝座！难道说，是我的灾星把我的那些最得力的支持者都给得罪成仇敌了？我知道，我被推荐去觐见的那位枢密顾问大人不喜欢剃短发的人；理发师在我的后脑勺上费了不少劲儿才扎成一根小辫子，可是在我头一次鞠躬时，那该死的头绳就崩开了。这时，那只在我周围嗅来嗅去、欢蹦乱跳的哈巴狗儿将小辫子衔起来，得意洋洋地送给了枢密顾问，我吓得跳起来，往后一退碰到了枢密顾问边用早餐边工作的写字台，于是杯子、碟子、墨水瓶以及吸墨沙盒哗啦一声全给撞翻了，巧克力饮料和墨水汇成一股流注淹没了刚刚书就的一份呈文。'先生，您着魔了吧！'怒气冲天的枢密顾问咆哮着将我推出门外。本来经保尔曼副校长帮忙，我有望在这里得到一份从事誊写的工作，可这么一来，能成吗？那颗处处紧随着我的灾星会放我吗？就说今天吧！我本想来这里轻松愉快地度过这个美好的升天节，痛痛快快地享乐一番。本来可以像林克斯浴场的所有其他游客一样，派头十足地大声呼叫：'堂倌，来一瓶浓啤酒，要最好的！'我本可以在这里泡到很晚很晚，而且还可以凑近这一帮或那一撮打扮得花枝招展的漂亮姑娘们。我早知道，我会有足够勇气的，会与从前判若两人，倘若有某个姑娘问：'现在几点

---

① 旅鼠，一种产于挪威的田鼠，喜欢长途迁徙，但遇到障碍时却不知绕行。

284

钟了？'或者'这是什么曲子？他们演奏的什么？'我会潇洒自如、彬彬有礼地站起来，既不会碰倒酒杯，也不会跌倒在长椅子上，躬身向前迈一步半，回答说：'小姐，请允许我为您效劳，正在演奏的是《多瑙河风流女人》^①序曲。'或者'马上就到六点了。'对此，世上难道还会有人挑出我的什么毛病吗？不会的，我可以肯定。只要我鼓足勇气显示出我也是擅长轻松自若地应对，也是善于同女士们进行交往的，那么，姑娘们也会像她们平时在这种情况下那样彼此投以狡黠的目光，会意地相视而笑的。可是，撒旦却勾引着我撞上了那个倒霉的苹果篮子，现在我只好孤零零地一个人抽我的无害烟丝了——"当安泽尔穆斯自言自语地讲到这里时，被一阵稀奇古怪的窸窸窣窣声给打断了。那声音先是从紧靠他身边的草丛里传来，可是没过多久就又转到了一棵像伞一样覆盖在他头顶上的接骨木树的枝叶里。这声音一会儿像是晚风吹动树叶发出来的，一会儿又好似小鸟尽兴地扑打着它们的小翅膀，在枝叶间叽叽喳喳地鸣叫着。接着，开始传来一阵阵窃窃私语声，簌簌作响，仿佛是那些高高悬挂在树上的水晶小铃铛般的花朵发出的声响。安泽尔穆斯侧耳倾听，听啊，听啊，自己也弄不清这是怎么回事，那窃窃私语声和丁零声忽然变成了人的话语，只不过被风吹得很轻飘、微弱：

"穿过去——钻进去——在树枝间，在繁花丛里，我们欢腾跳跃，匍匐蜿蜒，攀缘行进——小妹妹——小妹妹，趁着暮色朦胧跳过去吧——快，快——上来，下去！——夕阳金光闪闪，晚风习习——露珠儿簌簌作响——花朵儿在歌唱——让我们也抖动起舌簧，同鲜花和树枝一起歌唱——星星很快就要出来了——我们该下去了——穿过去——钻进去，小妹妹，让我们欢腾跳跃，匍匐蜿蜒，攀缘行进。"

这些令人困惑不解的话语不断地重复着。安泽尔穆斯想："这

---

① 奥地利作曲家费尔迪南德·考尔（1751—1831）的一部歌剧。

285

可能是晚风在飒飒作响，传来了一些令人完全可以理解的话语。"可是就在这一刻，在他的头顶上又响起了宛如清脆的水晶铃铛的三重和声似的声音；他抬头仰望，看到三条泛着金光的绿色小蛇，盘绕在树枝上，冲着夕阳伸出它们的小脑袋。这时又传来了窃窃私语声，重复着刚才讲过的那些话语，小蛇在枝叶之间上上下下攀缘着，嬉戏着，飞快地穿来穿去，犹如在接骨木树的浓密的枝叶里撒进了数千颗晶莹璀璨的绿宝石。"这是夕阳在接骨木树的树丛里搞的把戏。"正当安泽尔穆斯心里这样思索着时，那铃声又响起来了，他看见一条蛇正把头朝他伸过来。他全身像遭电击一样四肢战栗——他仰头呆呆地凝视着，看到一双极富诱惑力的深蓝眼睛在紧盯着他，流露出一种难以言表的倾慕之情，于是他感到，在内心有一种前所未有的极度欢乐与深切痛苦交织在一起的感情油然而生，仿佛要冲出他的胸膛迸发出来了。正当他满怀着炽烈的渴望，目不转睛地注视着那双可爱的眼睛时，那水晶铃铛的悦耳的和弦曲调更加响亮了，闪闪发光的绿宝石朝他落下来，化成上千个小火球围绕着他闪烁，结成一缕缕火光四射的金色条带，同他嬉戏着。接骨木树抖动着说道："你曾躺在我的树荫下，我的芳香环绕在你的四周，可你却不曾听懂我的话。当香气被爱情点燃时，它就是我的语言。"晚风从侧旁吹过，说道："我曾吹拂过你的两鬓，可你却不曾听懂我的话。当气流被爱情点燃时，它就是我的语言。"太阳的光芒穿过苍茫雾霭，似乎也在用话语来显示其火辣辣的雄威："我曾让你沐浴在我的金色火焰里，可你却不曾听懂我的话。当光焰被爱情点燃时，它就是我的语言。"

　　他对那双富有魅力的眼睛凝视得越来越深，他的倾慕之情也越来越真挚，他的期盼之情也就越来越炽烈。这时，他身上的一切都在萌发躁动，重新对欢乐生活充满了渴望。花朵和树木发出的芳香从四面八方向他飘来，那香气犹如千百支长笛吹奏出的美妙乐声，在空中回荡着，被飘浮而过的金色晚霞带到远方。当夕阳的最后一缕余晖消失在山后，黄昏将周围的一切笼罩上一层朦胧时，从远方隐隐约约地传来了一阵粗犷而又低沉的呼唤声：

"喂，喂，对面在嘟嘟囔囔、叽叽喳喳地说些什么？——喂，喂！是谁在山后追逐阳光？——你们应该是晒够了，也唱够了——喂，喂！穿过树丛，越过草地——穿过草地，通过激流！——喂，——喂，回——来——吧，回——来——吧！"

那呼唤声犹如远方的一阵闷雷似的消失了，而那水晶铃铛的声音却变成了刺耳的不和谐之音。一切都沉寂了下来，安泽尔穆斯看到那三条蛇带着暗淡的光泽穿过草地爬向河流，伴随着一阵窸窸窣窣的声音冲进了易北河。在它们钻进河水时泛起的水花上面，噼噼啪啪地燃起一个绿色的火团，带着火光歪歪扭扭地朝着城市的方向飘去，渐渐地消失了。

第二章

大学生安泽尔穆斯怎样被认为是醉汉和疯子。横渡易北河之行。乐队指挥格劳恩[①]的华彩乐章。康拉德牌健胃利口酒和有着青铜肤色的卖苹果的老太婆。

"这位先生，看样子精神有点不正常！"一位同家人一起散步归来、外表庄重的太太停下脚步，双臂交叉在胸前，观望着安泽尔穆斯的疯狂举动，这样说道。这时，他正紧紧抱着接骨木树的树干，冲着树的枝叶不停地喊叫着："啊，你们这些可爱的小金蛇，让我再看一看你们那发光的身躯吧！让我再听一听你们那铃铛声吧！你们那迷人的蓝眼睛，让我再瞅一眼吧！就一眼！不然的话，我肯定会在痛苦和朝思暮想的折磨中毁灭的！"他发自肺腑地、极其痛苦地叹息着，呻吟着，心急如焚地摇动着接骨木树，而接骨木树一声不吭，只是默默地、无动于衷地抖动着树叶飒飒

[①] 卡尔·海因里希·格劳恩（1704—1759），德国作曲家，曾在柏林任普鲁士国王腓特烈二世的官廷乐队指挥。

作响，好像故意在讥讽安泽尔穆斯的痛苦似的。"这位先生看样子精神有点不正常。"那位太太又重复说了一遍。这时，安泽尔穆斯仿佛从一场深沉的梦中被人唤醒，或者说好像是被当头泼了一瓢冰冷的凉水，骤然间清醒过来。这时，他才看清楚自己是在什么地方，并且回忆起自己是怎样被一个奇怪的幻影给捉弄了一番，以至于在这里自言自语地大声讲起话来。他不好意思地看了看那位太太，拾起落在地上的帽子，想尽快离开这里。在这期间，那一家的男主人也来到这里，将怀里的孩子放到草地上，拄着手杖惊异地倾听着、观望着。他拾起大学生丢在地上的烟斗和烟丝袋，边递给他，边说："这位先生，不要在这昏暗的地方这样没完没了地唉声叹气，让人们感到这么可怕、迷惑不解。除了多贪了几杯，你如果没有什么别的不适，那就赶快回家好好睡上一觉吧！"安泽尔穆斯羞愧得无地自容，哀叹了一声，几乎都要哭出来了。"好啦，好啦，"那位先生接着说，"先生大可不必这样，再完美的人也都有可能遇上这种事情。在耶稣升天节这个好日子里心情高兴，多喝几口，人之常情。这种事甚至连神职人员都难免——先生，大概也是一位未来的神职人员吧——还有，先生可否允许我用一点你的烟丝，我的在那边时就吸完了。"这时，安泽尔穆斯刚好正要将烟斗和烟丝袋装进衣袋里，那位先生慢条斯理地、小心翼翼地扣干净自己的烟斗，开始慢慢腾腾地装起烟丝来。这时，有好几个姑娘朝这边走来，同那位太太悄悄地讲了几句话后，盯着安泽尔穆斯格格地笑了起来。安泽尔穆斯觉得自己仿佛是站在尖利的芒刺上或炙热的针尖上似的，所以接过烟斗和烟丝袋后就一溜烟地跑开了。他刚才所看到的种种稀奇古怪的东西，从他的记忆中统统消失了，他只记得在接骨木树下大声地讲了许多蠢话，而他这个人本来就打心眼里厌恶任何自言自语的人，因此想到自己说的那一通胡言乱语就感到尤为吃惊。"凡是自言自语的人，都是着了魔的。"他的校长曾对他这样讲过，而且他对此也确实深信不疑。另外，一想到自己竟然在耶稣升天节这天被人当成一位喝醉了酒的神职候缺者，就感到十分难堪，无地自容。他刚要转身拐进柯泽花园①旁的白杨树林荫道，就听到背后有人大声喊道："安泽尔穆斯先生！安泽尔穆斯先生！您这么急急忙忙的，到底是要到哪儿去呀？"大学生马上站住了，两脚就像立地生根似的，因为他以为一场新的灾祸又要降临到自己的头上了。接着，又传过来那喊声："安泽尔穆斯先生，请回来！我们在水边这儿等您哪。"这时，这位大学生才听清楚，原来喊他的是他的朋友保尔曼副校长。他回头走向易北河边，发现副校长带着他的两个女儿和赫尔勃兰特文书正准备登上一条小游艇。副校长邀请安泽尔穆斯同他们一道越过易北河，到他在皮尔纳城郊的家中一起度过这一夜晚。安泽尔穆斯欣然从命，心想，这样也许就能摆脱掉今天一直在捉弄自己的厄运了。当他们的船离开岸边向河面驶去时，对岸的安东花园附近开始燃放烟火。那烟火噼噼啪啪呼啸着冲向天空，耀眼的火花在空中迸向四面八方，带着噼噼啪啪的声响形成千万道火焰，光芒四射。安泽尔穆斯坐在划桨的船夫旁边陷入了沉思，可是当他看到在空中弥散开来、噼里啪啦响着的火焰和光芒投到水面上的倒影时，仿佛觉得是那些金色的小蛇穿行在水流之中。他在接骨木树下所看到的所有稀奇古怪的景象又重新历历在目地浮现于他的脑际，那难以言表的倾慕之情，那曾经使他的胸膛产生过痉挛般痛苦的喜悦的炽烈渴求，又重新占据了他的心田。"啊，原来是你们这些小金蛇呀，你们又来了，唱吧，快唱吧！在你们歌唱时，那些迷人可爱的深蓝色眼睛就又会出现在我的眼前——啊，你们怎么又都潜到水下了呀！"安泽尔穆斯这样喊叫着，骤然一纵身，好像要立即从游船上跳入水里去似的。"这位先生是着魔啦？"船夫说着，一把抓住了他的外套下摆。坐在他旁边的姑娘们惊叫起来，急忙躲到了船的另一侧；文书先生凑近副校长，对着他的耳朵说了些话，紧接着副校长讲了很多话，可是大学生安

---

① 柯泽花园是德雷斯顿新城里的一个花园，坐落在易北河畔。

泽尔穆斯能听到的只是:"还没发现吗?老毛病又复发了。"副校长立即站起身来,显出一副带有几分官气的威严庄重的面容,坐到安泽尔穆斯身旁,握着他的手说道:"安泽尔穆斯先生,您怎么啦?"可是,安泽尔穆斯却似乎已呆若木鸡,因为他此时心乱如麻,梳不断,理更乱。过了一会儿,他似乎看清楚了,那些被他认为是小金蛇发出的光亮,原来是安东花园附近放出的烟火的反射。他感到有一种从未有过的感觉紧紧地压抑着他的胸膛,自己也弄不清楚是痛苦抑或是欢乐。然而,随着船夫划动着的船桨一下下落入水中,流水怒不可遏地泛起层层涟漪,发出潺潺响声,他从这水声里仿佛听到一阵隐隐约约的呼唤声:"安泽尔穆斯!安泽尔穆斯!我们一直游在你前面,难道你没看见吗?——小妹妹又在凝视着你哪!——相信——相信我们吧。"他觉得,似乎在水的反射中看到了三条泛着绿色的火红光带。可是,当他心事重重地紧盯着河水,想看看是否有一双明媚的眸子从水流中在向外张望时,他才发现,那些光带原来只不过是从临近的房舍的明亮的窗户里透出来的灯光而已。他呆坐在那里,沉默无语,心乱如麻。而保尔曼副校长以更加严厉的口吻问道:"安泽尔穆斯先生,您到底是怎么啦?"大学生怯懦地回答说:"啊,副校长先生,倘若您知道,我当初在林克斯花园墙里长出来的一棵接骨木树下,神智十分清醒地睁着双眼梦见了多么怪诞的景物,那您就不会责怪我如此魂不守舍了。""哎,哎,安泽尔穆斯先生,"保尔曼副校长打断他的话说,"我一直认为您是一位老成持重的年轻人,可是做这样的梦——睁着眼睛白日做梦,而且紧接着又突发奇想要跳进水中,这——请恕我直言,这只有疯子或者傻瓜才干得出来!"安泽尔穆斯听了朋友的这一番不客气的话,心里感到十分不悦。这时,副校长的大女儿薇萝妮卡,一个颇有姿色的十六岁妙龄少女说道:"亲爱的爸爸,安泽尔穆斯先生想必是真的遇到了什么稀奇古怪的事情,也许他自以为是清醒的,可实际上他是在接骨木树下睡着了,在梦里遇到了那种种愚蠢可笑的东西,到现在还滞留在他的脑子里。""是啊，尊贵的小姐，尊敬的副校长，"赫尔勃兰特文书说，"难道一个人在神志清醒的时候就不会陷入某种梦幻状态吗？其实，我本人就有过这类经历：一天下午在喝咖啡时，我也是这样默默地陷入沉思冥想之中，肉体上和精神上都处于那种特有的神志不清的消化过程，这时就像灵感来潮似的突然想起了一份遗失的文件所放的位置。就在昨天，有一份用漂亮的拉丁文花体字书就的厚厚文件，像那一次一样在我睁大的双眼前飘然飞舞呢。""啊，尊敬的文书先生，"保尔曼副校长回答说，"您对诗歌一直情有独钟，那是很容易使人陷入幻想和梦境的。"不过，文书先生的话却使安泽尔穆斯感到很中意，因为这样一来，在他处于被人当成醉鬼或疯子这样一种极其狼狈的窘态下，有人给他解了围。这时，尽管天色已变得相当昏暗，但他确信自己第一次发现，薇萝妮卡有着一双十分美丽动人的深蓝色大眼睛，可是他并没有因此而联想到他在接骨木树下所看到的那双奇妙的眼睛。对安泽尔穆斯来说，接骨木树下的那段奇遇一下子消失得无影无踪，使他顿时感到心情十分轻松愉快，并且在从船上走下来时，他甚至颇为得意地向那位为他讲了好话的薇萝妮卡伸出了手，表示要搀扶她下船，而且当她挽住他的胳膊后，他竟然能熟练而又顺利地将她一直送到家里，他在途中仅仅打过一次滑，因为整条路上只有唯一的一个脏水洼，所以薇萝妮卡一身白色素装只有很少地方被溅脏。保尔曼副校长没有忽略安泽尔穆斯的这个令人欣慰的变化，对他又产生了好感，并且恳请他原谅刚才讲的那番言辞尖刻的话。"是的，"他补充说，"人们可以举出很多例子说明，在人的眼前经常会出现某些幻象，使人感到非常恐惧和痛苦，不过这只是躯体之疾，蚂蟥对医治此症很有效，只要将它——请原谅我失礼了——敷到屁股上就行了。这已为一位已故的知名学者①所证实。"这时，连安泽尔穆斯本人也搞不清楚，自己当初究竟是喝醉了、疯了，抑或是病了。不过，在他看来至少无需蚂蟥帮忙，因为那种种幻象早已消失得无影无踪，而且他向美丽的薇萝妮卡所献的殷勤越是得心应手，他就越是兴致勃勃。像往常一样，一顿便餐之后，就开始了音乐节目。安泽尔穆斯弹起钢琴，薇萝妮卡以响亮清脆的嗓音唱了起来。"尊敬的小姐，"赫尔勃兰特文书说，"您有着水晶铃铛般的嗓音！""这恐怕还谈不上！"安泽尔穆斯脱口而出，连自己也不知道怎么会说出这种话来，在座的人都惊愕地注视着他。"接骨木树丛中那一阵阵水晶铃铛声，真是美妙极了！美妙极了！"安泽尔穆斯低声低气、自言自语地继续说道。这时，薇萝妮卡伸出一只手，放到他的肩膀上说："安泽尔穆斯先生，您在说些什么呀？"安泽尔穆斯一下子清醒了过来，继续弹他的琴。保尔曼副校长阴沉着脸望着他，而赫尔勃兰特文书却把一张乐谱放在乐谱架上，唱了一曲乐队指挥格劳恩谱写的华彩咏叹调，歌声动人，令人陶醉。安泽尔穆斯又弹奏了几支曲子，最后同薇萝妮卡一起演唱了保尔曼副校长本人谱写的一首赋格式二重唱，将在场人的欢乐情绪推向了高潮。时间已经很晚了，正当赫尔勃兰特起身要去取帽子和手杖时，保尔曼副校长神情诡秘地走到他面前说："喂，尊敬的文书先生，您不是想同我们的这位善良的安泽尔穆斯先生谈谈吗？现在就谈吧，就是我们先前议论过的那件事。""非常乐于从命。"赫尔勃兰特文书回答道。于是，大家围坐在一起，赫尔勃兰特开门见山地讲述了这样一件事情："此地有一位性情古怪、行事奇特的老人，人们议论说，他所摆弄的

---

① 指克利斯托夫·弗里德里希·尼古拉（1733—1811）。他在题为《许多幻象一次出现的例子》一文中建议将蚂蟥敷到肛门旁，以消除幻象。歌德在《浮士德》"瓦尔普吉斯之夜"一场里，借用梅菲斯特之嘴这样讽刺尼古拉："他要立即坐到水塘里，这是他惯用的求助之道，一旦有蚂蟥在他的屁股上吸起血来，他就会痊愈，摆脱所有幽灵和鬼怪。"

都是一些神奇古怪的东西，因为实际上根本不存在这类学科，所以我倒认为，他是一个爱钻研的老古董，或者说是一个喜欢闲来无事时捣鼓一些实验的化学家。我所指的不是别人，就是我们那位枢密档案馆长林德霍斯特。正如您所知，他住在他那幢偏僻的老房子里，生活很孤独，不是待在自己的书房里，就是滞留在他那化学实验室里，不过，这个实验室他是不允许任何人踏进一步的。除了许多珍本图书外，他还拥有大量的，部分是用阿拉伯文、科普特文①，甚至是用无法归属于任何已知语言的符号书写的手稿。他想将这些手稿巧妙地复制下来，为此，他需要一个擅长运用羽管笔作画的人，让他用墨汁一丝不苟、忠实地将所有这些符号描到羊皮纸上。他要求这个人在他寓所一个专门的房间里，在他的监督之下干这件事，在此期间，每天除了免费供膳之外，另付一枚银币的酬金，缮写工作圆满完成之后，他还允诺赠送一份厚礼。每天的工作时间是十二点到六点，三点到四点为进餐和休息时间。为了缮写那些手稿，他已经试用过几个年轻人，但都不成功，最后求到我这儿，要我为他物色一位能写会画的人。于是，我想到了您，亲爱的安泽尔穆斯先生，因为我知道，您不仅长于书写，字迹工整，而且擅长用羽管笔作画，笔法精巧细腻。在当前这个艰难岁月里，加之您的就业岗位尚属未知，倘若您愿意每天赚一枚银币外加一份厚礼的话，那就请您明天十二点整去见馆长先生，他的寓所回头我会告知您的。——不过，您可要当心，不能弄上去一丁点儿墨迹；如果在抄件上有墨汁，那您休想得到宽恕，您只能从头重抄，倘若是墨汁落到原件上，馆长先生就会将您从窗户里抛出去，他是一个肝火很盛的人。"安泽尔穆斯听了赫尔勃兰特文书的建议后，感到由衷的高兴，这不仅仅是由于他擅长书写，工于用羽毛笔绘画，而且还因为他平生酷爱书法艺术，在缮写方面肯下工夫；所以他非常感谢这两位提携他的恩

---

① 科普特文是科普特人，也就是古埃及人的后裔——埃及人所使用的语言。

人，言辞极其恳切由衷，并保证决不会耽误明天中午的约会。夜间，安泽尔穆斯眼前看到的全是明晃晃的银币，充耳都是银币相互撞击发出的悦耳声音。对于他这样一个穷小子，由于无常厄运的捉弄，希望屡遭破灭，花出每一个铜板之前都要掂量再三，从而迫使他不得不放弃一个正常年轻人对生活乐趣的追求，难道有谁还能责怪他下决心这样做吗？于是，第二天一大清早，他就将铅笔、鸦羽管笔、中国墨搜罗到一起，心想，馆长也未必能找到比这更好的文具了。他精心地挑选出一些自己得意的书法和绘画作品，整理了一番，准备呈现给馆长，以此来证明自己确实具备满足馆长要求的能力。一切进行得都很顺利，仿佛有一颗福星在特别护佑着他，领带一次就打成功，黑丝袜既没有破口，也没有断丝，帽子刷干净后没有再被尘土给弄脏——简而言之，安泽尔穆斯身穿深灰色燕尾服和黑缎子裤，手提包里装着一卷自己的字画，十一时半整来到坐落在宫廷街的康拉德酒馆，要了一两杯上佳的健胃利口酒喝了。他拍了拍暂时还是空空如也的衣袋，心想，这里不久就会有银币叮当作响了。

到馆长居住的那幢古老大房子所在的那条偏僻的街道，尽管有很长一段路程要走，可是安泽尔穆斯还是在十二点钟以前赶到了。他站在门前，注视着精致的青铜大门环，这时，十字架教堂①塔楼上的时钟发出的洪亮敲击声划破长空，当他数到最后一响钟声、刚要伸手去抓门环时，门环的金属面孔变了形，闪动着炽烈的蓝色光芒，发出狰狞的微笑，令人感到十分厌恶。啊，原来是黑大门前那个卖苹果的老太婆！

她的尖牙利齿在松弛的嘴巴里翻来覆去地咬动着，发出格格的响声，随着这响声传出这样的话语："你这个傻瓜——傻瓜——傻瓜——傻瓜，你给我等着，等着！你当初干吗要跑掉？傻瓜！"安泽尔穆斯跟跟跄跄地往后退着，他想去抓门柱，可抓到的却是

---

① 十字架教堂是德累斯顿市的一座著名教堂，教堂旁边有一所十字架学校，以其"德累斯顿十字架合唱团"闻名于世。

铃绳，一拉动就响起一阵刺耳的怪声，而且声音越来越大，整个荒凉的房舍都回荡着这样带有嘲弄意味的响声："你马上就会栽到水晶瓶里去的！"安泽尔穆斯大吃一惊，犹如染上痉挛性寒热病似的，全身战栗不止。铃绳落下来，变成一条白色的巨蟒缠在他身上，绕了一圈又一圈，越缠越紧，把安泽尔穆斯给勒扁了。他那松软的、被挤碎的肢体簌簌地一块块地落下来，血管破裂，喷射出的血液渗进巨蟒的透明体腔，把它染成了红色。"杀死我吧，杀死我吧！"已陷入极度惊慌之中的安泽尔穆斯试图大声呼喊出来，可那喊声只不过是一个濒死的人发出的一阵低沉的喘息而已。巨蟒昂起头来，伸出熔岩般火红的、尖利的长舌舔向安泽尔穆斯的胸口，这时他感到一阵剧痛，骤然间生命的动脉被撕断了，他昏厥了过去。当他苏醒过来时，发现自己躺在自家简陋的小床上，床前站着保尔曼副校长。他开口说道："亲爱的安泽尔姆斯先生，我的老天爷啊，您这搞的是什么名堂呀！"

第三章

有关林德霍斯特馆长家族的传说。薇萝妮卡的蓝眼睛。赫尔勃兰特文书。

"妖怪注视着水面，水波荡漾不息，卷起滔滔巨浪，轰隆隆地冲入深渊，被张开漆黑大口的深渊贪婪地吞噬下去。花岗石山岩像凯旋的英雄，高仰着那戴着锯齿形桂冠的头，守卫着山谷。太阳升起来，将山谷揽到自己母亲般的怀抱里搂抱着，她的万道光芒像延伸出的一双双炽热的胳膊，抚摸着、温暖着山谷。于是，沉睡在荒凉的沙漠之下的千万颗籽粒从深深的长眠中苏醒了，发出幼芽，长出嫩绿的小叶片，抽出茎秆，仰望着慈母的面庞。那些花朵和蓓蕾，犹如躺在绿色摇篮里面带微笑的孩子，躺在花苞里或沉睡在蓓蕾中，这时在母亲的呼唤声中也醒来了，用母亲为讨它们高兴而染成万紫千红的光芒将自己装扮起来。山谷中央，有一座黑色小山丘，上下起伏，像一个因内心充满殷切的期待而呼吸急促的人的胸脯。深渊之中升起的雾霭，凝聚成团状或块状，气势汹汹，跃跃欲试地要遮住太阳母亲的脸；然而，太阳母亲却把风暴呼唤出来，驱散了团团雾霭。当明媚的阳光重新抚摸着黑黑的小丘时，一株鲜艳的火百合怀着极度喜悦的心情破土而出，美丽的叶片像可爱的小嘴似的张着，仿佛在等母亲的甜蜜的亲吻。这时，一道光辉射进山谷，磷火少年翩翩而来，火百合姑娘望着他，流露出热切的爱慕之情。她哀求着：'美丽的少年，请永远永远留在我身边，我爱你。你要是离开我，我只好立即去死！'磷火少年说：'美丽的花朵，我愿意属于你，但这会使你像一个不听管教的孩子那样离开自己的父母，忘掉你的伙伴，期望变得更加粗壮，更加有力，超过所有与你同甘共苦的同类。现在对你满怀慈爱并温暖着你的整个身心的渴慕之情，到那时将会分崩离析，变成千百道光芒，困惑着你，折磨着你，因为思想会导致情欲，投入到你心田的火花所点燃起来的极度欢乐之情只能是绝望的痛苦。你将在这痛苦中灭亡，然后重新发芽，以另一副面貌出现——这个火花就是思想！''唉！'火百合哀叹道，'难道我不可以怀着这样燃烧着的热情之火委身于你吗？要是你让我毁灭，难道我还能像现在这样爱你，能像现在这样瞧着你吗？'于是，磷火少年便去吻火百合，顷刻间，她通身仿佛被光照透了似的燃烧起来，升起熊熊烈焰，一个异物从火光中跃出，猛然飞离山谷，在广阔的空间盘旋飞舞，丝毫不顾及它儿时的伙伴和它所钟爱的少年。那少年为失去恋人而悲伤，他正是出于对美丽的百合花的无限爱慕才来到这荒凉的山谷的呀！一座座花岗石山岩低垂着头，满怀同情地倾听着少年的哀号。这时，其中一座山岩张开它的胸怀，呼啸一声，一条黑龙舞动着翅膀从里面飞了出来，它说：'我的金属兄弟们在里面沉睡着，可我一直是醒着的，我愿意帮助你。'黑龙展开自己的羽翼，上下振动着，不停地追逐着，终于抓住了从百合身上飞出的异物，把它放到小山丘上，用自己的翅膀怀抱着它。那异物又变成了百合，她的思想仍未消失，仍在折磨着她的心，她对磷火少年的爱变成了刺耳的哀号。那些以往得到过她垂青而欣欣然的小花，现在听到了她的哀号，受到含有毒素的雾霭的抚弄，渐渐枯萎，最后死去。磷火少年披上一身闪耀着五彩斑斓光辉的盔甲，同黑龙搏斗起来。黑龙用它的翅膀扑打着少年的甲胄，发出铮铮声响，那一朵朵小花听到这洪亮的响声便重又苏醒过来，宛如一群五颜六色的小鸟围绕着黑龙飞舞，使它的力量渐渐衰竭下去，最后黑龙被打败，遁入地下隐蔽起来。百合得到了解救，磷火少年充满对圣洁爱情的热切向往，紧紧地拥抱着她，在一片欢腾的赞歌声中，鲜花、飞鸟，乃至那一座座花岗石山岩都向她表示敬意，拥立她为山岩的女王。"

"尊敬的馆长先生，请恕我直言，这都是东方式的故弄玄虚①。"赫尔勃兰特文书说，"请您还是像往常一样，给我们讲一点有关您自己的极其奇特的经历吧，比如，谈谈您旅途的历险，不过一定要讲真人真事哦。""什么——"林德霍斯特馆长说，"我刚才讲的都是我对你们这些人所能讲的最真实的故事，从某种意义上说，那都是我在生活中所经历过的。我本人就出生在那个山谷里，那位最后成了女王的火百合就是我的曾曾曾祖母，由此说来，我还是一个正儿八经的王子呢。"这番话引起了一阵哄堂大笑。"好吧，你们尽可以捧腹大笑，"林德霍斯特馆长继续说，"我简要讲述的这些事，也许会使你们感到荒唐无稽，但这的确不是一派胡言，甚至也不是隐喻，而是确确凿凿的事实。假如我早知道你们如此不喜欢这个美丽动人的爱情故事（我本人也曾经有过这么一段爱情故事），那我就会给你们讲点新奇的事，这是我弟弟昨天来看我时讲给我听的。""怎么，馆长先生，您还有个弟弟！他

---

① 东方式的故弄玄虚（orientalischer Schwulst），出自约·路·蒂克（1773—1855，德国作家）的剧作《策尔宾诺王子》第一幕："他讲述了一个东方式的故弄玄虚的故事。"

在哪儿？他住在哪儿？也在王室供职吗？要么是一位民间学者？"大家七嘴八舌地追问着。"不！"馆长十分冷漠地回答说，同时不慌不忙地取出一点儿鼻烟丝，"他不幸同巨龙结伙了。""馆长先生，您怎么可以随便说，"赫尔勃兰特文书抓住话茬儿问道，"他同巨龙结伙了呢？"大家也都跟着这样问道，于是"同巨龙结伙了？"像一阵回音似的回荡着。"不错，他同巨龙结伙了，"林德霍斯特馆长说，"其实，这是一件令人沮丧的事。先生们，诸位都知道，我父亲不久前离世，最多也就是在三百八十五年前吧，因此我仍在戴孝。他给我这个宠儿留下了一块精美无比的玛瑙，可我的弟弟也想要这件宝物。我们当着父亲的尸骨大吵大闹起来，真有失体统，以至于死者失去耐性，跳起来把凶恶的弟弟推下楼梯。我弟弟为此大为光火，一赌气加入了巨龙团伙。他现在住在紧靠突尼斯市的一片柏树林中，守护着一颗闻名遐迩的、神奇的红宝石①，而一位居住在拉普兰②的一幢消夏别墅的巫师也觊觎着这件宝物，因此，我的弟弟只能利用一刻钟时间，趁巫师刚好在花园里摆弄他饲养的蝾螈时，脱身跑来给我匆匆忙忙讲了发生在尼罗河源头的逸事趣闻。"在座的人再一次发出一阵哄笑，而安泽尔穆斯却产生了一种阴森之感，每当他瞥见林德霍斯特那双既严厉又直愣愣的眼睛时，内心便不由自主地震颤起来，可自己也弄不明白这是怎么回事。特别是林德霍斯特馆长那犹如金属般铿锵有力的粗犷嗓音，散发出一股咄咄逼人的神奇力量，他一听到这声音，便感到毛骨悚然。赫尔勃兰特文书带他来咖啡馆的本来目的，看来今天是无法实现了。安泽尔穆斯经历过林德霍斯特馆长门前的那场遭遇后，再也没有胆量前去造访了。他深信，他之所以得救——虽说不是从死神手里，但的确是从陷于癫狂的危险中得救——那完全是靠侥幸。正当他完全神志不清地躺在门前，老太婆放下手中的装糕点和苹果的篮子在他身边折腾时，保尔曼副

---

① 神话中的宝物，据说它可以使携带者隐身匿形。

② 拉普兰地区，位于斯堪的纳维亚北部，面临波罗的海，湖泊众多。

地方实现一种超凡脱俗的愿景，而你的精神却像一个处于严厉管束下的孩子，没有勇气去表达出你的这种期盼，这使你感到心烦意乱，内心难以平静；你所向往的那个未知之物，不管你在哪里，不管你是坐立行止，它总是与你形影不离；它像一场充满雾霭的梦，晃动着透明的、碰到锐利目光便消失的身影游离于你的左右；而处于这种强烈追求之中的你，对周围的一切都视而不见，听而不闻；你像一个绝望的恋人，闪动着忧郁的目光徘徊着，你所看到熙来攘往的、杂乱的人群所从事的种种活动，既不能使你感到痛苦，也不可能促使你欢欣鼓舞，你仿佛不再属于这个世界。善良的读者，假如你曾经有过这种经历，那么，你就有可能根据自己的体验想象出安泽尔穆斯此时此刻的处境了。善良的读者，我本来希望现在就能够向你相当生动地描绘一下安泽尔穆斯的形象，因为我在夜间写他的那些奇特无比的故事的时候，确实还有许许多多离奇的情节要讲。这些东西像作怪的幽灵一样，将普通人的日常生活带入了虚无缥缈的境界，因此我非常担心，倘若这么一写，最后会使你既不相信安泽尔穆斯其人其事，也不相信林德霍斯特馆长的真实故事，甚至对保尔曼副校长和赫尔勃兰特文书也持怀疑态度了，尽管他们两位都是受人仰慕的，而且迄今仍然生活在德累斯顿。亲爱的读者，在一个充满美妙的奇闻轶事的仙国里，那种种神奇的东西以其巨大的冲击力，既能够表现出最强烈的欢乐主题，也可以演奏出最低沉的惊恐之音。在那里，威严的女神轻轻地揭开她的面纱，使我们隐隐约约地看见了她的面庞，可在她那双威严的眼睛里却不时流露出微笑的神色，她在用各种各样令人感到迷惘的魔法同我们嬉戏，就像母亲经常哄着自己的孩子那样！这是精灵们经常，至少在梦中经常给我们打开的国度，亲爱的读者，请你在这个国度里设法找出你所熟悉的形象吧，请你找出平时，即我们经常所说的寻常生活中活跃在你周围的人物的身影吧。你将会发现，那个神奇国度同你的距离，比本来想象的要近得多，而这一点正是我竭尽全力想阐明的，也是安泽尔穆斯的离奇故事所要启示于你的。——好了，上面说过，安泽尔穆斯自从那天晚上看到林德霍斯特馆长以后，便陷入梦幻般的遐想，这使他对于外界的日常生活失去了任何反应能力。他感到，仿佛有一个未知之物在他的心灵深处躁动着，使他产生一种充盈着喜悦之情的痛苦——可以说，这就是那种促使人追求另一种更高尚存在的向往之情。他此时此刻觉得，最好能独自一人漫步在森林里和草地上，使自己能摆脱掉那些将他束缚于困窘生活的所有羁绊，在展现于内心的一幅幅画面上重新找回自我。有一次，他从远处散步归来，经过那棵曾使他着魔、看到过许多稀奇古怪现象的接骨木树下，他感到，那一片亲如故土的绿油油的草地仿佛有一股神奇的力量，紧紧吸引住了他。然而，当他刚一坐下来，所有他以前在天国般幸福的喜悦之中曾经看到过，后来像是被外来暴力从他心灵驱赶出去的那种种景象，又以最为绚丽的色彩重新浮现在他的眼前，他感到似乎旧景重现，而且这次看得更加清晰真切：那双妖媚可爱的蓝眼睛，原来是属于那条盘绕在接骨木树上的金绿色蛇的，那使他产生极大欢乐和痴狂的阵阵动听的水晶铃声，原来是它那细长的躯体在蜿蜒攀缘的过程中发出来的。他像耶稣升天节那天一样，抱着接骨木树干对着枝叶喊道："可爱的小绿蛇呀，你在树干上爬吧，攀缘吧，盘绕吧，好让我能再看你一眼！睁开你那可爱的眼睛再看看我吧！啊，我真的是爱你呀，你要是再不回来，我一定会因悲伤和痛苦而毁灭的！"然而，周围一片沉寂，万籁无声，只有接骨木树的枝叶像当初一样悄悄地摇曳着。安泽尔穆斯此时似乎才明白过来，究竟是什么东西激荡在他的内心，是什么东西在撕裂着他那颗由于执着追求而陷入痛苦的心。"这可非同一般，"他说，"这是我对你的真心实意、至死不渝的爱，美丽的小金蛇呀！真的，我要是不能再见到你，没有你这个我心上的情人，我就真的活不下去了，就会在绝望的痛苦中死去。然而，我知道，你会是属于我的，到那时，所有的一切——那更高尚的另一个世界的美丽梦想所许诺给我的一切将会全部实现。"从此以后，每到傍晚时分，当夕阳的光芒只能穿过树梢透射过来的时候，安泽尔穆斯便会来到接骨木树下，对着树的枝叶从心灵深处发出充满无限哀怨的呼唤，召唤自己可爱的情人——那金绿色的小蛇。一天，当他像往常一样正在呼喊的时候，一个身材修长、穿着浅灰色宽大外套的男子突然出现在他面前，一双射出炯炯光芒的大眼睛注视着他，朝他喊道："哎，哎——是什么人在那儿唉声叹气呀？嘿，嘿，原来是打算给我誊写手稿的安泽尔穆斯先生呀。"听到这洪亮的声音，安泽尔穆斯着实被吓了一跳，因为这同一嗓音在耶稣升天节那天也曾经对他喊过："那对面在嘟嘟囔囔、喊喊喳喳地说些什么呀……"安泽尔穆斯被惊吓得呆若木鸡，一句话也说不出来。"您这是怎么了，安泽尔穆斯先生？"林德霍斯特馆长（这位穿浅灰色外套的男子不是别人，正是他）继续说，"您想拿这棵接骨木树干什么？您为什么不到我那儿去接手您的工作呀？"安泽尔穆斯的确还没有下定决心再次登门造访林德霍斯特馆长，尽管他每天晚上都曾鼓起勇气想去。但是，在这一瞬间，当他看到自己的那些美好的梦幻被惊破时——更何况惊破他的美梦的又是那个曾经夺走他的情人、对他怀有敌意的嗓音呢！——他由于突然感到一阵绝望，于是便不顾一切地咆哮起来："馆长先生，您尽可以把我当成疯子，这我全不在乎！可是，就是在耶稣升天节那天，我在这棵树上看见了那条金绿色小蛇——啊，那就是我心目中终生的情人！她曾用美妙的水晶般的嗓音跟我说话，可是您，馆长先生，您却从河对岸对我发出那么令人恐惧的呼唤。""这是哪儿的话，我仁慈的先生！"林德霍斯特馆长打断他的话，怪里怪气地微笑着取出一小撮鼻烟。安泽尔穆斯感到心里轻松多了，他终于可以把他那一段离奇的经历倾诉出来了。他觉得，他似乎完全有理由责怪馆长，那天从远方发出那种雷鸣般咆哮声的恰恰是他。于是，他鼓起勇气说："现在，我想讲一下我在耶稣升天节那天晚间经历的不幸遭遇，然后，您愿意怎样看待我，怎么说我，怎么处置我，悉听尊便。"接着，他真的一五一十地叙述起他那天的全部离奇遭遇来，从他无意中撞翻苹果篮子，一直到三条金绿色小蛇从河面上消失以及人们如何把他当成醉汉乃至疯子，等等。最后，安泽尔穆斯说："这一切，我的的确确都看到了。那些同我讲过话的甜蜜声音还在我的心灵深处回音缭绕，十分清晰；这绝不是梦幻，如果不想让我因爱情和渴慕的折磨而死去的话，那我肯定相信那几条金绿色小蛇是存在的。当然，尊敬的馆长先生，从您的微笑神情中可以看出，您认为那些蛇纯粹是我由于一时头脑发热、紧张过度而臆造出来的产物。""我根本没有这样认为，"馆长极其镇定而又不慌不忙地回答道，"安泽尔穆斯先生，您在接骨木树上看到的那些金绿色小蛇，正是我的三个女儿。显而易见，您是深深地爱上了那条蓝眼睛金蛇，她是年纪最小的，她的名字叫塞佩蒂娜。其实，我早在耶稣升天节那天就知道了，当时我在家中，坐在书桌前，听到一阵阵丁丁零零、叽叽喳喳的声音闹得太厉害了，于是我就呼唤那几个玩疯了的丫头们赶快回家来，当时夕阳已西下，她们已经玩够了，也晒够了太阳。"安泽尔穆斯觉得，这些用清楚明了的话语讲给他的事儿，似乎是他预先早已知道了似的。这时，尽管他仿佛感到接骨木树、围墙、草地和周围的一切都开始悄悄地旋转起来，他仍然强打起精神想要讲话，然而馆长却不容他有插嘴的机会，而是迅速脱掉左手上的手套，把手上的戒指举到安泽尔穆斯眼前。这枚戒指上的宝石璀璨夺目，犹如火花飞迸。他说："您瞧瞧这个，尊敬的安泽尔穆斯先生，您一定会喜欢您所看到的东西。"安泽尔穆斯朝戒指望去，啊，真是奇妙无比！这块宝石犹如光的焦点向外四射光芒，一道道光束相交在一点，构成了一面明亮的水晶镜子，那三条金绿色小蛇在镜子里蜿蜒盘绕，舞弄嬉戏，时而盘结在一起，时而分离四散。当闪烁着千万道光芒的细长的蛇身相接触时，便响起一阵阵水晶铃般的美妙曲调，处于中间的那条小蛇流露出无限的渴慕、向往之情，从镜子里伸出头来，眨着深蓝色的眼睛说道："安泽尔穆斯，你认识我吗？你相信我吗？有信任，才可能有爱情，你懂得爱情吗？""啊，塞佩蒂娜，塞佩蒂娜！"安泽尔穆斯如醉似痴地喊道，可是，林德霍斯特馆长却急速地冲着镜子哈出了一口气，道道光芒在一阵电击般的噼噼啪啪的响声中，被收回到焦点上，手上那块小小的绿宝石又在闪闪发光，于是馆长戴上手套把它给掩盖住了。"安泽尔穆斯先生，您看见那些金绿色小蛇了吗？"林德霍斯特馆长问道。"啊，天哪！看到了！"安泽尔穆斯回答说，"我还看到了美丽的可爱的塞佩蒂娜。""那好，"馆长接着说，"今天就到此为止吧。再者说了，您如果下定决心到我那儿去工作，那您就有机会经常见到我的女儿，更进一步说，我可以完全满足您的要求，不过您必须在工作中有十分出色的表现，也就是说，您要一笔一画誊写得极其精确，清清楚楚、干干净净。赫尔勃兰特文书曾向我保证说您马上就来，可是您却没有来找我，让我白白地等了好几天。"当林德霍斯特馆长提到赫尔勃兰特文书的名字时，安泽尔穆斯方才转过神来，意识到自己是真真切切地双脚站在大地上，自己真的就是安泽尔穆斯，而站在自己面前的这个人就是林德霍斯特馆长。这人现在说话时的那冷漠的语调令人有一种恐惧感，同他刚才像一个真正的巫师那样所摆弄出来的奇异景象形成了鲜明的对比，加上那张满是皱纹而又瘦削的脸，那犹如蜗牛壳般的眼窝以及那炯炯有神的双眼所散射出的光芒，这一切都使那恐惧感有增无减。安泽尔穆斯感到一阵毛骨悚然，这种感觉是他在咖啡馆听林德霍斯特馆长讲那些离奇古怪的经历时就曾有过的。他竭力使自己保持镇静。当馆长再次问"您为什么不来找我"时，他便抓住机会将他在馆长家门前的遭遇一五一十地诉说了一番。"亲爱的安泽尔穆斯先生，"馆长听他讲完之后说，"亲爱的安泽尔穆斯先生，您提到的那个卖苹果的老太婆，我很熟悉。她是个十恶不赦的家伙，喜欢对我搞些乌七八糟的恶作剧。不过，这次她把自己的皮肤染成古铜色，装成门环吓跑我要迎接的客人，这实在是太恶劣了，令人忍无可忍。尊敬的安泽尔穆斯先生，您明天十二点来见我时，若是再遇到她在那儿狞笑和怪叫的话，您将这药水朝她脸上泼几滴，就会立竿见影，她什么招数就都使不出来了。好了，再见！亲爱的安泽尔穆斯先生，我有事急着要走，不想强求您跟我一道回城里去了。再见，明天十二点见！"馆长给了安泽尔穆斯一个装着黄色液体的小瓶子，随后便迅速离去。在已经降临的深沉的暮色里，他仿佛不是在行走，而是在朝着山谷的方向滑翔着，飘然而逝。当他行至柯泽花园附近时，一阵风吹进他那宽大的外套，将衣襟吹得大大张开，恰如一双巨大的翅膀在风中扑打着。安泽尔穆斯一直在惊异地目送着他，恍恍惚惚地觉得，似乎是一只大鸟舞动着双翼风驰电掣而去。正当这位大学生痴呆地凝视着苍茫暮色的时候，伴随着一声嘎嘎的鸣叫，一只灰白色的秃鹫冲上高空，这时他发现，一直被他认为是那飘然而去的馆长，也就是那不停地扑打着翅膀的白色的东西，无疑就是这只秃鹫了，尽管他一时还弄不明白，馆长这会儿究竟是到哪儿去了。"看来，林德霍斯特馆长本人可能就是会飞的，"安泽尔穆斯自言自语地说道，"我清楚地看到，也感觉到，所有这些来自奇异世界的诸多陌生形象，以往我只是在特别怪诞的梦境里见到过，可现在却眼睁睁地看着它们闯进我的生活，跟我开起玩笑来了。不管怎么说，你已经存活在我的心里，燃烧在我的胸膛里了，美丽可爱的塞佩蒂娜！只有你才能解除使我五内俱焚的渴慕之苦。啊，亲爱的、亲爱的塞佩蒂娜，什么时候我才能再见到你那双娇媚可爱的眼睛呢？"安泽尔穆斯大声喊叫起来。"一个多么粗俗的名字！这哪里是基督徒的名字呀！"一个男人以低沉的声调在他身边喃喃地嘟哝着说，讲这话的人正在散步回家。安泽尔穆斯总算及时意识到了自己所处的场合，便急匆匆地离去，同时暗暗思忖着："倘若恰好在这个时候遇上保尔曼副校长或者赫尔勃兰特文书，那岂不就要倒大霉了吗？"然而，这两个人，他哪一个都没有碰到。

第五章

安泽尔穆斯宫廷顾问夫人。《西塞罗论义务》①。长毛猴和其他淘气鬼。老莉泽。秋分之夜。

"看来，安泽尔穆斯这个人在这个世界上是不会有什么出息的，"保尔曼副校长说，"我对他的所有谆谆教导、我的全部规劝与告诫全是徒劳的。尽管他的学业还算出类拔萃，他具备各个方面的根基，但是他自己根本不求上进。"可是，赫尔勃兰特文书却狡黠而又神秘地微笑着回答说："最尊敬的副校长，请您给安泽尔穆斯一些时间和机会吧！他虽是一个怪人，但拥有很强的潜能，我所谓的'很强的潜能'，意思是：可以担当一个机要秘书，甚至一名宫廷顾问。""什么，宫廷——"副校长不由得大吃一惊，竟吓得连刚要说出的话一下子给梗塞于喉了。"打住，打住，"赫尔勃兰特文书继续说，"我知道，我该说什么！早在两天前，他就到林德霍斯特馆长那儿去开始抄写文献了。昨天晚上，馆长在咖啡馆对我说：'尊敬的朋友，您可是给我推荐了一个十分精干的人！此人定能成大器！'此外，不可忽视的，还有馆长同各个方面的关系——不说了，不说了，等过了年再看吧！"文书先生讲完这番话后，脸上仍露着狡黠的微笑，走出了门，留下副校长一个人由于惊愕与好奇而呆呆地坐在椅子上，仿佛着了魔似的一动不动。然而，这次谈话给薇萝妮卡留下非同寻常的印象。"我早就知道，"她想，"安泽尔穆斯先生是一个相当聪敏能干、讨人喜欢的年轻人，他肯定是会大有作为的，不是吗？我要是能知道他究竟是否喜欢我，那该多好啊！那个晚上，当我们一起渡过易北河时，他

---

① 《西塞罗论义务》，是罗马政治家和哲学家西塞罗（公元前106—前43年）的一篇论文。

不是曾经两次握着我的手吗？我们在一起表演二重唱时，他不是一直在用一种直捣人心的、非同寻常的目光看着我吗？是的，没错儿！他确实是喜欢我的，而我——"薇萝妮卡像所有花季少女一样，完全陷入了对美好未来的种种甜蜜的梦想。她幻想着，自己成了宫廷顾问夫人，在宫廷街，或者新市场街，或者莫利茨大街入住一处豪华的宅院；式样新颖的帽子，加上崭新的土耳其披肩，定能使她显得仪表堂堂、雍容华贵——她身着轻薄而又漂亮的晨服，坐在房间的临街凸出的窗前，一面用着早餐，一面发号施令，向厨娘吩咐当天要做的事。"你可要注意，别把菜搞糟了，这可是宫廷顾问老爷最爱吃的佳肴！"一些衣着入时的过路人仰头向上张望着，她清楚地听到他们在议论些什么："这位顾问夫人可真的是位仙界下凡的女人呀，看那尖尖的小帽，戴在她头上有多漂亮！"一位枢密顾问夫人派用人前来探询，顾问夫人今天是否有兴致去林基浴场一游。"请代我向顾问夫人多多致意。非常抱歉，我已答应首相夫人去赴她的茶会了。"这时，宫廷顾问安泽尔穆斯一早外出处理完公务归来了，他的穿着非常时尚合体。"真的，已经十点了。"他一边高声说着，一边拧了拧他的金表，然后给了他年轻的妻子一个吻。"你好啊，我的小娇妻！你猜，我给你带什么回来了？"他一边面带戏谑的表情说着，一边从背心口袋里掏出一副耳环，光彩夺目，按照最新式样镶嵌别具匠心。他顺手取下她戴着的那副极其普通的耳环，把这副新的给她戴上。"啊，多么漂亮、玲珑可爱的耳环呀！"薇萝妮卡禁不住大声喊叫起来，丢下手中的活儿，从椅子上跳起来，走到镜子前仔细端详起这副耳环来。"哼，这是怎么回事儿了？"正在专心致志阅读《西塞罗论义务》一书的保尔曼副校长说道，手里的书差一点儿落到地上，"你是不是像安泽尔穆斯一样，有毛病了吧？"这时，一连几天没有露面的安泽尔穆斯一反往常，果真走了进来，使薇萝妮卡惊诧不已的是，他的确彻头彻尾地变成了另外一个人，讲起话来语气十分坚定自信，这是他以前从未有过的情况。他讲道，他的生活现在有了完全不同的明确的目标，展现在他眼前的是一幅锦绣前程，而这是某些人所无法认识到的。保尔曼副校长想到刚才赫尔勃兰特文书讲的那番神妙莫测的话，更加感到吃惊，一时间几乎变得哑口无言，而安泽尔穆斯这时讲了几句在馆长那儿工作很紧张之类的话，便彬彬有礼地吻了一下薇萝妮卡的手，走下楼梯离去了。"这倒真像宫廷顾问的样子，"薇萝妮卡喃喃自语着，"他吻了我的手，竟然没有像从前那样失足打滑，也没有踩到我的脚！他双眼含情脉脉地打量着我，想必是真的喜欢我。"薇萝妮卡重新陷入刚才的遐思梦想之中，不过，这时她仿佛觉得，好像有一个对她充满敌意的影子，始终混杂在她作为宫廷顾问夫人的未来家庭生活里会出现的众多可爱的人物中间。这个影子充满讥讽的神情笑着说道："你这种种想法都是愚蠢的，真是俗不可耐，而且完全是捕风捉影，因为安泽尔穆斯永远当不上宫廷顾问，也不会成为你的丈夫；尽管你身材苗条，有着一对蓝眼睛和一双纤纤玉手，但他根本不爱你。"这时，一股冰冷的寒流穿过薇萝妮卡的心房，一阵深深的寒噤使她那一场美梦一下子烟消云散，什么尖形的小帽和精美的耳环，全都化为乌有！止不住的泪水几乎夺眶而出，她不禁大声喊道："唉，这是真的，他并不爱我，我永远当不上宫廷顾问夫人！""想入非非。全是想入非非！"保尔曼副校长高声喊着，拾起帽子和手杖，怒不可遏地冲出房门，走了出去。"真倒霉！"薇萝妮卡长叹了一口气，看见她那刚刚十二岁的妹妹端着绣花框在不停地绣着，她对妹妹这种无动于衷的态度不由地生起气来。这时已临近下午三点，刚好是收拾房间、准备上咖啡的时间；她的女友奥斯特家的小姐们约定这时要来拜访她。但是，无论是在已被薇萝妮卡挪开的橱柜后面，在她从钢琴上取下的乐谱后面，还是在她从器皿橱柜里取出的每一个杯子和咖啡壶后面，到处都躲藏着那个影子，像妖魔鬼怪一样跳出来，讥讽地笑着，一边用它那又细又长、蜘蛛腿般的手指敲打着榉木橱柜，一边高声喊叫着说："他不会成为你的丈夫的，他绝不会成为你的丈夫的！"

当她放下手中的东西，跑到房子中间的时候，这个怪影又犹如巨人一般拖着长长的鼻子从炉子后面钻出来，嘟嘟哝哝地说："他不会成为你的丈夫的！""妹妹，你难道什么都没有看见，什么都没有听见吗？"薇萝妮卡惊叫着，吓得浑身颤抖，什么东西都不敢再触摸了。小弗兰齐丝卡这下子也认真起来，轻轻放下绣花框子，站起来说："姐姐，你今天究竟是怎么啦？你把一切都搞乱套了，到处乒乒乓乓、稀里哗啦的，让我来帮帮你吧。"就在此刻，一群活泼的姑娘们带着兴高采烈的笑声走了进来。在这一瞬间，薇萝妮卡也一下子清醒过来，发觉自己刚才是把高高的炉身看成了一个人影，把没有关严的炉门里发出的噗噗声当成是对她说的那些充满敌意的话了。不过，她始终还是没能从这场强烈震撼了她心灵的惊吓中缓过神来，以至于女友们从她苍白的脸色和迷惘的神情中，还是看出她那非同寻常的紧张的内心。于是，她们马上将本来要讲的许多有趣的事儿搁置一边，急不可待地问她们的女友究竟出了什么事。薇萝妮卡只好承认，她曾经沉陷于极其奇特的幻想之中，而且竟然在大白天突然被一种莫名其妙的对鬼的恐惧所制服，这是她以前从未经历过的。她还绘声绘色地讲述了一个灰色的小怪物怎样从房间的各个角落里钻出来，捉弄她，嘲笑她，弄得奥斯特家的小姐们也不由自主地胆怯地向四周张望起来，不一会儿甚至感到毛骨悚然，胆战心惊。这时，小弗兰齐丝卡端着热气腾腾的咖啡走进来，三个姑娘很快镇定下来，并为自己的傻气而感到好笑。安格莉卡是奥斯特家的大女儿，已经同一位军官订了婚，他正在军中服役，已经有很长时间没有音讯，大家都以为他已经战死了，或者至少是受了重伤。这使安格莉卡陷入了深切的忧伤之中。然而，今天她显得很轻松快活，甚至近乎乐不可支。薇萝妮卡对此感到有些诧异，而且毫不掩饰地讲出了这种感觉。"亲爱的姑娘，"安格莉卡说，"我心里永远惦记着、头脑里永远思念着我的维克多，你难道不相信吗？恰恰是由于这个缘故，我才感到如此轻松愉快！啊，上帝！我是多么幸福，心情多么高兴呀！因为我的维克多一切都好，我想，用不了多久就会看到他晋升为骑兵上尉，佩戴着表彰他作战骁勇的勋章归来的。他之所以没有写信，是由于他的右臂被敌人的轻骑兵砍了一剑，伤势虽重，但没有丝毫生命危险。另外，他的驻地经常变换，他又不愿意离开自己的那个团，这也是他没能及时给我写信的原因。不过，今天晚间他接到明确指令，命令他先彻底治愈剑伤。他本来打算明天动身回来，可正当他要上车的时候，恰好接到晋升为骑兵上尉的消息。""可是，亲爱的安格莉卡，"薇萝妮卡插嘴说，"你现在对所有这些情况都了如指掌吗？""你不要再笑话我啦，亲爱的朋友，"安格莉卡接着说，"这，你就不会懂了。那个从镜子后面向你探头探脑的灰色小怪物，难道不会马上对你进行惩罚吗？好啦，不开玩笑了。我是无法摆脱对某些神秘力量的信赖的，因为它们完全是有目共睹、触手可及的，甚至可以说，已经多次闯入我的生活。首先我要说的是，我不像某些其他人那样，认为这有多么神奇，多么令人难以置信。我认为，确实有这么一些人，他们生下来就有某种非凡的先知力，而且懂得如何通过自己所掌握的实实在在的手段来使用这种先知力。本地有一个老太婆，她就具有这种特殊本领。她与她的同行不同，她不是用纸牌、铸铅块或咖啡渣预卜未来，而是让问卜者参与进来，一起完成某些准备之后，让一面打磨得亮晶晶的金属镜子里显现出形形色色的稀奇古怪的人物和形象，然后老太婆对这种稀奇古怪的混合体进行诠释，从中找出问卜者所祈求的答案。昨晚，我去找过她，从而得到了有关我的维克多的那些消息，我对这些信息的真实性深信无疑。"安格莉卡的这一番话如同向薇萝妮卡的心里投进了一颗火花，迅即点燃起一个念头：去向老太婆询问安泽尔穆斯的情况，请她占卜一下自己的愿望能否实现。她打听到，这老太婆名叫劳尔琳，住在湖门①外的一条偏僻的巷子里，只有每周二、三、五晚上才能

---

① 德累斯顿市湖街尽头的一个大门，1812 年被拆除。

见到她，时间从晚上七点一直到第二天日出时分，整整一个通宵，她特别欢迎求助者单独去找她。那一天刚好是星期三，薇萝妮卡决定以送奥斯特姐妹回家为借口登门拜访这位老太婆。她果真是这么做了。在易北河桥头，她与住在新市区的女友们分手后，快马加鞭地奔向湖门外，根据人们描绘的路径找到了那条狭窄的街巷，在小巷的尽头，她看到一幢小红房子，劳尔琳太太就住在那里。当她站在大门前时，不禁产生了某种恐惧感，可以说是一种发自心灵深处的震颤。她终于打起精神，压制着内心的恐惧，勉强拉动了门铃。门开了，她按照安格莉卡的描述穿过一条昏暗的过道，摸到通向二楼的楼梯。她冲着冷清的过道喊道："劳尔琳太太住在这里吗？"然而没有人露面，代之以回答的却是一声悠长而又清脆的"喵喵"的猫叫声，一只个头儿高大的黑色雄猫高高地躬起腰，威严地在她的前面走过，尾巴盘成圈儿，不停地甩来甩去，一直来到房门口，随着第二次"喵喵"的叫声，房门呀的一声打开了。"哎哟，姑娘，你已经到了！进来，进来！"有一个人边向外走出来，边这样喊叫着，此人的形象使得薇萝妮卡犹如中了邪似的被钉在地上，迈不动脚了：这是一个又高又瘦、身上裹着褴褛不堪的黑色衣衫的女人！讲话时，突出的尖下巴不停地颤动着，那张被瘦得皮包骨的鹰钩鼻子遮掩住的无牙的嘴不停地搐动着，脸上露出一丝丝狞笑，一双明亮的猫眼睛透过那副硕大的眼镜迸发出点点火花。她的一头黑发又粗又硬，从缠在头上的五颜六色的布条里直愣愣地竖出来，使她这副丑相更加不堪入目的是，从左颧骨越过鼻梁伸展开去的两条烫伤疤痕。薇萝妮卡被窒息得透不过气来，她本想大喊一声，以排除胸中的压抑感，可是，当这个巫婆伸出瘦得皮包骨头的手将她抓住拖进房间时，她的呼喊却变成了低沉的叹息。房间里，所有的一切都在动，在跳，哇哇、喵喵、喔喔、啾啾的鸣叫声一片嘈杂，令人心烦意乱。老太婆用拳头在桌子上捶打了一下，喊叫道："给我安静下来，你们这些不安分的家伙！"长毛猴猖猖地叫着，爬上高高的床顶，豚鼠则钻到了炉子底下，乌鸦扑打着翅膀飞向圆镜子；只有那只黑猫，一进门就跳到那高大的软垫座椅上，仍然一动不动地待在上面，好像老太婆的那些训斥的话与它毫不相干似的。当室内平静下来以后，薇萝妮卡的心神才安定下来，她感到房间里面不像在过道那样阴森恐怖，甚至连老太婆也不再是那么狰狞可怕了。这时，她才四处环顾了一下房间：各种各样的丑陋的动物标本挂满天花板，一些叫不出名字的稀奇古怪的器具横七竖八地丢在地上，壁炉里燃烧着一堆蓝色的微弱的火，火堆里不时地爆发出黄色的火星；从高处传来一阵阵呼啸声，蝙蝠在来回盘旋飞舞，它们的脸长得像一张人的被扭曲了的、狂笑着的脸，看了令人感到作呕；壁炉里的火舌不时地向上翻卷着，舔到被烟熏黑了的大炉壁，接着便响起一阵刺耳的哀号，使薇萝妮卡感到惊恐不已。"小姐，请不要介意，"老太婆皱着眉头说，顺手抓起一把巨大的拂尘，在铜锅里蘸了一下，丢进壁炉里，火灭了，房间里好像笼罩在浓烟之中，一片漆黑。可是过了不一会儿工夫，老太婆端着一支点燃着的蜡烛从一间小屋子里走了出来，这时，薇萝妮卡面前什么东西都不见了，那些动物、器具，全都不翼而飞，这里是一间寻常的、陈设简陋的小房间。老太婆向她走来，用她那沙哑的嗓门儿说道："姑娘，我知道你来找我想干什么。你想知道的是，安泽尔穆斯一旦当上宫廷顾问，你是否要同他结婚，对吗？"薇萝妮卡惊吓得呆若木鸡。可是，老太婆的话还没完，她继续说道："其实，你在家里当着你父亲的面把一切全都告诉我了，当时咖啡壶放在你面前，我就是那咖啡壶呀，你难道不认识我了吗？姑娘呀，听我的话，抛开安泽尔穆斯，抛开他吧！这是一个令人讨厌的人，他踢了我的宝贝儿子的脸。我的那些可爱的宝贝儿子呀，那些长着红脸蛋儿的苹果，要是被人买了去，它们还是会从那些人的口袋里跑出来，重新滚回到我的篮子里来的。安泽尔穆斯已经跟那个老头子勾搭起来了，前天他居然洒了我一脸该死的雄黄水，差点儿把我的眼睛给弄瞎。姑娘，你看这灼伤疤痕还清晰可见！甩掉他，丢开他吧！他不爱你，他爱那条金绿色的蛇。他永远当不上宫廷顾问，因为他已经给蝾螈收编了。他想娶的是那条金绿色的蛇，抛弃他，抛弃他吧！"薇萝妮卡天生就是一个坚毅果断的人，而且又能够很快地克服女孩子通常都有的那种胆怯心理，这时她向后退一步，用严肃而又坚定的语调说道："老太太！我听说，您有能预见未来的本事，因此——也许我的好奇心太重，太操之过急了——我想向您了解的是，我所钟爱和敬重的安泽尔穆斯有朝一日是否会属于我。如果您不愿满足我的要求，而是用您那一派荒唐的无稽之谈来揶揄我，那您就不对了，因为我所要求的只不过是您为别人都已做过的事，这我是知道的。我想，您已经清楚地知道了我心灵深处的心思，所以，把那些现在仍在使我备受折磨和忧心忡忡的情况向我揭示出来，这对您来说应该是件轻而易举的事。可是，在您对善良的安泽尔穆斯进行了这番荒唐可笑的诋毁之后，我就不想再从您这儿知道什么了。祝您晚安，再见！"当薇萝妮卡正要疾步离去时，老太婆痛哭流涕，跪倒在地，紧紧扯住姑娘的衣服哀求着说："小薇萝妮卡，难道你认不出那个老莉泽了吗？她曾经那么经常地把你抱在怀里，那么精心地呵护你，那么疼爱过你呀！"薇萝妮卡简直不敢相信自己的眼睛，她的确就是那个多年前从保尔曼副校长家离去的保姆，只不过是由于上了年纪，特别是那条烫伤疤痕使她的脸变得面目全非罢了。老太婆同刚才相比，这会儿也变得判若两人：头上不再是那些五颜六色的布条，而是一顶很像样儿的便帽；身上穿的也不再是黑色的破衣烂衫，而是她以前爱穿的一件大花上衣。她从地上站起来，把薇萝妮卡搂到怀里，继续说道："你也许认为我向你讲的这些话非常荒唐，但可惜事实的确是如此啊。安泽尔穆斯让我吃了很多苦头，当然这并非他的本意；他已经栽到了林德霍斯特馆长的手里，馆长想让他与自己的女儿结婚。而林德霍斯特是我的死对头，关于这个人，我可以告诉你许多许多，不过这是你难以理解的，或许会使你感到可怕。他是一个先知者，而我也是一个先知者——也许这正是我们相互作对的缘由吧！现在，我发现，你非常喜欢安泽尔穆斯，我也很想帮助你，竭尽全力帮助你，使你得到幸福，最终使你实现同他结为良缘的夙愿。""请你务必要告诉我，莉泽！"薇萝妮卡插话说。"不要说了，孩子，不要说了！"老太婆打断她的话说，"我知道你要说什么。我已经变成现在这个样子，这是命运的安排，我没有别的路可走。好了！我知道该怎样使安泽尔穆斯摆脱对绿蛇的痴情，并且让他当上令人仰慕的宫廷顾问，投入你的怀抱，不过，你也得配合才行。""你尽管直说，莉泽！我会不遗余力的，因为我非常爱安泽尔穆斯！"薇萝妮卡悄悄地说，声音低得几乎无人能听到。"我了解你，"老太婆继续说，"你自幼是个勇敢果断的孩子，那时我变着法儿地学狗叫哄你睡觉，但总是徒劳的，因为你反而睁大眼睛要看看狗在哪里；你经常摸黑儿走到最后一间房间，而且喜欢穿上你父亲往头上抹粉时披的那件罩衣，去吓唬邻居的孩子们。好啦，不说这些了！如果你当真要用我的办法去制服林德霍斯特馆长和绿蛇，如果你当真要让安泽尔穆斯当上宫廷顾问，并且成为你的丈夫，那么，就请你在秋分那天晚上十一点钟从你父亲家悄悄溜出来，到我这儿来；我会带你到那个十字路口去，不远，穿过一片田野就到。我们做好必要的准备，到时候你会看到种种奇妙的景象，不过，这些都不会伤害到你的。孩子，好了，祝你晚安！你爸爸已经煲好了汤，正在等着你呢。"薇萝妮卡匆忙离去，心里主意已定，决不错过秋分之夜这个机会。她想："因为莉泽说得对，安泽尔穆斯已深陷妖怪的罗网之中，我要把他解救出来，让他永远永远都是我的，现在是属于我的，将来也永远是属于我的，这个宫廷顾问安泽尔穆斯。"

第六章

林德霍斯特馆长的花园和几只爱嘲笑人的鸟儿。金宝瓶。斜体英文字。胡乱涂鸦。妖王。

安泽尔穆斯自言自语地说："不过，也可能是由于我在康拉德先生那里太贪杯了，我在林德霍斯特馆长家门前看到的那些使我感到恐惧的荒诞幻象，说不定都是那精酿的烈性开胃利口酒作祟的缘故。因此，我今天一定要滴酒不沾，保持完全清醒的状态，或许就能应对可能遇到的任何麻烦了。"像第一次准备造访林德霍斯特馆长时一样，他带上自己的素描画、书法作品、墨和削得尖尖的羽管笔。正当他要迈步出门，那个他从林德霍斯特馆长那里得到的、盛着黄药水的小瓶子映入他的眼帘，他所经历的那些稀奇古怪的现象又历历在目地浮现在他的脑海里，有一种欢乐与痛苦交织在一起的、莫可名状的情感压抑在他的心头，他不由自主地以十分忧伤凄婉的语调喊道："啊，美丽可爱的塞佩蒂娜呀！我肯到馆长那儿去，难道不就是为了见到你吗？"在这一瞬间，他意识到，塞佩蒂娜的爱很可能会成为对于他所承担的一项吃力而又危险的工作的报偿，而这项工作无非就是为林德霍斯特馆长誊写手稿而已。他深信，像上次一样，在迈进林德霍斯特家大门时，甚至在此之前，他肯定会再一次碰上种种稀奇古怪的事的。因此，他不再去回忆康拉德的开胃酒，而是迅速将药水瓶塞进背心口袋里，准备着，一旦那青铜肤色的卖苹果的老太婆胆敢对他龇牙咧嘴狞笑，就照馆长嘱咐的办法去整治她。当十二点的钟声敲响，他刚要去抓那门环的时候，啊——那尖尖的鼻子可不真的立刻又伸出来了吗？那一双猫眼睛可不真的又从门环里射出了一道道炯炯的光芒吗？他不假思索地将药水朝那张令人憎恶的脸洒去。转瞬间，一切消失得无影无踪，变得十分平静，只有圆圆的门环在闪闪发光。门开了，铃声令人感到亲切悦耳，响彻整个屋宇，似乎在说：丁零零——小青年——身手机敏——机敏——跳呀——跳呀——丁零零。安泽尔穆斯沉着地踏上精美而又宽大的台阶，尽情地吸纳着一种奇异的香料发出的缭绕于整个屋宇的芳香。他站在过道里踌躇不前，因为他不知道，在这众多好看的房

316

门中，他该去叩哪一扇才对。这时，林德霍斯特馆长身穿一件宽大的织锦缎睡袍，走出来喊道："安泽尔穆斯先生，我真高兴，您终于信守诺言来了，请跟我来，我立即带您先去实验室看看。"他说着便疾步穿过长长的过道，打开侧翼的一个小门，进去后便踏上一条走廊，安泽尔穆斯顺从地跟随在馆长后面。他们穿过走廊进入一个大厅，更加确切地说，是一个漂亮的温室：从室内的两侧直到天花板，摆满了各种各样的奇花异草，甚至还有一些高大的树，枝叶和花朵的形状都非常奇特。忽然，一道灿烂夺目的神秘的光照亮了室内的各个角落，然而却让人看不明白，这光是从哪儿来的，因为整个房子里没有一扇窗户。当安泽尔穆斯向灌木和花丛深处看去时，他发现似乎有几条细长的小径通向遥远的地方。在浓密幽暗的柏树丛的深处，大理石水池里泛着水花，在池子的中央耸立着奇异的形象，水晶般的水柱交错地喷射而出，之后又溅落下来，戏弄着百合花明媚的笑脸；一阵阵稀奇古怪的声音在这些奇花异草丛中回荡作响；一股股沁人心脾的芳香随风飘来荡去。馆长不见了，安泽尔穆斯只看见眼前耸立着一大堆红彤彤的火红百合花。在这一瞬间，安泽尔穆斯被这仙境花园散发出的甜蜜芳香所陶醉，像中了魔似的呆呆地站在那里，一动不动。这时，到处响起咯咯的声音和哈哈的笑声，其中有一种文雅的嗓音以揶揄和嘲讽的口吻说道："大学生先生，大学生先生，您这是从哪儿来的呀？安泽尔穆斯先生，您打扮得这么漂亮，这是为了什么呀？安泽尔穆斯先生，您是不是又想来给我们唠叨那些有关老奶奶怎样用屁股压碎鸡蛋、容克①老财怎样用颜料把华贵的背心弄脏这一类无聊的故事啊？安泽尔穆斯先生，您从施塔玛茨教父那儿学来的那首新咏叹调练熟了吗？头戴玻璃丝假发，脚穿用上等纸料做的翻口靴子，您的这一副扮相看起来可真够好笑的呀！"喊叫声、嘲笑声、挖苦的话语从各个角落里传来，安泽尔穆斯这时才发现，

---

① 容克是德文 Junker 的音译，源自 Jungherr，意为"少爷"。原为普鲁士的贵族地主阶级，后掌控了国家领导权，成为普鲁士和德意志各邦右翼势力的支柱。

就在他身边，一群色彩斑斓的各式各样的小鸟正围绕着他展翅飞舞，尽情嬉戏地嘲弄着他。恰在此时此刻，那火红的百合花朝他走来，他发现，原来是林德霍斯特馆长，是他穿的那件熠熠闪光、黄红两色的大花睡袍使他产生了错觉。"尊敬的安泽尔穆斯先生，"林德霍斯特馆长说，"请原谅，我让您久等了，我刚才顺便看了一下我那棵美丽的仙人掌，它今晚就要开花了。您喜欢我这个小小的家庭花房吗？""天哪，这里美极了，简直是无与伦比！最尊敬的馆长先生，"大学生安泽尔穆斯回答说，"可就是那些五颜六色的小鸟儿对我这个小人物竭尽了挖苦之能事！""你们在喋喋不休地聒噪些什么呀？"馆长气愤地冲着树丛里喊道。这时，一只巨大的灰鹦鹉飞了出来，落在馆长旁边的一枝桃金娘的枝头上，一双眼睛从架在弯曲的长嘴上的眼镜后面发射出极其严肃而又盛气凌人的目光，它扯起沙哑的嗓门儿叫喊道："请不要见怪，馆长先生！我的那些喜欢恶作剧的孩子们又放肆起来了，不过，大学生先生本人也有过错，因为——""住嘴，不要胡说！"馆长打断灰鹦鹉的话说，"我是了解这些小无赖的，老弟！你还是要对它们严加管束才对！我们走吧，安泽尔穆斯先生！"馆长又匆忙地穿过了几个装饰得很是奇特的房间，他步履轻快敏捷，使安泽尔穆斯跟得很是吃力，也来不及观赏那些摆满各个房间的造型奇特、闪闪发光的家具和其他从未见过的陈设。最后，他们来到一个大厅，馆长停下来，目光向高处望去，这才使安泽尔穆斯得暇欣赏一下这个大厅的简单陈设所呈现出的壮丽景象：天蓝色的墙脚下，摆放着一株株高大的棕榈树，泛着金光的古铜色的树干向外凸显出来，宽大的树叶闪烁着晶莹的绿宝石色彩，直伸向天花板，构成一个圆形的穹隆；房间中央立着三尊青铜铸成的埃及雄狮，狮身上放着一个斑岩石板，石板上放着一只外观普普通通的金宝瓶。安泽尔穆斯一瞥见那金宝瓶就目不转睛，定神凝视起来了。那金宝瓶的表面打磨得铮亮闪光，好像可以映射出成千上万形形色色的形象。有时，他还能看到自己那流露着渴慕的神情，张开双臂——哎呀，这正是接骨木树下的那一幅情景！——塞佩蒂娜在上下蜿蜒爬行着，眨着她那双温柔美丽的眼睛注视着他。安泽尔穆斯因狂喜而失态，大声喊叫起来："塞佩蒂娜，塞佩蒂娜！"林德霍斯特馆长猛然转过身来说："您怎么了，尊敬的安泽尔穆斯先生？我仿佛听见您在呼唤我的女儿，可她住在我家的另一侧，她正在自己房间里，刚刚上完钢琴课，请您还是跟我往前走吧！"安泽尔穆斯几乎是昏头昏脑地跟着大步流星地朝前走着的馆长，什么也没看见，什么也没听到，一直到馆长用力抓住他的手，说了声"我们到了"，他才从梦境中清醒过来，发现自己已经来到一个高大的、四周摆满书橱的房间，其实跟一般书斋没有什么不同。在房间的中央，摆放着一张大写字台和一把软垫靠椅。"这里，"林德霍斯特馆长说，"暂时作为您的办公室，将来您是否会搬到那间蓝色藏书室工作，也就是搬到您曾在那里突然喊起我女儿名字的那个房间，还不得而知；不过，我现在希望能够先证实一下您的工作能力，看看您是否确实有能力按照我的愿望和要求完成交给您的工作。"安泽尔穆斯信心十足地从公文包里取出自己的绘画和书法作品，内心不无得意之感，他确信以自己的非凡才能有把握大大取悦于馆长。馆长对他的第一件作品——一页以极其优美的英文斜体书写的字——只草草瞟了一眼，就发出了令人难以琢磨的微笑，并且摇了摇头。接着，他每看完一页就摇头微笑一次，弄得安泽尔穆斯面红耳赤，最后，当馆长的微笑里流露出相当明显的讥讽和嘲弄之意时，安泽尔穆斯气愤到了极点，无比激动地说："馆长先生，看来您对我的才疏学浅不太满意吧？""亲爱的安泽尔穆斯先生，"林德霍斯特馆长说，"您在书法艺术方面的确有着卓越的天赋，不过我觉得，我所关注的更多是您的勤奋和做事的态度，而不是您的技巧。不过，也有可能是您所使用的材料质地低劣造成的。"于是，安泽尔穆斯滔滔不绝地谈了起来，讲到他以往饱受赞赏的书法技巧，讲到他使用的中国墨和经过精选的羽管笔。这时，林德霍斯特馆长把那页书就的英文书稿递给他说："您自己去评价吧！"

安泽尔穆斯接过来一看，自己的字迹竟然显得那么难看无比，笔画不圆润，笔锋刚柔不当，大小字母不成比例，是啊！简直就像小学生涂鸦一般，活像令人不屑一顾的鸡爪子，把本来还书写得相当规整的字行也全都给毁了。这对安泽尔穆斯来说，简直就像遭到晴天霹雳一般。"还有，"林德霍斯特馆长接着说，"您用的墨也不耐久。"他用手指在一个盛满水的杯子里蘸了一下，只在字迹上轻轻地一擦，字迹便消失得一干二净了。安泽尔穆斯觉得好像是被一个巨妖扼住了咽喉似的，一句话也讲不出来。他手中拿着那张晦气的书稿，只好站在那里一动不动。可是，林德霍斯特馆长却放声大笑起来，说道："您大可不必受此困扰，最尊敬的安泽尔穆斯先生，您以前做不到的，也许在我这儿就能得心应手；更何况您在这儿用的材料可能比您过去使用过的要更好一些！您尽管放心地干吧！"林德霍斯特馆长先是取出一种散发着特殊味道的黑色液体，一些颜色奇异、削得尖利的羽管笔和十分洁白光亮的纸，然后从锁着的书橱中取出一份阿拉伯文手稿。安泽尔穆斯坐下来开始工作后，馆长便离开了房间。安泽尔穆斯曾多次誊写过阿拉伯文手稿，因此觉得这一项任务并不难完成。"那些鸡爪子似的笔迹是怎样弄到我那用漂亮的英文斜体书写的文献中去的呢？这，大概只有上帝和林德霍斯特馆长才知道了，"他说，"那些字迹并非出自我的手笔，我愿以生命起誓。"每当他在羊皮纸上成功地写完一个字，他的勇气就增加一分，随之而来的是他的技巧也就得到了进一步的发挥。用这种笔写出来的字确实很娟秀，那神秘的墨汁在洁白耀眼的羊皮纸上写起来既乌黑又流畅。他兢兢业业、全神贯注地写起来，这孤寂的房间在他心里也愈来愈感到亲切了，他已然全身心地投入到这项他希望出色完成的工作中去了，直到时钟敲了三响馆长来唤他，他才跟着走进隔壁的房间，坐到摆好午餐的餐桌旁。林德霍斯特馆长在吃饭时兴致特别好，向安泽尔穆斯询问起他的朋友保尔曼副校长和赫尔勃兰特文书的近况，他对后者特别熟悉，并且讲了许多有关他的惹人发笑的趣事。对安泽尔穆斯来说，那陈年莱茵葡萄酒很合他的口味，使他的话比平时多了许多。四点钟整，他起身离开餐桌要去开始他的工作，这种严格守时的作风似乎也博得了馆长的好感。餐前，他誊写阿拉伯文本的工作已经是很顺利的了，现在干起来就更加得心应手，以至于连他自己都无法理解，他怎么能够如此迅速而又轻松地临摹出这种弯弯曲曲的异国文字来。他觉得，在他心灵深处仿佛有一个声音在悄悄地对他低声细语，不过他听得很真切："唉，要是她不在你心中，你不相信她，不相信她的爱，你能够写得这么好吗？"这时，好像有一阵既轻又细、水晶铃声般的窃窃私语缭绕在室内："我离你很近——很近——很近！我在帮助你，你要鼓足勇气，顽强坚毅，亲爱的安泽尔穆斯！我在和你一起努力，使你最终能够属于我！"当他怀着无比喜悦的心情听着这声音时，这些陌生的文字好像也变得更加容易驾驭了。他几乎不用再去看原文，那些文字简直是不用着色就自动印到了羊皮纸上似的，他只要用熟练的笔把它们描黑就行了。他就这样不停地工作着，那充满亲切和抚慰的低声细语宛如甜蜜而又温柔的空气在笼罩着他。直到时钟敲响六点时，林德霍斯特馆长走进房间来，面带一种莫名其妙的微笑来到写字台旁。安泽尔穆斯站起来，一声未吭，馆长脸上仍然闪着讥讽的目光，微笑着注视着他，然而，当馆长一看那誊写清楚的文献时，微笑便立即消失了，面部肌肉收缩得紧紧的，神情变得极其庄重严肃起来。可是霎时间，他完全变成了另外一个人：那双平时放射着炯炯光芒的眼睛，此时怀着难以描绘的温柔神情看着安泽尔穆斯；那原本苍白的双颊泛起了一片微微的红润；那总是紧紧绷着的双唇，不再流露出讥讽的表情，而是放松了，重新呈现出柔和优美的线条，而且张开了，仿佛要吐露出既富有哲理又能令人心悦诚服的话语来。他的整个形象变得更加高大，更加威严，身穿一件宽大的睡袍，宛如国王的朝服，胸部和肩上缝有一条条很宽的花褶子，一条细细的金丝绕住披在宽敞的前额上的卷发。"年轻人，"馆长用庄重的语气说道，"年轻人，我早在你还没有预料到的时候，就已经看到了所有那些把你牢牢地同我最钟爱、最圣洁的孩子连接在一起的神秘纽带了！塞佩蒂娜爱你，如果她能属于你，如果你能得到那属于她的金宝瓶作为她的陪嫁，那么，敌对势力用暗藏祸端的绳线所编织的任何离奇的命运之网也就无计可施了。然而，你只有努力奋斗，才能得到更高层次生活的幸福。敌对的理念将会千方百计地对你施加影响，你只有用心灵的内在强力才能抵御腐蚀，才能免受玷污，才能不致沉沦。你在这里工作，同时也就完成了你的学徒期，你只要持之以恒，信念和知识将引导你达到你的近期目标。希望你对她忠贞不渝，她是爱你的，你将会看到金宝瓶散发出的壮观的奇迹，你将永远永远幸福下去。好啦，祝你诸事如意！本人林德霍斯特馆长，明天十二点在你的办公室等你！祝你心想事成！"馆长将他轻轻推出门去，随即关上了门。安泽尔穆斯置身于他就过餐的那个房间，这里只有唯一的一道门可以通向过道。他被这些奇异的现象搞得晕头转向，止步在宅门前，这时他头顶上的一扇窗户打开了，他抬头一看，是林德霍斯特馆长，像平时一样，仍然是那个身着浅灰色外套的老人。他大声喊道："喂，尊敬的安泽尔穆斯先生，您怎么了？您在想什么？脑子里还老装着那些阿拉伯文吗？如果您去见保尔曼副校长，请代我向他问候，明天十二点整来。本日酬金已经放在您背心右边的口袋里了。"安泽尔穆斯确实在馆长所指的口袋里找到一枚银币，但他并没有因此而感到高兴。"所有这一切将会有怎样的结局，我真难以预料，"他自言自语地说，"不过，我眼前出现的这一切，即使只是离奇的幻觉和鬼使神差的把戏，但可爱的塞佩蒂娜毕竟还是活在我心灵深处的。我宁肯自己沉沦灭亡，也不愿意舍弃她，我知道，这种意识在我内心是永恒的，任何敌对的观念都无法将它毁灭掉；而促使我有这意念的，除了是塞佩蒂娜的爱，难道还可能是别的什么吗？"

第七章

保尔曼副校长磕净烟斗就寝。伦勃朗[①]和鬼画画家布洛依格尔[②]。魔镜和埃克斯坦大夫医治疑难杂症的处方。

保尔曼副校长终于磕干净了他的烟斗，紧接着说："现在该是去休息的时候了。""是的。"薇萝妮卡回答说，她因父亲长时间滞留这里不肯离去而变得有些心神不宁，因为时钟早已打过十点了。副校长刚一走进自己的书房兼卧室，小弗兰齐丝卡刚刚发出沉重的呼吸声，堕入沉睡之中，上了床佯装睡觉的薇萝妮卡便悄悄地起身，穿好衣服，披上外套，蹑手蹑脚地溜出了家门。自从薇萝妮卡离开莉泽老太婆以来，在她眼前无时无刻不在晃动着安泽尔穆斯的影子，而且她自己也弄不明白这是怎么一回事，她总是觉得有一个陌生的声音不停地在他心灵深处反复地说：安泽尔穆斯之所以不爱她，是因为他被一个对她满怀敌意的人物给控制住了，只有运用巫术的神秘手段才可能粉碎这种控制。所以，她越来越相信老莉泽，甚至连对她的那些阴森恐怖的印象也都渐渐消失了。在她看来，她同老太婆的关系中所有那些神奇古怪的成分，只不过是有点非同寻常、富有浪漫色彩而已，而这对她恰恰产生了强大的吸引力。因此，她决心已定，不顾有失踪和陷入万劫不复的危险，一定要在秋分之夜去亲历这场冒险。一天，吉凶难卜的秋分之夜终于来临了，老莉泽答应在这一天给她以帮助和抚慰，早已习惯于夜游的薇萝妮卡想到这里便感到勇气倍增。她像离弦之

---

① 伦勃朗（1606—1669），荷兰画家，创作了一些以《圣经》和希腊神话为题材又加以世俗化的油画和腐蚀版画，作品色调比较昏暗，气氛低沉。

② 布洛依格尔（1564—1637），荷兰画家，创作了许多鬼怪画作品，故有"地狱布洛依格尔"之称，而其父则恰恰相反，被称为"农民布洛依格尔"。

箭，不顾呼啸着的暴风雨和打在脸上的颗颗大雨珠，风驰电掣地穿过寂静的街道。十字架教堂塔尖的大钟以浑厚低沉的声音宣告已是十一点钟了，这时，薇萝妮卡全身湿淋淋地站在老太婆的家门前。"哎哟！小宝贝儿，你来了！请等一会儿，我这就来！"老太婆从楼上往下大声叫喊着，接着她走出了房门，手里提着一只篮子，身边跟着一只猫。"好啦，我们走吧，去干我们的事吧，这事儿适合夜间进行，夜晚方便，容易得手。"她边说着，边用冰冷的手抓住全身颤抖的薇萝妮卡，把沉重的篮子交给她提着，自己拿起一口锅、一副三脚架和一把铲子。当她们来到旷野时，雨已经停了，但风暴却更加猛烈，狂风怒吼，宛如千千万万支杂音汇合成的大合唱。突然间，一声令人心碎的、可怕的哀嚎冲破乌云呼啸而下，乌云迅速凝聚成云团，把一切都掠进沉沉的黑暗之中。老太婆继续飞快地跑着，发出刺耳的呼叫："孩子，快来照亮，快来照亮！"这时，在她们面前出现了一道道蓝色的闪光，时而相互交叉，时而蜿蜒盘绕。薇萝妮卡发现，原来是那只雄猫在前面跳来跳去，喷出噼啪作响的火花，发射出电光；风暴稍一停歇，她就听到了雄猫发出的阴森可怕的呼救惨叫。她恐惧得透不过气来，仿佛有一只只冰冷的利爪刺进她的心房，她强打起精神，更紧地依偎着老太婆说："现在，不论发生什么情况，一切可都得办好啊！""会的，我的乖孩子！"老太婆回答道，"你要坚信不疑，我会将美好的东西赠送给你，而且还要把安泽尔穆斯交给你！"老太婆终于停下了脚步，说道："我们到地方了！"她挖了个小坑，把木炭放进去，在上面支起三脚架，把锅架到上面。在做所有这些事时，她的动作非常古怪，同时雄猫也一直围着她兜圈子，从它尾巴里迸出来的火星汇集成一个火圈。不一会儿的工夫，木炭烧红了，三脚架下冒出蓝蓝的火焰。她要薇萝妮卡脱掉外套，抛掉面纱，蹲在老太婆身旁，老太婆则紧紧地攥着姑娘的手，并且用她那双发射着炯炯光芒的眼睛凝视着她。这时，老太婆从篮子里取出那些稀奇古怪的东西，放进锅里——谁也分辨不清那究竟是花朵、金属、野草还是动物——这些东西在锅里开始沸腾起来，咕嘟咕嘟地冒着泡儿响起来。老太婆松开薇萝妮卡的手，拿起一把铁勺子插进那烧得通红的东西中，开始搅拌起来，与此同时，薇萝妮卡则遵照她的吩咐，眼睛紧紧地盯住锅里，并且把意念集中到安泽尔穆斯身上。接着，老太婆又把一些发光的金属块以及薇萝妮卡从自己头上剪下来的一缕头发和一只她长年戴着的戒指扔进锅里，同时还对着夜空发出一阵他人听不懂的刺耳的呼唤，令人感到毛骨悚然，而那只猫则不停地奔跑着，凄惨地嘶叫着，好像是在乞求着什么似的。善良的读者，我希望你能设身处地地做这样的设想：在九月二十三日的夜晚，你刚好在奔赴德累斯顿的途中，当夜幕降临的时候，有人百般劝告你在最后一站留宿，而你却执意不听；好心的旅店老板向你解释说，风雨如此之大，而且正值秋分之夜，这时摸黑赶路是欠妥的，可你根本听不进这些忠告，你有自己的如意盘算：我要是付给驿车夫一枚金币做小费，那最迟到一点钟时就可以赶到德累斯顿，可望在"金天使饭店""头盔饭店"或者"璐姆堡饭店"吃到一顿丰盛的晚餐，找到一个柔软舒适的铺位。然而，正当你在黑暗之中朝前赶路的时候，突然发现有一道十分奇特的光亮在远方飘忽不定，当车行驶到近处时，你才发现那是一个火圈，中间坐着两个人，她们面前有一口锅，从锅里正冒出滚滚浓烟，烟雾中闪烁着红光和火星儿。这条驿道又恰恰必须穿过火圈，可是马却打着响鼻，蹄子踏着地面，还不时地仰起身来，就是不肯往前走，驿车夫又是诅咒又是祷告，举起皮鞭抽打，全都无济于事。这时，你不由自主地从车上跳下来，向前跑了几步，清清楚楚地看见那身材苗条的美丽姑娘身穿单薄的白色晚服，正跪在锅前。暴风吹散了她的发髻，一头栗色长发随风飘拂着。熊熊的烈焰从三脚架下面翻卷出来，发出耀眼的光芒，照亮了姑娘的脸，然而由于惊恐和冰冷的寒流的袭击，她那张俊美如天仙般的脸却失去了风采，满脸呈现出死人般的苍白；她的眼神直愣愣的，眉毛高高挑起；嘴巴张得大大的，因怕得要死想呼喊却又喊不出来，万般痛苦凝结在她的心头，无从宣泄；从这样一张脸上，你可以看到她内心的恐惧和灵魂中的战栗；她颤抖着将那双纤纤的小手合十，高高举起，似乎在虔诚地呼唤护佑天使来保护她免受地狱恶魔的折磨，因为这些恶魔在强有力的魔咒的驱使下马上就要降临了！姑娘就这样一动不动地跪在那里，宛如一尊大理石雕像。在她的对面是一个高大、瘦削、有着黄铜肤色的女人，盘着腿坐在地上，鹰钩鼻子尖尖的，一双猫眼闪着凶狠狠的目光；从黑色披风里伸出两条赤裸裸的、瘦骨嶙峋的胳膊，一边在地狱汤锅里搅拌着，一边狂笑着、喊叫着，尖利刺耳的声音同狂风的怒吼汇合在一起。善良的读者，即便你平时不知恐怖和畏惧为何物，但我还是确信，当你看到展现在你眼前的这幅活生生的伦勃朗式或者"地狱布洛依格尔"式的画面时，你也会吓得毛骨悚然的。你的目光完全被那魔鬼附体的姑娘给吸引住了，你全身的肌肉和神经像受到电击一样震颤着，然而这一切同时也会促使你鼓起勇气，以迅雷不及掩耳之势去打破那火圈的魔力。由于你显示出勇气，恐怖消失了，也可以说，你的勇气是在恐怖和惊惧中萌生出来的，是它引起的结果。你会感觉到，你就是那吓得要死的姑娘所乞求的护佑天使之一，你甚至会马上掏出手枪，不假思索地将那老妇一枪击毙。然而，你在脑子里一边这样激烈地思索着，却一边大声地喊叫起来："喂，喂！"或者"那儿在搞些什么？"或者"你们在干什么？"驿车夫吹起了他那响亮的号叫，老太婆一下子萎缩成圆球，滚进她的汤锅里，一切都化为乌有，在一阵浓烟中消失殆尽。你在黑暗之中急不可待地想找那个姑娘，是否能找到，我不敢断言，但是老太婆装神弄鬼的把戏确实被你给戳穿了，薇萝妮卡轻率陷入的魔圈也被打破了。不过，善良的读者，不论是你，还是其他任何人，都不会在9月23日这一天，在一个风雨交加、适宜玩弄巫术的夜晚乘车或者徒步赶路的，因此，薇萝妮卡只能怀着极度惊恐的心情跪在锅前，等待这场把戏结束。她清楚地听到周围的一片号叫和呼喊声，各种各样令人厌恶的嚷嚷声、咯咯声乱成一团，可是她没有睁开眼睛去看，因为她意识到，倘若看到自己四周的那些狰狞可怕的怪物，很可能使自己坠入不可医治的毁灭性的癫狂之中。老太婆停止了在锅里的搅拌，烟雾也变得越来越小，到最后只有锅底还冒着像酒精燃烧时那样的淡淡的火苗。这时，老太婆喊道："薇萝妮卡，我的孩子，我的宝贝！快来看锅底！你看见了什么？你看见了什么？"可是，薇萝妮卡却回答不出话来，尽管她仿佛看到有各式各样的模糊形象在锅底上杂乱无序地晃动着；这些形象越来越清晰地显现出来，从锅里深处突然冒出安泽尔穆斯的影子，亲切和蔼地注视着她，向她伸出手来。她大声喊道："啊，安泽尔穆斯！安泽尔穆斯！"老太婆迅速打开锅边的龙头，火红的金属发出咻咻的声音，流进旁边的一个小模具里。这时，老太婆猛然跳起来，狂蹦乱舞地兜圈子，样子粗野可憎，同时尖声喊叫着："大功告成了，谢谢你，我的儿子！你要做好警戒呀！哎哟，哎哟！他来了！咬死他，咬死他！"可是，此时空中响起了一阵强有力的声音，好像是一只巨大无比的雄鹰扑打着翅膀降临下来，用令人恐惧的声音喊道："嘿，嘿！你们这些无赖！你们完蛋了，完蛋了，赶紧滚回家去吧！"老太婆哀号着跌倒在地上，薇萝妮卡也昏厥了过去，不省人事。当她重新醒过来的时候，天色已大亮，她躺在自己的床上，小弗兰齐丝卡正端着一杯冒着热气的茶站在床前说："姐姐，告诉我，你到底怎么了？我在这儿站了一个多钟头了，你躺在这儿昏迷不醒，好像在发高烧，不停地呻吟、吼叫，把我们给吓坏了。为了你，父亲今天都没有去上课，他马上就陪医生过来看你。"薇萝妮卡默默地接过茶，慢慢地饮着，可是，夜间那一幕可怖情景又活生生地浮现在她的眼前。"难道这一切只不过是一场令人恐怖、折磨人的梦吗？可昨天晚上，我的确是到老太婆那儿去过呀。而且，昨天也的确是九月二十三日呀。不过，也许昨天我就已经病得很重了，这一切只不过是我的幻觉而已，我生病就是由于总想念安泽尔穆斯，总想那个古怪的老太婆而引起的，她装成老莉泽的模样来故意捉弄我。"刚刚离开房间的小弗兰齐丝卡，手里拿着薇萝妮卡的那件湿漉漉的外套又走进来。她说："姐姐，你看，你的外套成什么样子了！夜间，暴风雨吹开了窗户，吹倒了放外套的椅子，屋子里也飘进了雨水，外套全给打湿了。"这些话使薇萝妮卡的心又沉重起来，因为她断定折磨她的不是梦，而是她确确实实到过老太婆那里。恐怖与惧怕重新占据了她，高烧过后随之而来的一阵阵寒冷使她全身颤抖起来。由于颤抖不止，她紧紧地拉着被子盖得严严实实；但是，她感到有一块硬邦邦的东西压在胸口，她伸手去一摸，觉得好像是一只小盒子；当小弗兰齐丝卡拿着外套走开后，她把小盒子掏出来一看，原来是一面打磨得锃光明亮的圆形小金属镜子。"这是老太婆送的礼物。"她兴奋地喊叫起来，镜子里仿佛在发射着火焰般的光芒，照进她的心房，使她感受到一种舒适的温暖。寒冷的感觉消失了，一股难以描绘的舒适和惬意的暖流穿过全身。她不禁想起安泽尔穆斯来，当她把自己的意念愈来愈集中到他身上时，安泽尔穆斯便从镜子里和蔼地朝她微笑，宛如一幅逼真的微缩肖像。不过，又过了一会儿，她仿佛觉得看到的不再是画像——不，那是真实的安泽尔穆斯本人，他坐在一个高大的、布置得比较奇特的房间里，正全神贯注地写着什么。薇萝妮卡本想走到他身旁，拍拍他的肩头，告诉他："安泽尔穆斯先生，您倒是回过头来看看呀，我来啦！"可这是根本做不到的，因为围绕在他四周的好像是一个燃烧着的火圈，薇萝妮卡再仔细一看，原来那都是一些镀了金边的大部头书籍。不过，最后薇萝妮卡总算把安泽尔穆斯看真切了；看来，他只有在思念她的时候，才会看到她，并微笑着说："啊，是您呀，亲爱的保尔曼小姐！为什么有时候您要装扮成小蛇的样子呢？"薇萝妮卡听了这种令人莫名其妙的话大声笑起来；她像做了一场梦似的清醒过来，随着一阵开门的声响，保尔曼副校长领着埃克斯坦大夫走进了房间，于是她迅速把小镜子藏了起来。埃克斯坦大夫径直走到床前，摸着薇萝妮卡的脉，经过长时间的沉思后，说道："哎——哎！"接着就开了处方，又摸了一下脉，又说了声"哎，哎！"，便离开了病人。不过，保尔曼副校长从埃克斯坦大夫的所有这些动作中仍旧弄不明白，薇萝妮卡到底得的是什么病。

第八章

棕榈树藏书室。一条不幸蝾螈的遭遇。黑羽毛怎样爱上了一个大萝卜。赫尔勃兰特文书喝得酩酊大醉。

安泽尔穆斯在林德霍斯特馆长那里已经工作了很多天；这段时间是他一生中最幸福的时光，因为室内萦回缭绕着悦耳的声音，塞佩蒂娜的娓娓动听的、饱含宽慰的话语不绝于耳，仿佛被一丝徐徐飘过的气息所笼罩着，使他全身心沉浸在一种从未曾体验过的惬意之中，这种感觉有时会升华为无比的欢乐。安泽尔穆斯在生活中所遭遇的一切痛苦和种种烦恼，仿佛从脑海里一扫而光，展现在他眼前的新生活像太阳一样美好；高层世界里的那些光怪陆离的现象，曾经一度使他感到惊诧，甚至恐惧，现在他也都理解了。他的誊写工作进展颇为迅速，他越来越明显地感到，似乎只需要将早已熟悉的文字描到羊皮纸上而已，几乎无需对照原文就可以将一切描绘得极其精确。除了在用餐时间，林德霍斯特馆长只是偶尔来看一眼，而且他来的时间十分准确，总是在安泽尔穆斯刚好写完一份手稿的最后一个字的那一瞬间。他来到这里，总是再交给他一份新手稿，用一根黑色小棒将墨汁搅拌一下，用削得非常尖利的新笔把已用钝了的笔换掉，然后就立刻一声不吭地走开了。一天，十二点的钟声刚响过，安泽尔穆斯踏上楼梯时，发现他平时走的那道门关得严严实实的。这时，林德霍斯特馆长穿着他那件像绣着金光闪闪花朵似的奇特的睡袍从另一侧出现了。他大声喊道："尊敬的安泽尔穆斯先生，今天请您从这边进来，因为我们要去珍藏着《薄伽梵歌》①诠释家们著作的那个房间。"他穿过甬道，领着安泽尔穆斯通过第一次走过的那些房间和大厅。安泽尔穆斯对花园的壮丽景象再次惊叹不已，不过这时他才看清楚，一些在阴暗的灌木丛里盛开着的花朵原来都是一些色彩鲜艳的昆虫，它们扑打着小翅膀上下盘旋飞舞，仿佛在用它们那细长的小嘴相互表示亲昵爱抚似的。相反，那些玫瑰色的和天蓝色的小鸟却是香气四溢的花朵，芬芳的花香从花蕊里喷发出来，变成轻细的悦耳声飘散开来，同远处井泉的潺潺流水声以及高大树木的飒飒作响的风声汇合成一种充满神秘感的曲调，流露出深沉哀婉的眷恋。他第一次来到这里时，那些曾经揶揄和挖苦过他、爱讥讽人的小鸟又盘旋在他头顶的上空，不停地轻声细语地叫着："大学生先生，大学生先生！不要这样匆匆忙忙，不要老是仰望天空，这样你会碰得头破血流的。嘿，嘿！大学生先生，请把理发的围布围到身上吧，邻居雕鸮就要来给你做假发了。"诸如此类的胡言乱语，直到安泽尔穆斯走出花园，一直还在喋喋不休，没完没了。林德霍斯特馆长终于来到天蓝色房间；这里，原来放金宝瓶的斑岩石盘不见了，房间中央空出的地方摆放着一张铺着紫缎台布的桌子，上面摆放着安泽尔穆斯熟悉的文具，桌前放着一把同样用紫缎料做了椅套的椅子。"亲爱的安泽尔穆斯先生，"林德霍斯特馆长说，"您已经抄写完了一些手稿，写得既快又精确，我对此感到非常满意。您赢得了我的信任，不过还有一件最重要的事要做，这就是抄写，或者更确切地说是描画某些用特殊文字写成的著作，这些文献都收藏在这个房间里，您只能在这里就地誊写。因此，您以后就在这里工作，不过我不得不提请您注意，务必细心谨慎：一次笔误，或者有一滴墨水——愿上苍保佑不要发生这种情况——落在原稿上，便会使您陷入不幸的深

————————

① 《薄伽梵歌》是古代印度史诗《摩诃婆罗多》的一个片段。以下凡大神的口吻传颂了一些宗教的和哲学的理论，并鼓吹崇拜"婆伽梵"（大神毗瑟挐的尊称）。吠檀多派的一些哲学家对此进行诠释，进而加以宣扬，使之成为印度教的重要经典。

渊。"安泽尔穆斯发现，棕榈树的金光闪闪的树干上长着翡翠般的绿色小叶子；馆长摘下一片叶子，安泽尔穆斯看明白，那叶子原来是一个羊皮纸卷，馆长把它展开，铺在他面前的桌子上。安泽尔穆斯非常惊异地注视着那种笔画繁杂的文字，看到那许许多多的小点、短线、长笔和那些时而像描画植物、时而像斑斑点点的苔藓、时而像表示动物的曲折迂回的笔画时，几乎丧失了勇气，他不敢相信自己能够丝毫不差地把这些符号都描画出来。他一声不吭，陷入了沉思。"年轻人，鼓起勇气来！"馆长大声说道，"只要您怀着坚定的信念和真诚的爱，塞佩蒂娜会帮助你的！"他的嗓音听起来像金属的铿锵之声，安泽尔穆斯心里突然一怔，当他抬起头来时，发现林德霍斯特馆长像他第一次在藏书室看到的时候一样，俨然一副威严的国王像站在他面前。安泽尔穆斯变得诚惶诚恐，刚要双膝跪倒，林德霍斯特馆长却从一颗棕榈树干上攀缘腾空而去，消失在翡翠般碧绿的树叶里。安泽尔穆斯这时弄明白了，刚才同他讲话的又是妖王，现在已飞回书斋，大概是要跟几个作为代表的行星发射来的光线商议一下，如何处理他同塞佩蒂娜之间的婚事。"也许还有另一种可能，"他又想，"那就是尼罗河源头有新鲜事儿传来，或者是拉普兰的僧人要来访——就我而言，现在该去认真工作了。"于是，他便开始研究羊皮纸卷上的那些陌生文字。从花园里不断传来美妙的音乐声，给他送来沁人心脾的芳香，他仿佛耳闻到顽皮的小鸟的叽叽喳喳的嬉笑声，但听不清楚它们说的那些娓娓动听的话。房间里，还不时响起棕榈树碧绿的枝叶的飒飒声和安泽尔穆斯在那个倒霉的耶稣升天节在接骨木树下听到的那一阵阵动听的水晶铃般的乐声。受到这些声音和色泽的奇妙作用的感染，安泽尔穆斯的信心大大增强了，他将自己的思想和意念越来越多地集中到羊皮纸卷的标题上，不久好像从心灵深处感悟到，那些符号的意思无非是包含在这样几个字眼里：蝾螈和绿蛇的婚事。这时，传来了响亮的水晶铃的强有力的三和音。"安泽尔穆斯，亲爱的安泽尔穆斯。"从树叶里向他飘来这样的呼唤声。啊，真奇怪！绿蛇沿着棕榈树干蜿蜒而下。"塞佩蒂娜！亲爱的塞佩蒂娜！"安泽尔穆斯满怀极度喜悦，如痴如狂地喊道，因为他仔细一看，原来是一个可爱而又美丽的姑娘正朝着他翩然走来，她眨着一双始终深藏于他内心的深蓝眼睛望着他，流露出莫可名状的渴慕之情。树枝上的叶子好像在向下低垂、延伸，树干周围满是尖利的刺儿，但塞佩蒂娜却能十分灵巧自如地蜿蜒穿行于其间，她将随风飘荡的、色彩鲜艳的衣服撩起来，使它紧紧贴在自己细长的身躯上，一点儿也没有被棕榈树上突出的尖刺挂住。她依偎在安泽尔穆斯身边，与他坐在同一把椅子上，用一只胳膊紧紧地搂住他，以至于他连她嘴里呼出的气息都能听得见，感受到她身体发出的电流般的温暖。"亲爱的安泽尔穆斯，"塞佩蒂娜打破沉默，"不久你就完全属于我了，你以你的信念、你的爱征服了我，我会把金宝瓶带给你的，它将使我俩得到永恒的幸福。""啊，美丽可爱的塞佩蒂娜，"安泽尔穆斯说，"只要我能得到你，其他一切我全都可以抛弃；只要你属于我，我甘愿忍受自我见到你以来出现的所有那些稀奇古怪的东西的捉弄，甘愿为此而遭毁灭。"塞佩蒂娜说："我父亲经常会在兴头儿上制造出一些稀奇古怪的事情来，我知道，这在你心中引起了畏惧和惊恐；我希望，现在不会再有这类事情发生了，我此时此刻到这儿来，就是为了向你，我的亲爱的安泽尔穆斯，详细地讲述我的内心和灵魂深处所隐藏的一切，这些都是你必须知道的。这样，你才能彻底了解我的父亲，才能够完全弄清楚我父亲乃至我本人的底细。"安泽尔穆斯觉得自己完全被这个美丽可爱的形象包围、缠绕住了，只能紧随着她一起行事，仿佛她的脉搏的跳动同时也在搏击着他身体的组织和神经。他洗耳恭听着她的诉说，每一句话都打入到了他的心扉，像一束光芒在他心里点燃起充满天国般欢乐的情爱之火。他用胳膊搂抱着她那苗条的腰，她身上粼粼闪光的衣料是那么柔软，那么光滑，以至于他觉得她好像要立即挣脱他，从他的怀里难以阻挡地溜走似的，想到这儿，他不由得为之一震。"啊，不要离开我，美丽的塞佩蒂娜，"他禁不住喊叫起来，"只有你才是维系我生命之所在！"而塞佩蒂娜却说："今天，在将全部情况都讲给你听之前，这是不可能的，而这一切你会理解的，因为你爱我。亲爱的，你听我说。我父亲出生在一个富有灵性的蝾螈家族里，我是他同一条绿蛇的爱情的结晶。在远古时代，在亚特兰蒂斯这个神秘的国度里，有个强大的妖王，他就是磷火，所有其他五行精灵都臣服于他。有一天，他最喜爱的蝾螈（就是我的父亲）在美丽的花园里漫步，那花园是磷火母亲用最美丽的花卉独具匠心地布置起来的，艳丽无比。突然，他听到一株高高的百合花在轻声地歌唱：'我心上的人儿啊，闭上你可爱的眼睛，让晨风把你吹醒。'他走向前去，百合花的花蕾，由于受到他身体的灼热的气流的抚弄，绽开了，他看到百合的女儿绿蛇正沉睡在花蕊里。蝾螈深深地爱上了美丽的绿蛇，于是他把她从百合花的怀抱里夺过来，百合花散发出的芳香变成了无比凄婉的哀鸣，在整个花园里呼唤着寻找她可爱的女儿，这当然是徒劳的。蝾螈把她带进磷火的宫殿，恳求他的父亲说：'请恩准我同我心爱的人儿结婚吧，她应该永远永远属于我。''傻瓜，你想干什么！'妖王说，'你可要知道，那百合花曾经是我的情人，跟我一起治理过国家，然而，我投到她身上的火花，差一点儿把她给毁了，只是由于战胜了那个现在仍然被地神捆绑着的黑龙，百合才得以保护下来，使得她的叶子变坚硬了，变得能够把火花收进来并保存在自己体内。如果你要拥抱绿蛇，你发出的热能肯定会使她的身体熔化，从中产生出一个新的生命，它将挣脱你的怀抱飞走的。'蝾螈听不进妖王的忠告，在炽热的激情的支配之下，把绿蛇抱在怀里，绿蛇于是化为灰烬，一个长有双翼的生命从灰烬里飞出，腾空而去。蝾螈因绝望而陷入癫狂，他口吐火焰冲入花园，在盛怒之下把花园烧了个精光，那些极其美丽的花朵变成了一堆堆烧焦了的残枝断梗，花朵发出的凄厉哀号响彻云霄。妖王恼怒万分，恶狠狠地抓住蝾螈说：'你的火已吐尽，你的火焰已熄灭，你的光芒也已消失——

滚下去吧，到地神那里去吧，让他们愚弄你，嘲笑你，关押着你，直到有一天你身里的火种死而复燃，你变成一个新的生命从大地升腾起来，重新发射出光芒。'可怜的蝾螈无声无息地沉到地下去了，可在这时，那年迈的地神唠唠叨叨地走了出来。他是磷火的园丁，他说：'老爷，要诅咒蝾螈，恐怕没有谁比我更加有理由了！他烧毁的那些美丽的花卉，难道不正是我用最好看的金属装扮起来的吗？难道不正是我精心护理过的幼芽吗？不正是我给了它们以美丽的色彩吗？可是，我愿意接受这个可怜的蝾螈，他只不过是由于坠入情网——噢，老爷，这种事你本人经历的也不少呀！是痴情使他陷于绝望，把花园给毁坏了。请不要过分地惩罚他吧！''他的火已经熄灭，'妖王说，'当大自然的语言对已蜕化的人类来说变得无法理解的时候，当被束缚在自己领地的自然神只能从远处以低沉的声音对人类讲话的时候，当两者已经无法产生和谐共鸣，而自然神只能怀着执著的追求向人类发出微弱的信息的时候，当自然神隐隐约约地告诉人类关于他们以往在心灵中还怀有信念和爱时所居住的那个奇异国度的情况的时候——到了那个不幸的时候，蝾螈的火将会重新燃烧起来，然而他只能萌发成人，而且必须忍受因完全坠入窘迫生活而带来的种种艰辛。但是，到那时，不仅要让他仍然保留着对于自己往事的记忆，而且还要使他重新生活在同大自然的神圣和谐之中，他是深知大自然的神奇奥秘的，而且那些与他称兄道弟的精灵们所拥有的神力也是可供他支配的。他将会在一株百合花里重新找到绿蛇，他与绿蛇的婚姻将带给他们三个女儿，在人看来，她们就是未来母亲的形象。春天，她们将在阴暗的接骨木树丛中攀缘，用她们水晶铃般的悦耳的声音歌唱。到那时，在那人的心胸普遍变得狭隘的艰难时代，如果某个青年听到她们的歌声，如果其中一条蛇用明丽的双眼看见他，如果这目光在他心中点燃起对遥远的奇异国度的向往之火，那么，一旦他摆脱世俗的拖累，他就会奋力奔向这个国度。如果因对于蛇的爱慕而在他心中对于自然神力产生了狂热而又现实的信念，并且坚信他本人也具有生存于这种自然神力之下的能力，那么，这蛇就会成为他的妻子。但是，只有出现三个这样的青年，并同他的三个女儿都成婚后，蝾螈才能卸下他的沉重的负担，重新回到他的弟兄们中间去。'老爷，请容我进一言，'地神说，'我送给这三位姑娘每人一件礼物，它将使她们和自己的丈夫生活得美满幸福。每个姑娘将从我这儿得到一个我用最精美的金属制成的瓶子，我用钻石发出的光芒把它打磨得铮亮，瑰丽多彩，在它的光辉中可以反映出我们这个同大自然完全和谐一致的奇异国度。当他们成婚的时候，从金宝瓶里将生出一株火百合花，它那永不凋谢的大花朵所散发出的甜蜜的异香吹拂着那个忠诚可靠的青年。他很快便会听懂她的语言，知道我们国度的奥秘，甚至跟自己的情侣一起到亚特兰蒂斯去生活。'亲爱的安泽尔穆斯，现在你明白了吧，我的父亲正是我给你讲的那条蝾螈。他尽管拥有更高的自然灵性，但却不得不经受世俗生活的种种烦恼，所以他经常发脾气，幸灾乐祸地嘲弄一些人。他经常对我说，对当时妖王磷火提出作为与我们姐妹婚姻条件所必须具备的心理气质，现在有人试图用一句话来加以概括，可这句话却往往被不恰当地给滥用了。这句话就是：童稚般的诗人气质。在那些品德纯朴端正的青年人身上，人们经常会发现这种气质，可是这种人由于根本不具备所谓的涉世经验又会遭到一般市民的讥讽。啊，亲爱的安泽尔穆斯！你在接骨木树下听懂了我的歌声，感悟到了我的眼神；你爱绿蛇，你相信我，愿意永远属于我！美丽的百合花将从金宝瓶里生长出来，绽放出鲜艳的花朵，我们将双双奔赴亚特兰蒂斯去过美满幸福的生活——不过，我不得不坦率地告诉你，黑龙在同蝾螈和地神的殊死搏斗中已经逃脱，并且远走高飞了。后来，尽管磷火重新制服了它，但是它在搏斗中飘落到大地上的黑羽毛又孕育出敌对的怪物，它们处处同蝾螈和地神作对。亲爱的安泽尔穆斯，那个对你如此敌意重重的老太婆，我父亲对她是了解得很清楚的，她一直在千方百计地设法将那个金宝瓶据为己有，而她本人就是黑龙翅膀落下的羽毛与萝卜相爱的产物。她深知自己的身世和拥有的巨大力量，因为她从被囚困的黑龙的呻吟和抽搐中得到了有关某些神奇现象奥秘的启示，借此不择手段地从外部去窥探人的内在秘密，而我的父亲则用蝾螈体内喷出的雷电轰击她，使她无法得逞。甚至毒草和害虫体内的所有可攻击敌手的成分，她也都收集起来，混合成有效制剂交替使用，装神弄鬼，通过恐怖和恫吓搅乱人们的神志，使他们屈从于那个在搏斗中失利的黑龙所产生的恶魔般的势力。亲爱的安泽尔穆斯，你可要当心那个老巫婆，她敌视你，因为你童稚般的诚笃已经多次破坏了她的那些邪恶的魔咒。忠于我，忠于我吧，不久你就会达到目的！""啊，我的——我的塞佩蒂娜！"安泽尔穆嘶喊着说，"我怎么可能离得开你呢！我怎么会不永远永远地爱你呢！"他嘴唇上感到一阵亲吻，并且清醒了过来，仿佛做了一场深沉的梦，可是塞佩蒂娜不见了；时钟敲了六响，他心头感到沉重，因为他一笔还没有写呢；他忧心忡忡，不知馆长会说些什么，他看了一下摊在桌子上的纸，啊，真奇怪！那深奥手稿的抄件业已顺利完成，他仔细端详了一下笔迹，发现所抄写的正是塞佩蒂娜讲述的有关她父亲的故事，有关亚特兰蒂斯那个国度里妖王磷火的宠儿的故事。这时，林德霍斯特馆长身穿浅灰色外套，头戴帽子，手持手杖走了进来；他看了看安泽尔穆斯写就的羊皮纸，吸了一大撮鼻烟，微笑着说："果然不出我之所料！给，这是一枚银币，安泽尔穆斯先生。现在，我们去林基浴场走走，请跟我来！"馆长疾步穿过花园，这里好不热闹，到处是嘤嘤、唧唧的鸟语和人声，喧嚣一片，把安泽尔穆斯的耳朵几乎都要给震聋了，谢天谢地，他们终于来到大街上。没走多远，就遇到赫尔勃兰特文书，他也非常高兴地加入进来。在入口处，他们装上随身带的烟斗，可是赫尔勃兰特抱怨说，没有带火，林德霍斯特馆长不以为然地说："带火干什么！这儿有的是火，任你随便用！"说着，他用指头打了个榧子，指头间迸发出一颗颗大火星，烟斗很快全点着了。"请看他玩的这化学戏法。"赫尔勃兰特文书说，而安泽尔穆斯内心却不无惊悸地想到了蝾螈。在林基浴场，赫尔勃兰特文书开怀畅饮着浓啤酒，喝得他这位平时和善文静的人竟扯起蛙鸣般的嗓门唱起小青年们爱唱的歌曲来，见谁都要急切地问一下，他是不是够朋友，最后在安泽尔穆斯的搀扶下，才回到家里，而林德霍斯特馆长早就起身离开了。

第九章

大学生安泽尔穆斯是怎样恢复了几分理性。混合甜酒聚会。大学生安泽尔穆斯怎样把保尔曼副校长当成了猫头鹰，副校长因此十分恼怒。墨迹及其后果。

安泽尔穆斯每天碰到的所有这些稀奇古怪的现象，使他偏离了寻常人的生活轨道。他不再会见任何朋友，每天从清晨起就急不可待地等着给他打开天国之门的十二点的钟声。然而，即使在他完全心神贯注地倾注于可爱的塞佩蒂娜和林德霍斯特馆长那里的仙国的神奇景象时，也还是常常不由自主地思念起薇萝妮卡，有时他甚至觉得，似乎她正朝他走来，满面羞惭地向他承认，她是怎样由衷地爱着他，并且正在竭尽全力地帮助他摆脱那些愚弄和嘲笑他的鬼怪。有时，他又觉得，好像有一股向他突然袭来，而他又无力与之抗衡的陌生力量，把他拖回到已被遗忘的薇萝妮卡那里，他似乎已被人用链条牢牢地锁在这姑娘身上了，不管她到哪里，他都只能尾随着她。恰恰在第一次见到塞佩蒂娜以无比美丽可爱的少女形象出现后的第二天晚上，当他知道了关于蝾螈和绿蛇的婚姻的神奇秘密以后，薇萝妮卡复又出现在他眼前，而且比以前更加充满活力。是的！只有当他清醒过来的时候，他才清楚地意识到自己只是做了一个梦，他才深信，薇萝妮卡确实在自己身边，她那满面无比痛苦的表情深深刻入他的心扉。她满怀怨气地对他说，他因受到那些使他颓唐沮丧的幻境的蛊惑而拒绝了她的真挚的爱，他会因此而坠入不幸和灾难的深渊的。薇萝妮卡比他以往见到的任何时候都更加惹人喜爱，他无论如何也无法把她忘怀，他为此而感到十分痛苦。一天清晨，他外出散步，希望以此排遣一下心中的苦闷。这时，一股魔法般的神奇力量将他吸引到了皮纳尔门①前，他正要拐进一条小街时，保尔曼副校长从他后面走过来，大声喊道："喂，喂！尊敬的安泽尔穆斯先生！老朋友，老朋友！天晓得，您钻到哪儿去了？怎么压根儿就不露面了呢？您知道吗，薇萝妮卡一直盼望着再同您一起合唱呢！走，跟我来，您本来不就是来找我的吗？"安泽尔穆斯无可奈何地跟着副校长去了。他们一进家门，薇萝妮卡就迎面走来，全身穿戴得清清爽爽，整整齐齐，保尔曼副校长十分惊异地问道："怎么打扮起来了？是在等客人来吗？我把安泽尔穆斯先生领来啦！"安泽尔穆斯，当他彬彬有礼地吻薇萝妮卡的手时，感到有一股轻轻的压力像炽烈的热流一样流过他全身的肌肉和神经，使他不禁为之一颤。薇萝妮卡兴高采烈，俊俏妩媚；保尔曼副校长回到自己的书房后，她用种种揶揄和俏皮的话挑逗安泽尔穆斯，使其情绪愈益高涨，以至于不顾脸面和羞耻，最后竟和这无所顾忌的姑娘在房间里满世界地追逐嬉戏起来。可恰在此时，他又被捉弄人的魔鬼附体，碰到桌子上，将薇萝妮卡心爱的针线盒撞到了地上。安泽尔穆斯把它拾起来，可是盒盖已被弹开，一个圆圆的金属小镜子映入他的眼帘，他怀着特有的好奇心对着镜子照起来。薇萝妮卡轻手轻脚地溜到他身后，将手放到他的胳膊上，紧紧地依偎在他身上，越过他的肩膀头向镜子里望去。这时，安泽尔穆斯觉得在自己的内心深处仿佛展开了一场搏斗：各种各样的思绪、一幅幅的画面闪现出来，随即又一一消失；林德霍斯特馆长、塞佩蒂娜、绿蛇；最后，他逐渐冷静下来，所有混乱的东西变得井然有序，形成

---

① 皮纳尔门坐落在德累斯顿皮纳尔广场附近，1820 年被拆除。

了一种清晰的意识。这时，他如梦初醒，意识到原来这种种怪异现象之所以显现，都是由于他一直在思念着薇萝妮卡的缘故；昨天，在蓝色房间出现在他眼前的那个形象同样也是薇萝妮卡，而且有关蝾螈和绿蛇婚姻的不可思议的传说正是他所抄写的内容，并非是某人讲给他的故事。他对自己的这些梦幻也感到不可思议起来，并且认为，这完全是由于他对薇萝妮卡的爱所引起的精神过度兴奋以及在林德霍斯特馆长那里的工作所造成的，因为那个房间里散发出一股令人神志混乱的奇异香味。他为自己竟然萌发了要爱一条小蛇，并把一个地位高贵的枢密档案馆长认定是一条蝾螈这样的荒唐念头而感到好笑。"是的，是的！那是薇萝妮卡！"他大声喊起来，转过头来，目光正好与薇萝妮卡那一双放射着爱与渴慕的光芒的蓝眼睛碰在一起。薇萝妮卡从嘴中发出一声低沉的叹息声，同时充满激情地吻着安泽尔穆斯的嘴。"噢，我真幸福啊，"大学生无比激动地叹着气说，"昨天还不过是梦想，今天就真的变成了现实，降临到我身上。""你若是当上宫廷顾问，真的会娶我吗？"薇萝妮卡问道。"那肯定！"安泽尔穆斯回答说。这时，房门嘎吱一声打开了，保尔曼副校长走进来说道："尊敬的安泽尔穆斯先生，今天我不放您走了，您就在我这儿喝点儿汤，然后让薇萝妮卡给我们煮特别可口的咖啡，我们和赫尔勃兰特文书一起受用，他答应要来的。""啊，不过，尊敬的副校长先生，"安泽尔穆斯回答说，"您是真不知道，我必须去林德霍斯特馆长那里抄写手稿吗？""请您看看表，朋友！"保尔曼副校长边说着，边将怀表举到他眼前：时针已指着十二点半。安泽尔穆斯也意识到，这时再去林德霍斯特馆长那里反正已经太晚了，只好屈从副校长的安排，况且他也是乐于从命的，因为他可以整整一天都看到薇萝妮卡，接受她暗暗送来的秋波，同她温存体贴地握手，甚至还有望得到一次亲吻。想到这儿，安泽尔穆斯颇为洋洋自得，兴致越来越高，因为他更加确信，很快就会摆脱所有那些荒唐无稽的幻想，不然的话，他真的要被摆弄成一个疯疯癫癫的大傻瓜了。饭后，赫尔勃兰特文书果真来了，当咖啡端上来、黄昏已降临时，他暗自得意地笑着，高兴地搓着双手告诉大家说，他随身带了点东西，这些东西一经薇萝妮卡美丽的手调制并使之具有应有的形状，肯定会在这个凉爽的十月的夜晚给大家带来欢乐气氛的。他在讲这些话时呆板得像是在为文件编号或填写表格。"尊贵的文书先生，请快把带来的那些神秘玩意儿拿出来吧。"保尔曼副校长大声说。赫尔勃兰特文书将手伸进外套的深深的口袋里，一连掏了三次，依次拿出一瓶阿拉克酒①、柠檬和糖。没过半小时，保尔曼的餐桌上便摆出了冒着气的可口的混合甜酒。薇萝妮卡给大家一一斟满了酒，于是朋友们海阔天空地高兴地畅谈起来。可是酒一上头，安泽尔穆斯脑海里便又浮现出他最近以来经历过的一幕幕稀奇古怪的景象：他看到林德霍斯特馆长穿着他那件像磷火般熠熠发光的锦缎睡袍，看到那天蓝色的房间、金黄色的棕榈树，以至于他觉得塞佩蒂娜是不容他不相信的，他的血在沸腾，内心在激荡。薇萝妮卡递给他一杯甜酒，他接过酒杯，顺势轻轻触摸了一下她的手。"塞佩蒂娜！薇萝妮卡！"他自言自语地哀叹着。他复又坠入深沉的梦幻中，然而赫尔勃兰特文书却大声喊道："这个林德霍斯特馆长，一个古怪的老头儿，谁也琢磨不透他！让我们祝他长寿！安泽尔穆斯先生，干杯！"安泽尔穆斯如梦初醒，一面跟赫尔勃兰特文书碰杯，一面说："尊敬的文书先生，这是因为林德霍斯特馆长先生原本是一条蝾螈，他因为失去那条绿蛇，一怒之下烧毁了妖王磷火的花园。""怎么？您在讲些什么？"保尔曼副校长问道。"真的，"安泽尔穆斯继续说道，"正是由于这个缘故，他才屈就这个皇家档案馆馆长的职务，带着三个女儿生活在德累斯顿。他的这三个女儿不是别的，正是那三条金绿色小蛇，它们在接骨木树丛里沐浴着阳光，唱着令人销魂的歌曲，像塞壬②一样勾引年轻人。""安泽尔穆斯先生，安泽尔穆斯先生，"保尔曼副校长喊着

---

① 阿拉克酒，原本是一种阿拉伯烧酒，用稻谷或棕榈汁酿制而成。
② 塞壬，希腊神话中半人半鸟的海妖，以美妙动人的歌声诱杀路过的水手。

说，"天哪，您不是生病了吧？您在胡说八道些什么呀？""他讲的是对的，"赫尔勃兰特文书插话说，"馆长那家伙是一条可恶的蝾螈，他用手指头可以打出火来，火星像烧红了的海绵一样，可以把人的外套烧出窟窿来。是的，是的！安泽尔穆斯老弟，您讲的对。谁要是不相信，那只能说他是有意跟我作对！"赫尔勃兰特说完，用拳头擂了一下桌子，震得酒杯哗啦哗啦地作响。"文书先生！您也疯了吗？"副校长怒气冲冲地喊道，"大学生先生，大学生先生，您又在搞什么名堂？""啊，"安泽尔穆斯说，"副校长先生，您也不是别的东西，无非是只鸟，是只猫头鹰，是只会做假发的雕鸮！""什么？我是一只鸟，一只雕鸮，一个理发师？"副校长怒气冲冲地喊叫着，"先生，您疯了，您是疯子！"赫尔勃兰特文书说："看来，那老太婆又附在他身上作怪了。""是的，那老太婆神通广大，"安泽尔穆斯说，"她出身卑贱，她的父亲是一把烂鸡毛掸子，母亲是根烂萝卜，她的法力大多是她从各种各样敌视人类的东西和身边的坏家伙那里聚集起来的。""这是卑鄙的中伤，"薇萝妮卡高声喊道，气得双眼涨得通红，"老莉泽是位先知，黑猫也不是敌人，而是一个文质彬彬、颇有教养的年轻人，是她的亲表弟。""那个蝾螈在吃东西的时候会不会把胡子烧焦，弄得焦头烂额啊？"赫尔勃兰特文书问道。"不，不会的！"安泽尔穆斯大声说道，"永远都不会的。那绿蛇爱我，因为我天性纯真，我仔细观察过塞佩蒂娜的眼睛。""那眼睛迟早会被黑猫给挖出来的。"薇萝妮卡大声说道。"蝾螈——蝾螈会把它们统统给制服的，"保尔曼副校长怒不可遏地咆哮起来，"难道我这是在疯人院吗？难道我自己也疯了吗？我这是在胡诌八扯些什么呀？是的，我也疯了，也疯了！"保尔曼副校长说着跳起来，扯下头上的假发，抛向天花板，一缕缕摔得乱糟糟的卷发从上到下四零五散，嘶嘶地响着，发粉被弄得四处飞溅。这时，安泽尔穆斯和赫尔勃兰特文书狂叫着，抓起酒壶和酒杯抛向天花板，玻璃碎片丁零零、哗啦啦地抛向四面八方。"蝾螈万岁！打倒老太婆，打倒她！砸碎金属镜子！挖出黑猫的眼睛！鸟儿，空中飞来的鸟儿，蝾螈万岁，万岁，万万岁！"三个人就这样像中了邪似的吼叫着，咆哮着，乱成一团。小弗兰齐丝卡吓得号啕大哭，急忙跑开了，薇萝妮卡无比伤心地躺在沙发上唉声叹气。这时，门开了，室内突然沉寂下来，一个身着灰外套的小矮子走了进来。他面带一副不多见的威严神情，他那只鹰钩鼻子特别引人注目，这是一只极不寻常的鼻子，鼻梁上架着一副大眼镜。头上的假发也很奇特，其实更像是一顶用羽毛编制的帽子。"喂，诸位晚安，"这个丑角似的小矮子瓮声瓮气地说，"这里有位大学生安泽尔穆斯先生吧？林德霍斯特馆长谨向您致以最亲切的问候，他今天白白等了您一天，他恳请先生明天千万不要再错过约定的时间了。"说完跨步走出门外。大家都看得很清楚，这位威严的小矮子其实是一只灰鹦鹉。保尔曼副校长和赫尔勃兰特文书发出一阵大笑，笑声响彻整个房间。薇萝妮卡仍在不停地唉声叹气，她的心似乎被一种莫可名状的痛苦给撕碎了，而安泽尔穆斯则因内心惊恐万分而变得痴呆起来，昏头昏脑地闯出大门，来到大街上，下意识地找到寓所，进了自己的斗室。过了不大一会儿工夫，薇萝妮卡安详、和善地朝他走来，她问，他为什么要在酒醉时那样吓唬她；她叮嘱他，在林德霍斯特馆长那里工作时务必当心，不要再沉溺于幻想。"夜安，再见，我亲爱的朋友。"薇萝妮卡轻声细语地说着，微微吻了一下他的双唇。他伸出双手想拥抱她，可是那梦中的影子瞬息之间不见了，他清醒了过来，心情轻松愉快，精神旺盛。这时，他一想到这混合甜酒的作用，自己都不禁笑了起来，可是当想到薇萝妮卡时，心里便充满一种十分惬意的感觉。他暗自对自己说："我之所以摆脱那些傻里傻气的怪念头，能够清醒过来，这完全应该归功于她。真的，有些人自认为像玻璃一样易碎，或者由于害怕被鸡啄食掉而不敢离开房间，因为他们自认为是一颗燕麦粒，其实我以前并不比这种人高明多少。不过，只要我当上宫廷顾问，我就会毫不犹豫地娶保尔曼小姐，我会很幸福的。"可是，当他中午走进林德霍

342

斯特馆长的花园时，他感到非常奇怪，过去他怎么会觉得这里的一切是那么怪异和神奇呢。现在他看到，这无非都是些寻常的盆栽花而已，各种各样的牵牛花、桃金娘，等等。过去捉弄他的那些色彩鲜艳的鸟儿，只不过是几只飞来飞去的麻雀而已，一发现安泽尔穆斯到来，便叽叽喳喳地叫起来，什么意思听不懂，令人感到心烦。在他看来，蓝色房间也完全变了样儿，他不能理解，那些刺眼的蓝颜色，那些长满奇形怪状、闪闪发光叶子的棕榈树的金黄色的树干怎么会一度使他欣赏不已。馆长面带着他那特有的、含有讽刺意味的微笑问道："尊敬的安泽尔穆斯先生，昨天的混合甜酒味道怎么样？""啊，当然鹦鹉肯定已经对您——"安泽尔穆斯满脸羞愧地脱口而出，但马上又止住了，他再次想到，那鹦鹉说不定还是自己神志不清时的幻觉呢。"啊，我本人也在场，"林德霍斯特馆长插话说，"怎么，您没有看见我吗？在你们胡闹的时候，我差一点儿受重伤。当赫尔勃兰特文书抓起酒壶抛向天花板时，我正好在那里面，我只好赶快躲进副校长的烟斗里去了。好啦，再见，安泽尔穆斯先生！好好干吧，昨天耽误的一天，我照旧付给您一枚银币，因为您一直都工作得很好。""馆长先生怎么总在讲这类疯话啊？"安泽尔穆斯边自言自语地说着，边坐到书桌前，准备抄写馆长像往常一样摊在他面前的手稿。然而，他在羊皮纸卷上看到的那些笔画是如此繁杂古怪、纵横交错，简直乱成一团，令人眼花缭乱，不容人的眼睛有瞬间的休息时间，安泽尔穆斯觉得，要把这些东西精确地描画下来几乎是不可能的。如果仔细看一下这整个羊皮纸卷，就会发现，它似乎又像是一面布满彩色纹理的大理石板，或者是一块长着斑斑青苔的石头。尽管如此，他仍然想竭尽全力地去试一下，他不急不慢地润着笔，可墨水一点儿也不流畅，他不耐烦地甩了一下羽管笔——啊，天哪！在摊开的原稿上落了一大滴墨水。伴随着一阵嘶嘶的呼啸声，一道蓝色电光从墨迹上腾起，噼里啪啦地在房间里绕了几道弯后，直冲向天花板。四周墙壁冒出一团浓浓的蒸汽，棕榈树叶像受到暴风雨袭击似的哗啦啦地响着，一个个闪闪发光的蛇妖在熊熊烈火的伴随下从树叶中钻出来，点燃了蒸汽，致使安泽尔穆斯被呼呼作响的火焰团团围住。棕榈树金色的树干变成一条条巨蟒，它们那令人恐惧的头互相撞击着，发出尖利的金属响声，它们那长满鳞片的躯体蠕动着，把安泽尔穆斯紧紧盘住。"疯子，现在你要为你犯下的罪过受到惩罚了！"戴着王冠的蝾螈扯起它那可怕的嗓门儿这样喊道。它在烈火中像一道耀眼的闪光出现在那些巨蟒的上方，张开大嘴朝安泽尔穆斯喷出一股股火流。安泽尔穆斯觉得，那火流在他身体周围好似在渐渐地凝缩，变成冰冷的固体物质。他的四肢蜷缩得越来越紧，变得僵硬了，神志也昏迷了。当他重新清醒过来时，一点儿也动弹不得，犹如被一层透明的光膜给包围着，只要一抬手或一转身，就会被撞回来。哎呀！他发现，他被关在林德霍斯特馆长藏书室里的书架上的一只封得严严实实的水晶瓶里面了。

第十章

大学生安泽尔穆斯在玻璃瓶里的遭遇。十字架学校的学生和实习生的幸福生活。林德霍斯特馆长藏书室里的一场混战。蝾螈取得胜利，大学生安泽尔穆斯获得解救。

善良的读者，我有理由怀疑你也曾经领略过被关在玻璃瓶里的滋味，除非你做过一场捉弄人的梦，在梦里遭受过这种妖法的折磨。如果情况是这样，那你就有可能设身处地体会一下那可怜的大学生的苦难了；如果你连这类梦都没有做过，那就请你为了我，也为了安泽尔穆斯，让你的丰富的想象力把你关进水晶瓶里一会儿吧。你被紧紧地笼罩在耀眼的光芒之下，觉得自己周围的所有物件仿佛都蒙上了一层彩虹般艳丽的轻纱，全都在朦胧中颤抖、晃动，发出低沉的回音；你好像是悬浮于凝固的乙醚之中，被紧紧地挤压着，一点儿都动弹不得，你的思想无法指挥你那僵死的肢体；上百公斤的重负压迫着你的胸腔，使你感到越来越沉重；你每呼吸一次，残留在那狭小的空间的、尚能上下流动的空气就减少一分；你的血管在扩张，极度的恐怖切割着你的每一根神经，它们鲜血淋漓，在垂死的挣扎中不停地抽搐着。善良的读者，请给予安泽尔穆斯一些同情吧，他正在玻璃监牢里忍受着如此难以形容的折磨。他感到，即使死神降临，也无法使他得到解脱，因为，当清晨明亮和煦的阳光照进来的时候，他便会从那由于极度痛苦的折磨而陷入的昏厥状态中苏醒过来，这样一来，所有的折磨岂不又重新开始了吗？他的肢体没有任何一部分是听使唤的，他只能用头去撞击玻璃，却在刺耳的声响中被回击得失去了知觉，他听不见精神在通常情况下从心灵深处对他悄悄讲的话，而能听到的只是一些模糊不清的胡言乱语。他绝望地呼喊着："喂，塞佩蒂娜，塞佩蒂娜，快把我从这地狱的折磨中解救出来吧！"这时，他仿佛听到从四周传来的一阵阵轻微的叹息声，像接骨木树干的透明的绿叶子一样飘浮在瓶子的周围，声音停止了，令人迷惘的耀眼的光芒消失了，他感到呼吸也轻松了些。"我今天的不幸难道不正是我个人的过错造成的吗？唉，亲爱的、美丽的塞佩蒂娜，不正是因为对你犯下了罪吗？不正是因为我对你产生了疑心吗？难道不正是因为我失去了信念，随之也失去了一切，失去了一切本应给我带来无限幸福的东西吗？唉，你永远都不会属于我了。对我来说，金宝瓶已不复存在，我永远都看不到它所创造的奇迹了。啊，可爱的塞佩蒂娜，让我再看你一眼，再听一下你甜蜜悦耳的声音吧！"安泽尔穆斯这样哀诉着，心如刀绞，这时紧靠他身边有人说道："我真弄不明白，大学生，您究竟想干什么？您为什么总是叫苦连天啊？"安泽尔穆斯发现，在他旁边，在同一个书橱上还放着五个瓶子，里边装着十字架学校的三个学生和两个实习生。"喂，我的难友先生们，"他喊道，"诸位怎么会这么满不在乎，甚至这么高兴呢？我看诸位表情都很轻松。诸位可知道，你们跟我一样，是被关在玻璃瓶里了，一点儿都动弹不得，就连进行一些理智的思考也会引起一场可怕得要死的混乱，叮叮当当、哗啦哗啦地响个不停，弄得你们脑子里嗡嗡叫，乱得要命。诸位肯定更不会相信什么蝾螈和绿蛇了。""您在乱讲些什么呀，大学生先生！"一个学生回答说，"我们从来没有感到过像今天这样惬意，因为那个疯疯癫癫的馆长为酬谢我们胡乱抄写的各种各样的东西给了我们许多银币，使我们过得很舒适；现在，我们不需要再去背诵那些意大利合唱曲的歌词了，我们每天都可以去'约瑟夫酒店'或者其他酒吧品尝浓啤酒，赏识一下某个姑娘的漂亮的眼睛，像真正的大学生一样唱起'gaudeamus igitur'①，感到开心、快活。""这些先生们讲得很对，"一个实习生插嘴说，"就说我吧，也像旁边的这位尊贵的同事一样，手里的银币也很多，可以经常去葡萄园散步，再也不必老是坐在四壁之内抄写那些烦人的公文了。""可是，请问诸位尊贵的先生，"安泽尔穆斯说，"难道诸位没有感觉到自己统统被关在玻璃瓶里吗？连动都动不得，又怎能去散步呢？"学生和实习生们发出一阵哄笑，接着大声说道："大学生先生真的是疯了，他身在易北河桥上，往下观看着流水，却以为自己是被关在玻璃瓶里了。别理他了，我们走吧！""啊，"安泽尔穆斯叹口气说，"他们从来没有见过美丽的塞佩蒂娜，他们不知道，什么是自由，什么是充满爱和信念的生活，所以他们感觉不到监牢的压力。其实，正是由于他们愚昧无知，观念鄙俗，他们才被蝾螈投入牢狱的。可是，我这个不幸的人，如果她——我无比热爱的那个人不来救我，我肯定会在屈辱和痛苦中毁灭的。"这时，塞佩蒂娜的声音像一阵微风飘进房间："安泽尔穆斯，你一定要坚持你的爱、信念和希望！"她的话语的每一个音节都像光明一样传进安泽尔穆斯的牢房，在它的强大压力之下，玻璃体开

①gaudeamus igitur，拉丁文，意为"让我们欢乐起来吧"，是一首古老的大学校园歌曲的首句。

始松软、向外扩展，被禁锢的安泽尔穆斯的胸部可以活动、自由呼吸了！他的痛苦愈来愈轻，他清楚地感觉到，塞佩蒂娜还爱着他，而且只有她，才能使他觉得水晶牢房的状况是可以承受的。他不再去理会那些轻浮的难友，而是把思想完全集中到可爱的塞佩蒂娜身上。可是，忽然从另一侧传来一阵低沉的、令人厌恶的喃喃说话声。他很快就看得很清楚，那话语声是来自置放于对面的一个小橱柜上的旧咖啡壶，壶盖已经破碎了半边。随着他观察得越来越细，一个干瘪的老太婆的可憎面孔逐渐显露出来。不一会儿工夫，那个在黑大门前卖苹果的老太婆就站在小橱柜的前面了。她幸灾乐祸地对他狞笑着，扯着刺耳的嗓门儿喊道："嘿，嘿，小伙子！现在该让你受点儿罪了！你一头栽进了水晶瓶！难道我不是老早就对你说过了吗？""你尽管讽刺挖苦好了，你这可恶的妖婆，"安泽尔穆斯说，"这一切都是你搞的鬼，不过蝾螈会打败你的，你这个可鄙的烂萝卜！""噢，噢！"老太婆说，"你别这么得意！你踢伤了我孩儿的脸，你烧毁了我的鼻子，你这个恶棍！可我对你还是满怀善意的，因为你本来是个规规矩矩的人，我有一个小女孩儿，她对你有好感。我要是不帮忙，你休想从这水晶瓶里逃出去；我往上是够不到你，可我的好邻居耗子太太就住在你头顶上的天花板上，我请她把那块木板咬断，让你哧溜一下滑下来，我会张开围裙接着你，免得摔断你的鼻梁骨，保管你那光滑的脸蛋儿更是一点儿也伤不着，接着我就会立即把你送到薇萝妮卡小姐那里去，你一旦当上了宫廷顾问，你就必须娶她。""快给我滚开，你这撒旦养的！"安泽尔穆斯极其气愤地喊道，"正是你的鬼蜮伎俩诱使我犯下了罪，现在我不得不为此接受惩罚。但是，我将默默地忍受这一切，因为只有在这里我才能感受到可爱的塞佩蒂娜给予我的爱和抚慰！你听仔细了，老家伙，你就死了这条心吧！我决不会屈服于你的强制力的威迫，只有塞佩蒂娜才是我永恒的爱。我不想当什么宫廷顾问，也不愿再见到薇萝妮卡，她在你的帮助之下诱惑我干了坏事！假如我得不到绿蛇的爱，我宁愿在渴慕和痛苦中死去！你给我滚开，滚开，你这卑鄙无耻的怪物！"老太婆听后哈哈大笑，整个房间都发出回响，她大声说道："那好，你就坐着等死吧，现在我该开始工作了，我来这儿要干的是另外一件事。"于是，她脱掉黑外套，全身赤裸裸，露出那副令人厌恶的形体，然后就绕着圈子走动起来，一册册对开的大本子落下来，她从本子里撕下羊皮纸页，迅速把它们拼成图案钉在一起，披到身上，于是她很快就好像长了一层奇特的、色彩斑斓的鳞甲似的。黑猫从写字台上的墨水瓶里跳出来，嘴里吐出一团团火，朝老妇号叫着，老妇欢呼雀跃，领着它冲出房门，消失了。安泽尔穆斯发现，她们是朝蓝房间走去的，过了不大一会儿，从远方传来了嘶叫声和怒吼声，花园里的鸟儿在哀鸣着，鹦鹉咕咕地叫着："救命，救命！有强盗，有强盗！"就在这一瞬间，老太婆蹦蹦跳跳地回来了，怀里抱着金宝瓶，放荡地左摇右摆着，大声狂叫："动手！动手吧！孩子们，杀死那绿蛇！动手，孩子们，快动手吧！"这时，安泽尔穆斯仿佛听到一声低沉的呻吟，好像是塞佩蒂娜的嗓音。一阵恐惧与绝望感突然向他袭来。他憋足全身力气，连神经和血管几乎都要崩裂了似的，然后朝水晶玻璃猛烈撞去。正在这时，传来了一阵尖厉的声音，原来是馆长穿着他那件闪亮的锦缎睡袍站到了门口。"嘿嘿，嘿嘿！你这下流胚，你又在摆弄妖术、施魔法，来吧，嘿，来呀！"馆长大声喊道。老太婆的黑发直竖起来，像毛刷似的，一双火红的眼睛闪烁着地狱般的火光，她咬紧自己那大如血盆的口里的尖刺的牙齿，恶狠狠地说："快，快出来。"她大笑着，以一种短促而又尖刻的声音，竭尽其讽刺挖苦之能事。她一边紧紧抱住金宝瓶，一边从瓶里一把把抓出金光闪闪的泥土抛向馆长，可是泥块儿一接触到睡袍就变成了一朵朵花儿落到地上。睡袍上的百合花燃烧起来，吐出火舌，馆长把噼噼啪啪燃烧着的百合花投向老巫婆，将她烧得号叫不已。她跳起来抖动一下身上的羊皮纸甲胄，百合花便随即熄灭了，纷纷落地变成灰烬。"我的孩子，快上！"随着老太婆的一声尖叫，黑猫纵身跳起来，呼啸一声扑向站在门口的馆长；可就在这时，灰鹦鹉扑打着翅膀迎头飞来，用弯曲的长喙戳进黑猫的脖子，鲜红的血从黑猫的颈部如泉涌般流出，接着传来塞佩蒂娜的声音："得救了，得救了！"老巫婆恼羞成怒，孤注一掷地朝馆长扑去，她把金宝瓶丢在身后，向前伸出她那干瘪的、利爪似的细长指头，想一把抓住馆长，但是馆长将睡袍迅速脱下，扔向老太婆。羊皮纸被点着了，从中不断爆发着火花的蓝色火舌发出嘶嘶、扑扑、呼呼的声响，老妇一边凄惨地哀号着在地上滚来滚去，一边仍一个劲儿地从瓶中抓出泥土，从大书本上撕下羊皮纸来扑向熊熊的烈火，泥块和羊皮纸页一落到她身上，火就随即熄灭了。可这时，噼噼啪啪的火流好像是从馆长肚子里喷出来似的射向老太婆。"嗨，嗨！冲上去，冲上去，蝾螈必胜！"馆长的呼喊声在房间里轰然回响，千百道闪电般的光芒蜿蜒盘旋，构成一个个火圈将凄厉惨叫的老太婆给团团包围起来。黑猫和鹦鹉在殊死的搏斗中滚成一团，嘶叫着，咆哮着，最后鹦鹉用强有力的翅膀把黑猫打翻在地，伸出利爪刺透它的躯体，将它牢牢按住，黑猫仍在垂死地挣扎着，发出哀伤的号叫。接着，鹦鹉用它那尖利的长喙叼出黑猫火红的眼睛，燃烧着的血浆从眼窝里喷射出来。从睡袍下老太婆倒在地上躺过的那块地方升起滚滚浓烟，她发出的嚎叫声，她那可怕的、刺耳的哀号渐渐消失在远方。散发着呛人的恶臭味道的烟雾也在慢慢消散，馆长掀开睡袍一看，原来被掩盖着的是一根难看的饲料萝卜。"尊敬的馆长先生，这是我俘获的敌人。"鹦鹉边说，边将嘴里衔着的一根黑色羽毛递给馆长。"很好，亲爱的，"馆长回答说，"这地上是被我击倒的敌人，请您费心处理一下后事；今天您将得到一份薄礼：六只椰果和一副新眼镜。我发现您的眼镜被黑猫打碎了。""尊敬的朋友和恩人，愿永远为您效劳！"鹦鹉高兴地说着，用嘴衔起那根萝卜，舞动着翅膀从林德霍斯特馆长为它打开的窗户中飞了出去。馆长端起金宝瓶大声喊着："塞佩蒂娜，塞佩蒂娜！"对那个把他推进灾难深渊的可恶的巫婆的灭亡，安泽尔穆斯感到兴高采烈，当他瞥见馆长时，发现他又是那副威严高大的妖王形象，正怀着难以描述的安详和庄重的神情抬头望着他。这位妖王说："安泽尔穆斯，你这次失去信念并非你个人的过错，而是一种具有破坏性的敌对观念闯进你的心灵，力图使你同你自己一分为二。你已经经受住了考验，表现出忠诚，你理应得到自由和幸福。"一道闪电般的光照亮了安泽尔穆斯的心灵，水晶铃的美妙悦耳的三和音比以往任何时候都更加有力、响亮。他的肌肉和神经因激动而颤抖起来，和音越来越强，响彻整个房间，接着那幽禁安泽尔穆斯的玻璃瓶爆炸得粉碎，他一下子投进了美丽、可爱的塞佩蒂娜的怀抱。

第十一章

保尔曼副校长为自己家里发生的荒唐事件感到极为不悦。赫尔勃兰特文书怎样变成宫廷顾问，他冒着刺骨严寒，脚穿单丝袜蹒跚走来。薇萝妮卡的自白。一场订婚典礼在热气腾腾的汤盆前举行。

"尊贵的文书先生，您说，昨天那该死的混合甜酒怎么会那么上头，怎么会让我们干出那么多蠢事儿来？"第二天早晨，保尔曼副校长一边说着，一边走进一片狼藉的房间：到处是玻璃碎片，房间中央是那顶遭毁的假发，仍泡在泼洒在地上的酒里，已经完全散开，露出了本来的模样。昨晚，安泽尔穆斯走出门以后，保尔曼副校长和赫尔勃兰特文书摇摇晃晃地在房间里转来转去，像中了邪似的呐喊着，互相碰着头，最后还是小弗兰齐丝卡用尽力气把头昏脑涨的父亲拖到床上躺下，文书先生也精疲力竭地倒在薇萝妮卡钻进卧室后腾出来的沙发上。赫尔勃兰特文书用自己的蓝色手帕裹着头部，面色苍白，精神沮丧，呻吟着说："咳，尊敬的副校长，这场闹剧，不是薇萝妮卡小姐精心调制的甜酒，而完完全全是那个可恨的大学生搞出来的。难道您没有发现，他早就呆头呆脑了吗？您不知道癫狂是有传染性的吗？一个傻瓜会弄傻一群人，请原谅，我这里讲的是一句古老的谚语。尤其当一个人多贪了几杯时，非常容易陷入癫狂，只要领头的疯子一发作，其他人就会不由自主地跟着干起来。现在，我一想到那只灰鹦鹉，我就还觉得头昏呢，副校长，您信吗？""什么？"副校长插嘴说，"您这是瞎说！他是馆长的矮个子老仆人，他披了件灰大衣，是来找安泽尔穆斯的。""也许是如此，"赫尔勃兰特文书说，"不过，我不能不承认我的情绪糟透了；整整一夜听到的总是呼呼、嘘嘘的怪叫声。""那是我的声音，"副校长回答说，"我打鼾很厉害。""唔，那也可能，"文书接着说，"不过，副校长，副校长！昨天我是特意来想让大家高兴一番的，可全让那安泽尔穆斯给搅乱了。您不明白，副校长，副校长！"赫尔勃兰特文书猛然跳起来，一把抓下裹在头上的手帕，搂住副校长，用力地握着他的手，再一次极其伤心地叫了声："啊，副校长，副校长！"接着，便拾起帽子和手杖匆匆而去。"以后决不准安泽尔穆斯再跨进我家的门槛，"保尔曼副校长自言自语地说，"我现在是看清楚了，即使是神志最强健的人，遇到他那种顽固的谵狂症也会被弄得神魂颠倒的；文书先生已经被搞垮了，我总算挺过来了，可是，那个昨天在狂热之中肆虐的魔鬼终究还是会破门而入，故伎重演的。这个撒旦，给我滚开！安泽尔穆斯，给我滚开！"薇萝妮卡完全陷入了沉思，一声不吭，间或怪异地微微一笑，她特别想一个人单独待一会儿。"安泽尔穆斯心中也总是想着她，"副校长非常气愤地说，"他根本不会再露面了，这也好。我知道，他怕见我，所以这个安泽尔穆斯是绝不会再来了。"保尔曼副校长在讲最后一句话时，嗓门儿提得特别高，而薇萝妮卡却一直在思念着安泽尔穆斯，眼泪夺眶而出，叹了口气说："唉，你以为安泽尔穆斯还来得了吗？他早就给关进玻璃瓶里了。""什么，你说什么？"保尔曼副校长喊道，"哎呀，上帝！哎呀，上帝啊！她讲话怎么也像文书先生一样，可能过不了多一会儿也要发作了。唉，安泽尔穆斯，你这个该死的、可恶的家伙！"他急急忙忙跑去把埃克斯坦大夫请来，这位大夫微笑了一下，依旧那样"哎，哎"地叫了两声。他什么药都没有开，除此之外，在要离开时还补充了几句话："偶发性神经病——自自然然会好的——到户外走走——乘车兜兜风，排遣排遣——看看戏——比如《幸运儿》——《布拉格姐妹》^①——会好的！""这位大夫，很少见他讲这么多话，"保尔曼副校长心里想，"真够饶舌的。"几天、几周、几个月的时间过去了，不但安泽尔穆斯销声匿迹，甚至连赫尔勃兰特文书也不露面了。直到二月四日这天中午十二点整，他才走进保尔曼副校长的房间，身着崭新的、质地精良的时髦衣服，尽管正值严寒季节仍是单鞋丝袜，手里捧着一大束鲜花，副校长对他的朋友的这副华丽装束颇感惊讶。赫尔勃兰特文书庄严郑重地朝保尔曼副校长走来，彬彬有礼地拥抱了他一下，接着说道："今天，在令爱，敬爱的薇萝妮卡小姐的命名日，我想坦诚地倾诉出长期以来压在我心头的话！在那个晦气的夜晚，当我在外套口袋里揣着那些用来调制那带来不幸的混合甜酒的材料时，我本想报告您一个可喜的消息，并高高兴兴地庆贺一下那幸福的日子。当时，我已经知道已被任命为宫廷顾问，现在我随身带来了有关这次晋升的、由侯爵签字盖章的正式文件。""啊，文书——不，赫尔勃兰特宫廷顾问先生，我想说……"副校长结结巴巴地说道。"不过，您，尊敬的副校长先生，"新任宫廷顾问赫尔勃兰特说，"只有您才能使我的幸福臻于完美。我早就在悄悄地爱着薇萝妮卡小姐了，而且令我引以为荣的是，她也多次向我投来善意的目光，这清楚地表明，她对我并无恶感。简而言之，尊敬的副校长！本人，宫廷顾问赫尔勃兰特，现在向令爱，可爱的薇萝妮卡小姐求婚，如果您对此

①《幸运儿》《布拉格姐妹》是德国作曲家文策尔·米勒（1767—1835）根据约阿希姆·佩里内特（1765—1835）的剧本谱写的两部歌唱剧。

不持异议，我想在最近完婚。"保尔曼副校长感到十分惊诧，拍着手大声说道："哎——哎——哎，文书——不，宫廷顾问先生，我想说的是，这真叫人感到出乎意料！那好，如果薇萝妮卡确实爱您，我这里不存在异议。她最近表现出的抑郁伤感可能就是由于暗暗地爱着您的缘故吧，尊敬的顾问，谁都明白这类呆痴是怎么回事儿！"恰在此时，薇萝妮卡走了进来，她像近一个时期以来通常那样，面色苍白，神情恍惚。赫尔勃兰特朝她走去，用委婉动听的语调讲到她的命名日，递上那束香气四溢的鲜花和一个小包，薇罗妮卡拆开一看，原来是一副光彩夺目的耳环。她的双颊突然泛起缕缕红润，眼神更加快活了，接着就喊了起来："哎呀，上帝！这正是几个星期以前我曾戴过的、我特喜欢的那副耳环呀！""这怎么可能呢？"赫尔勃兰特插嘴说，他既感到惊愕又觉得受了羞辱。"这副首饰是一个小时前我在宫廷街花了一大笔钱买来的。"可是，薇萝妮卡根本听不进他的话，来到镜子前仔细端详一下这副她早已塞入耳朵眼儿的耳环的装饰效果如何。保尔曼副校长表情庄重，以严肃语气向她说明了他的朋友赫尔勃兰特的晋升和求婚的意图。薇萝妮卡用她那洞察一切的目光看着顾问说："我早就知道您想同我结婚。现在您既然提出来了，我答应您！不过，我必须立即向您，向你们二位，我的父亲和未婚夫，说明沉重地压在我心头并不断扰乱我思绪的某些事情，现在立刻就说，即便是汤给搁凉了也无妨——我看见小弗兰齐丝卡刚刚把汤端上餐桌。"尽管副校长和宫廷顾问的话已到嘴边，但薇萝妮卡不等他们张口，坚持继续说下去："我的好父亲，您可以相信，我曾经由衷地爱过安泽尔穆斯，当赫尔勃兰特文书，也就是现在的宫廷顾问断言，安泽尔穆斯可能会当上宫廷顾问的时候，我就下定决心，除了他，其他任何人都不可能成为我的丈夫。然而，看来有某些陌生的敌对势力想把他从我这儿夺走，于是我便去求助于老莉泽，她从前是我的保姆，现在是一个女先知，一位了不起的魔法师。她答应帮助我把安泽尔穆斯完全弄到我手里来。在那个秋分日的午夜时分，我们一起来到岔路口，她呼唤出地狱里的精灵，在黑猫的帮助下炼出一面小金属镜子。我只需心里思念着安泽尔穆斯，看着那面镜子，便能完全控制他的意识和思维。现在，我为我所做的这一切感到后悔莫及，我发誓永不再乞灵于任何撒旦的鬼蜮伎俩了。蝾螈战胜了老太婆，我听到了她的凄惨哀号，但又帮不了她。当她原形毕露、复原成萝卜形体被鹦鹉给吃掉以后，我的金属镜发出一阵刺耳的响声，破裂成两半。"薇萝妮卡从针线盒里取出破镜的两块碎片和一绺卷发，一面把两样东西交给赫尔勃兰特，一面接着说："亲爱的宫廷顾问，请您收下这镜子的残片，并且在今天午夜十二时从易北河大桥上，也就是从十字架旁边把它抛进尚未封冻的激流，这绺卷发，请您珍藏起来。我再一次发誓永远不再求助于撒旦的鬼蜮伎俩。我衷心祝愿安泽尔穆斯获得幸福，因为他现在已经同绿蛇结合，她比我更美丽，更富有。亲爱的宫廷顾问，我将作为一个恪守本分的妻子爱您、尊重您。"保尔曼副校长无比痛苦地叫道："啊，上帝！啊，上帝！她疯了，她疯了，她永远当不成宫廷顾问夫人啦，她疯了！""不，她一点儿也没疯，"赫尔勃兰特插嘴说，"我知道，薇萝妮卡小姐曾经对性情古怪的安泽尔穆斯有过几分倾心，在极度烦恼的情况下去找过那个女先知，这也是无可厚非的。我看那老妇不是别人，正是湖门前的那个巫婆，专门用纸牌和咖啡给人卜卦，一句话，就是那个劳尔琳太太。不可否认，现在的确有某些神秘的魔法，对人产生的敌对影响实在太大了，人们从古书里就可以读到有关这方面的记述。不过，至于薇萝妮卡小姐谈到的关于蝾螈取胜以及安泽尔穆斯同绿蛇结合的事，那可能只不过是一首拟人化的诗，一首颂诗，用来美化她与大学生的诀别。""您尽可以这么认为，尊敬的宫廷顾问先生！"薇萝妮卡插话说，"您或许还可以把这一切视为一场十分痴情的梦。""不，我绝没有这样想，"赫尔勃兰特说，"因为我清楚地知道，安泽尔穆斯也陷进了神秘力量的罗网，这使他闹出了许许多多荒唐的恶作剧。"保尔曼副校长再也按捺不住了，一下子暴跳起来："住嘴，不要说了，住嘴！是我们又让那该死的混合酒给弄昏头了，还是安泽尔穆斯的癫狂症又在作祟？宫廷顾问先生，您又在胡言乱语地讲些什么呀？我倒是认为，这是爱情在你们头脑里作怪的缘故，当然，你们结婚后很快就会好的；尊敬的宫廷顾问先生，我真怕您也染上癫狂症，那倒是令人要为下一代担心了，因为父母的病都会遗传给孩子的。现在，我以父亲的身份为你们的幸福结合祝福，我允许你们以新娘和新郎的身份互相亲吻。"他们马上遵照吩咐这样做了，没等餐桌上的汤凉下来，订婚的仪式就大功告成了。没过几周时间，赫尔勃兰特宫廷顾问夫人真的像从前心仪已久的那样，坐在新市场边上的一幢漂亮房子的窗前，微笑着向下观看着一些衣饰华丽的过往行人，他们举起长柄眼镜向上张望着；她听见他们在议论说："这位赫尔勃兰特宫廷顾问夫人，真不愧为一位天仙般的女人！"

第十二章

有关林德霍斯特馆长的女婿安泽尔穆斯所居住的骑士庄园的传闻，他在那里是怎样同塞佩蒂娜一起生活的。尾声。

安泽尔穆斯享有无比的幸福，这是我在内心深处切切实实感受到的。他与美丽的塞佩蒂娜结为连理，相亲相爱，已经一起奔向他们视之为故乡的神秘国度去了，这是他那颗充满奇妙想象的心所朝思暮想的地方。善良的读者，我曾做过种种努力，尝试着用语言向你描绘一下伴随着安泽尔穆斯的万千瑰丽景象之一二，然而完全是徒劳的。令我感到不满的是，我发现，我所使用的每个词汇都是那样干瘪无力；我觉得自己已经陷入日常生活毫无价值的琐碎事务之中而不能自拔；我甚至忧患成疾，像梦幻者一样四处游荡。总之，敬爱的读者，我已陷于我在第四章向你们所描绘的大学生所处的那种状态，当我重读侥幸写成的这十一章时，我感到十分焦虑的是，我可能永远都写不出这作为结尾的第十二章了，因为，每当夜晚我坐下来试图完成这未竟之作时，便立即觉得，仿佛那些十分阴险的精灵（可能是那被杀死的巫婆的亲戚——堂兄弟）把一面打磨得金光闪闪的金属镜子举到我眼前，我从中照见了我自己：面色苍白，无精打采，忧伤抑郁，像饮了混合甜酒而酩酊大醉的赫尔勃兰特文书一样。于是，我便丢下笔赶紧上床就寝，这样至少在梦境中可以见到幸福的安泽尔穆斯和可爱的塞佩蒂娜。无数个日日夜夜就这样过去了，最后，完全出乎我的意料，我收到了林德霍斯特馆长的一张短笺，他向我通报了以下情况：

阁下：据我所知，您对我的好女婿、昔日的大学生、现今的诗人安泽尔穆斯的罕见的遭遇，在已书就的十一章中做了详尽的描述，现在您又在绞尽脑汁，打算在第十二章，即最后一章中描绘一下他在亚特兰蒂斯的幸福生活，他与我的女儿正居住在我在那里拥有的一座骑士庄园里。其实，我并不愿意看到您把我的原形披露给读者，因为这也许会使我在履行枢密档案馆长公务时遇到千百种不便，甚至会促使同事们提出这样的疑问：从法律上以及因此而产生的后果来考虑，一个蝾螈可以宣誓担任国务公职吗？可以委之以实务吗？因为按照加巴利①和斯维顿堡②的说法，自然精灵是根本不可信的——姑且不说，就连我的那些最好的朋友都将害怕同我拥抱，他们担心，我在兴头上也许会发出闪电，从而弄坏他们的发型和节日礼服。然而，尽管有如此种种不便，我仍然愿意帮助阁下完成这部作品，因为其中也为我和我的可爱的巳

_____

① 加巴利，指的是 1782 年用德文发表的《加巴利伯爵或关于神秘巫术的谈话》一文。该文译自法国的教堂执事蒙泰富孔（1635—1673）撰写于 1670 年的 "Le comte de Gabalis ou Entretiens des sciences secretes" 一文。

② 斯维顿堡（1688—1772），瑞典博物学家和通神学家，对瑞典的文学发展产生过重大影响。

婚女儿（但愿我的另外两个女儿也能尽快嫁出去）说了许多好话。所以，您要写第十二章，那就请您从那可诅咒的五层楼走下来，离开您的书斋，到我这里来。您将在您所熟悉的蓝色棕榈树室找到应有尽有的书写用品，然后寥寥数笔便可以告诉读者您所看到的一切了，这比您根据道听途说所了解的材料进行隔靴搔痒式的描述，那是要好得多的。

顺致敬意！

您的忠诚的

蝾螈林德霍斯特

（皇家枢密档案馆馆长）

林德霍斯特馆长的这封信，尽管在遣词用字上看起来有些粗糙、生硬，但确实非常友好，使我感到喜出望外。看来，这个神奇古怪的老头儿已经清楚地知道，我运用的是何等非同寻常的手段了解到他女婿的种种遭遇——对于这些手段，我有义务保密，所以，亲爱的读者，就不能向你透露了，但他对此并不像我事先所担心的那样过于介意。相反，他甚至伸出了善意之手，愿意帮助我完成我的作品，因此我有理由据此推断，他其实是同意我通过这部作品将他在精灵世界的神奇地位公之于世的。"这也可能是，"我想，"由于他由此而产生了这样的期盼：尽快地为他那两位仍待字闺中的女儿找到夫婿，因为说不定会有一颗火花击中这个或那个青年人的心，在他胸中点燃起倾慕绿蛇之火，从而在耶稣升天节那天也到接骨木树丛中去寻找，去追求。这个青年应该从安泽尔穆斯被禁锢到玻璃瓶的不幸遭遇中吸取教训：千万不可产生怀疑，千万不可失去信念。"十一点整，我熄灭了书房的灯，悄悄走进林德霍斯特馆长的寓所，发现他已迎候在门厅了。"您来了，尊敬的阁下，我很高兴，您没有误解我的好意，请跟我来！"接着，他领着我穿过令人眼花缭乱的花园，走进天蓝色房间，在那里我看到安泽尔穆斯工作时使用过的、铺着紫缎台布的写字台。林德霍斯特馆长突然消失了，不过转瞬间手里捧着一只漂亮的金杯再次出现在我面前，从金杯里向上泛着蓝色的火舌。"这是，"他说，"是您的朋友乐队指挥约翰内斯·克莱斯勒最喜欢喝的饮料。这是刚刚点着了的阿拉克酒，我加了一些糖进去，请您尝一尝。我马上就要脱下睡袍跳进金杯，在里面上下沉浮，一来这是我非常喜欢干的事，二来要好好陪陪阁下，您请坐在这儿一边观看，一边写作。""尊敬的馆长先生，我乐于从命，"我说，"不过，如果我品尝这酒，那您岂不——""这您不必担心，我最好的朋友。"馆长一边大声说道，一边迅速地脱下睡袍，跳进杯里，消失在火焰之中，看得我瞠目结舌。我壮着胆子，轻轻吹开火焰，喝了一口酒，真是太美味可口了！

棕榈树那绿宝石般的叶子在晨风的抚弄下正在抖动着，发出一阵阵飒飒、刷刷的响声；它们好像从睡梦中刚刚苏醒过来一样摆动着，摇曳着，在神秘地窃窃私语，宛如从迢迢万里的远方传来的美妙的竖琴声，娓娓地讲述着神奇的故事；天空的蔚蓝色从墙头上冉冉升起，犹如散发着香气的雾霭在上下飘浮着；耀眼的光芒穿过雾霭，团团云雾像欢呼雀跃的孩子般打着转儿，盘旋着，上升到棕榈树的顶尖部，形成高高拱起的穹隆，而一道道光芒在不断增强，越来越耀眼，最后变成灿烂的太阳光辉。在阳光下，展现出一片无边无际的林苑，我看见安泽尔穆斯正徜徉其中。火红的风信子、郁金香和蔷薇翘起它们的美丽花朵张望着，浓郁的芬芳发出亲切悦耳的声音，正朝着那幸运儿呼唤："你漫步吧，亲爱的，漫步来到我们中间吧！你懂得我们的语言：我们的芳香是对于爱的渴慕——我们爱你，永远属于你！金色的光芒燃烧着，用炽热的语调告诉你：我们是爱点燃的火，芳香是爱的渴慕，而火是爱的追求。我们深藏在你心房中，不是吗？我们永远属于你！"密密匝匝的灌木、高大的树木在飒飒作响，呼唤着："到我们这儿来吧，你这幸运儿，你这可爱的人！火是追求，而我们的凉爽的阴影则是希望！我们将抚弄你的头发，你听得懂我们说的话，因为有爱深藏在你的心里。"泉水和小溪汩汩流过，低声诉说着："亲爱的，不要走得那么匆忙，请看一看我们水晶般的清澈水流——你的身影留在我们心中，我们非常珍爱地保存着它，因为你听懂了我们的话！"色彩斑斓的鸟儿叽叽喳喳地唱着："请听我们诉说，听我们歌唱。我们是爱的喜悦，我们是爱的欢乐，我们是爱的狂热！"可是，安泽尔穆斯用充满期待的目光搜索着的，却是那座在远处高高耸立的宏伟殿堂：人工竖立的廊柱像一株株大树，柱头和飞檐像莨苕的叶片，弯弯曲曲地组成一簇簇优美的编织物和各种各样的图形，显得格外庄严。安泽尔穆斯朝殿堂的方向走去，他怀着无比喜悦的心情观赏着五彩缤纷的大理石和长满了奇异苔藓的石阶。"啊，真的——"他高兴得忘乎所以地喊叫着，"她就要来了！"这时，从殿堂里走出塞佩蒂娜，装束艳丽，步履轻盈，手捧金宝瓶，瓶里装着一株盛开的百合。她一双美丽动人的眼睛发射出炽热的光芒，流露出无限倾慕、无比欣喜的神情，她端详着安泽尔穆斯说："喂，亲爱的！百合花已经绽放，我们的最大愿望实现了，难道还有什么人比我们更幸福吗？"安泽尔穆斯满怀激情，急不可待地拥抱着她，百合花在燃烧着，越过他的头吐出耀眼的火舌。大树和灌木抖动的声音越来越响亮，泉水湍湍流淌声和鸟儿的歌声越来越清脆、快活，千姿百态的昆虫在盘旋飞舞——空中、水里和地上，那愉快的、欢乐的、兴高采烈的、熙熙攘攘的一群，原来在欢庆爱的节日！这时，一道道闪电的光穿过，照亮了灌木丛；宝石像闪亮的眼睛从大地里向外张望着；泉水涌出，喷射出一道道高大的水柱；奇异的芳香飘然而来——所有这些都是自然神，它们是前来向百合花表示敬意的，向安泽尔穆斯祝福的。安泽尔穆斯抬起头来，脸上焕发出无比幸福喜悦的光辉。这是目光，是语言，还是歌唱？人们可以听到这样的话语："塞佩蒂娜！对你的信任和爱，使我揭开了大自然的奥秘！你给我带来了百合花，它早在磷火点燃思想之火花之前就从黄金中，从大地的自然力中生长出来了——它揭开了存在于万物之间的神圣和谐的奥秘。有了这样的认知，我将永远是最幸福的。是的，我这个无比幸运的人认识了至高无上的真理！啊，塞佩蒂娜，我会永远地爱你！百合花的金色光芒永远不会熄灭，因为信念和爱是永恒的真谛。"

　　我在幻觉中看到了安泽尔穆斯在亚特兰蒂斯骑士庄园的真真切切的生活情景，对此我要感谢蝾螈的神力。而令人感到十分奇妙的是，我发现的所有这一切在像云雾一样消失之后，却复又耀然于摊放在紫色桌面上的纸上了，字迹工整干净，显而易见是出自我本人的手笔。突然，我感到一阵突如其来的痛苦，如刀割，似火燎。"啊，幸运的安泽尔穆斯，你是摆脱了日常生活的重负，你可以有力地挥动着爱的翅膀，盘旋在可爱的塞佩蒂娜左右，你在亚特兰蒂斯自己的庄园里尽情地享受着天堂的欢乐！可我这个可怜的人呀！不一会儿——不，再过几分钟，就得离开这个美丽的房间——它还远远不是亚特兰蒂斯的骑士庄园——重新回到我阁楼上的斗室，去忍受窘迫生活的烦恼，千百种弊端像浓雾一样包围着我，使我可能再也看不到那美丽的百合花了。"这时，林德霍斯特馆长拍了拍我的肩膀后说道："不要说了，不要说了，尊敬的朋友！不要这样怨声载道！刚才您自己不是也到过亚特兰蒂斯吗？您在那里不是至少也有一个很好的农家庭院作为您心灵里的诗的家园吗？安泽尔穆斯的幸福，难道同诗中的生活有什么不同吗？那存在于万物之间的神圣和谐，正在向诗揭开自己最深邃的自然之奥秘。"

小矮人扎克斯传奇

张黎译

第一章

畸形儿小矮人。神父的鼻子遭到严重威胁。帕夫奴修斯是怎样在自己国家推行开明治国方略的。蔷薇观景楼里的仙女是怎样来到一家女修道院的。

距离一座优美村庄不远的大路旁，有一个贫穷的衣衫褴褛的农妇，伸展开四肢躺在被太阳烤得炙热的土地上。她忍受着饥饿的折磨，口渴得要命，背篓里的干柴堆得像小山一样高，这是她从森林里的树底下、灌木丛里费力捡来的，它们把这不幸的女人压得瘫倒下来，她几乎喘不出气来，心里只有一个念头，她以为自己要死了，这样一来，令她绝望的苦难总算是一了百了了。可是，很快她浑身又增添了许多力气，她解开自己背上拴背篓的绳子，缓慢地抬起身子，靠在身边一座草堆上。于是她号啕大哭着诉说起来："怎么贫穷和灾难全都轮到我和我那可怜的男人身上？全村子只有我们二人什么累活都肯干，什么臭汗都肯流，可为什么总是受穷？为什么几乎连肚子都混不饱呢？三年前，我男人在菜田里掘地时，从土里挖出几锭金子，嘿，当时我们以为到底该轮到我们享福了，好日子来临了；可谁会想到，金子被人偷走了！我们的房子和谷仓也被烧了个片瓦未留，田里的粮食被雹子砸了个精光。为了让我们吃尽人间苦头，达到无以复加的地步，老天

361

爷又让我生了这么个又小又怪的畸形儿，让我在全村人面前蒙受耻辱和嘲笑。到圣劳伦兹节①这一天，这孩子就两岁半了，他那两条腿细得跟蜘蛛腿似的，站也站不住，走也不会走，至今不会说话，只能发出呼噜声和喵喵声，像只小猫一样。可这倒霉的丑八怪，一旦吃起饭来，一声不吭，狼吞虎咽，至少像个八岁的棒小伙子。上帝可怜他，也可怜我们，不管我们自己承受多么大的痛苦和贫穷的折磨，也一定要把孩子抚养成人。只是这小东西吃得越来越多，喝得越来越多，却一辈子都不能干活！唉，在这个世界上无人吃得了这份苦头！嗨，我死了算了，死了算了！"就这样，这可怜的女人伤心地哭起来，直至痛苦难耐，疲乏地沉入梦乡。

这女人两年半之前生了这么个畸形儿，她有理由抱怨自己的不幸。头一眼看上去，以为那是一根罕见的干柴棒呢，原来是个几乎不到两拃高的丑陋的小男孩儿，他本来横躺在背篓里，现在却爬了出来，嘴里呼噜呼噜地在草地上翻滚着。脑袋像个什么东西深深地陷入两个肩膀头里，后背上鼓着个南瓜似的瘤子，肚子底下吊着两根榛子棵一样的小细腿儿，这男孩儿看上去活像一个劈成两半的萝卜。不经意的人可能从面部什么也看不见，仔细看上去，才会发现，从那又黑又乱的头发中间伸出一个又长又尖的鼻子，在那一脸深深的皱纹里，露出两颗闪烁着黑光的小眼睛，看上去活像一棵小小的何首乌。

前面说过，女人因忧伤过度昏昏沉沉地睡着了，她的小儿子则围着她爬来爬去，恰在这时，附近修道院的女士，蔷薇美小姐散步归来，经过这条道路。她停下脚步，由于她天生是个虔诚的人，有一幅怜悯心肠，眼前的悲惨景象打动了她。"唉，公正的老天爷呀，这个世界上到底有多少人忍受着不幸与贫困呀！这可怜而不幸的女人！我知道，她几乎没有尝到过过好日子的滋味，她拼死拼活地干活，在饥饿和忧愁面前倒下去了！现在我才真正感

① 按照欧洲天主教节日历法，每年 8 月 10 日为纪念圣徒劳伦兹（死于公元 258 年）的日子，称"圣劳伦兹节"。

觉到自己的贫穷与软弱！唉，我也只能提供自己力所能及的帮助！不过，我手头毕竟还有少许救济人的手段，这是心怀叵测的命运无法从我手里夺走，无法摧毁的，为了消除痛苦，我要竭尽全力，一丝不苟地运用那些尚能供我支配的东西。钱我是有的，但它对你无用啊，可怜的女人，说不定还会使你的处境变得更糟糕呢。你和你男人，老天爷从来就没有赐给你们财富，你若是命里注定没有带来财富，连你自己都不知道，那些金锭是怎么从口袋里消失的，它们只会给你带来巨大烦恼，钱来得越多，你就会越贫穷。但是我知道，与所有的贫穷和困苦相比，在心中折磨你最厉害的，还是你生了那么个小怪物，他会像个粘在你身上的不幸的巨大累赘，你一辈子都得带着他。伟岸，漂亮，强壮，聪明，是啊，这一切与这孩子都是不沾边的，不过也许还能用别的方法帮助他。"小姐坐在草地上，把小家伙抱在怀里。这调皮的小何首乌抗拒着，摆出一副趾高气扬的架势，嘴里呼噜呼噜的，要啃小姐的手指。小姐却说："别动，别动，小金龟子！"一边说着，一边用手轻轻地、温柔地抚摸他的脑袋，从额头开始直至他的后背。在抚摸的时候，小家伙那蓬乱的头发慢慢地舒展开来，中间分出一道缝，紧紧地贴在脑门上，形成漂亮的软软的波纹，垂在他那高高的肩膀和南瓜似的后背上。小家伙越来越安静，最终稳稳地进入梦乡。于是蔷薇美小姐小心翼翼地把他放在母亲身旁的草地上，从口袋里掏出鼻盐瓶，在他们身上喷洒了一股神水，然后匆匆离去。

此后不久，女人苏醒过来，她感到自己出奇的神清气爽，精力充沛。她觉得自己仿佛足足地吃了一顿饱饭，喝了一口上等好酒。她惊呼道："嘿，睡了一小觉竟给我带来这么多的安慰，让我精神这么振奋！是的，太阳很快就要落山了，赶快回家吧！"当她要收拾背篓的时候，才发现背篓里的小孩不见了，就在这一瞬间，他从草地上站起身来，呱呱地哭起来。母亲过来看他的时候，惊讶得拍着两只手大呼道："扎克斯，小扎克斯，是谁一眨眼的工夫把你的头发梳得这么漂亮！扎克斯，小扎克斯，你若不是生成

363

这么一个丑陋的男孩，头上披着这么一头卷曲的头发该多么漂亮啊！快过来吧，过来，进背篓里去！"她想抓住他，让他横躺在柴火上，可小扎克斯却跺着脚向母亲做鬼脸，发出非常清晰的喵喵声："我不嘛！""扎克斯，小扎克斯，"女人出乎意料地惊呼起来，"是谁一眨眼的工夫教会了你说话？好吧，既然你有一头梳得这么漂亮的头发，又能正儿八经地说话，你一定也会走路。"女人把背篓放在背上，小扎克斯拽着她的衣襟，就这样朝着村庄走去。

他们路过神父家的时候，恰好神父和他最小的儿子在门口站着，这是一个三岁的男孩儿，生着一头非常漂亮的金色卷发。神父看见女人背着一背篓沉重的柴火，小扎克斯拽着她的衣襟晃晃悠悠地走过来，便对她喊道："晚上好啊，李泽太太，你们都好吗？你们身上背的东西太沉重，几乎走不动路了，来吧，在我门前的椅子上歇一歇，我家女用人会给你们端来一杯清凉饮料的！"李泽太太二话没说，放下自己的背篓，刚要开口向这位年高德劭的先生诉说她那些忧愁和困苦，小扎克斯却在母亲快速转身的时候，飞也似的扑倒在神父脚下。神父急忙弯腰把小家伙扶起来，他说："嘿，李泽太太呀，李泽太太，你们有一个多么漂亮可爱的男孩儿呀！有一个如此漂亮的男孩儿，可真是老天爷的恩赐呀。"他一边说，一边把小家伙抱在怀里，亲吻他，仿佛丝毫未发觉这顽皮的小矮人发出难听的呼噜声和喵喵声，他正要啃这位尊敬的先生的鼻子呢。李泽太太十分惊讶地站在神父面前，瞪大眼睛呆呆地注视着他，不知道该说什么好。"嗨，尊敬的神父先生，"她终于哭腔哭调地开口说话了，"像您这样一位伺候上帝的人，是不会嘲笑一个可怜不幸的女人的，老天爷心里明白，他为什么要用这么个丑陋的畸形儿来惩罚我！""您说什么呀，"神父非常严肃地回答说，"您怎么说这样的蠢话呀，亲爱的太太！什么嘲笑，什么畸形儿，什么老天爷的惩罚，我简直无法理解您的意思，我只知道，如果您不诚心诚意地爱您的男孩儿，那么您一定是挑花眼了。来，亲亲我，乖孩子！"神父亲热地拥抱小家伙，扎克斯却呼噜呼噜地说："我不嘛！"然后又去咬神父的鼻子。"当心那野蛮的小东西！"李泽太太惊讶地喊道。与此同时，神父的孩子说："啊，亲爱的爸爸，你这么善良，这么喜欢孩子，他们大伙儿也一定诚心诚意地喜欢你！""啊，听见了吗？"神父闪烁着喜悦的眼神喊道，"你来听啊，李泽太太，来听听这聪明漂亮的男孩儿说的话，这么可爱的扎克斯您还不喜欢。我发现，尽管这孩子生得又漂亮又聪明，你们却总是不喜欢他。您听着，李泽太太，让我来抚养和教育你们这个前途远大的孩子吧。对于您家这紧巴巴的日子来说，这孩子只能是个负担，我愿意把他当作自家孩子一样来教育！"

李泽太太惊讶得不知说什么好，一遍又一遍地喊道："可是，亲爱的神父先生，亲爱的神父先生，您真的要收留和教育这个小丑东西，让我摆脱畸形儿所带来的困苦吗？"可是，这女人越是向神父唠叨她那小何首乌如何丑陋，神父则越觉得像他这样的糊涂女人，根本就不配享有老天爷赐给她的这么美好的礼物，一个如此漂亮的神童，最后他愤怒地抱起小扎克斯跑进自家房子，从里面闩上房门。

现在，李泽太太像个石头人似的站在神父家的房门前，她不明白该怎样想象眼前的事情。她自言自语地说："天晓得，我们这位尊敬的神父出什么事了，他怎么会如此迷恋上我的小扎克斯呢？怎么会把一个头脑简单的小矮人，当成一个又漂亮又聪明的小男孩儿呢？既然是这样，就让上帝保佑这位可爱的先生吧，是他卸掉了我肩上的重负，自己却挑起了这副担子，走着瞧吧，看他怎么挑这副担子！嘿，现在装柴禾的背篓也不那么沉重了，小扎克斯也不在上面躺着，没有了小扎克斯，最大的愁事就没有了。"

李泽太太背起背篓，轻松愉快，满怀希望地继续走她的路！

现在即使我什么都不说，好心的读者，您也会猜想，这事情一定与那位自称"蔷薇绿美"的女修士蔷薇美有什么特殊关系。小扎克斯被好心的神父看成了一个漂亮而聪明的孩子，立刻又把他当成自己的孩子收留下来，一定是蔷薇美抚摸他的脑袋，梳理他的头发起了神秘作用。亲爱的读者，尽管你的思维十分敏捷，说不定你也会做出错误猜测，甚至会跳过大部分故事情节，急于去立即弄清这位神秘女修士的身世。所以最好还是让我把关于这位尊敬的女士所知道的一切，都原原本本地讲给你听。

蔷薇美小姐身材修长，仪态尊贵，庄严，举止有点骄傲，专横。一看她的面庞，你马上会说，那是美得无可挑剔的，可是，当她平时严肃地凝视事物的时候，她的面庞会给你一种古怪的，几乎令人毛骨悚然的印象，这主要是由于她的眉宇间总是表露出一种不同寻常的陌生表情，谁都说不清楚，修女脸上是否真的都带有这样一副表情。但有时，特别是在蔷薇盛开的季节，在阳光明媚的天气里，她的眼睛里也常常流露出许多仁慈和妩媚，这时每个人都会感觉到，自己被这种不可抗拒的甜蜜蜜的魅力所吸引。我头一次有幸见到这位小姐的时候，从容貌来看，她是一个羞花闭月的女人，正处于人生转折点的顶峰，当时我还以为，能在这位女士风华正茂的时刻看见她，这可是我的天大福分，不过，我对这种不可思议的美貌也有点惊讶，因为它不会持续多久。我错了。出乎意料的是，村里的老人们都说，他们早就认识了这位仁慈的小姐，这位女士从来就是这副模样，既不比现在显得更年老，也不比现在显得更年轻，既不更丑陋，也不更漂亮。时间对于她是无能为力的，大概正是这一点，令某些人感到不可思议。不过这中间又发生了一些别的事情，它们不仅引起每一个人的严肃思考，同样也会让人感到惊讶，最终会陷入惊讶之中不能自拔。首先是这位小姐与花儿的关系，须知她是以花儿命名的呀。其实，世界上没有人像她那样，专门栽种这种富丽堂皇、繁花似锦的蔷薇，她把那些十分朴素的干干巴巴的带刺的植物插进土里，那些花儿居然开得如此繁茂和鲜艳。她在森林里独自散步的时候，一定用美妙的声音对着高大的乔木，对着低矮的灌木丛，对着泉水，对着溪流大声说过话。是的，有一个年轻猎人偷偷观察过她，有一次看见她站在稠密的树林里，一只在当地根本未见过的奇怪的鸟儿，浑身是靓丽发光的羽毛，围绕着她翩翩飞舞，向她表示亲昵，仿佛是用欢快的歌声和叫声，对她讲述各种各样有趣的故事，而她也听得开怀大笑。也正是因为如此，从蔷薇美小姐来到修道院那一天起，很快引起当地所有人的瞩目。她是遵照大公命令被接纳进入女修道院的。月光伯爵是这份财产的业主，他的家就在修道院附近，他是修道院的监护人，尽管可怕的疑窦折磨着他，却不敢对大公的命令说半个不字。他花费了许多工夫在吕斯纳的《比赛规则大全》[①]和别的编年史里查找"蔷薇绿美"家族，到头来毫无结果。就凭这一条，他就有理由怀疑这位小姐承担救济任务的能力，既然她拿不出三十二代祖宗的家谱，伯爵最后只得眼睛里含着亮晶晶的泪珠，无可奈何地请求她，看在上帝的分上至少不要说自己姓"蔷薇绿美"，而是姓"蔷薇美"嘛，因为姓这个姓氏还有人相信，为它找到一位祖先还是有可能的。她遵照他的意见做了。这位委曲求全的月光伯爵，大概以这种或者那种方式对这位身世不明的小姐发了些牢骚，这就是最早引来流言飞语的原因，它们在村子里越传越邪乎。森林里那些神乎其神的谈话，在当时并未引起人们的注意，也就是引来一些猜测而已，只是经过这样一传十，十传百，小姐本来的面貌就变得可疑了。安内大娘，即村长的老婆，大大咧咧地说，只要小姐冲着窗户对外面使劲打个喷嚏，全村的牛奶都得变酸。这个说法还没得到证明，另一个可怕的说法又来了。教书先生家的孩子米歇尔，在修道院的厨房里偷吃了煎土豆，被小姐撞了个正着，小姐微笑着晃动手指吓唬了他一番。这男孩惊得张着大嘴站在那里，刚好他嘴里放着一块

---

① 《比赛规则大全》是德国一部最早记载体育运动的古书，作者格奥尔格·吕斯纳（Georg Luexner），第一次出版于 1530 年，在美因河畔的法兰克福。最后一次出版于 1720 年，在乌尔姆。书中简要描述了德意志民族的神圣罗马帝国体育运动的开端、缘起、发祥地、传统等，其中还包括"贵族族徽"，罗列了所有贵族人物，德意志民族上层和下层最著名的人物。相当于德国的"百家姓"。

热得滚烫的煎土豆，自那以后他总是头戴一顶长舌帽子，否则雨点儿会落进这可怜家伙的嘴里。后来没有多久，人们便发现这位小姐有呼风唤雨、禳灾祛病的本领，还能给人编避邪辫子^①等等。后来，当人们听牧羊少年说，午夜时分他惊恐地看见小姐骑着一把笤帚在空中飞来飞去，她前面飞来一只巨大的鹿角甲虫，两个犄角中间冒着蓝色火苗，照得漫天通亮的时候，也就无人怀疑了。这样一来，全村人一片哗然，大家都要求对女巫兴师问罪，乡村法院当即决定，把小姐从修道院里拉出来，扔进水里，看看她能不能闯过通常的女巫试验这一关。月光伯爵对这一切都不管不问，他微笑着自言自语说："普通老百姓就是这样行事，因为他们没有月光家族这样高贵的祖先。"小姐听说人们要对她动用危险手段，便逃进了伯爵王府，不久，月光伯爵收到来大公国内阁的命令，告诉他世界上没有女巫，命令他把那些爱管闲事，偷看一位女修士游泳技巧的乡村法官关进监狱里去，提醒其余农民和他们的女人，万一受到蔷薇美小姐的严重体罚，不要往坏处想。他们都后悔了，在刑法的警告面前害怕了，从此以后他们总是想着小姐的好处，其结果对于双方来说，不管是对村子，还是对蔷薇美女士，都是非常有益的。

大公国内阁里的人们都知道得清清楚楚，蔷薇美小姐不是别人，正是那位著名的、世人皆知的蔷薇观景楼里的仙女。事情是这样的：

在偌大的世界上几乎找不到一个比这小小的公爵领地更漂亮的地方，月光伯爵的庄园就坐落在这里，蔷薇美小姐也住在这里，亲爱的读者，我即将为你详细讲述的一切，也发生在这里。

这个小小的公国，四周环绕着高高的山脉，小公国的土地上覆盖着绿色的、散发着芳香的森林，有许多开满鲜花的河谷草

---

① "避邪辫子"源于一种德国民间迷信传说。人们相信把头发编成辫子，有消灾避邪的功能。霍夫曼时代，上层人士中间流行这种说法，这是他在《小扎克斯》里写了这样一笔的依据。

地，有许多潺潺的河流和欢快的汩汩流淌的小溪，这里根本没有城镇，只有优美宜人的乡村和分散的、孤零零的宫殿，这里简直像一座异常美丽的大花园，这里的居民可以随心所欲地漫步，没有任何生活负担。大家都知道，是德梅特琉斯公爵统治着这块土地；当时的人们一点都意识不到还有个政府存在，大家都活得心满意足。那些在生活中享有充分自由的人们，那些喜欢优美环境和温和气候的人们，除了公国领土之外，别处不可能找到更合适的栖身之地，正因如此，许多优秀的、心地善良的仙女纷纷迁到这里来定居，大家都知道，对于她们来说，温暖和自由比什么都重要。有些事情可能与她们有关系，几乎在每一个村庄里，尤其是在森林里，常常发生一些令人非常开心的奇迹，而每一个陶醉在这种奇迹的幸福中的人，都无一例外地相信这些不可思议的事情，尽管连自己也不知道这是怎么一回事，大家乐得做个快乐人，做个好公民。这些善良的仙女们，完全像精灵一样过着自由任性的生活，她们本来打算让杰出的德梅特琉斯长生不老，可当时她们还管不了这么多。德梅特琉斯死后，由年轻的帕夫奴修斯继位执政。早在他父亲大人在世的时候，帕夫奴修斯内心里就充满隐痛，埋怨他父亲执意采用最糟糕的办法，荒疏了对老百姓和国家的治理。现在他决定自己来执政，任命他自己的宫廷侍从安德累斯为朝中第一大臣。从前有一次，帕夫奴修斯把自己的钱包丢在山后的酒店里，是安德累斯借给他六个金币，让他摆脱了尴尬的困境。"我要执政，我的好伙计！"帕夫奴修斯对他喊道。安德累斯从他主人的眼神里，猜透了他的想法，跪在他脚下郑重地说："陛下，伟大的时刻来临了！一个王朝正在您的手下，从黑暗的混沌中冉冉升起！陛下！最忠实的仆人在这里请求您，这是成百上千可怜的、不幸的民众发自肺腑的声音！陛下！请您推行开明的治国方略吧！"帕夫奴修斯感到自己被他大臣这些崇高思想彻底震撼了。他扶起安德累斯，热烈地把他拥抱在怀里，啜泣地说："大臣……安德累斯……我还欠你六块金币呢……不只这些……我的幸福……我的朝廷！啊，忠实的，聪明的仆人！"

帕夫奴修斯想立即命人用大号字印刷一道诏书，贴遍大街小巷，从现在开始就推行开明的治国方略，要引起每个人的重视。"圣明的陛下！"安德累斯当即喊道，"圣明的陛下！这么干可不行！""怎么干才行，我的好伙计！"帕夫奴修斯问道，抠着他的大臣的衣服扣眼儿，把他拉进内阁房间里，然后把所有的门都关上。

"你瞧，"安德累斯坐在公爵对面一把矮凳子上，开始说道，"你瞧啊，仁慈的主子！如果方式方法不对头，你这推行开明的治国方略的诏书，或许会受到干扰，我们必须制定一些规则，尽管它们是严格的，但却透着聪明。在我们推行开明的治国方略之前，也就是说，在我们砍伐森林、疏浚河道，以利于通航、种植马铃薯、改善乡村学校、栽种合欢树和白杨树、让青年人早晚用二声部唱歌、修建公路和注射牛痘之前，有必要把那些思想危险的分子，把那些不安分守己的人，把那些妖言惑众的人，统统赶出国门去。你是读过《一千零一夜》的，圣明的公爵！我知道，你那已故尊敬的父亲大人——但愿老天爷让他在坟墓里安息！——是喜欢这类带来严重后果的书籍的，你在喜欢玩木马、吃姜味饼干的年龄，他就让你读这类书。这都是过去的事情了！仁慈的主子，你就是从这类乱七八糟的书籍里，知道了所谓仙女，但是你却预料不到，许多这类危险人物，迁到你自己这可爱的土地上来定居，而且就在你的宫殿附近，还干了许多不三不四的事情。""怎么？你说什么？安德累斯！大臣！仙女！在我这块土地上？"公爵这样喊道，他脸色苍白地坐在椅子上，身子靠着椅背。"你放心，仁慈的主子！"安德累斯接着说，"要想运用智慧打败那些反对开明的治国方略的敌人，我们就得保持心平气和。是的！我称他们为开明的治国方略的敌人，因为就是他们滥用你已故父亲大人的财产，让亲爱的国家依旧停留在愚昧之中。他们干些令人不可思议的事情，从事一种危险职业，他们正肆无忌惮地以诗歌的名义，广泛传播一种神秘毒素，使人们完全无力服务于开明的治国方略。再说了，由于他们具有这类令人难以容忍的违背警察规则的习惯，所以任何文明国家都不会容忍他们。比如说，这些放肆的家伙居然如此想入非非，竟敢恬不知耻地骑着鸽子、天鹅，甚至带翅膀的马，在天空中兜风。但是现在我要问了，仁慈的主子！如果在你的国家，有人能够随心所欲地把不上税的货物，扔进每一个普通百姓家的烟囱里，那么制定和推行国内货物税价目表，又有什么用呢？所以呀，仁慈的主子！在宣布开明的治国方略的同时，要立即把那些仙女们赶出去！你的宫殿要让警察包围起来，没收她们那些危险物品，把她们像流浪汉一样赶回老家去，仁慈的主子，你读过《一千零一夜》，你知道她们的老家就是精尼斯坦。""邮差能到这个国家吗，安德累斯？"公爵问道。"眼下还不能，"安德累斯回答说，"待推行开明的治国方略以后，也许可以派一辆收费的邮车到那里去。""可是，安德累斯，"公爵接着说道，"别人会不会认为我们处置仙女的办法太严厉？那些爱挑剔的老百姓会不会说三道四？""这个我也想到了，"安德累斯说，"我想到了对付他们的办法。仁慈的主子！我们不会把所有仙女都赶回精尼斯坦，而是留下几个在国内，不过，不只是剥夺她们所有危害开明的治国方略的手段，而且还要运用有效的手段，把她们改造成对开明国家有用的人。要是她们不想体面地与人结婚，就要让他们在严格监督之下干点有用的事情，比如在战争时期为军队织袜子，或者做别的事情。你瞧着吧，仁慈的主子，只要仙女们成天跟老百姓在一起，他们很快就不会再相信这些仙女，这是最好的办法。那样一来，所有的闲言碎语都会自行消失。至于说仙女们那些用具，收进公爵府的库房就是了，什么鸽子呀，天鹅呀，都送进公爵府厨房，做成珍馐美味，那些带翅膀的马匹，可以设法驯化调教成有用的畜生，割掉它们的翅膀，把它们送进马厩里喂养起来，但愿我们在推行开明的治国方略的同时，也能把这些措施推行开来。"

帕夫奴修斯对他这位大臣的所有建议都非常满意，所有决定了的事情，第二天就推行开来。

推行开明的治国方略的诏书，在大街小巷里十分引人注目，与此同时，警察冲进仙女们的宫殿，没收了她们的全部财产，把她们逮捕起来带走。

天晓得，怎么在所有仙女中间，只有蔷薇观景楼的仙女，在推行开明的治国方略之前数小时就知道了风声，她利用这点时间放飞了自己的天鹅，藏起那神秘的蔷薇杖和其他宝物。同时她也知道，自己是被挑选出来留在国内的，尽管她极不情愿，也只好顺从了。

不但帕夫奴修斯不明白，连安德累斯也不明白，那些被运往精尼斯坦的仙女，何以如此乐不可支，而且一而再再而三地表示，她们对留下的那些东西根本不放在心上。"原来，"帕夫奴修斯愤怒地说，"原来精尼斯坦比我的国家美丽得多，他们会笑话我和我的诏书，还有那刚刚生效的开明的治国方略！"

公爵让朝廷里的地理学家和历史学家，详细报告一下这个国家的情况。

两个人一致认为，精尼斯坦是个穷国，没有文化，没有开明的治国方略，没有学问，没有合欢树，也不种牛痘，其实根本就不存在这样一个国家。对于一个人或者一个国家来说，还有什么比根本不存在更糟糕的事情呢？

帕夫奴修斯感到放心了。

蔷薇观景楼的仙女居住的那座荒凉宫殿，坐落在一片鲜花盛开的林苑里，当这片小树林被砍伐掉的时候，帕夫奴修斯刚好亲自做示范，给附近村庄里那些乡巴佬们种完牛痘，当他与安德累斯大臣穿过森林返回自己的官邸时，仙女正在那里窥探公爵。这时她走过来，用各种不着边际的客套话纠缠他，但主要是向他展示了几件令人毛骨悚然的小手工制品，这是她背着警察藏起来的，公爵被她纠缠得无可奈何，只得请求她将就住在全国唯一的也是最好的女修道院里的一个地方，在这里她可以不必理会诏书上讲的那些开明的治国方略，随心所欲地想做什么就做什么。

蔷薇观景楼里的仙女，接受了公爵的建议，就这样进了女修道院。前面已经说过，"蔷薇绿美"小姐，在月光伯爵的急迫请求之下，才改名为"蔷薇美"小姐。

第二章

大学者普陀洛梅乌斯·菲拉代尔夫斯旅途中发现了从未见过的部族——科列佩斯大学。一双马靴是怎样围绕大学生法比安脑袋飞舞的。摩什·特尔品教授是怎样邀请大学生巴尔塔萨喝茶的。

举世闻名的大学者普陀洛梅乌斯·菲拉代尔夫斯，曾经在遥远的旅途中给他的朋友卢芬写过许多著名的信件，其中有这样一段十分引人注目：

"你知道，我亲爱的卢芬，世界上我什么都不怕，唯独害怕白天灼人的阳光，因为它们能耗尽我的体力，令我精神恍惚，疲惫不堪，以至于所有的思想汇成一幅杂乱无章的画面，即使我努力想象随便一个德国人的模样，也会归于枉然。因此，在这样炎热的季节，我通常是白天休息，夜里继续赶路，昨天夜里我就是在旅途中度过的。我的车夫在黢黑的深夜里迷失了原来的便路，无意中走到公路上来。但是，由于遇上坚硬而又凸凹不平的路面，马车颠簸得十分厉害，我的脑袋上撞出许多大包，我简直跟一条装满核桃的口袋差不多，当我从沉睡中醒来的时候，不早不晚，一个可怕而猛烈的撞击，把我从车里摔了出来，落在硬邦邦的地上。明亮的太阳光照在我的脸上，越过眼前的栏杆，我看见一座漂亮城市里有许多高高的塔尖。车夫叫苦不迭，不仅车辕，而且连后车轴也被公路中间的一块大石头撞断了，他仿佛很少，或者根本顾不得我。我按照智者的习惯，强压怒火，只是温和地申斥他，说他是个该死的家伙，他应该先想到，坐在地上的是普陀洛梅乌斯·菲拉代尔夫斯，当代最著名的大学者，管他什么车辕车轴呢。你知道，我亲爱的卢芬，我对人类的心灵能发挥多么大的作用，现在也应验了，车夫立即停止叫苦，在公路征税员的帮助下，扶我站立起来，车祸正是发生在征税员的小房子门前。幸运的是我未受到什么特别的损伤，还能够慢慢地在公路上继续行走，车夫则吃力地在后面拖着那辆破车行走。从遥远的地方我就看见有一座城市，在距离城门口不远的地方，我遇见许多稀奇古怪的人，他们身穿那样不同寻常的衣服，以至于我不得不揉揉眼睛，弄明白自己是否真的醒着，还是一场滑稽可笑的梦把我引进了一个陌生的、神话般的国家。这些从城门洞走出来的人，显然都是城里的居民，他们穿着又长又宽的裤子，都是按照日本人的样式剪裁的，用的是考究的衣料，如天鹅绒、灯芯绒、精细的布料，也有用编织着花纹的漂亮麻布的，镶嵌着许多金银丝的条带、绦带或者漂亮的绶带，此外还有短得几乎连屁股都盖不住的小裙子，大都颜色鲜艳，只有少数人穿着黑颜色的衣服，头发都不梳理，自然蓬乱地披散在肩头和后背上，头上戴着一顶稀奇古怪的小帽子。有的人仿照土耳其人或者现代希腊人的样子，把脖子完全裸露出来，相反也有人脖子和胸脯上围着一小块白色麻布，类似一条衣领，就像你，亲爱的卢芬，在我们祖先的画像上看见过的那样！①尽管这些人看起来都很年轻，可他们那说话的声音都很深沉和嘶哑，他们的每个动作都不够灵活，有的人鼻子底下还有一片细细的黑影，仿佛蓄着修剪得整整齐齐的小胡子。有些人的小裙子后面伸出一根长长的管子，上面晃动着一个丝绸扎的大流苏。也有的人把这些管子挂在胸前，管子底下安着一个或大或小的人头一样的东西，有时这人头大得惊人，他们通过一个尖尖的小管子往

---

① 作者在这里所描绘的人物服饰，显然是15—16世纪之间古代德国人的服饰，这在当时的大学生运动中，被认为是具有民族特性和自由思想的标志。

里面吹气，用这种聪明办法可以让另一端冒出人工烟雾。有的人手里拿着一把又宽又亮的砍刀，仿佛要上战场杀敌；另外一些人身上绑着皮做的或者铁皮做的容器，要么拴在背后。你想想看，亲爱的卢芬，通过仔细观察每一件新鲜事，我都会丰富自己的知识，我静静地站在那里，眼睛死死地盯着这些奇怪的人。他们把我围拢起来，一面大声呼喊：菲利斯人，菲利斯人！一面发出可怕的笑声。这让我很恼火。因为，亲爱的卢芬，对于一位大学者来说，还有什么比被老百姓挡住去路更感到羞辱的呢？菲利斯人不就是在数千年前被人使用驴腮骨打死的吗？[①]我竭力控制自己，保持我天生的尊严，大声对我周围那些古怪的民众说，我希望自己是在一个文明国家，我要去警察局和法院，为我受的这些不公正待遇讨个说法。于是他们大家哄哄嚷嚷地乱作一团，连那些至今尚未冒烟的人，也从口袋里掏出他们那冒烟机器，一起对着我脸上吹起了浓烟，这时我才感觉到，这烟雾是很难闻的，他们令我头晕目眩。然后他们对着我说了一大堆骂人话，这些话太难听了，亲爱的卢芬，我可不想复述给你听。连我自己想到这些话，都会浑身战栗。最后他们在大声嘲笑中离我而去，我仿佛听见空中回响着'鞭子'这个词的声音！我的车夫把这一切都听在耳中，看在眼里，搓着双手说：'唉，我亲爱的主人，过去的事情，就让它过去吧！你可千万不要进那城里去，人们常说：没有一条狗会接受您送给的一块面包，您随时都会遇到危险的，例如给人痛打……'没等这老实人把话讲完，我便迈开大步尽可能快地向着下一个村庄走去。现在我就在这村庄唯一的客栈里，坐在寂寞的斗室把这一切都写给你，我亲爱的卢芬！只要能办得到，我将竭力搜集这座城里那些陌生的野蛮人的消息。关于他们的风俗习惯，关于他

[①] 关于菲利斯人被人用驴腮骨打死的传说，见《圣经·旧约·士师记》第15章，说的是参孙被菲利斯人捉去，在耶和华暗中帮助下，挣脱绳索，抬起一块未干的驴腮骨，打死上千名菲利斯人的故事。17世纪德国耶拿大学生把"菲利斯人"一词引入德语，专指那些见识狭隘的庸人、市侩、小市民。

们的语言等等，我已经叙述过一些稀奇古怪的东西，我还会继续忠实地向你汇报。"

你看见了，我亲爱的读者啊，一位大学者对生活中最普通的事情可能一无所知，在众所周知的事情上，却陷入了最不可思议的梦幻中。普陀洛梅乌斯·菲拉代尔夫斯是读过大书的人，可他从来不知道什么叫大学生，当他在自己的头脑里编造那些奇思妙想的冒险故事，把它们写给自己朋友的时候，也根本不知道自己就住在一个叫上雅科布斯海姆的村庄里，而众所周知，这村庄就紧挨着著名的科列佩斯大学。当好心的普陀洛梅乌斯遇见大学生的时候，他惊得目瞪口呆，原来他们为了寻欢作乐，正高高兴兴、心情愉快地到乡下去。若是他一小时之前就到达科列佩斯大学，看见博物学教授摩什·特尔品房前发生的那偶然一幕，他会觉得多么恐怖啊！数百名大学生从房子里蜂拥而出，把他围了个水泄不通，人们吵吵嚷嚷，争辩不休等等等等。面对这拥挤不堪、熙熙攘攘的场面，他的脑袋里可能还会产生更为奇怪的幻想。

摩什·特尔品的课程，是全科列佩斯大学最受欢迎的课程。前面说过，他是博物学教授，他给人解释怎么下雨，怎么打雷，怎么打闪，为什么太阳白天出来，月亮夜里出来，为什么地上长草等等，这是每个孩子都应该明白的。它把整个自然界综合起来，写成一本简明扼要的教科书，这样他就可以信手拈来，如同从抽屉里掏出来一样，用它来回答任何一个问题。他最初建立自己声望的时候，是因为他做了许多次物理实验，成功地证明了黑暗主要是由于缺乏光明而造成的。他懂得十分熟练地把这些物理实验转变成可爱的小玩意儿，甚至玩点有趣的小骗术，这一切给他带来了令人难以置信的门庭若市的局面。好心的读者，因为你比著名学者普陀洛梅乌斯·菲拉代尔夫斯更了解大学生，因为你并不知道他那梦中的恐怖，所以还是让我带你去科列佩斯大学，到摩什·特尔品教授房前去看看，他刚刚讲完自己的课程。在蜂拥而出的大学生中，有一个人会立即引起你的注意。你看见一个二十三四岁，体态健美的男青年，从他那又黑又亮的眼睛可以看出，他是一个思维敏捷、能言善辩的人。他的眼神几乎可以说是潇洒的，如果不说是耽于悲伤，这种表情就挂在他那苍白的脸上，如同面纱一般遮住了炙热的目光。他身穿黑色细布料子外套，镶着碎天鹅绒，几乎是按照古代德国样式剪裁的，配以小巧玲珑而又洁白锃亮的尖领，天鹅绒做的四角礼帽戴在栗褐色的美丽卷发上，搭配得十分得体。这服饰穿在他身上之所以说是漂亮的，那是因为从他那整体性格，接人待物的礼貌，意味深长的面孔可以看出，他似乎真的是属于一个美丽而遥远的古代。所以你不必考虑他的服饰，那都是对样板的拙笨模仿和误解，同样也是对时髦趣味的误解。这个年轻人，亲爱的读者，你第一眼就会很喜欢他，他不是别人，他就是名叫巴尔塔萨的大学生，是个规矩富裕人家的子弟，诚实，聪明，勤奋，关于他，我亲爱的读者，在我动笔写作的这篇奇怪故事中，我还要给你讲好多好多。

严肃，思想深刻，他向来如此，巴尔塔萨从摩什·特尔品教授的课堂出来，漫步向着门口走去，他不是去击剑场，而是朝着距离科列佩斯大学仅有数百步之遥的优美的小树林走去。他的朋友法比安是个活泼快乐的小伙子，是个与他志趣相投的人，向着他跑过来，在大门附近才赶上他。

"巴尔塔萨！"法比安大声喊道，"巴尔塔萨，怎么，你又去森林里，像个伤感的菲利斯人那样孤独地兜圈子，而棒小伙子是要坚持训练高贵的剑术的！你听我说，巴尔塔萨，放弃你那些愚蠢的，叫人害怕的事情，赶快再清醒过来，像从前那样，高高兴兴地活着。来吧！让我们再走一段路，如果你愿意出去玩玩，我就陪着你走。"

"你是好意，"巴尔塔萨回答说，"你是好意，法比安，所以我是不会怀恨你的，尽管你有时像着魔一样缠着我不放，还想让我快乐，可连你自己都不知道什么叫快乐。你跟那些稀奇古怪的人一样，不管看见谁在单独散步，就认为人家是个伤感的傻瓜，还要想方设法把人家监视起来，给人家治病，像那个监视尊贵的哈姆雷特王子的廷臣一样，尽管他说自己不会吹笛子，这个小老头儿还是被王子着着实实地教训了一番。①亲爱的法比安，尽管我愿意谅解你，但我还是衷心地请求你，另找一位伙伴陪你去练你那高贵的剑术，让我悄悄地走自己的路吧。""不，不，"法比安笑着说，"你是逃不出我的手心的，我尊贵的朋友！如果你不想跟我去击剑场，我就跟你到小树林里去。在你意气消沉的时候，让你快乐，这是忠实的朋友的义务。亲爱的巴尔塔萨，如果你不想干别的事情，那就走吧。"于是他挽起朋友的胳膊，神采奕奕地与他一起离开那里。巴尔塔萨咬紧牙关，强压怒气，板着面孔，一言不发，法比安则一口气说了许多有趣的故事。其中自然也有许多无聊的事情，在兴高采烈的讲述中，说走了嘴，出现这样的事情是难免的。

当他们终于走进散发着芳香的森林里，站在凉爽的树荫下的时候，当潺潺流动的溪水奏出美妙的乐曲，远处森林里的小鸟唱起动听的歌声，群山传来回应的时候，巴尔塔萨突然停住脚步喊了起来，他伸开双臂，仿佛要拥抱大树和灌木丛似的："啊，现在我又觉得浑身都舒服了！舒服得无法形容！"法比安目瞪口呆地看着他的朋友，仿佛未听明白朋友的话，也不知他要干什么。正在这时，巴尔塔萨抓住他的手，心情激动地喊道："你看怎么样，兄弟，你的心扉是不是也敞开了，你是不是也理解了森林寂静的幸福和秘密？""我完全理解你，亲爱的兄弟，"法比安回答道，"如果你认为在这座森林里散步，令你感到惬意，那我完全赞成你的看法。我不是也愿意散步吗？并且是与好朋友一道，而且还可以进行一场开诚布公的有益的谈话。比如说，与我们的摩什·特尔品教授一同到田野里去，不就是一种真正的乐趣吗？他认识各种各样的植物，各种各样的小草，他知道它们的名字，知道它们属

---

① 典出莎士比亚剧本《哈姆雷特》第三幕第二场哈姆雷特王子与廷臣纪尔顿斯丹的对话。

于什么纲目，知道什么时候刮风下雨。""打住，"巴尔塔萨喊道，"请你打住吧！你提起他会让我发疯的，除了他之外，难道没有别的让人高兴的事情可说吗？教授那种讲解自然的方式，简直能撕碎我的五脏六腑。更有甚者，听他的课让我有一种阴森恐怖的感觉，我仿佛看见一个疯子，像个国王和统治者一样，既虚荣又愚蠢，搂着一顶自编的草帽，却自以为是在拥抱国王的未婚妻！他那些所谓的试验，在我看来，都是在拿天物开恶意的玩笑，而它们的呼吸却在自然界中吹拂着我们，在我们的感情深处引起深刻而神圣的想象。我常常情不自禁地想把他那些烧杯，烧瓶，他的全部家伙打个稀巴烂，照我想，猴子在烧了爪子之前，是不会放弃玩火的。你瞧啊，法比安，在摩什·特尔品的课堂上，这些想法让我感到害怕，让我心惊肉跳，然后你们会发现我与从前相比，更加沉默和更加不喜欢交际。然后我的心情不好，仿佛头顶的房子要塌下来，一股无法描述的恐惧驱使我离开城市。但是在这里，在这里我的心中立即会充满一种甜甜的静谧。躺在长满花卉的草地上，我仰望那遥远的蓝色天穹，在我的上方，在欢乐的森林上方，飘逸着金黄色的云朵，像来自一个遥远的极乐世界的美妙梦幻！我的法比安呀，然后在我胸中产生一个奇妙的精灵，我听见它用神秘的语言与灌木丛说话，与大树说话，与森林小溪里的波澜说话，我不想说这就是快乐，可它会像甜蜜而忧伤的渴望一样，流遍我的全身！""瞧啊，"法比安喊道，"又来重弹这些老调了，什么忧伤，什么快乐，什么会说话的大树和森林小溪。你的所有诗歌写的都是这类东西，只要不想从字里行间继续寻找什么别的东西，听起来还是顺耳的，读起来还是有益的。不过，告诉我，我的多愁善感的好朋友，如果说摩什·特尔品的课程真的如此厉害地折磨你，引起你的厌恶，那么你来告诉我，为什么你还跟着他满世界跑？为什么你一堂课都不落？为什么每一堂课上，你都闭着眼睛一声不吭，呆呆地坐在那里，像个做梦的人一样？""你问我，"巴尔塔萨眯缝着眼睛回答说，"亲爱的朋友，你还是不要问我吧！每天早晨仿佛有一股无形的力量，拉着我到摩什·特尔品家里去。事前我就感到这是一种痛苦，可我无力抵抗，有一股不明不白的力量在暗中吸引着我！""哈哈，"法比安大笑道，"哈哈哈，多好啊，多么富有诗意，多么神秘呀！那股吸引你到摩什·特尔品家去的无形力量，就在漂亮的阚蒂达那双深蓝色的眼睛里！大家早就知道，你深深地爱上了教授那可爱的小女儿，所以我们都谅解你那些幻想，谅解你那些愚蠢行为。这年头儿，所有恋爱的人都是如此。你现在是刚刚开始犯相思病，随着年龄的增长，你还会遇到许多稀奇古怪的恶作剧呢，谢天谢地，我和许多人都体验过这种恶作剧，当然不是在学校里的众目睽睽之下。但是你相信我吧，我的知心朋友。"

这时，法比安又挽起他朋友的胳膊，匆匆地与他一道继续往前走去。他们走出茂密的森林深处，来到穿过森林中间的宽阔的大路上。这时法比安看见远处扬起一片烟尘，一匹没有主人的马嘚嘚地奔跑过来。他断断续续地喊道："喂，喂，那里跑过来一匹该死的马，扔掉了主人，我们必须捉住它，然后去森林里寻找主人。"于是他站在大路中间。

那马跑得越来越近，仿佛有一双马靴在马的两侧迎风上下翻飞，马背上仿佛有个黑东西在移动。紧挨着法比安响起一阵长长的震耳欲聋的"吁——吁——"声，就在这同一瞬间，有一双马靴围绕着他的脑袋在飞舞，一个奇怪的黑色小东西从马身上滚了下来，落在他的两条腿中间。这匹高头大马像一堵墙一般站在那里，伸长脖子用鼻子闻他那小不点儿主人，这位小主人在沙地上打了个滚儿，吃力地站起身来。这小矮人的脑袋深深陷进两个高耸的肩膀里，他的胸脯和后背上生着个畸形物，他有一个短短的躯干，两条长长的蜘蛛腿，看样子活像一把叉子上扎着一个苹果，什么人在上面刻了一副丑陋面孔。法比安看着眼前这个奇特的小怪物，不仅高声大笑起来。这小东西从地上拾起他那小小的四角礼帽戴在头上，用愤怒的目光扫视法比安，毫不畏惧地盯着他的双眼，低沉嘶哑地大声问道："去科列佩斯走这条路对吗？""没错，我的先生，"巴尔塔萨温和而严肃地回答道，他把小矮人的靴子拣在一起递给他。小矮人千方百计要穿上靴子，却怎么也穿不上，他一再翻过来倒过去，只能徒然叹气。巴尔塔萨把两只靴子摆好，轻轻地把小矮人扶起来，让他坐好，把他的两只小脚丫儿伸进又沉又宽的靴子里。小矮人一只手在一侧撑着身体，另一只手在礼帽沿上行了一个举手礼，仪态大方地喊了一声："谢谢了，我的先生！"然后他朝马走去，他手里依旧攥着马缰绳。他想蹬着马镫子攀到这匹高头大马身上去，却怎么也够不着。巴尔塔萨还是那样严肃而温和地来到他跟前，把小矮人扶上马镫。他翻身上马，大概是用力过猛了吧，当他坐上马背的一刹那，却到了另一侧，复又掉下马来。"别这么着急嘛，可爱的先生！"法比安喊道，说着他重又爆发出一阵响亮的笑声。"魔鬼才是你那可爱的先生呢，"小矮人一边掸掉身上的沙土，一边愤怒地喊道，"我是个大学生，如果你也是大学生，那咱们后会有期，你敢像个胆小鬼一样嘲笑我，明天咱们必须在科列佩斯过过招儿！""天哪，"法比安依旧笑着喊道，"到底遇上了一个棒小伙子，一个毫不含糊的家伙，有胆量，像个大学生样儿。"尽管这话听起来多么刺耳，多么令人烦躁不安，巴尔塔萨还是把小矮人扶起来，让他坐在马背上，这匹马立即驮着他的小主人，兴高采烈地嘶叫着奔驰而去。法比安捧腹大笑，简直笑得喘不出气来了。"这太残酷了，"巴尔塔萨说，"嘲笑一个被造化以如此可怕的方式亏待了的人，像那个小骑手那样，这太残酷了。如果他真是个大学生，你还真得跟他过过招儿呢，而且还得用手枪，不然就违背了学界的规矩，因为他既不能使剑，也不能用刀。"法比安说："你把什么事情都看得太严重，太悲观了，我亲爱的朋友巴尔塔萨。我从未想到要嘲笑一个生得畸形的人。不过你告诉我，这么一个小矮人，连马脖子前面的东西都看不见，怎么可以骑马呢？他怎么可以把两只小脚丫伸进如此肥大的靴子里呢？他怎么可以穿那么合体的紧身衣，还

381

有那么多带子、穗子和缨子，他怎么可以戴那么一顶让人奇怪的鹅绒四角礼帽呢？他怎么可以做出那么一副骄傲的、不可一世的姿态呢？他怎么可以发出如此粗野而沙哑的声音呢？我想知道，作为固执的胆小鬼有权嘲笑他的这一切吗？不过我要进城去，我要看看，当这位彬彬有礼的大学生，骑着神气活现的高头大马走进城里的时候，会发生什么样的热闹场面！反正今天跟你没法打交道，好自为之吧！"法比安匆匆忙忙地穿过森林赶回城里去。

巴尔塔萨离开宽敞的大道，走进茂密的树丛里，躺在一片长满苔藓的地上，心头萦绕着痛苦的感情。也许是他真的爱上了可爱的阒蒂达，但是他把这种爱像一个深不可测的、柔情脉脉的秘密一般，保存在心底，在所有人面前，也在自己面前封闭起来。当法比安如此毫不隐讳，如此轻率地提起这个问题的时候，他觉得犹如一双粗野的手，毫无顾忌地撕掉了覆盖着圣像的面纱，他不敢触动这圣像，仿佛这圣徒会永远迁怒于他。是的，在他听起来，法比安的话是对他的整个人格，对他那甜蜜的梦的恶意嘲笑。

"这么说，"他怒不可遏地喊道，"这么说，你是把我当成一个谈情说爱的纨绔子弟了，法比安！把我当成了一个为了与漂亮的阒蒂达在一栋房子里待上一个钟头，跑去听摩什·特尔品课程的傻瓜，而这傻瓜为了构思那些写给情人的低劣诗句，把它们写得更加低劣，而钻进森林里孤独地徜来徉去，这傻瓜还糟蹋树木，把自己那无聊的签名刻在光滑的树皮上，可当着姑娘的面却连句像样儿的话都说不出来，只知道唉声叹气，做出一副哭丧相，仿佛犯了痉挛症似的，他那赤裸裸的胸前戴着她曾经在胸前戴过的枯萎的花，戴着她那丢掉的手套，一句话，他干过千百件充满孩子气的蠢事！这么说来，法比安，你是在拿我开玩笑喽，所有小伙子都在拿我开玩笑喽，这么说来，我和我内心世界的快乐，都成了人们嘲笑的对象。而慈祥的，美丽的，漂亮的阒蒂达呀！"

他在说出这个名字的时候，心脏里如同穿过一把滚烫的尖刀一般！哦！恰在这一时刻，一种内心的声音清楚地告诉他说，他只是为了阚蒂达才去摩什·特尔品家听课,他的诗是写给心爱的人的,他把她的名字刻在了阔叶树上,他当着她的面说不出话来,只会唉声叹气,他把她丢掉的枯萎的花戴在自己的胸脯上,他的确做了所有这些愚蠢行为,如法比安当着他的面所说的那样。现在他才真正感觉到,他对漂亮的阚蒂达的爱是难以用语言形容的,同时令人奇怪的是,他也满足于把内心里纯洁的爱,在现实生活里表现得有点傻里傻气,这种生活可以算作一种深刻的讽刺,这是自然赋予一切人类行动的东西。现在他有理由开始对此感到生气,从前是没有理由的。从前萦绕在他心头的那些梦幻,现在都消失了,森林里的声音在他听起来,如同嘲笑和讽刺,于是他急匆匆地返回科列佩斯。

"巴尔塔萨先生。"有人喊他。他睁开眼睛,像着了魔法一般停在那里,他对面走来的正是摩什·特尔品教授,胳膊上挽着他的女儿阚蒂达。阚蒂达则以其特有的开朗友好的、无拘无束的样子,问候这个呆若木鸡的人。"巴尔塔萨,巴尔塔萨先生,"教授喊道,"说实话,你是我的听众当中最勤奋的人,也是我最喜欢的人!哦,我的最好的学生,我发现你像我一样,热爱大自然和它的一切壮观景象,我是个偏爱大自然的人!你肯定又去我们的小森林采集植物去了!找到什么有用的东西了吗?来,让我们进一步认识一下吧,请到我家来玩,什么时间都欢迎。我们可以共同做试验。你见过我的气泵吗?来吧,我的先生,明天晚上我家有个朋友聚会,准备了茶和黄油面包,大家可以尽情交谈娱乐,你可以在会上多认识些人。我特别要推荐你认识一位很有魅力的年轻人。祝你晚上好,先生,晚上好,优秀的年轻人,再见!你明天早晨来上课吧?好了,先生,再见!"没待巴尔塔萨回答,摩什·特尔品教授便与女儿走开了。

巴尔塔萨在惊慌失措之中,连眼睛都没敢睁开,可阚蒂达炙热的目光,却穿透了他的胸膛,一股甜蜜的惊恐传遍他的全身。

他的所有烦闷情绪全都烟消云散,他惊喜地注视着可爱的阚蒂达的身影，直至它消失在森林里的小路上。然后他又慢慢地返回到森林里，去做他那从未做过的美丽的梦。

第三章

法比安不知道自己该说什么。阚蒂达和少妇们不准吃鱼。摩什·特尔品的文学茶座。年轻的王子。

当法比安穿过森林，抄近路走去的时候，他心里想，一定要赶上在他前面疾驰而去的那个奇怪的小矮人，率先到达科列佩斯。他想错了，当他从灌木丛中走出来的时候，他看见远处有另外一个身材魁梧的骑马人，正与小矮人骑着马并肩而行，他们正要走进科列佩斯城门。"哼，"法比安自言自语地说，"这个骑着高头大马的小矮人，到底走到我前面了，这样看来，我还有足够的时间，看看他到达城里的时候，会引起怎样的热闹场面。如果这奇怪的小东西果真是个大学生，人们会告诉他到'飞马客栈'去投宿。他停在那里，嘴里发出震耳欲聋的'吁——吁'声。小矮人先扔掉马靴，然后自己跳下马来，当客栈伙计发出笑声的时候，他会毫不客气，粗声粗气地说：怎么着！然后，嬉闹的恶作剧立即停了下来！"

法比安来到城里以后，他以为在大街上，在通往"飞马客栈"的路上，会遇见捧腹大笑的人群。但事情并非如此。所有的人都心平气和地，庄严地来来往往。在"飞马客栈"前的广场上，有几个大学生也在同样严肃地散步，他们汇聚在那里，互相交谈着走来走去。法比安确信，小矮人至少尚未到达这里，他向着旅店大门看了一眼，恰好瞥见小矮人那匹非常熟悉的马被人牵进马厩里去。恰好遇见一个熟人，他马上跑过去探问，是否见过一个非常少见的小矮人走过来。法比安探问的那人像别的人一样，谁都没见过他所问的人，法比安还向他们讲述了小矮人想当大学生的事。大家都捧腹大笑了一阵，同时保证说，像他所描绘的那个小东西，根本没来过这里。不过大约十分钟之前，有两个相貌堂堂的骑马人，在"飞马客栈"门前从漂亮的高头大马上跳下来。"方才牵进马厩里的那匹马，是他们当中一个人骑过的吗？"法比安这样问道。"没错，"一个人回答说，"没错。骑这匹马的人，个头儿稍微矮一点，但身材窈窕，容貌可爱，披着一头从未见过的、十分漂亮的卷发。那样子看上去是个优秀骑手，他那飞身下马的姿态，既敏捷又文雅，活像我们大公的首席马术教练。"法比安问道："他是不是丢了马靴，还在你们面前打滚？""怎么会呢，"大家齐声回答说，"绝对不会的，你怎么会这样想呢，兄弟！一个如此熟练的骑手，不会像个小矮人那样！"法比安根本不知道，自己应该说什么。这时，巴尔塔萨从大街上走来。法比安向他扑过去，拉他过来并告诉他，他们在城门前遇见的那个从马身上掉下来的小矮人，如何刚刚来到这里，如何被大家当成了一个身材窈窕的人，如何被人当成了一名优秀骑手。"你看见了，"巴尔塔萨严肃而冷静地回答说，"你看见了，亲爱的法比安兄弟，不是所有人都像你那样，用嘲笑的眼光看待那些先天残疾的人，刻薄地对待那些不幸的人。""天哪，你说哪里去了，"法比安忙说，"这里说的不是嘲笑和刻薄的问题，而是说一个三块豆腐高的小家伙，简直跟个小萝卜头差不多，能不能称得上是个漂亮而窈窕的男人？"关于小大学生的身材和长相，巴尔塔萨不得不同意法比安的说法。其余人则肯定地说，那位小骑手是个漂亮而窈窕的男人，一再告诉法比安和巴尔塔萨，他们从未见过一个丑陋的小矮人。事情到此为止，大家惊奇地四散而去。

夜幕降临的时候，朋友二人相伴着返回自家的住宅。不知为什么，巴尔塔萨忽然说他遇见了摩什·特尔品教授，还邀请他参加次日的晚会。"好嘛，你可真走运，"法比安说，"你这个人可是太幸运了！到那时你可以看见你的心上人阘蒂达小姐了，你可以听她说话，与她交谈了！"巴尔塔萨重又觉得自己感情上深深受了伤害，他想甩开法比安一走了之。转念一想，他又停住脚步，强压怒火说出自己的烦恼："亲爱的兄弟，你把我当成了一个可笑的谈情说爱的花花公子，也许你是对的，大概我真是这样一个人。但是这种可笑的行为，是一个深深的令人痛苦的伤口，它能打击我的情绪，一不小心碰到它，会让我在剧烈的疼痛中做出各种各样的蠢事。所以，兄弟，假如你真的爱我，当着我的面就不要再提阙蒂达的名字！"法比安回答说："巴尔塔萨，我亲爱的朋友，你把事情又看得太悲观了，不过在你这种情况下，事情也只能是如此。但是为了不与你发生各种各样令人讨厌的口角，我答应你，只要你自己不给我这个机会，就不会从我嘴里冒出阙蒂达的名字。不过有一点，今天我还是要说，照我看来，你的恋爱可能使你陷入无穷无尽的烦恼。阙蒂达固然是个可爱的、漂亮的小姑娘，但是她完全不适合你那伤感而狂热的气质。一旦你深入了解她，你就会觉得她那无拘无束的快活性格太缺乏诗意，这一点你不论走到哪里都是很在意的。你将要做各种各样奇奇怪怪的梦，一切都将在一片喧闹声中以可怕的、难以想象的痛苦和彻底的失望宣告结束。顺便说一下，我同样也接到教授的邀请，参加明天的聚会，他会向我们讲述非常有趣的试验！好了，晚安，伟大的梦想家！睡个好觉吧，如果你面临明天这样的聚会能睡得着的话！"

就这样，法比安离开了陷入深思的朋友。法比安不想毫无理由地预言，阙蒂达与巴尔塔萨在一起会带来什么样感情上的不愉快，因为这两个人的性格和气质，是事实上足以导致这种不愉快的根源。

不论什么人都得承认，阙蒂达是个长得跟画一样漂亮的姑娘，生着一双能够穿透人家心灵的眼睛，一张玫瑰般微微翘起的嘴。此外，她那美丽的头发编成奇妙的发辫，再披散开来，尤其显得楚楚动人，至于它们是亚麻色还是栗色，我就记不清楚了，只记得它们有一种奇怪的特点，你看得时间越长，它们的颜色就变得越深。这姑娘个头儿修长，行动敏捷，尤其是在周围充满欢乐的时候，更显得可爱、妩媚，在看到她身上有这么多魅力的时候，人们往往会忽略她那一双手脚，它们也许生得过于小巧玲珑了。阙蒂达读过歌德的《威廉·麦斯特》、席勒的诗歌和富克的《魔戒》，书中包括什么内容，我又全都忘记了。这姑娘钢琴弹得也不错，有时也唱歌，会跳法兰西舞和伽伏特舞①，还能手写精美的、字迹清楚的书签。如果非要在这可爱的姑娘身上挑剔点什么毛病，也许她说话的声音有点过于低沉，腰身束得太紧，喜欢长时间戴一顶帽子，喝茶的时候点心吃得太多。在感情奔放的诗人看来，漂亮的阙蒂达身上自然还有许多不尽如人意的地方，但是他们的要求是没有止境的。他们首先要求的是，小姐要迷迷糊糊地迷恋他们所鼓吹的一切，要低声叹息，要翻白眼，时不时地还要犯点昏厥病，甚至现在就犯眼睛失明症，这才是最具有女性的女性美。前面提到的这位小姐，必须会用从自己心田里涌流出来的曲调，吟唱诗人写的诗歌，还要因为唱歌而酿成疾病；她自己也还要会作诗，这诗写成以后，要用纤细的字体写在非常细腻芬芳的纸上，当这位女士设法让自己的诗歌落入诗人手里的时候，她要表现得十分害羞，但是诗人却根本不会想到，自己可能因迷恋她的诗而导致犯病。世界上有一类诗意的苦行僧，他们走得更远，他们反对一切女性的温柔，反对一个姑娘大笑、吃饭、喝水，反对她们按照时兴的样式穿戴和梳妆打扮。他们差不多像禁止年轻妇女戴耳环，禁止她们吃鱼的圣徒西罗尼莫斯②一样。按照这位圣徒的要求，她们只能吃一些煮熟的草，经常处于饥饿状态，却并不感到饥饿，身穿缝得草率的粗布衣服，仅仅是为了遮体而已。

---

① 伽伏特舞，17、18 世纪流行于欧洲官廷中的一种二拍子、四拍子节奏的中速舞曲。

② 西罗尼莫斯（大约生活于公元340—420 年间），德国天主教神学家，有一段时间曾隐居于叙利亚，晚年在约旦主持一座修道院。曾经把《圣经》翻译成拉丁文，日后成为罗马天主教会用的范本，称"西罗尼莫斯译本"。西罗尼莫斯在基督教绘画艺术中，要么被描绘成《圣经》翻译家（如丢勒的《小屋子里的西罗尼莫斯》），要么被描绘成在荒野里跪在十字架前忏悔的人。

选择一个女人为妻的时候，首先她应该是严肃的，苍白的，伤感的，还要有点邋遢！

阕蒂达是个天性开朗、无拘无束的人，她从不放过一场轻松愉快的，既不让人感到难为情，又幽默的谈话。不管遇到什么滑稽事情，她都会毫不掩饰地开怀大笑。即使雨天败坏了她期待已久的户外散步，或者弄脏了一条新围巾，她也从不唉声叹气。只要有机会，不论谁都能看透这个道理，即一种深沉的内在的感情，是不会堕落成索然无味的感受的。不管是我还是你，亲爱的读者，因为我们都不是那种感情奔放的人，所以我们都会很满意这位姑娘。对于巴尔塔萨来说就不那么容易了！事情很快就会弄明白，毫无诗意的法比安的预言，在多大程度上是正确的或者是错误的！

至于说巴尔塔萨，由于他心神不宁，陷于无法描绘的忧心忡忡之中，那么他整夜不能入睡，就再自然不过了。他满脑袋装的都是他所钟爱的人的形象，坐在桌子旁边写了一大堆优美动听的诗行，他借一个描写夜莺爱上紫色玫瑰的神秘故事，来表现自己的心境。他要把这首诗带到摩什·特尔品家的茶座上去，只要一有机会，就用它向阕蒂达那毫无防备的心灵发起攻势。

法比安遵照约定的时间，来迎接他的朋友巴尔塔萨，当他看见巴尔塔萨比平时打扮得更仔细的时候，他微微露出了笑容。他围着一条镶有精巧的布鲁塞尔花边的锯齿形衣领，身穿割绒做的短制服，带有开口的衣袖，脚蹬一双后跟又高又尖，还带有流苏的法兰西靴子，头戴细腻的英国海狸皮帽子，手戴一副丹麦手套。他这一身完全是德国式的打扮，上衣的尺寸非常合适，特别是他的头发卷曲得也很漂亮，小胡子梳理得也都翘了起来。

当巴尔塔萨走进摩什·特尔品家，看见阕蒂达向他迎面走来的时候，他激动得心脏几乎从嗓子眼里跳了出来。她一身古代德国年轻妇女的打扮，无论是眼神还是语言，或者整个人的风度，都是那样和蔼可亲，妩媚动人，像平时人们见到她时那样。"我的迷人的小姐！"当阕蒂达亲自为他端来一杯热气腾腾的茶水，巴尔塔萨发自肺腑地长叹了一口气。阚蒂达那双炯炯发光的眼睛看着他说:"这是糖蜜酒、和樱桃甜酒,这是面包干、这是黑面包,亲爱的巴尔塔萨先生! 你喜欢吃什么,就拿什么吧! "他既未看一眼糖蜜酒、樱桃甜酒,或者面包干、黑面包,也未动手拿什么,兴奋的巴尔塔萨心中充满爱的痛苦和忧伤,眼睛片刻都离不开这可爱的少女,努力搜索着发自内心的语言,以便表达目前的感受。正在这时,高大壮实的美学教授用他那巨大的手从背后抓住他,让他转过身去,他颇为失礼地把茶水洒了一地,美学教授用打雷般的声音说道:"大名鼎鼎的卢卡斯·格拉纳赫①,你不要喝这劳什子水,它会倒了你的德意志式的胃口。在隔壁房间里,我们那位勇敢的摩什,摆了一排十分漂亮的瓶子,里面装的全是最珍贵的莱茵河酒,咱们立即去尝尝!"他把这不幸的年轻人拉走了。

摩什·特尔品教授从隔壁房间向他们走来,他手里领着一位非常少见的小矮人,大声喊道:"我的女士们,先生们,我这里向你们介绍一位具有非凡品格,天资甚高的年轻人,他会很容易地得到你们的喜欢和尊敬。就是这位年轻的秦欧波先生,他昨天刚来到我们大学,打算学习法律!"法比安和巴尔塔萨第一眼就认出了这个奇怪的小矮人,就是他在城门前向着他们飞驰而来,还从马上掉了下来。法比安悄声对巴尔塔萨说:"我要是跟这个何首乌决斗,应该用吹豆筒②还是鞋匠锥子? 对付这么一个可怕的对手,我可不能采用别的武器。"

"亏你说得出口,"巴尔塔萨回答说,"嘲笑一个天然有缺陷的人,你不感到害臊吗? 你听见了,他具有非凡的品格,他的精神价值代替了天生的体格缺陷。"然后他转过身来对小矮人说:"尊

---

①卢卡斯·格拉纳赫指的是老卢卡斯·格拉纳赫 (1472—1553),德国宗教改革和文艺复兴时期"古代德国绘画"的典型代表人物,与阿尔布莱希特·丢勒 (1471—1528) 齐名。美学教授见巴尔塔萨穿一身古代德意志服装,立即想到老卢卡斯·格拉纳赫的绘画。

②"吹豆筒"是一种儿童玩具,把豆子从筒里吹出去。

敬的秦欧波先生，我希望你昨天从马上掉下来，未酿成什么恶果吧？"秦欧波站起身来，用手里那根短小的手杖在身后支撑着自己，踮着脚尖站在那里，这样他的高度差不多能达到巴尔塔萨的腰带，他仰起头来，用冒着愤怒光芒的眼睛往上看着说道："我不明白你想干什么，你在说什么，我的先生？从马上掉下来？我从马上掉下来？你大概还不知道，我是世界上最优秀的骑手，我从未从马上掉下来过，我当过志愿兵，跟骑兵一块儿打过仗，在跑马场给军官和老百姓上过骑术课！哼，哼，从马上掉下来，我从马上掉下来！"说完他想急转身走开，但支撑身体的手杖滑落了，小矮人在巴尔塔萨脚前跟跄了几下。巴尔塔萨弯下身来去扶小矮人站起来，不经意间碰到了他的脑袋。小矮人发出刺耳的尖叫声，震动了整个大厅，在场的客人惊讶地站起身来，纷纷离开座位。大家围拢着巴尔塔萨，七嘴八舌地询问他，为何发出如此可怕的声音。"你别介意，巴尔塔萨先生，"摩什·特尔品教授说，"这个玩笑开得太出奇了。你大概是想让我们相信，这里有什么人踩了一只猫的尾巴！""猫，猫，把猫赶走！"一位神经衰弱的女士喊了一声，立即昏厥过去，另外有几位年纪大的先生喊了两声"猫，猫"，立即冲出门去，因为他们也犯有同样的特异体质反应。

阚蒂达把自己的整个鼻盐瓶都洒在昏厥的女士身上，悄声对巴尔塔萨说："瞧你用那可怕的猫叫闯的大祸，亲爱的巴尔塔萨先生！"

巴尔塔萨根本不知道自己做错了什么。面对嗔怪和羞惭，他什么话都说不出来，也不想告诉大家，发出可怕的猫叫声的不是他，而是小矮人秦欧波先生。

摩什·特尔品教授看到那年轻人正现出一副倒霉的尴尬样子。他和蔼地走近他说："好了，好了，亲爱的巴尔塔萨先生，你尽管放心好了。我什么都看清楚了。你弯着腰，四肢朝地，跳来跳去，模仿一只遭到虐待的愤怒的猫，太精彩了。平时我非常喜欢自然史的游戏，可今天是在文学茶座上……""可是，"巴尔塔萨脱口而出，"可是，尊敬的教授先生，那并不是我呀。""好了，事情已经过去了。"教授打断他的话。阚蒂达向他们走过来。"来帮我安慰安慰他，"教授对她说，"来帮助我安慰一下好心的巴尔塔萨，他对方才发生的那场乱子正在难为情呢。"

巴尔塔萨耷拉着眼皮站在那里，一副惊慌失措的可怜相，令好心肠的阚蒂达好不痛心。她拉着他的手，妩媚地微笑着悄悄地对他说："这些人也太可笑了，一只猫会把他们吓成这副样子。"

巴尔塔萨热情地吻着阚蒂达的手。阚蒂达那一双湛蓝的充满热情的眼睛紧紧地盯着他。他幸福得如同在天堂里一般，再也不想什么秦欧波和猫叫。混乱的场面已经过去了，人们重又安静下来。茶几旁坐着那位神经衰弱的女士，她正在蘸着糖蜜酒享用面包干，她确信用这类方法可以恢复受到惊吓的情绪，把突然的恐怖变成朝思暮想的希望！

那两位年纪大的先生，在室外的确看见一只逃窜的猫从他们的腿间钻过去，现在他们也放心地回来了，像别人一样回到游戏桌旁。

巴尔塔萨、法比安、美学教授，还有许多年轻人与妇女们坐在一起。这中间有人给秦欧波先生拿来一把踏脚凳，他借助这把踏脚凳蹬到沙发上去，坐在两个女人中间，用他那骄傲的炯炯放光的眼睛扫视着周围。

巴尔塔萨以为自己出风头的机会到了，他要朗诵那首描写夜莺爱上紫色玫瑰的诗歌。于是他带着年轻诗人惯有的羞怯，说明自己要斗胆朗诵一首诗歌，这是他的缪斯的最新成果，他并不担心会让人感到烦闷和无聊，倒是更希望得到各位来宾善意的包涵。

由于女人们已经议论够了城里所发生的所有新鲜事，姑娘们上一次在校长家里聚会时，照例关于帽子的最新式样，已经取得一致的意见，男人们也不再指望在以后的两个钟头里，还会有什么新颖食品和饮料，于是异口同声地要求巴尔塔萨，给这场聚会奉献精彩的乐趣。

巴尔塔萨拿出书写得干干净净的手稿读了起来。

他自己的作品，其实是带着充沛的力量，带着勃勃的生机，从他那真实的诗人气质中涌流出来的，因而使他越来越振奋。他的朗诵声音越来越高昂，热情越来越澎湃，表现了恋爱着的人内心深处是炙热的。当妇女们发出轻轻的叹息，或者轻轻的唉声的时候，他激动得浑身颤抖，男人们则高喊："精彩呀，好极了，妙极了！"这让他确信，他的诗歌感动了所有的人。

他的朗诵终于结束了。大家欢呼起来："多么好的一首诗呀！多么好的内容啊！多么好的想象力啊！每一行诗都写得那么漂亮，声音多么动听啊，谢谢，谢谢你了，秦欧波先生，这是一次美妙的享受。"

"什么？怎么说？"巴尔塔萨喊道。但是没有人注意他，大家一股脑儿向着秦欧波拥去，秦欧波趾高气扬地坐在沙发上，像个雄性的小火鸡一般，打鼾似的颇不耐烦地说："请多包涵，请多包涵，差强人意，雕虫小技而已，昨天夜里我才匆匆忙忙写下来！"美学教授却喊道："卓越的、奇妙的秦欧波！知心朋友，除了我之外，你是当今世界上第一位的诗人！让我来拥抱你，漂亮的心肝！"于是他把小矮人从沙发上抱起来，拥抱他，亲吻他。与此同时，秦欧波无所顾忌地自己欺骗自己。他那两条小短腿不断地踢蹬教授的肚子，还发出刺耳的尖叫："放开我，放开我，弄疼了我，疼，疼，我要把你的眼睛抠出来，我要咬断你的鼻子！"教授把小矮人放在沙发上说："不，可爱的朋友，不要过分谦虚嘛！"摩什·特尔品现在也离开游戏桌走过来，握着秦欧波的小手，非常庄重地说："好极了，年轻人！大家都说你有很高的天分，说得不过分，是的，说得还不够。"美学教授激动不已地再一次喊道："秦欧波这首精彩的诗歌，表达了对纯洁爱情最深刻的感受，你们这些年轻女人，有谁来献给他一个吻呀？"

只见阙蒂达站起身来，满脸通红地走到小矮人身旁，弯下腰来吻了他那丑陋的嘴和蓝色的嘴唇。"啊！"巴尔塔萨喊出声来，像突然发了神经病一样。"啊，秦欧波，奇妙的秦欧波呀，是你写下了这首内容深刻的诗，用它来歌颂夜莺和紫色玫瑰的爱情，你理应获得这个美好的报酬，你也得到了它！"

然后他拉着法比安走进隔壁房间，他说："帮我一个忙，眼睁睁地看着我，然后坦率而真诚地告诉我，我是不是那个叫巴尔塔萨的大学生，你是不是真叫法比安，我们是不是在摩什·特尔品教授家里，我们是不是在做梦，我们是不是傻瓜，拧拧我的鼻子，要么摇摇我的身子，让我从这倒霉的胡闹中清醒过来！"

"你怎么可以，"法比安回答道，"你怎么可以这样失态呢，纯粹是嫉妒，就是因为阚蒂达吻了小矮人？你自己也得承认，小矮人朗诵的那首诗，实际上是很优秀的。""法比安，"巴尔塔萨以十分惊讶的口气喊道："你说什么？""是嘛，"法比安接着说："就是嘛，小矮人这首诗非常好，我认为值得阚蒂达去吻他。这奇妙的小家伙后面一定隐藏着什么东西，而这东西一定比一个漂亮的人物形象还重要。但是，说起他的长相，我现在觉得比开始见到他时还令人讨厌。在朗诵诗的时候，内心的激动美化了他的面貌，我常常觉得他仿佛是一个出落得文雅的年轻人，尽管他还没有桌子高。放弃你那不必要的嫉妒吧，你作为诗人，去跟这个诗人交个朋友吧！"

"什么，"巴尔塔萨满腔愤怒地说，"什么，还要跟这个该死的丑东西交朋友？我真想用这双手掐死他。"

"算了，"法比安说，"这样你会完全失掉理智的。让我们返回大厅里去，那里一定发生了什么新鲜事，我听见人们在高声欢呼呢。"

巴尔塔萨机械地跟随朋友回到大厅里。

他们走进来的时候，看见摩什·特尔品教授正满脸狐疑，呆呆地站在大厅中央，他手里拿着刚刚做过一个什么物理实验的工具。所有参加聚会的人正围绕着小小的秦欧波，他用手杖撑着身体，踮着脚尖站在那里，用骄傲的目光接受从四面八方潮水般涌来的欢呼。人们又回过头来看教授，他又做了一个精致的小玩意儿。还没待他做完，所有的人又都围着小矮人欢呼起来："太精彩了，太好了，亲爱的秦欧波先生！"

最后连摩什·特尔品也欢呼着向小矮人走来，用比别人大十倍的声音喊道："太精彩了，太好了，亲爱的秦欧波先生！"

在聚会的人当中，有一个人是年轻的格雷高尔公爵，他也在大学里读书。公爵是人们见过的最为风度翩翩的人，他的举止既高贵，又无拘无束，人们能够从中清楚地看出他是名门出身，看出他在上流社会活动的习惯。

现在连格雷高尔公爵也是寸步不离秦欧波，称赞他是最杰出的诗人，无论用什么尺度衡量，都是最聪明的物理学家。

奇怪的是在聚会的人们当中，形成了并列在一起的两伙人。尤其令人惊讶的是，小矮人居然与风度翩翩的格雷高尔形成了鲜明对比，他那伸得长长的鼻子与他那两条小细腿儿简直不成比例。所有女人的目光全都盯着小矮人，谁都不看公爵，只看小矮人，他跷着脚尖抬高身子，一而再，再而三地脚跟落地，忽高忽低地摇来晃去，那样子像个笛卡儿式的小鬼①。

摩什·特尔品走到巴尔塔萨身旁问道："你对我的被保护人，我那可爱的秦欧波，有什么看法？此公有许多让人捉摸不透的地方，现在我得好好观察他，不论他还会做出怎样的事情。他是由神父养大的，也是他推荐给我的，关于他的出身，神父说得非常神秘。但是，你只需观察一下他那大方的礼貌，高贵的无拘无束的风度。他肯定是个贵族家庭出身的人，甚至可能是国王的儿子！"恰在此时，有人报告说，宴席准备好了。秦欧波跌跌撞撞地向阙蒂达走来，笨拙地抓住她的手，领着她走进餐厅。

不幸的巴尔塔萨满腔愤怒地穿过黑夜，穿过狂风和暴雨，跑回家去。

---

①"笛卡儿式的小鬼"，一种中空彩色的玻璃娃娃，类似中国的"不倒翁"，放在水里飘飘摇摇，不倒不沉，以法国哲学家笛卡儿命名，因其样子丑陋，故称"笛卡儿式的小鬼"。

第四章

意大利小提琴演奏家斯比欧卡是怎样威胁说，要把秦欧波先生投进低音提琴里的。候补官员蒲二孝是如何未能进入外交界的。关于海关员和家庭里所保留的奇怪的东西。巴尔塔萨是怎样被人用手杖的球形扶手所迷惑的。

巴尔塔萨在一个非常寂寞的森林里，坐在一块长满苔藓的大石头上，一面想着心事，一面观察着山下深谷里那条小溪，它在峭壁悬崖和茂密的树丛之间翻着浪花奔腾而下。昏暗的云彩飘过来，飘过去，隐没在群山背后；树木的沙沙声，溪水的淙淙声，仿佛低沉的哀诉，隼鹰盘旋着从幽暗的树丛中飞出来，升上遥远的天空，追逐着消逝的云彩而去。

巴尔塔萨在森林里听到的那些奇妙声音，仿佛是大自然的绝望哀怨，他自己仿佛就淹没在这种哀怨里，仿佛他的整个存在就只是这种深刻的、无法克服的痛苦感情。面临悲伤，他的心都要跳出来了，他的眼睛里常常流出眼泪，仿佛森林小溪的精灵们都仰望着他，从波浪里伸出雪白的臂膀，要把他拉进冰冷的深渊。

正在这时，远方空气里飘来明亮欢快的喇叭声，仿佛是安慰一般撞击着他的胸膛，思念在他身上苏醒过来，与思念一起还有甜蜜的希望。他环顾四周，喇叭声仍在继续响着，他觉得森林里那些绿色的影子已经不再那么悲伤，风声已经不再那么哀怨，灌木丛仿佛在窃窃私语。于是他也说起话来。

"不，"他喊出声来，与此同时他站起身来，离开自己的座位，他那炯炯发光的眼睛望着远方，"不，希望尚未全部破灭！毫无疑问的是，冥冥之中有一个什么秘密，有一种什么邪恶的魔法，闯入我的生活，进行破坏，但是，即使我毁灭了自己，也要打破这魔法！当我在自己发自肺腑的感情驱使和控制之下，向可爱的、漂亮的阙蒂达，表达我的爱的时候，我不是从她的目光里，从她的握手里感觉到了自己的幸福吗？然而，那个该死的小丑东西一露面，所有人的爱便都冲着他去了。阙蒂达的眼睛死死盯住那该死的怪胎，当那笨拙的小家伙走近她，甚至握住她的手的时候，他的胸中发出热烈的叹息。他一定有什么不可告人的事情，假如我相信荒谬的、令人无法相信的故事，我会说他会巫术，可能会像人们所说的那样，他会迷惑人。这是不是太令人难以置信了？本来所有人都嘲笑这个长得奇丑无比的小矮人，可是，当他来到我们中间的时候，大家又都称他为最聪明，最有学问，长得最漂亮的大学生先生。我说什么来着！我自己不也是这样说的吗？我自己不是也常常觉得秦欧波既聪明又漂亮吗？只有当着阙蒂达的面，秦欧波才丧失了控制我的威力，这时的秦欧波先生只是一个愚蠢的、令人厌恶的何首乌。不错！我顶住了这股敌对力量，我的内心里有一种隐隐约约的预感，有某种想象不到的力量给了我武器，抵御邪恶的魔鬼。"

巴尔塔萨寻找返回科列佩斯的道路。他行走在一条林中小路上，发现公路上有一辆装满行李的小旅行车，车上有个什么人友好地向他挥动着白色手绢。他走近一看，原来是世界著名的小提琴演奏家文森佐·斯比欧卡，他对他那富有表现力的出色的演奏，给予非常高的评价，近两年来他一直在他那里上课。斯比欧卡从车上跳下来说："碰巧了，我亲爱的巴尔塔萨先生，我尊贵的朋友和学生，碰巧了，我在这里遇见你，可以衷心地向你告别了。"

"怎么，"巴尔塔萨说，"怎么，斯比欧卡先生，你不会离开科列佩斯吧？这里的人全都尊敬你，景仰你，没有人愿意离开你。"

"是的，"斯比欧卡内心的怒火，一下子蹿到脸上来，他回答说，"是的，巴尔塔萨先生，我要离开这个地方，这里的人全都是傻瓜，这地方简直像个巨大的疯人院。你昨天去乡下，未能参加我的音乐会，否则你会支持我对付那些疯狂的民众的，在他们面前我算甘拜下风了！"

"发生了什么事，天哪，到底发生了什么事？"巴尔塔萨问道。

斯比欧卡接着说："我演奏的是维奥蒂难度最大的协奏曲。[①] 这是我的骄傲，我的朋友。你听过我演奏这部作品，从来不会让你无动于衷。我敢说，昨天我的心情非常好，我说的是情绪，精神状态非常轻松，我指的是展开了想象的翅膀。世界上没有哪个小提琴演奏家，包括维奥蒂自己在内能抵得上我。我的演出结束后，爆发了暴风雨般的掌声，我指的是热烈的欢呼，像我所期待的那样。但是！我看到的是什么，听到的是什么！在场的所有人，谁都不理会我，大家拥向音乐会的一个角落，大声欢呼：'好啊，好极了，精彩的秦欧波！多么好的演奏啊，多么好的姿势呀，表现得多好啊，技巧多好啊！'我跑着挤过去看个究竟！原来是个三块豆腐高的，长得奇形怪状的家伙，发出打鼾一般令人厌恶的声音：'请吧，请大家多多包涵，我尽力演奏了，现在我是全欧洲乃至全世界已知的其余地区最优秀的小提琴家。''见你的鬼去，'我喊道，'是我演奏的，还是那个小爬虫演奏的！'那小东西继续嘟囔着：'请吧，请多包涵。'我想冲过去，抓住他，把他攥在手里。可这时大家却向我扑过来，嘴里嚷嚷着嫉妒，嫉妒，嫉妒等丧失理智的荒唐话。其中一个人甚至喊道：'多好的乐曲呀！'大家异口同声地跟着喊：'多好的乐曲呀，精彩的秦欧波！高雅的作曲家！'我比以前声音更大地喊道：'你们大家都发疯了，着魔了？这协奏曲是维奥蒂谱写的，我演奏的，我是世界著名的文森佐·斯比欧卡！'但是，他们却紧紧地抓住我，说我犯了意大利式的疯病，我的意思是说狂犬病，很少见的病例，他们靠着人多势众，用武力把我挟持到隔壁房间里，拿我像个疯子，像个病人一样对待。时间不长，布拉伽其太太冲了进来，瘫倒在地上。她的经历跟我一样。她的咏叹调刚一结束，整个大厅里响起一片同样的欢呼声：

---

① 这里可能指的是焦万尼·巴提斯塔·维奥蒂（1755—1824）的著名第 22 号 a-Moll 小提琴协奏曲。这位作曲家是他那个时代最有天分的小提琴演奏家，1819 年 11 月 2 日柏林上演维奥蒂小提琴音乐会时，本小说作者霍夫曼也在场。

'好啊，好极了，秦欧波，'大家异口同声地喊道，'世界上再也没有比秦欧波更好的女歌唱家了'。秦欧波则嘴里依旧嘟囔着那该死的'请吧，请吧！'布拉伽其太太躺在那里发起烧来，很快就咽气了；我却从那些发疯的民众手里逃了出来，拯救了自己。再见吧，最好的巴尔塔萨先生！如果你见到那个秦欧波先生，请告诉他，不管我在哪里举行音乐会，让他都不要参加。否则我肯定会提着他那甲壳虫腿儿，通过 F 音孔把他投进低音提琴里，只要他有兴趣，就让他在里面举行一辈子音乐会，唱一辈子咏叹调。再见吧，我亲爱的巴尔塔萨，不要荒废了你的小提琴！"文森佐·斯比欧卡说着拥抱了惊呆的巴尔塔萨，然后登上车，迅速离开这里。

"让我说对了，"巴尔塔萨自言自语地说，"让我说对了，这个让人毛骨悚然的家伙，这个秦欧波，是个会巫术的人，他能迷惑人。"正在此时，一个年轻人从他身旁跑过去，面色苍白，慌慌张张，面部显出惊慌失措和绝望的样子。巴尔塔萨感到心头一阵沉重。他觉得这个年轻人可能是他的一位朋友，于是跟着他向森林里跑去。

尚未跑上二三十步，他就看清那是候补官员蒲二孝，他站在一棵大树底下，眼望着天空说道："不！不能再容忍这种耻辱！人生的一切希望全都破灭了，条条大路都是通向坟墓的。走吧，生活，世界，爱人……"

说着，绝望的候补官员从胸中掏出一把手枪，对准自己的太阳穴。

巴尔塔萨一个箭步冲到他身边，从他手里夺过手枪，扔得远远的，大声喊道："蒲二孝！天哪，你怎么了，你要干什么！"

候补官员有几分钟未能清醒过来。他半瘫痪似的倒在草地上；巴尔塔萨坐在他旁边，尽管他不知道蒲二孝绝望的原因，还是尽量说些安慰他的话。

巴尔塔萨问了有一百遍，他问候补官员发生了什么可怕的事情，会产生自杀这种黑暗的念头。蒲二孝终于深深叹了一口气，开始说:"亲爱的朋友巴尔塔萨,你知道我的处境多么困难,你知道我的全部希望都寄托在机要投递员这个职位上,这个职位在外交大臣那里是个空缺;你知道,为了得到这个职位,我付出多少热情,花费多少精力。我的报告已经呈上去了,我高兴地听说,报告得到大臣的充分肯定。今天早晨我满有把握地去参加口试! 我发现屋里有一个形态奇丑的小家伙,你肯定知道他就是秦欧波先生。受命担任考试任务的公使兼参赞,友好地走到我面前告诉我,我想获得的这个职位,秦欧波先生也报名了,所以他要对我们两个人进行考试。然后他低声对我耳语说:'候补官员先生,你不必担心你的竞争对手,秦欧波这个小矮人呈上来的报告很糟糕!'考试开始了,参赞的问题我没有回答不上来的。秦欧波却什么都不知道,根本不知道;不但不回答,还一边打呼噜,一边尖声尖气地说些谁也听不懂的东西,由于他那两条小腿儿毫无规矩地乱蹬乱踹,多次从高高的椅子上跌下来,我不得不一再把他扶上去。我高兴得心脏直跳;参赞那投向小矮人的友好目光,被我当成了痛楚的嘲笑。考试结束了。有谁能形容我的惊恐呢,我觉得自己像被一道闪电打入十八层地狱一般,我看见参赞在拥抱那个小矮人,还对他说:'多么好的人呀! 多么有知识,多么聪明呀! 多么机灵呀! '然后对我说:'你好让我失望,候补官员蒲二孝先生,你什么都不懂! 请你不要怪我,你那种勇敢地参加考试的方式是不礼貌的,不文明的! 你连在椅子上都坐不住,几次跌下来,秦欧波先生还得扶你起来。外交官必须举止文雅,头脑清醒镇定。再见吧,候补官员先生! '到这时为止,我还以为这一切都是骗人的把戏。我壮着胆子去见大臣。他让我说,既然我在考试中表现成那么一副样子,居然还敢来找他,打扰他。原来他什么都知道了! 我努力争取的职位已经分配给了秦欧波先生! 就这样,不知是什么恶魔般的力量剥夺了我的全部希望,既然我不明不白地遭此厄运,我就自愿结束这条生命吧! 你离开我吧! "

"千万不能,"巴尔塔萨喊道,"你先听我说! "

他把第一次在科列佩斯城门前相遇以来，关于秦欧波所知道的一切说了一遍：他与小矮人在摩什·特尔品家里发生的事情，他刚刚从文森佐·斯比欧卡那里听来的事情等等。"毫无疑问，"然后他说，"所有发生的事情，归根到底都跟这个可恶的丑东西有某种神秘关系，相信我吧，蒲二孝朋友！他一定在玩什么邪恶的巫术，我们只能用坚定的意志对付他，只要我们有勇气，一定会胜利的。所以不要灰心丧气，不要仓促行事。让我们联合起来对付这个耍巫术的小家伙。"

"耍巫术的家伙，"候补官员兴奋地喊叫起来，"对，他是耍巫术的，一点不错，这小家伙是个该死的巫师！可巴尔塔萨兄弟，我们怎么了，难道我们是在做梦吗？巫术，魔法，不是早就过时了吗？帕夫努修斯一世大公不是在许多年前就推行开明治国方略，把所有放肆的胡作非为，所有不可理喻的东西都赶出了国门，怎么这些装神弄鬼的家伙又偷偷摸摸混进来了？天哪！应该立即去警察局和海关检举他们！但是不，不，恐怕是人们的愚蠢和大量的贿赂要对我们的不幸负责。那个该死的秦欧波一定是个非常富有的人。最近他站在钱庄门前，人们用手指着他喊道：'你们看哪，那个漂亮的小老爹！那里面铸造出来的所有闪闪发光的金子都是他的！'"

"住口吧，"巴尔塔萨回答说，"别说了，候补官员朋友，用金子是对付不了恶魔的，这背后可能有别的原因！的确，帕夫努修斯公爵是推行了开明治国方略，以便造福于他的老百姓，造福于他的后代，但是有些不可思议的东西、不可理喻的东西还是保存下来了。我指的是有人依旧在家里保存了某些奇怪的东西。比如说用便宜种子依旧能长出高大粗壮的树木，甚至结出各种各样的果实和粮食，供我们填饱肚子。有人甚至让鲜花儿的叶子和昆虫的翅膀生出耀眼的颜色，甚至是最令人惊异的笔画，谁都不知道它们究竟是油彩、水粉画或者水彩画风格，任何一个书写大师都无法辨认这些漂亮的书体，更不要说临摹了！嘿嘿，候补官员，我告诉你，我的内心里偶尔会产生一些古怪的想法！我放下烟斗，在屋子里踱来踱去，仿佛有一个奇怪的声音在悄悄地说，我自己就是一个奇迹，魔法师在我的内心里建造了一个微观世界，让我干各种各样的恶作剧！但是，候补官员，然后我跑掉了，去观赏大自然，凡是花儿、水儿对我说的一切，我全都明白，我感到自己如同在天堂里一样幸福！"

"你说起话来，如同发烧一样。"蒲二孝说，可是，巴尔塔萨根本未理会他，他伸开双臂向着远方，如同热烈的渴望向他袭来。"你仔细听，"巴尔塔萨说，"你仔细听啊，候补官员！多么美妙的音乐随着晚风在森林里荡漾啊！你听见那泉水的歌声有多么响亮吗？你听见那灌木丛和花儿放出悦耳的声音，与它们一起歌唱吗？"

候补官员竖起耳朵谛听巴尔塔萨所说的那种音乐。"的确，"然后他开始说话，"的确，森林里荡漾着声音，那是我平生所听到的最优雅、最美妙的声音，它们深深地沁入我的灵魂。不过，那唱歌的不就是晚风吗？不就是灌木丛和花儿吗？我觉得仿佛有人在远方弹奏手风琴的低音。"

蒲二孝说得对。音乐声越来越大，越来越近，真像是一架手风琴的声音，其声音之大，之强烈，达到了闻所未闻的程度。当朋友们继续走向前来的时候，出现在他们眼前的是一场让人眼花缭乱的戏，他们惊呆了，他们站在那里，脚下如同生根一样。在不远的地方，一个男人驾着一辆车缓缓地穿过森林，浑身仿佛是中国打扮，只是头戴一顶宽大的四角礼帽，帽子上插着漂亮的翎毛。车仿佛是闪光的水晶造的敞开的蚌壳，两个高高的轮子有着同样的尺寸。当他转过身来的时候，朋友们从远处听到的那种美妙的手风琴声又响了起来。两头雪白的独角兽身披金制的挽具拉着车，车上坐的不是车夫，而是一只白鹂，嘴里叼着金丝绳。车厢里坐着一只巨大的金龟子，扇动着两个闪着微光的翅膀，仿佛在向蚌壳里那个奇异的人招手。经过朋友们面前的时候，还向他们友好地点头打招呼。就在这一瞬间，那男人手中的长管子的扶手发出一道闪光，射在巴尔塔萨身上，他感觉到有一根炙热的针刺进他的胸膛，他闷声闷气地叫了一声："啊！吓了一跳。"

那人看着他，微微一笑，比先前更友好地向他招了招手。当这辆令人着迷的车隐入浓密的树丛里，手风琴那温柔的余音依旧缭绕不散的时候，巴尔塔萨方才苏醒过来，他幸福快乐得完全不能自持，搂着朋友的脖子喊道："候补官员，我们有救了！就是他能破解秦欧波那邪恶的巫术！"

"我不知道，"蒲二孝说，"我不知道自己在这一时刻应该作何打算，我不知道自己是醒着，还是在做梦；但是，我确实觉得自己浑身有一种莫名的幸福感，我心里又恢复了安慰和希望。"

第五章

> 巴萨努夫公爵是怎样在早餐时吃莱比锡云雀，喝但泽金水酒的，他的卡西米尔裤子是怎样掉上一块黄油的，内阁秘书秦欧波是怎样被提升为内阁专职顾问的。普罗斯佩尔·阿尔帕努斯医生的画册。看门人是怎样咬了法比安手指头，他又是怎样穿着女人拖裙遭人嘲笑的。巴尔塔萨的出逃。

什么事都无法长期隐瞒下去，那个录取秦欧波先生做内阁秘书的外交大臣，就是曾经在《比赛规则大全》和编年史里徒然寻找蔷薇观景楼仙女家谱的那位月光伯爵的后代。像他的祖先一样，他也姓月光，受过良好教育，具有令人愉快的礼貌，在说"我"和"您"的时候，从来不会混淆了第三格和第四格的语法，书写自己名字的时候，用的是法文印刷体，而且字迹清楚可读，如果遇上天气不好，有时甚至独自一人上班工作。巴萨努夫公爵是伟大的帕夫努修斯的继承人，他喜欢月光伯爵到了体贴入微的程度，因为他能回答任何问题，休息时间与公爵打保龄球，精通钱庄生意，在伽伏特舞会上能找到合意的舞伴。

有一次，月光伯爵在早餐的时候，邀请公爵吃莱比锡云雀，喝但泽金水酒。当公爵来到月光伯爵家的时候，发现在前庭众多文质彬彬的外交官当中有小矮人秦欧波，他用自己的手杖撑着身体，用他那炯炯发光的小眼睛瞅了他一眼，再未理会他，从桌子上偷偷抓起一只烤云雀塞进嘴里。当公爵发现小矮人的时候，慈祥地对他微微一笑，对外交大臣说："月光！你家里那位又漂亮又聪明的小矮人是谁呀？一定是用流畅的文体、优美的文字书写报告的那个人吧？我早就从你手里得到了那份报告。""是的，尊敬的先生，"月光回答说，"命运把他交给我，在我的办公室里当一名有才智的、灵活的工人。尊敬的公爵，让我首先向阁下介绍这个漂亮的年轻人，他的名字叫秦欧波！几天之前他才来我这里。""正是因为这样，"一个漂亮的年轻人凑过来说，"正是因为这样，阁下想必已经发现了，我的小同事还什么都未投递过呢。有幸得到你赏识的那份报告，我的尊贵的大公，那是我写的。""你想干什么！"大公愤怒地训斥他说。秦欧波凑近公爵，这时他胃口大开，贪婪地吧嗒着嘴吃起云雀来。那年轻人的确是撰写那份报告的人，可公爵却大喊："你想干什么，你不是连笔还未摸着吗？像你这样紧挨着我拿着烤云雀大吃大嚼，只能引起我的厌恶，我这条新做的卡西米尔裤子掉上一块黄油，你吃东西直吧嗒嘴，怎么这样不文雅！所有这一切都充分证明，你根本不配做任何外事工作！你老老实实地回家吧，不要再让我看见你。假如你能为我的卡西米尔裤子弄个去污球来，或许会让我再高兴起来！"然后转向秦欧波说："像你这样的年轻人，尊敬的秦欧波，是能给国家增添光彩的，是应该得到荣誉奖励的！你就是内阁专职顾问了，我的先生！""非常感谢，"秦欧波嘟嘟囔囔地一边说一边吞下最后一口云雀肉，用两只小手擦了擦嘴说，"非常感谢，这种营生，我会按照自己的想法去干的。"

"勇敢的自信，"公爵提高调门儿说道，"勇敢的自信来自内在的力量，这是一位合格的国务活动家必须具备的品质！"为了这句格言，公爵喝了一小杯金水酒，这是外交大臣亲手递过来的，对此他感到很高兴。顾问一定要坐在公爵和大臣中间。让人难以想象的是，他狼吞虎咽地吃了许多云雀，胡乱喝了些马拉加葡萄酒和金水酒，嘴里还不断地咕咕哝哝，哼哼唧唧，由于他那尖尖的鼻子够不着桌子对面的东西，便竭力迈开两条小腿，挥舞两只小手。

早餐结束以后，公爵和大臣都说："他是个英国人，这位机要顾问！"

法比安对他的朋友巴尔塔萨说："你的样子蛮高兴嘛，你的眼睛里冒着特殊的火光。你觉得幸福吗？唉，巴尔塔萨，你大概是在做一个美梦，可我必须唤醒你，这是我做朋友的义务！"

"你说什么，出什么事了？"巴尔塔萨惊愕地问道。

"是的，"法比安接着说，"是的，我必须告诉你！你一定要镇定，我的朋友！你想想看，世界上也许没有什么不幸的事情比这件事情更令人痛苦，但也更容易克服！阖蒂达。"

"天哪！"巴尔塔萨惊讶地喊道，"阖蒂达！阖蒂达怎么了？她走了，她死了？"

"放心，"法比安接着说，"放心吧，我的朋友！阖蒂达没有死，可是，对于你来说，跟死了差不多！你是知道的，小矮人秦欧波成了机要顾问，几乎可以说是铁板钉钉，漂亮的阖蒂达，天晓得为什么，完全迷恋上他了。"

法比安以为巴尔塔萨会大发雷霆，会发出绝望的抱怨和咒骂。相反他却镇定自若地微笑着说："如果未发生别的事情，那就不会有什么不幸的事情，也不会让我悲伤。"

"你不爱阖蒂达了？"法比安惊讶地说。

"我爱呀，"巴尔塔萨回答说，"我爱这个天仙般的美女，热烈地爱着这个漂亮姑娘，简直到了如痴如狂的地步，这是只有年轻人才有的热情！我知道，唉，我知道阖蒂达还会爱我的，只不过是一种邪恶的巫术把她给缠住了，但是，要不了多久，我会解除这种巫术的束缚，不久我就会毁了这个迷惑天真少女的坏蛋。"

于是，巴尔塔萨向朋友详细讲述了他在森林里遇见的那个坐在奇妙的车上的奇人。他在结束的时候说，当那奇人手杖扶手里的闪光射在他胸腔上的时候，他产生了坚定的信念，秦欧波只不过是个小小的巫师，那个人一定会消灭他的魔力。

"可是，"巴尔塔萨结束他的叙述以后，法比安喊道，"可是，巴尔塔萨，你怎么能相信这类癫狂的，奇奇怪怪的东西呢？你说的那个奇人不是别人，他就是普罗斯佩尔·阿尔帕努斯医生，他就住在离城不远的自家的农庄上。不错，他散布了不少关于自己的不可思议的传闻，许多人都把他当成了第二个卡廖斯特罗①，这要怪他自己。他喜欢把自己打扮得神秘兮兮，让人觉得他是个精通自然界深不可测的秘密的人，是个能够驾驭各种不名力量的人，而且有着各种奇奇怪怪的想法。比如他那辆车就非常奇怪，他能使一个像你这样想象力十分活跃的人，我的朋友，把一切都当成某个令人难以想象的童话里的现象。让我来告诉你吧，他那辆像个蚌壳似的二轮马车，里里外外用银子进行了包装，两个轮子中间安了一架手摇风琴，车一走动，它就自行演奏起来。被你当成白鹇的，那是他那个穿着一身白衣服的小赛马师，而那把撑开的遮阳伞，却被你当成了金龟子的翅膀。他给两匹马安上巨大的角，看起来简直像神话一般。另外你说得也对，阿尔帕努斯医生有一根漂亮的西班牙手杖，镶着闪闪发光的水晶，镶在手杖的顶端充当扶手，关于它的奇妙作用，人们讲了许多许多，或者说撒了许多许多的谎。这块水晶所发射的光芒，是人眼几乎无法承受的。医生用一块薄纱把它包裹起来，人的眼睛盯着它的时候，人头脑里的形象表面看来如同出现在一面凹面镜上一般。"

"真的吗，"巴尔塔萨接着说道，"真的吗？有人这样说？关于

---

① 卡廖斯特罗（原名 Giuseppe Balsamo，1743—1795），是个声名狼藉的意大利冒险家，农民出身，18世纪70年代，以魔法师、炼金术士、预言家、通神术士闻名于整个欧洲。

普罗斯佩尔·阿尔帕努斯医生，人们还说过些什么？"

"咳，"法比安回答道，"别要求我一再重复讲述那些装神弄鬼的恶作剧。你是知道的，直到今天，还有些喜欢冒险的人，他们违背健康理智，相信那些蹩脚童话里的所谓奇迹。"

"我愿意向你承认，"巴尔塔萨接着说，"我是不得不把自己列入理智不健康的冒险家之中。镶银的木头不是光亮透明的水晶，手摇风琴的声音不同于手风琴的声音，赛马师不是白鹳，遮阳伞不是金龟子。要么是我见过的那个奇人，而不是你所说的普罗斯佩尔·阿尔帕努斯医生，要么是医生掌握了十分不同寻常的秘密。"

法比安说："为了彻底治好你那奇怪的梦幻症，最好我还是带你直接去见见普罗斯佩尔·阿尔帕努斯医生。然后你自己就会发现，医生是个十分平常的大夫，绝对不会驾着独角兽、白鹳和金龟子一块出去兜风。"

巴尔塔萨眼睛一亮答道："你说出了我心里的愿望，我的朋友。咱们马上走吧。"

不久，他们便站在花园的栅栏门前，门是锁着的，花园中间是阿尔帕努斯医生的乡间别墅。"我们怎样才能进去呢？"法比安说。"我想，我们敲门吧。"巴尔塔萨一边答话，一边握住安在门扣上的金属环。

他刚刚抓起门环，什么地方发出一种神秘的嗡嗡声，如同远方传来的雷声，仿佛是深渊里传来的回响。栅栏门缓慢地转动开来，他们踏进院里，穿过一条又长又宽的林荫路，方才看见乡间别墅。法比安说："你是否感觉到这里有点不同反响？有点令人迷惑不解？"巴尔塔萨回答说："照我看，这栅栏门启开的方式，是有点不同寻常，我不知道为什么，这里的一切都让我觉得这么奇怪，这么不可思议。什么地方见过这么高大的树木，像这个园子里这样？是的，有些大树，有些灌木，它们那闪闪发亮的树干，它们那宝石绿色的树叶，仿佛属于一个陌生的不熟悉的国家。"

法比安发现有两只体形异常巨大的青蛙，从栅栏门开始就蹦蹦跳跳地尾随在他们的两侧。法比安说:"这么漂亮的院子,却养着这么讨厌的动物!"说着他弯下腰去,拾起一块小石头,想用它来投掷那可笑的青蛙。两只青蛙跳进树丛里,用闪闪发光的人眼睛看着他。"等着瞧,等着瞧!"法比安一边说,一边瞄准另一只投过去。就在这一瞬间,一个矮小丑陋的女人坐在路旁尖声尖气地叫起来:"没有礼貌的家伙!不要投掷老实人嘛,人家为了挣口饭吃,才来这院子里受苦受累。""走了,走吧。"巴尔塔萨含含糊糊地说,因为他已经发现,那青蛙是一个老女人装扮的。他看了一眼树丛中,原来另外一只青蛙,是一个身材矮小的人,他正在锄草。

乡间别墅前面有一片巨大而美丽的草坪,两只独角兽正在草坪上吃草,美妙的手风琴声在空气中荡漾。

"你听见吗?你看见吗?"巴尔塔萨问道。

法比安回答说:"除了两匹白马在草地上吃草,我什么也没看见,那在空气中发声的东西,大概是挂在什么地方的风神琴。"

这是一栋不大不小的二层乡间别墅,巴尔塔萨颇为喜欢它那庄重朴素的建筑形式。他拉动门铃的绳子,房门立即打开来,一只熠熠发光的金黄色巨大鸵鸟,像个看门人一样站在两个朋友面前。

"你来看呀,"法比安对巴尔塔萨说,"这是一个看门人穿的漂亮制服!若是你事后给它小费,它会伸出一只手把小费装进背心口袋里。"

说着他转过身来,抓住鸵鸟嘴下面脖子上像领结一样展开着闪闪发光的绒毛,对它说:"漂亮的朋友,报告医生先生,说我们来了!"鸵鸟什么都未说,只是"呼噜"一声,然后便咬了法比安手指一口。"天哪,"法比安叫道,"这家伙原来是只该死的鸟啊。"

恰在这时,里面的一扇门打开了,医生自己出现在两个朋友对面。他是一个瘦小而苍白的人!头上戴一顶天鹅绒制的小帽子,美丽的头发像长长的卷曲的波纹,披散在肩头,身穿一件土黄色印度长袍,足蹬带扣绊的小红靴子,究竟是兽皮的,还是闪光的鸟皮的，一时分辨不清。他一脸安详，显然是个好脾气的人，令人奇怪的是，如果你走近他仔细观察，你会发现，他的面孔上还有一张小面孔，仿佛从一个小玻璃房子里往外看。

"我看见了，"普罗斯佩尔·阿尔帕努斯和蔼地微笑着，悄悄地拉长着声音说，"我从窗户看见你们了，我的先生们！我早就知道，特别是你，巴尔塔萨先生，你会来找我的。请你们跟我来吧！"

普罗斯佩尔·阿尔帕努斯领着他们走进一个高大的圆房间，四周吊着天蓝色的窗帘。光线从屋顶上的窗子射下来，洒在光洁明亮的大理石桌面上，整个桌子是由一只凤凰撑着，摆在屋子中间。除此之外，这间屋子里并未发现什么特殊的东西。

"你有什么事情要我帮忙吗？"普罗斯佩尔·阿尔帕努斯问道。

巴尔塔萨概括地讲述了小矮人秦欧波初次来到科列佩斯以后发生的事情，最后他肯定地说，自己坚信普罗斯佩尔·阿尔帕努斯是个好心肠的魔法师，一定能阻止秦欧波计划中的邪恶的魔法。

普罗斯佩尔·阿尔帕努斯沉默了，他陷入沉思之中。几分钟之后他以一种严肃的表情和低沉的声音开始说道："根据你告诉我的这些情况判断，巴尔塔萨，毫无疑问的是，小矮人秦欧波的事情具有特殊的秘密性质。但是，人们必须首先认识他所面对的敌人，知道原因才能摧毁它的影响。据我估计，小矮人秦欧波其实就是一个小何首乌精。让我们立即去察看察看。"

说着，普罗斯佩尔·阿尔帕努斯拉动沿着屋顶周围垂下来的许多丝绳中的一根，窗帘哗的一声打开来，巨大的大开本古书连同它们那镀金的封面出现在眼前，一个轻巧灵便的香柏木梯子滚落下来。普罗斯佩尔·阿尔帕努斯登上梯子，从书架的最上层取下一部大开本古书，用一把巨大的闪闪发光的孔雀毛掸仔细地扫掉灰尘，然后把它放在大理石桌子上。他说："这部作品是专门讲何首乌的，全部何首乌在这里都有画像；在这里你也许会找到那个与你为敌的秦欧波，然后我们就可以制服他。"

普罗斯佩尔·阿尔帕努斯打开书，两个朋友看见许多制作精美的铜版画，上面画着许多令人惊讶的、怪里怪气的小人儿，他们的面貌十分丑陋，令人不堪瞩目。但是，当普罗斯佩尔抚摸纸上一个小人的时候，他活了，从纸上跳出来，在大理石桌子上翩翩起舞，蹦蹦跳跳，煞是可笑，还用他那小手指头打榧子，用他那小罗圈腿旋转和跳高，与此同时嘴里还哼哼呀呀地唱着，直到普罗斯佩尔抓住他的脑袋，重新按倒在书本上，立即变成一幅平平整整的彩色画面。

书上所有的画都以同样方式看了一遍，直到巴尔塔萨喊道："这就是他，这是秦欧波！"但是待他仔细看去，不得不遗憾地承认，这个小人儿根本不是秦欧波。

"这可太奇怪了。"翻完书之后，普罗斯佩尔·阿尔帕努斯说道。他接着说："秦欧波也许是个地妖。让我们再翻翻看。"

说着，他十分敏捷地再一次跳上香柏木梯子，取下另一部大开本古书，把灰尘掸得干干净净，把它放在大理石桌子上打开说："这本书是讲地妖的，也许我们在这本书里能抓住秦欧波。"两个朋友又翻看了许多制作精美的铜版画，画的都是极丑陋的黄褐色的魔鬼。只要普罗斯佩尔·阿尔帕努斯一抚摸它们，便都哭哭啼啼地发出痛苦的哀怨声，然后慢慢腾腾地爬起来，唉声叹气地在大理石桌子上翻来滚去，直到医生把它们压回到书本里。

巴尔塔萨在这些画像里也未找到秦欧波。

"奇怪了，太奇怪了，"医生说着陷入默默的沉思之中。

"金龟子王，"然后他接着说，"不可能是金龟子王，因为我确实知道它目前在别处做事情；也不是蜘蛛元帅，因为蜘蛛元帅虽然长得很丑，但它聪明伶俐，靠自己的双手劳动为生，从不插手别的事情。奇怪了，太奇怪了。"

他又沉默了几分钟，这时人们清晰地听见周围响起各种各样奇妙的声音，有时是单独的声音，有时是丰满的越来越大的和声。"你家里到处都有美妙的音乐，而且从不间断，亲爱的医生先生。"法比安说。普罗斯佩尔·阿尔帕努斯好像根本就未注意他，他只是在眼巴巴地盯着巴尔塔萨，他的两只胳膊向他伸开，然后手指尖对着他直摆动，仿佛向他喷洒看不见的水珠。

医生最后握住巴尔塔萨的双手，既和蔼又严肃地对他说："心理学原理最纯粹的谐和音，只有在二元论的规则之内，才能有利于我现在采取的行动。你们跟我来！"

两个朋友跟随医生穿过几个房间，其中除了几头奇怪的动物在读书、写作、绘画、跳舞之外，没见有什么值得大惊小怪的东西。直到两扇门打开以后，朋友们才站在一条厚厚的帘子面前，普罗斯佩尔·阿尔帕努斯消失在帘子背后，让他们停留在黑暗之中。待帘子哗哗地拉开以后，朋友们发现自己正处在一个鸡蛋般圆形的大厅里，大厅里半明半暗的光线，显得神秘兮兮。如果仔细观察墙壁，你的眼睛仿佛消失在一望无际的绿色树林里，消失在开满鲜花、有着潺潺流水的源泉和小溪的山谷里。一股神秘的不可名状的香味时起时伏，仿佛是它带来和带走手风琴那甜美的声音。普罗斯佩尔·阿尔帕努斯出现了，他像个婆罗门一样身穿一身白袍，把一面巨大的圆形水晶镜，放在大厅中央，上面还蒙了一块黑纱。

"过来吧，"他声音低沉而庄重地说，"你过来，站在这面镜子前面，巴尔塔萨，心里坚定地想着阙蒂达，你若是全心全意，她立刻就会出现在你的面前，所谓立刻，现在就存在于空间和时间里。"

巴尔塔萨按照他的命令做了，普罗斯佩尔·阿尔帕努斯站在他身后，两只手围绕着他划圈。

不消几分钟的时间，从镜子里涌出一股近乎蓝色的香气。阙蒂达，可爱的阙蒂达那可爱的形象及其丰富的人生出现了！她旁边，紧挨着她坐着令人讨厌的秦欧波，握着她的手吻他。阙蒂达一只胳膊搂着那丑陋的东西，亲昵地抚摸他！巴尔塔萨想大喊一声，但普罗斯佩尔·阿尔帕努斯紧紧抓住他的两个肩膀，喊声憋在胸里。"镇静下来，"普罗斯佩尔悄悄地说，"你要镇静，巴尔塔萨！你拿着这根手杖，跟小矮人开个玩笑，但是你不要挪动地方。"

巴尔塔萨照着他说的做了，他高兴地看到小矮人蜷曲着身子躺在地上翻来滚去！巴尔塔萨愤怒地跳上前去，画面立刻化成了烟雾，普罗斯佩尔·阿尔帕努斯用力把发疯似的巴尔塔萨拉回来，大声喊道："别动，你打碎魔镜，我们大家就都失败了！我们回到那间明亮屋子里去吧。"朋友们遵照医生的指示离开大厅，走进隔壁明亮的房间。

法比安深深地吸了一口气喊道："谢天谢地，我们终于离开了这该死的大厅。这闷热的空气几乎把我的心脏都给压扁了，还有那荒唐可笑的戏法，我打心眼里讨厌它。"

巴尔塔萨刚要回答，普罗斯佩尔·阿尔帕努斯走了进来。

"这就明白了，"他说，"现在可以肯定地说，那个丑陋的秦欧波既不是何首乌，也不是什么地妖，而是一个平常人。但是这里面有一股神秘的魔力，到目前为止我还不能认识它，所以我还无法帮助你。欢迎你以后再来我家，巴尔塔萨，然后我们再看看还能做些什么。再见吧！"

法比安走近医生说："这就是说，你是一个魔法师，医生先生，你用自己的魔法连个卑鄙的小秦欧波也制服不了？你知道吗，在我看来，你是个真正的江湖骗子，你那些五颜六色的画面，小人儿，魔镜，以及所有你那些可笑的玩意儿，都是不折不扣的江湖骗术。巴尔塔萨，他正在谈恋爱，正在写诗，不管你说什么，他全都相信，但是你骗不了我！我是一个开明的人，我不相信任何奇迹！"

"随你怎么说吧，"普罗斯佩尔·阿尔帕努斯一边回答，一边开怀大笑起来，仿佛让你不得不相信他的整个人格，"随你怎么说吧。但是，不管我是不是魔法师，我确实会几手漂亮小把戏。"

"一定是从魏格雷布魔术教科书①里学来的，要么是从别处学

---

①"魏格雷布魔术教科书"，魏格雷布即德国化学家 Johann Christian Wiegleb（1732—1800）。魔术教科书原为马休斯所作《自然魔术或各种娱乐和实用戏法教程》，魏格雷布将它加工改写之后重新出版，霍夫曼年轻时读过此书。

来的！"法比安说，"你可以拜我们的摩什·特尔品教授为师，但是你无法与他相比，因为他是个诚实人，他总是告诉我们，一切进程都是自然的，他从不像你这样，医生先生，玩弄这种神秘兮兮的把戏。现在请允许我向你告别！"

"喂，"医生说，"你总不能生着气与我告别吧？"

他抚摸着法比安的两只胳膊，从肩膀到手腕轻轻地抚摸了几次，这让他产生一种特殊的感觉，他惴惴不安地说："医生先生，你在干什么！""你们走吧，先生们，"医生说，"巴尔塔萨先生，我希望能很快再见到你。很快能找到办法的！"

"你可得不到小费呀，我的朋友。"法比安出门的时候，一边对金黄色的看门人说，一边去拽他胸前的衣领。看门人又是什么都未说，只是"呼噜"一声，再一次咬了法比安手指一口。

"畜生！"法比安喊了一声，匆匆离开那里。

两只青蛙也在那里，它们恭恭敬敬地把两个朋友领到栅栏门前，大门闷声闷气地像打雷一般打开又关上。在公路上，巴尔塔萨走在法比安身后说："我真不明白，兄弟，你今天穿的是什么稀奇古怪的衣服呀，下摆这么长，袖子这么短。"

法比安惊讶地看到，他的短裙往下伸长了，一直拖到地上，相反，本来达到手腕的袖子，却往上缩短到胳膊肘以上了。

"天哪，这是怎么了！"他一边喊叫，一边往下拉拉袖子，挪挪肩膀。这样做仿佛也有用处，可是，当他走到城门的时候，袖子又缩上去了，裙子下摆又伸长了，不管你怎样抻，拉，挪，忽而衣袖缩到肩膀头上，法比安那赤裸裸的两条胳膊露了出来，忽而他身上长出个下摆，而且越拖越长。所有人都停下来，看他那副样子，捧腹大笑，十几个街头玩耍的孩子，一边奔跑，一边欢呼，嘲笑这高个子的鞑靼人，把法比安撞个跟头，待他挣扎起来的时候，下摆一片也未少，不但未少，反而更长了。笑声，欢呼声，吵嚷声，越来越放肆，越来越疯狂，直到法比安像个半疯子一样，闯进一栋开着门的房子。与此同时下摆也消失了。

巴尔塔萨根本没有时间欣赏法比安是怎样中了奇怪的魔法的，因为候补官员蒲二孝抓住他，把他领到旁边一条街道上说："真是不可思议，你居然还未走开，还敢在这里出头露面，校舍管理员拿着逮捕令在到处抓你呢。""怎么回事，你说什么？"巴尔塔萨满心狐疑地问道。"看样子，"候补官员接着说，"看样子，你是被狂热的忌妒心迷住了，你居然违背居住法，恶意闯进摩什·特尔品教授家里，突然袭击了秦欧波和他的未婚妻，把丑陋的小矮人打了个半死！""没有这事，"巴尔塔萨喊道，"我一整天未在科列佩斯，这是无耻的谎言。""别说了，别说了，"蒲二孝打断他的话，"法比安非要穿什么拖裙，他这发疯一样的突发奇想反倒救了你。现在没有人注意你！先躲开这丢脸的逮捕，其余的事情由我们来打官司。你不能回自己家去！把钥匙给我，随后我把一切都给你寄去。走吧，去上雅科布斯海姆！"

于是，候补官员拉着巴尔塔萨，穿过附近的街巷，走出城门，直奔上雅科布斯海姆村而去，那里居住着著名学者普陀洛梅乌斯·菲拉代尔夫斯，他正在写一部关于大学生无名部族的奇怪的书。

第六章

内阁专职顾问秦欧波是怎样在自家花园里梳头的，是怎样在草丛中洗露水浴的。绿斑虎奖章。一个剧院裁缝的偶然的成功想法。蔷薇美小姐是怎样撒了一身咖啡的，普罗斯佩尔·阿尔帕努斯是怎样向她表达自己的友情的。

摩什·特尔品教授沐浴在巨大的欢乐和幸福之中。他自言自语地说："卓越的内阁专职顾问还是学生的时候就来到我的家里，对于我来说，还有什么比这更幸运的吗？他娶了我的女儿，成了我的女婿，通过他我又得到卓越的巴萨努夫公爵的赏识，蹭着我那

413

漂亮的小秦欧波的梯子青云直上。连我自己也常常搞不明白，我那闺女阚蒂达怎么就迷上了小矮人。这丫头平时看上去，也不过就是脸蛋长得漂亮，未见有什么特殊才智，现在我偶尔仔细观察一下那小矮人专职顾问，我会觉得他根本称不上漂亮，简直可以说是个小驼子，别说了，别说了，隔墙有耳呀。他是公爵的宠儿，他会越爬越高的，爬得再高也是我的女婿嘛！"

摩什·特尔品说得对，阚蒂达表示毫不犹豫地爱着小矮人，还时不时地告诉某个尚未受到秦欧波装神弄鬼迷惑的人，说内阁专职顾问实际上是个令人讨厌的丑陋东西，连他那一头漂亮头发，也是大自然赐给他的。

但是，当阚蒂达这样说的时候，没有引起任何人微笑，但也没有任何人比候补官员蒲二孝更为幸灾乐祸。

蒲二孝是个时时处处跟踪秦欧波的人，在这方面，内阁秘书阿德里安是他的忠实助手。就是这个年轻人，几乎被秦欧波的魔法排挤出了大臣的办公室，由于他呈给公爵上等的去污球，才重新赢得他的赏识。

内阁专职顾问秦欧波住着一栋漂亮房子，还带有一个漂亮的花园，花园中间是一个浓密的灌木丛围绕的地方，那里开满美丽的蔷薇花。有人发现，每九天秦欧波都在黎明时分悄悄地起床，不管他多么不高兴，都不要任何人伺候，穿上衣服，走到花园里去，消失在灌木丛围绕的那个地方。

蒲二孝和阿德里安预感到有什么秘密，他们从秦欧波男仆那里得知，九天之前他曾去过那个地方，于是，一天夜里他们翻过花园墙头，潜伏在灌木丛中。

天尚未破晓，他们便看见小矮人走了过来，一边打喷嚏，一边擤鼻涕，因为他是在花畦里穿行的，被露水打湿的花枝花叶，总是围着他的鼻子摇来晃去。

他来到草坪上的蔷薇花前，一股芳香悦耳的微风飘过灌木丛，蔷薇的香气越发沁人心脾。一个漂亮的蒙面女人，肩头生着翅膀，飘飘然降落下来，坐在蔷薇丛中小巧玲珑的椅子上，悄悄地说：
"来吧，我可爱的孩子。"一边说，一边抱起小矮人秦欧波，用金
黄的梳子梳理他那长长的披散在背上的头发。小矮人显出一副十
分舒服的样子，他眯起两只小眼睛，伸长两条小细腿儿，像只小
猫一样直打呼噜。他们这样延续了大约有五分钟，这个令人着迷
的女人，用一根手指沿着小矮人的头缝又捋了一遍，蒲二孝和阿
德里安看见秦欧波头顶上出现一条细细的发出火红色光芒的条纹。
这时那女人说："再见吧，乖孩子！你要尽量做得聪明点！"小矮
人说："再见，妈咪，我够聪明了，你用不着总是对我重复这句话。"

那女人缓缓抬起身来，消失得无影无踪。

蒲二孝和阿德里安看得惊呆了。当秦欧波要离开那里时，候
补官员跳出来喊道："早上好，内阁专职顾问先生！嘿，你这头发
梳得多漂亮啊！"秦欧波往周围看了一眼，他见是候补官员，便
想赶快离开那里。可现在他那两条小细腿儿，既不灵活又软弱无
力，一个踉跄跌倒在高高的草丛中，草茎把他掩盖起来，他躺在
里面洗起露水浴来。蒲二孝跳过来，扶他站起身来，秦欧波却嘟
嘟囔囔地训斥他说："先生，你是怎么到我家花园里来的！滚你妈
的蛋！"说着，他跌跌撞撞地，尽可能快地冲进房子里去。

蒲二孝写了一封信，把这件奇怪事情告诉巴尔塔萨，并答应
他，加倍监视这个装神弄鬼的小丑东西。秦欧波对自己遇到的事情
十分沮丧。他干脆躺在床上，又是不停地呻吟，又是唉声叹气，他
突然得病的消息很快传到月光大臣那里，传到巴萨努夫公爵那里。

巴萨努夫公爵立即派他的贴身医生，去给他的小宠儿看病。

"我的卓越的内阁专职顾问，"贴身医生一边把脉一边说，"你
是在为国家作牺牲啊。是紧张的工作让你倒在了病床上，是不间
断的思考酿成了你必须忍受的巨大病痛。你的脸色看起来十分
苍白，你那尊贵的脑袋发烧得厉害呀！哎呀，该不是脑膜炎吧？
该不是国家的繁荣引起了这样的病吧？几乎是不可能的，你放心
吧！"

贴身医生大概也看见了秦欧波脑袋上的红条纹，这是蒲二孝和阿德里安首先发现的。大夫从远处用磁线进行了探测，还给病人吹了几口法气，病人显然像猫儿和鸟儿一样叫了几声，然后大夫想用手捋捋他的脑袋，不经意间摸到了他的条纹。秦欧波跳起身来，大发雷霆，贴身医生正弯腰给他瞧病，他却抡起那瘦骨嶙峋的小手，给了贴身医生一记响亮耳光，满屋子响起这记耳光的回声。

"你想干什么，"秦欧波喊道，"你想拿我怎么着？你在我脑袋上抓挠什么！我根本没病，我是个健康人，十分健康，我马上起床，去大臣那里开会；你给我滚开！"

贴身医生吃惊不小，赶快离开那里。他给公爵讲述了自己在秦欧波那里的遭遇，公爵高兴地喊道："这是何等为国家服务的热情啊！这品质是多么尊贵，多么高尚啊！这个秦欧波是个多么好的人啊！"

"我尊敬的内阁专职顾问，"月光大臣对秦欧波说，"你不顾自己的疾病，来参加会议，这可太好了。我与卡卡图克宫廷有件重要事情，要起草一份备忘录，我自己已经写好了，请你给公爵朗诵一遍，你那充满才智的朗诵能为全文增添光彩，也能为我这个作者赢得公爵赞扬。"月光大臣想拿备忘录为自己增光，其实，这备忘录不是别人撰写的，而是阿德里安。

大臣与小矮人一同觐见公爵。秦欧波从口袋里掏出大臣交给他的备忘录，开始朗诵起来。其实他根本不会朗诵，只是嘟嘟囔囔地说了些不明不白的东西，大臣从他手里拿过那张纸，自己读了起来。

公爵显得非常高兴，他鼓掌表示赞许，一遍又一遍地欢呼："漂亮，说得好哇，好极了！一针见血！"

待大臣朗诵完毕，公爵径直朝小矮人秦欧波走去，把他高高举起来，紧紧贴在自己胸脯上，恰好是他（公爵）佩戴绿斑虎大奖章的地方，一边眼睛里流着眼泪，一边吞吞吐吐、抽抽搭搭地说:"不！这样一个人，这样一个天才！这样的热情，这样的爱，这可太过分了，太过分了！"然后他镇静地说:"秦欧波！现在我提升你为我的大臣！好好热爱你的祖国，忠于你的祖国吧，做个巴萨努夫家族忠实的仆人吧，他们会尊敬你，热爱你的。"然后用不耐烦的目光转向大臣说:"亲爱的月光伯爵，我发现你近来体力不济了。在你那庄园里歇歇吧，这会对你有好处的。再见了！"

月光大臣离开那里，牙缝里嘟嘟囔囔地蹦出几句不明不白的话，闪闪发亮的目光投向秦欧波，而他依旧按照自己的方式，背后撑着手杖，踮着脚尖站得高高的，骄傲地、满不在乎地扫视着周围。

公爵说:"我亲爱的秦欧波，为了你的丰功伟绩，我要立即奖励你，你从我的手里接过这枚绿斑虎奖章吧！"

公爵命令宫廷侍从赶快拿奖章绶带来，他要亲手给秦欧波披上。可是，秦欧波那奇形怪状的体格，绶带无论怎么摆弄也不合规格，要么往上显得紧紧巴巴，要么往下显得松松垮垮，总是让人觉得不得体。

公爵在这类有关国家兴旺发达的事情上，历来是毫不含糊的。绶带上的绿斑虎奖章，必须放在髋骨和尾骨之间，即尾骨往上斜向十六分之三英寸的地方。这是无法猜测的。宫廷侍从、三个宫廷侍童，还有公爵本人一齐动手，所有的工夫都无济于事。该死的绶带总是滑来滑去，秦欧波颇不耐烦地尖声叫道:"你们在我身上这么摸来摸去，这太可怕了，把那蠢东西挂上就算了，别管它什么样，我终于当上了大臣，就这样吧！"

公爵则愤怒地说:"为了这些绶带才设立这些该死的机构，可它们又全都违背我的意志，我为什么要养活这么多奖章顾问呢？耐心点，我可爱的秦欧波大臣！很快就会变样的！"

根据公爵命令，奖章顾问们召开会议。顾问中还任命了两位哲学家，一位自然科学家，他是刚刚从北极回来的，他们要讨论的问题是，怎样以最聪明的方式把绿斑虎奖章的绶带披在秦欧波大臣身上。为了全力以赴开好这次重要会议，给全体与会成员下达一个任务，即在这之前八天不准想事情；为了顺利做好这件事情，同时又不耽误国务活动，尤其是要关心会计制度。奖章顾问们，哲学家和自然科学家，都在宫殿里开会，宫殿前面的大街要铺上一层厚厚的草，免得车辆的辘辘声打扰了那些聪明的人，除此之外，也不许人们敲锣打鼓，演奏音乐，甚至在宫廷附近不准大声说话。在宫殿里大家都要穿上厚底毡鞋来回走动，用手势互相交流。

会议整整开了七天，从清晨开到午夜，仍然未做出决定。

公爵显得颇不耐烦，一次又一次地派人去告诉他们，不管死活他们也得想出个聪明办法。但这样说一点用处也没有。

自然科学家尽量研究了秦欧波的自然状况，记录了他那驼背的高度和宽度，向奖章顾问们呈交了准确的计算。还是他最后提了一条建议，吸收剧院裁缝来参与出谋划策。

尽管这个建议显得十分奇怪，大家还是在忐忑不安当中一致接受了它。

剧院裁缝柯斯先生是个头脑灵活、机智敏捷的人。大家把这个难题向他讲了一遍，他还看了自然科学家的计算，于是他想出一个十分完善的方法，如何按照规格把奖章绶带披在身上。

在胸前和背后钉上一定数量的扣子，然后再把奖章绶带扣在上面。这个办法好得出乎意料。

公爵高兴得不得了，批准了奖章顾问们的建议，指示他们从现在开始，把绿斑虎奖章分成若干等级，今后他要按照扣子多少颁发奖章。比如说绿斑虎奖章带有两个扣子、三个扣子等等。秦欧波大臣获得的是一种特殊奖章，别人不可能获得带有二十个扣子的奖章，因为二十个扣子要求他的体形具有十分奇特的样式。

剧院裁缝柯斯得到的是两个扣子的绿斑虎奖章，尽管他那突如其来的想法是成功的，公爵还是认为他不是个好裁缝，所以不愿意让他为自己做衣服，于是他被任命为公爵的真正内阁大化妆师。

普罗斯佩尔·阿尔帕努斯医生靠在他那别墅的窗前,心事重重地望着他的花园。整整一夜他都在为巴尔塔萨算命,他算出一些与小矮人秦欧波有关的事情。其中最重要的事情是,阿德里安和蒲二孝在花园里偷偷看见了小矮人所干的那些事情。普罗斯佩尔·阿尔帕努斯刚要唤独角兽,命令它把蚌壳车拉过来,他要去上雅科布斯海姆村,那车叮叮当当地拉过来,停在花园栅栏门口。这时蔷薇美修女求见大夫先生。"非常欢迎,"普罗斯佩尔·阿尔帕努斯的话刚刚出口,这位女士已经进来了。她身穿一件黑色长袍,像一位德高望重的妇女一般头披面纱。普罗斯佩尔·阿尔帕努斯有一种异样的预感,他拿起他的手杖,让扶手的闪光落在女士身上。突然间在她身上迸发出许多噼噼啪啪的闪光,大夫看见她站在那里,身穿白色透明长袍,肩头生着闪光的蜻蜓翅膀,头发上编织着白色和红色的蔷薇。"嘿嘿。"普罗斯佩尔悄声说,把手杖藏在睡袍下,女士立即又穿着原来的衣服站在那里。

普罗斯佩尔·阿尔帕努斯和蔼地请她进来落座。蔷薇美小姐说,早就有意来乡间别墅拜访大夫先生,结识一位被四邻八村誉为才智颇高、专行善事的智者。自然他也答应了她的请求,到附近妇女修道院去瞧病,因为那里的老年修女经常患病而无法就医。普罗斯佩尔·阿尔帕努斯有礼貌地回答说,他早就不给人看病了,如果有必要的话,他愿意破例去为修女们看病。然后他问道,蔷薇美小姐是否身染贵恙。小姐说,一旦早晨着凉,偶尔会犯四肢风湿性抽搐,可是,现在很健康,然后开始不关痛痒地交谈。普罗斯佩尔问她,大清早想不想喝杯咖啡;蔷薇美说,修女是从不拒绝这类事情的。咖啡端上来了,但是,不管普罗斯佩尔怎么忙活,也不管壶里的咖啡怎样往外涌流,杯子里总是空空的。"嘿嘿,"普罗斯佩尔·阿尔帕努斯微笑着说,"这该死的咖啡,尊敬的小姐,看样子你是愿意自己倒咖啡喽。"

"非常乐意。"小姐一边回答,一边拿起咖啡壶。尽管咖啡壶里流不出一滴，杯子却越来越满，咖啡流到桌子上，溅到修女的衣服上，她立马放下咖啡壶，咖啡立即踪影全无。普罗斯佩尔·阿尔帕努斯和修女，二人用惊异的眼光默默地相视了一会儿。

然后，女士开口说道："大夫先生，我进来之前，你一定是在看一本非常有趣的书。"

"实际上，"大夫回答说，"这本书里有许多非常有趣的东西。"

说着，他想翻开摆在眼前桌子上的一本封面烫金的小书。可还是白费力气，那书总是噼里啪啦地重又合上。"嘿嘿，"普罗斯佩尔·阿尔帕努斯说，"你是在我这里试验自己的本事咧，尊敬的小姐！"

他把自己的书递给这位女士，她刚一接触，书便自行翻开来。但是所有的书页全都掉了下来，伸展成巨大的纸张，在屋子里哗啦哗啦直响。

小姐吓得缩回手来。大夫用力把书合上，所有书页全都消失了。

"不过，"普罗斯佩尔·阿尔帕努斯莞尔一笑，然后从座位上站起身来，"不过，尊敬的小姐，我们何必用这种台面上的小把戏浪费时间呢；到目前为止，除了这种粗俗的小把戏之外，我们也没干别的事情，还是让我们言归正传吧。"

"我要走了！"小姐一边说，一边起身离开座位。

"嘿，"普罗斯佩尔·阿尔帕努斯说，"没有我的允许，走可没有那么容易；因为，尊敬的小姐，我告诉你吧，你现在完全掌握在我的手里。"

"在你的手里，"小姐怒气冲冲地喊道，"在你的手里，大夫先生？你也太想入非非了！"

说着她展开自己那丝绸做的衣裙，像美丽的婚纱一般忽忽悠悠地飘浮起来，变成了屋顶。与此同时，普罗斯佩尔·阿尔帕努斯也跟着她发出嗖嗖的响声，变成一只巨大的鹿角虫。婚纱虚弱无力地飘落下来，然后变成一只小老鼠，在地上窜来窜去。但是，鹿角虫变成一只猫，一边跳跃，一边喵喵地直叫，大灰猫呼噜呼噜地追赶老鼠。小老鼠跳起身来，又变成一只金光闪闪的蜂鸟，于是乡村别墅的四周出现了各种各样奇奇怪怪的声音，许多奇奇怪怪的虫子嗡嗡地飞了过来，与它们一起还有奇奇怪怪的森林里的鸟儿，一片金色的大网罩住了窗子。霎时间，蔷薇观景楼的仙女站在屋中间，她华丽庄严，光芒四射，身穿亮晶晶的白袍，腰系闪闪发光的钻石腰带，深色的头发上编着白色和红色蔷薇花。她面前站着一位波斯僧人，身穿金丝编的法衣，头戴一顶金冠，手拿一根手杖，手杖的扶手放射着火样的光芒。

蔷薇观景楼仙女向僧人走来。忽然间一把金梳子从她脑袋上掉下来，在大理石地上摔得粉碎，仿佛是玻璃制作的。

"算我倒霉！算我倒霉！"仙女喊道。

蔷薇美修女穿着她那黑色长袍，突然又坐到咖啡桌旁，她的对面是普罗斯佩尔·阿尔帕努斯大夫。

"我想，"普罗斯佩尔·阿尔帕努斯一边顺利地往中国杯子里倒热气腾腾的穆加咖啡，一边镇定自若地说，"我想，我尊敬的小姐，我们二人都十分清楚，应该如何互相往来。我非常抱歉，你那漂亮的发梳在我的硬地板上摔碎了。"

"都怪我笨手笨脚，"小姐一边回答，一边惬意地喝咖啡，"全怪我自己。在这种地板上，必须多加小心，千万不能掉东西，如果我没有弄错的话，那石头上书写的是十分神秘的象形文字，有人会把它们当成平常的大理石纹路。"

"旧日的护身之物而已，尊敬的小姐，"普罗斯佩尔说，"这些石头都是旧日的护身之物，不是别的。"

"但是，尊敬的大夫先生，"小姐说道，"真是不可思议，我们从前怎么就不曾相识呢？我们在人生路上怎么一次都未遇见过呢？"

"受的教育不同嘛，尊敬的女士，"普罗斯佩尔·阿尔帕努斯答道，"归根到底是因为我们受的教育不同呀！你作为一个满怀希望的姑娘，在精尼斯坦完全可以仰仗你的丰富天性，仰仗你的幸运天才。而我作为一个可怜的穷学生，只能封闭在象牙塔里，听索罗亚斯德教授①的课程，他是一个爱发牢骚的老头儿，可他知道的事情实在多。尊敬的德梅特琉斯公爵当政的时候，我就在这个优美的小国家定居下来。"

"怎么，"小姐说，"帕夫奴修斯公爵实行开明治国方略的时候，你未被赶出去？"

"完全没有，"普罗斯佩尔答道，"准确地说，是因为我完全把真实的我掩盖了起来，当时我千方百计地发表各种文章，阐明与开明治国方略有关的特殊知识。我曾经证明，没有公爵下决心，老天爷根本不会打雷打闪，多亏了他的优雅风度和不懈努力，我们才有好天气、好收成，他是关在屋子里凭着智慧议事的，而老百姓是在外面的农田里拉犁播种的。帕夫奴修斯公爵当时提升我为内阁开明治国方略执行主席，待这场风暴过去以后，我抛掉了这个职位，连同我的伪装，像抛掉一个累赘的负担一样。总的来说，我是有用的，我是尽力而为了。这是指我们所说的真正有用，我和你，尊敬的小姐。你知道吗，尊敬的小姐？是我在警察搜家以前警告过你。多亏我你才保存了刚才在我面前玩弄的那些小把戏。天哪！亲爱的修女，你从这扇窗户往外看看！你不认识这个花园了吗？你不是常常在这里散步吗？不是常常与那些住在树丛里、花丛里、泉水里的小精灵聊天吗？这个花园我是用自己的科学拯救下来的。它至今还存在，像老德梅特琉斯时代一样。谢天谢地，巴萨努夫公爵不太过问巫术的事情，他是一个很随和的人，他听任每个人随便行动，听任每个感兴趣的人随便玩弄巫术，只要不被人发现，并且照章纳税。就这样，我住在这里，既幸福又无忧无虑，像你在自己的修道院里一样，亲爱的女士！"

"大夫，"小姐说着，眼泪流了出来，"大夫。你在说什么呀！

---

① 索罗亚斯德，古波斯宗教创始人扎拉图斯特拉的希腊称呼，生活在公元前1000年至前500年间，关于他的影响只是作为传说流传下来。

什么开明治国方略！是的，我认识这个园林。我在这里享受过幸福的快乐！大夫！你是个高尚的人，我的许多事情都多亏了你呀！可你怎么会如此狠心地迫害我那小小的被保护人呢？"

"尊敬的小姐，"大夫回答说，"你天生有一副好心肠，你的才能却浪费在一个不体面的人身上。抛开你那好心的帮助不说，秦欧波是个生得奇丑无比的顽皮小家伙，由于你的梳子已经摔碎了，他现在已经完全落在我的手里。"

"你就发发慈悲吧，大夫。"小姐恳求说。

"但是，请你来看看这个。"普罗斯佩尔说着，把他为巴尔塔萨算的命拿给小姐看。

小姐看了看，然后十分痛心地说："是呀！如果事情是这样，我只能向不可抗拒的力量让步了。可怜的秦欧波啊！"

"你得承认，尊敬的小姐，"大夫微笑着说，"你得承认，女士们常常有些奇怪的想法，转眼之间产生的突如其来的想法，不知疲倦地、毫无顾忌地追随这种想法，不关心别人的痛苦感受！秦欧波必须服从他的命运，但是，以后他会得到受之有愧的荣誉。我要借此为你的权威效力，为你的善良，为你的德行，我十分尊敬的小姐！"

"你这人太好了，"小姐喊道，"你做我的朋友吧！"

"永远做朋友，"大夫回答说，"我对你的友谊，对你的爱慕，可爱的仙女，是永远不会停止的。你生活中遇到什么疑难问题，尽管来找我，还有……哦，对了，什么时候想起来，就过来喝杯咖啡。"

"再见了，尊敬的僧人，我永远不会忘记你的慈爱，你的咖啡！"小姐一边说，一边起身告辞，她的内心里深受感动。

普罗斯佩尔·阿尔帕努斯陪伴她走到栅栏门前，霎时森林里各种奇妙的声音，全都以最可爱的方式鸣响起来。

门前停着小姐的车辆，那是大夫的水晶般透亮的蚌壳，由独角兽驾辕，蚌壳后面是张开闪亮的翅膀的金龟子。驾驭台上坐着白鹇，它嘴里叼着金丝绳，用它那聪明的眼睛看着小姐。

当车辆在美妙的音乐声中穿过香气扑鼻的树林时，修女感到自己又回到了仙女生活的幸福时代。

第七章

> 摩什·特尔品教授是怎样在公爵酒窖里研究自然的。黑色魔王猴。大学生巴尔塔萨的绝望。一栋装饰舒适的农庄对家庭幸福的好影响。普罗斯佩尔·阿尔帕努斯是怎样送给巴尔塔萨一只乌龟形的盒子并匆匆离开那里的。

藏身在上雅科布斯海姆村的巴尔塔萨，收到一封候补官员蒲二孝从科列佩斯写来的信，内容是这样："尊敬的朋友巴尔塔萨！我们的事情越来越糟糕。我们的敌人，那个讨人嫌的秦欧波成了外交大臣，还获得一枚带有二十颗纽扣的绿斑虎大奖章。他一夜之间成了公爵宠幸的大红人，他可以干自己想干的任何事情。这可是大大出乎摩什·特尔品教授的意料，他还像个傻瓜一样自以为是地自吹自擂呢，说什么通过他那个未来女婿的介绍，可以当上国家所有与自然有关的职位的总管，这个职位能给他带来许多金钱和大量别的好处。作为政府任命的总管，他要审查和修正国家颁发的历书上的日食和月食，以及天气预报，尤其要研究官邸管辖范围内的自然状况。为了做好这项工作，他从公爵的森林里弄来最为稀有的禽类，最为罕见的兽类，为了研究它们的性质，他让人把它们烹调以后吃光。同样他现在还要写论文，至少他自己是这样说的，论述为什么酒和水的味道不同，并产生各异的效果。他要把这篇论文献给自己的女婿。秦欧波答应摩什·特尔品，为了写这篇论文，可以每天在公爵的酒窖里做研究工作。他的研究工作已经消耗掉了四五百公升莱茵老酒，还有几十瓶香槟，现在又迷上了阿里坎特葡萄酒①。急得看管酒窖的师傅直搓手！这就是这个无可救药的教授，你知道，他是世界上最顶尖的美食家，他将过上世界上最舒服的日子，即使一场冰雹突然降临到田野上，毁掉了庄稼，他也用不着经常去给公爵的佃农解释，为什么会下冰雹，让那些傻瓜增加点科学知识，以便日后在类似的灾害面前保护自己，不要总是为交租子的事情寻找借口，这种事情怪不得别人，只能怪自己。

"这位大臣被你毒打了一顿，他咽不下这口气，发誓要找你报仇。你绝对不能再在科列佩斯露面。他也在花工夫监视我，因为我偷看了他让一个带翅膀的女人梳头的神秘样子。只要秦欧波是公爵的大红人，我就不能指望得到一个正儿八经的职位。我是命里注定要不断与这个令人讨厌的家伙发生冲突的，我根本无法预料我会以什么方式遭遇这种不幸。不久前的一天，这位大臣穿着华丽的衣服，身佩宝剑、肩章和勋章绶带，出现在动物陈列室里。他站在装着罕见的美国猴子的玻璃柜前，按照自己习惯的方式，拄着手杖，踮着脚尖摇来晃去。一些来陈列室参观的陌生人走过来，其中一个人眼巴巴盯着这小小的何首乌，大声喊道：'咳，这是一只多么可爱的猴子呀！多么娇小玲珑的动物呀！给整个陈列室增添了光彩！咳，这漂亮的小猴子叫什么名字？从哪个国家弄来的？'

"这时，一位陈列室管理员一边摸着秦欧波的肩膀，一边十分严肃地说：'是的，这是一只非常漂亮的标本，一只优秀的巴西猴子，人称黑色魔王猴，又叫林耐氏魔王猴，黑颜色，有胡须，臀部和尾巴尖呈棕红色，现在叫吼猴。'

"'先生，'小矮人气得呼哧呼哧地对管理员说，'先生，我看你是发疯了，要么就是自以为聪明，我不是长尾巴的魔王猴，不是吼猴，我是秦欧波，秦欧波大臣，带有二十颗纽扣的绿斑虎奖

---

① 阿里坎特葡萄酒是一种含高浓度酒精的甜红酒，用产自西班牙东南部阿里坎特省的所谓蓝葡萄酿成，因而得名。

章获得者！'当时我正好站在不远的地方，这简直是个要命的地方，当时我无论如何也忍俊不禁，便大声笑了起来。

"'你也在这里，候补官员先生？'他瓮声瓮气地对我说，他那两只女巫眼睛迸发出通红的火焰。

"天晓得，这些陌生人为什么还要把他当作最漂亮、最罕见的猴子，仿佛他们什么时候见过似的，还从口袋里掏出大栗子去喂他。这时秦欧波已经是怒不可遏，他徒劳地大口大口地喘气，他那两条小腿儿也不听使唤了。有人唤来宫廷侍从，他们抱起他来把他送进马车里。

"我自己也无法解释，为什么我会从这个故事里看到一线希望。这是这个中魔的小坏蛋第一次遭人戏弄。

"据我所知，秦欧波近几天早晨茫然若失地从花园里回来。带翅膀的女人一定是不在了，因为他头上那漂亮的大波纹不见了，头发蓬乱地披散在后背上，连巴萨努夫侯爵都说：'可不能过分荒疏了你那一头秀发呀，尊敬的大臣，我会打发我的理发师到你这里来的！'对此，秦欧波非常有礼貌地说，假如他敢来，他会从窗户把他扔出去。'伟大的心灵啊！谁都无法走近你。'公爵一边说，一边大哭起来！

"再见吧，巴尔塔萨！不要放弃任何希望，好好隐藏起来，别让他们抓到你！"

看着朋友写的这封信，他还是彻底绝望了，巴尔塔萨跑进森林深处，大声抱怨起来。

"谈什么希望，"他大声喊道，"还谈什么希望呀，任何希望都没有了，所有的星辰都沉没了，我的周围不是如同昏暗的黑夜一样吗？不幸的灾难啊！我在这股黑暗势力面前认输了，它会毁了我的一生的！我还指望普罗斯佩尔·阿尔帕努斯拯救我呢，这简直是发疯了，就是这个普罗斯佩尔·阿尔帕努斯，用他那些妖术引诱我，把我从科列佩斯赶了出来，就是他让我用手杖抽打镜子里的形象，实际上却雨点儿般地落在了秦欧波那真实的人身上！唉，阙蒂达！我只好忘掉这个天字第一号的美女了！可我心中的爱情火焰，燃烧得比任何时候都热烈！我到处都看见情人的可爱形象，她满脸甜蜜的微笑，急切地向着我伸开两只臂膀！我当然知道，你是爱我的，可爱的、甜蜜的阙蒂达，令我绝望的致命痛苦，恰恰是我不能从那束缚你的邪恶魔法中把你拯救出来！你这个阴险的普罗斯佩尔！我怎么惹你了，你这样捉弄我！"

夜幕降临了，森林里所有的颜色都消失了，变成了一片朦胧的昏暗。这时有一股特殊的亮光像突然出现的晚霞，在林木和矮树丛中闪闪发光，上千只小虫子扇动着翅膀，嗡嗡嘤嘤地出现在空气之中。闪闪发光的金龟子飞过来飞过去，五彩缤纷的蝴蝶扇动着翅膀，在自己的周围撒播着花粉。它们发出的嗡嗡嘤嘤的声音，像甜蜜的窃窃私语一般的音乐，安慰着巴尔塔萨那颗受了创伤的心。光亮越来越强烈地照在他的身上。他抬起头来看见上千个普罗斯佩尔，骑着一只奇妙的虫子向着他飞来，这虫子颇似一只闪烁着十分美丽颜色的蜻蜓。

普罗斯佩尔向着青年人飞来，在他身旁坐下来，蜻蜓则向着矮树丛飞去，加入森林里的大合唱。

他用手里那闪烁着奇妙光芒的花束，抚弄着年轻人的额头，突然间巴尔塔萨内心里产生了朝气蓬勃的生活勇气。

"你可是大大地冤枉了我，"普罗斯佩尔·阿尔帕努斯声音温柔地说，"你冤枉了我呀，亲爱的巴尔塔萨，你在骂我残酷和阴险的那一瞬间，我刚好成功地制服了破坏你生活的魔法，为了赶快找到你，安慰你，我骑上自己那色彩斑斓的宝马飞奔而来，我带来了各种各样对你有利的消息。是的，任何事情都不如爱情的痛苦更令人难耐，任何事情都不如陷入爱情与思念中的绝望情绪更令人焦躁。我原谅你，因为大约两千年前，当我爱上一位名叫巴尔萨米内的印度公主时，那情况也好不了多少，在绝望中我揪掉了我的好朋友，魔法师楼透斯的胡子，如你见到的这样，我今天之所以没有胡子，就是为了在我自己身上不再发生类似的事情。不过，这里不是向你详细讲述这类事情的地方，因为每个正在恋爱的人都只想听关于他的爱情的事情，他认为只有谈论自己的爱情才是有价值的，就像每个诗人只愿意听自己的诗歌一样。好了，咱们书归正传吧！你知道吗，秦欧波是一个贫穷农妇所生的先天不足的怪胎，他的原名叫小扎克斯。只是由于爱慕虚荣，才取了一个骄傲的名字，叫秦欧波。那个叫蔷薇美的修女，其实是著名的蔷薇观景楼里的仙女，她就是在路上发现了这个小驼子的那位女士。她觉得，凡是老天爷亏待了这个小驼子的一切，都应该由她来用罕见的神秘的馈赠加以弥补，只要有人当着他的面有个什么好想法，说了什么好听的话，作了什么体面的好事，都应该算在他的身上，让他在有教养的、聪明的和思想丰富的人们的社交圈子里，也像有教养的、聪明的和思想丰富的人一样受到尊敬，总而言之，无论什么时候他都应该像个人类的精英一样，尽管他与他们是有矛盾的。

"这种古怪的魔法，就藏在三根闪着火光的头发里，这三根头发生在小驼子的头发缝里。任何人动他这三根头发，即使是只动他的脑袋，小驼子都会感到疼痛，甚至会危及他的生命。所以仙女把他那天生稀少蓬乱的头发，做成浓密妩媚的卷发披散下来，既保护小驼子的脑袋，又能把那几根红头发掩盖起来，以便增强魔法。每隔九天，仙女就要亲自动手用一把金制的魔梳子，给他梳理一次头发，这种发型能够毁灭任何企图破坏魔法的措施。这把梳子有一个威力无比的护身符，只有我才懂得如何消除这位仙女的护身符的威力，前几天她来拜访我时，梳子掉地上摔坏了。

"现在的问题是，如何把他那三根火红头发揪下来，恢复他从前一无是处的面貌！我亲爱的巴尔塔萨，你有能力破除这种魔法。你有勇气，有力量和聪明才智，这件事情本来就应该由你来做。你拿着这块磨得光光的小玻璃，当你看见秦欧波这个小驼子的时候，走到他身旁去，透过这块玻璃，用你那锐利的目光去看他的脑袋，这时他那三根火红的头发便会在小驼子的脑袋上孤零零地显露出来。你要紧紧地抱住他，不要管他发出多么刺耳的猫叫，猛地一把揪下他那三根头发来，就地烧掉。绝对必要的是，猛地一把揪下他的三根头发，立即烧掉，否则它们还会产生各种各样的破坏作用。你要特别注意干净利落地，紧紧抓住他那三根头发，即使他身旁有一团火或者一片光，你也要突如其来地抱住那小驼子。"

"啊，普罗斯佩尔·阿尔帕努斯，"巴尔塔萨喊道，"我真不该怀疑你的善良用心和慷慨义气！我的内心里深深感觉到，现在我的痛苦就结束了，天大的幸福向我敞开了金色的大门。"

"我喜欢你，"普罗斯佩尔·阿尔帕努斯说，"我喜欢你这样的青年人，我的巴尔塔萨，像你这样的青年人，纯洁的心里装的都是思念和爱情，他们的心灵里荡漾着美妙的和声，这音乐是属于远方那个神奇国土的，那里就是我的故乡。那些能够理解这种内心的音乐的人，是幸福的人，他们是唯一可以被称为诗人的人，尽管他们中的许多人也这样挨过骂，他们任意拿起一把低音提琴，随心所欲地演奏起来，他们认为在自己手下呻吟的那些琴弦发出来的杂乱无章的声音，便是美丽的音乐，而且是从他们自己的内心里迸发出来的音乐。我知道，亲爱的巴尔塔萨，你有时候就是这个样子，你仿佛明白喃喃自语的泉水，沙沙作响的树木，是的，仿佛燃烧的晚霞也在用明白的语言与你说话！是的，我的巴尔塔萨！凡是在这样的时刻，你的确懂得大自然的奇妙声音，因为从你的内心里产生出来的神圣声音，实际上是大自然本身的奇妙的和谐产生出来的。因为你会弹钢琴，哦，诗人，所以你知道，你弹出第一个声音来，后面接踵而来的，都是与它相类似的声音。这条自然规律不只是一个空洞的比喻，它有广泛的用处！是的，诗人啊，你是一个比某些人想象的好得多的人，你曾经设法把自己内心的音乐，用笔墨写在纸上，朗诵给他们听。这件事情刚刚过去没有多久。当你以务实的广阔性和准确性写下夜莺对紫罗兰的爱情故事时，你就以历史性的文笔完成了一件成功的著作，这件事情就发生在我的眼皮底下。这是一篇十分优美的作品。"

普罗斯佩尔·阿尔帕努斯停顿下来，巴尔塔萨瞪着大眼睛，惊讶地看着他，根本不知道自己应该说什么，他本来认为自己写的那首诗，是一篇幻想作品，却被他说成是一篇历史性论文。

普罗斯佩尔·阿尔帕努斯脸上堆满妩媚的笑容，接着说道："听了我的话，你大概会感到惊讶，发生在我身上的某些事情，你大概会感到奇怪。不过，你想想看，按照一切正常人的判断，像我这样一个人只能出现在童话里，而你是知道的，亲爱的巴尔塔萨，这样的人全都行为古怪，说话疯疯癫癫，他们喜欢这样，特别是当那后面隐藏着什么恰恰是无可辩驳的东西的时候。现在让我们接着说下去吧！观景楼的仙女如此热心地关照那个畸形儿秦欧波，而你呢，我的巴尔塔萨，现在完全成了我所喜欢的被保护人。你听着，听听我为你设想了些什么吧！昨天魔法师楼透斯到我家来过，他给我带来了巴尔萨米内公主的上千个问候，但也带来了上万个抱怨，她从睡眠中苏醒过来，她的声音像'卡尔塔巴德'一样甜蜜，这是一首描写我们的初恋的美丽诗歌，她还伸出臂膀，期盼我回去呢。我的老朋友游吉大臣[①]也在北极星那里友好地向我招手呢。我要走了，回遥远的印度去！我留下的庄园，不愿意看着它被别人所有，只希望落在你的手里。明天我去科列佩斯，写一份正式的馈赠证明书，我将在赠书上自称是你的伯父。一旦秦欧波的魔法不灵验了，你就去摩什·特尔品教授家，说自己是一处上好庄园的主人，有一份可观的财产，你去向美丽的阚蒂达求婚，他会高高兴兴地答应你的一切要求。但是，更重要的是，你要跟你那美丽的阚蒂达搬进我的庄园里去，这样你的幸福婚姻就算有了保障。凡是你家里用的东西，那些美丽的大树底下都能长出来；除了美味的水果之外，你还能找到最美丽的卷心菜和各种可口的蔬菜，这些在周围是找不到的。你太太无论什么时候都能得到生

---

① 凭猜测译为"游吉"（？—公元前 507），他是我国春秋时代郑国正卿，继承子产改革事业，辅佐简公，继续执行亲大国秦晋，引援自固的外交方针。德国学者 Gotthilf Heinrich Schubert 在《自然科学阴暗面面面观》中称他为北极星发现者。

菜和芦笋。厨房是这样布置的，即使你超过用餐时间一个小时才回来，锅里的东西也不会溢出来，碗也不会打碎。地毯、椅子套和沙发套都十分干净，无论仆人多么笨拙，也不会弄上一点污渍，同样，不管仆人用多大力气，哪怕是扔到坚硬的地板上，那些瓷器、玻璃器皿也不会破碎。最后，每当你太太洗澡的时候，即使四周围都在下雨，打雷，打闪，屋后的大草地上总会是阳光明媚的好天气。总而言之，巴尔塔萨！这里的一切都安排得足以让你在你美丽的阚蒂达身旁，安安静静，不受任何干扰地享受家庭幸福！

"现在是时候了，我该回家了，我要与我的朋友楼透斯一道准备出发了。再见吧，我的巴尔塔萨！"

说完，他吹了两声口哨，蜻蜓立即嗡嗡地飞了过来。他给蜻蜓备好笼头，飞身跨上鞍子。但是，未待他离开，又突然停住，返身向巴尔塔萨走过来。

他说："我差一点忘了你的朋友法比安。在一次玩笑中我未把握好分寸，对他的冒失惩罚得太重了。这只盒子里的东西可以给他带来安慰！"

普罗斯佩尔递给巴尔塔萨一只锃亮的乌龟形小盒子，他把这小盒子藏在身上，还有小小的单柄眼镜，这都是普罗斯佩尔送给他解除秦欧波的魔法的。

普罗斯佩尔·阿尔帕努斯穿过矮树丛呼啸而去，森林里的声音越来越响亮，越来越优美。

巴尔塔萨返回上雅科布斯海姆村，心里充满欢乐、喜悦和甜蜜的希望。

第八章

法比安是怎样因为他的上衣下摆太长，被当成一个宗派分子和煽动暴乱的人的。巴萨努夫公爵是怎样站在壁炉罩后面罢免自然事务总管职务的。秦欧波是怎样从摩什·特尔品家里逃走的。摩什·特尔品是怎样骑着一只蝴蝶出游，还想当皇帝，然后只好上床睡觉的。

在朦朦胧胧的晨曦中，马路和街道上还了无人迹，巴尔塔萨便悄悄地溜进了科列佩斯，转眼间跑进他的朋友法比安家里。他敲响屋门时，一声病歪歪的疲惫无力的声音喊道："进来！"

法比安躺在床上，脸色苍白，形容憔悴，一副绝望痛苦的样子。"天哪，"巴尔塔萨喊道，"天哪，朋友！你告诉我，你发生什么事了？"

"唉，朋友，"法比安上气不接下气，一边说一边坐起身来，"我算完了，彻底完了。这该死的巫术，我知道，是那个一心想报仇的普罗斯佩尔·阿尔帕努斯，在我身上施了魔法，是他要毁了我！"

"这怎么可能呢？"巴尔塔萨问道，"巫术，魔法，本来你是不相信这类东西的。"

"唉，"法比安哭腔哭调地接着说，"唉，现在我什么都相信，相信巫术和魔法，相信土地神和水妖，相信老鼠精和何首乌，你说什么，我相信什么。像我这样，轮到谁身上，谁都相信！你还记得，我们离开普罗斯佩尔·阿尔帕努斯的时候，在我的上衣上发生的可怕事情吧！是的！要是事情到此为止也就罢了！可是，亲爱的巴尔塔萨，你看看我这满屋子都是什么呀！"

巴尔塔萨按照他说的做了，他看见四周的墙壁上挂满各种式样，各种颜色的大礼服、男大衣、军服等等。"怎么，"他惊叫道，"法比安，你想开个服装店？"

"别笑话我，"法比安回答道，"别笑话我，亲爱的朋友。所有这些衣服都是我请最著名的裁缝做的，那时我总是希望，尽快摆脱附着在我衣服上的不祥诅咒，结果全都枉费心机。哪怕是最漂亮的衣服，只要我穿在身上，不消几分钟，袖子便会抽缩到肩膀上，而下摆却像个尾巴一样抻成六尺长。在绝望中，我做了一件带长长的小丑袖子的短上衣，心想：'你就抽缩吧，袖子，你就抻长吧，下摆，这回就平衡了。'但是！不消几分钟，全都跟别的衣服一样了！最能干的裁缝用尽所有的手艺和力气，还是对付不了这该死的魔法！不管我走到哪里，人们都讽刺我，嘲笑我，但是不久，引得我犯了犟脾气，我觉得自己是无辜的，干脆就穿着这种该死的上衣，出现在大庭广众之中，不言而喻的是，这样反而引起了完全不同的议论。至少女人们认为我过分爱打扮，过分乏味，因为我完全不顾流行的风俗习惯，把臂膀完全裸露出来给人家看，大概以为自己的臂膀很漂亮呢。而神学家们很快就称我为宗派分子，还争论不休，说什么我是袖子教派的，要么是下摆教派的，但是在一点上他们的意见是一致的，他们称这两个教派都是非常危险的，因为两个教派都主张意志有充分自由，愿意怎么想就怎么想。古文书学家认为我是个卑鄙的煽动分子。他们说我想用长下摆在民间煽动不满情绪，鼓动人们起来造反，反对政府，说我属于一个秘密团体，它的标志就是短袖子，人们早就在一些地方发现了短袖党人的踪迹，说这些人像耶稣会会士一样可怕，甚至更可怕，因为他们所到之处，竭力输入对每个国家都有害的诗歌，还怀疑公爵的正当性。一句话，事情越闹越严重，直闹到校长传讯我。我当时就预见到了自己的不幸，尽管我穿的是上衣，可出现在他面前时，却是一身马甲。对此他大发雷霆，他以为我是故意在嘲弄他，对着我发了一顿脾气，指令我八天之内穿得规规矩矩地来见他，否则他会毫不留情地开除我的学籍。今天就到了期限！唉，我怎么这么倒霉呢！都怪那该死的普罗斯佩尔·阿尔帕努斯。"

"住口，"巴尔塔萨喊道，"住口吧，亲爱的朋友法比安，别怪我亲爱的伯父，他还送了我一个庄园呢。我不得不承认，他对你的冒失言行惩罚得太重了，尽管如此，他对你却并无恶意。你看，我带来了解除魔法的办法！他送你这个小盒子，能解除你的所有痛苦。"

巴尔塔萨一边说，一边从口袋里掏出从普罗斯佩尔·阿尔帕努斯那里得到的那个乌龟形小盒子，交给绝望的法比安。

"这有什么用，"法比安说，"这蠢东西对我有什么用？一个乌龟形的小盒子，能对我的衣服样子产生什么作用？"

"这我可不知道，"巴尔塔萨答道，"不过我亲爱的伯父是不会骗我的，这一点我完全信任他；你打开盒子看一看，亲爱的法比安，看看里面装的什么。"

法比安按照他说的做了，盒子里涌出一件上等布料做的黑色大礼服，其做工十分精细。法比安和巴尔塔萨免不了十分惊讶地大呼小叫一番。

"啊，我明白你的意思了，"巴尔塔萨高兴地喊道，"我明白你的意思了，我的普罗斯佩尔，我亲爱的伯父！这件衣服能够解除各种魔法。"

法比安二话未说，把衣服穿在身上，巴尔塔萨的话真的说中了。这件漂亮衣服穿在法比安身上，再合适不过了，根本不用想什么袖子会缩短，下摆会抻长的事情。

大家出乎意料地高兴，法比安决定，马上穿上新衣服去见校长，把所有的事情都摆摆平。

巴尔塔萨详细地对他的朋友法比安说了一番，普罗斯佩尔·阿尔帕努斯都做了些什么，教给他用什么方法制服丑陋的小矮人那个坏蛋。法比安摆脱了疑心病，完全变成了另外一副模样，他称赞普罗斯佩尔是个非常高尚的正人君子，自告奋勇地帮助别人摆脱秦欧波的魔法。恰在这时，巴尔塔萨从朋友的窗户看见候补官员蒲二孝，正在心情沮丧地绕过街角。

法比安按照巴尔塔萨的指点，把脑袋伸出窗外，招呼候补官员进屋里来。

蒲二孝刚刚跨进门，便立即喊道："你这件衣服多么漂亮呀，亲爱的法比安！"法比安对他说，巴尔塔萨会把一切都告诉他的，于是他匆匆地去见校长了。

巴尔塔萨把发生的事情从头到尾向候补官员讲了一遍，候补官员说："现在到了惩罚这个讨厌的坏蛋的时候了。你知道吗，今天是他与阗蒂达订婚的日子，爱慕虚荣的摩什·特尔品要举行一个盛大宴会，还邀请了公爵呢。在举行宴会的时候，我们冲进教授家里去，给这小东西来个突然袭击。为了转瞬间烧毁那可恶的头发，厅堂里是不会缺少蜡烛的。"

法比安满面笑容地进来以后，朋友们还谈了些别的事情，约定好行动计划。

法比安说："乌龟形盒子里涌出来那件衣服真是威力无比，我一走进校长办公室，他就满意地微笑了。他对我说：'喂，我看见了，亲爱的法比安，你到底还是迷途知返哪！像你这样的炮仗脑袋，是很容易陷入极端的！从一开始我就不相信你会陷入宗教狂热，很可能是一种误解的爱国主义情绪，偏爱杰出人物，这是一种对古代英雄楷模的崇拜。是的，我赞成你穿这样一件漂亮而又合身的衣服！品格高尚的年轻人穿这样的衣服，既有这样合适的袖子，又有这样合适的下摆，是国家的福气，世界的福气呀。你要保持下去，法比安，保持这样的品格，保持正派的思想，真正的英雄品质就是从这里产生出来的！'校长拥抱了我，眼睛里闪烁着亮晶晶的泪花。连我自己都不知道，我怎么会从衣袋里把那个乌龟形的小盒子掏出来。校长把拇指和食指捏在一起，说了一声：'来吧！'连我自己都不知道，里面是否装有鼻烟，我把盒子打开了。校长捏了一撮，吸在鼻子里，然后握住我的手，紧紧地握住我的手，眼泪流淌在面颊上；他深情地说：'好孩子，就这一小撮吧！一切都过去了，忘记了，今天中午在我家里吃饭吧！'你们看，朋友们！我的痛苦终于结束了，今天我们就会成功地解除秦欧波的魔法，事情不会有别的结果，从此往后你们也会幸福了！"

上百支蜡烛照耀得厅堂灯火通明，小矮人站在那里，他身穿猩红色绣花上衣，佩戴着有二十颗纽扣的绿斑虎奖章，身旁挂着佩剑，腋下夹着带羽毛的帽子。他身旁站着美丽的阗蒂达，她打扮得喜气洋洋，浑身上下散发着妩媚和青春朝气。秦欧波拉着她的手，偶尔吻一吻她的手，与此同时流露出令人讨厌的奸笑和微笑。每当这时，阚蒂达的脸上总要泛起一片红晕，她看着小矮人，眸子里流露出深深的爱意。看着这副样子，委实令人毛骨悚然，是秦欧波的魔法让所有人都失去了理智，人们眼巴巴地看着阚蒂达深陷其中，却无法抓住那个玩弄巫术的小东西，把他扔进壁炉里。来宾聚集在距离一对新人不远的地方，只有巴萨努夫公爵站在阚蒂达身旁，用十分慈祥的目光扫视着周围，不过，这时无人注意到他的行动。大家的眼睛都注视着一对新人，眼巴巴盯着秦欧波的嘴唇，他偶尔嘟嘟囔囔地说些不明不白的话，每次都在来宾中或引起轻轻叹息，或引起大声喝彩。

到了该交换订婚戒指的时候，摩什·特尔品向着托盘走去，上面放着两枚闪闪发光的戒指，他清了清嗓子，秦欧波站起身来，脚尖踮得高高的，几乎达到了未婚妻的肘部。大家都站在那里，心情紧张地期待着，突然间传来一些陌生人的声音，厅堂的门突然打开，巴尔塔萨闯进来，还有蒲二孝，法比安！他们穿过人群。"干什么，陌生人要干什么？"大家七嘴八舌地喊起来。

巴萨努夫公爵惊恐地喊起来："骚乱，造反，警卫！"一个箭步蹿到壁炉罩后面。摩什·特尔品看见巴尔塔萨挤到秦欧波身旁，然后喊道："大学生先生！你发疯了，你失掉理智了吧？你胆子可不小哇，竟敢钻进这里来订婚！来宾们，用人们，来，大家把这个粗鲁家伙赶出去！"

但是，人们尚未弄明白是怎么回事，巴尔塔萨便拿出普罗斯佩尔的长柄眼镜，眼睛瞄准秦欧波的脑袋。像触了电流一样，秦欧波发出一声刺耳的猫叫，声音震动了整个厅堂。阚蒂达瘫倒在椅子上；聚在一起的客人，四散开来。冒着火光的头发，立即出现在巴尔塔萨眼前，他一个箭步蹿到秦欧波面前，紧紧抓住他，秦欧波的小细腿乱蹬乱踹，又是反抗，又是挠人，咬人。

"抓住他，抓住他！"巴尔塔萨喊道，法比安和蒲二孝把小矮人摁倒在地上，让他无法动弹，巴尔塔萨小心而准确地抓住那几根红头发，猛地一下从脑袋上揪了下来，他跳到壁炉旁边，把它们扔进火里，它们发出噼噼啪啪的声音，然后轰的一声，震耳欲聋，所有人都像从梦中醒来一般。小矮人秦欧波吃力地站起身来，站在那里辱骂，斥责，还发号施令，要人们把这些滋事的家伙抓起来，他们居然胆敢攻击国家第一大臣这样重要的人物，把他们投进最深的监狱里去！但是，人们都你看着我，我看着你，心想："从哪里突然冒出这么个跟头把式的小家伙？这小怪物要干什么？"尽管小矮人不断地怒吼，不断地用他那双小脚丫儿跺地板，嘴里不断地喊着："我是秦欧波大臣，我是秦欧波大臣，我佩戴着有二十颗纽扣的绿斑虎奖章！"大家还是爆发出一阵哄堂大笑。人们围着这小东西，男人们把他提起来，你扔给我，我扔给你，如同玩传球一般，奖章纽扣一个接一个地从身上掉下来，帽子掉了，佩剑掉了，鞋子也掉了。

巴萨努夫公爵从壁炉罩后面出来，走进喧闹的人群。小矮人发出刺耳的尖叫："巴萨努夫公爵，殿下，救救你的大臣，你的宠幸吧！救命呀，救命呀，国家要遭难了，天哪，绿斑虎奖章，可惜呀！"公爵愤怒地看了一眼小矮人，然后急匆匆地向门口走去，半路上遇见摩什·特尔品，抓住他，把他拉到一个角落，眼睛里冒着火星说道："你胆敢在这里当着你的公爵，当着你的国君上演这样一出闹剧？你邀请我来参加你女儿与我的大臣秦欧波的订婚典礼，这哪里是我的大臣？明明是一个你用华丽的服装打扮起来的可恶的怪物嘛！先生，你知道，开这种玩笑，是要判处叛国罪的呀，假如你不是一个应该进疯人院的傻瓜，我是要严厉制裁你的。现在我宣布，解除你自然事务总管的职务，不许你再进我的酒窖搞什么研究工作！再见！"

说完他急匆匆地走开。

但是，摩什·特尔品愤怒地冲向小矮人，揪住他那长长的蓬乱的头发，向着窗户走去。"你给我滚出去，"他嚷道，"给我滚出去，你这个丢人现眼的怪胎，你骗得我好惨哪，你毁了我所有的幸福生活！"

他要通过敞开的窗户，把小矮人推下楼去，这时碰巧动物陈列室管理员也在现场，他闪电一般冲过来，抓住小矮人，把他从摩什·特尔品手里夺过来。"住手，"管理员说，"住手，教授先生，你别毁了公爵的私人财产。这不是怪胎，这是一只黑色魔王猴，又叫吼猴，是从博物馆里跑出来的。""吼猴，吼猴！"众人一边哄笑，一边喊了起来。待管理员抓住小东西的胳膊才看清楚，他气急败坏地喊道："我看见什么了！这可不是吼猴，这是一棵丑陋得令人讨厌的何首乌！呸！呸！"

他一边说，一边把小东西扔到厅堂中间。在来宾的一片哄笑声中，小矮人发出吱吱的尖叫声和呼噜呼噜的声音，跑出门去，跑下楼梯，跑呀，跑呀，跑回自己家去，没有一个仆人发觉他。

厅堂里发生这一切的时候，巴尔塔萨离开厅堂，走进小房间，他看见人们把瘫倒的阙蒂达抬进了这个小房间。他跪在她面前，把她的手放在自己的嘴唇上，呼叫着她那甜蜜的名字。阙蒂达终于长叹一声苏醒过来，他看见巴尔塔萨，便高兴地喊起来："你到底，到底来了，我亲爱的巴尔塔萨！哎呀，盼望和爱的痛苦，几乎把我折磨死了！我的耳畔总是回响着那夜莺的叫声，听见这叫声，连紫色玫瑰都会被感动得心血流淌！"

现在她开始讲述一切，尽管她忘记了自己身边发生的事情，但是她还记得，自己像做了一场噩梦，一个丑陋的魔鬼占据了她的心，她必须把自己的爱献给他，因为她没有别的选择。这魔鬼把自己打扮成巴尔塔萨的样子；当她清晰地想到巴尔塔萨的时候，她也知道，这是魔鬼，而不是巴尔塔萨，尽管如此，还是不知为什么，为了巴尔塔萨，她也必须去爱这个魔鬼。

巴尔塔萨尽量给她解释，怎么会发生这些事情，而不至于搞乱她的激动情绪。然后便是恋爱的人们惯常发生的事情，一千遍一万遍地海誓山盟，保证忠于永恒的爱情。与此同时，他们互相拥抱，既热烈又十分温柔地贴着胸脯，全身心地沉浸在幸福之中，陶醉在天大的喜悦里。

摩什·特尔品走进来，一边绝望地搓着手，一边叫苦不迭，跟随他一道进来的还有蒲二孝和法比安，他们不断地安慰他，但依旧枉然。

"别说了，"摩什·特尔品说，"别说了，我是个彻底的失败者！不再是国家自然事务总管。不许再在公爵酒窖里做研究工作，失掉了公爵的宠爱，我本以为公爵会授给我绿斑虎奖章呢，至少带有五个纽扣。一切都完了！尊敬的秦欧波大臣阁下，要是听说连我都认为他是一个讨厌的怪胎，是一只卷尾吼猴，要么还认为他是别的什么，他会怎么说呢！老天爷呀，他会恨死我的！阿里坎特葡萄酒啊！阿里坎特葡萄酒啊！"

朋友们劝他说："亲爱的教授，尊敬的总管，你只要想想，世界上根本就没有一个叫秦欧波的大臣！你什么都没有损失，那个丑陋的怪物会巫术，是观景楼的仙女教给他的，不只是你，我们大家全都被他迷惑了！"

于是，巴尔塔萨把发生过的事情，从头到尾，原原本本地讲述了一遍。教授听啊，听啊，直到巴尔塔萨讲完，他大声喊道："我是清醒的！我做梦——巫术——魔法——仙女——魔镜——同情——我该相信胡说八道——"

"咳，亲爱的教授先生，"法比安忽然想起来，"你若是穿过一件短袖子长下摆的上衣，像我那样，你就会相信，那是一场有趣的经历！"

"是啊，"摩什·特尔品喊道，"是啊，你说得都对，是啊！一个玩弄巫术的坏蛋迷惑了我，我不是两脚着地，而是飘浮在天花板上，是普罗斯佩尔·阿尔帕努斯把我拽下来的，我是骑着蝴蝶出游的，是观景楼的仙女给我梳头的，她就是蔷薇美修女，我要当大臣了！当国王了，当皇上了！"

他一边说一边在房间里蹦蹦跳跳，连喊带吆喝，大家都担心他智力出了问题，最后他精疲力竭，倒在靠椅上。这时阚蒂达和巴尔塔萨来到他身旁。他们告诉他，他们互相是多么深深地热爱着，他们的爱是无可置疑的，他们互相离开谁都无法生活，这话听起来多么令人感动，连摩什·特尔品也不得不掉泪。"好吧，"他哽咽着说，"一切都听你们的，孩子们！结婚去吧，恋爱去吧，一块儿挨饿去吧，我连一分钱都不会给阚蒂达做嫁妆的。"

提起挨饿来，巴尔塔萨微笑着说，明天他就会证明给教授先生看，这是根本不成问题的，因为他伯父普罗斯佩尔·阿尔帕努斯替他考虑得十分周全。

"证明吧，"教授有气无力地说，"你来证明吧，我亲爱的儿子，如果你能证明，而且是在明天；但愿我不会精神错乱，但愿我的脑袋不会破裂，我必须立即上床睡觉！"

他当场真的就睡着了。

第九章

一个忠实的宫廷侍从的尴尬。李泽老太太是怎样策划一场骚乱的，秦欧波大臣是怎样逃跑的。公爵的贴身医生用什么奇怪方式说明秦欧波的突然死亡的。巴萨努夫公爵是怎样闷闷不乐的，他是怎样吃洋葱的，秦欧波的损失为什么是无法弥补的。

秦欧波大臣的马车在摩什·特尔品家门前几乎白白停了一夜。人们一次又一次地告诉车夫，大臣阁下可能早就离开了来宾；他却说这是根本不可能的，大臣阁下不会在风雨交加之中自己跑回家去。看看所有的灯光都熄灭了，所有的门都关闭了，车夫只好赶着空车走了，来到大臣家里，他立即唤醒宫廷侍从，诚惶诚恐地询问他，大臣是怎样回家来的。"阁下，"宫廷侍从对着车夫的耳朵悄悄地说，"阁下昨天夜幕降临以后就回来了，一点都不会错，现在正躺在床上睡觉呢。但是！嘿，我的好车夫呀！至于说怎样回来的！我要详详细细跟你说一说，不过，你要管好自己的嘴巴，若是让大臣知道，是我躺在昏暗的过道里，我可就完蛋了！那天刚好是我值班，你知道，阁下虽然个头儿不高，人却是十分鲁莽，很容易发脾气，动起怒来连自己都不认识，昨天有一只讨厌的老鼠，钻进大臣的卧室里上蹿下跳，还拿着一把明晃晃的佩剑跑来跑去。不说这个！暮色降临的时候，我穿上小大衣，想悄悄地溜进小酒馆去玩一把掷色子游戏，正在这时，有什么东西踢踢踏踏、拖拖拉拉地从楼梯上向我走来，在昏暗的走廊里，从我的裆下钻过去，在地板上跌了一跤，还发出刺耳的猫叫声，然后呼噜呼噜地像……天哪！车夫，管住你的嘴巴，像个君子一样，不然我就完蛋了！你过来听我说，那呼噜呼噜的声音，就像我们尊敬的大臣打呼噜一样，一旦厨子把小牛腿煎坏了，要么遇见什么不顺心的国事，他就是这样打呼噜的。"

最后这些话，宫廷侍从是凑在车夫耳根底下悄悄说的。车夫身子往后一仰，现出一副怀疑的神色，说道："这是真的吗？"

"是的，"宫廷侍从接着说，"毫无疑问，在走廊里从我裆下钻过去的，就是我们仁慈的阁下。我亲眼看见仁慈的阁下挪动各屋的椅子，推开每一个房间的屋门，直至走进他的卧室。我未敢跟着他走过去，大约一把钟头以后，我才悄悄走到卧室门口，偷听了一会儿。我们亲爱的阁下完全像平时事业上有了什么成就一样，正在打着呼噜大睡呢。车夫！天上地下有许多事情，是我们的智慧连做梦也想不到的。有一次我在剧院里听一位忧郁的王子说过这样的话，他身穿一袭黑衣，非常害怕一个身穿灰色纸板的男人。[①] 车夫！昨天晚上一定是发生了什么不平常的事情，才促使阁下急匆匆赶回家来。公爵也在教授家里，也许是他出了一个改革的好主意，大臣便立即离开订婚典礼，跑回家来，开始埋头为

---

① 这里套用的是莎士比亚剧本《哈姆雷特》的台词，霍夫曼时代德国舞台上演出《哈姆雷特》时，老国王的鬼魂就是这样一副打扮。

政府的福祉而工作。我偷听的时候，他正在打呼噜，是的，一定是要发生什么伟大而重要的事情了！车夫啊，也许早晚会有一天，我们大家都得把辫子留起来！不过，亲爱的朋友，让我们上楼去，作为忠实的仆人，到卧室门口听听，阁下是安然在床上睡觉，还是在把内心的思想起草成文件。"

宫廷侍从和车夫悄悄来到门旁偷听，秦欧波正在用十分奇怪的声音打呼噜，发出沉吟声和呼啸声。两个仆人以沉默而敬畏的表情站在那里，宫廷侍从压低声音说："我们这位仁慈的大臣先生真是一位伟大的人物呀！"

天刚蒙蒙亮，大臣房前便出现了一阵巨大的喧哗。一位可怜巴巴的农家老太太，身穿早已褪色的星期天服装，闯进房里来，争吵着让门房立即带她去见自己的儿子，见小扎克斯。门房向她解释说，这栋房子里住的是秦欧波大臣先生阁下，他是有二十颗纽扣的绿斑虎奖章获得者，这里的仆人没有人叫小扎克斯，或者类似的名字。那女人大声喊道，那个有二十颗纽扣的大臣先生，那就是她的可爱的儿子，他叫小扎克斯。听见女人的喊叫声，听见门房如雷的叫骂声，房子里的所有人都跑了过来，吵嚷声越来越厉害。宫廷侍从从楼上走下来，把人们驱散，免得在安静的清晨打扰了大臣阁下，于是大家把这个疯婆子赶了出去。

那女人坐在房对面的石头台阶上，一边啼哭，一边抱怨，说那房里的粗鲁家伙不让她去见自己心爱的儿子，他叫小扎克斯，当了大臣。越来越多的人聚集在她的周围，她一遍又一遍地给他们重复说，秦欧波大臣不是别人，正是她的儿子，她从小就叫他小扎克斯。就这样，人们不知道这女人到底是个疯子呢，还是她说的都是大实话。

那女人目不转睛地盯着秦欧波的窗子。突然间她大声笑起来，拍着巴掌欢呼着大声喊叫道："那就是他，那就是他，我心爱的小家伙，我的小淘气鬼。你好啊，小扎克斯！你好啊，小扎克斯！"所有的人都看过去，他们看见秦欧波身穿猩红色上衣，身披有二十颗纽扣的绿斑虎奖章绶带，他站在落地窗前，人们通过巨大的玻璃看清了他的整个身材，人们捧腹大笑起来，一边吵嚷，一边大声喊道："小扎克斯，小扎克斯！看哪，看那狒狒打扮得多么滑稽呀，这个令人讨厌的家伙，这个小何首乌，小扎克斯！小扎克斯！"门房，秦欧波的所有仆人全都跑出来，看看老百姓为什么那样高声大笑，那样欢呼。但是，当他们看见他们的主人时，他们比老百姓还生气，肆无忌惮地大笑着喊道："小扎克斯，小扎克斯，小矮人，小何首乌！"

大臣仿佛刚刚看明白，原来大街上那疯狂的吵闹不是针对别人，而是针对自己的。他猛地推开窗户，用冒着火光的眼睛看着下面，喊叫着，咆哮着，愤怒地连蹦带跳，那样子十分古怪，还威胁说要呼唤警卫、警察，把他们送进牢房，送进监狱。

可是，阁下越是暴跳如雷，骚乱和笑声越发厉害，人们开始用石头、水果、蔬菜或者随手能拾到的东西，向着不幸的大臣投了过去，他只好钻进屋里去！

"天哪，"宫廷侍从惊讶地喊道，"从阁下窗户里往外看的，是个讨厌的小怪物，这是怎么一回事？这个玩弄巫术的小东西是怎么进到屋里去的？"他一边说，一边跑上楼去，但是，像先前那样，大臣的卧室关得紧紧的。他壮着胆子轻轻地敲门，没有回应。

这中间，天晓得民众当中怎么会悄悄地传说，楼上那个可笑的小东西的确是小扎克斯，他取了秦欧波这个骄傲的名字，借助一系列欺骗和谎言，飞黄腾达起来。声音越来越大。"把小动物弄下来，弄下来，把小扎克斯的大臣衣裳剥下来，把他关进笼子里，抬到市场去让人观赏，挣钱！给他身上贴上金箔，送给孩子们当玩具！上楼去，上楼去呀！"老百姓一边呼喊，一边向这房子拥过来。

宫廷侍从急得直搓手。"暴动啦，骚乱啦，阁下，把门打开吧，赶快逃命吧！"他这样喊道。但是，无人回应，只听见一声轻轻的呻吟。

房门被人打开了，老百姓发出粗野的笑声，腾腾地拥上楼来。

　　"是时候了。"宫廷侍从说着，用尽力气向着卧室的门撞去，屋门叮叮当当地从门框上掉下来。没有阁下，见不着秦欧波！

　　"阁下，仁慈的阁下，您没听见暴动吗？阁下，仁慈的阁下，您藏到哪里去了，老天爷原谅我的罪过吧，您躲到哪里去了嘛！"

　　宫廷侍从一边绝望地喊叫，一边穿过各个房间。但是无人回答，没有声音，只有大理石墙壁的嘲笑的回音。秦欧波仿佛无声无息地消失了。外面安静多了，宫廷侍从听见一个女人，用低沉而洪亮的声音在与老百姓说话，他通过窗户看见，人们一个接一个互相低语着离开了房子，用疑惑的目光看着楼上的窗户。

　　"骚乱仿佛是过去了，"宫廷侍从说，"现在，仁慈的阁下该从他藏身的角落钻出来了。"

　　他又返回卧室来，猜想，大臣总会在那里的。

　　他那窥探的目光巡视着周围，忽然间，他看见一只漂亮的带耳的银桶里，伸出两条小细腿儿，这银桶一直摆在厕所里的恭桶旁边，因为大臣非常看重公爵赠送的珍贵礼物。

　　"天哪，天哪，"宫廷侍从恐惧地喊道，"天哪！天哪！我不会看错的，那是秦欧波大臣先生阁下的腿，那是我主人的腿！"他走过去，吓得浑身直哆嗦，一边往桶里看，一边喊道："阁下，阁下，天哪，您这是干什么呀，您钻到底下那么深在干什么呀！"

　　但是，秦欧波静静地一动不动，宫廷侍从看得明明白白，阁下当前的处境是危险的，时间紧迫，顾不得任何礼节了。他抓住秦欧波的两条小细腿儿，把他拽了出来！哎哟，哎哟，小阁下已经死了！宫廷侍从号啕大哭起来；车夫，还有其他仆人，全都匆匆忙忙走来，有人赶忙去请公爵的贴身医生。这期间宫廷侍从用干净毛巾把他那可怜而不幸的主人擦干净，把他放在床上，盖上丝被，只露出他那皱皱巴巴的小脸儿。

　　这时，蔷薇美小姐走了进来。天晓得她是用什么办法让老百姓安静下来的。现在她向着灵魂已经出窍的秦欧波走了过来，她身后跟着李泽老太太，即小扎克斯的生身母亲。秦欧波死后的模样显得更漂亮，他的一生从未如此漂亮过。两只小眼睛闭着，小鼻子白白的，嘴角微微扭歪着，露出一丝微笑，尤其是他那一头深褐色有着美丽波纹的头发，像瀑布一样披散下来。小姐抚摸着小矮人的脑袋，眨眼间一绺红色的头发迸发出微弱的光芒。

"啊，"小姐说着，眼睛里流露出喜悦的光芒，"啊，普罗斯佩尔·阿尔帕努斯，尊敬的大师！你是守信用的！他的罪孽，还有一切不光彩的事情，全都受到了应有的惩罚！"

"哎哟，"李泽老太太说，"哎哟，老天爷呀，这可不是我的小扎克斯，他可从来没有这么漂亮过。我白白地满城里跑了一趟，你跟我说的全都不对，我那可爱的小姐！"

"别抱怨了，老太太，"小姐回答说，"假如你听从我的劝告，不要在我之前来到这里，拥进这栋房子，一切都会好得多。我重复说一遍，那个小矮人，那个躺在床上，已经死了的人，的确是你的儿子，小扎克斯！"

"这么说，"这女人瞪着闪闪发亮的眼睛说，"这么说，小阁下若真是我的孩子，这里的所有好东西，包括这栋房子，房子里的所有东西，都归我了？"

"不，"小姐说，"这样的机会已经不存在了，你已经错过了得到金钱和财产的机会。我早就说过，你的命中没有财富。"

"我可以，"女人眼睛里含着泪水接着说道，"至少我可以用围裙兜着我可怜的孩子回家吧？我们的神父先生家里有许多小鸟、小松鼠标本，我让他把我的小扎克斯也做成标本，我要把他放在我家橱柜上，让他穿着红衣服，披着宽宽的绶带，胸前佩戴大五星，作为永久纪念！"

"这个，"小姐几乎是不耐烦地说，"这个想法太天真了，这是根本办不到的！"

于是，这女人开始哭泣起来，她一边抱怨，一边哭诉着说："我的小扎克斯做了大官，发了大财，可我什么也未得到！若是他跟我一块过日子，我只会在贫穷中把他拉扯大，他怎么也不会掉进那该死的银桶里，他还会活着，说不定还能给我带来快乐和幸福呢。不论走到哪里，我都把他放在背篓里，有同情心的人，说不定还会扔给我几个铜板呢，可现在……"

门厅里传来脚步声，小姐催促老太太出去，告诉她在门口等着，临走之前她会告诉她一种可靠办法，如何一劳永逸地结束她的贫困和苦难。

于是观景楼小姐又一次走近小扎克斯，用轻微而颤抖并且充满同情的声音说道：

"可怜的扎克斯！你这个先天的残疾人！我对你本来是一番好意！却偏偏做成了一件蠢事，我原以为，赋予你表面的美丽，它会照亮你的心灵，唤起一种声音，告诉你：'你并非如人们所看到的那样，只要努力，你就会跟别人并驾齐驱，而不必在别人卵翼下做个瘸子，做个永远不会羽毛丰满的人！'但是并未唤起心灵的声音。你的思想是懒散的，僵死的，是不求上进的，你不肯放弃自己的愚蠢、粗鲁和野性。唉，假如你仅仅是个小人物，而不是个粗野的小家伙，也不会落得这样一个可耻的下场！幸好普罗斯佩尔·阿尔帕努斯关照过，让人们在你死了的时候，依旧像活着时候，即我控制你的时候一样对待你。有朝一日也许我还会看见你，作为一只小金龟子，机灵的小耗子，或者活泼的小松鼠，这样我会高兴的！安息吧，小扎克斯！"

蔷薇观景楼小姐离开卧室的时候，公爵的贴身医生和宫廷侍从走了进来。

"天哪，"医生看见死去的秦欧波，并且确定，已经没有任何手段能够让他起死回生，便说，"天哪，这是怎么搞的，侍从官先生？"

"唉，"他回答说，"唉，亲爱的大夫先生，都怪那叛乱，或者革命，随你怎么称呼，反正都一样，在门前吵吵嚷嚷，乱乱哄哄，实在可怕。阁下担心自己宝贵的生命，一定是想躲进厕所里去，

446

一不小心摔倒，掉进了……"

"原来是，"医生兴高采烈、手舞足蹈地说，"原来他是由于害怕而寻死的，这回死定了！"

门忽然打开了，巴萨努夫公爵闯了进来，他脸色惨白，身后跟着七个脸色更为惨白的宫廷侍从。

"这是真的吗？这是真的吗？"公爵喊道。当他看见那小小的尸体，吓得朝后退了一步，眼睛望着天花板，用充满痛苦的声音说："秦欧波呀！"那七个宫廷侍从也跟着公爵喊道："秦欧波呀！"也像公爵一样，从口袋里掏出手绢，放在眼前。

"多么大的损失呀，"公爵无声地抽泣了一会儿，开始说，"对于国家来说，这是个不可替代的损失！什么地方能找到像我的秦欧波这样一个荣获有二十颗纽扣的绿斑虎奖章的人？贴身医生，你居然让我的人就这样死去！你说，这是怎么搞的，怎么会发生这样的事情？是什么原因导致这位杰出人物死亡的？"

贴身医生非常仔细地观察了一遍小扎克斯，摸了摸从前有脉搏的地方，抚摸了他的脑袋，清了清嗓子开始说："我最尊敬的主人！如果我只是满足于表面上的观察，我可以说，大臣是死于完全停止呼吸，这种呼吸的停止，是由于不能吸气造成的，而不能吸气则是由当时的气氛，由大臣的幽默感造成的。我可以说，大臣就是以这种方式导致了一种幽默的死亡，但是，如果我不做这样肤浅的判断，如果我不想从浅陋的肉体的角度解释一切，那就只能在纯心理的领域去寻找他的自然的无可辩驳的原因了。我尊敬的公爵，咱们打开天窗说亮话吧！导致大臣死亡的第一个原因，是带有二十颗纽扣的绿斑虎奖章！"

"什么？"公爵一边说，一边用愤怒的眼睛盯着贴身医生，"什么！你说什么？带有二十颗纽扣的绿斑虎奖章？死者为了国家的繁荣而佩戴在身上，显得那么优美，那么威严，这是他死亡的原因？你证明给我看，要么……宫廷侍从们，你们怎么看？"

"他必须证明，他必须证明，要么……"七个面色惨白的宫廷侍从说，贴身医生接着说道：

"我尊敬的公爵，我会证明的，不过，要么就免了吧！事情是这样的：绶带上那颗沉甸甸的奖章，尤其是后背上那二十颗纽扣，对于脊背上的神经系统十分不利。同时，奖章的五星产生一种压力，作用在横膈膜和上肠系膜动脉之间那个多节纤维上，我们称它为腹腔丛，它主导着迷宫一样的神经网络。这个主导性的器官与大脑系统处于复杂多样的关系之中，神经系统受到压迫，对于这个器官自然也是不利的。请问，大脑系统的畅通无阻不就是构成意识和人格的条件吗？不就是表现了整体在一个焦点上实现了最完美的联合吗？生命的过程不就是在神经系统和大脑系统这两个领域里的活动吗？好了！说到这里就足够了，正是那种压迫，干扰了心理器官的各项功能。首先出现的是一些令人无法捉摸的想法，这些想法是由佩戴奖章带来的痛苦所引起的，并进一步莫名其妙地产生了为国家牺牲的想法等等，症状越来越严重，直至神经系统和大脑系统完全失掉了协调能力，最终导致意识的完全停止，人格的彻底丧失。这种状态用我们的行话来说，就叫死亡！是的，尊敬的主人！大臣已经丧失了他的人格，这就是说，当他坠入那倒霉的银桶的时候，他就完全死亡了。这样说来，他的死不是肉体的死亡，而是有无限深刻心理原因的死亡。"

"贴身医生，"公爵闷闷不乐地说，"贴身医生，你已经唠叨了半个钟头，我要是听懂了半句话，我就不得好死。你想用你的肉体死亡和心理死亡说明什么呢？"

"肉体规则，"医生接着说道，"是纯生物性生命的条件，相反，心理则能决定人的生理机能，这种机能只能在精神上，在思维能力中找到它存在的驱动轮。"

"我还是，"公爵非常不高兴地说道，"我还是不明白你的意思，你是个连话都说不明白的人！"

"我的意思是，"医生说，"殿下，我的意思是肉体只与纯生物性生命有关，没有思维能力，犹如在植物身上发生的那样，而心理是与思维能力有关的。由于这种能力存在于人的机体里，所以大夫必须从思维能力，从精神入手来观察躯体，把躯体视为精神的附属物，它是服从主宰者的意志的。"

"嘿嘿，"公爵喊道，"嘿嘿，算了吧，你不用说了！你就医治我的躯体吧，不要打扰我的精神，我还从来未觉得我的精神有什么不舒服。总而言之，贴身医生，你是个稀里糊涂的人，我若不是站在我的大臣的尸体旁边，心情激动，我知道我会干什么的！喂，宫廷侍从们！让我们在死者的灵台前再洒几滴眼泪，然后咱们去赴宴吧。"

公爵把手绢放在眼前，抽泣了几声，宫廷侍从们也照样行事，然后他们全都离开了那里。

门前站着李泽老太太，胳膊上挂着几辫非常漂亮的金黄色洋葱，它们只供人们观赏。公爵的目光偶然间落在这些蔬菜上。他停在那里，脸上的痛苦即刻消失了，他和蔼而仁慈地微笑着说道："我一辈子也未见过这么漂亮的洋葱，它们的味道一定很好。这货物你卖吗，亲爱的太太？"

"唉，是的，"李泽声音低沉地答道，"是卖的，仁慈的殿下，我就是靠着卖洋葱，艰苦度日的，只要能卖得出去就行！它们甜得跟蜂蜜一样，您有什么吩咐吗，仁慈的主人？"

她一边说着，一边把一挂又大又光滑的洋葱递给公爵。他微笑着接过来，吧嗒吧嗒嘴，然后喊道："宫廷侍从！递给我一把小刀。"公爵接过一把小刀，匀称而整洁地削了一颗洋葱，然后尝了一口。

"好味道，又甜，又辣，又有营养！"他说道，高兴得眼睛直放光，"我一边吃，一边仿佛看见死者秦欧波就站在眼前，他还跟我打招呼呢，悄悄对我说：'你买吧，你吃这些洋葱吧，我的公爵，是国家的繁荣要求你吃的！'"公爵放到李泽老太太手里几个金币，宫廷侍从把所有洋葱都装进口袋里。不仅如此！他还规定，不许别人向公爵的早餐提供洋葱，只能由李泽老太太提供。就这样，小扎克斯的母亲虽然未发财，却摆脱了贫困与烦恼，这当然是好心的蔷薇观景楼仙女的秘密巫术帮助的结果。

秦欧波大臣的葬礼是一场十分隆重的葬礼，科列佩斯人从来未见过这样的葬礼，公爵和所有绿斑虎奖章获得者，全都怀着十分沉痛的心情参加了葬礼。所有的钟都敲响了，连公爵花费重金买来放焰火的两门小型礼炮，也响了好几声。市民、老百姓全都啼哭和叫苦不迭，他们说国家丧失了一位优秀栋梁，永远也不会再有这样一位明白人，这样一位思想崇高的人，这样宽厚的人，为了全民利益不懈奋斗的人，像秦欧波那样执掌朝政的人。

事实上这损失是无法替代的，因为再也不会有这样一位大臣，身上佩戴有二十颗纽扣的绿斑虎奖章，像永世难忘的秦欧波那样。

最后一章

作者的悲哀请求。摩什·特尔品教授的心情是怎样平静下来的，阙蒂达是永远不会闷闷不乐的。一只金龟子是怎样贴着普罗斯佩尔·阿尔帕努斯医生的耳朵嗡嗡叫的，阿尔帕努斯是怎样告别的，巴尔塔萨是怎样过上幸福婚姻生活的。

是时候了，亲爱的读者！为你写下这些篇章的人，该向你告别了，此时此刻，他内心里充满了悲哀和惶恐不安。关于小秦欧波的奇奇怪怪的故事，他还知道许多许多，至于他是怎样打心眼儿里为这些故事的魅力所吸引的，亲爱的读者，他还真是乐意把这一切都原原本本地告诉你。然而！回过头来想想，这些事情都是怎样出现在这九章里的，他深深感觉到，里面包含了这么多奇奇怪怪的，令人难以置信的，违背常理的事情，如果他继续堆砌更多类似的事情，亲爱的读者，他会面临滥用你的耐心的危险，彻底倒了你的胃口。当他写下"最后一章"这几个字的时候，他的心里突然产生了一种悲哀的感觉，一种惶恐不安的感觉，他就是怀着这样的感觉请求你，但愿你能够以十分快乐的、无拘无束的心情来欣赏这些故事，观察这些奇奇怪怪的人物，跟他们交朋友，他们是诗人那神出鬼没的灵感的产物，即想象的产物，也许他赋予了它们太多古怪和任性的特点。所以，请你既不要责怪诗人，也不要责怪这些乖张的精灵！亲爱的读者，假如你偶尔对某些事情发出过会心的微笑，你就会像这几章文字的作者所希望的一样，有一个好心情，然后，他相信，你会在许多事情上都原谅他！

本来这个故事应该以小秦欧波悲剧式的死亡作结束。不过，若是不以悲哀的葬礼结尾，而是以快乐的婚礼结尾，这故事不是更优美吗？

于是，让我们来为可爱的阙蒂达和幸福的巴尔塔萨再稍花点笔墨吧。

摩什·特尔品教授本来是个开明的、见多识广的人，遵照"对任何事情都不惊异"的古训，他多年来习惯了对世界上的任何事情都不感到惊讶。但是，现在的情形却变了，他放弃了自己的全部智慧，他不得不越来越惊讶，到最后他不得不抱怨说，连他自己都不知道，自己还是不是那个从前掌管国家自然事务的摩什·特尔品教授，他不知道自己还能不能真正昂首阔步地在人们面前走来走去。

最先令他感到惊讶的是，巴尔塔萨向他介绍说，普罗斯佩尔·阿尔帕努斯大夫是他的伯父。普罗斯佩尔·阿尔帕努斯向他展示了馈赠证明书，巴尔塔萨居然成了紧邻森林、农田和草场，距离科列佩斯仅一小时之遥的农庄的主人。更令他惊讶的是，他都不敢相信自己的眼睛，他居然看见财产清单上写着许多精美的器皿，不是金的，便是银的，其价值远远超过了公爵宝库里的财富。然后更令他惊讶的是，他通过巴尔塔萨的单柄眼镜，看见秦欧波躺在一口十分漂亮的棺材里。他突然意识到，世界上从来就没有过一个叫秦欧波的大臣，他是一个粗野的、难以管束的小驼子，大家误以为他是聪明智慧的秦欧波大臣。

当普罗斯佩尔·阿尔帕努斯带领摩什·特尔品教授参观他的庄

园的时候，他的惊讶达到了无以复加的程度，他还给教授看了自己的图书馆和其他非常稀奇古怪的东西，甚至还用稀有植物和动物做了几个十分优美的试验。

教授明白过来了，其实他做的那些自然研究，没有任何意义，他自己仿佛处在一个富丽堂皇的魔幻世界里，如同封闭在一个鸡蛋里。这个想法令他十分不安，最后像个孩子一样，一边啼哭，一边抱怨起来。巴尔塔萨立即领着他进入宽大的酒窖，他看见里面有许多明亮耀眼的酒桶和闪闪发光的酒瓶。这里比公爵的酒窖好得多，巴尔塔萨说，他可以在这里做研究工作，在美丽的花园里充分研究自然。

这样一来，教授的心情平静了。

巴尔塔萨的婚礼是在庄园里举行的。他和他的朋友法比安、蒲二孝，像所有人一样，都对阒蒂达的美貌，对她的衣服，对她浑身上下所散发的魅力感到惊讶。这一次围绕阒蒂达所发生的一切，确确实实也是由魔法引起的，因为蔷薇观景楼仙女把所有的烦恼和愤怒全都忘掉了，她作为蔷薇美修女参加了婚礼，亲手为新娘穿衣打扮，用最美丽最富丽堂皇的蔷薇把她装扮起来。所以人们知道，只要仙女动手，那衣服一定是很合身的。除此之外，这位蔷薇观景楼仙女还赠给新娘一条金光闪闪的项链，这项链有一种神秘的魔力，凡是佩戴它的人，绝对不会为一些细枝末节的小事情而烦恼，例如哪条带子系得不好，哪根发卡戴得不正，或者衣服上有个污点等等。项链赋予她的这种气质，使她显得特别妩媚动人，满面生辉。

新婚夫妇的欢乐达到了顶点，阿尔帕努斯那神秘而聪明的魔法，发挥了很好的作用，新婚夫妇招待来宾和亲朋好友也特别热心。普罗斯佩尔·阿尔帕努斯和蔷薇观景楼仙女，二人安排了最美丽的奇迹为这场婚礼捧场。在灌木丛和树木之间回响着甜蜜的爱情歌声，闪闪发光的长餐桌上，出现了丰盛的美食佳肴，水晶杯里涌流出珍贵的美酒，所有来宾的血管里都注入了生命的活力。

夜幕降临了，花园的上空架起一座红光闪烁的长虹，人们看见闪闪发光的鸟儿和昆虫上下翻飞，在它们抖动翅膀的时候，散发出成千上万亮晶晶的火花，这些火花不断幻化成各种各样美丽的形象，在空气中翩翩飞舞，直至消失在树丛中。与此同时，森林音乐越来越响亮，夜里的微风吹拂而来，传播着神秘的沙沙声，散发着甜甜的香味。

巴尔塔萨、阚蒂达和朋友们看得明明白白，这是阿尔帕努斯魔法的巨大威力所致。但是摩什·特尔品却喝得醉醺醺的，高声大笑着说，藏在这一切背后的不是别人，而是那个歌剧舞台设计师和为公爵制造烟火的鬼家伙。

周围响起了嘹亮的钟声。一只闪闪发光的金龟子飞过来，落在普罗斯佩尔·阿尔帕努斯的肩膀上，仿佛在对着他的耳朵悄悄地说什么。

普罗斯佩尔·阿尔帕努斯站起身来，严肃而庄重地说："亲爱的巴尔塔萨，美丽的阚蒂达，我的朋友们！现在是时候了，楼透斯在召唤了，我必须告别了。"

说着，他走到新婚夫妇身旁，向他们悄悄地说了些什么。巴尔塔萨和阚蒂达二人颇为感动，普罗斯佩尔仿佛是给了他们许多良好的忠告，他还热情地拥抱了他们。

然后他转过身来，同样悄悄跟蔷薇美小姐说了些什么，大概是她拜托他做些什么关于巫术和仙女方面的事情，他高兴地接受了。

这中间，从空中降下来一辆小小的水晶车，拉车的是两只闪闪发光的小蜻蜓，驭手是一只白鹇。

"再见了，再见了！"普罗斯佩尔·阿尔帕努斯一边说着，一边钻进车里，那水晶车飘飘忽忽地升入空中，越过闪烁着红光的彩虹飞去，直至仿佛一颗闪闪发光的小星星，最终消逝在云层里。

"美丽的气球。"摩什·特尔品一边打鼾一边说，然后倒头进入梦乡，酒力发作了。

巴尔塔萨遵照普罗斯佩尔·阿尔帕努斯的嘱咐，很好地利用了奇妙的庄园这份财产，实际上他成了一位优秀诗人，普罗斯佩尔在庄园里谈到美丽的阖蒂达时，曾经称赞过他的其余品质，这些品质也全都经受住了考验。蔷薇美小姐作为结婚礼物赠给阖蒂达的项链，她也从未摘掉过，所以顺理成章的是，巴尔塔萨像别的诗人与年轻美丽的女人一样，欢乐舒适、无忧无虑地过起了幸福美满的婚姻生活。

　　就这样，关于小扎克斯，又名秦欧波的童话，到此为止，确确实实有了一个圆满结局。

图书在版编目（CIP）数据

斯居戴里小姐：霍夫曼中短篇小说选 /（德）霍夫曼著；陈恕林，宁瑛等译. -- 南昌：江西教育出版社，2016.6

（世界名著名译文库 / 柳鸣九主编）

ISBN 978-7-5392-8727-0

Ⅰ. ①斯… Ⅱ. ①霍… ②陈… ③宁… Ⅲ. ①中篇小说－小说集－德国－近代②短篇小说－小说集－德国－近代Ⅳ. ①I516.44

中国版本图书馆 CIP 数据核字（2016）第 122510 号

斯居戴里小姐：霍夫曼中短篇小说选

SIJUDAILI XIAOJIE ： HUOFUMAN ZHONGDUANPIAN XIAOSHUOXUAN

[德国] E. T. A. 霍夫曼/著　　陈恕林，宁瑛等/译　　柳鸣九/主编

江西教育出版社出版

（南昌市抚河北路 291 号　　邮编：330008）

各地新华书店经销

三河市华润印刷有限公司印刷

690 毫米×960 毫米　　16 开本　　29 印张　　字数 384 千字

2016 年 8 月第 1 版　　2016 年 8 月第 1 次印刷

ISBN 978-7-5392-8727-0

定价：56.00 元

赣教版图书如有印装质量问题，请向我社调换　电话：0791-86710427

投稿邮箱：JXJYCBS@163.com　　　电话：0791-86705643

网址：http://www.jxeph.com

赣版权登字-02-2016-236